Viktor Gallandi

Kaspar

Viktor Gallandi

KASPAR

Roman

Karl **Rauch**

Für Bernd

Ich bin in diesem Zimmer, seit, sagen wir, einigen Wochen. Das Licht im Zimmer ist auf eine Weise diffus, dass man nicht richtig weiß, ob es hell ist oder dunkel. Alle Dinge sind darin zu erkennen, wenn auch nicht in ihrer eigentlichen Form. Als hätte es sich jemand ausgedacht, um mich zu verwirren. Genug. Man scheint mich zu mögen. Immer wieder kommt dieses Viech herein und bringt mir dampfende Mahlzeiten und Flaschen mit Getränken. Letztens hat es mal wieder einen Versuch unternommen, mich zu waschen, aber ich habe gesagt, Oh nein, entweder ich wasche mich selbst oder gar nicht. Da ist es wieder abgezischt. Ich bleibe also dreckig. Das Viech fährt auf Rollen, ist das nicht seltsam? Es wird noch seltsamer: Es ist auf eine Art lautlos, dass es einem unheimlich werden könnte, wenn man es nicht kennt. Es taucht manchmal unbemerkt neben mir auf wie eine Erscheinung. Manchmal wischt es mir auch die Spucke aus dem Mundwinkel. Es muss Kultur haben. Hin und wieder erzähle ich ihm Zeug von früher. Es bleibt immer höflich stehen und starrt mich mit seinen hohlen Augen an, ohne mit der Wimper zu zucken. Pokerface. Das kann frustrierend sein. Wenn es glaubt, dass ich fertig bin, fährt es davon und geht seinen vielfältigen Erledigungen als Viech nach. Ich frage mich, ob es geblümte Schürzen trägt, wenn es das Geschirr spült oder die Wäsche wäscht. Wie auch immer. Ich bin in diesem Zimmer, ich sagte es bereits. Die Wände sind weiß, oh ja. Und das Licht, ich scheine es mit dem Licht zu haben, das Licht kommt von überall und nirgendwo zugleich, es scheint keine Quelle zu haben, sondern nur überall zu versiegen und überall zu entspringen, zu jeder Zeit. Es ist klar, dass das deprimierend sein kann. Wo bleibt das Sonnenlicht? Das war so eine Frage an das Viech. Aber es hat mich bloß angeschaut wie ein Auto, womit es ja auch eine gewisse Verwandtschaft besitzt. Es scheint übrigens keine Scheu vor meinen Geschlechtsteilen zu haben, allerdings hat es auch nicht gerade begeistert ausgesehen. Wenn ich ehrlich bin, hätte ich mir schon irgendeine Reaktion gewünscht. Als Bestätigung meiner Männlichkeit oder so ähnlich. Ich weiß nicht so richtig, man kann ihm wirklich nicht hinter die Stirn schauen. Und jetzt schreibe ich also, offensichtlich, das scheint ihm wiederum zu gefallen. Es kommt nie herein, wenn ich schreibe. Und wirkt immer besonders zuvorkommend danach. Die Frage, woher es weiß, dass und wann ich schreibe, werde ich mit einem diskreten Schweigen übergehen. Es scheint so einiges zu wissen. Wann ich schlafe etwa oder scheiße. Es würde mich nicht wundern, wenn es meinen Stuhl untersucht. Mit der gleichen professionellen Abgebrühtheit, mit der es mir die Wärmflasche bringt.

Vorhin habe ich gesagt, ich würde dem Viech von früher erzählen und da stellt sich natürlich die Frage, was das bedeutet. Anekdoten aus meiner Jugend? Sollen das hier meine Memoiren werden? La mémoire ist übrigens Französisch und heißt Erinnerung. Heißt das, ich kann Französisch? Ganz und gar nicht. Wie alt bin ich überhaupt? Siebzehn? Ich könnte allerdings auch schon Anfang zwanzig sein oder dreißig, wenn wir schon dabei sind. Ich sollte nächstens mal die Falten in meiner

Intimzone zählen. Nun, ich denke, ich brauche ein neutrales Feld, um warm zu werden, so neutral wie möglich. Mein Arbeitsleben etwa. Ich scheine gearbeitet zu haben. Beim Discounter an der Kasse? Eher nicht. In einem Büro, umgeben von Körpern und Köpfen? Seltsame Eingebungen sind das manchmal. Ich werde trotzdem darauf zurückkommen, es scheint ein vielversprechendes Thema zu sein, ich werde meine Karriere nachzeichnen, in groben und, wenn es gut läuft, in feinen Zügen, die Normalität wird kaum auszuhalten sein, machen Sie sich auf etwas gefasst.

Ich bin aufgewacht. Ich scheine also geschlafen zu haben. War es also Nacht? Ich meine Nacht wie die Spanne zwischen Abend und Morgen? Wir alle wissen, was Nacht ist. Die Gestirne sind weitergewandert, wie schon zu Zeiten der Pharaonen. Ich habe eine heimliche Schwäche für Phrasen, falls das eine Phrase war. Ich habe eine Schwäche, belassen wir es dabei. Ich muss sagen, dass die Stimmung seit gestern bedrückt ist. Ich habe sogar versucht, einen Witz zu machen. Als das Viech reinkam, habe ich »Computer, Lagebericht!« geschrien und es hat kurz verzweifelt ausgesehen, mit seinem Tablett und dem Rührei. Das hat mir dann schon wieder leidgetan und ich habe alles aufgegessen, sogar den Orangensaft getrunken, dabei vertrage ich morgens keinen Orangensaft. Da haben wir es, es ist also Morgen. Und die Stimmung ist trotzdem unten und das alles wegen dieses französischen Themas. Ich werde schnell von früher erzählen, die Erinnerungen kommen dann von selbst, angelockt von den Lügen.

Als die Schule geschlossen wurde, lebte ich in einem Zelt im Wald. Was für ein Satz. Gut festhalten, jetzt geht es los. Und im Wald lebten die Tiere des Waldes und sie waren meine Freunde und Gefährten, wie der Fuchs und der Habicht und der Storch und der Lurch und das Reh. Unsinn. Es war dunkel im Wald. Mein Wald war dunkel und ganz besonders nachts. Es war so dunkel nachts, man konnte nichts erkennen. Komm schon. Und die Geräusche machten mir Angst, da ich nicht wusste, ist es Mensch, ist es Tier? Und was wäre schlimmer? Die Schule wurde geschlossen aus obskuren finanzpolitischen Gründen, die so obskur waren, dass nicht mal der Schulleiter dahinterkam, um was es sich handelte. Der Schulleiter war ein Idiot, das ist klar. An meine Mitschülerinnen und Mitschüler habe ich keinerlei Erinnerung. Sie sind unwichtig. Sie gingen ihrer Jugendkultur nach und verschwendeten ihr Leben. Damit wäre das geklärt. Ich dagegen hatte mein Zelt im Wald. Es lag in einer Kuhle und ich tarnte es zusätzlich mit Zweigen. Ich glaube, man sah es erst, wenn man schon fast davorstand. Von Weitem sah es einem Busch erschreckend ähnlich. In diesem Wald gab es zahlreiche Büsche, es war nichts Ungewöhnliches dabei. Manchmal regnete es rein, jaja. Es war ein altes Zelt. Durch die Feuchtigkeit stank es nicht unwesentlich im Innern. Aber als Waldkind war ich dagegen sozusagen immun. Ich konnte es in der Luft schmecken, wenn das Wetter umschlug. Allerdings stimmt das nicht, weil ich ursprünglich aus der Stadt kam und dementsprechend keinerlei Instinkte besaß, wirklich keinen einzigen. Wenn ich Geld hatte, kaufte ich im Supermarkt ein, und wenn ich keines hatte, klaute ich im Supermarkt. Ich aß alles kalt, denn ich konnte nicht mal ein Feuer machen. Und auf verworrene Art und Weise war ich sogar stolz darauf. Ich war sozusagen der Dandy unter den Aussteigern, was meine totale Verwahrlosung nach sich zog, natürlich. Wenn mich das nicht unsympathisch macht, dann weiß ich auch nicht. Allerdings hatte ich einige Freunde oder jedenfalls Bekannte. Die waren noch beschissener dran als ich, können Sie sich das vorstellen? Ich frage mich, wen ich da eigentlich sieze. Jedenfalls kamen meine Bekannten alle aus Bulgarien und sprachen kein Wort Deutsch. Sie lebten im Wald, obwohl sie Arbeit hatten. Sie arbeiteten in den Schlachthäusern in der Nähe und stanken dementsprechend nach Blut und nach Scheiße. Um ehrlich zu sein, kam ich ihnen nie besonders nahe, denn nach ihrer Gesichtsfarbe zu urteilen, konnte man sich von ihnen sonst was holen, Hepatitis F zum Beispiel. Sie mochten mich trotzdem. Ich glaube, sie hielten mich für einen verrückten Studenten. Vielleicht, weil ich Bücher dabeihatte, und vielleicht hatten sie auch recht damit, wer könnte das Gegenteil behaupten? Manchmal las ich ihnen etwas vor, aber sie redeten immer auf Bulgarisch dazwischen, weil sie eben kein Wort verstanden, und dann schwieg ich, weil ich eben kein Wort verstand. Eigentlich hatten wir uns überhaupt nichts zu sagen, aber wir verabschiedeten uns immer herzlich, aus der Ferne, indem wir winkten. Sie gingen dann zurück in die Schlachthäuser oder krochen in ihre Schlafgruben in der Erde, den spärlichen Schlaf zusammenkratzen, und ich ging zurück in mein Zelt. Aber manchmal hatten wir trotz allem kleine Gespräche, das scheint mir gerade einzufallen. Wenn ich zum Beispiel auf die Schlachthäuser zeigte, erzählten sie mir von ihrer Arbeit, soweit sie konnten.

Sie machten dann an ihren Körpern vor, was sie mit den Körpern der Tiere machten. Zum Beispiel zeigten sie auf ihr Arschloch und machten dann mit ihrer Faust einen großen Bohrer nach, mit dem sie in das Arschloch hineinbohren mussten. Na, guten Appetit. Oder sie zeigten, wie sie die Leiber vom Schritt aufwärts aufschlitzten, um dann die Gedärme herauszuschneiden. Die Geräusche dazu konnten sie unglaublich gut nachmachen. So ein matschiges Pladdern und Blubbern. Danach lachten sie, aber ohne Stimme.

Und mithilfe von ramponierten Fotos machten sie mir klar, dass sie ihre Familien zurückgelassen hatten. Ich schaute mir diese Fotos immer höflich an und wenn ich sie ihnen zurückgab, schauten sie sie selbst an, beinahe neugierig, was ich dort gesehen haben könnte, aber auch mit Entsetzen, denn solche Fotos sind etwas Entsetzliches.

Einmal war ich bei einer Beerdigung. Einer von ihnen war im Schlaf in seinem Erdloch gestorben, einfach so, deshalb konnten sie ihn dort auch gleich begraben, mit seinen paar Sachen drin, seinem Rucksack und dem Stofftier. Sie mussten das Loch nur zuschütten. Dieses Stofftier machte mich fertig, ganz ehrlich. Wie es da so lag, ganz dreckig, hatte man das Gefühl, gleich singt es ein bulgarisches Volkslied. Alle standen dann in einem Kreis um das Grab. Einige der Arbeiterinnen weinten. Und die Männer schimpften und weinten auch. Irgendwann hatten dann alle Fackeln in der Hand und waren besoffen, aber sie zogen trotzdem nirgendwohin mit diesen Fackeln. Alle wussten, dass sie ohne die Schlachthäuser noch schlechter dran wären. Beziehungsweise ihre Familien. Irgendwann gingen dann alle verlegen auseinander.

Das alles war im Herbst und es wurde schon ziemlich kalt in der Nacht. Man trug schon seine Atemwolke vor sich her. Wenn ich nicht unterwegs war, dämmerte ich im Zelt vor mich hin, zählte das verbliebene Geld, woher auch immer das kam.

Seltsam, nichts ist mir unähnlicher als dieser abenteuerlustige junge Mann aus meiner Geschichte. Trotzdem habe ich das Gefühl, aus meinem Leben zu berichten. Allerdings muss ich mir das in Wahrheit ganz ereignislos vorstellen. Alle Ereignisse sind nur der Schein, der auf der Ereignislosigkeit liegt. In Wahrheit ist nie etwas geschehen. Alles wartet noch darauf, erlebt zu werden. Wie entmutigend.

So, und um in diesen ganzen Schnodder aus Unklarheit und Feigheit etwas Interessantes hineinzubringen, etwas, das ich bisher verheimlicht habe, ganz besonders und zu allererst vor mir selbst, werde ich jetzt das Fenster erwähnen, das sonst unerwähnt bliebe und seiner Erwähnung harrte. Dieser Stil ist natürlich kaum zu ertragen, aber bleiben Sie ruhig, es wird noch schlimmer. Das Fenster also. Man hält es kaum auf seinem Stuhl aus, ich spüre es. Die Pointe besteht darin, dass das Fenster durch einen Vorhang verhangen ist. Spannungsabfall. Aber: Interessanterweise ist dieser Vorhang einerseits aus ganz leichtem Stoff und bewegt sich andererseits überhaupt nicht. Als wäre er aus Beton mit dem Anschein leichter Stofflichkeit. Was ich zynisch nennen würde. Zum Beispiel kann ich, so oft ich will, in Richtung des Vorhangs in die Luft pusten, ohne dass auch nur die kleinste Falte zucken würde, was an der Schwäche meines Atems, der Undurchdringlichkeit der Luft, dem Abstand zwischen mir und dem Vorhang, dem Material desselben oder an allem zusammen oder einer beliebigen Kombination aus allem oder an einem ganz anderen Grund liegen kann.

Der Wald. Ich lag darin, die Kälte sank schwer aus den Kronen nieder zum Waldboden, die Nadeln und Blätter (wie man sieht, war es ein Mischwald) hingen starr in der anbrechenden Dämmerung und harrten, ja, wessen harrten sie denn, zweifellos dem Verblassen ihrer verschiedenen Formen und Farben, sehr verschieden, das aber viel eher ein Verdunkeln war, wenn man mich fragt. Ich lag währenddessen zusammengekauert, mit angezogenen Knien, eingewickelt in meinen zusehends unhygienischen Schlafsack, und spürte mit einer Art dumpfem Schmerz dem Vergehen der Zeit nach, das mich, ich sah es kommen aus der Ferne, früher als mir lieb wäre, zum Handeln zwingen oder das Nichtstun jedenfalls unerträglich machen und mich deshalb in indirekter Weise trotz allem zum Handeln zwingen würde. Solche Art von Gedanken war ich damals wohl gewohnt zu denken. Aber nicht nur das muss mir damals Sorgen bereitet haben. Ich fragte mich auch, was all die Natur bedeute, die mich umgab in Form des Waldes, denn ich hatte keinen richtigen Bezug zu dieser Natur, die doch immerhin lebte, wenigstens teilweise, und einen dazu aufforderte, einen Bezug zu ihr zu entwickeln. Was ich, glaube ich, sagen will, ist, dass es mich hinaus in die Welt drängte, was schon schlimm genug war, aber es drängte mich eben nicht nur wegen des Hungers oder der Kälte, die zweifellos auch einen gar nicht so unerheblichen Anteil daran hatten, sondern auch, weil eine unbestimmte, äußerst nebelige Neugier in mir erwacht war, die sich fragte, was die Welt eigentlich noch so enthalten könnte, an Schönem und an Schrecken. Schließlich war ich kein Schüler der, sagen wir, zehnten oder elften Klasse mehr, der eine Differentialgleichung ableitete, um herauszufinden, wo der Umkehrpunkt des Graphen denn nun eigentlich liegt. Was im Rückblick natürlich seinen ganz eigenen Zauber hat, den ich damals aber offenbar nicht zu schätzen wusste. Vage Gedanken dieses Genres scheinen in diesem Moment, im Zelt, mit niedrigem Blutzuckerspiegel und auf die dunkelgrüne und immer dunkelgrüner und schließlich schwarz werdende Zeltwand starrend, in meinem Gehirn zu einer Art Entschluss, Plan oder Wunsch geronnen zu sein, für den mindestens teilweise Verschiebungen in meinem Hormonhaushalt verantwortlich gewesen sein müssen, denn, alleine hätte ich es nicht geschafft, ich wäre weiterhin, wie bisher, liegen geblieben und hätte versucht, ganz Gehirn, nein, Geist, ich meine Psyche zu sein, jedenfalls in diese Richtung, da ich der Illusion nachhing, dort könne man sich angenehm verkriechen, ein Irrtum, der sich vielleicht aus der Meinung nährte, dass mein Körper aus meinem Geist entsprungen sei, jedenfalls mehr als andersherum, und jetzt frage ich mich, warum, ich meine, warum ich das dachte, wobei sich auch, wie mir gerade einfällt, die Frage stellt, inwiefern sich diese beiden Möglichkeiten gegenseitig ausschließen, wodurch das ganze Problem, das ganze Riesenproblem überhaupt nicht mehr klar, das heißt, worunter ich eigentlich die ganze Zeit, ach, lassen wir das, der Satz war lang genug. Besser zu etwas anderem.

Hin und wieder, jetzt meine ich mich daran zu erinnern, sah ich sogar frei umherirrende ehemalige Lehrerinnen und Lehrer von mir, mit einem verstörten, fratzenhaften

Ausdruck im Gesicht, wie auf der Flucht, die sich immer schnell duckten oder hinter einem Baumstamm versteckten, wenn sie mich sahen, da ich vielleicht schon wie ein Kind des Waldes aussah. Die Frage ist nur, wodurch, außer durch meine fettigen Haare vielleicht, die aber auch ein Obdachloser hätte vorweisen können. Ansonsten trug ich höchstens ein Schweizer Taschenmesser bei mir, das den Eindruck von Kompetenz in Outdoorfragen hervorrufen konnte, ein Irrtum, der spätestens aufgedeckt wurde, wenn ich versuchte das Ding zu benutzen. Trotzdem schienen die Lehrer Angst zu haben, auch Angst vor mir. Ich konnte nur ahnen, welche Traumata die Schließung der Schule aus obskuren finanzpolitischen Gründen und die sich daran anschließende Auflösung ihres gewohnten Lebensraums hinterlassen hatten. Zum Beispiel entdeckte ich einmal am Waldrand, es war ein bedeckter, stiller Tag, vielleicht November, meine ehemalige Französischlehrerin, die mir durch ihre eigenartige Mischung aus chaotischem, fast anarchischem Unterrichten und einer redseligen Borniertheit, die auf interessante Weise ins Autistische spielte, in Erinnerung geblieben zu sein scheint. Als sie mich entdeckte, warf sie sich ins Laub wie ein Hase, falls Hasen diese Gewohnheit haben. Ich ging langsam auf sie zu, die Hände leicht erhoben, um meine Friedfertigkeit zu demonstrieren. Vielleicht zitterte sie und ich konnte sie verstehen, schließlich war es kalt und sie schien unpassend gekleidet. Wie hatte sie sich bis jetzt durchgeschlagen? Was hatte sie gesehen und erlebt, seit ihr Arbeitsplatz nicht mehr existierte? Bekam sie Rente? All diese Fragen blieben ungeklärt. Ihre Lockenmähne ergoss sich um ihren Körper, der mich plötzlich anrührte, so klein und verletzlich dort im Laub, so nackt ohne die Autorität in Fragen der französischen Literatur und ohne die Möglichkeit, sich etwas darauf einzubilden. Vielleicht suchte sie Essen oder Wärme oder einen Kollegen. Nichts davon konnte ich ihr bieten. Stattdessen holte ich das Buch heraus, das ich im Rucksack bei mir trug, um ihr ein wenig daraus vorzulesen. Es war mein Lieblingsbuch: die *Ethik* von Spinoza. Ein Buch, das ich nie verstanden habe, aber auf angenehme Weise. Diese Stelle mag ich. Es ist nämlich diese Art von Büchern, die ich seit meiner Kindheit liebe, jene Bücher, die unverständlich und dunkel bleiben, aber auf angenehme, fast zärtliche Weise. Ich las gleich den Anfang, der mich oft getröstet hatte, da ich mir dabei immer lebhaft Spinoza vorstellte (mit dieser Frisur und diesem Blick, wie auf dem Cover), wie er in asketisch-ernster Verzückung in die Tiefe seiner Gedanken blickt und die Gedanken aus ihrer Tiefe zweifellos in gleicher Verzückung zu ihm herauf. Erst im Rückblick komme ich darauf, dass die Französischlehrerin mein Vorlesen als Hohn missverstanden haben könnte, da sie in der gegebenen Situation, auf dem Bauch liegend, das Gesicht ins Herbstlaub getaucht, wahrscheinlich andere Interessen hatte als die Probleme der Metaphysik. Sie reagierte auch gar nicht darauf, auch nicht auf die Stelle, wo es heißt: »Unter Gott verstehe ich das absolute unendliche Sein, das heißt die Substanz, die aus unendlich vielen Attributen besteht, deren jedes ewige und unendliche Wesenheit ausdrückt«, eine Stelle, deren spröder Poesie man sich eigentlich kaum entziehen kann. Zum Abschied legte ich ihr ein Twix neben ihre Haare, ein kleiner Energieschub, dachte ich, soviel konnte ich entbehren, und entfernte mich mit einem leisen »au rêvoir«.

Ich muss sagen, diese Episode hat mich traurig gemacht. Diese Person wird vielleicht nie von meinen im Grunde gutmütigen Absichten erfahren. Eigentlich ist es sogar ziemlich sicher. Was denn? Dass sie es nie erfahren wird. Du musst schon lesen, was du vorher geschrieben hast. Ich habe das Bedürfnis, ihr auf spießbürgerlich-verklemmte Art die Hand zu schütteln, jene Art des kräftigen Händeschüttelns, bei der man gleichzeitig wie besessen nickt und etwas furchtbar Verbindliches immer wieder wiederholt und dieses Verbindliche sogar meint, oh ja. Jetzt habe ich Tränen in den Augen. Seltsam, wie gerade jene Kleinkariertheit, die aus Arroganz und Bosheit erwächst, zu einer Quelle von Liebenswürdigkeit und sepiagefärbter Sentimentalität wird. Das hätten wir wenigstens hinter uns. Später wird es schneller vorangehen, mit den Dingen und ihren Ereignissen, ich spüre es, was mir die Gelegenheit gibt, es noch ein wenig aufzuschieben und festzustellen, dass dieses Zimmer, wie mir erst jetzt aufgeht, dem Zimmer meiner Kindheit auf frappierende Weise ähnelt. Es sieht praktisch sogar genauso aus. Wäre da nicht dieses Licht, das alles auf unbeschreibliche Weise in eine unangenehme, unsympathische Dimension rückt. Sicher könnte ich das besser ausdrücken, wenn ich mich anstrengen würde, aber wir sind ja unter uns, nicht wahr, Sie und ich. Vorsicht. Es sind die gleichen Dielen. Und das Bett ist auch das gleiche, und die Vorhänge, nun, mit denen stimmt was nicht, ich sagte es schon. Aber die Plakate an der Wand. Ein Mann mit einer Laterne, was sagt man dazu. Und stehen dahinten nicht Spielfiguren, vielleicht sogar ein Ritter, mit fröhlichem Gesicht auf dem behelmten Kopf, trotz der wenigen Gelenke in seinem Körper, die ihm nicht mal erlauben, sich zu setzen? Nein, denn das war jetzt eine Erinnerung, aber es kommt dem schon nahe, ohne das Gleiche oder dasselbe zu sein, ich weiß nicht, welches von beiden, wie soll ich wissen, was es nicht ist, manches kann man nicht von sich verlangen. Irgendetwas ist jedenfalls passiert, fast unmerklich. Es muss in meinem Kopf sein. Folgende Theorie. In der allgemeinen Schummrigkeit bilden sich Gestalten und Gesichter aus Formen, die ehemals etwas ganz anderes sein wollten. Beispiele: Risse in der Wandfarbe, Schatten unter den Heizkörpern (Heizkörper!), eine Stuhllehne. Denn die Bedeutungen scheinen nicht bei den Dingen bleiben zu wollen, eine der neuesten Entwicklungen, wie ich feststellen muss. Ich glaube, es sind Mischwesen. Denn ihre Münder, um nur ein Beispiel zu nennen, sind physiognomisch eher abwegig. Sie treiben sich in der Inneneinrichtung herum, um deren Besitzer bei passenden Lichtverhältnissen in paranoide Panik zu versetzen. Ende der Theorie. Aber Mischung aus was? Es ist jedenfalls so eine Stimmung hier drin. Die eines Albtraums, nur sozusagen auf Urlaub, im Wachzustand. Wie gewählt. Ich fühle mich an körnige Aufnahmen von Sicherheitskameras erinnert, bei denen der Zuschauer nicht weiß, war das jetzt gerade eine Störung oder doch ein Alien, das durch die U-Bahn-Station wetzt? Eine Frage, die sich mir wohl nie mehr ernsthaft stellen wird. Sagte ich schon, dass ich im Bett liege? Jetzt kommt die Stelle, in der ich davon spreche, dass ich im Bett liege. Die Decke habe ich unter das Kinn gezogen. Mir ist warm und mein Rücken tut weh, auch mein Nacken, den ich immer etwas anspannen muss, wenn ich schreibe. Gleich geht es weiter, mit angenehmeren Dingen, in der Vergangenheit. Was noch? Meine Augen schmerzen etwas. Es ist so eine Abendstimmung. Ja, es ist immer so Abend. Die Schatten werden tief und schwer. Aber ich bin ja schon wieder im Wald. Gegenwart, ich war bei der Gegenwart. Von Schatten kann hier kaum die Rede sein. Ich habe keine Uhrzeit. Kein Datum. Ich trage eine Stoffhose. Vielleicht gehörte sie mal zu einem Schlafanzug. Sie ist kariert. Ich kann nicht sagen, dass sie schön ist. Würde ich an ihr riechen, ich würde vermutlich in Ohnmacht fallen. Mein T-Shirt ist weiß oder sollte es mal sein. Schön. Besten Dank für das Detail. Die Sache ist die, ich verlasse das Bett nicht oder sagen wir kaum. Ich bin nämlich krank, jedenfalls glaube ich das, es scheint mir wahrscheinlich, ich bin immer schon kränklich gewesen. Und der Raum jenseits des Bettes ist, wie soll ich sagen, nicht ganz stabil, es gibt da eine Art von Schwankung, die nichts mit den Gestirnen oder der Neigung der Erdachse oder den Wetterlagen zu tun hat, ohne dass man daraus Rückschlüsse auf irgendwas ziehen könnte und so weiter und so fort.

Und jetzt bin ich müde. Denn die Angst macht müde, um Kraft zu sammeln, für neue Angst. Sieh mal an, ich habe etwas verstanden. Oder es war das Abendessen, das mir das Viech gebracht hat, irgendwann, nach einer oder vielleicht auch ein paar mehr unerträglichen Stunden. Ich habe das Viech gefragt, ganz höflich, ob wir allein wären oder ob noch jemand im Raum sei. Ich wollte natürlich auf besagte Wesen anspielen. Ich musste mich ziemlich zurückhalten, es nicht in den Arm zu nehmen. Es stockte kurz, wartete, als wäre es eine notwendige Höflichkeit, auf meine Frage mit einem ausgiebigen Schweigen zu antworten, und ging dann wieder seinen haushälterischen Pflichten als Viech nach. Ach ja, das Viech. Es ist noch immer das dankbarste Thema, nicht wahr? Soll ich Ihnen ein Geheimnis verraten? Ich werde mir jetzt ein Geheimnis verraten. Das Viech ist gar kein echtes Viech. Oh nein, wie das? Nun, haben Sie sich nie gefragt, warum das Viech *rollt*? Hat es etwa Rollschuhe oder Inline-Skates an? Machte das Viech bislang den Eindruck, es interessiere sich für das Rollschuh- oder Inlineskates-Fahren? Ich denke nicht. Die Erklärung ist die, Achtung, jetzt springt die Katze aus dem Sack, das Viech ist elektronisch. Es handelt sich um ein Elektroviech. Die Augen, von denen man sagen könnte, sie ständen ein wenig zu weit auseinander und dass das nicht gerade intelligent aussähe, sind Kameraaugen. Jetzt werden die Etymologen unter den Besserwissern natürlich fragen, wie es dann zu der Bezeichnung »Viech« gekommen sei, wo es sich doch offensichtlich um einen Roboter handelt? Ihnen werde ich antworten: Was weiß ich denn?, was sie zum Schweigen bringt.

Erfolgreich geschlafen. Zeit ist vergangen. Die alte Sehnsucht nach Veränderung bleibt ungestillt. Wie ist das Wetter draußen, möchte man fragen und eine Antwort bekommen. Doch heute ist ein Arbeitstag, ich spüre es genau. Ich werde also aufhören, meine Gedanken auf unfruchtbare Weise auf die gegenwärtige Lage zu richten, die auf der einen Seite äußerst statisch und auf der anderen äußerst dynamisch ist, nur auf der jeweils falschen Seite, falls das nachvollziehbar ist. Diese neue Wendung schien mir treffend, aber sie hat leider nichts getroffen. Schluss damit. Irgendwo im Wald wartet ein schmuddeliger Junge auf mich.

Und ich kehre zu mir zurück, an jenen Punkt, an dem mir dämmerte, dass ein Aufbruch bevorstand. Und das reichte natürlich erst mal, um weiter still liegen zu bleiben, obwohl nicht ganz still, wegen dieses leichten Wimmerns. Zudem war es wie gesagt gerade Abend. Stellen Sie sich einen Abend im Herbst vor. Als würde die ganze Welt gähnen. Und die Gerüche von Moos und altem, langsam zerfallendem Laub stiegen auf in der Kälte. Da könnten auch Sie traurig werden, Sie, die Sie oft genug vergessen, was Traurigkeit bedeutet. Und ich wollte darüber nachdenken, was anzufangen wäre, mit der weiteren Zeit, die auf unvermeidbare Weise mein Leben darstellen würde, wenn man annimmt, dass sie linear verläuft, die Zeit, meine ich jetzt, und ich nahm es an, offensichtlich. Oh ja, ich dachte oft nach damals, leider. Was anfangen und wohin gehen, das war schon einiges, um darüber eine Theorie aufzustellen, von der dann eine Praxis abzuleiten wäre, aber dazu kam es nicht, denn ich war gar nicht bei mir, irgendetwas saß mir in den Knochen, nein, eher im Kopf, vielleicht im Schädel, das ist ein Mittelding, wie auch immer, etwas saß in mir und bewirkte, dass ich ganz woanders war mit den Gedanken, ein Phänomen, das ich bislang nur aus dem Rückblick kennenlernen durfte, dafür aber zur Genüge. Und plötzlich bemerkte ich, dass ich mein Zelt abbaute, das nass war und sich nicht richtig falten ließ. Es wurde einfach nicht kleiner, ein riesiger, nasser, stinkender Brocken, der weder in die Zelttasche passte noch in meinen Rucksack, und schließlich gab ich es auf, ließ es liegen und, es folgt keine Heldengeschichte, verzweifelte ein wenig. Vielleicht rang ich sogar die Hände, warum nicht? Dann ging ich los. Sieh mal an, ich brach also auf, na endlich.

Ich ging voran durch diesen geliebten Wald, den ich vielleicht schon so lange kannte, aus langen vorigen Jahren, das wäre schön, und der dunkel war, und die Kronen der Bäume thronten in gewisser Weise abschätzig auf ihren Stämmen und berieten sich, wer wohin wachsen solle. Die Stämme sah ich manchmal erst, wenn ich schon fast dagegengelaufen war. Und unter mir, da machte es ununterbrochen »raschel-raschel«, das waren meine Schritte im Laub, natürlich. Was weiter? Ich fürchtete mich vor den Wildschweinen, die bei Dämmerung die Gewohnheit hatten, in Rudeln wie besessen durch den Wald zu wetzen, auf der gierigen Suche nach Blumenzwiebeln oder Müll und ohne Rücksicht auf obdachlose Schüler. Aha, obdachlos, ist das das Wort, das ich gebrauchen möchte? Es wird sich zeigen. Irgendwann wurde es plötzlich heller und ich sah erleichtert nach oben, suchte den Mond, den guten, alten, fernen, ohne ihn zu finden, suchte die Sterne und fand bloß drei, drei Sterne, was soll ich sagen, lass es vier gewesen sein, und dann sah ich, woher die Helligkeit eigentlich kam, sie kam nicht vom Himmel, sie kam von einer Straßenlaterne, die zusammen mit anderen Straßenlaternen eine Straße beleuchtete. Das Licht war satt orange, was der ganzen Szenerie einen irgendwie filmischen Look verpasste. Schon war es zu Ende mit dem Wald. Meine Flucht in die Wildnis war misslungen, das wurde mir damals erst richtig klar, ich würde zu den Menschen und ihrer Infrastruktur zurückkehren, auf die ich eigentlich schon davor, wenn man ehrlich ist, zu keinem Zeitpunkt zu verzichten imstande gewesen war. Seltsam, wie sich die Dinge ordnen im Rückblick, scheinbar ordnen, scheinbar im Rückblick, scheinbar, genug. Und plötzlich hatte ich für einen kurzen Moment das Gefühl, auf dem Weg nach Hause zu sein, seltsam, und gleich einzubiegen, in eine Straße, eine ungefegte Einfahrt, und mich einfach in mein Bett zu legen, wie nach einem lustigen Ausflug, und einzuschlafen und in meinem richtigen Leben aufzuwachen, aber so war es nicht, so war es überhaupt nicht, viel mehr war ich auf dem Weg zum Haus einer Mitschülerin, entgegen allen Behauptungen, die ich über meine Mitschülerinnen und Mitschüler und meine Beziehung zu ihnen im Vorfeld aufgestellt habe, war ich auf dem Weg zu einer Mitschülerin, die mich mochte, wie ich hoffte, und die ich mochte, auch wenn ich nie sagen konnte, was sie eigentlich dachte, aber das war damals vielleicht auch, wie soll ich sagen, zweitrangig?

Das Haus lag in einer ruhigen Straße, inmitten von anderen sehr ruhigen Straßen, und alles war auf eine Weise ruhig, die die Ruhe, die der Uhrzeit geschuldet war, überstieg. Das ist umständlich ausgedrückt. Offenbar vermied man es, auf der Straße zu sein, nur ich nicht, ich ging mit meinem Rucksack herum und suchte das Haus unter all den anderen, die gelb und gemütlich leuchteten vor lauter Wohlstand. Das Haus war eher klein und hatte einen verwilderten Garten mit Kiefern, sodass es von der Straße kaum zu sehen war. Überall lagen Tannenzapfen und Nadeln herum. Ich klingelte und der Vater öffnete die Tür. Da stand ich also, nach Monaten meines Waldlebens, und musste etwas Nachvollziehbares sagen, da ich schließlich geklingelt hatte, und in diesem Moment überkam mich etwas, das, wie soll ich sagen, ich schämte mich, ich schämte mich dafür, dass ich so aussah und übrigens auch so roch und dass ich um diese Uhrzeit einfach geklingelt hatte und das, ohne vorher angerufen zu haben, und diese ordentliche, wohlriechende und bequeme Pantoffeln tragende Familie am Zu-Bett-Gehen hinderte, und diese Scham war umso schlimmer, als ich mir passend zu meinem Identitätsentwurf als Waldkind eine verschrobene Arroganz zugelegt hatte, die sich auf, ich weiß nicht was stützte, und vermutlich nur durchzuhalten ist, wenn man fünfzehn ist, Hard Rock mag, aber keine Hard-Rock-Fans, und insgeheim Gründe sucht, sich nicht mit der Welt befassen zu müssen und die infolge der Scham, ich spreche noch immer von der Arroganz, natürlich in sich zusammenbrach. Der Vater interessierte sich dann zum Glück gar nicht weiter für mich. Hallo, murmelte er und rief dann seine Tochter Eva, denn so hieß sie. Eva kam die Treppe herunter, aber ganz langsam und im Schlafanzug und setzte ein komisches Lächeln auf, aus dem ich, wie gesagt, nicht schlau wurde. Eva, sie war gut in Mathe, glaube ich. Sie bat mich herein, ohne eine Erklärung zu verlangen, als wüsste sie schon Bescheid, dabei hätte ich sehr gerne eine Erklärung abgegeben, die von der Wahrheit weit, ich würde sogar sagen, ziemlich weit entfernt gewesen wäre, und die ich mir auf dem Weg zurechtgelegt hatte und jetzt leider nicht abgeben konnte, da es ziemlich verdächtig und unangenehm wirkt, sich zu rechtfertigen, wenn niemand eine Rechtfertigung hören will. Ich ging dann hinter ihr die Treppe hoch wie ein kleiner Junge nach einem Streich, für den er zu alt ist, und ich merkte, dass ich ihr vor allem den Schlafanzug ausziehen und mich zu ihr ins Bett legen wollte. Ihr Arsch, nein, Schluss damit.

Schließlich stand ich dann in einem sehr hellen sauberen Bad voller sauberer Spiegel und hielt ein riesiges flauschiges Handtuch in der Hand. Es war pink. Meine

Haare waren so verfilzt, dass sie aussahen wie eine Perücke. Dort stand ich also und wartete noch mit dem Ausziehen, weil sie mir noch Kleidung bringen wollte. Das war das Schlimmste. Es war die Kleidung ihres Vaters, der war ungefähr sechzig. Eine beige Altherrenhose und ein helles, dünn gestreiftes Hemd mit einem seltsamen kleinen Wappen auf der Brusttasche und dazu noch ein Ledergürtel, damit die Hose nicht rutschte. Als sie mir die Sachen gab, sah sie mich komisch an, ich glaube, sie sah mich überhaupt zum ersten Mal an. Das machte mich fertig, dieser Blick. Als ob sie irgendetwas besser wüsste, was ja auch so gewesen sein mag, vielleicht wusste sie etwas besser, toll, aber dann hätte sie es mir doch sagen können, gut, ich weiß, ich war zu stolz, das ist klar und wie egal das jetzt alles ist. Aber zum Glück handelt es sich zur Zeit nicht um jetzt. Jedenfalls duschte ich dann und ich konnte nicht verhindern, mich über die Brause zu freuen, die riesig war und wunderbar sanft brauste. Und nach dem Duschen musste ich noch die Duschkabine abduschen, wegen all des Sandes und der Tannennadeln und des Laubes, die ich in den Körperfalten und Haaren dabeihatte. Ein kleines Wäldchen sozusagen. Beim Anziehen musste ich weinen. Manchmal ist Freundlichkeit schwer zu ertragen. Die Sachen waren viel zu groß. Meine Haare hingen mir als nasser Vorhang ums Gesicht. Sie müssen lang gewesen sein. So tappte ich dann über den Flur zu Evas Zimmer, das Bündel meiner dreckigen Kleidung in der Hand. Sie saß aufrecht in ihrem Bett und schaute sich eine Show ohne Ton an, und weil sie nichts sagte, sagte ich auch nichts, steckte die dreckige Kleidung in ihren Papierkorb und legte mich auf die Isomatte, die zweifellos für mich dort lag, an der ihrem Bett gegenüberliegenden Wand. Alles war sauber, voll gedämpftem weichen Licht und geschmackvoller Dekoration. Auf ihrem Schreibtisch sah ich mehrere Schulbücher, aufgestellt auf hölzernen Buchstützen, anscheinend machte sie mit Privatunterricht weiter. Sie waren sicher aus einem guten Holz, die Buchstützen. Und dann der Geruch. Seit ich sie kannte, roch sie immer angenehm nach warmen Kirschkernen, da sie ständig warme Kirschkernkissen benutzte, und der Drang an ihr zu riechen, überkam mich. Ihr Gesicht, zu dem ich aufschaute von meinem ziemlich flachen Lager aus, war maskenhaft, sie schien völlig absorbiert von der Show oder sie wollte mir damit irgendetwas sagen, schon wieder, was ich aber schon wieder nicht verstand. Ich zählte innerlich mein Geld und stellte wieder fest, dass es nicht reichte, wofür auch immer. Als die Show vorbei war, machte sie die Nachttischlampe aus und es wurde vollkommen dunkel. Von unten hörte ich noch gedämpft einen Fernseher, ihren Atem hörte ich nicht.

Ich schloss die Augen und hinter meinen Lidern erschienen komplexe, weiß und grün glühende Formen, die flimmernd und wabernd nach oben aus dem Blickfeld trudelten. Seltsam. Auch hatte ich das Gefühl, als würde ich mit dem Kopf nach hinten stürzen und mich überschlagen. Ich öffnete die Augen und tastete nach ihnen, um sicher zu sein, dass sie offen waren. Sie waren offen. Mir wurde klar, dass ich hier nicht ausharren würde, um am nächsten Morgen am Frühstückstisch zu sitzen, in Schinken gewickelte Honigmelone zu futtern und irgendetwas Lockeres zu erzählen. Die Nacht schien mir tief genug, sie würde mich schon irgendwie aufnehmen, trotz der Kälte.

Auf allen vieren krabbelte ich zu Evas Bett, um mich zu verabschieden. Ich drückte mein Gesicht an ihren Hals, sog ihren Duft ein und fühlte mich zurückversetzt in die Zeit unserer misslungenen romantischen Episode, damals, irgendwann um den ersten Samenerguss herum, mit der noch unschuldigen Neugier auf die Geschlechtsteile des anderen oder gleichen Geschlechts und ein wenig Liebe. Ihre Haare waren, glaube ich, sehr gepflegt und blond und glatt. Ich fühlte ihre Halsschlagader unter meiner Stirn. Sie vergrub ihre Hände in meinen nassen Haaren und drückte meinen Kopf nach unten. Ich fuhr über ihre Brust und ihren Bauch und schob mit der Nase ihr eventuell seidenes oder auch viskoseartiges Pyjamahemd hoch, um mich ihres Bauchnabels zu erfreuen und zu diesem Zeitpunkt auch schon einige Tränen auf ihrer unerträglich warmen Haut zu verteilen. Sie kam mir plötzlich ungeheuer massig und groß vor, erstaunlich, dachte ich, mit breitem, kastenartigem Rumpf, auf dem ich ewig herumfahren konnte, ohne an die Ränder zu gelangen, mit weichen, flachen Brüsten und einem gut verteilten Bauchspeck, der jede Berührung angenehm dämpfte. Ich widerstand dem Drang, meine Zunge herauszuholen. Schließlich landete ich wieder bei ihrem Kopf, auch der plötzlich seltsam groß und schwer, und klemmte mein Gesicht unter ihr Kinn, um auch den Hals noch etwas zu benetzen, dort, wo ihr Geruch überwältigend war. Diese Szene muss schnellstmöglich enden. Allerdings muss noch erwähnt werden, dass sie ihre ganze Leidenschaft, wie ich annehme, in die Hände in meinen Haaren legte, vielleicht hatte sie es in einem Film gesehen, und dass das ordentlich ziepte. Aber hey. Schließlich küsste ich noch ihr Gesicht, ihre gerade, schöne, spitze Nase, die Augen und die Lippen, die so gründlich mit Labello bedeckt waren, dass meine eigenen danach ganz gepflegt waren. Irgendwann drückte sie mich weg. Ich krabbelte schnell zurück zu der Isomatte, neben der mein Rucksack stand. Ich fragte sie noch, ob sie Geld habe, und weil sie nicht antwortete, holte ich die Scheine aus ihrem Portemonnaie auf dem Schreibtisch und dann nichts wie raus. Im Treppenhaus blieb ich stehen, um zu lauschen. Im Haus war es jetzt still. Ich tappte die Treppe runter. Der Vater saß in der Küche, auf einem Barhocker an einer Art Anrichte und schaute mich an. Er trank ein alkoholfreies Bier. Er sagte, ich solle mich zu ihm setzen, es klang aber nicht nach einer Einladung. Als ich saß, stand er auf und holte aus einer Küchenschublade ein langes Fleischmesser mit breiter Klinge. Es sah ziemlich neu aus. Das hielt er mir dann vor die Augen und fragte, ob ich seine Tochter angefasst habe. Oh nein, sagte ich, auf keinen Fall, und er schien mir zu glauben, denn er ließ das Messer sinken. Dazu muss man sagen, dass ich schon immer ziemlich gut lügen konnte, falls es eine Lüge war, was wohl davon abhing, was er mit anfassen meinte. Dann sagte er, es sei schon gut, er sei ja auch mal in meinem Alter gewesen, es sei eben nur wichtig, mit Kondom zu verhüten und dass alles auf gegenseitigem Einverständnis und Zärtlichkeit beruhe und man offen über seine Bedürfnisse sprechen könne, schließlich handele es sich um die schönste Nebensache der Welt. Er schaute mich traurig an. Ich wiederholte, dass ich seine Tochter auf gar keinen Fall angefasst habe. Schon gut, sagte er, schon gut, und fuhr mit einem Finger die stumpfe Seite der Klinge entlang. Dann fiel sein Blick auf den Fernseher, der noch lief, aber auf stumm geschaltet war. Er schaltete den Ton an. Es wurde ein Mädchen gezeigt, das im Zelt eines Flüchtlingscamps saß und ein vielleicht zweijähriges Geschwisterkind auf dem Arm hielt. Der Nachrichtensprecher sagte, die Eltern des zwölfjährigen Mädchens seien vor einigen Tagen von Terroristen enthauptet worden. Dann sagte das Mädchen mit einer Synchronstimme, sie erzähle ihren vier kleineren Geschwistern, die immer wieder nach den Eltern fragten, dass diese zu Hause warteten. Außerdem würden die Kleinen jede Nacht weinen, vor Hunger und Kälte. Dann stellte der Vater den Ton wieder ab. Die Fernbedienung legte er neben das Messer.

Kaspar, sagte er, und ich erschrak, weil ich meinen Vornamen offenbar vergessen hatte, zusammen mit meinem Nachnamen. Kaspar. Dann erzählte er mir von einer Firma namens Æxego, eine Filiale liege nicht allzu weit von hier, ein Freund von ihm arbeite dort, da könne ich mal hin, vielleicht würden die mir weiterhelfen. Bei was, fragte ich mich, traute mich aber nicht, es auszusprechen. Er machte den Fernseher aus, räumte das Messer weg, schrieb mir die Adresse auf, gab mir eine Flasche Wasser und eine Tüte Chips und brachte mich zur Tür. Er wartete geduldig, bis ich meine Stiefel angezogen hatte, dann fiel die Tür hinter mir zu. Die Kälte muss mir schneidend vorgekommen sein. Ein paar mehr Sterne, immerhin, immerhin. Der Mond war schon untergegangen, wenn mich nicht alles täuscht. Und die geleckten Straßen waren voll von diesem fetten orangenen Licht.

Das Laufen ging dann eigentlich erstaunlich gut. Als ich den Ort schließlich hinter mir ließ und zu den Feldern kam, dämmerte es langsam. Am Horizont eine blaue Eintrübung, im Osten, es muss der Osten gewesen sein. Mit dem Wegfallen der Häuser wurde der Himmel entsprechend größer und schloss sich wie eine hohle Hand über meinem Kopf. Falls es mir gelingt, wird es später noch poetischer werden, warten Sie es ab.

Es scheint vorerst nicht weiterzugehen. Undeutliche Gestalten tauchen vor mir auf und warten auf ihren Auftritt. Trotz der etwas öden Handlung bin ich gerne bei diesem Jungen, man denkt, aus dem könnte noch was werden, trotz seiner asozialen Ader. Vielleicht ein mittelmäßiger Jurist? Ich nehme an, dass er irgendwann mal die Chips aß, die unter anderem Hefeextrakt enthielten, oder sich schlafen legte und sich im Schlaf umdrehte und im Schlaf stöhnte, vor Träumen und vor allem vor Albträumen, und Stuhlgang hatte und Wasser ließ. Aber wollen wir das wissen? Die Traumsache könnte interessant sein, der Junge war ein wilder Träumer, die Träume müssen nur so auf ihn eingestürzt sein, voll von Sex und Tod, da er das eine wollte und sich vor dem anderen fürchtete, wie alle, oder fast alle. Ja, bilden wir uns nichts auf unsere Außergewöhnlichkeit ein, die Ereignisse, vor allem die historischen, mögen bedeutsam sein, aber wir sind nur eine weitere Version fehlerhafter Software, die sich über ihre Hardware Gedanken macht, falls diese Unterscheidung noch aktuell ist. Genug.

Im Zimmer hat eine milde Ödnis um sich gegriffen. Gäbe es eine große Standuhr, ich würde ihr Ticken hören. Manchmal schaue ich hektisch um mich, auf der Suche nach Zerstreuung, aber Wand und Decke sind noch immer an denselben Punkten miteinander vernäht und wir wollen froh sein, dass wir auf diese Weise etwas so vorfinden, wie wir es verlassen haben. »Wir wollen froh sein«, ich glaube es nicht.

Aber anstatt mich mit weiteren Selbstbezichtigungen zu unterhalten, nutze ich diesen Moment der Ruhe, um nach meinem Körper zu schauen, der schon allzu lange versucht, sich bemerkbar zu machen. Ja, ich habe verschiedene Schmerzen und ich werde nicht eher ruhen, bis ich sie alle aufgezählt habe, lehnen Sie sich also zurück und genießen Sie die Show.

Jetzt habe ich zu viel versprochen. Das ist eine schlechte Stelle. Ich habe auf sie gewartet und sie sind nicht gekommen. Wer? Die Schmerzen natürlich, du musst schon vorher lesen, was du geschrieben hast. Jetzt also noch ein Du, wir werden immer mehr, scheint mir, bald sind wir eine große Familie. Sie sind jedenfalls nicht gekommen. Bin ich etwa noch zu jung, um wahrhaft bettlägerig zu sein, wie die Tradition es will? Nun, aber der Muskelschwund ist etwas, das sich nicht wegdiskutieren lässt, man betrachte nur mal meine Arme, bloß noch dünne, knotige Stöcke sind das, und selbst meine Läuferbeine, auf die ich immer stolz war, haben abgebaut, so gründlich liege ich herum. Und meine Schamhaare dazwischen bilden einen ordentlichen Urwald, das kann ich Ihnen sagen. Aber ich muss mir eben auch die Frage gefallen lassen, welche Krankheit ich überhaupt habe, denn das war schließlich der Ausgangspunkt der ganzen Bettgeschichte hier, dass ich krank bin und gesund werden will. Aber wenn mich nicht alles täuscht, so werden meine Symptome, so weit sie mir wieder einfallen, so vage und allgemeingültig sein, dass sich mit ihnen alles diagnostizieren ließe, vom Schnupfen bis zum Tumor.

Das setzt der Fantasie keine Grenzen und der Hypochonder kann frei atmen. Es kommt bloß darauf an, bei welcher Krankenkasse ich bin und wie geschickt mein behandelnder Arzt darin ist, diese auszunehmen. Allerdings wäre mir eine Ärztin lieber. Und woran scheitert das Ganze? Am Viech natürlich. Die Ausrede ist gar nicht schlecht. Bei allem, was es leistet und wofür es sich so seine Orden verdient, könnte es mir doch auch hin und wieder ein Thermometer in den Po stecken oder an einem der unteren Augenlider ziehen, um die Farbe meiner Schleimhäute zu überprüfen. Auch so ein Tropf mit Salzlösung wäre nicht schlecht, dann bräuchte ich nur noch einen verödeten Krankenhausgang, mit frisch gebohnertem PVC, in dem sich das schale Nachmittagslicht spiegelt, um darauf mit einem Ständer, also dem, an dem der Tropf hängt, Gassi zu gehen. Ich würde so ein Krankenhaushemd tragen, das den Arsch frei lässt und Pantoffeln, mit denen es sich stilecht schlurfen lässt. Das Schlurfen ist natürlich wichtig. Wie eine Schildkröte würde ich mich bewegen, leicht gebückt, etwas stierend, mit wirrem Haar, die Haut talgig, matt glänzend, große Poren. Irgendwann käme eine energische Krankenschwester vorbeimarschiert, die Crocs trüge, sodass sich die Szene auch historisch verorten ließe, sowie einen Pferdeschwanz, natürlich wippend. Und natürlich würde sie einen charakteristischen Spruch ablassen, mit dieser speziellen Mischung aus herablassender Infantilisierung und Kumpelhaftigkeit, die man einfach mögen muss, wenn man Krankenschwestern mag, und das tue ich, das tue ich. Natürlich würde ich von ihr träumen, während ich mein Püree esse oder vielmehr lutsche und dem Püree würde das Salz fehlen wie dem Fisch das

Wasser, die Frage ist, welchem. Ja, der Ekel – und die Möbel wären gnadenlos in Eierschale gehalten, damit niemand denkt, er könne sich hier wohlfühlen, ich meine dort. Das Krankenhaus, ein Ort der Begierden und der Leidenschaft. Gut, dass wir darüber gesprochen haben. Und falls ich bloß die Allgemeinplätze festgehalten habe, statt meiner lebendigen Erinnerung, auf die ich immer noch setze, trotz allem, dann macht das nichts, denn irgendwann wird alles gleich interessant, man muss nur genügend Abstand dazu gewinnen und von dem habe ich schließlich genug.

Die Felder. Er verließ den Vorort und kam zu den Feldern und sie waren weit und lagen brach. Der Morgen kam, unaufhaltsam und ohne Rücksicht auf den, der Schutz in der Nacht sucht. Ja, dieses Pathos hat mir gefehlt. Es war nicht gerade sonnig, nein, das konnte man nicht sagen, genauso wenig wie, dass es duster war, vielmehr begann der Tag mit einem glatten Wolkentuch, das den ganzen Himmel bespannte und das Licht der Sonne, es muss die Sonne gewesen sein, wie gesiebt auf die Landschaft verteilte. So entsprach die Flächigkeit des Landes der Flächigkeit des Himmels, eine angenehme Symmetrie, wenn man das Auge dafür hat. Die Straße war asphaltiert, daran erinnere ich mich.

Die Landschaft. Sie war wie ein Gemälde, die Landschaft, ich hatte mich in ein Gemälde verlaufen, so flächig war es, beinahe abstrakt, ich fürchte, es handelte sich um die Moderne oder eine noch schlimmere Epoche, falls das möglich ist. Es begann zu nieseln, ganz fein – und je feiner es nieselt, desto zermalmender ist die Wirkung im Innern. Oh, und die Stille, bloß leichter Wind, in der

Ferne einige Windräder, die sich träge drehten, Quatsch, die stillstanden, es stand alles still, bis auf die Luft und mich selbst. Irgendwann, als mir die Füße wehtaten, kauerte ich mich unter einen Baum am Straßenrand, einen der wenigen Bäume in dieser an Bäumen armen Landschaft, entschlossen, das Weiterlaufen zu verweigern, und passend dazu ballte ich die Fäuste, zürnend, zürnend, doch wem oder was, wem oder was ich da zürnte, das ist die Frage. Der Baum war eine Weide, warum nicht. Eine Linde wäre wohl wahrscheinlicher. Nun, ich habe sie nie auseinanderhalten können, die Pflanzen, meine ich, und die Tiere, die Natur, meine ich, ich habe die Natur nie auseinanderhalten können. Ich rieb mein Gesicht trocken und nach einer bestimmten Zeitspanne war es genauso feucht wie vorher, trotz des Baumes. Auch Spinoza konnte mir nicht helfen, denn auch Spinoza wäre nass geworden.

Erklärungen: Es war eine Art Widerstand entstanden, dachte ich und denke ich auch jetzt noch, zum einen war da die Gegend, die zu groß war und gleichzeitig zu leer, und zum anderen meine psychische Verfasstheit, die einen Widerstand ganz eigener Art erzeugte, indem sie die leere Größe oder große Leere der Gegend spiegelte. Ich frage mich, ob das nachvollziehbar ist. Dann dachte ich an Evas Vater und an seine kalte Freundlichkeit, die ich eben noch genossen hatte, sowie an seine lauwarme Unverbindlichkeit. Er war erschöpft, das war klar. Und Eva? Nicht weniger, kaum weniger, trotz des Alters. Eine erschöpfte Familie. Aber auch sie erschien mir nur noch in der Ferne, einer Art inneren Ferne, seltsam, ich war schon weit weg damals, vom Wald und meiner Schule, es schien alles so lange her.

Dann irgendwann, nach Stunden, half das Stillhalten, denn ich spürte, wie das Denken leiser wurde, gedämpfter, und das hieß, dass es an der Zeit war, den Moment zu genießen. Es tut mir leid, damals dachte man so, in diesen Worten, und hin und wieder musste man mitdenken, wenn man mitmachen wollte und das wollte ich doch, trotz allem. Dazu muss ich sagen, dass es mir eigentlich nie gelungen ist, ich spreche jetzt wieder vom Moment, und wenn doch, fiel es mir nicht schnell genug auf, um es zu verifizieren. Zur Erfrischung erwähne ich jetzt mal den Geruch von nasser Erde, der in der Luft lag. Mir fiel weiterhin auf, dass die Sonne unbemerkt wieder verschwunden war, denn vom Zenit her bläute es wieder leicht, bläute langsam hinunter zum Horizont, um irgendwann alles wieder zu schwärzen oder beinahe. Woran man erkennt, wie lange ich dort herumsaß.

Schließlich ließ ich mich nach vorn sinken mit meinem ganzen Gewicht und hätte beinahe einen Purzelbaum gemacht, sackte dann aber doch nur komisch zur Seite und rollte so ins nasse Gras. Mir dämmerte, dass ich nicht dabei war, eine Pause zu machen, ein kleines Päuschen, sondern vielmehr kurz davorstand, hier die Nacht zu verbringen. Die Tageszeit würde mich dazu zwingen. Mir fehlte entschieden mein Zelt und ich dachte daran, wie es jetzt auf dem Waldboden lag und langsam verschimmelte. Ich war dabei, in einen Zustand zu wechseln, den man, glaube ich, als »ohne festen Wohnsitz« beschreibt. Da kann man ruhig einen Kloß im Hals bekommen, nicht unbedingt aus Mitleid, aber aus Selbstmitleid, aus Selbstmitleid. Und in diesem Moment sagte ich mir: »Dein letzter Ausweg heißt Praktikum.«

Gut, nicht wortwörtlich, aber es lief darauf hinaus. Erst den Moment genießen und dann ein Praktikum, so machte man das, es ist schrecklich, ich weiß, aber so war es. Und es war natürlich viel eher mein vorletzter Ausweg, der so hieß, aus einer langen Reihe ganz anderer Auswege, von denen ich aber entweder gar nicht wusste oder die mir in dem Moment nicht einfielen. Es fehlte ja nie an Optionen! Deshalb lag das Problem bei mir, ich habe nie daran gezweifelt und zweifle auch jetzt nicht daran. Ich kramte in meinem Rucksack und holte einen knittrigen, eingerissenen Schnellhefter mit meinen Qualifikationen heraus. Er enthielt alle meine Zeugnisse ab der ersten Klasse: »Kaspar ist ein ruhiger und stiller Beobachter der Geschehnisse …«, aha, dann noch meinen Lebenslauf, geboren, Schule, Schule, Hobbys und ein allgemeines Motivationsschreiben, in dem von Soft Skills die Rede war, so ein Vordruck aus dem Internet. Je mehr Blätter, desto besser. Gespannt blätterte ich zu meinem letzten Zeugnis, das angeblich eine Reife für irgendetwas bescheinigte, denn ich lese immer gerne über mich selbst, und sah, dass ich Dreien bekommen hatte, nichts als Dreien, und was hieß Drei? Drei hieß »befriedigend«, ich war also befriedigend. Wen oder was ich da befriedigte, wurde nicht verraten, dabei wäre das doch die einzig entscheidende Information gewesen. Ich vergrub den Hefter, der ziemlich nass geworden war, wieder in den anderen Klumpen im Rucksack. Und während ich zum Himmel aufsah, der immer nur eine scheinbare Grenze darstellt, dachte ich das Wort »Marktchance«, das ich irgendwo schon einmal gehört haben musste und das von diesem fernen Ort jetzt wieder zu mir zurückkam. Sein Inhalt oder seine Bedeutung blieben mir damals weitgehend verborgen, was nicht unbedingt ein Nachteil gewesen sein muss.

Danach stürzte die Zeit geradezu gierig voran Richtung Nacht, denn als ich wiederum den Kopf hob und die Augen öffnete, was bedeutet, dass ich sie vorher geschlossen haben musste, war es schon dunkel. Ich konzentrierte mich darauf, nicht innerlich mein Geld zu zählen, was sich langsam zu einer schlechten Angewohnheit auswuchs. Allerdings hatte die Nacht, neben all ihren Nachteilen, auch den Vorteil, dass ich in gewisser Weise weiter sehen konnte, das fiel mir in dem Moment auf, zum Trost, denke ich. Aber wie das? Während ich am Tage in all die verschiedenen Naturreste mit ihren endlosen Brauntönen geblickt und mich dabei gefragt hatte, was sie davon abhielt, endlich zu vergehen, schienen in der Nacht und in der Ferne eine Reihe Lichter auf, angeordnet am oberen Rand des flächigen Landes, an der genauen Grenze zwischen dem Festen und dem Gasförmigen. Auf diese Art war die Nacht für meinen Orientierungssinn viel besser geeignet als der Tag, da ich mich in gewisser Weise gar nicht mehr orientieren musste, sondern auf die nächstbesten Lichter zutrotten konnte, in der Hoffnung, dass es sich um etwas Neues und Anderes handele.

Dort starrte ich dann also hin. Unmöglich zu sagen, wie weit weg. Vermutlich weit. Ich würde einen Gutteil der Nacht laufen. Zweite Nacht ohne Schlaf. Ich hätte schlafen sollen, dachte ich, statt zu denken, ein Gedanke, der einem vielleicht nur ausgeschlafen kommt. Schicksal, manchmal sagte ich mir das, Schicksal, Schicksal, ohne dass es die erhoffte Wirkung hatte. Dann stolperte ich los, querfeldein, durch den vom Regen aufgeweichten

Acker, geradewegs auf die Lichter zu, begleitet vom entsprechenden Schmatzen, einziges Geräusch in der Stille. Außer meinem Keuchen. Und meinem Fluchen. Und meinen Gedanken, die auch ein Geräusch sind, wenn man mich fragt. Interessant vielleicht noch, anzumerken, dass ich nicht anhalten konnte, da ich, wenn ich es tat, zum Beispiel, weil ich Seitenstechen hatte, mit den Füßen sofort in den Schlamm einsank und Gefahr lief, meine Stiefel zu verlieren. Nach einer gewissen Zeit des Weges wäre ich gerne gekrochen, am liebsten auf dem Bauch. Bei meiner Ankunft hätte ich ausgesehen wie neugeboren und Grund zu schreien, gab es auch genug. Aber ich musste an meine Bewerbung denken und was für einen Eindruck ich machen würde, alles lief darauf hinaus.

Und jetzt beschreibe ich die Lichter. Schließlich hatte ich genug Zeit, sie zu betrachten. Sie waren strahlend hell, regelrechte Lichtkreuze, und weiß, wie brennender Phosphor. Wem geleuchtet oder was beleuchtet werden sollte, dazu gab es keine Hinweise. Irgendwann erkannte ich im Licht eines Strahlers ein Stück Wellblechwand, das wie herausgeschnitten in der Leere schwebte. Da starrte ich dann hin, für den langen Rest des Weges.

Ach, das Viech. Ich schreibe erfrischt von einer kleinen romantischen Episode. Ja, denn ich glaube, wir haben ein bisschen miteinander geflirtet. Und das wird auch Zeit nach … all der Zeit. Gut, vielleicht habe ich mehr mit ihm geflirtet als umgekehrt. Ich habe gesagt: Na, du? Was Besseres ist mir offenbar nicht eingefallen. Und das Viech zeigte mir seine kalte, nein, eher seine neutrale Schulter. Was meine Leidenschaft natürlich endgültig entflammte, das ist klar. Ich war sozusagen kurz davor, es in seiner Kammer zu besuchen, wo es mich, nach einem Moment gespannter Stille, niederwirft, zum Beispiel auf einen Diwan, das ist ein altertümliches Möbelstück, um mein T-Shirt zu zerreißen. Es drängt mich, ich spüre es, in noch seichtere Gewässer, sie können gar nicht seicht genug sein. Das Viech kam zum Staubsaugen übrigens. Dabei verursache ich gar keinen Staub, und auch das Bettzeug wirkt staubfrei und so, als könne man es bei ungefähr tausend Grad waschen. Ja, ich schlafe in Metall, manchmal glaube ich daran. Es ist weich und warm. Ah, aber meine Kleidung, vielleicht reicht sie, um ausreichend Dreck zu produzieren. Jedenfalls fuhr das Viech mit seinem eingebauten Sauger seine Bahnen und ich setzte mich, so weit es ging, auf, um keinen Akt dieses Spektakels zu verpassen. Dabei fiel mir auf, dass ich nicht mehr die Dielen oder den Teppich vom letzten Mal sah, sondern so eine öde graue Fläche. Aber gut, so ist das eben, es reicht, um darauf zu gehen oder zur Toilettenschüssel zu kriechen, voller Vorfreude auf die Entleerung. Weiter. Die Frage, warum ich noch nicht erstickt bin. Sehe keinen Schacht oder Ähnliches, durch den weitere Atemluft strömen könnte. Eine Theorie besagt, dass das Fenster, das ich hinter dem Vorhang vermute, leicht geöffnet ist. Das wäre natürlich spannend. Aber wo bleiben dann die Geräusche? Das Krähen der Krähen oder irgendein Zwitschern, vielleicht von einem Spatzen? Ja, so einen Spatzen würde ich ins Herz schließen, genau wie jedes andere Säugetier, denn ab heute sind alle in einer Familie, nämlich in meiner, es ist nicht überraschend. Die Vögel sind doch noch immer das Symbol der Sehnsucht, nicht wahr? Oder war es die Freiheit? Egal, darauf kommt es nicht an, das alte Kuddelmuddel, es reicht, um sich ein wenig auf den Weg machen zu wollen. Ich meine auch hier, jetzt und nicht nur damals, diese zweifelhaften Fahrten eines Mittelmäßigen. Und da ich anscheinend weder gesunden noch sterben muss, das heißt vorerst, könnte ich doch auch aus dem Bett kriechen und sehen, wo es mich hinverschlagen hat und ob meine Spekulationen, die ich dazu angestellt habe und die ich vorerst nicht verraten werde, aus Schläue, zutreffen oder nicht. Denn eigentlich habe ich gar nichts Gravierendes, es ist auch ein wenig enttäuschend, aber so ist es, bloß etwas Kopf- und Rückenschmerzen, schwere Glieder, Bauchkrämpfe, Durchfall, der nach Grab riecht, und ein ständiges Jucken der Kopfhaut, klar, wenn man sich nie die Haare wäscht oder kämmt – aber alles halb so schlimm, nicht wahr, halb so schlimm. Ich werde mit dem Kriechen beginnen, wie ich es mir angewöhnt habe, und falls ich Lust bekomme, richte ich mich auf, denn ich glaube, dass ich mal groß war oder jedenfalls nicht klein, und der Ausblick könnte interessant sein, es wird mich aufmuntern. Ich könnte bei dieser Gelegenheit mal sehen

Ich kann nicht.

Endlich Nacht. Was ich Nacht nenne.

Wohin des Weges? Das sagte er: Wohin des Weges? Er saß im blauen Zwielicht am Rand eines Wäldchens, nahe der Felder, durch die ich watete, auf einem Plastikklappstuhl, einen Haufen Holzbündel neben sich. Ich stapfte auf ihn zu. Zum Licht, sagte ich. Und um Missverständnisse auszuräumen: Dort hinten. Also etwa: Zum Licht, dort hinten, und ich hätte darauf gezeigt, wenn ich geglaubt hätte, dass er meinen Arm hätte sehen können. Was ich vorhabe, fragte er. Wer er überhaupt sei, fragte ich zurück. Der Förster, sagte er. Ich trat näher, um ihn mir genauer anzusehen. Für einen Förster sah er recht beschissen aus, schien mir, musste ein Förster nicht vital sein, immer rote Bäckchen plus Bart und Hut – dieser sah abgerissen aus, eingefallen und klein, das Gesicht in Falten. Der Förster, wiederholte ich ungläubig, der Förster, sagte er, der Förster, sagte ich, gut, okay, sagte er verärgert, ich war es mal, aha, sagte ich. Jetzt sei er Holzverkäufer, sagte er und zeigte auf sein Holz. Was denn da rausche, fragte ich ihn, denn ich hörte es rauschen und wollte überprüfen, ob ich verrückt geworden war oder ob in der Nähe etwa ein kleines Bächlein floss. Das sei die Autobahn, sagte er, die Autobahn, sagte ich, warum ich alles wiederhole, fragte er. Es gibt Verkehr?, fragte ich, es scheint so, sagte er. Mit dem Mann war nicht leicht zu reden. Was ich denn nun vorhabe. Mich auf ein Praktikum bewerben. Und die Schule?, fragte er. Kaputt, sagte ich. Da zuckte er mit den Schultern. Dann wollte er wissen, wo und ich gab ihm den Zettel, den mir Evas Vater zugesteckt hatte, eine Connection witternd. Er starrte mich lange an. Da sei ich falsch, sagte er, die Raststätte auf dem Zettel liege weiter aufwärts an der Autobahn, aber eine Æxego-Filiale gebe es auch hier. Ich sollte nur weiter auf das Licht zuschwanken. Dann schwiegen wir eine Weile und als ich weggehen wollte, griff er plötzlich nach mir und wollte wissen, ob ich nicht etwas Holz brauche, nur ein kleines bisschen, er mache mir einen guten Preis. Nein danke, sagte ich, aber wenn mich später die Lust auf Holz packe, sei er mein Mann. Warum so zynisch?, fragte er dann, ganz ernsthaft und ruhig, und er hatte recht, warum so zynisch? Ein erstaunlicher Förster, das muss ich sagen, ein erstaunlicher ehemaliger Förster. Ich entschuldigte mich. Dass er nicht immer so ausgesehen habe, sagte er dann, auch mal jung gewesen sei. Ich gestand es ihm ohne Umschweife zu und versuchte höflich seine alte Eisenhand von meinem Unterarm zu entfernen. Er sei früher mal Musiker gewesen, sagte er weiter, Gitarrist, das könne ich mir ja gar nicht mehr vorstellen, Musik, mit Instrumenten, richtigen Instrumenten, die man spielen müsse, und Gesang, und Liebe, Liebe, sagte ich, ja, Liebe, du kleiner Scheißer, sagte er, und Freunde habe er gehabt, berühmte Freunde, zum Beispiel Cat Stevens. Cat Stevens?, fragte ich. Ja, sagte er, Cat Stevens, Cat Stevens, Cat Stevens, und das reichte mir dann und obwohl ich mich, ehrlich gesagt, fast einpisste vor Angst, schlug ich ihm kurz entschlossen mit der freien Hand ins Gesicht, was seinen Griff für einen Moment lockerte, und lief zurück ins Feld, und während ich lief und fast blind war und in den Schlamm stürzte und lief und wieder stürzte und der Raum um mich grollte, hob seine Stimme an, aber was für eine Stimme, werde ich nie vergessen, wie ein Geist, der mich rief, aus einer tiefen Schlucht:

I listen to the wind, to the wind of my soul
where I'll end up, well I think only God really knows …

Liege unter der Decke. Habe eine kleine Taschenlampe, um mir zu leuchten, wie als Kind. Um weiterzukritzeln, trotz allem. So lange bis … bis ich nicht mehr kann, und dann werde ich warten, bis ich wieder kann. Und so weiter. Was für ein ausgeklügelter Plan. Hier unten ist es erstaunlich schön, das muss ich sagen, frage mich jetzt, wozu ich oben die ganze Zeit den Kopf in den Sturm gehalten habe, als bekäme ich gleich Besuch. Denn auch hier unten ist doch eine kleine Welt, nicht wahr, nicht wahr? Betrachte sie. Das Bettlaken wirft Falten, es sind Dünen und Gräben und kleine Hügel, und die Lampe ist eine Sonne, die ich aufgehen lasse, wenn ich es mag, und beim Untergang presse ich sie in den Handteller, fleischfarbenes Abendrot. Tagsüber ist meine linke Hand ein kleiner Mensch, der arbeiten muss, es ist das Schreiben, mit einem riesigen Stift. Die Decke ist das Himmelszelt, es liegt auf Gottes Kopf, dessen Auge wohlwollend hinabsieht auf die fleißige Hand. Was für ein Scheißgott, das muss ich sagen. Er lästert sich schon selbst, wie man sieht, und der Hand bleibt nichts, als zu glauben und mit dem Stift die ihr eingegebenen Lügen in den Acker zu pflügen. Alles hat seine Ordnung. Sie ist nicht gut, aber es ist eine.

Und dieser ehemalige Förster, ich frage mich, ob ich ihm unrecht tue. Es ist möglich. Allerdings, das Risiko ist nicht zu groß. Aber hat er mir nicht vielmehr eine gute Fahrt gewünscht oder sogar eine gute Überfahrt – war es nicht seine Rolle, etwas Unheilvolles zu raunen? Ja, raunen. Vielleicht schenkte er mir sogar einen Zweig, trotz der Cat-Stevens-Sache, einen frischen Tannenzweig, und ist der Geruch von Tannennadeln nicht überwältigend, hat er mich nicht immer an Abende zu Hause erinnert, als ich ein Kind war und nicht wissen konnte, welches Glück ich hatte und was mir noch bevorstand, wie der Tod, beispielsweise, oder die Pubertät? Gestehen wir dem Jäger, ich meine Förster, den Zweig zu und tun wir ihn in Gedanken in den Rucksack, zu den feuchten Sachen, vielleicht brauchen wir ihn später, wenn die Lust auf Nostalgie uns packt. Und jetzt weiter. Im Reich Gottes wird die Luft langsam schlecht, aber wir werden auch noch den letzten Rest wegatmen, ohne uns zu beschweren, denn erstunken ist noch niemand und so weiter.

Diese Nacht, also ehrlich, war sie auch mal zu Ende, diese angebliche Nacht, in der ich gewesen bin? Es muss weitergegangen sein. Die Erfahrung sagt es dir, ohne dass sie jemals imstande gewesen wäre, dir Vertrauen einzuflößen. Aber ich spreche hier von Erfahrung, wo es sich um meine Erinnerungsfähigkeit handelt, es ist eben nicht das Gleiche. Leider. Oder zum Glück. Es kommt darauf an, immer, nur worauf, worauf? Eine dieser Fragen, ich würde sie gerne beantworten. Jedenfalls muss die Nacht penetrant gewesen sein zu jener Zeit, das ist zwar unklar, aber wenn ich etwas sehe, sehe ich es oft bei Nacht, ohne das romantische Dekor allerdings, das heißt mit ausgeblendetem Mond und verborgenen Sternen. Aber was gab es dort? Denk nach, es kann nicht so schwer sein, die Unterschiede waren minimal und im Zweifelsfall zu vernachlässigen. Aber ich war nie begabt für die groben Züge, ich habe mich immer in die Details gestürzt, als stecke in ihnen etwas anderes als weitere Details. Sagen wir zum Beispiel, das Ganze, das heißt das ganze Raststättengelände, denn darum geht es jetzt, war von einem Zaun umgeben. Es war ein Maschendrahtzaun, der oben mit zahllosen Spiralen Stacheldraht verziert war. Und natürlich krallte ich die Finger in den Maschendraht wie im Film. Dahinter lag ein weites Feld oder eine Wiese, in halbdurchsichtiges Dunkel getaucht, wie man sagt, und die Lichter dahinter, auf die ich so gierig zugesteuert und für die ich mich so ruiniert hatte, vor allem die Kleidung, gehörten zu einer Tankstelle und dem dazugehörigen Shop (»stop&shop«), zu den Laternen des LKW-Parkplatzes daneben, der tatsächlich voller LKWs war, die dicht gedrängt dort lagen wie gestrandete Wale, und zu einem grellweißen Gebäude, das ich nicht einordnen konnte. Dahinter war die Autobahn.

Aber was war auf diesem Feld los? Es war nicht leer, es war voller Menschen, die herumlagen und -liefen. Es war eine Art Campingplatz. Es fehlte nur an Zelten, Gaskochern und Taschenlampen und noch einigem anderen. Manche lagen auf Matratzen, andere schlichen dazwischen herum, murmelnd, schlurfend. Man hätte es für ein Festival nach dem Stromausfall halten können. Denn die Menschen waren jung. Eine der Gestalten kam langsam auf mich zu. Auch sie krallte die Finger in die Maschen, neben meinen. Was ich wolle, fragte sie. Mich auf ein Praktikum bewerben, sagte ich, bei Æxego, ich suche die Filiale. Ich sei zu spät, sagte die Gestalt, die Plätze seien vergeben. Ich blieb kühl, scheint mir, und schwieg, da ich so eine Antwort erwartet hatte und meinem Konkurrenten keine andere gegeben hätte, in der Hoffnung, dass er den Mut verlieren und abziehen würde. Ich werde es versuchen, sagte ich, dann versuch mal, war die Antwort. Die Gestalt stellte sich als Stella vor, ihr Name war Stella. Und sie stellte sich vor, wie höflich. Sie war in meinem Alter, klein, mit rundem, farblosem Gesicht. Durch die Maschen reichten wir uns die Finger. Wie sie dort reingekommen seien, fragte ich sie. Durch das Loch, sagte sie und zeigte auf ein Loch im Zaun, gleich rechts neben mir. Da kam man bequem durch.

Stella blieb aus irgendeinem Grund bei mir. Ich fürchte, sie mochte mich. Was seltsam wäre, da sie mich ja nicht kannte. Sie zeigte mir ihren Schlafplatz auf dem Feld und bot mir an, mit ihr dort zu übernachten. Der Schlafplatz war, wie soll ich sagen, ein Loch. Ich zog die Hose und die Jacke aus, die schwer vom Schlamm waren, breitete meinen Schlafsack aus und kroch hinein. Ich fror entsetzlich, aber es entsetzte mich nicht.

Im Nebenloch gab es ein etwa zwölfjähriges Mädchen mit langen Zöpfen, die mit einem Spaten, der ungefähr so groß war wie sie, ihre kleine Grube ausbesserte. Das Mädchen hieß Martha. Martha war damit beschäftigt, ihre Anträge auf einen Platz in einem Kinderheim fristgerecht zu erneuern und die dazugehörigen Korrespondenzen zu führen, auch juristischer Natur, denn die Raststätte bot die Möglichkeit, Post zu empfangen und zu verschicken. Einmal zeigte sie mir auch ihren Briefkopf, der sehr schön gestaltet war.

Ich wusste, dass es zu kalt zum Schlafen war und trotzdem schlief ich, aber nur halb und im Wechsel mit dem Wachen. Stella lag neben mir. Jeder im eigenen Schlafsack. Sobald sich einer von uns bewegte, raschelte und knisterte es, da das Loch mit einer Plastikplane ausgelegt war. Ich roch ihren Kinderatem. Sie trug einen Frotteeschlafanzug. Es wäre eine aufreizende Nacht geworden, hätte ich nicht so gefroren und wäre sie nicht so wenig aufreizend gewesen. Irgendwann faltete sie die Plane über uns zusammen und der Regen prasselte mit seinen schweren Tropfen darauf ein. Im Grabesdunkel tastete ich nach ihrem Gesicht, das kalt war, vor Kälte. Vielleicht küssten wir uns, aber ich glaube nicht.

Zwischendurch, als ich einmal die Augen aufschlug, vor mich hindämmernd, sah ich durch den Spalt in der Plane jemanden vor uns stehen, still auf uns hinunterblickend. Und über die Wiese verteilt sah ich Atemwolken aufsteigen wie aus winzigen Schornsteinen.

Es folgte eine seltsame Zeit. Ich denke, ich kann sagen, dass Stella etwas an mir fand und ich fand auch etwas an ihr, aber etwas anderes, vielleicht sogar etwas ganz anderes. Sie war nicht das, was man konventionell schön nennt. Aber sie war freundlich und Freundlichkeit löst bei mir immer etwas aus, beinahe eine Opferbereitschaft. Am ersten Tag zeigte sie mir den Hygienepark (so hieß der eben). Es war eine Sanitäranlage mit Toiletten und Duschen, deren Zutritt durch sogenannte Voucher geregelt wurde. Die Beschaffung dieser Voucher war eine verwickelte Sache. Das allgemein anerkannte Vorgehen bestand darin, LKW-Fahrer anzugehen, bis einer von ihnen eines der kleinen silbernen Plättchen herausrückte. Natürlich hätte man sie kaufen können, aber die Geldströme waren bei eigentlich allen Anwohnern auf dem Feld versiegt. Für die LKW-Fahrer musste man meistens kleine Dienste erledigen, nicht was Sie denken, doch, auch was Sie denken, aber da weigerte ich mich, da stank ich lieber, denn wozu sich Hygiene erkaufen, wenn man sich dabei auf andere Art schmutzig macht. Konnte man ein Herz erweichen, öffnete sich die Stahltür und man trat in ein plätscherndes, weißes, von Dschungelgeräuschen durchdrungenes Sanitärparadies. Ich wusste nicht, wie Stella eines erweicht hatte. Es gab einen Spender, der riesige, feuchte, mit Babylotion getränkte Tücher ausgab. Die benutzten, die herumlagen, sahen aus wie tote Quallen am Strand.

In einer anderen Kabine gab es eine Art Öldusche, für die man aber extra zahlen musste. Stella begann hektisch zu duschen, als hätte sie so viele Schichten abzutragen, dass sie Angst hatte, nicht alle entfernen zu können, bevor die Zeit ablief. Als ich sie so betrachtete, wie sie sich wusch, als hinge ihr Leben davon ab, empfand ich echte Zuneigung zu ihr. Das passiert einem ja auch nicht ständig. Wie sie sich hektisch einseifte, unter den Armen, zwischen den Beinen, da wurde mir klar, was sie schon alles ertragen haben musste, während ihres Lebens auf dem Feld. Sie stritt es allerdings ab. Aus gutem Grund, wie ich finde.

Später liefen wir, um warm zu bleiben, in einem winzigen zugemüllten Forst herum, in dem sich nur noch ein paar Weberknechte des Lebens zu erfreuen schienen, und sie erzählte mir, wie sich ihre Schule vor über einem Jahr langsam aufgelöst habe. Die Lehrerinnen und Lehrer hätten anfangs zerstreut gewirkt, in Gedanken versunken, später hätten sie desorientiert in den Gängen herumgestanden und schreckhaft reagiert, wenn man sie ansprach. Der Unterricht zerfaserte mit der Zeit oder fiel aus, es wurden ihnen nur noch allgemeine Lebensratschläge gegeben und Filme gezeigt. Sogar Schokolade wurde verteilt. Dann sind alle Lehrer plötzlich verschwunden. Ihre Erdkundelehrerin, Frau Schörndorff-Winkel, wurde von Stella leblos im Kartenraum gefunden, mit geöffnetem Mund, eine faltige Hand noch an der eingerollten Karte Südamerikas. Ob es hier immer so stinke, fragte ich. Ja, sagte Stella. Sie habe sie mit ihren Freundinnen auf dem Pausenhof vergraben, sagte sie mir und fing an zu weinen. Die Leiche sei so schwer gewesen. Ich habe meine Lehrer nie gemocht, sagte ich. Unter einer Eiche, sagte sie. Sie habe ihr aus Ästen ein Kreuz gebastelt und es geschmückt, im Kunstraum. Warum das denn?, fragte ich. Sie schaute mich erschrocken aus ihren wässrigen Augen an. Woher sie gewusst habe, dass Frau Scharnhorst-Winkler Christin gewesen sei. Schörndorff-Winkel, sagte sie und begann noch lauter zu weinen. Sie wusste es natürlich nicht. Wie auch immer, sagte ich und streichelte ihr über ihre braunen, noch feuchten Haare, wie auch immer.

Was sollte das eigentlich?

Später half mir Stella mit meiner Bewerbungsmappe. Dabei befanden wir uns in einem Copyshop, der dort auch noch existiert zu haben schien. Ich stand bloß verdutzt im Weg herum, beeindruckt von so viel Weltgewandtheit und Wissen im Bereich Lebensführung und Selbstvermarktung. Sie überarbeitete mir meinen Lebenslauf mithilfe eines Textprogramms, gestaltete mir ein schönes Layout und ließ sogar Bewerbungsfotos von mir machen, ganz neue und professionelle. Ich sah gar nicht so schlecht aus! Noch nicht.

Jemand hätte sein Schwert ziehen und sie alle verteidigen müssen.

Als es dann einfach passierte und wir Händchen hielten, was, Hand aufs Herz, die erste intime Berührung zwischen uns war und sogar die einzige bleiben sollte, sagte sie mir mit zitternder Stimme, dass sie noch nicht bereit für eine Beziehung und ich ihr, eventuell, nicht männlich genug sei. Eventuell?, fragte ich. Ja, sagte sie. Ich verstand sie gut, war aber trotzdem beleidigt.

Und jetzt muss ich vom Filialleiter sprechen. Ich meine, ich muss mich an ihn erinnern. Name? Unwichtig. Er war der Filialleiter. Er leitete die Æxego-Filiale der Raststätte. Er wohnte in einem Container, etwas abseits, nicht weit vom Zaun, das heißt nicht weit vom Wald. Er wird nicht selten den Schrei des Waldkäuzchens vernommen haben, nachts, wenn er sich schlaflos von der Seite auf den Bauch und vom Bauch auf den Rücken drehte. Schön.

Seine Erscheinung. Ich erinnere mich daran, dass er einen langen Kopf hatte. Er saß am Schreibtisch, vor sich hindämmernd. Das heißt, er saß nicht immer so, aber als ich ihn das erste Mal sah, da tat er es. Auf dem langen Kopf saß eine seltsam unförmige Frisur, um die er sich schon länger nicht mehr gekümmert hatte, schien mir. Alles war in das funzelige Licht einer einzelnen Energiesparlampe getaucht. Jene Art Licht, bei der man Kopfschmerzen bekommt, wenn man versucht, darin etwas zu lesen. Die Luft roch nach Staub und ein bisschen nach altem Schweiß. Und er seufzte viel, als wäre er alt. Dabei war er maximal Mitte zwanzig. Er brauchte lange, um etwas zu sagen. Er legte dabei seinen Kopf in die Hand, als warte er darauf, dass der Satz herausfiele.

Ich übergab ihm meine Bewerbungsmappe mit einem stählernen Lächeln. Stella hatte mir einen neuen Schnellhefter geschenkt, einen gelben, aber eigentlich war er nicht neu. Statt meine Qualifikationen zu bestaunen, sah er mir lange ins Gesicht. Ich lächelte. Seine Mundwinkel dagegen waren nach unten gezogen, als hätte er gerade geweint oder habe es gleich vor. Er sah aus, als wolle er in den Arm genommen werden. Ich sagte, ich würde mich hiermit gerne für ein Praktikum bewerben. Ich bemühte mich, positiv zu klingen, mit sauberer Artikulation.

Ich hatte mit Stella geübt. Die Zähne waren frisch geputzt, gutes Gefühl auch, beim Darüberstreichen mit der Zunge. Er schaute den Hefter gar nicht an. Er stand auf, ging um den Schreibtisch herum, zu einem Sofa, das viel zu kurz für ihn war und legte sich hin, auf die Seite, zu mir gewandt, die Hände unters Ohr, und schloss die Augen. Ich habe sie doch so geliebt, sagte er dann. Kurzes Schweigen. Sie wünschen?, fragte ich. Er wiederholte, dass er sie doch so geliebt habe. Neun Jahre lang, sagte er und dabei öffnete er die Augen, als könne er nicht glauben, dass es neun Jahre waren. Dann hielt er seine Hände vors Gesicht und schaute abwechselnd von einer Handfläche in die andere. Aber jetzt nicht mehr, sagte er und sah mich an. Das sei vorbei. Ich verstehe, sagte ich, obwohl ich nichts verstand. Alles vorbei, sagte er, sie, ich, wir beide, meine Arbeit, mein Leben, alles am Ende, Gott sei Dank.

Und damals glaubte ich noch, dass Filialleiter lockere Typen seien, die gerne mal eine Krawatte mit frechem Muster trügen. Ich schlug die Beine übereinander und versuchte, ebenfalls zerknirscht zu gucken. Neben dem Sofa stand ein kleiner Kühlschrank, aus dem holte er, ohne aufzustehen, zwei Flaschen Bier heraus und reichte mir eine, kommentarlos. Ich bekam von dem Bier natürlich Bauchschmerzen, weil ich so wenig gegessen hatte. Außerdem wurde ich sofort betrunken.

Und ich schaffe es nicht mal, Alkoholiker zu werden, rief er, als er seines ausgetrunken hatte. Das ist mein erstes Bier heute. Er sah mich verzweifelt an. Lauter Inkonsequenz, sagte er. Zu diesem Zeitpunkt begann er mir ein wenig auf die Nerven zu gehen. Ein laues Tröpfeln, statt eines heißen Strahls, das Wort Strahl spie er regelrecht aus. Dann sah er mich lange an, mit diesem glasigen, weinerlichen Blick. Warum bist du noch mal hier?, fragte er. Wegen des Praktikums, sagte ich, auf den Genitiv achtend. Wegen des Praktikums, wiederholte er, als hätte ich etwas Absurdes gesagt. Die Filiale ist tot, sagte er, seit über einem Jahr. Man hat sie dichtgemacht. Ich verwalte die Reste, die Reste meiner Existenz. Die Seinsreste. Ich bin jetzt nichts mehr.

Ich verstand kein Wort. Warum gehst du nicht zur Schule?, fragte er. Geschlossen, sagte ich. Gut so, sagte er gleich, alles Zeitverschwendung. Es ist nie zu früh, um aufzugeben. Der Praktikumsplatz ist also schon vergeben?, fragte ich. Aber er war schon wieder in seinen Gedanken. Vielleicht verstand er einen nur, wenn man sich sehr negativ ausdrückte. Ich werde dir ein Gedicht vorlesen, sagte er dann, sehr gerne, sagte ich, obwohl ich alles gegeben hätte, um es zu verhindern. Er holte einen Zettel aus seiner Tasche, strich sich mehrmals übers Gesicht und las:

Die Nacht ist ein hohles Haus
Wir wollen nicht mehr darin wohnen
Ich schaue die Tapete an
Und weiß, dass ich nichts ändern kann
Dass ich nichts, nichts
nichts ändern kann.

Er faltete den Zettel feierlich wieder zusammen und hielt inne. Wie findest du es?, fragte er dann und schaute mich erwartungsvoll an. Und als ich zögerte: Ich habe es selbst geschrieben. Ich sagte, ich fände es recht düster, aber sehr gut. Ich nenne es *Naiver Fatalismus*, sagte er, das ist meine eigene lyrische Strömung. Dazu fiel mir, glaube ich, nichts ein. Nach einer längeren Pause sagte ich, dass ich momentan ein wenig perspektivlos sei und auf der Suche nach einer Chance, mich zu beweisen. Das muss ungefähr der Euphemismus gewesen sein, den ich mir zurechtgelegt hatte, und ich wollte nicht gehen, ohne ihn benutzt zu haben. Es ließ ihn kalt und er starrte ins Leere, in irgendwelche naiv fatalistischen Gedanken versunken. Junge, sagte er, jetzt nannte er mich auch noch Junge, sehe ich aus, als wäre ich eine Connection? Sehe ich aus, als könnte ich dir irgendetwas besorgen? Tatsächlich sah er nicht so aus. Ich lächelte aber weiter, zur Sicherheit. Dann sagte ich, ich lese hin und wieder ganz gern, zum Beispiel Spinoza. Auch der Joker verpuffte. Er holte uns ein zweites Bier aus dem Kühlschrank. Dann fragte er mich, was ich vorher so gemacht habe. Ich wiederholte, dass ich zur Schule gegangen sei. Er habe meine Hobbys gemeint, sagte er. Ich erwähnte meine Outdoor-Aktivitäten, unter sorgsamer Vermeidung der Wahrheit. Seine Weinerlichkeit bekam etwas Angewidertes. Er verachte die Natur, sagte er, unter anderem seine eigene und man hätte rechtzeitig alles ausrotten sollen, als man noch die Mittel dazu gehabt habe. Ich verstand nie ganz, worauf er hinauswollte. Dann fing er wieder davon an, dass er sie doch so geliebt habe und so weiter, als habe er es vorher nie erwähnt, fünf Jahre sei das jetzt her, die kleine Schlampe. Dann weinte er. Ich blieb natürlich einfach sitzen und schaute ihm zu, was hätte ich auch sonst tun sollen. Er weinte eine ganze Weile. Als er sich beruhigt hatte, sagte er, er schreibe jetzt eine E-Mail an Æxego bezüglich meiner Karrieregelüste und ich könne mich schon mal darauf einstellen, abgelehnt zu werden.

Er fragte mich, ob es korrekt sei, mich als obdachlosen Teenager zu bezeichnen. Ich versuchte ihn zu überzeugen, dass es sich mehr um ein Trekking-Adventure handele, vergeblich.

Dann tranken wir den Rest des Biers und schliefen ein, ich auf dem Stuhl und er auf dem Sofa. Als ich aufwachte, saß er wieder am Schreibtisch. Mein Nacken tat weh, weil mein Kopf die ganze Zeit daran gehangen hatte.

Ich unterbreche diese trübe Epoche meines Lebens, um zu der jetzigen, noch trüberen zu kommen. Ich liebe solche Eröffnungssätze. Jedenfalls habe ich sozusagen Ernst gemacht. Und ich hätte wissen können, dass es sich rächt, denn der Ernst, wenn ich zurückblicke und so weiter, ist schon immer geneigt gewesen, sich an mir zu rächen.

Und was habe ich bitte getan, dass ich mich hier eingrabe, unter dieser Decke, unter dieser warmen Decke mit abstraktem Blumenmuster, das ich mir noch nie so genau angesehen habe? Ich habe mich vor den vorhin erwähnten Vorhang gestellt. Beinahe hätte ich den Witz mit den schwedischen Gardinen gemacht, aber mir ist noch rechtzeitig die Pointe entfallen. Jedenfalls habe ich die Luft angehalten und den Vorhang angefasst. Er ist aus Stoff, ganz normalem Stoff, Baumwolle, würde ich sagen, beinahe war ich ein wenig enttäuscht. Dann habe ich ihn behutsam zur Seite geschoben. Was für eine Scheibe, fast unsichtbar, das heißt sehr sauber, streifenfrei. Kein Griff, um das Fenster zu öffnen oder auf Kipp zu stellen. Hat mich ganz und gar nicht überrascht. Also hindurchgesehen. Mir fiel zuerst dieser harte Schattenwurf auf, schon mal ganz das Gegenteil von hier drinnen. Und was wirft da so tolle harte Schatten? Vornehmlich

Steine. Na halleluja. Raue Felsen, sehr graue raue Felsen und jede Menge kleiner Steinkrümel, die jeder ihren eigenen präzisen Schatten haben. Wirklich alles brutal scharf, als hätte ich gerade eine Sichtkorrektur hinter mir. Bis dahin war ja alles noch ganz nett, aber dann habe ich das Viech entdeckt. Es war draußen, das Mistvieh. Stand da rum, hatte irgendein Gerät ausgefahren, das mir völlig neu war, und machte damit im Boden rum. Es drehte dann auch gleich seinen verlogenen Kopf zu mir. Wenn es irgendeiner Mimik fähig wäre, hätte es ertappt ausgesehen. Habe den Vorhang fallen lassen und bin wieder ins Bett geflüchtet.

Seitdem furchtbare Kopfschmerzen. Von der pulsierenden Sorte, bei der einem schlecht wird.

So. Ich muss sagen, ich habe langsam genug von diesem Theater hier. Man könnte die Vorstellung jetzt auch bitte gerne abbrechen. Dankeschön, es reicht, ich konnte einen Eindruck gewinnen. Ich bin nicht böse, ich will mein Geld nicht zurück. Ich war noch nie so bereit zu verzeihen, ganz ehrlich. Ich lasse die Klage fallen. Was kann ich noch tun? Ich werde Sie weiterempfehlen! Und so weiter. Warum bringt mir das Viech eigentlich keine Kopfschmerztablette? Das hat es bis jetzt immer gemacht, wenn ich Kopfschmerzen hatte, es weiß schließlich Bescheid, es kann mir nicht auch noch erzählen, dass es nicht mehr Bescheid weiß. Übrigens kann es mir natürlich gar nichts erzählen, das kleine Drecksviech. Es sind kleine weiße bittere Tabletten, die ich immer mit einer kribbeligen Vorfreude schlucke, da sie ganz nette Nebenwirkungen haben, unter anderem eine leichte Schwerelosigkeit. Mal ein Bein und dann wieder ein Arm, die sich ganz leicht anfühlen und geradezu dankbar, dass sie mein Bein oder mein Arm sein können, was immerhin selten genug vorkommt. Es wäre das Mindeste. Es hat wahrscheinlich völlig zu Recht Angst vor mir. Und doch würde ich ihm nichts tun. Der Vertrauensbruch ist das eine, aber der Service, den es mir bietet, ist das andere. Früher konnte ich nie Prioritäten setzen, jetzt kann ich es offenbar. Erstaunlich.

Gerade jetzt wäre eine ausgezeichnete Gelegenheit, um das Bewusstsein zu verlieren.

Gut, aber ich weiß nicht, wie ich es anstellen soll. Vielleicht ginge es besser durch Luftmangel? Ich sollte ein Korsett tragen, es hat bei den historischen Frauen schließlich auch immer Ohnmachten verursacht. Erst wollte ich meinen Kopf gegen die Wand hauen, aber ich habe zu viel Angst, dass es wehtut und ich in der Folge, zum Beispiel mithilfe einer Hirnblutung, verscheiden könnte. Da sind sie wieder, die alten Skrupel. Ich sollte lieber zu mir in die Nacht zurückkehren, aber davor gibt es noch diese Frage, die sich jetzt aufdrängt, sie scharrt sozusagen mit ihren Pfötchen an der Tür, die Frage ist nämlich,

Praktikumsbericht

In der Zeit vom dann und dann bis dann und dann habe ich erfolgreich, nein, das geht nicht.

Im Zeitraum vom … bis zum … habe ich, soweit es in meiner Macht stand, ein (unbezahltes) Praktikum bei der Æxego GmäbH absolviert. Trotz vorher nicht abzusehender Wendungen im Verlauf meiner Tätigkeit, welche schließlich zu einer vollständigen und endgültigen Hinderung der Fortführung jener Tätigkeit führten, konnte ich viele interessante Eindrücke gewinnen, die mir spannende Perspektiven auf meinen kommenden Berufsweg usw. usf. Mein Betreuer, Leiter der Æxego-Filiale soundso, hat mich zu Beginn meiner Praktikumstätigkeit an die anstehenden Aufgaben herangeführt, indem er mich davon unterrichtete, dass ich den Æxego-Agenten Darz aufzufinden und mich um ihn zu »kümmern« habe, was wisse er denn, wie ich das anstellen solle, ich solle nicht so blöd fragen usw. Die mir gratis zur Verfügung gestellten Arbeitsmittel umfassten einen uralten silbergrauen Nissan Micra mit Automatikgetriebe und halb vollem Tank, eine Straßenkarte, ein Navi könne ich gleich vergessen, ein wenig Geld, ich solle mir unterwegs neues besorgen, ein Sixpack Dosenbier, eine Packung Milchschnitten (Haltbarkeitsdatum abgelaufen), ein kleiner Werkzeugkasten, falls ich mich mit Autos auskenne (nicht der Fall), zwei Rollen Klopapier, alte Zeitungen, einen Wegwerfgrill, ein Stück Plastikschnur, ein Erste-Hilfe-Kasten, Warndreieck, Kühlflüssigkeit, Frostschutzmittel, Motoröl, ein Regenschirm, ein paar Walnüsse (?), zwei Unterhosen, ein Trillerpfeifenschlüsselanhänger mit winzigem Kompass auf der Trillerpfeife, an dem der Autoschlüssel hing, ein Kugelschreiber.

Zuletzt wurde mir noch etwas ausgehändigt, das ich für einen Spielzeugrevolver hielt, allerdings war er verdächtig schwer. Der Filialleiter machte dazu ein komisches Gesicht. Er zog mit dem Zeigefinger der linken Hand das untere Augenlid des linken Auges herunter und sagte, Zum Selbstschutz. Ich versuchte ihn neutral anzusehen. Daraufhin verschwand das komische Gesicht, es wurde so miesepetrig wie immer und er wiederholte in ernstem Ton, Also wirklich, zum Selbstschutz.

Auf meine Nachfrage, inwiefern ich mich um den Filialleiter Darz zu kümmern habe, wurde ich darüber informiert, dass Darz sich nicht an den Franchise-Vertrag halte und seine jüngsten Projekte etwas mehr in Richtung geisteskrank tendierten, als es Æxego recht sei, eine Beurteilung, die, wie sich später zeigen sollte, durchaus nachvollziehbar war. Trotzdem hatte ich nach dem Kümmern gefragt und nicht nach dem Warum des Kümmerns. Als weitere Details teilte mir der Filialleiter außerdem mit, Darz sei »total bekloppt« und »ein dummer Wichser«, den er noch nie habe leiden können. Offene Fragen, wie etwa zu Hinweisen auf Darz' damaligen Aufenthaltsort sowie zu evtl. Gefahren bei der Bewältigung der Aufgabe wurden mit der Begründung zurückgewiesen, der Leiter habe Kopfschmerzen und ich solle mich nicht so anstellen. Der Nissan Micra stehe auf dem Parkplatz von Castle Burger 24/7 und nun solle ich mich »verpissen«. Sodann begab ich mich also zum angegebenen Ort, um die Suche mithilfe des mir freundlichst zur Verfügung gestellten Fahrzeugs in Angriff zu nehmen. Trotz eines deutlichen Hungergefühls meinerseits widerstand ich dem Drang, bei Castle Burger 24/7 einen MacKay mit extra Fleisch zu bestellen, weil teuer und so. Stattdessen probierte ich eine Milchschnitte, sie schmeckte kaum älter als die neuen, sie war nur schlechter in Form.

Jetzt hatte ich also eine Aufgabe. Das wälzte natürlich alles um, ich meine, es veränderte vieles, weil ich noch empfänglich für Aufgaben war und mir einredete, es biete sich mir hier eine Möglichkeit oder sogar eine opportunity, wer weiß, und vielleicht, das muss ich noch dazu sagen, vielleicht bildete ich es mir gar nicht ein – das war ja eben der Punkt. Jedenfalls machte ich mich dann mit meiner genetisch zweifellos festgelegten Ernsthaftigkeit an die Erfüllung meiner Aufgabe, schlimm, schlimm. Und so trat ich also als Praktikant ins Morgengrauen. Nächster Abschnitt der Geschichte. Ja, der Morgen, ich sah ihn grauen, er graute und graute, da auch die Nacht lang gewesen war, scheint mir, und auch die Welt graute und ich selbst graute ebenfalls, alles graute, noch unentschlossen, ob es wirklich schon wieder tagen will. Wie man sieht, handelte es sich um einen weiteren Aufbruch, all diese Aufbrüche, auch sie müssen mit dem Alter zusammenhängen oder mit dem Zeitalter, es ist schwer, die beiden auseinanderzuhalten, manchmal. Ich ging zu Castle Burger, um das Auto zu suchen, bereit, mich in den Verkehr zu stürzen, ohne Furcht und ohne Führerschein. Der Geruch von altem Frittierfett mischte sich mit dem der Kiefern, der Kälte und des anbrechenden Morgens.

Der Nissan war nicht schwer zu finden. Er atmete den zweifelhaften Charme vergangener Epochen. Ich setzte mich hinein. Die Polster waren ebenfalls gräulich. Ich steckte den Schlüssel in die Zündung, ohne mit der Wimper zu zucken, und drehte. Ein kurzes Hüsteln, dann Stille, die natürlich wieder nur eine relative Stille war, da das maritime Rauschen des Autobahnverkehrs noch immer alle eventuellen Stillen untergrub. Vor dem Castle Burger standen ein paar Gestalten mit Pappbechern und unterhielten sich über mich, offenbar amüsiert. Doch für meine Verhältnisse blieb ich recht kühl, da ich noch von dieser Wahnsinnsaufbruchsentschlossenheit erfüllt war. Ohne allerdings wirklich kühl zu bleiben. Ich sagte mir, dass auch sie irgendwann exekutiert würden, wenn auch nicht von mir. Allerdings sprang der Wagen nicht an, natürlich. Plötzlich setzte sich Stella auf den Beifahrersitz, sie war wohl auch bei Castle Burger gewesen. Sie trug Leggins und einen grauen Pullover mit kleinen Elefanten darauf. Ich sagte ihr, sie sähe aus wie ein mutiertes Kindergartenkind. Daraufhin sagte sie mir, sie würde mich begleiten, beschützen und behüten. Ich zweifelte nicht daran, dass sie es ernst meinte. Dann fragte sie mich, ob ich einen Praktikumsvertrag unterschrieben habe. Ja, sagte ich. Ich lüge, sagte sie. Ich gab es zu. Daraufhin sagte ich ihr, ich müsse sofort los. Dann los, sagte sie. Ich sagte, – nein, ich kann diesen ganzen Quark nicht wiedergeben. Was ich deutlich machen will, ist, dass es eine Qual war, mit ihr zu reden. Jedenfalls konnte ich sie dann davon überzeugen, mich allein zu lassen, bitte, danke. Sie machte mir daraufhin klar, dass ich einen Gang namens »P« aktivieren müsse, um starten zu können, sowie den Rückwärtsgang, um auszuparken, denn ich hätte sie alleine nicht gefunden, und ohne sie, also die Gänge, wäre ich nicht vom Parkplatz gekommen, das heißt nicht ohne das Auto zu beschädigen, und den Parkplatz. Der Rückwärtsgang hieß »R«, jawohl. Ich hätte sie nach Geld fragen sollen, fiel mir ein, aber in dem Moment hatte ich schon zurückgesetzt und sie war ausgestiegen und ich würde nicht wieder nach vorn setzen oder die Scheibe herunterkurbeln oder ähnliche Späße. Stattdessen schlingerte ich, in diesem fahlen Licht, auf verschlungenen Wegen, die mich zwischen verschiedenförmigen Rasenflächen hindurchführten, Richtung

Autobahn, das noch etwas fahler wurde, das Licht jetzt, als ich herausfand, wie man Licht macht, das heißt innen, ich machte innen Licht, was bedeutet, dass es außen noch dunkler wurde, gemäß ich weiß nicht welchem optischen Gesetz. Später erfuhr ich, dass es illegal war, das innere Licht statt des äußeren. Aber später, gut, später wurde es auch Tag, ohne dass ich damit sagen will, dass es sofort furchtbar hell wurde, nein, nein, nur etwas heller, also immerhin.

In dem Auto saß man wie in einer Bananenkiste, dafür fuhr es sich wie ein Schlachtschiff. Denn das Lenkrad, an dem ich ununterbrochen kurbelte, schien mir das Steuerrad eines großen Schlachtschiffs zu sein. Eines Schlachtschiffs in einem schweren Sturm oder in einer großen Schlacht, warum nicht. Hatte ich den einen Zusammenstoß verhindert, drohte mich das Ausweichmanöver in die nächste Katastrophe zu führen, und hatte ich diese verhindert, musste ich mich den Folgen meines mutigen Kurswechsels in entgegengesetzter Richtung stellen. Da ich stets den Klang von Hupen hörte, und ganz verschiedener, wusste ich, dass ich umzingelt war, von anderen Autos.

Ich bin also wirklich losgefahren, ich habe es kaum noch erhofft, aber was für ein furchtbarer Abend. Abend also, ich will es glauben. In der Geschichte ist es Morgen und hier ist es Abend. Wir haben jetzt einen lauschigen Abend, das Viech und ich, es zirpen nicht gerade die Grillen oder so, aber die Stille, man horche auf die Stille, es ist nicht die übliche, sondern eine Art erweiterter Stille. Was ich sagen will, ist, dass es nicht kommt, seit ich es entdeckt habe, draußen. Ich sehne es herbei, aber es kommt nicht. Fühlt es sich verletzt? Fühlt es überhaupt? Fühle ich mich verletzt? Ich fühle grundsätzlich zweifellos, sogar ständig, und es könnte in letzter Zeit ruhig etwas weniger oft sein, wenn es nach mir ginge, oder etwas weniger stark, das Fühlen. Aber zum Glück geht es gerade nicht um meine Gefühle, von denen ich langsam genug habe, sondern um die des Viechs, um seine spekulativ angenommenen Gefühle. Diesen kurzen Moment der Klarheit, der relativen Klarheit, werde ich ausnutzen, um mir folgende Frage zu stellen: Wäre ich notfalls imstande, mich selbst zu versorgen? Mir schwebt aus früherer Zeit ein höchst undeutliches Bild des Spiegeleizubereitens vor, sodass ich wohl versuchen würde, eventuelle Eier irgendwie zu zerschlagen und zu erhitzen zwecks Verzehrs, falls sie noch nicht schlecht sind, die Eier. Was müssen das für außerordentlich haltbare Eier sein, fällt mir gerade ein, und welche Mengen, wenn man bedenkt, wie lange das Viech mich damit schon füttert. Oder kommt zwischendurch heimlich ein Eierlieferant, oder geht das Viech heimlich Eier kaufen, während ich schlafe? Ich würde sie beide umbringen, wenn ich sie erwischte. Oder den Lieferanten umbringen und das Viech verschonen. Nein nein, jetzt wird es abstrus, ich würde beide umbringen, mit meinen Händen, aus Zorn. Übrigens sagt mir etwas, dass ich aus einem immer kleiner werdenden Vorrat ernährt werde und der Lieferant deshalb ein reines Fabelwesen bleiben wird. Mein Cholesterinspiegel muss astronomisch sein. Vielleicht fühle ich mich deshalb manchmal so komisch. Ich spreche jetzt zur Abwechselung mal von meiner Wahrnehmung. Ich glaube manchmal, dass mit meiner Wahrnehmung etwas nicht stimmt. Den sich wandelnden Bodenbelag habe ich ja schon erwähnt, oder die speziellen Lichtverhältnisse, aber das ist es nicht mal, damit ist es offenbar noch nicht einmal getan, sondern ich scheine auch noch an einer Art Einschränkung des Sichtfeldes oder besser gesagt des Bereichs meiner Aufmerksamkeit, des Bereichs, dem ich Informationen für die Verarbeitung entziehen kann, zu leiden. Es ist schwer zu beschreiben. Eine Art Tunnelblick, könnte man sagen, sehr gruselig. Ein bisschen erleichtert es mich jetzt, es gesagt zu haben, denn man traut sich ja manchmal nicht, die Dinge zu benennen, aus Angst, dass sie schlimmer werden, aufgrund eines mysteriösen Gesetzes, sodass ich jetzt auch schon wieder beunruhigt bin, und zwar genauso stark wie beruhigt, seltsames Gleichgewicht, ich meine seltsam, weil ja gerade die Angst – ich höre besser auf.

Und als ich dann fuhr, kam ich in ganz andere Gegenden oder in andere Teile der gleichen Gegend. Diese Bemerkung scheint mir ungefährlich. Die Dinge, die links und rechts der Straße auftauchten, reihten sich unentwegt aneinander, vorne, also vor mir, falteten sie sich auf, und hinten, hinter mir, falteten sie sich wieder zusammen, und auf gleicher Höhe, das heißt neben mir, für einen winzigen Moment, waren sie zerdehnt und weit und seltsam entleert, von was auch immer, man wird es jetzt schwer in Erfahrung bringen können, und sie hatten diesen leichten Wischeffekt, den man von höheren Geschwindigkeiten kennt. Nicht dass meine Geschwindigkeit wirklich jemals hoch gewesen wäre, aber doch höher als zu Fuß oder mit dem Fahrrad. Ich wurde oft überholt, aber nicht sehr oft. Ich würde sogar sagen: immer seltener. Ich selbst überholte niemanden, doch, einen

Fußgänger. Ich spreche hier vom ersten Tag der Reise. Ich wurde auch nicht mehr angehupt, da es mir gelang, geradeaus zu fahren, oder beinahe. Leichte Kursabweichungen regelte ich irgendwann sehr subtil. Und wenn ich es schaffte, den Blick von der Straße zu nehmen – dabei fällt mir noch etwas zur Straße ein, ich meine zur Autobahn: Es fehlte die Gegenrichtung, ist das nicht seltsam? Alle fuhren in eine Richtung, aber was heißt hier alle, ich sah eben kaum noch andere Autos, während ich mich nach der Auffahrt in einem Getümmel wiedergefunden hatte, gab es jetzt nur noch ganz wenige andere Fahrer. Jedenfalls fuhren alle in dieselbe Richtung, in die auch ich fuhr, das scheint mir erwähnenswert, ohne weitere Schlussfolgerungen daraus ziehen zu können, heute Abend. Indem ich jedenfalls den Blick in kurzen Momenten von der Spurmarkierung löste, an der ich erkennen konnte, in welche Richtung die Schlangenlinie, der ich treu folgte, gerade ausschlug, und hastig einen Blick nach links durchs Fenster und nach rechts durchs Fenster warf, nahm ich einige Bilder von der Gegend, durch die ich fuhr, in mich auf, kleine Bilder, von denen mir sogar einige bis heute geblieben sind, scheint mir. Da war zum Beispiel ein Sendemast, der aussah wie ein Bootsmast mit eingeholten Segeln, der sich über die Kronen des Waldes und in den nun helleren Himmel erhob. Oder es war ein Bootsmast, der einem Sendemast zum Verwechseln ähnelte, natürlich. Er würde sich kein bisschen weniger in den nun helleren Himmel erhoben haben. Aber lassen wir diesen geheimnisvollen Mast beiseite und gehen wir über zu anderen Eindrücken, wie etwa, in der Ferne, den Anhäufungen von bräunlichen und weißlichen Würfeln, die Ortschaften darstellten und der erstaunlich hohen, wirklich sehr hohen Leuchtreklame, die an Stahlmasten (!) angebracht war und zum Beispiel einen planschenden Comic-Bären oder einen einzelnen bunten Buchstaben zeigte und auf Gelegenheiten zu Konsum und Freude hinwies. Oh, und diese feinen Schattierungen von Licht und Schatten in den Furchen der Felder oder unter den teils beschädigten, teils tadellosen Leitplanken. Oder die kleinen Bäumchen, die direkt neben der Autobahn wuchsen und die besonders mager und hinfällig wirkten. Es waren kleine Ahornbäume und Birken. Und auch wechselte das Wetter ständig, bei dieser großen Menge an Bewegung und dem zurückweichenden Himmel, wobei es im Kern schlecht blieb und ich auch nicht weiß, ob man in Bezug auf etwas wie Bewegung von Mengen sprechen kann. Ja, gut so, für und wider, hin und her, immer abwägen, argumentieren, am besten ergebnislos, und Details anhäufen, die so spärlichen Details, die mir heute Abend besonders verlockend erscheinen, da sie mich vom Wesentlichen wegführen und wie erleichternd ist es, dieses Wesentliche kurz zu vergessen, da es mir dunkel vorkommt und kalt, um das Wenigste davon zu sagen, und mir unmittelbar mit diesem Zimmer zusammenzuhängen scheint. Fuhr ich den ganzen Tag durch? Das erscheint mir unwahrscheinlich. Wie weit kommt man mit einem halb vollen Tank in einem solchen Auto? Hätte ich die Frage gestellt, wenn ich die Antwort wüsste? Warum nicht. Wobei ich sie nicht weiß. Es kam mir wie ein Tag vor oder wie zwei oder noch mehr Tage. Die verschiedensten Welten gehen dabei an einem vorbei oder durch einen hindurch. In den seltenen Fällen, dass mich ein Auto überholte, bekam ich Lust, es anzufahren und einige Fragen zu stellen, die ich mir aber noch gar nicht zurechtgelegt hatte. Wohin fahren Sie?, wäre ein guter Anfang gewesen. Kennen Sie den Filialleiter Darz?, auch nicht schlecht. Was ist eigentlich geschehen? Woher bekommen Sie Ihr Geld? Wo sind wir? Haben Sie etwas zu essen? Würden Sie mir etwas davon abgeben? Enthält es Ei? Haben Sie auch noch etwas ohne Ei? Was sagen Sie dazu, dass die Gegenrichtung fehlt? Es ging mir nicht darum, Ihr Fahrzeug zu beschädigen. Bitte fassen Sie mich nicht an. Ich weiß nicht, ob ich eine Versicherung habe, einen Anwalt habe ich nicht.

Als das Licht seine Kraft verlor und alles wieder begann zu versinken, sah ich niemanden mehr, hier und da Lichter, aber keine Autos, und ich fuhr, manchmal schnell und manchmal sehr langsam, auf dieser und jener Spur, und ich musste an den Wal denken, oder ich denke jetzt an ihn, egal, der einen nicht verdaut, obwohl man sich in seinem Bauch befindet.

Irgendwann hielt ich wieder bei einer Raststätte und sind nicht alle Orte, an denen wir noch nicht waren, ein Geheimnis, auch wenn es sich um ganz gewöhnliche Orte handelt und auch, wenn sie kein Geheimnis haben? Nein, eigentlich nicht, und so hatte auch dieser kein Geheimnis, und trotzdem erschien er mir so, es musste damit zu tun haben, was ich jetzt war. Ein Praktikant, der einen Auftrag hatte, der wahrscheinlich nicht zu den leichtesten gehörte, die man als Praktikant so bekommen kann. Was wusste ich denn über diesen Darz? Gar nichts. Gleich werde ich in seiner Akte blättern.

Vorher rauschte ich noch mit überhöhter Geschwindigkeit auf den Parkplatz und kam so ruckartig zum Stehen, dass mein Körper in den Gurt gedrückt wurde.

All die Lichter in der Dunkelheit. Ich stieg aus, in dieselbe Dunkelheit. Meine Beine waren schwach und meine Hände kribbelten. Das waren die Nachwirkungen der Todesangst des Autofahrens. Ich sah keinen Menschen. Im Eingang der Raststätte gab es unter anderem einen Automaten, an dem man Kuscheltiere greifen konnte, unter anderem einen blauen Bären und einen gelben Elefanten. Andersherum hätte es mehr Sinn ergeben. Aber was soll jetzt dieser Automat? Habe ich etwa gespielt, das heißt, habe ich etwa Geld hineingeworfen und versucht, ein Kuscheltier mit der Roboterhand zu greifen? Nichts spricht für das Gegenteil. Ich fühlte mich furchtbar. Der Restaurantbereich war riesig, aber es war kaum jemand da, bis auf die Angestellten. Sie alle trugen eine pissgelbe Uniform. Und sie schauten mich an, mit platten und von Langeweile ausgewaschenen Gesichtern, und sie wünschten sich wahrscheinlich, dass ich verschwände, damit sie mich nicht bedienen müssten, denn ich konnte sie als Kunde, gewisse finanzielle Ressourcen vorausgesetzt, dazu zwingen, und sie hassten die Machtgefälle in ihrem Leben. Nein, sie schauten mich gar nicht an, ich ging beinahe lautlos, beinahe unsichtbar, ich ging in meiner Erschöpfung schützend verborgen (ich bin in einer poetischen Stimmung), und sie schauten nur einander an oder die Dinge ihres Arbeitsplatzes, aber ohne zu sehen, also beinahe blind. Ich bestellte ein Schnitzelbrötchen. Eine Frau hinter einer Scheibe fragte mich, ob ich Ketchup dazu wolle, sie sagte Kätt-Schopp. Ja-bitte-ja, sagte ich. In einem Meer von unbesetzten Tischen setzte ich mich auf eine Bank mit Plastikbezug, die Wand im Rücken, vor mir meine Mahlzeit, die aussah wie ein Readymade, auf dem kleinen weißen Teller, auf dem riesigen weißen Tisch. Was ich denn da Schönes hätte, fragte mich der Mann, den ich schon vorher in einer Ecke des Raumes gesehen hatte und der zu mir gekommen war, um sich an den Nebentisch zu setzen. Er trug einen kleinen Hut. Ist das etwa ein kleiner Affe?, fragte er. Ich betrachtete das Stofftieräffchen in meiner Hand. Mein Daumen strich ihm durch das kurze schwarze Fell. Ich hatte die Automatenhand in den Stofftierhaufen eintauchen lassen, so tief wie möglich, und dann unkoordiniert und gierig greifen lassen, wie eine Skeletthand, die nach den Lebenden greift, und als die Hand wieder auftauchte, steckte der Affenkopf in dem Zangengriff, grotesk verformt. Was der kleine Hut solle, fragte ich zurück. Ausdruck meiner inneren Jugendlichkeit, sagte er und schob ihn, mit seinen Dritten lächelnd, schräg in die Stirn. Der Mann war vielleicht sechzig. Ich fragte mich wahrscheinlich, was dieser aufdringliche Mann von mir wollte, was er mir aufdrängen wollte, außer sich selbst. Zudem ist es unhöflich, jemanden beim Essen zu stören. Ich hatte noch nicht mal einen Bissen genommen! Das Schnitzelbrötchen wurde nicht frischer und ich hatte sowieso die Vermutung, dass der Zustand seiner Frische bereits länger zurücklag. Er wartete geduldig, bis ich das Ding verschlungen hatte, vielleicht sah er mir den Hunger an, ließ mich aber nicht aus den Augen, und ich traute mich nicht, ihn anzuschnauzen, er solle sich gefälligst verpissen, was die natürliche Reaktion gewesen wäre, denn ich war ja noch jung, wobei das nicht gesagt ist, also dass ich jetzt wesentlich älter bin, es ist nicht gesagt, es ist nichts gesagt.

Dann polterte es plötzlich. Ah, die seltene Gnade der Plötzlichkeit. Die Mitarbeiterinnen und Mitarbeiter der

Raststätte gingen mit schnellen, kurzen Schritten auf eine Stelle zu, an der eine der ihren lag, eine Frau mittleren Alters, die offenbar umgekippt war, einfach so. Ich ging natürlich hin, um zu gucken. Es ist interessant, wenn jemand umfällt. Sie lag auf der Seite, ein Bein leicht verdreht. Es war kein Blut zu sehen. Eine andere Frau tätschelte ihr die Wange, die anderen standen nur rum, irgendwie unwillig, wirklich Anteil zu nehmen. Es kam eine gewisse Verlegenheit auf. Der alte Mann, der ebenfalls dabeistand, schien sich ein Grinsen zu verkneifen. Die Frau wachte nicht auf, ich hatte aber den Eindruck, dass sie noch atmete. Im Radio sang eine Frau, sie warf ihrem imaginären Gegenüber auf Englisch vor, ihr das Herz gebrochen zu haben. Ich fragte einen der passiven Mitarbeiter nach einem Zimmer. Er führte mich, wahrscheinlich erleichtert über den Vorwand, dem medizinischen Notfall entgehen zu können, aus dem Restaurantbereich über einen Hof in ein großes braunes Haus, es war wahrscheinlich mäßig alt und trotzdem zigmal renoviert worden. Ein paar Katzen lagen auf dem Asphalt, ohne zu maunzen. Erst wollte ich sie erschrecken, aber dann war ich zu müde.

Ich bin draußen gewesen. Ich kann wohl kaum von selbst hierhergekommen sein. Was immer es heißt, hier zu sein. Frage mich, ob ich vielleicht irgendetwas unterschrieben habe. Habe schließlich immer schon dazu geneigt – schnell-schnell unterschreiben, bloß weg damit. Habe mir nie die Zeit gelassen hinzuschauen. Was will dieser Mensch von mir? Ist er es wert, dass ich ihn betrachte? Bin ich es wert, dass ich ihn warten lasse mit seinem Verkauf? Aber, gerade fällt es mir ein, ich habe nichts gekauft, denn ich hatte nie Geld. Brillant hergeleitet, Gratulation.

Der Zustand meiner Situation ist also folgender. Das Zimmer, in dem ich zur Zeit meine Zeit hinter mich bringe, liegt in einer Felsebene, die unter einem bestirnten Himmel liegt und die des Viechs Interesse erregt. Vom Fenster aus kann ich auf sie blicken, es ist ein Anblick, der mich beunruhigt. Das ist vorsichtig ausgedrückt. Der Zustand meiner Situation, das ist eine irritierende Formulierung. Die Gardinen wären übrigens schwarz, wenn sie nicht buntgemustert wären. Ja, der Himmel ist tatsächlich voller Sterne, sein makelloses Schwarz ist mit ihrem weißen, toten Licht sozusagen vollgeschissen. Vielleicht sollte ich das Viech mit dem Tablett verprügeln, vielleicht muss es bestraft werden wie ein Kind, wobei man Kinder ja eigentlich nicht bestrafen soll. Oder nur psychisch. Außerdem wäre dann das Tablett wahrscheinlich kaputt, da es sicher nicht aus härterem Metall gemacht ist als das Viech, und das könnte eine akute Krise verursachen, eine Versorgungskrise. Das Risiko ist demnach zu groß. Ich habe auch keinen pädagogischen Eifer, ich bin zwar ein Klugscheißer, aber lehren will ich nichts. Meine Gefühle gehen schließlich auch vorbei, das ist noch das Beste an ihnen. Meine Kopfschmerzen sind kaum besser geworden. Seltsamerweise hält mich das nicht davon ab, die Geschichte von mir oder einer ähnlichen Person zu erzählen. Irgendwo behaupte ich allerdings, sie sei mir unähnlich. Auch das ist möglich.

Ich konnte ein Fremdenzimmer in der Raststätte ergattern. Wobei ich der einzige Gast war. Das Licht fiel geschäftet zwischen den Plastiklamellen auf den

Teppichboden, was mir auffiel, da das in den Filmwelten auch ständig passiert. Ich saß auf dem Bett, einem Doppelbett, aber ich würde alleine darin schlafen. Ich schaltete den Fernseher ein. Darin berichtete eine Frau von den neuesten Ereignissen. Ihre Augen waren wie das Mondlicht, beinahe tot. Allerdings wusste man nicht, ob es wirklich die neuesten waren. Eine Brücke war eingestürzt, niemand war umgekommen. Ich spürte eine leichte Enttäuschung. Sie trug ein helles Oberteil, das ihr sehr schmeichelte. Aber ihre Augen. Wirklich kein Funke darin, wobei ich mich auch frage, warum jeder Mensch einen Funken im Auge braucht, als müsste man die Welt in Flammen aufgehen lassen, indem man sie anstarrt. Aber wer weiß, vielleicht ist das eine gute Metapher, für was auch immer. Ich trank das Bier aus der Minibar, was ich beim Auschecken abstreiten würde, während ich Darz' Akte las, und ich würde sogar sagen, dass mein Fokus mehr auf dem Biertrinken als auf der Akte lag. Ich hatte einen unüberwindlichen Widerwillen, die Akte ins Zentrum meiner Aufmerksamkeit zu rücken, ich konnte mich sozusagen nur in der Peripherie meines Bewusstseins damit beschäftigen. Er war als Filialleiter in der dreizehnten Zone angestellt worden, nachdem er jahrelang freiberuflich tätig gewesen war. Im Lebenslauf gab er an, die Freiberuflichkeit sei geheim. Das Bewerbungsfoto war nicht überzeugend. Offenbar hatte es Æxego überzeugt. Im Fernsehen war derweil ein Verantwortlicher zu sehen, der versicherte, dass er nicht verantwortlich sei. Es war auch eine Karte in der Akte, auf der die dreizehnte Zone eingezeichnet war, und die Position der Filiale. Allerdings gelang es mir nicht, herauszufinden, wo ich mich befand, im

Verhältnis zu dieser Karte. Es sah alles sehr abgelegen aus, von was, natürlich, das hätte ich mich auch fragen können. Aber solange die Autobahn keine Abfahrten anbot, konnte man mir nicht vorwerfen, mich verfahren zu haben. Ich stellte mir vor, damit betraut zu werden, Darz zu observieren, um seine Machenschaften aufzudecken. Allerdings hat das Böse kein spezifisches Aussehen, denke ich. Ich fragte mich auch, inwiefern der Schulunterricht mich auf diese Aufgabe vorbereitet hatte und welche Fähigkeiten ich bei diesem Praktikum erwerben würde, die mich wiederum für das Berufsleben qualifizieren und für Arbeitgeber attraktiver und für den Arbeitsmarkt fit machen würden. Ich stellte mir sicher noch andere. Aber es war nicht die Art von Fragen, auf die ich eine Antwort erwartete, sondern nur die, die man sich fragen kann, wenn man möchte, um zu versuchen, in der Ordnung der Dinge seinen Platz zu erspüren, nicht selten ergebnislos, da es den Dingen an Ordnung fehlt und man außerdem im Verhältnis zu ihnen ständig den Ort wechselt, allein wegen der Zeit. Puh, das war tiefsinnig. Aber ich hoffe nicht.

Außerdem hatte ich den Eindruck, und ich habe ihn immer noch, dass mich der Schulunterricht eigentlich nur auf noch mehr Schulunterricht vorbereitet hat, also auf genau das, was ich nie, nie mehr haben würde. Ich schaute währenddessen meistens nach draußen, durch die schmierigen, großen Scheiben in die mitleiderregende Vegetation, oder ich beobachtete die Körper meiner Mitschülerinnen und Mitschüler, die ihre Präsenz oder ihre Pubertät ausbrüteten. Leider kann ich nicht noch allgemeiner darüber sprechen.

Die Schule. Ich ging zur Schule wie andere ins Gefängnis. Nein, das wäre übertrieben. Ich ging zur Schule wie andere zu ihrer Hinrichtung. Besser. Aber nie wurde ich wirklich hingerichtet, offensichtlich. Und kann man einen Henker, der einen nie henkt, ernst nehmen? Die Dinge waren da schon aus dem Lot, wie man sieht, es gab ein Autoritätsproblem, und meinerseits gab es ein, sagen wir, psychisches Problem. Es betraf die mich umgebenden Psychen, die mich, verborgen in ihren Körpern, heimsuchten und alles Leben aus mir saugten, damit ich irgendwann so wäre wie sie. Ich schweife ab.

Ich schlief einen schmutzigen Schlaf bis zum nächsten Morgen. Er war sehr seltsam. Also der Schlaf auch, aber vor allem der Morgen. Das Licht hatte eine bestimmte Atmosphäre, alles war getaucht in ein morgendliches, bedeutungsvolles Gelb. Ich war dem nicht gewachsen, ich fühlte mich innerlich schon ein wenig verwildert. Über die Autobahn rauschten nur sehr vereinzelt Fahrzeuge. Die Luft war … ach, scheiß drauf.

Das Frühstück war nicht inklusive. Ich aß, so viel ich konnte. Der Mann war nicht mehr zu sehen. Er hatte mir seltsamerweise weder Fragen gestellt noch Bonbons oder Schokolade angeboten, damit ich zu ihm ins Auto steige. Er folgte mir auch nicht, oder unauffällig.

Ich trat hinaus in die Kälte, den Autoschlüssel in der einen, das Äffchen in der anderen Hand. Ich fühlte mich mit dem Äffchen überhaupt nicht kindisch. Ich schaute in die Kronen der Kiefern und wie sich der Wind in ihnen verfing. Ich fror. Weiter die Straße hinab, wohin. Ja, vielleicht dachte ich so, in Ellipsen. Was für eine Stimmung in mir herrschte. Ich werde sie vielleicht nie beschreiben können. Aber welche Stimmung herrschte in der Welt, nicht wahr? Ich weiß es nicht. Ich tankte das Auto voll und gab viel Geld aus. Es dämmerte mir damals wahrscheinlich, wie oft sich diese Situation noch wiederholen würde. Außer das Geld würde mir ausgehen, was wahrscheinlich war, oder ich würde mich weigern oder das Auto würde kaputtgehen oder die Tankstellen würden aufhören, aber hören die Tankstellen jemals auf, eher nicht, oder ich würde abberufen, zu einer anderen Aufgabe, oder ich würde meine Aufgabe erfüllen, wobei ich zu diesem Zeitpunkt noch nicht einmal wusste, wie ich das hätte zustande bringen können, oder ich vergesse, ja, alles vergessen oder für unwirklich erklären.

Meine Wangen sind nass. Anscheinend habe ich geweint. Schnell weiter.

Ich konnte nicht. Ich bin aufgestanden. Es ging nicht so gut. Ich setzte mich auf den Boden, um für den Fall, dass ich ohnmächtig würde, nicht so tief zu fallen, von meinem Kopf aus gesehen. Ich hatte nämlich dieses Gefühl, das Bewusstsein zu verlieren. Aber mein Geist ist zäh, er hängt an … ja, woran, an sich selbst wahrscheinlich. Er besteht aus irgendeinem Kunststoff. Ich spreche jetzt vom Boden. Er ist kühl und ein bisschen schmutzig. Ich konnte mich in diesem Moment schlecht beherrschen, es war eine Art Tiefpunkt. Schon wieder. Irgendwann kam das Viech in den Raum, vielmehr bemerkte ich es irgendwann. Es hatte vorher schon mal vorbeigeschaut und tat natürlich so, als wäre nichts, und ich ließ es natürlich mit mir machen. Von seiner Fähigkeit, sich anzuschleichen, habe ich ja schon gesprochen. Ah, mein

Viech. Ich habe es, glaube ich, angefleht. Es kam angefahren und bot mir eine Brause an, dabei wollte ich, dass es mir aufhelfe. Geh weg mit deiner Brause, sagte ich. Es verstand nicht. Nur das Britzeln war zu hören, und mein Atem vielleicht. Und ein ganz leises Summen, vom Viech wahrscheinlich. Genau genommen war also eine ganze Menge zu hören, jaja, aber es herrscht hier eben eigentlich eine ohrenbetäubende Stille, eine die Sinne erstickende Fast-Stille, das ist doch der Punkt, das ist es doch, wenn ich es schon genau nehmen möchte, aber ich möchte eigentlich nicht. Ich fing ein wenig an zu schreien, aber zaghaft, ich meine halbherzig, und deshalb verstummte ich gleich wieder. Ich klang wie ein Kamel, das in die Wehen kommt. Schließlich ging ich auf allen vieren zum Klo. Und das Viech folgte mir auch noch. Ich sagte ihm, es solle weggehen, aber es verstand nicht, es war schwer von Begriff, wahrscheinlich, weil es Angst hatte. Es ist eine Demütigung, beobachtet zu werden, wenn man Durchfall hat, sogar von einem Roboter. Das Klo ist in einer Nische, aber nicht vom Zimmer abgetrennt. Was das für die Geruchsentwicklung bedeutet, kann man sich vorstellen. Ich hatte meinen Kopf auf die Knie gelegt und sagte ihm, es solle weggehen, aber es blieb und guckte.

Danach trank ich doch noch die Brause und es half ein bisschen. Sie war bitter. Es war das erste Mal, dass ich dem Viech gegenüberstand. Es ist kleiner, als ich gedacht hatte, in etwa wie ein mittelgroßes Kind. In welchem Alter? Was weiß ich denn.

Es war ein schlauer Schachzug von mir, das Trinken der Brause, denn das Viech, gemäß seiner haushälterischen Pflichten, fuhr los, um das leere Glas wegzubringen und wahrscheinlich zu spülen, und so öffnete sich die Tür des Zimmers und ich verließ es zum ersten Mal, knapp hinter dem Viech hindurchschlüpfend. Woher nahm ich den plötzlichen Mut, in meiner Desolatheit, fragen Sie sich bestimmt, nun, gerade im Elend wiegt das zu Verlierende leichter.

Die Beleuchtungssituation ist nicht ideal, auch dort nicht. Es sind eine Menge … Maschinen. Das Viech schien nicht aufgebracht. Und doch fühlte ich mich als ein Illegaler. Ja, ich musste mir sogar Mühe geben, nicht zurück ins Bett zu kriechen. Ich tapste etwas in dem Raum herum und betrachtete die Gegenstände, ohne viel zu verstehen. Ich war ja barfuß. Irgendwann brachte mir das Viech einen Anzug und einen Helm. Der Anzug war dunkelgrau und gebraucht. Der Helm war aus Metall, mit einem Sichtfenster darin. Und Schuhe waren auch dabei, schwere, ebenfalls dunkelgraue Stiefel. Das Viech half mir mit seinen Ärmchen alles anzulegen und zu verschließen. War da Zärtlichkeit zwischen uns? Ja, jede Menge, von meiner Seite aus. Dann öffnete es eine Schleuse, die beinahe lichtlos war. Ich trat ein. Meinen Atem hörte ich nicht. Der Gedanke, dass es sich nicht um einen Ausgang aus dem Haus, sondern aus dem Leben handelte, um eine Entsorgung meiner Person und damit der Abschaffung der Fürsorgepflicht, kam mir und war einen Moment lang die naheliegendste Entwicklung der Dinge und Lösung der Fragen. Dann stand ich draußen und die Leere schlug über mir zusammen. Endlose Sternenmengen über der Steinöde. Ich drehte mich um, aber das Viech war nicht mitgekommen, es war im Haus geblieben. Licht und Schatten in absurder Schärfe, die alles überwölbende Dunkelheit. Der von meinen Schritten aufgewirbelte Staub schwebte, anstatt zu sinken. Ich machte ein paar gestelzte Schritte. Alles hellgrauer Stein und Himmel. Ich drehte mich um und betrachtete den Ort, in dem ich hause. Von innen wirkt er geräumiger. Nein, er wirkt genauso, genauso.

Ich lief ein bisschen herum. Erst vorsichtig. Ich achtete auf Bewegungen und suchte nach Spuren von Vegetation, etwa einer toten Flechte. Dann lief ich schneller. In manchen Richtungen ist die Landschaft zerklüftet, aber irgendwann erreichte ich eine fast ganz glatte Steinebene. Dort setzte ich mich hin. Doch auch das war vorübergehend und wurde vom Liegen abgelöst. Dort lag ich. Inmitten des Horizonts wie in einem aufgesperrten Maul. Es gibt zu viele Sterne, als dass sie irgendwelche Sternenbilder ergeben könnten. Wirklich alles voll, beinahe schön: weißes, sinnloses Strahlen. Zwischendurch stieg mir die eine oder andere Träne ins Auge, ich fühlte mich immer noch betrogen, aber ich wusste nicht mehr von wem. Ich weinte wohl um mich selbst, was bei Weitem der schlechteste Grund ist. Wobei auch hier der Superlativ nur wenig Kraft entfaltet.

Übrigens nehme ich manchmal meinen Bleistift einfach so in die Hand. Um ihn zu befühlen und anzusehen. Er tröstet mich. Er ist dunkelgrün, mit einer eingeprägten goldenen Burg auf einer seiner sechs Seiten. Er riecht auch ganz unverwechselbar. Nach Qualitätsbleistift vermutlich. Er muss mit mir hierhergekommen sein. Ich habe ihn vielleicht eingesteckt. Oder das Viech hat ihn mir gegeben. Und ich habe, schnell-schnell, sentimentale Gefühle für ihn entwickelt. Leider habe ich ein paar Mal hineingebissen, in einem Moment der überwältigenden ... Schmerzen, wollte ich schon sagen, aber es waren nicht immer nur Schmerzen. Jetzt bereue ich es. Aber ich mag sogar den Geschmack. Man kennt ihn.

Im Folgenden einige Reiseimpressionen. Mit Strohhut sozusagen. Nein, es war eine seltsame Zeit meines Lebens. Zwar nicht ganz so seltsam wie, ach lassen wir das. Ich will mich nicht mehr so viel verheddern, oder auf schönere Weise, es sollte lustiger werden. Zum Beispiel so: Endloses, stumpfes Fahren durch ein totes und immer weiter sterbendes Land. Die Kälte der Nacht wich am Tag nicht mehr zurück, ständig war ich in meine eigene Atemwolke gehüllt. So kann man spielen, man würde rauchen! Ansonsten äußerst flaches Land, blassbraune oder braungraue oder blassgraue Wälder, niedriger, milchiger Himmel, kleine, eventuell verlassene Ortschaften oder industrielle Strukturen, keine Bewegung. Immer noch weiter abnehmender Verkehr. Hin und wieder hörte ich sogar Radio. Es war rhythmisch und zwischendurch redete jemand davon, wie man ein Problem lösen könne, das ich nicht verstand. Einmal brach der Himmel auf und das Licht überflutete die Landschaft, die gleichgültig blieb. Mit der Zeit krochen die Radiosender einer nach dem anderen in ihr statisches Rauschen zurück. Manchmal legte ich mich zum Schlafen zu den Vögeln auf die Felder, wenn ich es im Auto nicht mehr aushielt, sodass der Wind über mich hinwegfegte und die alte, schwere Erde an mir saugte, mit ihren Schlünden aus Stille. Schöne Stelle. Dann erwachte ich vor Kälte oder vom Regen und stieg doch wieder ins Auto, in meine muffige fahrende Kammer. Es ist eigentlich erstaunlich, dass ich nicht krank wurde, schwer krank, wenn man meine Ernährung, sehr schlecht und einseitig, meine Stimmung, sehr düster, meine angeborene Neigung zu ständigen und zähen Erkältungen, sehr groß, und meine Einsamkeit, sehr, sehr groß, zusammennimmt. Aber wahrscheinlich war ich krank, zum Beispiel hustete ich und beim Einatmen rasselte es in der Lunge, aber ich steckte es weg, wie ein Mann, oder vielmehr wie eine Frau.

Absurderweise schaute ich mir auch immer wieder Darz' Akte an und lernte sie mit der Zeit auswendig. Ich war sozusagen beinahe motiviert. Es fällt mir schwer, es zuzugeben. Aber eben nur beinahe, ich kenne diesen Zustand nämlich nicht, glaube ich. Es schien mir sogar, als würde ich Darz schon von früher kennen und nicht erst als Praktikant von ihm erfahren haben. Vielleicht war er im Schulunterricht vorgekommen, als quasi historische Figur der Gegenwart. Nein, in der Schule gab es keine Gegenwart. Ich weiß nicht, er war mir vielleicht schon mal begegnet.

Er war in jungen Jahren Gerüstbauer in einem Freizeitpark gewesen. Später wurde er öfters in einem solchen gesichtet und sprach dort wahllos Kinder an. Es gab auch ein Foto, auf dem das zu sehen war. Darunter stand: Filialleiter Darz spricht wahllos Kinder an. Außerdem hatte er immer wieder Anträge auf zusätzliche Mittel gestellt, die ihm erstaunlich lange gewährt wurden, ohne Begründung, vielleicht nur wegen seines Charismas. Auf seinem Lebenslauf stand außerdem, er habe eine Zeit lang als sogenannter »Häuptling von Ureinwohnern« gearbeitet, allerdings nicht, wo oder wer damit gemeint war. Einige Worte zu seinem Gesicht. Es war leicht aufgequollen und blass und irgendwie schattig, mit einem unbestimmten Ausdruck von Verstörung darin. Man sah dem Gesicht an, dass es zu Mundgeruch neigte. Die Verstörung war wahrscheinlich zu erwarten. Aber ich erwartete nichts von ihm. Æxego wollte ihn unter Kontrolle bringen und dafür konnte es viele Gründe geben. Ich denke jetzt vielleicht mehr darüber nach, als ich es damals tat.

Mit mittelmäßiger Aufmerksamkeit las ich außerdem die kurzen Abhandlungen, die Darz beim Æxego-Vorstand eingereicht hatte und die alle im firmeninternen Magazin veröffentlicht worden waren. Er schien sie alle in sehr kurzer Zeit geschrieben zu haben und dann verstummt zu sein. Sie trugen Titel wie *Verschwendung als Investition*, *Schätzungen zur kosmischen Immobilie*, *Resistente Infektionen der Imagination*, *Die Magie der roten Zahlen*, *Wuchern statt Wachsen oder Die Neue Unbedingtheit in der Wirtschaftsethik* sowie, in seltsamem Widerspruch, *Gesundes Wachstum ohne Zivilisation oder Neues Management in der Stunde Null*. Wenn ich mich richtig erinnere, aber wahrscheinlich tue ich das nicht, ging es unter anderem darum, dass man Arbeit nicht mehr Arbeit nennen oder dass es sie gar nicht mehr geben soll, ich weiß nicht. Und ich, ich war Praktikant.

Der Æxego-Vorstand wurde übrigens nirgendwo namentlich genannt, sondern die Mitglieder waren nur durch kleine, bunt gestempelte Symbole repräsentiert, wie Zylinder, Hund, Oldtimer, Dampfschiff, Schubkarre und Schuh. Weiß ich jetzt auch nicht, was das soll.

Ich habe mich nach Beendigung der letzten Passage, »Beendigung«, schönes Wort übrigens, unter der Decke zusammengerollt und bin dabei fast erstickt. Die Stille hat eine andere Gestalt angenommen, schon wieder, in meinem Kopf wenigstens, da sie jetzt in Zusammenhang mit dem Außenraum steht, der sie sozusagen ausstrahlt. Es ist eine andere Stille als die des Innenraums, sie lässt sich weniger leicht aufweichen, durch das Plappern in Gedanken. Ich habe darüber nachgedacht, zu versuchen, dem Viech das Sprechen beizubringen. Ich bräuchte sicherlich viel Geduld. Vielleicht wäre Schreiben einfacher. Ich sollte ihm vielleicht ein Alphabet malen oder eine winzige Fibel schreiben, mit der es üben könnte. Wie wunderbar wäre es, das Viech verhören zu können. Dazu hätte ich gerne eine Peitsche. Oder ein blendendes Licht, um seine Kameraaugen zu blenden. Ich sprach ja schon mal von dem Tablett, aber das war eine unreife Überlegung. Wahrscheinlich würde ich mich aus Versehen nur selbst peitschen. Diese ist also kaum reifer. Kann das Viech überhaupt Schmerzen empfinden? Vielleicht sollte ich es irgendwann mal herausfinden. Ein für alle Mal. Ich musste ein bisschen lachen, als ich das geschrieben habe. Und wenn es mich verlässt? Ja, vielleicht würde es mir guttun. Danach würde ich verhungern, aber erst würde es mir guttun.

Ich glaube übrigens eine leichte Krümmung des Horizonts wahrgenommen zu haben. Aber das kann man auch ohne Krümmung tun, ohne echte, meine ich. Ich habe mir auch die Formen und Formationen des Gesteins, der Felsen und so weiter angesehen und habe nichts verstanden. Die Spuren des Unbekannten sind vielleicht nicht für mich. So gebeugt und unbeholfen im Moment der tatsächlichen Existenz, ich vergesse es immer wieder.

Ich habe auch mal in einer Burg geschlafen, denke ich. Ich entdeckte sie auf einem Hügel, von der Autobahn aus. Sie zeichnete sich schwach gegen den Himmel ab und war von Wald umgeben. Dahinter türmten sich schwarze Wolken auf, sehr passend. Eigentlich war ich in der Situation, dass ich mir keinen Umweg leisten konnte, wenn ich nicht mit leerem Tank irgendwo stehen bleiben wollte, trotzdem fuhr ich ab und suchte mir über Land- und Schotterstraßen den Weg hoch zum Burghotel, denn es stellte sich heraus, dass es tatsächlich ein Hotel war, in eine alte Burg hineingebaut, also in eine Burgruine, sollte ich sagen, wobei die Burg selbst, bevor sie zur Ruine wurde, auf einer anderen Burgruine erbaut worden war, und das Hotel, also das Burghotel, war wiederum in keinem guten Zustand, geradezu ruinös sozusagen, sodass es nicht übertrieben, auf keinen Fall übertrieben wäre zu sagen, dass ich in der Ruine einer Ruine einer Ruine übernachtete, sozusagen der Potenz einer Ruine, faszinierend. Allerdings wäre es eventuell falsch, es zu sagen. Neben der Straße sah ich eine Reihe toter, halb verwester Gänse und Plastikmüll lag herum. Es war natürlich großartig, dass ich über die Zugbrücke, die über den Burggraben führte, durch das große Tor auf den Hof fahren und direkt vor der Rezeption parken konnte. Die Rezeption war nicht erleuchtet, aber ich sah den Schemen eines Menschen durch das Fenster. Es war lange her, dass ich in einem Bett geschlafen hatte und das Bedürfnis danach ging tief. Ich kann mich jetzt nicht einmal daran erinnern, mich damals daran erinnert haben zu können. Ich behaupte allerdings, dass es mir nicht entging, dass viele Scheiben zerbrochen, die Wände zum Teil mit Moos überwachsen und das Dach hier und da eingedrückt war, also alles verfallen, verfallen, verfallen, damit das klar ist.

Guten Abend, sagte der Mann an der Rezeption, willkommen im Burghotel. Sehr höflich. Ich sagte, dass ich gerne ein Bett hätte, ich sagte nicht Zimmer, ich sagte Bett. Er nannte mir den Preis für ein Zimmer. Es war, grob überschlagen, das Dreifache der gesamten sich in meinem Besitz befindlichen Summe. Ich sagte ja. Er sagte, ich müsse bezahlen. Ich sagte, ich könne nicht. Er schaute mich an. Er fragte mich, wie viel ich denn bezahlen könne. Ich nannte, grob überschlagen, ein Zehntel der verlangten Summe. Als ob ich mich an so etwas noch erinnern könnte. Na gut, sagte er. Sehr höflich. Ich gab ihm das Geld, er steckte es sorgfältig in seine Brusttasche. Danach schwiegen wir verlegen, ich räusperte mich und so weiter, denn gleich folgt ein kleines Gespräch, das ich in enervierender Ausführlichkeit wiedergeben werde. Er fragte mich, was ich in der Gegend mache. Ich konterte mit der Gegenfrage, was das denn hier für eine Gegend sei. Er konnte es mir nicht sagen. Er wurde mir immer sympathischer dieser Rezeptionist. Ich sagte, ich sei Praktikant bei Æxego, ich sagte ihm die Wahrheit, wie der letzte Trottel. Er gratulierte mir. Es war vielleicht wirklich eine Auszeichnung. Ich widerstand dem Drang, ihn zu fragen, was für Aufgaben der klassische Æxego-Praktikant seines Wissens nach denn so habe. Da standen wir wieder schweigend. Dann blinzelte der Rezeptionist mit erstorbenen Augen in das einfallende knochenfarbene Licht und sagte, Ich wünschte, ich hätte die Fähigkeit zu einem pathetischeren Untergang. Sogar in direkter Rede. Die Möglichkeit dazu hängt aber vor allem vom Kontext ab, wandte ich ein. Und da hatte ich recht. Da haben sie recht, sagte er und seine Miene hellte sich auf, und wenn sich so der Schleier von einem Gesicht hebt, erkennt man erst die Spuren, die Leid und Entbehrung darauf hinterlassen haben. Er sei eigentlich Germanist, sagte er. Das tue mir leid, sagte ich. Er lächelte. Schon gut, sagte er, schon gut. Dann nahm er einen Schlüssel von einem quasi nostalgischen Schlüsselbrett, an dem vorher, wie mir dann auffiel, wie ich jetzt behaupte, kein einziger Schlüssel gefehlt hatte, und führte mich über viele Hallen, Treppen und Gänge zu meinem Zimmer, das geradezu grotesk luxuriös, aber auch voller Insekten und Mäuse war. Keine Ratten, sagte er mir. Er wusste, dass ich keine Ansprüche stellen, und ich wusste, dass er keinen gerecht werden konnte. So befand sich alles in einer tollen Harmonie zwischen uns. Ich fragte ihn nach dem Thema seiner Abschlussarbeit. Er nannte es mir. Ich lachte. Er lachte auch, aber ein wenig bitterer. Und jetzt weiß ich nicht, ob ich es mir einbilde, aber beim Hinausgehen nahm er, glaube ich, einen Falter von der Wand und steckte ihn sich in den Mund.

Ich untersuchte das Bett nach Wanzen und so weiter, aber bis auf ein paar harmlose Tiere war es sauber. Ich zog mich aus und legte mich hinein, betrachtete eine Weile die Gemälde von arkadischen Landschaften, die an der Wand hingen und die mir ganz gut gefielen, obwohl sie wahrscheinlich mittelmäßig waren, und fiel dann in einen bedrückenden Schlaf. Aber wenig später, wie ich dachte, erwachte ich schon wieder mit einem Kitzeln in der Kehle und sah die Insekten jetzt unruhiger über die Decke und Wände laufen. Die Sonne war gerade erst untergegangen. Sanfte, bewaldete Hügel vor dem Fenster mit einer in der Diagonale verlaufenden

Stromtrasse, deren Kabel zerrissen zwischen den Türmen hingen. Ich muss selbst einem Gemälde geglichen haben, wie ich vor diesem geöffneten, gotischen Fenster stand, denn ich war aufgestanden, und auf eine seltsam stilisierte Landschaft blickte. Es war die sogenannte blaue Stunde, wobei rein gar nichts blau war. Der Wald, der sich unter mir ausbreitete, interessierte mich. Er bestand aus Buchen, Eschen, Eichen, Tannen, Kiefern, Linden, Ahornbäumen, Birken, Zedern, nein, keine Zedern, Weiden, Lärchen, Zirben, Pappeln und Erlen, und wenn ich noch eine einzige andere Baumart wüsste, hätte der Wald auch daraus bestanden, oder nicht bestanden. Ein toller Wald also.

Danach lief ich mit widerstreitenden Gefühlen in der Burg herum und der Widerstreit bestand darin, dass ich mich einerseits davor fürchtete und mir andererseits wünschte, einem anderen Gast zu begegnen, warum nicht einer Frau, warum nicht einer jungen Witwe mit großem Mund? Das Burghotel schrie geradezu nach einer jungen Witwe. Aber nichts davon. Dafür kam ich irgendwann in einen großen und langen Gang mit einer Fensterreihe, an deren gegenüberliegender Wand Ritterrüstungen und mittelalterliche Waffen ausgestellt waren. Ich brach in eine kleine Begeisterung aus. Was für eine Abwechslung. Erst betrachtete ich alles nur brav mit hinter dem Rücken verschränkten Händen: Doppelhandschwerter, Morgensterne, Hellebarden, Brustpanzer – dachte dann aber darüber nach, ob ich Gefahr liefe, erwischt zu werden, wenn ich beispielsweise diesen Ritterhelm aufsetzte, ob etwa der Rezeptionist durch die Burg wandelte, weil der Klang meiner Schritte bis an sein Ohr gedrungen war und er kontrollieren wollte, was ich hier treibe, stellte ihn mir dann aber eher nachdenklich auf seinem Stuhl vor, darüber nachdenkend, ob sein Abschlussthema wirklich so lächerlich war. Und andererseits, ich meine, wenn er mich doch erwischte, was würde passieren? Würde er mich verklagen, die Polizei rufen? War das möglich? Nein, er würde mich wahrscheinlich höflich bitten, die Antiquitäten nicht zu berühren und mich dabei leicht gequält angucken.

Ich nahm einen schönen Helm von der passenden Rüstung, es war ein klassischer mit gitterartigem Visier, der vielleicht auf Reiterturnieren getragen worden war, und wog ihn in den Händen, roch das alte Eisen und steckte schließlich mit einer Mischung aus Erregung und Angst, die vielleicht jede Erfüllung eines Kindheitstraums begleitet, meinen Kopf hinein. In dem Moment hörte ich etwas hinter mir, drehte mich um und sah nur eine halbe, hinter den Stäben des Helms vorbeihuschende Gestalt. Ich riss mir den Helm vom Kopf, der scheppernd zu Boden fiel, also der Helm jetzt, und rannte in die entgegengesetzte Richtung weg, sozusagen still in mich hineinschreiend.

Ich habe die Ebene beobachtet und nach Hinweisen gesucht. Aber nichts weist mich irgendwohin, die Schatten wandern mit aufreizender Langsamkeit, die Sterne verschieben sich, ohne ihre arrogante Ausstrahlung dabei zu verlieren und irgendwann ist

Irgendwann ist ein Gestirn erschienen, das nicht so aussieht, als besitze es eine Oberfläche im Festzustand. Es war lange zu sehen und versank dann wieder. Niemand winkte mir, ich hätte niemanden winken sehen, niemand hätte mich winken sehen, es ist alles zu weit voneinander entfernt, die Dinge voneinander, die Dinge von mir, ich von mir selbst, aber es gelang mir zu schlafen und dann, was für ein Erwachen, ich werde es nicht beschreiben. Was macht die Gesundheit? Danke, es geht schlecht. Bloß zurück.

Ich verrannte mich im Burghotel, wie ich es in meinen Träumen in den Traumgebäuden auch immer tat, die ich vielleicht instinktiv nachahmte, verlor mich in den Gängen, Stockwerken, Treppenhäusern und Hallen, nur dass dieser Raum meinen Träumen vielleicht etwas weniger entsprungen war. Beim Verrennen entdeckte ich irgendwann einen schwachen Schimmer unter einer Tür. Ich hörte auf zu rennen und schlich mich an, um zu lauschen. Es war nichts zu hören. Hatte ich vorher Angst gehabt, erfüllte mich jetzt offenbar ein Vertrauen. Denn ich öffnete die Tür, die tatsächlich unverschlossen war, und lugte hinein und sah im schwachen Dämmerlicht ein Bett, in dem jemand lag. Ich betrachtete das Gesicht, von dem ich nicht genau sagen konnte, ob die Augen geöffnet oder geschlossen waren, es war dünn und gehörte einem Mädchen. Es schien mir keine Bedrohung von ihm auszugehen, deshalb trat ich ein und schloss die Tür hinter mir. Die Insekten liefen gelangweilt über Decke und Wände. Ich machte ein paar vorsichtige Schritte durch das Zimmer und behielt das Mädchen dabei im Auge. In ihrem Gesicht regte sich nichts, aber ich bekam das Gefühl, dass sie spielte. Ein Maikäfer saß auf der verblichenen Tapete und wartete darauf, zu vergehen. Ich wagte es, mich auf den Bettrand zu setzen. Ich sank weich ein. Sie lag unter einem Berg von großen Federbetten, ordentlich bezogen. Irgendwann schlug sie die Augen auf. Wir starrten uns an. Wer bist du denn?, fragte ich. Ich bin die Gräfin, ich bin Hunderte Jahre alt, sagte sie. Das stimmt nicht, sagte ich. Sie schwieg kurz und ihr Gesicht versteinerte. Doch!, sagte sie dann, Nein, sagte ich, Doch, sagte sie, Nein, sagte ich, Doch, sagte sie, Das ist biologisch unmöglich, sagte ich. Wieder Schweigen. Dann schnaufte sie. Woher ich das denn wissen wolle? Ich verwies auf mein Allgemeinwissen. Und wie weit mich mein Allgemeinwissen denn bislang gebracht habe? Touché, sagte ich. Es wäre trotzdem unmöglich. Sie schien zu überlegen. Während der Diskussion hatte sie sich etwas aufgerichtet. Sie hatte einen storchigen Hals und einen kleinen Kopf. Welchem Adelsgeschlecht sie denn angehöre. Allen, sagte sie, sie sei die letzte Adlige des Universums, deshalb liefen alle Blutlinien in ihr zusammen und alle Titel und Namen seien ihr vererbt, ihr Name habe deshalb mehr Silben als das Universum Quanten. Ihre Augen funkelten stolz bei dem Wort Quanten. Und sie sei hier am Residieren oder wie?, fragte ich. Exakt, sagte sie, und welchen dahergelaufenen Landstreicher und Tunichtgut ich denn darstellen wolle? Praktikant in geheimer Mission, sagte ich. Angeber, sagte sie, aber ich konnte sehen, dass sie ein bisschen neidisch war. Dann schwiegen wir wieder. Es wird hier ständig geschwiegen und geweint, gewöhnen Sie sich besser daran. Sie konnte wohl sehen, dass mir kalt war, denn sie bot mir an, mich zu ihr ins Bett zu legen. Ich zog ein paar Sachen aus und kroch unter die Decken, unter denen ich wie einbetoniert lag. Da wurde mir warm und mich überkam ein Gefühl, es wird schon wieder um meine Gefühle gehen. Als würde die Welt in meine Seele stürzen. Oder so ähnlich. Der Wind wehte um die Burgmauern und sprach zu mir von einer neuen, schrecklichen Freiheit. Allerdings beließ er es bei diesem Allgemeinplatz, ohne konkreter darauf einzugehen, worin diese Freiheit genau bestünde. Denn es war nur der Wind, der sich nur ungern festlegte und der es nie zu etwas anderem bringen würde.

Durch mein Schlafdefizit schlief ich irgendwann ein, die Gräfin auch, sogar noch vor mir, da ich noch hörte, wie sich ihr Atem veränderte und sie anfing, ganz leise zu schnarchen, ein seltsam schnorchelndes Geräusch. Ich spürte, wie die Zärtlichkeit mir einen Stich versetzte.

Als ich aufwachte, stand eine Gestalt im Zimmer. Wie lange hatte sie da schon gestanden. Wozu ein Fragezeichen. Ich erkannte in ihr den Mann mit dem blöden Hut, der mich an der Raststätte belästigt hatte. Ich ärgerte mich, dass ich meinen Revolver im Auto gelassen hatte, ich hätte ihn gerne damit bedroht. Ich fragte ihn, wie spät es sei. Er nannte mir eine Uhrzeit. Es wäre angemessen gewesen, aufzustehen, aber ich wollte nicht. Er flüsterte, dass er mich sprechen müsse. Ich fragte ihn, ob er überhaupt keine Scham besitze, mich mitten in der Nacht zu belästigen und dazu noch die Gräfin. Er sagte mir, ich sei vor ihm weggerannt. Ah, Sie waren das, sagte ich. Er solle sich schämen. Die Gräfin motzte uns aus dem Schlaf heraus an. Während er wartete und mich unsicher anguckte, spielte er mit einem Totenkopfring, den er an der linken Hand trug. Konnte ich irgendetwas an dieser Person ernst nehmen? Es sei wichtig, sagte er. So sähe er aber nicht aus, entgegnete ich. Mehr solcher Dialoge, unbedingt. Er wirkte wie eingesunken in seinen alten Körper. War er ein Abgesandter des Filialleiters?

Ich konnte ihn nicht fragen, da ich den Filialleiter nicht erwähnen durfte. Ich fragte mich, ob der Rezeptionist mich verraten hatte. Das hätte mich verletzt.

Ich stand schließlich auf, obwohl es wehtat. Ich verachtete mich dafür, dass ich mich von solchen Personen aus dem Bett und der Wärme der Gräfin treiben ließ. Einer angeblichen Gräfin. Aber irgendwann wäre sie von unserem Gerede aufgewacht und das konnte ich nicht verantworten.

Ich schloss die Tür hinter mir mit voller Konzentration, so leise wie möglich, es dauerte ewig. Der Mann fragte mich sofort, wo ich das Äffchen gelassen hätte. Im Auto, sagte ich, wahrheitsgemäß. Ob er einen neuen Hut habe, fragte ich ihn. Nein, sagte er. Das dachte ich mir, sagte ich.

Er führte mich in einen staubigen Raum mit Ledersesseln und bot mir Whiskey an, der so schmeckte wie Benzin riecht. Ich war wieder augenblicklich betrunken und dachte darüber nach, ob es mir gelingen würde, ihn mit dem Beistelltischchen zu erschlagen. Dann fing er leider an zu reden. Er heiße Drawer. Was für ein Scheißname, sagte ich. Das irritierte ihn und ich freute mich. Er sagte, er sei stolz auf seinen Namen. Ein Drecksname, sagte ich, zum Kotzen. Er finde ihn schön. Ein Name für kleine gestörte Ficker, sagte ich. Die Aggression bietet manchmal einen guten Aufenthaltsort. Er sagte eine Weile nichts und ich trank meinen Whiskey und machte dabei übertriebene Feinschmeckergeräusche wie Schmatzen und Schlürfen. Nach einer Weile wurde klar, dass ich meinen Hohn fertig ausgekotzt hatte und er dachte wohl, dass er wieder das Wort ergreifen könnte. Und das konnte er.

Drawer begann von meiner Großmutter zu reden. Es schien sich dabei um meine leibhaftige Verwandtschaft zu handeln. Ich sagte etwas wie Ja-ja, denn man sagt nicht, Was reden Sie da?, wenn jemand von der eigenen Oma spricht, denn man weiß von ihr, da es sich um Familie handelt. Meine Großmutter also. Sie lebte in einem Altersheim. Das schien mir natürlich. Aber es ging ihr nicht gut. Selbstverständlich! Denn lebt man in einem Altersheim, wenn man das blühende Leben lebt? Allerdings ging es ihr offenbar geradezu schlecht und das machte mich nervös, denn eine sieche Großmutter zu bekommen, ohne eine rüstige gehabt zu haben, schien mir verdächtig. Vielleicht wollte man sie mir unterjubeln. Ich wollte etwas einwenden, aber ich hatte kein Argument. Drawer bekam mich schließlich dazu, in einen Besuch einzuwilligen. Leider fiel mir nicht ein, nach dem Rest meiner angeblichen Familie zu fragen.

Jetzt sollte ich also auch noch meine Großmutter besuchen. Und die zärtlichen Gefühle fingen schon an zu keimen. Erst ist man Enkel und dann Praktikant, das sollte anerkannt sein. Würden wir gemeinsam aus einer Schnabeltasse trinken? Ich fragte ihn, was er mit meiner Großmutter zu tun habe. Er arbeite für das Altersheim, seine Aufgabe bestehe darin, Enkelinnen und Enkel von Insassen, also Patienten ausfindig zu machen. Und wieso er mich nicht in der Raststätte angesprochen habe. Er habe sich erst überzeugen müssen, dass ich der Richtige sei. Was ihn denn davon überzeugt habe, wollte ich wissen. Mein Blick, die Augen, sagte er. Das schien mir wenig einfallsreich und nicht überzeugend.

Er gab mir eine Wegbeschreibung. Er musste sie mir fünfmal erklären. Ich verstand sie nicht. Er gab den Orten, die ich durchqueren oder hinter mir lassen musste, Namen, was mich daran zweifeln ließ, dass er schon mal da gewesen war. Denn ich dachte daran, was ich gesehen und vor allem, was ich nicht gesehen hatte. Aber er war eben länger auf der Welt. Und trotzdem so ahnungslos. Denn, aber, und, so geht das, so tanzt man die Polonaise mit sich selbst.

Nachfolgend Abschied von der Gräfin. Ich war erstaunt, sie wach vorzufinden, als ich die Gemächer betrat. Sie wusste, dass etwas los war, ich konnte sehen, wie sie sich um Fassung bemühte. Ich setzte mich zu ihr an die Bettkante und wir verknäuelten unsere Hände, alle vier. Ich fragte sie, warum sie nicht aufstehe. Sie sagte, ihr Rücken sei gebrochen. Dann weinte sie. Nein, sie weinte nicht, denn es wurde schon zu viel geweint. Also sie weinte schon, aber ich behaupte das Gegenteil, denn ein kaltes Herz ist nötig für diese Geschichte. Und es interessiert mich nicht im Geringsten, was »Sie« glauben, in »Ihrer« Welt. Sie führte meine Hand zu den warmen Metallstreben, die sie um ihre schmale Taille trug. Euer Exzellenz, sagte ich. Sie drängte mir ein homöopathisches Mittel gegen Not auf. Es war ein Fläschchen mit weißen Kügelchen, die sich als süß herausstellten, das leise rasselte, als ich es in die Manteltasche gleiten ließ, und sogar beim Gehen rasselte, noch leiser. Wir sahen uns an und ihr Blick tastete mein Gesicht nach Trost ab. Ich hätte gerne welchen darin gehabt. Aber ich würde sie verlassen, weggelockt von den Sirenenrufen zweifelhafter und stilloser Autoritäten. Sie bot mir an, sie zu heiraten und Graf zu werden. Ich küsste sie und ihre Tränen klebten auf meinem Gesicht. Ich spürte den Tod in mir warten. Ich sagte etwas, dass sie trösten sollte und es nur schlimmer machte. Ende der Abschiedsszene.

Glückwunsch übrigens an alle Frauen, die meiner Bekanntschaft erfolgreich entgangen sind. Vermutlich endgültig.

Drawer ging vor mir die Treppe herunter und ich hatte Lust, ihn zwischen die Schulterblätter zu treten und seinen welken Körper an den Kanten der Stufen aufplatzen zu sehen. Stattdessen machten wir Smalltalk.

In der Lobby standen wir verlegen herum. Dann klingelte das Telefon. Der Rezeptionist ging ran und hielt mir den Hörer hin. Es war der Filialleiter. Kaspar!, rief er. Ich versuchte ganz entspannt und selbstverständlich zu klingen. Wie es ihm so gehe, fragte ich. Mir fliegen die Schwalben aus dem Arsch!, sagte er, seltsam erregt. Wie es um Darz stehe? Ich sagte, ich hätte ihn noch nicht gefunden. Ha, vielleicht würde ich ihn niemals finden, sagte er. Ich solle in jedem Fall Grüße bestellen. Ich versprach es. Dann sagte er, er wolle mir ein Gedicht vorlesen, ob ich ganz bei ihm sei. Ich sagte ihm, ich würde lieber bei lebendigem Leibe verbrannt werden, als ein weiteres Gedicht zu hören. Er lachte. Dann las er:

Wir folgen einem dunklen Stern
Sein Bart ist lang, wir folgen gern
Aus Schlamm gemacht und Schlamm im Kopf
Klopf-klopf, klopf-klopf

Er führt uns aus mit kalter Seele
Ich wäre gerne wieder Kind
Mit Träumen aus Grauen und einem Herz
Das mich nach Hause bringt

Ob das eine neue Strömung sei, fragte ich. Wie aufmerksam, sagte er, es handele sich um *Opaken Infantilismus*. Ich sagte, toll. Dann fragte ich nach der Situation auf dem Feld. Eine kleine Selbstmordwelle, aber sonst nichts Neues, sagte er. Es werde kälter. Es folgte eine kleine Schweigepause. Eine kleine Welt, so reich an kleinen Schweigepausen. Und zum schrecklichen Kindbringt-Reim sagte ich nichts? Es scheint so. Ich fragte ihn, wie spät es bei ihm sei. Zu spät, sagte er. Ich sagte, dass ich die Uhrzeit meine. Ach so, die wisse er nicht. Ich hielt den Hörer zu und fragte den Rezeptionisten nach der Uhrzeit. Er wusste sie ebenfalls nicht. Dann verabschiedete ich mich umständlich vom Filialleiter. Drawer wünschte mir eine gute Reise und behauptete, sich jetzt auf die Suche nach der Enkelin von Frau Strüher-Blonk zu machen. Der Name schien mir unwahrscheinlich. Mir fiel zum dritten Mal auf, dass es noch Nacht war. Sie habe sich in einen Sendeturm zurückgezogen, jetzt redete er offenbar von der Enkelin, und versuche, neue Musikinstrumente zu erfinden, ohne auf ihnen zu spielen. Ich fragte ihn, ob er schon mal darüber nachgedacht habe, die Fresse zu halten. Er verstummte tatsächlich. Im Hof war nur das leise Rauschen des Windes zu hören. Wie stimmungsvoll.

Ich versuche, die Ebene im Auge zu behalten. Aber ich dämmere weg. Vielleicht ist es das Abgleiten in ein Koma, das da irgendwo unter mir sein muss. Ich habe übrigens keine Lust mehr. In einem Traum oder etwas Ähnlichem sah ich einen Schlammmenschen unter einem violetten Himmel, der durch eine endlose Ebene aus dem gleichen Schlamm lief, aus dem er bestand, allein. Ich habe es in meiner Erinnerung gesehen. Es war herzzerreißend. Es hatte mit meiner Kindheit zu tun. Allerdings ist nichts zerrissen, das ist die Schwäche solcher Bilder. Es ist natürlich offensichtlich, was dieser Traum mir sagen will, aber er hat sich eben nie gefragt, ob ich es mir auch sagen lasse. Und was immer es auch ist, es verlässt mich nicht so schnell, dafür ist die Zeit hier, die ich weiß nicht wie langsam oder schnell vergeht, zu leer, ich habe es schon mal festgestellt. Ich werde dieses Problem nicht weiterdenken, noch nicht.

Ich habe außerdem versucht, das Viech mit einem Kabel zu fesseln. Es war verwirrt und schaute mich an, mit seinen Kameras, als wollte es keine voreiligen Schlüsse darüber ziehen, was ich vorhabe. Ich dagegen wollte es so lange malträtieren, bis es mir seine Seele vor die Füße kotzen würde. Es war ein kleiner Anfall, ich gebe es gerne zu, vielleicht bin ich sogar stolz darauf, ich war immer schon stolz auf meine heftigeren Emotionen, außer vielleicht der Scham, die per definitionem, Sie wissen schon. Das Viech dagegen wollte das Kabel aufrollen, ständig will es Ordnung machen. Und die Ordnung ist es, die mich betrogen hat, sie und meine Trägheit. Aber es blieb höflich dabei, was mich noch rasender machte. Irgendwann habe ich einen blökenden Schrei ausgestoßen. Uns ist weder das Fesseln noch das Kabel aufrollen wirklich gelungen. So heben sich die Kräfte auf, die fehlenden Kräfte.

Es ist schwer zu beschließen, wieder rauszugehen, in diese Art Welt. Man wünscht sich natürlich bisweilen, es sei nur ein Fiebertraum, wobei ich in meinem ganzen Leben noch nicht einen einzigen Fiebertraum hatte. Und ich glaubte schon, die Angst überwunden zu haben.

Nein, das glaubte ich nicht, so weit würde ich nicht gehen, sie geht nicht aus, vor mir, ich bin eine Angstmaschine in ihrer selbst gemachten Dunkelheit. Oder eine Nebelmaschine in ihrem selbst gemachten Nebel? Wer weiß. Ich bin etwas, das sich schwertut, etwas anderes zu sein. Und doch müsste es irgendwo einen geheimen Ausweg geben, oder nicht?, frei nach dem purgatorischen Prinzip? Vielleicht besteht es in der Umkehrung und meine Seele ist zu rein, um aufzusteigen oder niederzufahren. Was könnte mir auf der Expedition schlimmstenfalls passieren? Allmähliches, qualvolles Sterben und nachfolgend vollständiges Totsein. Manche Fragen sollte man nicht stellen. Keine Wege, keine Merkmale, über mir die Raserei der Millionen Sonnen. Ich könnte mich also verirren und ersticken. Ich sollte vielleicht versuchen, Zeichen in den Stein zu ritzen. Es würde mich nicht wundern, wenn das Viech alles wieder ausradierte. Vielleicht ist es eine Art Umweltschützer. Vielleicht bin ich eine vom Aussterben bedrohte Art. Allerdings bin ich jetzt deutlich weiter von meiner Fortpflanzung entfernt, als ich es früher war. Und das will was heißen! Mir sollte eher die Anziehungskraft Sorgen machen. Wer legt sich schon hin, in einer fremden Wüste?

Mäßig interessanter Fakt ist, dass ich dem Viech vorgelesen habe, aus meinen Erlebnissen im Burghotel, um es eifersüchtig zu machen, und bald abbrechen musste, weil ich meine Stimme nicht ertragen konnte. Ich weiß nicht, ob das Viech sie erträgt. Sie entspricht sozusagen nicht meiner Papierstimme, die in meinem Kopf erklingt. Ich werde noch mehr schweigen und meine Stimmbänder werden entschlafen. Das macht aber nichts.

Eine gewisse generelle Dämpfung scheint sich nicht mehr aufzulösen. Die in mich eingesickerte Dunkelheit. Die Schatten über meinem inneren Auge. Der Fehler ist vielleicht der, dass ich noch am Leben bin. Und die Tragödie besteht darin, dass man sich irgendwann daran gewöhnt hat, am Leben zu sein? Und zu lieben und nicht geliebt zu werden und deshalb nicht weniger zu lieben. Denn auch daran kann man sich gewöhnen. Bis der Tod einem das Problem abnimmt, oder nicht. Moment, Tod von wem? Von einem selbst, der Tod der anderen Person nützt da wenig, außer dass die eigene Passivität sanktioniert wird, seltene Gnade. Also wahrscheinlich bin ich nicht tot, noch nicht. Das ist insofern schade, als dass der Wechsel meines Zustands noch vor mir liegt. Andererseits – jaja, schon klar. Lebendig ist man immerhin auf dem besten Weg zu sterben. Diese Todes-Punchlines, eine nach der anderen. Solange ich leide, bin ich immerhin nicht tot – und solange ich tot bin, leide ich immerhin nicht mehr. So habe ich zwei halb volle Gläser und kann aus keinem trinken.

Also, Frage, ich muss wieder anfangen, die richtigen Fragen zu stellen, bevor sie sich als die falschen herausstellen, bin ich

Und als ich so lief, durch diese Weite, in der gellenden Stille wie in einem weit aufgerissenen Auge, über die steinerne Rinde, musste ich an die Liebe denken, Sie werden jetzt von der Liebe zu hören bekommen, die mich mit, ich weiß nicht, wahrscheinlich fünfzehn oder vierzehn erfüllte, es muss vor der Schulschließung gewesen sein, nicht dass ich danach keine Liebe mehr empfunden hätte, aber ich war nicht mehr auf dieser Höhe, jedenfalls befiel sie mich wieder und es ist nicht leicht, dabei aufrecht zu stehen, weshalb ich vernünftigerweise auf die Knie sank. Sie stand mir wieder vor Augen, so klar präsent, aber ihr Gesicht unscharf wie im Traum, und ich verzehrte mich, das sagt man so, aber es stimmt sogar. Sie muss mit mir alt und dünnhäutig geworden sein. Wenn sie existierte, aber das ist ihr erspart geblieben.

Ich werde nicht mehr von meinen Routinen sprechen. Ich muss mir vielleicht ein paar Restriktionen auferlegen, um der auf mich im Speziellen wirkenden Zeit etwas abzuzwingen, einen Zweck womöglich, aber das ist zweifelhaft. Ich meine, dass das möglich ist. Ich befülle und entleere mich physisch, wobei immer ein wenig, sozusagen einige Partikel meiner Vitalität mit ausgeschieden werden. Vitalität. Wie gewählt ich mich heute ausdrücke, es muss an meiner Depression liegen.

Manchmal stelle ich mir vor, wie das Viech anfängt, mir Pflanzen zu bringen, denn ich würde es gerne um einige Pflanzen bitten. Ich wäre gerne in einem Nadelwald oder einem Mischwald, egal, niemand kann mir sagen, also das vermute ich jedenfalls, dass ich niemals in einem solchen Wald, in irgendeinem Wald gewesen sein soll, da ich eine so plastische, körpergedächtnismäßige Vorstellung davon habe, mich in einem solchen zu befinden und verirrt, natürlich vollkommen verirrt zu sein. Trost, mehr Trost. Oh, die Dichte der Wiederholungen wird steigen, das ist sicher. Auch die Möglichkeit kleiner, unscheinbarer Halluzinationen ist nach wie vor gegeben, das ist immerhin etwas, wobei es nichts ist, aber immerhin ein wenig innerer Raumzeit verbraucht. Wie immer ist es beinahe interessant zu sehen, was wirklich passieren wird.

Ich habe mich mit einem gewissen Widerwillen gefragt, wie das abgelaufen sein soll, mein Weg zum Altersheim meiner angeblichen Großmutter, da ich die Wegbeschreibung aus Drawers überkrontem Mund vergaß, während er sie mir noch gab, und selbst, wenn mein Unbewusstes, das sich angeblich jedes Molekül merkt, sie mir später, im Auto sitzend, wieder zugeflüstert hätte, wozu es sich übrigens niemals in seiner klandestinen Existenz herabgelassen hat, würde ich nichts gefunden und nichts erkannt haben, da die Merkmale, wie etwa die Namen, die einem helfen sollten, sich in den Einheiten des Raumes zurechtzufinden, ausgelöscht waren oder wenigstens dezimiert, sodass sich große Lücken der Namenlosigkeit in den Landschaften des besagten Raumes auftaten und sogar die Spuren der Merkmale sich verloren, und auch mein Orientierungssinn und dessen Fehlfunktionen hätten schließlich noch ihren Teil dazu beigetragen, dass ich mich verirrt hätte, noch mehr, und es nicht gefunden hätte, oder bloß Dinge, die ich nicht suchte. Aber ich möchte behaupten, dass ich da war, dass ich einen Teil meiner Zeit dort verbrachte, es ist nicht zu leugnen, also es ist schon zu leugnen, aber ich leugne es nicht, warum sollte ich, und das bedeutet vermutlich, dass mir irgendein weiteres, unwahrscheinliches Verhängnis zugutegekommen sein muss, etwa des Zufalls, oder eine abstruse Kausalität. Ich werde nicht drumherum kommen. Ich rieche ja die alten Leute und ihre abgestandenen Leben schon, während ich noch darüber nachdenke, wie ich meines in ihres verwickeln kann, das ist doch eine seltsame Vorausschau in die Rückschau, die ich da betreibe. Mir drängt sich der Gedanke auf, dass ich quasi instinktiv, das heißt einer uralten Erinnerung folgend, meinen Weg fand in die Stadt, in der das Altersheim lag, also der Erinnerung innerhalb meiner (behaupteten) Erinnerung, sehr schlau, ich werde die Dinge zunehmend ineinanderstülpen, ein Universum aus Geheimfächern. Allerdings fand ich, einmal in dieser Stadt angekommen, nicht das Altersheim selbst, da ich nie, nie zuvor dort gewesen war, anders als in dieser Stadt, wie behauptet wurde, in die ich schon in zartem Alter, jedoch schon leicht überspannt, aber mit rosigen Wangen, bugsiert worden bin. Ich werde sie Nechen nennen, der Name stimmt zwar nicht, nähert sich aber klanglich ihrem Charakter an. Es war eine Stadt, in der man niedrige Häuser und Kacheln mochte sowie Kioske und Butzenscheiben und obskure Biermarken und eine durchfallartige Farbgebung und innerstädtische Autobahnen mit Schallschutzwänden. Nein, dafür war es zu grau. Außerdem kann Durchfall so viele Farben annehmen, wie das Chamäleon. Als ich dort war, bremste ich mitten auf der Straße, wenn ich einen Menschen sah, denn es gab kaum welche, weder sie noch ihre Autos, und fragte sie nach dem Theresienheim, denn so hieß es. Sie zeigten in Richtungen und beschrieben es. Es wäre schwer gewesen, es auf die Dauer nicht zu erwischen. Es schien eine alte Stadt zu sein, also mit alten Menschen, die Stadt selbst wurde architektonisch zwischenzeitlich durch eine Ausradierung verjüngt, sie wirkten wie die Überreste, die Menschen, auch ihres eigenen Lebens. Sie schienen alle auf der Flucht zu sein, bewegten sich dabei aber nicht.

Ich springe jetzt zur Ankunft.

Es handelte sich um einen zweistöckigen Neubau. Es war nicht ein Block, sondern ein vielarmiges Ding, dessen Gebäudeteile, von einer geraden Front ausgehend, nach hinten wuchsen. Der Architekt oder die Architektin musste sich für einen originellen Vogel gehalten haben. Und die Alten und Sterbenden mussten jetzt ihre beinahe endlose Reihe von Jahren und die Schmerzen ihres Siechtums in dieser Ambitioniertheit verbringen. Es stand frei, nur ein Friedhof lag daneben. Auf der anderen Seite eine Art sumpfige braune Weide und ein blattloses Wäldchen. Es war vielleicht der Stadtrand, allerdings wirkte die ganze Gegend wie eine einzige Ansammlung von Stadträndern, ohne Zentrum.

Ich fuhr mit Elan frontal auf das Gebäude zu und bremste so plötzlich, dass es meinen Körper heftig in den Sicherheitsgurt presste und ich sozusagen einmal energisch nickte. Diese Art des Fahrens, die aus fluchtartigen Beschleunigungen und Vollbremsungen bestand, hatte ich mir mittlerweile fest angewöhnt. Sie erregte immer eine gewisse Aufmerksamkeit. Doch dieses Mal ging es beinahe unbemerkt vor sich. Auf dem kleinen Platz vor dem Eingang war niemand bis auf eine Seniorin in ihrem futuristischen Rollstuhl, die wie eine Statue wirkte und nicht im Mindesten auf mein FBI-mäßiges Bremsmanöver reagierte. Ich stieg aus und trat an die Statue heran. Ich betrachtete das eingefallene, weißhaarige Gesicht. Die Augen schauten ins Nichts. Dazu hatte ich natürlich viele Fragen und ich hätte sie ihr gerne gestellt, traute mich aber nicht. Schaut das Nichts manchmal zurück?, wäre eine davon gewesen. Ihre eine Hand wuchs wie eine seltene Korallenart über den Joystick.

Einziges Lebenszeichen der Speichelfilm auf den Lippen und der weiße Atemrauch, der in der Kälte aus ihren Nasenlöchern drang.

Derart eingestimmt und mit einem Kopf, der sich wie aufgeblasen anfühlte, trat ich durch die sich seufzend öffnenden Schiebetüren in die Empfangshalle. Die dicke Luft war angefüllt mit den Gerüchen nach lange gekochtem, leicht verdaulichem Essen, Desinfektionsmitteln und einem Hauch von Windel. Ich stand auf einem PVC-Boden mit einem Kopfsteinpflasteraufdruck darauf. Das elektrische Licht in den Decken produzierte eine Art überhelles Zwielicht und es wurde beherzt geheizt. Diese offensichtlich intakte Funktionalität des Ganzen gab mir zu denken, ohne dass es so weit gekommen wäre und ich das Gegebene gedacht hätte. Auf einem Bildschirm an der Wand liefen Fotos von Bewohnern, die man bei einer feierlichen Gelegenheit mit papiernen Partyhüten ausgestattet und so heftig angeblitzt hatte, dass es aussah, als hätte man sie bei etwas Schweinischem erwischt. Sie sahen halb fröhlich und halb entsetzt aus. Vielleicht war es etwas Schweinisches, das Alter. Die Rezeption war nicht besetzt, was ich sehr angenehm fand, denn was wäre gewesen, wenn sich alles, sozusagen in den ersten Sekunden, als Spaß auf meine Kosten oder sogar als Ablenkungsmanöver herausgestellt hätte, wie hätte ich das verkraftet? Denn wie gesagt, in meinem emotionalen Haushalt war sofort Platz geschaffen worden für meine behauptete und von mir geglaubte Großmutter, von meinem zart, äußerst zart besaiteten inneren Agenten.

Dann machte ich mich auf den Weg, die Maschinerie zu erkunden. Mir fiel als Erstes auf, dass das Heim offenbar einen katholischen Ansatz vertrat, jedenfalls hing überall der suizidale Gott an seinem Kreuz, immer verdächtig lässig, wie ich finde. An einer Wand hingen auch die Porträts aller Mitarbeiterinnen und Mitarbeiter, es waren vollkommen verwüstete und auch ganz unbedarfte, kindliche Gesichter darunter. Ich kam schließlich in einen großen quadratischen Raum, an dessen Decke, genau in der Mitte, eine gläserne pyramidenförmige Struktur den Blick freigab auf den bleichen Himmel. Darunter stand ein künstlicher Baum, um den herum eine Bank gebaut war. In einer Ecke waren Heuballen und eine Art Karre. Es handelte sich um den sogenannten Marktplatz, wie ich später erfuhr, doch die wirtschaftlichen Aktivitäten blieben im Verborgenen. Es trafen mich erste Blicke. Pflegekräfte in vertrauenswürdig wehendem Weiß musterten mich, ohne dass sie dabei von ihrem Kurs abgewichen wären. Für die alten Menschen dagegen schien ich ein einziges Ereignis zu sein, wobei manche Angst zu haben schienen und andere vor Neugier ganz unruhig wurden. Als ich in die Cafeteria trat, die vollgepackt war mit Bewohnerinnen, die ihre Kuchenstücke betrachteten, wandte man sich umständlich nach mir um und machte sich gegenseitig auf mich aufmerksam. Ich versuchte mein bestes Lächeln. Eine so große Ansammlung von Menschen hatte ich seit der Raststätte nicht gesehen. Ein paar Jahrtausende an Lebenszeit schienen hier konzentriert. Und tatsächlich zählte das Heim alle Jahre aller Bewohner, wie man mir später stolz erklärte, die der lebenden aktuellen wie die der toten ehemaligen, und es war das allgemein anerkannte Ziel, dem Zähler so viele Jahre wie möglich hinzuzufügen. Der Zählerstand wurde von einer riesigen Digitaluhr angezeigt und lag irgendwo bei dreiundzwanzigtausend Jahren. Es war natürlich nur ein Marketingtrick, um den Alten ihren wohlverdienten Lebensekel auszureden und weiterhin ihre Zahlungen zu beziehen, da es weit weniger Arbeit macht, einen von allen vergessenen Alten zu waschen, zu wickeln und ruhigzustellen, als ständig frische Tote zu entsorgen, um sich dann mit dem lebenden und mäkelnden Ersatz herumschlagen zu müssen, der beinahe noch kritisch denken kann und außerdem über einen Mob an Angehörigen verfügt, die sich womöglich für dessen Wohlergehen interessieren. Aber nicht die Pflegerschaft profitierte vom ausgewalzten Leben, wie ich später glaubte verstanden zu haben, sondern eine unsichtbare Autorität oder vielmehr bloß Entität, die sich unbegreiflicherweise gehalten hatte in einer Gegend, in der sich nicht mehr viel hielt.

Doch ich greife vor. Jedenfalls spürte ich in besagter Cafeteria, wie wässrige und vom grauen Star vernebelte Blicke langsam zu mir flossen und wie sich Fragen in den Gehirnen zu formulieren begannen, sodass ich mich schnell woanders hin und in einen Aufzug begab, in dem sich niemand befand, und in den ersten und dann sogar in den zweiten Stock fuhr und dort in ein komplexes Gefüge aus Fluren geriet, die gesäumt waren von den Zimmern der Bewohnerinnen. Aber noch zwei Dinge über diesen Aufzug, oder besser über diese Aufzüge, denn das Gebäude enthielt zahllose und sie waren alle gleich. Zunächst einmal muss gesagt werden, dass die Wand gegenüber der Tür aus einem einzigen Spiegel bestand. Ich sah mich selbst also in ganzer Pracht, was schon länger nicht vorgekommen war. Ich sah recht fertig aus. Meine Haare! Man hätte darin ein Schwalbenreservat gründen können. Und die verschiedenfarbigen Flecken auf meiner Hose, jeder von einer anderen Schande kündend. Dann gab es noch den aktuellen Wochenessensplan, in einer lustigen bunten Listenansicht. Zudem war ein Schneemann darauf abgebildet, eine Erinnerung an die Saison. Die Fahrt im Aufzug sollte informativ sein! Allerdings informierte sich dort niemand. Eine zeitliche Struktur, die bis über die nächste Mahlzeit hinausreicht, stellte eine vollkommene Überforderung und einen Schrecken dar.

In den Fluren hörte ich zum ersten Mal die Klänge, die mir so vertraut werden sollten. Alle waren sie gedämpft, sie alle glichen einem gedämpften Husten, auch wenn es sich um ein anderes Geräusch, etwa einen Fernseher oder einen Hilferuf handelte. Stimmen drangen durch die geschlossenen Türen. Sie baten um Führung, einen geliebten Menschen oder das Stillen eines Schmerzes, seelischer und/oder körperlicher Art. Die Türen waren aus einem hellen Holz und auch der PVC-Boden war hell und die Lampen schienen kräftig und an den Wänden hingen interessante Bilder, die vielleicht sagen wollten: Fühl dich wohl oder stirb, was die Situation eigentlich erstaunlich treffend beschrieb. Es wurden psychedelisch grüne Almwiesen gezeigt und verschiedene Tiere, etwa Hirsche und Kühe, auch eine Kirche, und natürlich Delfine. Alles hochauflösend fotografiert und auf riesige Platten gedruckt. Damit war alles voll, keine Wand wurde ohne Idylle gelassen. In einer Ecke saßen Strohpuppen mit ihren steifen Gliedern.

Schließlich wurde ich von einer Pflegerin aufgehalten. Sie fragte mich, ob sie mir helfen könne. Diese Hilfe musste schrecklich sein, denn es klang eher nach einer Drohung. Sie war größer und breiter als ich, was ihrem Hilfsangebot zusätzliche Autorität verlieh. Ihr Pferdeschwanz war ellenlang und wurde von einem veilchenfarbenen Haarband in Samtoptik zusammengehalten. Da meine Augen kaum höher lagen als der Aufdruck ihres Kittels, kam ich nicht umhin zu bemerken, dass sie Angela hieß und dass das kreuzförmige Logo des Theresienheims aus einem so komplexen Gewirr aus Linien bestand, dass es einem Labyrinth ähnelte. Zu ihrem Nachnamen wurden keine Angaben gemacht. Schließlich sagte sie, Hallo! und fragte, ob jemand zu Hause sei. Ich antwortete etwas wie ja, bitte, ob sie so freundlich wäre, mir zu sagen, wo meine Großmutter (hier nannte ich den Namen meiner Großmutter) sei, deren Enkel ich sei, der sie besuchen wolle, unbedingt. Sie gab zurück, dass ich mich ausweisen müsse. Ich antwortete, dass ich nichts stehlen wolle. Wer hier etwas von Stehlen gesagt habe, fragte sie. Angela war gut im Verhören, das war klar. Vielleicht war es die ihr zugewiesene Aufgabe, angebliche Enkel zu interviewen. Dann rief sie mit einer Stimme, deren Schallwellen man spüren konnte, nach Ulli und Ulli und Angela führten mich in den Pausenraum, in dem ich versuchte, sie von meinem Enkeltum zu überzeugen. Es brach natürlich eine Welt zusammen, als sie sagten, sie hätten noch nie von einem Drawer gehört. Eine kleine Welt, zugegeben, und eine hässliche, aber immerhin. Die Interrogation zog die anderen Mitarbeiterinnen und Mitarbeiter an und bald war der Pausenraum und die Tür mit weißen Kitteln und den enthaltenen Menschen vollgestellt. Alle rauchten. Sie schauten mich an, als erwarteten sie von mir entweder ihre Errettung oder einen Terroranschlag, sodass Sie sich vorstellen können, was für seltsame und ambivalente Blicke das waren. Ulli sagte mir, dass sie es sich nicht nehmen ließen, Rucksäcke zu durchsuchen. Zum Glück schienen meine Zeugnisse als ein Indiz zu meinen Gunsten aufgenommen zu werden. Und zum Glück hatte ich den Revolver wieder im Auto gelassen. Zum Glück, zum Glück. In meinem Kopf bereitete ich schon ein feuriges Glaubensbekenntnis vor, aber dafür schienen sie sich nicht zu interessieren. Ich hätte mich vielleicht auch zur falschen Religion bekannt, denn ich kenne sie nur sehr oberflächlich und von einer bestimmten Wanddekoration auf ein bestimmtes Gespinst zu schließen, von denen es zahllose gibt oder gab, das ist klar, und von denen ich nur die prominentesten kenne, das kann schnell in Häresie enden. Ich wollte etwas herausschreien wie: Jesus, Maria und Josef, helft uns jetzt, in der Stunde unseres Todes und unserer heiligen Sünden, gebenedeit sei Gottes schöner Leib, Vergebung! Das hätte leicht ins Auge gehen können. Derweil wurde ich weiter zugenebelt. Ihr hängender Sohn musste viel vom Tabak halten. Während Ulli und Angela mich weiter abklopften, konnte ich aus den Tuscheleien der Pflegekräfte immerhin schon erfahren, dass es eine alte Dame mit dem Namen meiner Großmutter geben musste, was mich hoffnungsvoll und ängstlich zugleich machte. Es entbrannte eine Diskussion darüber, welche Schäden ich im schlimmsten Fall anrichten könnte. Sie ergab wenig zu meinen Gunsten. Schließlich beschlossen sie, in ihrer geballten Intelligenz, mich ohne Ankündigung der angeblichen Großmutter vorzuführen und ihre Reaktion zu beobachten, die entweder für oder gegen eine Blutsverwandtschaft sprechen würde. Ich sagte, ich hätte sie noch nie gesehen, sie könne mich gar nicht kennen. Es ist seltsam, dass sie mich nicht einfach vor die Tür setzten, um jedes Risiko zu vermeiden, aber auch wenn alle so taten, als sei ich ein einziges Ärgernis und eine Störung, waren sie ganz heiß auf die Abwechslung, die es bedeutete, mich betrachten, verdächtigen und niedermachen zu können. Mein Einwand wurde natürlich abgeschmettert. Ulli und Angela, die sich klar als die Alphatiere etabliert hatten, eskortierten mich schließlich zu ihrem Zimmer. Währenddessen, sicherlich um dem enormen Druck der Situation zu entkommen, wunderte ich mich über Ullis Kopf, der über einen normalen Hals mit einem normalen Körper verbunden war, aber von der Augenpartie aufwärts seltsam in die Höhe wuchs, er hatte einen außergewöhnlich hohen Kopf.

Vor der Tür des Zimmers, das meine Großmutter enthalten sollte, hielten wir an. Ich verstand erst nicht warum, aber dann hörte ich die Schar der Mitarbeiter hinterherströmen. Das Publikum fehlte. So lange wie die ganze Prozedur dauerte, müssen die Alten schon sehr vernachlässigt gewesen sein, da ich die Aufmerksamkeit aller Mitarbeiterinnen auf mich zog und von der Arbeit abhielt, ohne es zu wollen.

Ich erinnere mich gut an diesen ersten Anblick der breiten, hellen Holztür. Sie war am Ende des Ganges und auf der einen Seite flankiert von einem Gummibaum, zu dem niemals natürliches Licht drang und der trotzdem furchterregend vital wirkte, auf der anderen hing das Bild einer Schneeeule, die aussah, als hätte sie gerade einen Trauerfall in der Familie zu beklagen. Der Mitarbeiterstab war schließlich hinter uns versammelt und die Vorführung konnte beginnen.

Das nennt man jetzt einen Cliffhanger. Das Viech war ein Schatz in den letzten Stunden oder Tagen. Manchmal sage ich zu ihm, Mein Schatz oder, Mein Schatz, bist du wieder da? Der Sturz mag tief sein. Es hatte mich vernachlässigt, aber zuletzt war es wieder allerliebst, beinahe wie früher. Ich konnte meine Brause trinken, ein Ei essen und zum Schluss brachte es mir zwei Tabletten, die ich sofort schluckte, eifrig. Schließlich ließ ich mich sogar waschen, obwohl ich mich jetzt noch ekliger fühle, weil die trockene Schmutzschicht, anstatt sich zu lösen, nur feucht geworden ist und klebrig. Egal. Vielleicht gefalle ich dem Viech jetzt besser. Und von all diesen Substanzen agitiert, möchte ich etwas tun, aber ich bin schlau genug, es nicht so weit kommen zu lassen. Stattdessen werde ich mir eine kleine Erholungspause gönnen, das ist nur vernünftig. Schließlich habe ich schon meine Großmutter gefunden und besuche sie und möglicherweise ist sie sogar meine Großmutter, was sich vielleicht sogar noch herausstellen könnte. Möglicherweise, vielleicht, alles ist trübe, mein Hals hat geschmerzt, aber jetzt spüre ich nichts mehr. Aber wie genau soll das mit dem Erholen vor sich gehen? Wie erholt man sich am besten vom Nichtstun? Man denkt, ich würde schreiben. Aber überall klaffen Untiefen aus Zeit, aus besinnungslosem Dämmer, in dem ich durch den Gedankenschlamm halben Wachens und die gärenden Träume halben Schlafens wate, in einer Wüste aus Hausstaub, als Asthmatiker. Wenn ich eine Melodie halluzinierte, die mich leichtfüßiger voranschreiten ließe, wo würde ich hingelangen, wo kann ich noch hingelangen, wo erlaubt man mir noch hinzugelangen? Wo hat das Viech die finale Spritze? Nein. Ich gebe mir nicht noch diese Blöße.

Ansonsten habe ich übrigens nachgedacht. O Gott. Und gerade war es noch so fröhlich. Ich habe nämlich registriert, mit meiner detektivischen Ader, dass das Viech nicht immer gleich auf mich reagiert, auch wenn die Ausgangssituation unseres Zusammentreffens die gleiche ist. Was gäbe ich jetzt für eine randomisierte Doppelblindstudie. Natürlich gar nichts. Aber nehmen wir zum Beispiel folgende Situation: Ich liege entblößt im Bett und habe alles Bettzeug durch vehementes Strampeln auf den Boden befördert. Ich distanziere mich von meiner Bedeckung. Zudem schreie ich vielleicht sogar ein bisschen herum, warum nicht. Ein kleines Delirium, wer weiß. Das eine Mal hat das Viech es eilig, mich zuzudecken, mein Kissen aufzuschütteln, es mir gemütlich zu machen und mir den Frieden aus der Seele zu zwingen, und ein anderes Mal bleibt es völlig unbeeindruckt und wischt ganz cool ein bisschen Staub, als würde es dabei mit einer guten Freundin telefonieren. Wenn es seine Ideen aus seinem inneren Computer bekommt, müsste es nicht auf die gleiche Ausgangslage gleich reagieren? Wahrscheinlich nicht. Aber angenommen, es würde auf meine Bedürfnisse eingehen, da es auf mysteriöse Weise mit meinem Innenleben verbunden ist, wie kommt es dann, dass es mich manchmal zudeckt, wenn mir vor angestauter Hitze der Schweiß aus den Poren bricht, und andere Male die Decke liegen lässt, wenn meine Füße schon taub vor Kälte sind? Wollen Sie wissen, was ich denke? Das wollen Sie ganz bestimmt, wobei es mich nicht im Geringsten interessiert, was Sie denken, denn Sie sind fiktiv, ich dagegen, realiter, denke, dass das Viech selbst Stimmungen unterliegt, Roboterstimmungen, obwohl ich nicht weiß, wie das gehen soll, und zwischen Zuneigung und Abscheu und Gleichgültigkeit oder bloß schlechter und guter Laune hin- und hergeworfen wird. Vielleicht will es mich provozieren. Nein, das

Viech würde mich nicht provozieren. Oder es will mich ein bisschen quälen, es handelt sich vielleicht um einen Quälalgorithmus, der zufällig, hin und wieder, bestimmt, mir nicht zu helfen, mich nicht zu trösten, mich meine Schmerzen durchleben zu lassen, noch mehr. Das würde mir wehtun. Ich glaube es auch übrigens nicht, und dass nicht nur, weil es mir wehtun würde, ich nehme so vieles an, das mir wehtut, vielmehr nehme ich es nicht an, weil es in letzter Zeit zugenommen hat, und ich glaube, ein Algorithmus müsste etwas Stetes sein, wogegen das, was zuletzt passiert ist, das Viech ist, das mich überhat, das seine Servicepflicht vernachlässigt, wie kann es nur. Ach es hat so viele gute Gründe, es ist alles so furchtbar nachvollziehbar, nicht wahr, ich konnte schon früher ständig alles bei jedem nachvollziehen. Alles zielt auf eine Apologie meiner selbst, damit das klar ist. Möglicherweise bin ich zu liebenswürdig gewesen. Nein, das würde nicht zu mir passen. Oder es hat den Respekt verloren. Aber jetzt erst? Vielleicht hat es eine Krise. Und ich würde ihm so gerne helfen. Oder es hat sie irgendwann selbst überwunden, das Arme, und war deshalb plötzlich wieder gut zu mir, hat mich bekocht und sich zu einer kleinen Tablettenspende aufgerafft. Gerade sehe ich, dass meine Überlegung in dieser Sache einige Lücken und Sprünge aufweist. Aber ich werde nicht nachsehen. Das wäre ja noch schöner.

Meine Großmutter hatte wässrige blaugraue Augen und schaute milde, fragend und leicht beunruhigt in die meinen. Sie sagte nichts. Ich erkannte sie sofort und wollte meine sogenannte Seele nach außen stülpen. Ich hatte jemanden gefunden.

Die Reaktion meiner Großmutter interpretierten die Angestellten zu meinen Gunsten, was mich erstaunte, da von einer Reaktion im engeren Sinne nicht die Rede sein konnte. Vielleicht waren es auch meine eigenen unterdrückten Reaktionen, die man als Indiz nahm, wobei man mir zu Recht keine schauspielerischen Fähigkeiten zutraute. Blutsverwandtschaft war etwas enorm Wichtiges für diese Leute und das Erschleichen von Sozialleistungen Hochverrat. Daher die Fallhöhe. Irgendwann beschlossen sie, ihre Sorgfaltspflicht gegenüber meiner Großmutter erfüllt zu haben, indem sie es sich immer wieder gegenseitig sagten. Oder jemand hierarchisch Wohlpositioniertes beschloss es und ließ es die anderen wiederholen, denn die Schlechtgestellten waren misstrauisch und wollten mehr Zeit bekommen, ihre negativen Gefühle am fremden Bittsteller auszuagieren. Sie maulten noch ein wenig und wurden dann zurück in ihre kleine Arbeitshölle geschickt.

Man erlaubte mir, auf einer Matratze vor dem Bett zu Füßen meiner Großmutter zu schlafen. Wie ein Hund in seinem Korb. Ich war jetzt der offizielle Enkel. Was für ein Aufstieg. Die Bessergestellten beobachteten mich dabei, wie ich mich auszog und hinlegte, als wäre ich die teure Neuanschaffung eines Zoos und die Wärter wollten sehen, ob das sensible Tier sich im neuen Gehege akklimatisiert.

Dann löschte Angela das Licht. Es dämmerte draußen. Ein paar von ihnen blieben im Zimmer stehen, um mich weiter zu beobachten, vielleicht weil sie sich einen unter siebzigjährigen Menschen nicht mehr beim Schlafen vorstellen konnten. Und in meinem erschöpften, in den Traum driftenden Geist verwandelten sie sich in hohe schwarze Schattenwesen inmitten des leuchtend dunkelblauen Zwielichts, als nähmen sie mich gleich mit, auf ihr Schiff, in ihr Reich. Und eine Melodie war in meinem Ohr, aber die lässt sich nicht beschreiben.

Morgens wurden alle zur Fütterung gebracht. Es war unfassbar früh. In Schulstunden gerechnet die minus zweite. Draußen vollkommene Dunkelheit. Als würde man sich dem Tag aufzwingen wollen. Aus allen Zimmern kamen die Bewohnerinnen und die Bewohner auf die Flure geschlurft und gerollt, ein wenig aufgeregt im Selbstgespräch, da etwas passierte und eine weitere Nacht durchgestanden, halleluja. Man konnte das Rascheln von Polyesterblusen auf trockener Haut vernehmen, das ungleichmäßige, unsichere Auftreten der slipperbewährten Füße auf dem mit wirren Farbwallungen gemusterten PVC und das Keuchen aus hart gewordenen Lungen.

Es spielte sich in der sogenannten Cafeteria ab. Es gab eine ganze Reihe von Verfolgten, mit ängstlichen Klagen über ihre Verfolgung, aber auch Verfolger, die aber bloß Imaginäres und / oder Vergangenes verfolgten, so blieben alle einsam in sich, anstatt entsprechende Teams zu bilden und sich schleichend durch die Flure zu jagen. Wie lustig das gewesen wäre. Viele beklagten sich natürlich über die Abwesenheit von Verstorbenen oder ihre eigene Anwesenheit unter den Lebenden, aber das eher selten. Denn was hörten und sahen sie noch? Das Grauen auf ihren Tellern vielleicht. Es bestand aus Weißmehl, weißem Zucker und weißen, milchähnlichen Produkten, auch die Tische und Tabletts waren weiß. Darüber hinaus waren beinahe sämtliche Haare weiß und das ein oder andere Weißgold, das an knittrigen Hälsen und

Händen zu sehen war, nein, das war goldfarben. Aber die Anzüge der Pflegenden und ihre Schuhe und das elektrische Licht.

Meine Großmutter saß neben mir in ihrem Rollstuhl. Sie schien einerseits dem Essen zugeneigt, andererseits der Reizüberflutung der sozialen Situation, in die man sie geworfen hatte, abgeneigt, und durch die Gleichzeitigkeit dieser widerstreitenden Gefühle wiederum verwirrt. Ich redete auf sie ein und versicherte, alles sei in der allerbesten Ordnung. Was wahrscheinlich gelogen war. Manchmal hatte ich den Eindruck, dass es sie in Verlegenheit brachte, dass ich sie ansprach, und ich sah, wie sie währenddessen versuchte, sich an den Gesichtsausdruck zu erinnern, den sie als den in dieser Situation angemessenen gelernt hatte.

Wir saßen an einem Tisch mit Co-Bewohnern, die behaupteten, ihre Freunde zu sein. Sie trugen Namen wie Dietmar Horkel, Hannelore Strüher-Blonk, Katja Lerchenfeld, Hildegard Mehrt und Adamantia Adorfus-Zederlein. Letztere war mit einhundertvier Jahren die Älteste am Tisch. Ihr Lebensjahrhundert hatte ihre Augen zu Milchglasmurmeln getrübt, aber noch immer besang sie mit erstaunlichem Rhythmusgefühl den Kaiser, der ein guter Mann sei. Das tat sie beim Frühstück und bei anderen Gelegenheiten.

Zunächst wurden meine Großmutter und ich für mein Dasein gelobt. Mir schien hier kein Verdienst vorzuliegen. Strüher, Lerchenfeld und Mehrt waren die treibende Kraft der Szene, Horkel war durch seine Männlichkeit und Adorfus-Zederlein durch ihr Alter und ihren vornehmen Namen leicht enthoben, so waren die drei anderen zwar weniger distinguiert, hatten dafür aber auch größeren Einfluss auf das Geschehen und wie es zu bewerten sei.

Hannelore verfolgte eine Doppelstrategie, einerseits lobte sie mich über den sogenannten grünen Klee, obwohl sie mit keinem einzigen meiner Erfolge vertraut war. Ich übrigens auch nicht. Andererseits wollte sie mir auf den Zahn fühlen. Ich sagte ihr, ich wäre bloß auf der Durchreise zu einer glorreichen Zukunft auf einem anderen Kontinent, auf dem ich ein Internat besuchen und dem Schachclub beitreten würde. Sie fragte sofort nach den Uniformen und ich erzählte ihr etwas von Uniformen, ich schob es ihr oben und unten rein. Dann fing sie an, mich nach meinem Auto, meinem Führerschein und dem Verlauf und der Beschaffenheit meiner Fahrten zu befragen und ich verlor die Lust, mit ihr zu reden. Na ja, Lust. Das Thema Fahrt war wiederum Dietmars Stichwort und er erzählte uns von seiner großen Fahrt, als junger Mann, kaum älter als ich jetzt sei er gewesen, und er nannte die Namen all der Orte und freute sich darüber, wie gut er sie aussprechen konnte. Kaum einen Flaum am Kinn hatte er ihnen Tod und Vernichtung gebracht, aber die Namen konnte er noch wunderbar aussprechen.

Nach dieser kleinen Sprechvorführung Dietmars, die mit andächtigem Schweigen bedacht wurde, sickerte die Aufmerksamkeit des Geredes langsam zurück zu meiner Großmutter, die davon keine Notiz nahm, da sie dabei war, ihr zweites Brötchen in Stücke zu reißen. Zunächst ließ Hannelore den Schleier des Mitleids herabsinken. Die Arme. Und früher. Die Gesundheit. Man hat es nicht, man kann es nicht, es nützt ja nichts, es ist ja so und ja und nein und es muss ja und es sollte ja. Am Nebentisch bat derweil ein alter Mann höflich um Hilfe, er stehe in Flammen. Mit Hildegard als eine Art Sidekick verschob Hannelore dann den Ton langsam von einem klagenden hin zu einem vorwurfsvollen, mit leicht feindseligen Untertönen. Schließlich müsse man ja auch mal, so könne das ja nicht, da brauche sie sich nicht, sie habe ja schon immer, und wenn das so, dann dies, und wenn das, dann jenes, jawohl. Ich versuchte währenddessen, mein Kaloriendefizit auszugleichen und holte mir dabei einen Zuckerschock. In diesem aufgepeitschten Zustand gab ich Hannelore und Hildegard zu verstehen, dass wenn sie es noch ein einziges Mal wagten, meine Großmutter zu kritisieren, ich nachts in ihre Zimmer käme und ihre Betten in Brand stecken würde. Sofort wurde ein großes Missverständnis ausgerufen, schnaufende Beteuerungen, ich bitte Sie, nicht doch. Ruhe jetzt, sagte ich.

Nach dem Frühstück wurden alle zur planmäßigen Verehrung Gottes überführt, auch jene, denen ihr Gott schon die Fähigkeit genommen hatte, mit ihm in Kontakt zu treten und seine Gesetze zu begreifen. Denn vielleicht brachte auch die körperliche Nähe zum Priester noch ein paar Punkte bei der letzten Evaluation.

Im Gebetsraum war es so dunkel, dass ich einzuschlafen drohte. Auch meine Großmutter schloss die Augen sofort, als wir hineinrollten. Der Priester hatte ein schlaffes Gesicht mit leicht hervortretenden Augen, ein äußerst passendes religiöses Gesicht, und nach einer kurzen Ansprache, von der ich nur verstand, dass sie sich um die Themen Gnade, Liebe und Ewigkeit drehte, hieß er mich explizit willkommen, und einige alte Damen fingen an zu klatschen, wobei der Priester sie sofort mit einem Zischen zur Ordnung rief. Dann fragte er mich nach meiner letzten Beichte. Ich konterte mit Friede allen fühlenden Wesen des Universums, oder so ähnlich. Es war ein langer, nicht schlechter Sermon. Das Publikum murmelte anerkennend. Der Priester lächelte auf eine Weise, die mich an das Wort Zahnschmelz denken ließ und beharrte auf der Beichte. Er wollte mich in seine Ordnung hineinziehen, um mich vor seinen Schäfchen als unterlegen zu markieren. Schließlich sagte ich in einem Ton, als klärte sich damit das Ganze auf, ich sei Spinozist. Leider, oder zum Glück, ich weiß es nicht, war der Priester nicht sehr gebildet. Denn von da an wurde ich mit einer Hartnäckigkeit, als handele es sich um eine spirituelle Wahrheit, von allen für einen Sozialisten gehalten, egal wie oft ich mich bemühte, den Unterschied zu erklären. Allerdings bemühte ich mich gar nicht.

Nach dem Dienst an Gott begann das Warten auf das Mittagessen. Ich parkte meine Großmutter an einem Tisch auf dem »Marktplatz«, bei ihren »Freunden«, setzte mich neben sie und stand gleich wieder auf, um ihren Blicken zu entgehen. Ich fühlte mich in einer unmöglichen Lage. Nicht gänzlich unmöglich, aber ziemlich unmöglich. Ich fühlte mich schmerzhaft eingespannt zwischen meiner Großmutter und meinem Praktikum und dem öden Mysterium, das Darz darstellte. Was wusste ich noch mal über ihn? Mein Gedächtnis war ein durchlöchertes Sieb. Ich schlich mich ins Zimmer, um in die Akte zu lugen. Ich hätte auch ganz normal gehen können, aber ich fühlte mich bemüßigt zu schleichen, was vielleicht etwas über meinen seelischen Zustand aussagt. Natürlich war ich unter Beobachtung. Vor dem Fahrstuhl im zweiten Stock, in dem das Zimmer meiner Großmutter und damit auch mein Zimmer lag, saß eine Gruppe Insassinnen aufgereiht vor der Fensterfront, mit dem Blick auf den Hof vor dem Eingang. Wenn sich die Fahrstuhltür öffnete, drehten sich diejenigen um, die nicht schwerhörig bis taub und orthopädisch dazu imstande waren, um nachzusehen, wer diesen Aufruhr verursachte. Die Chefin der Gruppe, die den anderen ihre Meinung, die sie zu den mühsam beobachteten Vorgängen zu haben hätten, vorgeigte, hatte die rührende Eigenschaft, über einen zu reden, als wäre man nicht da, und ich erregte ihr massives Missfallen, dem sie Ausdruck verlieh, indem sie mich Penner und Landstreicher und Schmarotzer nannte und mir eine ihrer Meinung nach minderwertige Nationalität beziehungsweise Ethnie andichtete. Die anderen beteten es ihr nach, soweit sie konnten, abfällig nuschelnd, und die, die nicht reagierten, weil sie nichts mitbekommen hatten, wurden zornig von den anderen in die dürre oder fette Schulter gepiekst und lauthals über die aktuelle Losung informiert, die sie jetzt nachzubeten hätten. Insgesamt war die Atmosphäre von der Wut darüber geprägt, dass der körperliche Verfall ihrem letzten Genuss auf Erden, dem sogenannten Lästern, im Weg stand. So ergab sich auch ganz natürlich die Hierarchie in der Gruppe, die nach dem Grad des Verfalls bestimmt wurde. Hatten Schwerhörigkeit, Sehschwäche, Demenz, Verwirrung, Gestank oder Stupor eine gewisse Stufe erreicht, wurde das betreffende Mitglied ausgeschlossen, wenn es nicht vorher starb. Bewerbungen gab es schließlich genug.

Allein in dem Zimmer stehend bekam ich einen Anfall von etwas wie Schuldgefühlen. Ach, so empfindsam. Der Raum hallte wider von der versickernden Restlebenszeit meiner Großmutter. Ein Austropfen der Person. Und mein pathosschwangeres Gemüt. Ich holte die Akte aus meinem Rucksack und öffnete vorsichtig die aufgequollene Pappe. Die Akte war wie eine andere. Auch wenn sie schon vorher nicht opulent gewesen war, enthielt sie plötzlich sozusagen nichts mehr. Eine zusammenhanglose Anhäufung von Spekulationen, Berichten, Projektionen und sogenannten intuitiven Daten. Ich dachte an den Filialleiter, aber auch er erschien mir jetzt verändert, als ein isolierter, verbitterter junger Mann, der sich mit seiner wenigen Kraft an seinem Job festhielt, wie der Priester an seinen heiligen Geistern und ich mich auf der Autobahn an meinem Lenkrad, mit weißen Knöcheln und kaltem Schweiß auf der Stirn. Und ich sah meine Qualifikations-, Aufstiegs- und Karrierechancen auf dem Arbeitsmarkt, soweit es noch korrekt war, diese Bezeichnungen zu benutzen, nicht mehr, die ich vorher so deutlich gesehen hatte. Vielleicht war es das, was passierte, wenn sich jemand für die Familie statt für eine Karriere entschied. Und das Altersheim erschien mir wie eine Nebelbank, jenseits von der die Welt verdämmerte.

Ich wurde aus meinen Überlegungen gerissen, als es hieß, das Mittagessen stehe an. Es war gerade erst hell geworden, trotz der Uhrzeit. Und obwohl noch eine halbe Stunde Zeit war, brach im ganzen Haus die Hölle los. Die Angst, zu spät zu kommen, war wie ein Stachel im alten Fleisch und der Kampf um die besten Plätze begann. Die Verfolgten fühlten sich zu Recht verfolgt und die Verfolger verfolgten zu Recht. Herzanfälle gingen nicht selten zu dieser sensiblen Uhrzeit vor sich.

Hannelore und Hildegard verlegten sich dieses Mal auf den standardmäßigen Themenkomplex, das heißt das Essen, das Wetter, die Krankheiten, die frisch Verstorbenen und sogar die Uhrzeit, was mich verblüffte, da diese ja per definitionem zur selben Zeit immer dieselbe war, was die beiden aber nicht davon abhielt, sie einer eingehenden Diskussion zu unterziehen, man hätte sie für Physikerinnen halten können. Beispiel. Es ist ja schon viertel nach eins! Nein! Doch! Gerade eben war es doch erst halb eins. Ja gerade eben, jetzt nicht mehr! Aber es ist doch gar keine Zeit vergangen. Genau eine Dreiviertelstunde! Bei mir nicht. Was soll das denn heißen?! Dass es noch halb eins ist, also fast. Aber es war doch gerade schon viertel vor eins, gerade eben! Nicht, als ich geguckt habe. Du hast überhaupt nicht geguckt! Du hast nicht gesehen, wie ich geguckt habe. Und so weiter.

Unterbrochen wurden die beiden vom Mann vom Nebentisch, der sich vor uns hinstellte und wieder, sehr gewählt und in höflichem Tonfall, um unsere Hilfe bat, da er leider in Flammen stehe. Ich erklärte ihm, dass das nicht richtig sei. Er schaute mich schockiert an. Aber dann sei er ja verrückt, entgegnete er. Das sei zu befürchten, sagte ich. Er überlegte eine Weile und erklärte, dass er nicht bereit sei, die Natur seiner Realität grundsätzlich in Zweifel zu ziehen, da das einer Auslöschung seiner Subjektivität gleichkomme. Ich schlug ihm vor, ihn ein wenig in echt in Brand zu stecken, um ihm den Unterschied zu verdeutlichen. Dazu sagte er, dass ich jetzt der Verrückte sei. Danach herrschte betretenes Schweigen. Schon war unser Gesprächsstoff erschöpft. Wohl irgendeine Art der Eskalation fürchtend, kam eine Wärterin, ich meine Pflegerin vorbei, die mir durch ihr karamellfarbenes Haar in Erinnerung geblieben ist. Sie fragte, was denn hier los sei, ob eine Verschwörung im Gange sei oder wie oder was. Auch daraufhin betretenes Schweigen. Es war das erste Mal, dass mir auffiel, wie empfindlich das Personal auf Zusammenrottungen reagierte. Dann gab Hannelore, mit der Unschuld eines betagten Lammes, das Gespräch wieder, obwohl ihr bewusst sein musste, dass die Pflegerin gemäß der zweifellos rigiden Brandschutzvorschriften verpflichtet war, mich zu verstoßen. Doch sie führte bloß den Mann zurück an seinen Platz und sagte ihm, er solle bis auf Weiteres dort weiterbrennen. Ende der lustigen Episode.

In den Zeitschluchten, die zwischen dem Frühstück und dem Mittagessen und dann zwischen dem Mittagessen und dem Abendessen klafften, unternahm ich mit meiner Großmutter Spazierfahrten über den Friedhof. Wir blieben vor den Gräbern stehen und ich las vor: Vorname, Nachname, Datum der Geburt, Datum des Todes, niemals vergessen in unserem Herzen in Liebe, der großartige Herrgott Jesus Christus mit seinem sehr heiligen Geist. Dann ein Engelchen, eine Rose, ein Kreuz oder Zitat, mit dem sich der Tote angeblich an die Lebenden richtete und sie zum Weiterleben aufforderte.

Auf dem Friedhof waren wir allerdings nicht allein. Es war ein Sehen und Gesehenwerden, eine echte Passeggiata plus Hör- und Sehschwächen. Und zweifellos wurde ich gesehen, ich war der Enkel und ich sah, noch zweifelloser, die Menschen, die vorsichtig ihre Lebensreste in ihren alten Schalen spazieren führten, über die müdegeweinte Erde, manchmal von einem Schmerz gepeitscht und manchmal mit nagetierartiger Nervosität auf der Suche nach einem Affekt, um ihnen ihre Lebensfrist zu dauern. Manchmal fanden sie den Affekt in einem Kommentar zur Witterung oder einem verwilderten Grab oder einer heimlichen Erinnerung, die Gefahr und Rettung zugleich war. Und im Hintergrund bewegten sich die Vertreter jener Ordnung, die die kosteneffiziente Verwaltung des berenteten Leibes zu perfektionieren suchte.

Aber die Bewohnerinnen gingen nicht bloß zur Zerstreuung auf dem Friedhof spazieren, sondern auch, um die ihnen bekannten Toten zu besuchen oder die eigene Post-Mortem-Liegefläche zu reflektieren, also besser unter der Haselnuss, der Erle oder Eiche oder auf offener Fläche, dem grimmigen Himmel freigegeben, um vielleicht noch dynamischer, schwupps, auferstehen zu können. Denn unter den Traditionalisten war diese Option nicht vom Tisch, es war ein faszinierendes Konzept und ich bestärkte sie bei jeder Gelegenheit darin, wobei mir von der Karamellhaar-Pflegerin Zynismus vorgeworfen wurde, ein Vorwurf, der mich zugleich traf und freute. Denn ich glaubte, dass sich Zynismus nicht ohne ein Mindestmaß an Intelligenz durchführen ließe und da irrte ich mich vielleicht.

Ansonsten ist der Tod ja vor allem eine gärtnerische beziehungsweise ökonomische Frage, wie wird wann, was, mit welchem Aufwand und zu welchen Kosten angepflanzt, gepflegt, beschnitten und vor allem, wie viel Geld kostet es und welche finanzielle Belastung bedeutet es und wie teuer ist es oder billig oder im Angebot und überhaupt. Denn der Finanzdiskurs erschien mir immer als ein besonders breiter, obwohl es immer um dieselbe Sache geht. Und diesem Diskurs bei- oder vielmehr untergeordnet war der ästhetische beziehungsweise gestalterische Diskurs, das heißt die Frage, wie stil- und pietätvoll ein bestimmtes Grab gestaltet worden war, wie geschickt die Bepflanzung die Vor- und Nachteile der Jahreszeiten ausnutzte, um zu jeder Zeit einen angenehmen Anblick zu bieten, denn um nichts anderes sorgt man sich nach Eintritt in die Ewigkeit. Doch die eigentlich große Frage, in der alle Diskurse zusammenliefen und alle Fragen gebündelt gestellt wurden, war die nach der Pflege. Wer pflegte wie oft, mit welchem Aufwand und wie viel Geschick das Grab des Toten xyz und aus welchen Motiven? Man hätte eine ganze Gesellschaftsanalyse aus dieser Frage ableiten können und das wurde sie auch, aber meine Aufmerksamkeit war zu zerstreut, um sie mir zu merken und jetzt wiederzugeben. Aber im Theresienheim herrschte auch eine verfehlte Vorstellung von Gesellschaft, sie existierte sozusagen nur als Funktion des Theresienheims selbst, was immerhin auf eine große Verwirrtheit schließen ließ, denn wie konnte man überhaupt noch von einer Gesellschaft sprechen?

Aber anstatt weiter auf den Flaniermeilen des vorderen Friedhofs auf- und abzufahren, zog ich mich zu einer Gruft zurück, die ich mochte. Sie lag im hinteren, abgelegeneren Teil des Friedhofs auf einer kleinen Anhöhe, wo die Gräber dünner gesät waren und mehr Luft zwischen den Leichen ließen, ich meine mehr Erdreich, um darin zu diffundieren. Auch die Bäume standen weniger dicht und waren höher, weshalb auch die Krähenschwärme, ihrer morbiden Neigung folgend, sich hier versammelten, um über die Hybris der Menschheit abzulästern. Das vermutete ich jedenfalls. Die Gräber hier waren älter und großbürgerlicher, da der Klassenkampf nicht vor dem Jenseits haltmachte, und die Gruft vielleicht unter den ältesten. Ein paar Industrielle waren es, glaube ich, die die kommenden Generationen mit ihrer

Ruhestätte im Stil eines antiken Mausoleums beeindrucken wollten.

Dort blieb ich mit meiner Großmutter stehen. Ihre Hände zuckten ein wenig in ihrem Schoß und ich blickte über den Totenacker, schönes Wort, bis zum Heim, wo ich kleine Schatten langsam hinter den erleuchteten Fenstern vorbeischleichen sah. Ich setzte mich auf eine Steinbank, die neben dem Eingang stand und passend zum humorlosen Stil des Mausoleums gestaltet war, und schaute meine Großmutter an. Sie schaute eine Weile scheu zurück und schloss dann die Augen. Und ich schaute wieder zum Heim. Die Krähen über uns wiederholten ihre halb chaotischen, halb durchorganisierten Start- und Landemanöver und schrien ihren melancholischen Zorn über die Beschaffenheit des Seins heraus. Denn es gehörte zu meinen Angewohnheiten, Tieren allen möglichen Kram zu unterstellen, da sie zu unintelligent waren, um zu widersprechen. Es machte mir vielleicht eine Art Freude oder spendete etwas wie Trost, wenn das nicht zu große Worte wären.

Ich streckte mich auf der Steinbank aus und fiel in einen großen Schlaf, vielleicht ausgelöst von den Ausdünstungen der Industriellenleichen, dic vom kalten Mund der Gruft in die Abendluft gegähnt wurden, oder ganz einfach von den Strapazen der Reise, die mich in ihrer Undeutlichkeit erschöpfte.

So groß war der Schlaf dann wahrscheinlich doch nicht, welche Überraschung, denn bald darauf wurde ich geweckt. Es war Hildegard. Sie trug ihren schönsten rosa Glitzerpullover. Er bestand zu einem nicht unerheblichen Teil aus Plastik und glühte geheimnisvoll in der moosigen Dunkelheit des Grufttores. Sie rüttelte ein wenig an meinen Beinen, um mir zu sagen, dass ich Platz machen solle. Meine Großmutter schlief. Ein schrecklicher Mond stand am Himmel. Sie sagte mir, dass wir das Abendessen verpasst hätten. Ich sagte, ich sei eingeschlafen. Sie nickte. Ich fragte sie, wie alt sie sei. Vierundsiebzig, sagte sie. Ich nickte. Sie machte mir gewisse romantische Avancen. Ich schüttelte den Kopf. Sie nickte. Aber was machte den Mond eigentlich schrecklich, ist das nicht die entscheidende Frage? Nein. Sein Aussehen wahrscheinlich und die Gleichgültigkeit, mit der er die Abläufe und deren Fehlgehen beschien, wobei er nur ein verdeckter Agent der Sonne blieb, die über Bande ihre Herrschaft in fast jede Ecke der traurigen Erde ausdehnte.

Bezüglich meines Enkeltums. Ich versuchte, da es mich als Realität überwältigt hatte und ich mich auch habe überwältigen lassen, es mit Bedeutung zu füllen, sodass ich nicht nur für meine Großmutter sorgte, wozu ich übrigens vollkommen unfähig war, abgesehen von Spazierfahrten und kleineren Hol- und Bringaktionen, und was weiterhin die Pflegerschaft, insbesondere Ulli übernahm, sondern auch etwas über sie zu erfahren, da sie, so sehr ich mich auch bemühte, nicht mit mir sprach. Allerdings auch mit sonst niemandem, was ich wiederum als Vorteil sah, ich wusste nur nicht genau, bei was. Ich wollte zum Beispiel herausfinden, wann sie das letzte Mal etwas gesagt und ob es ein bestimmtes Ereignis gegeben hatte, das ihr das Schweigen verliehen hatte. Natürlich behauptete jeder etwas anderes. Dietmar war überzeugt, sie sich noch auf der letzten Karnevalsfeier mit einer gewissen Verstörung habe äußern hören, Hannelore entgegnete, da habe sie bloß geseufzt, gesprochen habe sie das letzte Mal vorletztes Ostern beim Gottesdienst, eine Art Ablehnung von etwas, und die meisten datierten den Zeitpunkt ihres Schweigens in den Zeitraum von einem bis zu drei Jahren, in denen sie sich anscheinend zumindest nicht konventionell unterhalten hatte.

Aber die Tatsachen im Heim fassten sich in etwa so an wie die klebrigen und zitternden Finger seiner Bewohner und ich fing an, in dem Raum um das Heim nach ihren Spuren zu suchen, also denen der Tatsachen. Aus eigenem Antrieb, wenn es sich darum handelte.

Anfangs fiel es mir schwer, meine Großmutter allein zu lassen und meiner eigenen minimalen Wege zu gehen, aber irgendwann merkte ich, dass ich sie ihren geschlossenen Lidern überlassen, und wenn ich wiederkam, nicht erkennen konnte, ob sie nicht gemerkt hatte, dass ich weggegangen war, oder nicht wusste, ob sie mich schon jemals gesehen hatte. Ich fasste also irgendwann eine Art Vertrauen, dass sie ihren Platz nicht verlassen würde, während ich weg war, und damit meine ich nicht ihren konkreten Platz, den sie durchaus verließ, etwa durch Ullis Fremdeinwirkung, was mich aber kaum aus dem Konzept bringen konnte, da es exakt vier Orte gab, an denen sie sich aufhalten konnte, nämlich ihr Zimmer, die Cafeteria, den Gebetsraum und den Marktplatz, und auch nicht ihren metaphorischen oder inneren Platz, den sie ebenfalls verließ, was mich aber ebenfalls nicht schockieren konnte, da es in dieser Hinsicht exakt zwei Orte gab, an denen sie sich aufhalten konnte, nämlich den Schlaf und ihre spezielle Art des Wachens, also auch eine Art Schlaf, sondern ich meine vielmehr ihren Platz als meine Großmutter, was immer das heißen soll, wobei ich gerade wahrscheinlich vielmehr von meinem eigenen gesellschaftlichen Status als ihrem Enkel spreche. Gesellschaftlicher Status, na ja. Wie hätte man mir einfach so wieder meinen Verwandtschaftsgrad absprechen können? Man hätte es wahrscheinlich. Der Priester mochte mich nicht und die religiösen Charaktere auch nicht, aber sie hatten beschlossen, sich mir gegenüber in ihrer scheinheiligen Toleranz zu üben. Zumindest dachte ich das. Suspense!

Die Tatsachen. Ich nahm nie das Auto, weil Geld. Vielmehr schlich ich die maus-, tauben- oder kieselgrauen Häuserfassaden der leeren und entleerten Straßen entlang oder durchstürmte sie, mit sozusagen wehenden Fahnen oder zumindest wehendem Haar, wobei manche Fassaden auch die Farbe von frischem Schorf, Ohrenschmalz, Zähnen und Schiefer hatten. Ich blickte in die Einfahrten und zwischen Gartenzäunen hindurch und auf kleinen Anhöhen blickte ich sogar über die Dächer. Mich rührten die kahlen, bräunlich-müden Bäume an, die sich bemühten, ihre Straßen zu zieren und bei Regen wie geliert aussahen. Man hatte sie verlassen. Man hatte außerdem viel vom Kraftfahrzeugverkehr gehalten, denn alles war voll mit auseinander entspringenden und ineinander zurückfließenden Spuren, vor Markierungen flimmernden Kreuzungen, die mit Wäldern aus Ampeln und Straßenschildern bestanden waren. Jetzt fuhr nichts mehr, fast nichts. Und seltsame Geräusche fielen herab aus der Ferne, langgezogene, lustlose Explosionen, das Aufheulen irgendeiner Maschine. Das Filmteam schien das Set fluchtartig verlassen zu haben. Die Häuser und auch die Dinge waren klein und geduckt, mit einer Patina aus unsichtbarer Asche. Verbraucht, ohne verschlissen zu sein. Verwohnt von jemandem, der sich nicht rührt und nichts benutzt.

Als ich von einer kleinen Straße in eine andere kleine Straße einbog, sah ich jemanden auf dem Bürgersteig kauern. Ich ging näher heran und sah, dass es ein Kind war, ein kleines Mädchen, das im Schneidersitz vor einer Konstruktion saß, die es mit seinem Plastikspielzeug gebaut hatte. Ich versuchte, so warmherzig wie möglich Hallo zu sagen, denn ich wollte es nicht erschrecken. Es schien aber keine Angst zu haben, es schaute mich nur ein wenig kritisch an und sagte dann auch Hallo. Eine erfolgreiche Interaktion! Ich betrachtete mit hoffentlich wohlwollendem Blick ihren Aufbau. Er bestand aus einer Rakete in der Vertikalen, zu der eine lange Rampe führte, auf der die Astronauten aufgereiht standen, um zum Abschied zu winken und dann einzusteigen. Sie hatten alle das gleiche freundlich-neutrale Gesicht. Drumherum standen Menschen, ein paar von ihnen sollten wohl Ingenieure oder Techniker darstellen, der Rest das Publikum. Es handelte sich offenbar um die Startvorbereitungen. Um das Mädchen herum lagen noch andere Figuren verstreut, die wahrscheinlich nicht in das vorliegende Szenario hineinpassten. Unter anderem ein Dromedar, ein Bison, ein Rennwagen, ein Kanu mit Trapper, eine Kanone, ein Pirat oder Seemann und ein paar Ritter mit Pferden. Ich zeigte auf die Ritter und sagte, ich sei letztens auf einer Burg gewesen und hätte einen echten Ritterhelm getragen. Ich sah, dass es sie ein bisschen beeindruckte, sie sich aber nicht sicher war, ob sie mir glauben könne. Sie fragte mich, warum ich hier herumlaufe. Ich sagte es ihr. Sie antwortete, sie sei zu jung, um etwas über meine Großmutter zu wissen. Sehr schlau.

Aber ich solle doch mal ins Archiv gehen. Ein kleines Mädchen erzählt mir von einem Archiv. Wo das denn sei? Sie könne mich hinführen. Ich folgte dem Mädchen also. Sein Spielzeug ließ es einfach liegen. Auf dem Weg hatte es offenbar keine Lust mehr, sich mit mir zu unterhalten. Nur auf die Frage, was denn mit ihrer Schule sei, sagte sie mir, sie sei nicht eingeschult, in etwa dem Ton, in dem man sagt, man sei nicht getauft.

Das Archiv war ein Betonbau mit gitterartiger Fassade. Davor befand sich eine Grünfläche, auf der Müll und einige aufgeschwemmte und zerlaufene Bücher und Dokumente herumlagen. Außer ein paar Vögeln, die verdächtig guter Dinge dazwischen herumhüpften, war niemand zu sehen. Ich dankte dem Mädchen für seine Hilfe und meldete zugleich meine Zweifel an, dass ich in dem Archiv irgendetwas finden würde, ohne Hilfe. Sie sagte, ich solle den Archivar fragen. Er sei nicht allzu beschäftigt. Ich wollte ihr Geld geben, aber sie ging einfach weg, ohne sich zu verabschieden. Ich konnte das Geld also mit gutem Gefühl wieder einstecken.

Der Archivar saß mit erloschenen Augen hinter einer Art Empfangstresen. Ich sprach ihn auf seine Augen an und er sagte, die Welt sei erloschen. Und ich sagte, Beinahe. Er wendete erstaunt den Blick nach draußen, um nachzusehen, was ich meinte, und schaute mich dann entgeistert an. Ja, er machte insgesamt einen nachhaltig und dauerhaft entgeisterten Eindruck. Dann fragte ich ihn, ob er mit seiner Frisur irgendwo hängen geblieben sei. Er erzählte mir, dass es sein Ziel sei, sich den Kopf glattzurasieren, er aber nur eine alte Bastelschere besitze, die manchmal schneide und manchmal nicht. Und tatsächlich nahm er besagte Schere in die Hand und begann, an seinen zerzausten Haarinseln herumzuschnippeln. Dabei ließ er mich nicht aus den Augen. Der Tisch vor ihm war mit feinen Härchen bedeckt und weitere feine Härchen, falb und stumpf, segelten langsam hinab und fügten sich ein. Eine Weile war nur das Schnippeln der Schere zu hören. Dann sagte ich, ich würde gerne nach meiner Großmutter recherchieren, wenn es erlaubt sei. Der Archivar legte die Schere sorgfältig weg und bekam daraufhin eine Art stummen Wutanfall, bei dem er mit der flachen Hand wild auf die Tischplatte vor sich einschlug, sodass der Drehstuhl unter ihm quietschte und die seidigen Härchen sich in der Luft verteilten. Dabei gab er keinen Ton von sich. Als er sich beruhigt hatte, klärte er mich durch den Haarnebel darüber auf, dass er so kurz, aber so kurz davor gewesen sei, alles anzuzünden. Er war ein passionierter Archivar und fing an, mir Fragen zu stellen. Ich hatte nichts als den Namen meiner Großmutter auf den Lippen. Ihren aktuellen und den, mit dem sie geboren worden war. Er wurde dann durch den Namen ihres Mannes überschrieben, bei der Hochzeit. Und nach seinem Tod hat sie ihn behalten. Ihr lag vielleicht nicht so viel an ihrem eigenen oder sie war den neuen gewohnt oder die Rückbenennung kostete eine Gebühr.

Der Archivar gab mir zu verstehen, ihm zu folgen. Er pflegte eine interessante Form der Fortbewegung. Er saß verkehrt herum, mit der Lehne vor dem Bauch, auf dem Drehstuhl und stieß sich mit einem Hakenstock, wie man ihn für Dachbodenluken verwendet, vom Boden ab. Den nächsten Stoß führte er immer erst aus, wenn der Stuhl ganz zum Stehen gekommen war. Er sah aus wie ein Ruderer auf einem Teppichmeer. Ich trottete hinter ihm her. Die Luft um uns war kalt und tief gesättigt von den Flatulenzen der Staubmilben. Zwischendurch blieb er vor Schildern mit langen Zahlenreihen stehen und betrachtete sie, als warte er darauf, dass sie zu ihm sprächen. Vielleicht musste er sich an ihre Bedeutung erinnern, an die Arbeit, die er früher verrichtet hatte. Ich hätte ihn gerne dazu befragt, traute mich aber nicht. In was für sanften Stimmungen ich mich befand. Schließlich zog er einen flachen Karton aus einem Regal und stellte ihn mir auf einen kleinen Tisch, an den ich mich setzen konnte. Der Karton enthielt Fotos und Dokumente. Während ich sie durchsah, ließ mich der Archivar nicht aus den Augen, fing aber wieder an, konzentriert an seinen Haaren herumzuschneiden.

Auf einem Foto war meine Großmutter als Kind zu sehen, an ihrem Schulpult sitzend. Sie schaute besorgt und gleichzeitig gefasst in die Kamera, ihrem eigentlichen Alter seltsam enthoben. Es war schwer, Details zu erkennen in dem nachmittäglichen Zwielicht, das durch die schmutzigen Scheiben des Archivs fiel. Auf einem anderen stand sie auf einem winzigen Hof aus Beton, etwas älter, aber immer noch Kind, und eine alte Frau mit braunen Brillengläsern stand schräg hinter ihr mit einer Hand auf ihrer Schulter. Die ganze Szene strahlte die muffige Bedrohlichkeit eines überkommenen Regimes aus. Dann gab es einen Sprung zur Hochzeit. Die beiden standen etwas verloren nebeneinander, mein Großvater hielt den Kopf leicht schief und bemühte sich wahrscheinlich, stattlich auszusehen. Die verwischten Spuren von Lebendigkeit. Dann fing ich an, die Dokumente zu lesen, amtliche Schreiben, Briefe und Beschreibungen des Lebens meiner Großmutter von unbekannter Hand.

Die Ergebnisse dieser weiteren Recherchen ergaben dann verkürzt, zusammengefasst und ausgemalt Folgendes. Sie hatte in einer Wohnung in Dorfaltenburg gelebt. Ihr Ehemann, mein Großvater, trank sich mit einer solchen Vehemenz und Beharrlichkeit ins Grab, als gelte es, ein schweres Missverständnis auszuräumen. Er war schwach auf der Seele. Danach war sie allein. Und sie war umzingelt von Kleinbürgern, die sich fanatisch sitzend in graubraunen Räumen aufhielten, sich mit fliegendem Speichel die Mäuler zerrissen oder aber dumpf schweigend ihr Gift der Gehässigkeit und Bigotterie ausbrüteten. Ihr einziger Erfolg bestand darin, vollkommen seelenlos zu werden. Man konnte ihnen einfach nicht begreiflich machen, wie tot und egal sie sehr bald sein würden. Sie dagegen konnten es der Welt nicht verzeihen, dass sie hinter ihrem geistigen Horizont einfach weiterging. In dieser Luft ließ sich der Nationalsozialismus ideal konservieren, da er diese Menschen durch sein gut austariertes Verhältnis von Dummheit zu Hass nachhaltig in Begeisterung versetzt hatte. Er war begraben, aber sie hielten ihn am Leben. Ein seltsamer Menschenschlag, ohne dass klar wäre, inwiefern er sich wesentlich von allen anderen unterscheidet.

Als die aufziehende Dunkelheit die Seiten unlesbar gemacht hatte, hörte ich auf zu lesen, denn das Gegenteil wäre unmöglich gewesen. Der Archivar seinerseits hatte aufgehört zu schneiden und ich hörte nur noch seinen leblosen Atem. Ich fragte mich, was passieren würde, wenn ich in dieser Nacht nicht ins Heim zurückkehrte. Würden sie nach mir suchen, meine Großmutter bestrafen? Würden sie ein wildes Freudenfest feiern, hurra, der verfluchte Junge ist aus dem Haus? Würden sie es überhaupt bemerken? Und wenn sie es bemerkten, würden sie mich wieder hereinlassen oder aussperren? Vielleicht würde der Priester irgendein religiöses Gesetz unter der Robe hervorholen. Mir war nicht klar, wie ich zurückfinden sollte. Natürlich braucht es jetzt irgendeinen neuen Trottel, um mich zurückzuführen. Der Archivar hatte übrigens eine unerklärliche Nachtsicht, sodass ich zurück zum Eingang fand, indem ich dem quietschenden Wackeln des Stuhls folgte, aber selbstverständlich verließ er das Archiv nicht, er ist so eine Figur, die mit ihrer Aufgabe verwachsen ist. Er machte auf mich einen diffus suizidalen Eindruck – denn wo würde er hingehen, wenn das Archiv in Flammen aufgeht, ins Möbelhaus? – und trotzdem fühlte ich mich unfähig, ihm zu helfen oder einfach nicht willens. Ja, nicht willens. Die Kälte führte einen ersten schweren Schlag gegen mich, als ich das Archiv verließ. Nein, es hatte schon vorher welche gegeben. Aber ich fror. Immer noch waren in der Ferne die verpuffenden Explosionen zu hören, aber nichts zu sehen, und das Gras steif vom gefrorenen Tau. Ein seltsam quietschendes Geräusch, als ich darüberlief.

Mein Wegbleiben wurde im Altenheim zur Kenntnis genommen, ohne dass es irgendjemand zur Sprache gebracht hätte. Passive Aggressivität ist etwas, bei dem ich sofort kapituliere oder Amok laufe. Nein, nein. Ein leichter Umschwung in der Atmosphäre vielleicht. Ich hatte ganz von selbst zurückgefunden.

Manchmal war ich mir in der Zeit danach nicht ganz sicher, ob ich meine Großmutter störte, dann verbrachte ich mehr Zeit in anderen Bereichen des Heims, manchmal auch bei den anderen Sterbenden. Es waren wahre

Basilisken darunter. Lange war ich gern gesehen, bei den Heiden jedenfalls. Ich schlüpfte wie von selbst in die Enkelrolle. Natürlich fragte ich sie nach dem Tod, genauer gesagt ihrem eigenen nahenden, da es das war, unter anderem, was sie so faszinierend für mich machte, aber sie wollten nicht darüber reden. Das verstand ich gut. Es machte sie ganz fuchsig, dass ich weder verheiratet war noch Kinder hatte, nicht einmal mit Geschwistern konnte ich dienen. Das, was sie schon hinter sich gebracht hatten, wollten sie jetzt der aktuellen Generation aufgebürdet sehen, das ist nur natürlich. Aber ich bin doch erst fünfzehn, sagte ich immer wieder. Manche wollten sogar wissen, wie es denn mit meiner Libido aussähe, als müsste ich beim ersten pubertären Ständer und Frühlingserwachen gleich losrennen, um Kinder zu produzieren. Okay, es hätte mir zugegebenermaßen gefallen. Ohne den Erziehungsteil und die Schuldgefühle gegenüber dem Kind.

Und wenn ich mich so im Haus herumtrieb, sah ich den Menschen bei ihren Tätigkeiten zu, wenn sie es leid waren, mit mir zu reden oder eingeschlafen waren, dem Altern und besagtem Sterben vor allem und andererseits dem Betreuen des Alterns und dem Hinauszögern des Sterbens. Oder dem diskreten Beschleunigen? Je nachdem. Zwischen dem Personal und mir wirkte alles aufgesetzt.

Zufällig fand ich das Zimmer des Mannes, der glaubte, in Flammen zu stehen. Er saß am Fenster und ich setzte mich dazu. Ich fragte, wie das Feuer heute sei und er sagte: heiß. Dann unterhielten wir uns ein wenig über das Wetter. Irgendwann erzählte er mir, der Priester sei der Meinung, er stünde deshalb in Flammen, weil Gott ihm seine Sünden übelnehme. Ich versuchte ihn zu trösten, indem ich sagte, dass ich nicht begreife, warum Gott so scharf darauf sei, es ihm schon im Diesseits zu besorgen, wenn er doch noch die ganze Ewigkeit habe, um ihn zu bestrafen. Gottes Wege, aua, seien unergründlich, sagte der Mann in Flammen. Dann schwiegen wir ein wenig. Außerdem habe er seine Sünden alle vergessen, wie solle er also beichten? Ich sagte ihm, dass sie höchstwahrscheinlich zu der Kategorie zählten, die ohnehin nicht verziehen würden, darauf komme es also nicht an, er habe außerdem wie gesagt eine Ewigkeit Zeit, sich zu erinnern. Und wenn sie ihm nie einfielen? Er sei einfach nur verrückt und nach allem, was man höre, sei Gott eine Chimäre, sagte ich. Plötzlich wurde er ganz versonnen. Und doch ist es die Realität, die mich hierhergebracht hat, sagte er, zu sich selbst. Und dann: Aua. So saßen wir noch eine Weile und sahen den Gräbern beim Überfrieren zu, denn sein Fenster bot eine gute Sicht auf den Friedhof. Dann stand ich auf, sagte, ich würde ein gutes Wort in den drei Filialen des großen Häuptlings für ihn einlegen, bedankte mich für das Gespräch und empfahl ihm eine lange, kalte Dusche. Und ob er mir nicht, bei dieser netten Gelegenheit, wo wir so schön beisammensäßen, seine Uhr vermachen wolle, zu Lebzeiten schon, um sich den lästigen Papierkram zu sparen. Er gab sie mir anstandslos. Ich bedankte mich höflich und fragte mich, wie viel ich dafür bekommen würde. Beim Hinausgehen sagte er mir, wir sähen uns in der Hölle, aber ohne, dass es dramatisch oder bedrohlich klang, mehr wie eine Selbstverständlichkeit. See you there, sagte ich und tippte mir mit zwei Fingern an die Stirn. Nein, so schlagfertig war ich nicht.

Danach gab es etwas anderes zu sehen. Folgende erbauliche Episode. Alle Mobilen hatten sich in der Cafeteria versammelt. Adamantia, die noch winziger aussah als sonst, saß in ihrem Rollstuhl unter dem Lebenszeitzähler und wartete auf ihren 105. Geburtstag, der für 7 Uhr angesetzt war. Es war 6:57 Uhr. Sie wurde gebeten, »Der Kaiser ist ein guter Mann« anzustimmen. Es klang wunderbar zart und brüchig. Dann wurde ein bisschen gewartet und heruntergezählt. Ich sah, dass Adamantia aufgeregt und flach atmete und sich offensichtlich bei irgendetwas Mühe gab. Als um Punkt 7 geklatscht wurde, lächelte sie schwach in die Runde und schloss die Augen. Der Applaus erstarb, eine Pflegerin trat heran, fühlte ihren Puls und sagte, Ja, sie ist tot. Aber erfolgreich über die Zielgerade geschleppt, Applaus. Und es wurde kräftig applaudiert. Danach hatte es die Pflegerschaft eilig, die Versammlung auseinanderzurollen, bevor die Weinenden die Noch-nicht-Weinenden ansteckten. Adamantia selbst wurde zur Präparierung in die Leichenhalle geschoben. Ich stand da und dachte darüber nach, warum die Jahreszahl auf dem Lebenszeitzähler um 7 Uhr nicht um eins nach oben gesprungen war, bis ich sehr klein darunter die Zähler für Monate, Wochen, Tage, Stunden, Minuten und Sekunden entdeckte. Jede Sekunde wurde also pro Insassin eine Sekunde hinzugerechnet, also wahrscheinlich zwei Minuten und noch was. Die Geburtstage waren für den Zählerstand also unerheblich, trotzdem wurden sie vermutlich mit Blick auf den Motivationsschub zelebriert.

Es folgte die Begräbnisfeier oder der Totengottesdienst oder wie immer man das nennt, bei dem man sich offenbar noch dafür bedankt, dass Er eines seiner Wesen hat sterben lassen, um dann mit der Ewigkeit um die Ecke zu kommen, seltsamer Umweg. Es wurde Latein gesungen und der Priester genoss sichtlich die Möglichkeit, ein weihevoll-düsteres Gesicht zu machen und Gesten auszuführen, die wahrscheinlich gravitätisch oder so sein sollten.

Danach ging es zum Friedhof. Die beiden Totengräber waren fett und hässlich, was mir erstaunlich passend vorkam. Denn warum sollte der Tod, den die beiden Totengräber in meinem müden Kopf verkörperten, nicht fett und nicht hässlich sein? Hässlich, weil ist klar, und fett von all dem Leben, das er sich einverleibt? Bei einer bestimmten Art des Denkens wird man wieder zum angemessenen Kind. Aber das Leben ist wohl keine Substanz. Ich erinnere mich, wie ich in einer Langsamkeit, die Gebrechlichkeit darstellen sollte, den Rollstuhl mit meiner Großmutter darin über die Steinplatten des Friedhofwegs schob, durch eine schneidende, trockene Kälte, die aus den leeren Sphären auf uns hereingebrochen war, auf das schwarzerdige Grab, in dem man Adamantia verstauen würde, neben ihrem ehemaligen Ehemann, der vor fünfundachtzig Jahren an Krieg gestorben war und wahrscheinlich schon fertig verdaut, sodass man sich denken musste: na toll. Aber die Symbole funktionierten vielleicht noch.

Nach einer Weile Klimbim und Budenzauber wurde der Sarg heruntergelassen. Der Priester ließ seinen Zynismus schießen und beschwor schon wieder das ewige Leben. Jemand fragte in die Runde, wer denn gestorben sei. Hannelore weinte ganz unaffektiert. Meine Großmutter rieb nur ein wenig ihre Fingerspitzen aneinander. Ich begann zu frieren. Noch ein Hauptsatz. Ich wünschte mir, es wäre bald vorbei. Und einer der Totengräber schaute mich aus den großen Poren seiner verschwitzten Existenz an und ich sah die Schadenfreude in seinen Augen und eine seltsame Nicht-Menschlichkeit, die an mich gerichtet schien. Wir wollen ihn als einen Boten mit einer unklaren Botschaft nehmen, als einen delirierenden Boten unklarer Sendung, der nichts zu verlieren hat und dessen Loyalität nicht dem Empfänger, sondern bloß dem Sender gilt. Ja, das ist der richtige Bote für mich.

Ich habe von den Sphären gesprochen, das ist ein schöner Gedanke. Kaspar, ein Mensch schöner Gedanken. Ich und meine Allergie gegen meinen Namen, dafür mit einer Vorliebe für Ellipsen. Ja. Aber Sie wissen nichts von meinen Beschwerlichkeiten, Sie haben nie geschrieben wie ich, nie so beschwerlich, nie in solcher Verwirrung. Mein Körper will schon nicht, wie erst mein Geist. Ich weiß nicht. Statische Formen von Verwirrung sind natürlich die interessantesten. Ich bin eine Eisskulptur dessen, was Sie Raserei nennen. Noch ein Scherz. Sie kennen keine Raserei, ich weiß. Aber was ist so schön an der alten Idee der Himmelssphären? Dass sie aus Glas sind, aus Wasser oder Kristall? Ist es die Möglichkeit aufzusteigen? Ich glaube, sie sind tendenziell unerreichbar. Ich weiß nicht mehr, was genau das Konzept war, wahrscheinlich gab es verschiedene. Was dann also. Die Befriedigung angesichts des funktionierenden Uhrwerks, in dem man sich befindet? Nein. Abbruch des Gedankens – Ermüdung. Ich frage mich daher, was es mit der angeblichen Nicht-Menschlichkeit auf sich hat, warum war sie an mich gerichtet, warum war sie überhaupt und warum nahm ich sie wahr? Ich möchte die Fragen wie Blumen betrachten, Blumen, die ich so lange schon nicht mehr gesehen habe, und ihnen beim Verwelken zusehen. Vielleicht handelte es sich bloß um eine Art Gegenseite meines Gesichts oder um mein eigenes Gesicht in der Realität, da ich es ja nie außerhalb eines Spiegels oder Fotos gesehen habe, wie übrigens jeder Mensch, eine Banalität, von der mir ein wenig schlecht wird. Und ich hätte nichts wiedererkannt. Mein Wieder- oder Doppelgänger stellt sich neben mich, legt mir den Arm um die Schulter und lächelt mich an. Wozu weitermachen.

Ansonsten habe ich mich gerade an einen violetten Strauß Tulpen erinnert, der in einer Porzellanteekanne steckt, schon als Kind mochte ich die Tulpen, ich fand sie rührend und unterstellte ihnen vielleicht ein Innenleben, genauso wie den Krokussen, da ich auch die Krokusse mochte, obwohl ich der Natur nie nahe war, und doch habe ich keine von beiden, also weder die Tulpen noch die Krokusse, jemals gegessen, das waren bloß die Gänseblümchen, die ich mit großer Lust von den Wiesen aß und deren weiß-gelbe Blüten mir so appetitlich vorkamen. Und auch die Gänse mochte ich, so sympathische Tiere, obwohl so aufbrausend.

Aber ist Nicht-Menschlichkeit wirklich richtig, natürlich nicht, denn nach der Beerdigung, irgendwann später, in halber Dunkelheit oder halbem Licht, stand ich bei den beiden Totengräbern, schmiss mich an sie ran, biss ihnen schwärmerisch in die Waden, beziehungsweise stand bei ihnen und legte eine dicke Schleimspur aus. Ich spreche allerdings bloß von einem Gespräch. Sie erzählten mir, sie hätten mit dem Rauchen aufgehört, hätten aber noch die Angewohnheit, in Raucherbereichen zu stehen oder einfach vor Eingängen, zum Beispiel von Bahnhöfen und Hotels, oder eben Altersheimen, wie jetzt, denn wir standen vor der heimeigenen Leichenhalle, wie zum Rauchen oder bei anderen Rauchern, aber ohne zu rauchen. Es beschäftigte sie ganz offensichtlich. Während des Gesprächs vollführte ich, glaube ich, ein angestrengtes Lächeln mit geöffnetem Mund, in Erwartung, denn ich erwartete, dass das ganze Geplänkel auf eine Botschaft hinauslaufe, zugleich in der Furcht, dass dieser Blick während der Beerdigung bereits die Botschaft gewesen war, eine dieser Botschaften, mit der man überhaupt nichts anfangen kann, oder jedenfalls ich nicht, da meine Kapazitäten zum Ausdeuten des Mehrdeutigen chronisch erschöpft waren. Und sind. Es hätte nur meine Erwartung des Fehlgehens verstärkt, noch mehr. Es schien ihnen ganz natürlich, dass ich ihre Nicht-Raucher-Geschichten fraß wie ein Welpe sein Erbrochenes, im Stillen halleluja schreiend. Einfach, weil sie sie selbst so unfassbar interessant fanden. Ihre Poren machten den Eindruck, laufend große Mengen Talg abzusondern.

Die Unterhaltung nahm dann eine für mich unerwartete Wendung, als sie anfingen, über eine Katze zu sprechen. Einer der Totengräber schien eine Katze als Haustier zu Hause zu haben und sie hatte offenbar eine große Bedeutung für ihn. Sie sprachen von ihr als eine Mischung aus Ehefrau und Kind. Ihr Name war Mimi. Die beiden Totengräber wurden ein wenig aufgeregt und der katzenlose Totengräber riet dem katzenbesitzenden Totengräber, mit vor Einfühlung zitternder Stimme, Mimi anzurufen. Das war offenbar genau das, was der katzenbesitzende Totengräber hatte hören wollen, und er holte sein Handy raus und rief Mimi an. Seit wann Handys wieder funktionierten, fragte ich mich. Mimi nahm nach dem zweiten Klingeln ab und der Totengräber überschüttete sie zunächst mit niedlichen Kosenamen wie »Bärchen«, »Schnucki«, »süßer Stinker« und »Raubtier«. Mimi schien dazu nichts zu sagen zu haben. Während der Totengräber entzückt oder erregt das Schweigen am anderen Ende belauschte, reichte mir der andere verschiedene Fotos, mit ernstem Gesicht, als müsste ich auf den neuesten Stand der Ermittlungen gebracht werden. Die Fotos zeigten alle Mimi, Mimi stehend, Mimi liegend, Mimi springend, Mimi miauend, Mimi schlafend. Eine sehr schöne Katze, sagte ich und versuchte die Fotos voller Ehrfurcht zu betrachten. Die Katze war durchschnittlich. Ich habe vielleicht nicht viele Katzen in meinem Leben gesehen, aber diese schien mir durchschnittlich. Vielleicht ein wenig melancholisch oder unintelligent. Ich durchsuchte meine Halbbildung währenddessen nach der symbolischen Bedeutung der Katze und kam zu dem unbefriedigenden Schluss, dass der Totengräber einfach seine Katze liebte. Mich beschlich, wie man so sagt, schon wieder das grauenhafte Gefühl, an einem Ereignis teilzunehmen, das in keiner der unendlichen möglichen Linien, die eine Sphäre durchschneiden, über sich selbst hinausweist, so wie dieses Bild wahrscheinlich. Im Telefonat mit Mimi wuchs derweil die Leidenschaft und Furcht des Totengräbers und aus ihm drang eine Kaskade aus Verzweiflung, Selbstanklagen, Liebesschwüren, Todeswünschen, Schuldzuweisungen, reuigen Beteuerungen, erotischen Anspielungen, Wunschträumen, Selbsterniedrigungen, Demütigung, Neurosen, Flüchen, Nihilismus, Solipsismus, Liebe und

Angst. Der andere Totengräber war ebenfalls sichtlich bewegt. Ich musste feststellen, dass ich ihnen zu Unrecht wenig emotionale Resonanz unterstellt hatte. Der durch sein Mitgefühl erschütterte katzenlose Totengräber erzählte mir, sein Kollege leide seit Wochen unter den Abweisungen Mimis. Denn Mimis Vertrauen sei erschüttert worden, sie habe das Gefühl, sich der bedingungslosen Liebe ihres Herrchens nicht mehr sicher sein zu können.

Dem Ganzen ging ein Gespräch voraus, das Mimi und der Totengräber auf ihrem Balkon geführt hatten. Diesen Balkon hatte Mimi, zu allem Überfluss, so sagte er mir, gärtnerisch gestaltet – sie habe einen äußerst grünen Daumen, und zur Verdeutlichung hob der Totengräber seinen Daumen, der alles andere als grün war, mehr schwarz von der Graberde –, mit zahlreichen verschiedenen Bäumchen und Blumen, so geschickt und geschmackvoll zusammengestellt, dass zu jeder Jahreszeit eine angenehme, wohltuende und erquickliche Mischung von Farben den Balkon verzierte. Dieser Balkon gab dem Gespräch, so der Totengräber, als szenisch rahmendes Symbol für Mimis Hingabe zu ihrem Herrchen, dem ganzen Verhängnis und der amourösen Wirrnis erst seine Fallhöhe. Das für den Totengräber, der seine Mimi anbetete, so quälende Gespräch drehte sich darum, dass Mimi läufig war. Und in einem Anfall blinder Leidenschaft, in dem sich Mimi ihrem Herrchen an den Hals geworfen hatte, hatte dieser sie liebe- und rücksichtsvoll, aber bestimmt zurückgewiesen. Jetzt saßen die beiden in ihren mit gemütlichen Polstern ausgelegten, geschmackvoll designten Rattansesseln auf dem Balkon und blickten auf das Feld vor ihrem Haus, auf dem zu allem Überfluss auch noch eine Nebelkrähe zu sehen war. Mimi verabscheute Nebelkrähen und sowieso alle Vögel, naturgemäß. Der Tau hing schwer im toten Gras. Mimi hatte die Beine übereinandergelegt und schaute immer wieder traurig auf ihre Tatzen, mit den gepflegten, dezent lackierten Krallen. Mit tränenerstickter, leiser Stimme sagte Mimi schließlich, dass der Totengräber sie nicht so wolle, wie sie sei, er wolle sie anders und sie könne nicht einmal etwas tun, da es Dinge seien, für die sie nichts könne, die sie nicht ändern könne. Der Totengräber fing an zu weinen. Er beteuerte, er wolle sie genau so, genau so wie sie sei, sie sei vollkommen und er liebe sie über alles. Dann nimm mich!, rief Mimi verzweifelt. Er gehöre der falschen Spezies an, sagte der Totengräber mit schmerzverzerrtem Gesicht, sie sei eine Katze und er ein Mensch. Er habe immer gesagt, die Liebe sei grenzenlos, sagte Mimi, sie folge keinen Gesetzen außer ihren eigenen, und jetzt gehe er in die Knie vor einem Speziesismus, den er über ihre Liebe stelle. Einem was?, fragte ich. Einem Speziesismus, sagte der Totengräber. Er habe immer gesagt, sagte Mimi, sagte der Totengräber, er würde alles für sie tun, er wolle nur, dass sie glücklich sei, und jetzt sei sie läufig, in Wollust entbrannt und er überlasse sie ihrer Liebesqual. Es sei doch Sodomie, rief der Totengräber gequält. Das sei doch bloß ein soziales Konstrukt, das Identität mithilfe speziesistischer Zuschreibungen zur Unterdrückung der freien Entfaltung aller Wesen missbrauche. Er beuge sich dem Joch einer Homo-sapiens-normativen Ordnung. Wenn Mimi erregt sei, so fügte der Totengräber erklärend ein, komme häufig ihre intellektuelle Ader durch. Ob er denn wirklich wolle, rief Mimi dann, so

Es gibt hier verschiedene Spezies

der Totengräber, dass sie sich in ihrer besinnungslosen Qual einem zufällig dahergelaufenen, streunenden, völlig unsoliden Kater mit hartnäckigem Drogenproblem an den Hals werfe, mit dem sie sich noch nicht einmal vernünftig unterhalten könne, damit er seinen haarigen und wahrscheinlich ziemlich unhygienischen Katerpenis in sie bohre, der übrigens auch noch mit Widerhaken bewährt sei, ob er darüber schon mal nachgedacht habe, sodass sie sich vor Lustschmerz und Demütigung und Schuldgefühlen winde und quäle und er seinen heißen, stinkenden und vielleicht breiigen Katersamen in sie spritze, voller STDs übrigens, und sie schwängere mit einem armen, unschuldigen Geschöpf, das beim schwer gesundheitsschädlichen Lebenswandel des Vaters wahrscheinlich noch nicht einmal gesund zur Welt komme? Genug!, schrie der Totengräber daraufhin, so der andere Totengräber, es sprengt mir das Herz, ich werde jedem, der dir zu nahe kommt, egal welcher Spezies, das Rückgrat zertrümmern und jeden Wirbel einzeln herausreißen! Er hatte sich passenderweise selbst einige Haarbüschel herausgerissen, die er jetzt im Zorn von sich warf. Dann nimm mich, flüsterte Mimi mit gepresstem Atem. Nimm mich jetzt! Ein Moment der Stille kam auf. Ein Moment, in dem alles möglich schien, in dem der Totengräber kein Mensch und Mimi keine Katze, sondern sie bloß zwei Liebende waren, die sich in Leidenschaft vereinen wollten. Es habe in seinem Leben noch keinen Moment größerer Reinheit gegeben, so der Totengräber, so der andere Totengräber. Doch der Totengräber konnte trotz allem, trotz all der Jahre, all des gemeinsamen Glücks, nicht vergessen, dass Mimi ein Tier war, wenn auch ein ungewöhnliches. Der andere Totengräber fügte noch hinzu, dass Mimis Persönlichkeit ungeachtet all ihres Edelmuts, ihrer emotionalen Intelligenz und sprachlichen Fähigkeiten, auch einige Schattenseiten aufweise, etwa die Neigung zu einem etwas üppigen Lebensstil, und manchmal sei sie unzufrieden mit dem Geld, das der Totengräber verdiene und sie verstand nicht, warum es nicht mehr war. Aber die Leute sterben nun mal nicht ständig, sagte der Totengräber entschuldigend. Aber warum nicht? Sie als Katze lebe doch auch nur kurz, entgegnete Mimi gereizt, schon in dem Wissen, dass es zwecklos war, in dieser Sache zu diskutieren. Jedenfalls gab sie ständig zu viel Geld aus, und der Totengräber versuchte sein Bestes, alle Toten und Beerdigungen und Zusammenflickungen zu bekommen, die er kriegen konnte. Das besagte Gespräch auf dem Balkon habe vor nicht allzu langer Zeit stattgefunden, weshalb das Telefonat, das noch immer aus äußerst angespannter Stille zu bestehen schien, so aufgeladen sei.

Der Totengräber legte auf. Und es herrschte Schweigen zwischen uns dreien. Der Mond war am Himmel erschienen. Kurz war mir wohl, in diesem Moment, zwischen den drei Talggesichtern. Es war vielleicht der Friede, sich seiner Ratlosigkeit ergeben zu haben. Die alten Menschen lagen in ihren Zimmern, einbetoniert in antibakterielle Kunststoffdecken, heimlich fernsehschauend und entsetzt über das zusammenhanglose Chaos auf dem Bildschirm.

Plötzlich oder allmählich fiel mir siedend heiß oder kalt tröpfelnd ein, dass ich vor lauter Lust auf den geringsten Schimmer meine Großmutter nach der Beerdigung vergessen hatte, sie musste irgendwo in ihrem Rollstuhl in der Dunkelheit auf dem Friedhof stehen, verlassen von ihrem Enkel. Meine Füße fühlten sich halb abgefroren an und ich hatte Angst, dass sie, bloß mit einer dünnen Wolldecke bedeckt, schon schwer unterkühlt war. Ich stotterte und murmelte etwas und wankte davon und die Totengräber sagten nichts, glaube ich.

Und der doch so wohlvertraute Friedhof tat sich vor mir plötzlich als ein fremder Ort auf. Die Kreuze und Sträucher und Bäume warfen verworrene pointillistische Schatten, verwoben mit funkelnden Flecken und Münzen silbrigen Mondlichts, und ich verfing mich in dem kalten Wirrwarr und wusste lange nicht, wo ich war und wo meine Großmutter war und stieß mir die Knie auf an den Grabsteinen und zertrat Buchsbaumhecken, erloschene Grablichter und Babyengel aus Porzellan und erwartete beinahe, in einem Grab wie in Treibsand zu versinken oder in einen wie ein Maul offen stehenden und zuklappenden Sarg hineinzufallen. Aber während ich mich demolierend und umpflügend zu orientieren versuchte, hörte ich plötzlich eine Stimme »Kaspar« sagen, »Kaspar«, nicht laut, nicht leise, eine etwas belegte, alte Stimme. Ich folgte dem Klang meines Namens und fand so meine Großmutter, die an diesem Abend, in dieser Nacht, das einzige Mal, soweit ich mich erinnern kann, gesprochen hat. Sie stand da, wo ich sie stehen gelassen hatte, sichtlich ängstlich und nervös, und ich entschuldigte mich, immer wieder, betastete ihre Hände und ihre Fußknöchel über den Schuhen, um zu sehen, wie schlimm ausgekühlt sie war, aber ich war selbst ausgekühlt und spürte fast nichts, alles fühlte sich taub an und ich schob sie schnell ins Heim, das ich dank des Fernsehflackerns ausmachen und schließlich finden konnte. Ich legte sie ins Bett und legte ihr eine Wärmflasche auf den Bauch und ihre Hände auf die Wärmflasche und kontrollierte, ob ihre Füße warm wurden.

Dann wurde es gemütlich. So will ich das mal nennen. Vielleicht etwas zu viel davon, aber was hätte Mäßigung bedeutet, für mich, zu Hause bleiben wahrscheinlich, ach ja, das ging ja nicht. Meine Großmutter hieß die ausbleibende Veränderung ihrer unmittelbaren Umgebung gut, das konnte ich sehen. Jede Abnahme der Reizdichte war in ihrem Sinne, die Abschaffung jeder Erinnerung daran, am Leben zu sein. Wir verbrachten also mehr Zeit in ihrem Zimmer. Nein, die ganze Zeit, ich meine jegliche, jegliche Zeit. Aber die Zeit begann zu kippen und zu rasen, während wir uns in einer Blase aus Stillstand befanden. Alles rückte noch weiter von mir ab. Der Grund meiner Reise, Eva, Stella, der Filialleiter, meine Erzählungen meiner eigenen Abenteuer, die sich in mir wahrscheinlich endlos fortspannen. Ich hatte das Gefühl, jünger und gleichzeitig viel älter geworden zu sein. Darz thronte nur noch irgendwo in einer Fiktion, umgeben von einem öden Nebel, aber seine Anwesenheit war zu spüren, kurz hinter dem Rand meines Blickfelds.

Ich befand mich wieder in meinem Zelt im Wald, aber weniger elend, sogar sehr bequem, mit einem auf angenehme Weise an die Dinge verlorenen Geist, auf dem Fußboden sitzend oder liegend, als wäre ich fünf, mit Stricksocken an den Füßen. Ja, die trug ich sogar, von ebenjener Großmutter gestrickt, bevor ihr Geist befallen wurde. Jedes Sockelbein des Mobiliars wurde wie ein Baum im eigenen Garten, die Musterung des PVCs wie die heimische Wiese, auf der man jeden Fleck kennt.

Ich wurde fast sprachlos. Man musste mich nicht waschen, ich machte mich ja nicht schmutzig. Nein, nein, ich tat das Nötigste. Das Pflegepersonal wusch, wickelte und fütterte nur meine Großmutter. Es war, als kreiselte ich an den Innenseiten eines Trichters hinab zurück ins Kindheitsreich, von dem nicht klar war, warum ich es überhaupt verlassen hatte.

Das Reich wurde unter anderem von Zinnsoldaten bewohnt. Ich fand die Blechdose im unteren linken Fach des Eichenschranks und konnte mich auch gleich an sie erinnern, sehr praktisch. Sie bezogen sich wohl so circa auf die Zeit der Napoleonischen Kriege. Die Fußsoldaten gab es kniend, mit angelegter Muskete, und marschierend, mit nach vorn gerichtetem Bajonett. Die Kavallerie gab es auch in zwei Versionen, einmal im Sturm mit in die Luft gerecktem Säbel, attaque rufend, und, ebenfalls galoppierend, als Fahnenträger mit einer wirklich riesigen wehenden Fahne. Dann gab es Kanonen und zu jeder Kanone einen Kanonier, wobei es in Wirklichkeit wahrscheinlich drei oder vier gegeben hatte. So eine Kanone macht ja viel Arbeit. Es wäre nicht richtig zu sagen, dass ich spielte, eher kehrte ich immer wieder zu den eingefrorenen Zinnschlachten zurück. Man kann auch nicht sagen, dass die Soldaten litten. Ihr Dasein war so straff aufgespannt auf ihre Rolle und die Notwendigkeit der sie umgebenden Ordnung, dass sich keine Leidensfalte bilden konnte. Außerdem waren sie aus Zinn! Der Frieden in den Schlachten wurde noch verstärkt, indem die Soldaten auf beiden Seiten identisch aussahen. Es war ihnen unmöglich zu sterben. Im Zinn existierten sie für immer in vollkommener Erfüllung ihres Soldatentums in der Schlacht, ohne die negativen Konsequenzen, die sie zinnlos hätten befürchten müssen. Sie konnten sich wirklich nicht beklagen.

Draußen vertiefte sich der Winter, aber ich war nur noch selten wirklich wach. Meine Zustände waren Schlaf, ein Dämmern dazwischen und eine Form angenehm betäubter Wachheit, eine Art klebriges Bewusstsein innerhalb eines sehr begrenzten Raums. Wie geschickt ich offenbar instinktiv darin war, meine Großmutter nachzuahmen.

Einmal noch kam Ulli herein, stellte mich sozusagen zur Rede und meldete seine milden Zweifel an. Er wirkte nicht, als hätte er jemals andere Zweifel als die allermildesten gehabt. Ich spürte seine Lauwärme und wurde ganz sanft. Ich sagte ihm, meine Großmutter habe den Willen geäußert, nicht mehr am sozialen Leben teilzunehmen und sich in ihr inneres Exil zurückzuziehen. Ich solle mich in ihrem Namen bei allen herzlich verabschieden, vielen Dank für alles. Es war klar, dass er mir nicht glaubte, aber auch nicht wusste, wie er auf eine solche Behauptung reagieren sollte. Sein Kopf war eine große Verlegenheit. Ich hegte eine gewisse Bewunderung für ihn, tat aber so, als würde er mich nicht interessieren. Ich lag gerade auf der Seite, halb zusammengerollt auf dem Fußboden und betrachtete die Keramikfigur eines Harlekins, die ich mir vor das Gesicht gestellt hatte und die natürlich traurig wirkte, wie Harlekine es eben tun, die aber vor allem eine ganz seltsame, todessüchtige Farbgebung hatte. Ich verlor mich auch manchmal in einem der Bilder an der Wand, das eine Straße mit angrenzendem Park zeigte, in flimmernder schwarzer Strichelung gezeichnet und alle Flächen in verschiedenen Schattierungen eines Petrolblaus, oder wie immer man das nennt, gemalt – es waren keine Menschen zu sehen. Ich glaube, es war ein Aquarell, und tatsächlich wirkte alles wie unter Wasser. Es war eine nüchterne Trauer und Untergangsstimmung in diesem Bild, keine einzige heftige Emotion, eher ein bedauerndes, verschnupftes »Das ist unsere Welt«. Kalte, leere Städte im Regen ohne feste Formen. Es war trotz seiner zurückgenommenen Ausdruckskraft imstande, mich mit Sehnsucht und Verzweiflung zugleich zu erfüllen. Es kann natürlich auch sein, dass ich mir bloß schmeichle und tiefe Gefühle attestiere, um mir etwas Gutes zu tun. Seht her, eine bewegte Seele. Warum nicht. Ich war nah dran damals. Wieder ganz der Alte zu sein, der angenommene Alte der Kindheit. Mein Träumen wuchs mir mit der Zeit beileibe über den Kopf, aber nichts anderes hatte ich ja, ohne dass ich mir das klargemacht hätte, bezwecken wollen. Aber wie lief das ab? Ich erwachte manchmal auf dem Boden oder auf der Matratze auf dem Boden und mein Bewusstsein hütete sich, über die Wände des Zimmers hinauszugehen. Ich glaube, ich hatte wirklich alles vergessen. Dann krabbelte ich langsam auf allen vieren zum Bett meiner Großmutter, stützte mich mit den Ellbogen auf der Matratze ab und sah sie an. Fast immer waren ihre Augen geschlossen und ich wusste nicht, ob sie schlief oder sich bloß die Welt aus den Augen halten wollte. Es roch nach dem Waschmittel, mit dem ständig das Bettzeug und die Bettlaken gewaschen wurden, nach dem kalkigen Trockenshampoo, das Ulli für ihre papierweißen Haare benutzte und nach den Bonbons, von denen sie sich ernährte. In ihren Mundwinkeln hatten sich Halbmonde aus weißem zuckrigem Speichel abgelagert. Manchmal konnte ich an feinen Regungen ihres Gesichts erkennen, dass sie meine

Anwesenheit registriert hatte. Ich bilde mir ein, dass sie noch wusste, dass es etwas wie Zuneigung zwischen uns gab, deshalb sperrte sie mich nicht ganz aus, aber in allem lag eine gewisse Verlegenheit oder Verletzlichkeit, da sie nicht wusste, was genau von ihr erwartet wurde, zur Bezeugung dieser Zuneigung, und Erwartungen waren etwas, das sie nicht ertrug und dem sie sich verschloss. Ich kroch schließlich auf den schmalen freien Streifen am Rand des Bettes, nahm ihre Hand und vertiefte mich in ihr Gesicht. Ich hatte den Wunsch, mir Zugang zu ihrem Geist zu verschaffen, irgendwie einzudringen in diesen Dämmer und sei es nur, um ihr als Halluzination vor das innere Auge zu treten. Ihr zu zeigen, dass ich da bin, wer ich bin und wer sie ist und sie zu fragen, wer wir waren und was passiert sein könnte.

Ich stecke fest. Und ich dachte, ich hätte so richtig Fahrt aufgenommen, genug, um die Brandung zu durchbrechen und aufs offene Meer zu gelangen. Gut, ich wüsste nicht wohin, ich gebe es zu, ich müsste auf eine Insel spekulieren, um auf ihr Schiffbruch erleiden zu können. Das wäre eine große Erleichterung. Es darf nur keine schwimmende Insel sein. Mein Fehler besteht vielleicht darin, mir die ganze Großmuttergeschichte dynamisch vorzustellen, angefüllt mit Menschen und ihren herbeispekulierten Motiven. Es ist die Vorstellung, die mir eingefallen war, dumm genug. Eine Beschreibung nach der anderen. So sicher. Die falsche Art und Weise, die falsche Sache, wer weiß. Dabei neige ich schon zu einer ganz natürlichen Stasis. Na ja, »falsch«. Eine redliche Herleitung hätte mein Hirn gefrieren lassen wahrscheinlich, dann hätte das Viech mich nur noch unter einen Felsen legen können oder in einen schönen Krater, eingewickelt in meine Blümchendecke, erstarrt in einem aus dem Leim gehenden Universum, im Angesicht des taumelnden Sternenhimmels. Ich würde verdaut werden von der Hintergrundstrahlung, über Millionen von Jahren, ich würde selbst wieder Strahlung sein, hui, wie früher. Würde es an die Decke denken? Doch, doch, es handelt sich immer noch um das Viech, über das wir reden. Seine weichen, gnadenlosen Augen. Das zärtliche Summen seiner Mechanik. Vielleicht ist der Tod auch nur eine Art Wachkoma in Entropie und Ewigkeit. Wie langweilig. Aber das Viech könnte dann in Ruhe forschen. Es wäre endlich durch mit der Existenz einer ausgebrannten Servicekraft und könnte sich selbst verwirklichen, anstatt einen lebendigen Pflegefall zu pflegen, der die Verwirklichung seiner selbst nicht wagt und der darüber hinaus keinerlei Vorstellung davon hat, was das bedeuten würde, unter seinen jetzigen Bedingungen sowie auch unter den früheren.

Aber bin ich eigentlich zu spät dran? Ich habe in letzter Zeit oft das Gefühl, zu spät dran zu sein. Zu allem zu spät dran sein, bis man zum Sterben zu früh ist, das ist es doch, oder, das ist doch die Pointe, eine der Pointen, an diesem Abend voller Lachnummern. Ich wünsche mir manchmal, dass sich die Lichtfarbe ändert und manchmal glaube ich auch, dass sie es tut. Natürlich verändert sich nur der Zustand meiner Augen. Sie ermüden oder werden panisch. Dann fallen sie in Ohnmacht, weil sie optisch hyperventilieren. Aha. Meine Kammer habe ich schon lange nicht mehr erwähnt. Es ist ja auch ein Zimmer. Ein wenig Mobiliar. Die gute alte Bettdecke. Ich streichle sie notgedrungen und die Decke streichelt zurück, meine Handflächen, ebenfalls notgedrungen.

Bedeckt mit einer dünnen Patina aus Schmerz, da sie schon anfängt, mich an jenen Schmerz zu erinnern, den ich früher in ihrer Anwesenheit fühlte. Langsam bilden sich die Gesteinsschichten, oder sind es Geschwüre, man weiß es nicht. Ich fürchte aber, dass das Wort »früher« noch gar nicht angemessen gebraucht werden kann. Ich wüsste auch zu gerne, wie lang ich hier bin. Aber welcher Zeitraum würde mir gefallen? Mir scheint keiner. Allerdings, dass mir die Eier nicht vollständig zum Hals raushängen, ist erstaunlich. Es muss daran liegen, dass so große Abstände zwischen meinen Mahlzeiten liegen. Ich habe genug Zeit, mich wieder zu entwöhnen. Ja, ich esse wenig. Und doch scheine ich nicht merklich abzumagern. Wahrscheinlich sind es hochkalorische Spezialeier, die das Viech sich ausgedacht hat. Astronauteneier. Oder es kommt, wenn ich schlafe, und spritzt mir Nährstoffe ein, ich weiß nicht durch welche Öffnung. Oder direkt in den Blutkreislauf? Aber Einstiche würde ich bemerken. Vielleicht mache ich die Rechnung ohne die technologischen Errungenschaften des Viechs. Es wirkt auf mich schon so wie jemand, der ganz gerne mal ein Patent anmeldet. Aber ich rechne nicht, nein, nein. Meine Annahmen sind so weich, dass sich ein Teil der Realität darin einprägen muss, notgedrungen, schon wieder, wenn sie da sein will und das will sie, so habe ich sie jedenfalls kennengelernt. Wie gerissen von mir. Dass ich die Abdrücke nicht mit meinen eigenen verwechsle, kann ich sicherstellen, indem ich meine Aktivitäten, innere und äußere, auf ein Minimum begrenze. Ja, denn ich bin absolut unbegrenzt in dem, was ich nicht tue. Noch mehr Großmutter? Ja bitte.

Drei Dinge waren für mich in dieser Zeit besonders wichtig (außer der Beziehung zu meiner Großmutter natürlich): Mein Stofftieräffchen, mit dem ich lange verständnisinnige Blicke wechselte, die Zinnsoldaten, mit denen ich, ich weiß nicht, was ich damit eigentlich machte, meiner kleinen Welt einen noch kleineren Spiegel vorhalten vielleicht, und Spinoza, mit dem ich mich in meinen edleren Stunden meinem Unverständnis der Substanz und ihrer Attribute zuwandte, das Werk eines regungslosen Etwas. Beinahe würde ich sagen, es ging mir gut. Nein, ich werde es sagen, ich werde es annehmen, ihr zuliebe, mir zuliebe, der Erinnerung zuliebe, die ich eigentlich gar nicht liebe, oder kaum. Aber ich gebe mir Mühe, okay? Okay.

Wieso eigentlich Spinoza? Wieso nicht Spinoza? Er war wahrscheinlich der Erste, der mir in die Hände gefallen war. Nein, der Einzige. Irgendetwas muss man denken, zum Nachdenken haben. Und ich habe ihn. Ich hatte ihn. Seine Frisur erwähnte ich ja schon, irgendwo oben. Man muss ihn mögen, auch Sie sollten ihn mögen. Vielleicht können Sie nicht, auch das ist möglich. Ich weiß nicht, was mir von ihm geblieben ist, es ist unwahrscheinlich, dass mir etwas von ihm geblieben ist. Reste vielleicht, kleine Denkreste. Aber ich hänge an ihm, aus Gründen, ich fürchte sentimentalen oder nostalgischen. Das schmale, entsagungsvolle Gesicht, die sanften Augen. Es ging darum, alles in einen Topf zu werfen und es trotzdem absolut wunderbar zu finden, es ging also ganz klar um die allerletzte, ich meine einzige Option, wenn man über alle anderen Optionen nachgedacht hätte. Ich las ihn damals, lange vor meinem Aufbruch, und sah in den Himmel und las und sah den Wind in der hohen

Birke und las und sah die Sonne auf den roten Dachziegeln und so weiter. Das Sein machte sich bemerkbar, selten genug, und ich fühlte mich inmitten der x-dimensionalen Wölbung des Universums sitzen. Ein guter Moment. Gut, so lange vorher war das gar nicht. Ich fühlte mich vielleicht der Unendlichkeit nahe und roch noch nicht den Tod darin. Jetzt allerdings auch nicht. Er hat sie vielleicht einfach ersetzt? Oder ich rieche schlecht. Aber die Tiefe, die sich unter mir öffnete. Und jede Menge Variationen dieses Satzes. Dieser Ellipse, meine ich.

So schnell müde. Ich muss es nicht wiederholen, doch, ich muss. Kam das Viech früher öfter? Ich weiß gar nicht, ob ich vorhin oder früher sagen soll. Sei nicht blöd, »vorhin«, als handele es sich um einen Nachmittag im Café. Natürlich kam es öfter. Das Viech und ich, wir hatten eine richtig schöne dysfunktionale Beziehung am Laufen. Und jetzt bin ich nur noch sein Hobby? Nicht dass ich Hunger leiden würde. Vielleicht will es mich zum Schreiben animieren. Das klappt so mäßig, ich kriege meine Sätze viel schwerer hoch als früher. Ja, meine Schreibpotenz, immer nur ganz kleine Spritzer, meinem stotternden Leben in dieser Hülse aus halb verwestem Licht gemäß. Seine Liebe würde mir vielleicht den Bleistift lockern. Allein, seine geologischen Studien lassen ihm keine Zeit. Allein, allein. Wenn es mich wenigstens teilhaben ließe, es könnte mir doch mal einen Graphen zeigen oder irgendein Spektrum, warum nicht. Oder die Studie, die es über mich ausgewertet hat. Mein Gekreuche als Datensatz zu sehen, könnte vielleicht etwas in mir auslösen, mir einen Lösungsgedanken eingeben, eine Lösung für meine semantischen Nöte; er träfe mich,

ich kann es mir gut vorstellen, mit seiner harten Kante direkt auf den Scheitel, der Gedanke, sodass ich glauben würde, mein Kopf würde gespalten wie eine Walnuss, alles kann raus, nichts wie raus hier, bitte schön.

Während mein Körper schmerzt, besonders der Rücken, die Gelenke, die Haut, die Muskeln und die inneren Organe, stelle ich mir vor, wie ich das Viech eifersüchtig machen könnte, mit einer gebastelten Puppe, zu der ich vorgäbe, eine intime Beziehung aufgebaut zu haben. Basteln? Nein. Oder ich muss anfangen, mit meinem Kissen zu sprechen. Manchmal hat es doch ein Gesicht. Und dann liegen wir, mein Kissen und ich, Gesicht auf Gesicht, und doch so lieblos. Das macht das Übermaß an Nähe, wir haben eben keine Zeit für uns. Oder ich muss dem Viech etwas anhängen, ihm irgendeine Schuld einbläuen, die es wieder gefügig macht. Ich könnte so gut ein kleines Ereignis gebrauchen, um den Kreislauf anzuregen. Ja, mein Kreislauf muss im Keller sein. Der einer Echse im Eisschrank. Oder ich unterschätze seine pädagogische Ambition und es möchte mich aus meiner selbstverschuldeten Unmündigkeit befreien. Moment, welche Unmündigkeit? War ich nicht noch nie so mündig und hat es mir nicht noch nie so wenig genützt?

Und die Geräusche? Habe ich etwas gehört? Immer ist da ein Summen, ich werde es endlos wiederholen, so leise, dass ich nicht wissen kann, ob mein Ohr es produziert, mein Blut, das ruhelos durch meine vorzeitig gealterten Adern hetzt, oder eine kleine Maschine. Und wenn da ein Summen ist, dann sind Stimmen darin, die einen einzigen Ton produzieren, ohne zu atmen. Ein Teilchenchor? Nein, immer halluziniere ich eine Ferne hinein, einen Klang, der von woanders kommt als aus meiner unmittelbaren Umgebung, meinem Körper, den Wänden, dem technischen Equipment. Draußen herrscht vollkommene Stille, nicht einmal das, die Abwesenheit der Möglichkeit eines Tons. Jede Menge unmotiviert Seiendes. Wahllos dahinexistierend. Schatten hier, Schatten da, Stein-Fels-Stein-Licht-Stein-Stern-ich.

Gerade als ich dachte, ich könnte mich wieder im Zimmer meiner Großmutter verlieren, während in meinem Körper nach einer kurzen Stockung oder Taubheit (kurze Erleichterung), die Schmerzen (siehe oben) wieder wie kleine Fontänen ansprangen, passierte draußen etwas. Und gerade sprach ich noch von einem Ereignis, von dem ich allen Ernstes behauptete, es würde mir guttun, und dann, beim Anblick des Passierenden, wünschte ich es nur weg, ein heißer, gepresster, reuiger Wunsch, das Grauen fuhr in mich ein, das Grauen. Damit habe ich ja wohl auch nicht rechnen können. Die Schatten schwenkten plötzlich um und ich wollte mich noch trösten mit dem Gedanken an eine Halluzination, die mir eine Bewegung eingibt, wo keine ist, aber die Schatten vollführten ihre perfekte, abstoßende Choreografie, indem sie um den Drehpunkt ihres Objekts, von dem sie geworfen wurden, synchron umschwenkten, sich verkürzten und plötzlich lang wurden, und dann sah ich ein weißes Licht am Himmel – Frage, werde ich ausgelöscht? Antwort, nein –, mit einer Schleppe aus leicht schimmerndem Staub, dann der Einschlag, das Erzittern der Ebene, und jetzt hängt da eine Wolke in meinem Horizont, klebt in der Leere und wirkt wie eingefroren. Ich kann weggucken und hingucken und die Augen schließen und wieder öffnen und sie ist da, sie bleibt da. Ist es nicht verdächtig, dass das Ding ausgerechnet vor meinem Fenster einschlägt? Nein, mein Fenster ist groß genug und es ist auch nicht direkt davor eingeschlagen, sondern irgendwo hinter dem Horizont, aber trotzdem, es ist die korrekte Himmelsrichtung. Ist das Wort Himmelsrichtung eines, das man hier gebrauchen kann?

Was sagt man dazu.

War das da eben das Viech? Wer sollte es sonst gewesen sein, es gibt ja hier nichts anderes, das sich bewegt, außer mir und ihm. Trotzdem bin ich mir nicht sicher. Wahrscheinlich ist es ganz heiß auf den … Meteoriten? Ich nehme an, darum handelt es sich. Es fährt also die weite Strecke bis hinter den Horizont, um seine elektronische Neugier zu befriedigen und verlässt dafür mich, seinen Schutzbefohlenen. Was, wenn ich mich jetzt verschluckte? Es würde mich tot und mit heraushängender Zunge vorfinden. Was würde es fühlen? Würde es mit äußerster Härte, ich meine Pragmatismus vorgehen? Vielleicht würde es die Behausung verlassen und frei und einsam wie der Sternenwind auf der Oberfläche leben, entzückt von der Kälte des leeren Raums, schön wie der schweifende Geist einer sechzehnjährigen nordamerikanischen Ureinwohnerin vor der Ankunft Kolumbus'. Vielleicht sollte ich rechtzeitig lernen, den Luftröhrenschnitt bei mir selbst durchzuführen, ach ja, ich lerne hier ja nichts. Es ist auf die Dauer ermüdend, immer wieder an Dinge zu denken, die nicht existieren, und an Ereignisse, die unmöglich sind. Und doch ist es die einzige Möglichkeit, lebendig fortzufahren. Wenn ich nicht schon aufgegeben hätte, würde ich mir sagen, gib auf, um daraufhin aufzugeben. Doch, doch, ich habe aufgegeben, lassen Sie sich nichts anderes einreden. Es ist meine einzige Zuflucht. Wer wollte mir widersprechen? Sagen, ich hätte nur so getan, ohne jemanden zu haben, den ich täuschen könnte. Kurz tröstete mich die Vorstellung, und ich weiß nicht, was daran tröstend sein soll, nackt hinauszugehen. Das wäre doch eine Entscheidung, nicht wahr, in einem an Entscheidungen und neuerdings auch an Bedeutungen armen Leben. Ja, früher, die Bedeutungen. Na ja. Manchmal habe ich mich damals mit den kleinen Feuerwerken, die ich abbrannte, noch mehr beeindrucken können. Würde ich erstarren, platzen? Würden meine Poren zu bluten anfangen? Sich einmal vom Vakuum einatmen lassen und vergehen.

Ich werde weitermachen, bevor ich noch anfange, etwas zu tun.

Aha, ich kann nicht.

Bericht der zweiten Expedition. Diesmal ohne Hilfe des Viechs mein trautes Bett, mein trautes Zimmer und diese Behausung, ich möchte nicht Zelle sagen, meine Zelle ist viel größer, verlassen. Die Staubwolke macht die Orientierung zu einem Kinderspiel. Allerdings wirkte der Sternenhimmel noch voller und tiefer und sternenbefleckter als bei meinem letzten Ausflug. Beim Hochschauen bekam ich Angst, kopfüber hinabzustürzen in den Raum. Es war das Gefühl, auf einer Nussschale im Zentrum des Universums zu schweben. Mein Leichnam würde Jahrmillionen durch die Galaxie driften. Zudem entdeckte ich die Spuren eines Verwirrten, vom letzten Mal. Also das war ich, ich spreche von mir selbst. Viel deutlicher als die Spuren des Viechs, die sich nur hier und da schwach abzeichnen. Es muss sehr leicht sein.

Auf dem Weg zur Wolke achtete ich darauf, deutliche Spuren zu hinterlassen. Ich schaute nach unten und immer nur kurz zum Horizont, um auf Kurs zu bleiben, da mich beim Blick nach oben der Tiefenschwindel packte. Ich war zwischen einer und fünf Stunden unterwegs. Grob geschätzt. Ganz grob. Ich stellte mir vor, zu ersticken. Kurz bildete ich mir ein, damit leben zu können. Ich meine zu sterben. Mit dem Sterben leben zu können. In Wahrheit fürchte ich mich vor nichts so sehr wie vor dem Tod. Vielen Dank für die Feststellung.

Dann stand ich vor der Staubwolke. Sie sank so langsam in sich zusammen, dass ich die Veränderung erst nach einer Weile wahrnahm, wie bei den klassischen Himmelswolken, die wie eingefroren aussehen und dann plötzlich wie verwandelt sind. Kennen Sie vielleicht noch. Erst dachte ich, das Viech wäre nicht da. Oder es wäre hier gewesen und wieder weggefahren, als es mich aus der Ferne herantrotten sah. Vielleicht ist es innerlich schreiend weggefahren. Einmal wollte es Ruhe haben von mir, von seinem Pflegefall, von seiner uferlosen Verantwortung. Aber ich laufe ihm hinterher wie ein im Herzen ungeliebtes, unterwürfiges, vor Einsamkeit wahnsinnig gewordenes Kind und erinnere es an seine Hartherzigkeit, an seinen moralischen Bankrott, komme hinterhergebuckelt und erinnere es mit großen Augen an seine Pflicht, mitzufühlen. Falls es fühlt. Ich gehe davon aus. Ohne Begründung. Erst dachte ich dies, dann dachte ich das. Das Viech kurvte nämlich eigentlich in der Staubwolke beziehungsweise dem Krater herum. Ich stellte mir vor, wie es wie ein vor Freude durchdrehender Hund im Kreis wetzt, an den stark abschüssigen Wänden des Kraters entlang, mit einem inneren monotonen Freudenschrei, der wie ein Tinnitus klingt. Dann sah ich eine Bewegung hinter dem schimmernden Schleier und irgendwann kam es tatsächlich herausgefahren. Wir sahen uns an. Ich warf einen Stein nach ihm, dem es geschickt auswich. Nein, nein, ich verfehlte es völlig, es brauchte nur stehen zu bleiben. Ich lachte zynisch. Dann fiel mir auf, dass ich mich nur selber zynisch anlachte, da den Schallwellen das Medium fehlt. Ich machte einige Schritte auf das Viech zu und es wich zurück. Das schmerzte. Es war ordentlich eingestaubt. Was für einen Spaß es gehabt haben musste, ohne mich. Ich zeigte auf die Wolke und es folgte kurz meinem Blick. Die Wolke ist übrigens riesig. Der Krater auch, soweit ich das erkennen konnte. Es verstand nichts, ich verstand nichts, wir verstanden nichts, und das All ging um uns auf wie ein Teig. Na ja, vielleicht versteht es etwas, zeitweise, ohne mich, ohne mich.

Und jetzt hat es mich mit seinem unwiderstehlichen Silberblick wieder in mein Bett gelockt. Ich nehme den Gestank jetzt viel stärker wahr. Die verschiedenfarbigen Flecken auf dem Bettzeug. Von der Körperwärme festgebackene Sedimente getrockneter Körperflüssigkeiten. Ach was, so schlimm ist es gar nicht. Als wir noch bei der Wolke standen, versuchte ich dem Viech Zeichen zu geben, dass es sich wegen mir bitte keine Umstände machen solle, es solle sich doch bitte von mir nicht stören lassen, ich werde alleine zurückkehren, kein Problem, viel Forschungsspaß noch, aber es fuhr mit mir die ganze Strecke zurück, die übrigens viel kürzer wirkte als auf dem Hinweg. Und falls es mich nicht während des Schlafs verlassen hat, ist es nicht wieder zum Krater zurückgekehrt. Außer, ich hätte es wachend nicht bemerkt. Was immerhin gut möglich ist.

Die besinnungslos kontemplative Zeit ging zu Ende, als mir ein Besuch gemeldet wurde, den ich gebeten wurde, umgehend vom Gelände des Theresienheims zu entfernen, da ich selbst nur geduldeter Besuch sei und verantwortlich für meinen Besuch, der wiederum nicht geduldet werden würde. Ulli meldete ihn mir. Er klang ungewöhnlich bestimmt in seiner Sprechweise. Ich sagte, das sei nicht mein Besuch. Ulli sagte, das sei mein Besuch. Nein, sagte ich, doch, sagte er, nein, sagte ich, doch, sagte er, ein Æxego-Filialleiter, sagte er, er habe meinen Namen genannt und behauptet, ich unterstehe ihm als Praktikant. Da sagte ich nichts mehr. Oder ich sagte etwas wie, Diese Schlange!, es würde ja nicht schaden. Ich hatte den Filialleiter unterschätzt. Er hatte die ganze Reise auf sich genommen, die ich auf mich genommen hatte, vielleicht weniger entbehrungsreich, vielleicht weniger ereignisreich, vielleicht weniger taumelnd, aber doch auf sich genommen, nur um die ordnungsgemäße Durchführung meines Praktikums zu garantieren? Aber in meinem Zustand gab es keine rhetorischen Fragen. Der Filialleiter war da, außer Ulli log. Konnte Ulli lügen? Ich würde es herausfinden. Ich sagte Ulli, dass ich nicht bereit und nicht einmal fähig sei, das Zimmer zu verlassen, und dass man den Filialleiter zu mir schicken solle, damit ich auf ihn einreden und ihm begreiflich machen könne, dass er aus dem Theresienheim verschwinden und nie mehr wiederkehren dürfe. Meine Existenz bestehe jetzt daraus, meiner Großmutter im Dämmerlicht beizustehen. Da brach Ullis neugewonnene Härte in sich zusammen und er fiel zurück in seine übliche Harmlosigkeit und Freundlichkeit. Es war seine sentimentale Seite, mit der ich ihn im schlimmsten Fall immer zu fassen kriegte. Beinahe fragte ich mich damals, was aus ihm werden sollte. Diese Frage setzte voraus, dass ich von einer generellen Entwicklung der Situation überzeugt war und ich weiß nicht, ob ich mir da nicht etwas unterjuble. Dann beruhigte ich mich schnell mit der Überzeugung, dass er nur so weiterzumachen brauchte, um sich selbst bald als Bewohner zu qualifizieren und damit in der Hierarchie des Heims auf- und gleichzeitig abzusteigen. Er wäre zudem ein ausgezeichneter Bewohner, hochmotiviert zu leben und sich dabei möglichst sauber zu halten. Und dann fiel mir ein, dass ich mir auch die Frage stellen musste, wer denn Ulli ersetzen würde, wer würde Ullis Ulli? Niemand! Weshalb die ursprüngliche Sorge plötzlich als berechtigt zurückkehrte. Ich sagte Ulli also, er solle sich beeilen, damit ich mich endlich dem angeblichen Besuch stellen und die endlose Ruhe ins Heim zurückbringen könne.

Wahrscheinlich schlief ich dann sicherheitshalber ein. Das war damals meine Art, die ich mir bis heute nur unzureichend bewahrt habe.

Und als ich aufwachte, saß er da. Sein langer Kopf gebeugt ins Halbdunkel. Sein schlaffer Körper nachtumwittert. Ich versuchte wie ein Schlafender zu atmen und hoffte, dass er mein Erwachen nicht bemerkt hatte, damit ich ihn noch eine Weile ungestört beobachten könnte. Er erschien mir wie ein Bekannter aus einem früheren Leben. Ich sah zu meiner Großmutter. Sie hatte die Augen geschlossen. Ganz in sich verloren, in den inneren Landschaften ihrer Bewusstlosigkeit. Zwischen diesen beiden spannte sich für mich damals alles auf, also in mir, also zwischen den beiden, die in mir waren, spannte sich alles auf. Ein halbwegs guter Versuch, davonzukommen, in einer Art Frieden, wenn auch ohne gute Planung, Disziplin, Durchsetzungskraft, Entschlossenheit oder dergleichen.

Das Dämmerlicht war bläulich-schwarz. Meine Augen waren die eines Uhus, mit riesig geweiteten Pupillen. Der Filialleiter regte sich nicht. Sein Gesicht wirkte eingefallen, als habe er sich in der Zwischenzeit verausgabt. Ich konnte ihn nicht atmen hören.

Dann bewegte sich seine Hand wie die eines Toten, falls ich mir darunter etwas vorstellen kann, und schaltete eine Lampe an. Es war eine kleine Tischlampe, die auch auf dem Tisch stand, korrekterweise, beziehungsweise auf einem Deckchen auf dem Tisch. Der Tisch selbst stand an der Wand zwischen dem Sessel und dem Bett. Gleich zeichne ich noch einen Lageplan. Sie, die Lampe, hatte einen hölzernen, altmodisch gedrechselten Fuß und einen Schirm aus einem groben, beige-bräunlichen Stoff. Es sollte ein rustikales, uriges Stück sein und das war es auch. Meine aufgestellten Zinnsoldaten boten einen erhebenden Anblick durch die langen gezackten Schatten, die sie im Lampenlicht warfen. Die Ursprungsformationen auf beiden Seiten waren noch zu erkennen, doch die Armeen begannen sich schon im Schlachtgetümmel, wie magnetisch angezogen, ineinander aufzulösen. Das war die Situation auf dem Schlachtfeld. Der

Filialleiter hatte drei Flaschen Malzbier mitgebracht. Und einen Flaschenöffner. Er öffnete gewissenhaft zwei Flaschen und reichte mir eine. Mit einer kurzen Geste bedeutete er mir, dass die dritte für meine Großmutter sei. Das wusste ich zu schätzen. Dann führten wir uns schweigend, langsam, einen Zuckerschock zu. Während des Trinkens beobachtete ich ihn weiter im warm-weichen Licht der Lampe. Er musste mir in der Zwischenzeit sympathischer geworden sein, oder ich fühlte mich bloß geschmeichelt, dass er so weit ging, um mich zu überwachen. Andererseits hatte ihm die Dunkelheit geschmeichelt. Darin hatte er tragisch ausgesehen, gezeichnet, mit Geheimnis und Schicksal beladen, jetzt kamen wieder die weinerlich-selbstmitleidigen Züge zum Vorschein. Seine Frisur war immer noch eine Zumutung. Aber nicht für mich. Mit einem Finger pellte er an dem Etikett seiner Malzbierflasche herum, aber es löste sich nur in kleine Fetzen auf, die an seinen dünnen Fingern klebten. Und ich merkte auch, dass er zerschlissener wirkte, im Container hatte sein Leid noch etwas Bequemes gehabt, jetzt schien er am Ende, an irgendeinem Ende angekommen zu sein. Vielleicht waren Reue und Energiesparlicht ihm an die spärliche Substanz gegangen. Oder etwas war in der Filiale passiert. Er schaute mich nicht an, ich schaute ihn an, die Dinge standen ein wenig still. Im Heim war alles ruhiggestellt, draußen herrschte irgendeine Uhrzeit.

Ich habe in Pöten studiert!, sagte er plötzlich, als würde er mir ein peinliches Geständnis machen. Ich muss zugeben, das überraschte mich. In der Stimmung, in der wir uns befanden, hatte ich eher mit einer neuen Lyrikströmung gerechnet als mit Studienerinnerungen. Am

Pötener Institut für Pötik, angewandte Pötologie und pötische Lebenskunst. Nach dem Abitur, sagte er, mit einem Ton in der Stimme, den ich nicht einordnen konnte. Ich verhielt mich still lauschend und trank einen Verlegenheitsschluck Malzbier. Dann sagte ich vorsichtig: Ein passender Name. Da schien er mich zum ersten Mal anzusehen. Ja-ja-ja-ja, sagte er, plötzlich erregt, und ein großes Versprechen. Eine kleine Stadt mit neutralem Geschmack, gelegen inmitten von Rapsfeldern und flaumigen Klärgruben. Eine Stadt voller Gehwege, Fahrradständer und Bushaltestellen. Ich sagte, man könne also gehen, Fahrrad oder Bus fahren. Oder Auto, sagte er. Oder Auto, stimmte ich zu. Nachdem wir die Frage der Verkehrsmittel und Fortbewegungsarten in Pöten geklärt hatten, verfielen wir wieder in Schweigen. Irgendetwas hielt mich ab, weiter Fragen zu stellen, als hätte er mir gerade von seinen Hämorrhoiden erzählt. Dann sagte er: Beinahe wäre ich Pöte geworden, aber ich hatte nicht das passende Temperament und konnte mich nie entschließen. Am Ende fehlte mir Geld. Der sogenannte Kampf um die sogenannte Liebe hatte mir das sogenannte Herz zu Mett verarbeitet. Eine gelungene Formulierung, wie ich finde, setzte er hinzu. Nach einem versonnenen Schweigen fuhr er fort: Und Æxego heuerte gerade an. Ein Agent kam nach Pöten und mietete sich in einem Hotel am zentralen Hindenburgplatz ein. Nachmittags oder abends kam er runter, setzte sich ins Hofcafé und führte Gespräche mit allen Interessenten, was eigentlich alle bis auf die erfolgreichsten Pötinnen und Pöten waren. Natürlich alle verblichen. Zwischendurch machte der Agent das, was wohl seine beste Hindenburgimpression sein sollte, lachte sich für einen kurzen Moment halb tot und wurde plötzlich wieder ernst. In seinem Wesen gab es keine Zugänglichkeit, er war wie die dunkle Ableitung einer undurchschaubaren Funktion, das düster lächelnde Werkzeug eines ins Sinnlose abstrahierten Plans.

In dem Moment fragte ich mich, ob der Filialleiter jetzt komplett den Verstand verloren hatte und wirr sprach oder es sich vielleicht um einen Code handelte, mit der unausgesprochenen Erwartung an mich, ihn zu entschlüsseln. Irgendein Bezug auf Darz vielleicht. Oder spielte er auf meine bulgarischen Bekannten an? Er schaute mich verächtlich an. Aber seine Verachtung galt vielleicht seinen Studienerinnerungen oder seiner verflossenen Liebe. Ein Gedicht!, rief er dann. Ich hatte es schon befürchtet, das Gedicht hatte schließlich doch kommen müssen. Ich sah zu meiner Großmutter, aber sie schien weit weg zu sein. Ich hätte nicht zugelassen, dass sie das hört. Wieder faltete er sorgfältig einen Zettel auf und räusperte sich. Ich versuchte umsonst, mich gefasst zu machen:

Ode an Fridolina

Bleib nicht, Fridolina, die Welt hat Krätze
Der Herr im Himmel ist umgebracht
Mäste dich eilig am Rest der Schätze
Auch du wirst bald mit Weh' bedacht

Geh eilig, nach dem Abendbrot
In der Blutverwerter Haus
Verschenke das Rot nach weisem Gebot
Die Schächer geben die Spritzen aus

Dann lauf und halt nicht an
Zum tiefsten Punkt der Dunkelheit
Dort triffst du mich, komm nah heran
Ich halte mein Leben für deins bereit

Hier pausierte er dramatisch.

Die Dinge haben sich aufgelöst, bald ist alles leer
Nur Ödnis und Schatten und ein vertrocknetes Meer
Kein Echo im Geiste, Gedanken ohne Sinn
Raum und Zeit zerronnen, die Hände unterm Kinn

An diesem Punkt hatte ich schon die schlimmsten Befürchtungen, was die Strophenzahl anging.

Lach nur, Fridolina, die Hölle ist vertaner Ernst
Dein Körper ist kalt und aus Wachs gemacht
Der Mann im Mond hat sich dich ausgedacht
Schon bald auch du die Existenz verlernst

Bleib nicht, Fridolina, die Welt hat Borreliose
Die Ordnung der Himmel wird ausgelacht
Ich kann nichts mehr sagen, weder »Welt« noch »Hose«
Gemeinsam zerfallen wir in ewiger Nacht

Ich sagte, dass ich die kurzen Gedichte lieber gemocht hätte. Er schaute mich wieder angeekelt an. Sein Gesicht war voller Hass und Selbsthass. Der Ausdruck stand in groteskem Gegensatz zu seiner Haarsituation. Er tat mir leid.

Strömung?, fragte ich. *Obskurer Infantilismus*, sagte er in verletztem Ton, ich nenne es auch *Biedermeier-*

Apokalypse im Kindergarten. Sehr passend, sagte ich. Ja, nicht wahr?, gab er sarkastisch zurück. Wer ist Fridolina?, fragte ich höflichkeitshalber. Das geht dich gar nichts an, keifte er. Er nahm einen zornigen Schluck von seinem Malzbier. Dann senkte er den Kopf und seine Haare sackten nach vorne. Als er wieder hochsah, waren seine Augen mit Tränen gefüllt. Ich bin mental erblindet, Kaspar!, rief er. Ich hatte Angst, dass er mich anspuckt. Und mein Name schon wieder. Meine Großmutter regte sich nicht. Er gestand mir, dass er vollkommen am Ende sei. Aber das wäre er doch schon damals in der Raststätte gewesen. Das sei nur vorläufig gewesen, jetzt sei es endgültig. Das endgültige Ende solle ich mir immer gut aufheben. Er schien auch noch zu grauenvollen Ratschlägen aufgelegt. Die lange Vorläufigkeit des Endes sei der echte Weg der Schmerzen. Er verriet mir, dass er vor kurzem siebenundzwanzig geworden sei und ich solle es nicht wagen, ihn zu beglückwünschen. Ich musste zugeben, dass ich es ohne seine Warnung getan hätte. Es ist nicht mehr die Welt der Glückwünsche, sagte er. Er übertreibe, sagte ich. Es sei vielmehr die Welt der Übertreibungen, sagte er.

Wir tranken versonnen. Jedenfalls wolle er mir deshalb die Rechte an seinem Gesamtwerk vermachen. Beinahe hätte ich ihn angefleht, es nicht zu tun. Doch der Ausdruck seines langen Gesichts im sanften gelben Schein der Lampe bohrte sich mir ins Herz. Es tat weh, meinen eigenen Chef so hilflos zu sehen. Draußen spürte ich, wie der Winter sich zusammenrottete. Er wolle, dass ich eine Gesamtausgabe in Schweinsleder herausgäbe und reich werde. Denn der Ruhm komme für ihn zu spät. Schweinsleder?, fragte ich. Ja, Schweinsleder, sagte er, aber wenn ich Rindsleder fände, könne ich auch das nehmen, da sei er nicht festgelegt. Er fing wieder an mit seinem ätzenden Sarkasmus. Was sein Gesamtwerk umfasse, fragte ich ihn. Das war natürlich ein Fehler. Denn er setzte mir in zu erwartender nervtötender Kleinteiligkeit die Bestandteile seines Gesamtwerks auseinander, chronologisch geordnet.

Der erste Titel war *Die Sehnsucht des jungen Mannes nach einem Krieg*, ein frühreifer Metaroman, wie er sagte. Dann kam sein Opus magnum, der zehnbändige autobiografische Romanzyklus *Mein Leben in der freien Marktwirtschaft (I–X)*. Den habe er mit sechzehn geschrieben sowie das Fragment gebliebene Werk *Disparate Strukturen I*, erster Band zu einem neuen philosophischen Universalsystem (ursprünglich auf vierundneunzig Bände angelegt). Dann folgte das Drama *Untergang und Transparenz oder Das Leben der Zahl Pi*, in einundfünfzig Akten. Danach sei er in eine Schaffenskrise gestürzt und die Leere habe angefangen, in ihm Kristalle und im Kern von Æxego Schreckenskammern zu bilden. Nach einem schmerzhaften Erweckungserlebnis habe er sich dann dem *Regressiven Obskurantismus* zugewandt, dazu zählten *Lachende Körper* (*I & II*), der Essay *Der schüchterne Misanthrop oder Das Scheitern am Exil*, *Die tatsächliche Sachlichkeit der Objekte (einschließlich der Dinge)*, *Das richtige Leben für die letzte Existenz* sowie *Licht der inneren Kammern*. Danach entstanden *Samenströme, Leidenstöne*, eine geordnete und überarbeitete Sammlung seiner Gedichte, die er sein Leben lang geschrieben habe. Dann, in einem besonders melancholischen Herbst, habe er die Strömung des *faux-metaphysischen, grammatisch-sphärischen Antitranszendentalismus* begründet und mit *Einführung in die Gymnastik unzureichender Bedeutungen* und *Exaltierte Implikationen aufregender Worte* voll- und noch vor dem Winter beendet. Dann, zum Schluss, kurz vor dem Ende, nachdem er mich schon zum Praktikanten gemacht hatte, eine seiner letzten amtlichen Handlungen, habe er sein eigentliches Meisterwerk geschrieben, in wenigen Tagen und Nächten, wie im Rausch. Es trage den Titel *Das ontische Fraktal* und habe alle geistigen Probleme der Menschheit im Wesentlichen gelöst. Glückwunsch, sagte ich. Ja, danke, sagte er. Nach einem Moment verlegenen Schweigens sagte ich, ich würde mein Bestes geben. Er gab mir einen Zettel mit einer Telefonnummer. Darüber stand der Name »Morena Dolorosa Amphutilia Schnark«, in ungelenker Kinderschrift, angeblich eine Literaturagentin, an die ich mich wenden könne. Amphutilia?, fragte ich. Er sagte, ich solle mich verdammt noch mal konzentrieren. Ja ja, sagte ich.

Allerdings habe sein Werk keine Priorität. Was habe denn Priorität?, fragte ich. Zu Darz zu gelangen, sagte er. Plötzlich war der Filialleiter kein nasser Lappen mehr, er wirkte wie eine Bogensehne gespannt. Sagen wir, halb gespannt. Sagen wir, merklich angespannt. Ich glaubte wohl, ein Praktikum bei Æxego sei ein Scherz. Ich hatte nicht gedacht, dass er so bedrohlich wirken konnte. Er sagte, Darz sei jetzt endgültig ein Abtrünniger, der sich gegen den Vorstand auflehne, die Ressourcen des Unternehmens für seine eigenen Ziele nutze, den Willen und die Hoheit des Konzerns untergrabe, das fein verästelte Filialennetzwerk beschädige, das über Jahre wie von einem Heer musisch hochbegabter, wenn auch leicht neurotischer Spinnen gesponnen worden sei, und versuche, dessen Quidditas von innen heraus zu verändern und auf ein neues, dem Vorstand sowie wahrscheinlich auch ihm selbst Unbekanntes auszurichten. Soso, aha, ah ja, sagte ich.

Ich wartete kurz, ob da noch etwas käme und sprach dann vorsichtig Drawer und meine familiäre Situation an. Er sagte, ich solle mich nicht mehr um Drawer kümmern. Was mit ihm geschehen sei, fragte ich. Der Filialleiter zuckte mit den Schultern. Æxego habe sich darum gekümmert. Wie darum gekümmert?, fragte ich. Wie in einem Mafiafilm darum gekümmert oder wie in einem Film mit einer Gang aus gutmütigen Nonnen darum gekümmert? Was für eine Gang?, fragte er. *Die Gang der Guten*, sagte ich. Natürlich hatte ich mir das ausgedacht. Ich konnte mich kaum an irgendwelche Filme erinnern. In einem ging es um einen Fluss in der Nacht, mit bunten Lichtern am Ufer, in einem anderen um ein Wesen in einer endlosen Ödnis und im dritten um einen traumatisierten Elefanten. Ich solle mich nicht um Drawer kümmern, der sei keine »wirksame Größe« mehr. Daraufhin nahm er einen raschen Schluck aus der Flasche und verschluckte sich. Er hustete, versuchte Luft zu holen und klang dabei wie ein asthmatisches Huhn. Ich stand auf und klopfte ihm zwischen die Schulterblätter, obwohl ich wusste, dass das bei Flüssigkeiten nichts nützt, es war der typische Höflichkeitsklopfer, das erste Mal, dass ich ihn überhaupt berührte. Ich fühlte, wie seine Wirbel unter der Haut hervorstachen. Panisch versuchte er gegen den Widerstand Luft zu holen, ein schrecklicher Ton, und schlug dabei nach mir, um mich vom Klopfen abzuhalten. Als ich zu meiner Großmutter sah, hatte sie die Augen aufgeschlagen und schaute uns an. Ich ging zum

Bett, umarmte sie und legte eine Hand auf ihre Stirn. Der Ton, den der Filialleiter von sich gab, wurde immer höher und erstarb, dann hörte ich ihn nur noch zappeln in seiner Agonie. Meine Großmutter murmelte etwas oder schien sich äußern zu wollen, aber ich verstand sie nicht. Wir sahen uns an, sie schaute mir erst ins eine Auge, dann ins andere, dann wieder zurück, langsam und aufmerksam. Dabei bewegte sie beunruhigt ihren Mund, halb kauend, halb im Versuch zu sprechen. Ich streichelte ihre Wangen und begann zu weinen. Ich umarmte sie noch einmal. Der Filialleiter regte sich nicht mehr. Als meine Großmutter ihre Augen wieder geschlossen hatte, ging ich zur Leiche des Filialleiters. Allerdings war es keine Leiche, er hatte überlebt. Er war bloß ohnmächtig. Ich weiß noch, wie erstaunt ich war, dass ich mich so erleichtert fühlte. Vorsichtig tippte ich ihn an die Schulter. Ich sagte, hallo? Er rührte sich nicht. Ich beschloss zu warten, bis er das Bewusstsein zurückerlangen würde, auf natürliche Weise. Ich überprüfte seinen Atem, der regelmäßig und beinahe entspannt klang. Dann dachte ich daran, dass er auch ins Koma gefallen sein könnte. Das wäre das Unpraktischste, denn dann würde man ihn weder begraben noch wegschicken können.

Ich trat ans Fenster. Draußen war es dunkel und hinter der Spiegelung des Zimmers in der Scheibe fast nichts zu erkennen, bis auf den kleinen Platz vor dem Heim und die Platanen, im schwachen Licht des Eingangsbereichs. Dann sah ich, dass dort Menschen standen. Eine Gruppe aus Pflegern und alten Leuten, ich erkannte Angelika, Hannelore und auch Ulli, die bloß dastanden, in der Kälte, und zu mir hochsahen. Ich hob die Hand. Niemand reagierte. Dann erkannte ich, ganz hinten in der Gruppe, den Priester. Ich trat zurück und zog die Vorhänge zu. Der Filialleiter war immer noch in seiner komatösen Ohnmacht befangen. Kurz stand ich da und wusste nicht, was ich tun sollte. Ein vertrautes Gefühl. Aber es fühlte sich anders an. Es fühlte sich weniger gut an, da es mich knapp über dem Kehlkopf würgte. Meine Großmutter schien zu schlafen. Ich setzte mich zu meinen Zinnsoldaten und spielte die Schlacht in der Weise durch, dass nur noch ein einziger Infanterist überlebte. Dieser Infanterist war ich. Dann trank ich mein Malzbier aus, löschte das Licht und legte mich schlafen.

Als ich aufwachte, war es draußen immer noch dunkel. Über mich gebeugt sah ich Ullis Gesicht. Ich erinnere mich an die grünen Schatten in den Falten seiner Haut. Hinter ihm stand in etwa die Gruppe, die ich auf dem Vorplatz gesehen hatte. Mit kindlicher Enttäuschung stellte Ulli fest, dass mein Besuch ja immer noch da sei. Aber es war gespielt, natürlich wusste er das schon. Ich setzte mich betont langsam auf. Meine Großmutter war wach und sah unglücklich aus. Ich sagte, es habe einen kleinen Zwischenfall gegeben, aber alles sei dabei, sich wunderbar aufzulösen.

Der Priester schob sich durch die Pfleger- und Insassengruppe nach vorn und stellte sich in die Mitte des Raums. Er lächelte mich an. Und wenn ich sage, er lächelte, dann ist es überflüssig zu sagen, dass es ein kaltes Lächeln war. Er trug die Uniform seiner Organisation, womit ich das Priestergewand meine, und hatte die Hände affektiert vor dem Bauch verschränkt. Er fragte mich nach dem Zwischenfall. Ich sagte, der Filialleiter habe sich schrecklich verschluckt und sei in Ohnmacht gefallen. Warum ich dem lieben Ulli nicht Bescheid gegeben hätte? Ich sagte, meine Sorge habe dem Wohl meiner Großmutter gegolten. Ich wählte bewusst eine salbungsvolle Ausdrucksart. Aber diese habe doch nicht in Lebensgefahr geschwebt. Der Priester legte Zeige- und Mittelfinger an den Hals des noch immer im Sessel vegetierenden Filialleiters und vergewisserte sich des Pulses. Es sah wie eine Segnung aus. Dann hob er plötzlich dieselbe Hand und schlug dem Filialleiter auf die Wange, dass es laut klatschte. Er nenne das die Ohrfeige des Erzengel Gabriel, sagte er, drehte sich zu mir um und zeigte mir wieder sein speicheliges Lächeln. Zum ersten Mal musste ich bei der Farbe seiner Augen erschaudern, die mir vorher gar nicht aufgefallen war. Sie ließ an Zement oder einen aseptischen, geräuschlos fließenden Fluss denken. Der Filialleiter erwachte leicht verzögert und immer noch betäubt. Er hielt sich die Wange, ohne sich zu wundern. Ich habe geschlafen, rief er zufrieden, es ist so lange her. Ich sagte, er habe sich verschluckt. Ja, das passiere ihm öfter, er sei nicht so gut im Trinken. Er sah sich um und schaute wohlwollend die Besucher an. Niemand stellte sich irgendwem vor und es herrschte eine seltsame Vertrautheit, von der ich ausgeschlossen schien. Der Priester drehte sich zu jedem um, um zu sehen, ob alle Augen auf ihn gerichtet waren. Heute sei der Soundsovielte, sagte er, und damit der Tag der Heiligen Theresia, der unser Kaspar die Obhut des Heims, die Behausung, Ernährung, Umsorgung und Pflege seiner Großmutter und seiner selbst zu verdanken habe und es gelte nun, diese unsterbliche Heilige zu ehren. Dramatische Pause. Und zur Feier dieses schönen, anbrechenden Tages, und er wies nach draußen, wo es stockdunkel war und überhaupt nichts anbrach, würden wir dich, lieber Kaspar, gerne kreuzigen. Ich war zugegebenermaßen überrascht. Der Priester lächelte mich eisern an, sah kurz zum Filialleiter und dann wieder zu mir. Alle schwiegen. Der Filialleiter machte ein Gesicht, als sei er bloß ein interessiert stehen gebliebener Passant. Ich sagte etwas wie, bei allem Respekt, mit Verlaub, Herr Priester, aber ich sei Atheist und wolle mit seinen Kreuzgeschichten nicht das Geringste zu tun haben. Eben gerade das mache mich so über alle Maßen qualifiziert, sagte er und seine Stimme vibrierte vor Verzückung. Von meiner Absage schien er nicht irritiert, als sei sie bloß eine liebenswerte Marotte. Ich hatte mich mittlerweile von meinem Lager erhoben und stand in meiner spärlichen Bekleidung da. Ich trug eine alte Unterhose und das Hemd von Evas Vater, das schon arg mitgenommen und von meinem Schlafen darin auch nicht schöner geworden war. Mein einsames Gehirn versuchte zu diesem Zeitpunkt noch auszumachen, ob es sich um einen Vorschlag, einen Befehl, eine Ermutigung, ein Delirium, eine Festnahme, eine Verurteilung oder eine Opferung handelte. Oder um etwas ganz anderes, auf das ich nicht kam. Der Priester betrachtete versonnen die Malzbierflaschen und der Filialleiter hielt auf abstoßende Weise den Kopf schräg wie ein vierzehnjähriges Mädchen, das versucht, unschuldig zu wirken. Ich sagte, sie müssten entschuldigen, aber meine Konfessions- und Glaubenslosigkeit sei mir heilig und ob sie nicht bitte jemand anders kreuzigen könnten, vielen Dank. Begeistert drehte sich der Priester zur Gruppe hinter ihm um und fragte seine Jünger rhetorisch, ob ich nicht herrlich sei, ein echter Sozialist. Spinozist, sagte ich. Ein echter Spiritist, sagte er. Spinozist, sagte ich. Herrlich, seufzte der

Priester. Reinhard, kommst du mal bitte, sagte er, und Reinhard trat aus der Gruppe hervor. Das sei Reinhard, er leite die AG *Jesus, hilf!*. Reinhard stand schüchtern da und schwieg. Reinhard, warum erzählst du dem lieben Kaspar nicht von eurer Arbeit, sagte der Priester. Am liebsten hätte ich ihm verboten, meinen Namen zu benutzen. Reinhard schaute mich an mit vor Lampenfieber geweiteten Augen. Er war seltsam jung für ein Altersheim. Dann sagte er, die AG sei sehr tüchtig in der Produktion spiritueller Erzeugnisse: Bilder in allen Formaten und Techniken wie Ölgemälde, Aquarelle, Drucke, Grafiken, Bleistift-, Tinten- und Tuschzeichnungen, Holz-, Kupfer- und Stahlstiche, außerdem Statuen, Skulpturen, Figuren und Ikonen aus Holz, Glas, Blei, Stein, Ton, Bronze, Kupfer, Elfenbein, Porzellan, Fayence und Gummi, zudem Gebetsketten, Leuchtmittel, Schlüsselanhänger, Stofftiere, Aufnäher, Kühlschrankmagneten, Duftkerzen, Pflege- und Duftöle, Kränze, Medaillons, Ringe, Armbänder, Tinkturen, Broschen, Kerzenhalter, Bilderrahmen, Handtaschen, Nagelfeilen, Portemonnaies, Puppen, Schneekugeln, Trockenbuketts, Zierschwerter, Ohrringe, Häkeldeckchen, Schals, Schüsseln, Kleiderständer, Lackdöschen, Sockenhalter, Haarnadeln, Gartenmöbel, Spiegel, Briefpapier, Gewürzstreuer, Feuerzeuge, Sahnegießer, Butterdosen, Fischbestecke, Tranchiermesser, Sonnenschirme, Taschenuhren, Spielzeug, Kommoden, Brieföffner und -beschwerer, Vasen, Sekretäre, Radachsen, Nachttöpfe, Schuhanzieher, Lederkoffer, Reisetaschen, Zigarettenetuis, Federhalter, Damenhüte, Schallplattenspieler, Kutten, Kaminzangen, Nussknacker, Tabletts, Weinkühler, Teeeier, Gartenzwerge, Seifenschalen, Teppiche – Danke, Reinhard, ich denke, wir haben einen Eindruck gewonnen, unterbrach ihn der Priester. Alles gesegnet, fügte Reinhard schüchtern hinzu. Erzähl unseren Gästen doch von eurer letzten Arbeit. Reinhard schaute mich stolz an und sagte, ihre bisher größte Errungenschaft sei das Kreuz, das sie für mich getischlert hätten. Dann brach der religiöse Eifer aus ihm wie Eiter aus einer Zyste hervor: Bitte, bitte, lassen Sie uns Sie ans Kreuz schlagen, zu Ehren der Heiligen, die Sie aufnahm in die ihr geweihten Zimmer, auf das ihr Name gepriesen sei in Ewigkeit! Immerhin siezte er mich. Ich sagte, ihre Heilige sei mir herzlich schnurz und sie sollten sich einen anderen Doofen suchen, der an den ganzen Hokuspokus ihrer archaischen Riten glaube. Der Priester war weiterhin begeistert. Ein echter Satanist, sagte er. Spinozist, sagte ich. Jetzt schau es dir doch wenigstens einmal an, meinte der Filialleiter, als sei ich bloß ein kleiner Spielverderber. Zufällig haben wir auch den Querbalken, *patibulum*, mitgebracht, fuhr der Priester fort und gab ein Zeichen. Zwei ebenfalls lächelnde, aufgeregte alte Frauen brachten den Querbalken und stellten ihn neben dem Priester ab, der umgehend zum wahrhaftigen Autoverkäufer der letzten Tage wurde. Das ganze Kreuz, *crux immissa*, sei aus dem Stamm einer echten Blutbuche gefertigt, ein edles und hochwertiges Material, mit fein gearbeitetem Schnitzwerk und liebevoller Oberflächenbehandlung, erklärte er und fuhr mit dem Handrücken den Balken auf und ab, schonend geschliffen und lasiert. Ein Prachtstück. Am Längsbalken, *stipes*, der auf dem Marktplatz bereits fest im Boden installiert sei, erwarte mich ein komfortables Sitzbänkchen, *sedile*, und über meinem Kopf natürlich ein wunderschöner *titulus*. Sein Latein begeisterte ihn sichtlich.

Ohne dass man mich gewarnt hätte, waren die beiden Frauen plötzlich dabei, mich auszuziehen. Nur das alte Hemd banden sie mir um die Hüfte, um meine Scham zu bedecken, aber erst nachdem sie von allen Anwesenden interessiert und mit anzüglichem Blick zur Kenntnis genommen worden war. Dann bat mich der Priester auf die Knie zu gehen und das Kinn auf die Brust zu legen, damit er »den Sitz testen« könne. Auf den Knien wurde mir der Balken in den Nacken gelegt, die Arme nach hinten darüber verrenkt und festgebunden. Dachte ich, es wäre klüger mitzuspielen, um aus der Situation zu kommen? Ich kann mich nicht erinnern, zu diesem Zeitpunkt physischen Widerstand geleistet zu haben. Ich glaube, ich dachte an den Revolver. Zudem erklärte mir Ulli, das Zimmer und die Pflege meiner Großmutter seien nicht gottgegeben. Was ich natürlich auch schon vorher wusste, da nach meinem Empfinden Gott niemandem irgendetwas gegeben hatte qua Inexistenz. Qua-qua! Der Balken war schwer bis sehr schwer. Um nicht weiter zu knien, versuchte ich aufzustehen. Ich schwankte. Als ich stand, wurde verhalten applaudiert. Der Priester verkündete schließlich im Ton eines Reiseleiters, dass man sich jetzt gemeinsam zum Marktplatz begeben werde. Vielleicht sagte ich, los geht's, denn alle wurden ganz euphorisch und aufgeregt, während ich den Heimmob von meiner Großmutter weglockte. Der Kreuzigungszug mit mir an der Spitze führte zu den Aufzügen. Der Priester machte mich und das Publikum darauf aufmerksam, dass er nicht nur auf die Dornenkrone, sondern auch auf das Auspeitschen im Vorfeld verzichtet habe, die aber bei einer echten Kreuzigung eigentlich nicht fehlen dürften. Es war nicht einfach, mit dem Querbalken auf dem Rücken den Aufzug zu betreten. Es bedurfte einiges an räumlichem Vorstellungsvermögen. Nur der Priester stieg zu mir und drückte das »E«. Damit ich nicht stiften ging, vermutlich. Der Rest schaute entzückt von draußen in die Kabine, bis die Tür sich schloss. Mich im Spiegel zu sehen, war das Schwerste, es war ohnehin schwer, aber noch schwerer unter diesen speziellen Bedingungen. Das Lächeln des Priesters zu betrachten, war allerdings auch keine Option. Kurz lächelte ich dagegen, nicht weniger besessen als er, hoffe ich. Beim Aussteigen dasselbe Spiel, wie bei einem Umzug.

Auf dem Marktplatz hatten sie die Möbel an die Wände gestapelt, um Platz zu schaffen. Der Längsbalken stand neben dem künstlichen Baum, dessen Krone durch das Glas in gespenstisches Winternachtlicht getunkt war. Das PVC war rundherum weggeschnitten und der Balken in den Boden einbetoniert. Bei der Ausstattung des Längsbalkens hatte der Priester nicht zu viel versprochen. Auf dem *titulus* stand allerdings nur »Siehe Liste« und eine Liste konnte ich nirgendwo entdecken. Wir warteten, bis alle sich für die Show versammelt hatten. Ich hielt Ausschau nach dem Filialleiter, konnte ihn aber nicht finden. Ich sollte mich auf zwei zusammengeschobene Tische legen, was bequemer klingt, als es war. Das Publikum wurde ruhig oder ruhiggestellt. Dann beantwortete sich auch die Frage nach der Liste. Doch zunächst ging es um die Heilige Theresia und all die Wunderdinge, die sie getan hatte, oder die Gott durch sie getan hatte, dank Gott, weshalb wir gesegnet seien und bitte schön Gott durch sie und ihr Werk zurücksegnen, ich meine -preisen sollten. Zum ersten Mal verstand ich, während meine Schultern brannten, dass es sich bei dem ganzen Personal, Jünger, Apostel, Klerus, »Volk«, Heilige und so weiter, um eine Art Röhrenkreislaufsystem für Segen, Preisungen und Herrlichkeit handelte. Theresias Verdienst schien darin bestanden zu haben, sich freiwillig einer ungerechtfertigten, unverhältnismäßigen und qualvollen Hinrichtung ausgesetzt zu haben, was seit seines Sohnes Pseudotod Gottes Ding zu sein scheint und ihm jedes Mal, wenn ein Mensch diese Nummer aufführt, ein geschmeicheltes Schmunzeln auf die ewigen Lippen zaubert. Und die arme oder zu beglückwünschende Theresia war auf dieselbe ungereimte Weise durchs Sterben unsterblich geworden. Eine verworrene Religion.

Dann wurden meine Anklagepunkte verlesen. Im Wesentlichen war ich nicht konform mit ihrem tollen Buch. Irritierenderweise wurden alle anderen immer wegen ihrer Treue zu den Geboten des »Herrn« gekreuzigt, nur ich sollte wegen des Verstoßes gegen sie hingerichtet werden. Ich erklärte es mir so, dass das Heim die Römer spielte und ich entsprechend die Starrolle. Der erste Vorwurf, den der Priester mit bebenden Wangen vorbrachte, lautete, dass ich ein Dieb sei. Ein Raunen ging durch den Raum. Ich widersprach und stritt es ab. Mein Wort gegen das der Dementen, sagte ich. Mir wurde befohlen zu schweigen. Aus meiner liegenden, gefesselten Position heraus versuchte ich den Kopf zu heben und den Filialleiter zu entdecken, aber zwischen den weißen und kahlen Häuptern wucherte nirgendwo seine Frisur. Der nächste Anklagepunkt, ich fragte höflich, ob sie nach dem Schweregrad oder der Kategorie sortiert seien, wurde aber mit einem Zischen zum Schweigen gebracht, lautete, der Sünde der Fleischeslust und Unzucht mit verschiedenen Bewohnerinnen nachgegangen zu sein, deren Namen auf gar keinen Fall genannt würden, sie seien dem Priester aber bekannt. Wieder großer Aufruhr im Saal, Beschuldigungen, Empörung. Die Atmosphäre war so gespannt, dass sich der Windelgeruch merklich verdichtete. Die alten Menschen fühlten sich ganz lebendig durch die Macht des Priesters. Als Nächstes wurde mir fehlendes Mitgefühl für die zerrüttete Beziehung zwischen der Katze Mimi und ihrem Herrchen, dem Totengräber, vorgeworfen, was der Priester mit besonders großem Zorn vorbrachte und mich erstaunte, nicht nur, weil mich gerade die Sorge um meine Großmutter, die doch sicherlich ein Pluspunkt war, davon abgehalten hatte, mich länger und empathischer mit dem Fall zu befassen, sondern auch, weil es dabei nicht gerade um die katholische Idealfamilie ging. Danach hieß es, ich lege eine allgemeine Aufmüpfigkeit an den Tag und habe mich in beispielloser Schamlosigkeit des Aufbegehrens gegen die Autorität Gottes schuldig gemacht, was ich beides gerne so stehen ließ. Zu guter Letzt kamen anscheinend die großen, politischen Verfehlungen, einmal Sozialismus, was allein schon für die Verdammung auszureichen schien, und das Erschleichen von Sozialleistungen, was einen noch größeren Sturm der Empörung auslöste, scharfe Zischlaute und gut hörbares Tuscheln, wie nur alte Menschen es beherrschen. Gottes Gesetz ist das eine, aber jemandem in Not helfen, dem diese Hilfe nicht zusteht, ist etwas ganz anderes. Und während die religiösen Fehltritte die Empfindsamen berührten, erhitzte das Schmarotzertum durch seine weltliche Handfestigkeit eine breite, äußerst solide Mehrheit des anwesenden Publikums. Nachdem alle ausreichend gegen mich aufgebracht worden waren, präsentierte der Priester wiederum mit Vertretergeschmeidigkeit den Längsbalken. Mit viel Mühe und überstrecktem Rücken konnte ich sogar sehen, was vor sich ging. Lobend deutete der Priester auf die beiden Totengräber, die aufgeschwemmt und gerötet danebenstanden, sie hätten dieses Meisterwerk der Tischlerkunst zu unserer aller Freude hier aufgerichtet. Die Totengräber lächelten schüchtern. Es wurde geklatscht. Bravo!, rief ich, und wurde wieder angezischt. Daraufhin widmete man sich der weiteren Ausstattung. Auf einem Operationstischchen, das herangerollt wurde, lagen die nötigen Gerätschaften. Mit Ehrfurcht in der Stimme präsentierte der Priester drei siebzehn Zentimeter lange rostfreie Stahlnägel von der Dicke eines Daumens. Zu diesem Zeitpunkt änderte sich meine Einstellung zu dem Ganzen deutlich. Der Priester lenkte die Aufmerksamkeit auf eine Eisenkiste, die von der Metall verarbeitenden Abteilung von *Jesus, hilf!* hergestellt worden sei und sich *Ossuar* nenne. Als Nächstes zog Hildegard, eine ehemalige Krankenschwester, wie uns erklärt wurde, grüne Latexhandschuhe an, nahm von dem Tischchen Desinfektionsspray und Wattetupfer und desinfizierte sorgfältig die Nägel. Danach wurden meine Fesseln von einem der Totengräber aufgeschnitten, der mir dabei neckisch zuzwinkerte. Meine Arme wurden aus der schmerzhaften Verrenkung befreit und der Länge nach, mit der Handinnenfläche nach außen, auf den Querbalken gelegt. Dann kam Hildegard zu mir, desinfizierte meine linke Handfläche, nahm einen der Nägel und einen großen Eisenhammer, der ebenfalls auf dem Operationstisch lag, setzte die Nagelspitze an, sagte, ich solle bis drei zählen, als der Priester »Stop!« rief, was gespielt klang, und kurz dachte ich, ich sei gerettet und alles sei wirklich nur eine Show, um mir Angst einzujagen und ihre Macht zu demonstrieren, aber dann sagte er, In den Unterarm verdammt! Die Hand zerreißt doch und er fällt uns vom Kreuz! Unter den Alten entbrannte eine erboste Diskussion darüber, warum auf allen Kreuzen und Gemälden die Nägel dann in den Handflächen steckten. Der Priester schrie, er habe recherchiert und niemand habe jemals einen Nagel durch die Handflächen geschlagen, das sei bloß die künstlerische Freiheit der katholischen Kirche und sie sollten jetzt alle ihr Schnäuzchen halten. Er riss Hildegard das Werkzeug aus der Hand, legte es zurück auf das Tischchen, zückte einen schwarzen Edding und holte zu einem weiteren Vortrag aus. Er markierte auf meinen Unterarmen die Stelle zwischen Elle und Speiche, durch die die Nägel getrieben werden müssten sowie die Punkte auf beiden Seiten meiner Fersenbeine, denn das Nageln durch die Fersenbeine sei durch einen archäologischen Fund belegt. Ein echter Israelit sei so von echten Römern hingerichtet worden. Die Alten betrachteten enttäuscht die Kreuze an der Wand, bei denen es so anders aussah. Dann kehrte langsam andächtige Stille ein. Der Priester nahm Nagel und Hammer, offenbar wollte er das Ganze nun selbst in die Hand nehmen, trat auf mich zu, sichtlich begeistert, als ginge für ihn ein lang gehegter Traum in Erfüllung, sah erst mich und dann die schwarze Markierung auf meinem Arm an, setzte die Spitze auf meine Haut – doch da wurde die Spannung in der Luft durch ein Poltern zerrissen. Ich hob mit schmerzendem Nacken den Kopf und sah den Filialleiter wie einen liebeskranken Berserker in den Saal rauschen. Er ergriff mit erstaunlicher Kraft einen Stuhl, und der Marktplatz war mit schweren, robust gepolsterten Holzarmlehnstühlen bestückt, hob ihn über seinen Kopf und rannte auf den Priester zu, der vor Zorn und Angst Flüche spuckend zurückwich, von mir und dem Operationstisch weg, und im selben Moment ging ein Sengen durch den Marktplatz, denn die Bewohner, als sie die Angriffsrichtung des Filialleiters registrierten, fühlten in beeindruckender Reaktionszeit die Glut ihres tief eingebrannten Katholizismus zu einer lebendigen Flamme aufsteigen, die ihnen befahl, ihrem Priester beizustehen, sodass sie sich wie ein Schwarm seniler Bienen in Bewegung setzten und als kollektive Schlinge um den Filialleiter zuzogen, der jedoch, kurz bevor sie ihn erreichten, den Stuhl mit solcher Wucht auf den Priester niederschmettern ließ, dass ich glaubte, das Brechen von Knochen zu hören, und nur einen Wimpernschlag später crashten die alten Menschen mit ihren Rollstühlen schrecklich in ihn hinein. Lauf, Kaspar, lauf!, rief er und ich verstand, dass das alles seinem Plan entsprach und er dabei war, sich für mich hinzuopfern, und obwohl ich den Drang hatte, ihm zu Hilfe zu eilen und mich ins Gemetzel zu stürzen, vielleicht im Namen des Spinozismus, dachte ich zugleich, dass ich seine Entscheidung und sein Opfer ehren und also fliehen müsse, solange er alle Gewalt auf sich zog, damit es nicht alles umsonst wäre, jedenfalls sagte ich mir das in meiner Angst vor dem Tod am Kreuz und den Nägeln in meinem Körper. Ich rollte mich vom Tisch und rannte hinaus, nackt, denn das Hemd hatte sich gelöst, den verebbenden Schlachtenlärm hinter mir lassend, hinaus in die Kälte und zum Auto, meiner Rettung.

Dort fiel mir dann ein, dass ich meinen Autoschlüssel natürlich nicht dabeihatte, rannte also zurück, das Treppenhaus hoch ins Zimmer meiner Großmutter, gab ihr einen Abschiedskuss, bat sie um Verzeihung, schnappte die Schlüssel und was ich an Kleidung zu fassen kriegte, stieß, zurück im Treppenhaus, entschlossen einige Alte und Pfleger, die sich mir in den Weg zu stellen versuchten, mit dem Fuß die steinernen Treppen hinunter, sicher nicht ohne einige ernsthafte Verletzungen wie zum Beispiel Knochenbrüche zu verursachen, rannte zurück zum Auto und fuhr, nachdem das Auto nach dem vierten Versuch angesprungen war, mit knapper Not, wie man sagt, der Horde davon, die schon zu einer grauenvollen Traube angeschwollen und mit ihren alten, doch seltsam kraftvollen Fingern beinahe zu mir gelangt war, hinaus in die Kälte und Weite, so lange, bis ich mich in Sicherheit wähnte und spürte, wie hoffnungslos verloren ich war und nicht wusste wohin, und angefangen hatte zu weinen.

Sieh an, das habe ich gut erinnert.

Ich notiere den Satz »Ich notiere den Satz …« und alles Weitere mit meinem neuen Bleistift. Das Viech hat ihn mir gebracht. Es hat mir den alten nicht weggenommen, aber mir einen neuen gebracht. Es ist mein Lieblingsviech. Ha. Solange ich es für nötig halte, mich hin und wieder mit meinen unmittelbar erlahmenden Witzen zu trösten, werden auch Sie damit vorliebnehmen müssen. Ja, wie Sie sehen werden, wird es auch für Sie nötig sein, mit meinem Trost vorliebzunehmen. Reißen Sie sich einfach ein bisschen zusammen. Oder machen

Sie doch, was Sie wollen, wie wäre es damit? Ich mache, was ich will, und Sie machen, was Sie wollen, dann muss niemand weinen. Warum muss ich Ihnen das eigentlich sagen, da hätten Sie doch auch selber drauf kommen können. Sind sie nicht, ich weiß. Ich bin ja selbst schon nicht die hellste Kerze in der Weihnachtsdeko, aber Sie erst. Na ja. Jedenfalls ist mein alter Bleistift noch tadellos, deshalb war ich so überrascht. Natürlich ist er kurz, aber ich kann noch problemlos mit ihm schreiben, ich brauche den neuen also im engeren Sinne nicht und doch habe ich ihn bekommen. Ist es eine Liebesbezeugung? Ein Lieb-Kind-Machen, aus schlechtem Gewissen? Es funktioniert jedenfalls. Ich bin gerührt! So gerührt war ich schon lange nicht mehr. Außer als es um meine Großmutter ging. Ich war erschüttert über das, was ich da schrieb. Sie hat es kaltgelassen, ich weiß, aber Sie sind hier auch nicht von Interesse. Wie wäre es, wenn Sie sich mal ein bisschen kleiner machen würden, zusammenfalten, zu einem Papierfrosch vielleicht, es ist nämlich Ihre sogenannte Existenz, die – nein, bloß weg. Und zu etwas Angenehmem, meinem neuen Bleistift. Es ist dasselbe Modell wie der alte. Ich kann also davon ausgehen, dass auch der erste vom Viech stammt. Jedenfalls habe ich Grund zu der Annahme und so wenig Gründe ich für irgendwelche Annahmen habe, werde ich ihn sogleich annehmen, den Grund, zu der Annahme. Er lag neben meinem Kissen, als ich erwachte. Jedenfalls nehme ich an, dass ich geschlafen habe, denn sonst hätte ich nicht das Viech verpasst. Ich hätte ihm tief in die Augen gesehen und Tränen wären mir über die Wangen gelaufen, das hoffe ich jedenfalls. Es wäre ein bedeutender Moment in unserer Beziehung gewesen, der uns nach den Verwerfungen der letzten Zeit gutgetan hätte. Aber ich erwachte. Vom Schlaf selbst blieb mir nichts, weder die gespenstisch nachglühenden Überreste kontextloser Träume noch ein klarer Kopf, aber ein solcher Schlaf, und besonders solche Träume, sind auch selten geworden. Und da lag er dann, der Bleistift, mit der goldenen Burg, unwahrscheinlich lang, tannengrün und nach den alten Chimären duftend. Gut, so alt sind sie noch gar nicht. Denn ich altere rasend schnell und befinde mich zugleich in einer Gefriertruhe. Zum Bettzeug habe ich nie so eine Beziehung aufgebaut. Wir sehen uns einfach zu oft. Aber ich weiß, es müsste mir nur genommen werden und ich würde mir nichts sehnlicher wünschen, als noch einmal das gelb-orangene Blumenmuster zu sehen.

Und doch fallen mir jetzt Rührungen ein, bei denen ich beinahe so gerührt war wie bei dieser jüngsten und den Großmutterrührungen. Eva, Stella, die Gräfin. Ich war jedoch nicht bloß gerührt, berührt, ergriffen und erschüttert, das heißt errührt und beschüttert, sondern schuldbewusst, sodass ich nicht wusste, was Rührung und was Schuldbewusstsein war, wobei das nicht stimmt, ich war gar nicht schuldbewusst, weit davon entfernt, irgendein Bewusstsein zu erlangen, fühlte ich mich schuldig, das ist ein wichtiger Unterschied, ich besaß Schuldgefühle und fühlte mich für die Eitelkeit und Selbstbezogenheit, die mit dem Empfinden von Schuld mithin (mithin!) verknüpft sind, wiederum schuldig, also noch schuldiger und noch eitler und so weiter. Eine Teufelsspirale aus Schuld und Eitelkeit, bei deren letztem Punkt, bei maximaler Rotation, sich ein schwarzes Loch der Neutralität bildet. Und darin bin ich jetzt vielleicht. Daher auch meine Probleme mit gemäßigten

Empfindungen, die sich weder nahe des Nullpunkts noch in einem Extrem befinden. Mein Gefühlshaushalt ist nie wohltemperiert, immer neige ich zu Verschuldungen oder ich bereichere mich an einer emotionalen Austerität und alle Wahrhaftigkeit bekommt einen schlimmen doppelten Boden oder es handelt sich um bloße Abstumpfung. Wie lange kann man seine Armut aber umkreisen, ohne dass sie zu Reichtum wird? Lange. Sehr lange. Die Gefahr besteht vielleicht gar nicht. Und doch habe ich sicherlich nichts anderes als die allergemäßigtsten Gefühle. Aber habe ich nicht von Neutralität gesprochen? Wie man sieht, fällt es in der Lage, in der ich mich zu befinden behaupte, schwer, den Dingen Eigenschaften zuzuschreiben, die man nicht auch einem Nichtding zuschreiben könnte, und umgekehrt. Das macht natürlich nichts. Meine Empfindsamkeit soll eine sein, die sich nicht an Maß und Maßgeblichkeit zu halten braucht, eine schrankenlose, in alle Richtungen und in sich selbst offene, die den Sternen den Schweiß auf das Gestirn treibt, geoffenbart vor einer überkommenen Leere, unendliche Einfaltung in die zum Nonsens verdichtete Subjektivität.

Andererseits kam mir plötzlich der schreckliche Verdacht, dass ich keine Ahnung habe, wovon ich rede. Das sollte selbstverständlich sein. Ich werde es immer wieder sagen. Ein simuliertes Delirium hilft noch gegen die hartnäckigsten Schmerzen, wenn auch nur minimal. Bräuchte ich es also nur zu wiederholen? Leider summiert sich da nichts auf, sonst wäre ich schon in der tiefsten Traumkammer meines seichten Schlafs und würde nicht immer wieder aus meiner Geschichte auf abschüssiges Gerede geraten, in abwegiges Gestrüpp, wie das, durch das ich mich gerade schlage. Vielleicht hat es etwas mit dem Wald zu tun, in den ich zurückzukehren versuche.

Ich habe es gewagt, ein wenig auszusetzen, bevor ich mich ins nächste Autobahnabenteuer stürze, beziehungsweise bevor sich das nächste Autobahnabenteuer in mich stürzt, auf den Jungen stürzt, der ich bis auf eine lange und länger werdende Reihe kleiner und großer Verbesserungen gewesen zu sein hoffe. Ach was, verbessern. Habe ich das nicht hinter mir? Wer weiß. Ich kann die Staubwolke draußen vor dem Fenster in ihrer Zeitlupenimplosion beobachten, sie zerfällt in einem Tempo, ich möchte sagen, wie ein Baum an einem windstillen Herbsttag seine Blätter verliert. Ich werde noch ihr Verlöschen notieren können, hoffe ich, und vielleicht sogar den Krater ein zweites Mal besuchen, um den Meteoriten und die tieferen Gesteinsschichten der Ebene, die an den Kraterwänden vielleicht zu sehen sind, zu begutachten und meine Eindrücke zu schildern, für die nachfolgenden Generationen von mir. Und das Zimmer kriecht wieder näher an mich heran. Wie hat es früher ausgesehen? Ich werde nicht nachschlagen.

Ein Aspekt, der mich zur Abwechslung mal wieder beschäftigt, außer meinem Bleistift natürlich, ist die Decke. Und damit meine ich die Zimmer- und nicht die Bettdecke. Und wenn ich von der Zimmerdecke spreche, meine ich auch nicht das Licht, jedenfalls nicht unmittelbar, über das ich mich ja schon ausgebreitet habe und bei Gelegenheit auch wieder ausbreiten werde, in einem lyrischeren Moment, ich meine die Frage der Lichtquelle, die meine weitere Aufmerksamkeit zu fordern scheint, um meiner zum Glück verkümmerten Forschernatur gerecht zu werden, und die ich mir jetzt nicht stellen werde. Überall entspringend, überall versiegend, man gewöhnt sich an beinahe alles. Ich meine vielmehr die Decke als obere materielle Fläche. Wie in »Zimmerdecke«. Hatte sie nicht früher eine Struktur? Dass sie weißer war als ihr aktuelles Grau – geschenkt. Aber wenn auch ohne Struktur, handelte es sich nicht um eine räumlich diskrete Grenze? Äußerst diskret, aber eben keine monochrome Nebelwand, oder als läge ich in einer Luftblase inmitten trüben Wassers, wie es mir jetzt erscheint. Es ist meiner Meinung nach das Grau, das den exakten Mittelpunkt zwischen reinem Weiß und reinem Schwarz bildet. Wer hat das gemischt? Gut, aber das ist doch jetzt gar nicht das Thema! Und es erklärt nicht die Strukturlosigkeit, jedenfalls wüsste ich nicht wie. Ich werde mal einen kleinen Test machen.

Aua. Ich bin vom Bett gefallen. Die Zäsuren nehmen kein Ende. Aber jetzt stellen Sie sich mich mal bitte vor. Auf dem Bett stehend, meinen Bleistift in etwas, ich bitte Sie, Irreales steckend. Den dünnen Arm nach oben gestreckt, den Bleistift (den alten) als Verlängerung der Hand. Die graue Stofflosigkeit ließ sich einfach penetrieren. Und handelt es sich nicht bitte schön um eine Art virtuelles Moos? Nein. Und wenn ich auf dem Bett stehe, sinke ich gar nicht so schlimm ein. Wohl dank der geringen Gravitation. Aber was könnte darin leben? Ich meine im Moos. Das metaphysische Meerschweinchen? Ein Äffchen? Asseln? Und ja, ich habe bewusst den kürzeren Bleistift als Werkzeug verwendet, denn ich stecke meinen Finger ja nicht in das nächstbeste mysteriöse Gewölk, außer auf metaphorischer Ebene, wo mir leider oder zum Glück nichts anderes übrig bleibt, und ja, ich musste mich dadurch deutlich mehr strecken, als wenn ich den neuen, langen Bleistift genommen hätte, und vielleicht, aber das ist ein großes Vielleicht, wäre ich nicht mal vom Bett gefallen, weil ich mich weniger hätte strecken müssen dank der Länge des neuen Bleistifts, und trotzdem, und das ist wieder ein großes Trotzdem, bin ich ja beinahe nicht blöd, das heißt schlau genug, nicht mit meinem neuen Bleistift ins Unbekannte vorzustoßen, in das er vielleicht eingesogen, in dem er vielleicht gebrochen wird (ähnlich dem Effekt einer Wasseroberfläche) oder verbrannt oder gefressen. Denn den Sturz verwinde ich, den neuen Bleistift zu verlieren nicht. Den alten habe ich übrigens, trotz allem, ebenfalls nicht verloren, ich habe ihn den gesamten Sturz hindurch und im Moment des Aufschlags gut festgehalten. Mein Körper ist das eine, aber meine Bleistifte sind etwas anderes. Ansonsten gab ich keinen Mucks von mir, nicht mal ein verwundertes »Oh«. Ob ich Schmerzen habe? Danke der Nachfrage. Nein, kaum, kaum mehr als sonst, vielleicht eine Verschiebung von inneren latenten zu äußeren akuten, also immerhin, immerhin.

Das Liegen auf dem Boden dagegen gab mir die willkommene Gelegenheit, auch diesen einer genaueren Untersuchung zu unterziehen. Immerhin nicht nebulös, sondern fest wirkend, aber definitiv dunkler. Wahrscheinlich handelt es sich um interne Wetterphänomene, und wenn ich schlafe, reißt alles wieder auf und beim Erwachen finde ich mich in gänzlicher Weiße wieder. Bemerkenswerterweise scheinen die Färbungen unabhängig von der Lichtstärke zu schwanken. Wenn mir die

Vorstellung nicht unerträglich wäre, würde ich denken, die Veränderungen hätten mit den Experimenten oder Launen des Viechs zu tun. Gut, zu spät, jetzt habe ich es schon gedacht. Aber ein Teil von mir muss weiter davon ausgehen, dass das Viech mir ausschließlich wohlgesonnen ist. Dass es mein Zärtlichkeitsviech ist, mein Wohlfahrtsviech, mein Errettungsviech. Ich tue ihm aber Unrecht, es daran zu messen. Kein Unrecht mehr.

Zum Schluss noch die Frage, was zu befürchten bleibt. Nein, das ist die falsche Frage. Zum Schluss noch die Frage, was zu hoffen bleibt. Ach Quatsch. Eher frage ich mich, ob diese Decke, die ich seit Stunden beobachte, in übergangslosem Verlauf das gesamte Spektrum der Aggregatzustände von gasförmig zu fest anhand einer Art abstrahierten Materie darstellt. Denn da schien eine Art Verflüssigung hinter dem Nebel zu sein.

Der große Himmel über mir, erbleichend aus der Nacht in den bleichen Tag, und die kleine Karosserie unter mir, in der Spur schlingernd, mit den trauten gelben Scheinwerferkegeln tapfer ins schwarze Niemandsland gerichtet, über die Spurmarkierungen hetzend, die Trauer über meine Großmutter in mir, über ihr Ausgeliefertsein an die soziale Maschine des Theresienheims, meine Schuld und mein Versagen, und der alles andere als volle und sich weiter leerende Tank des Nissan Micra, wie sich auch die Landschaft weiter zu leeren schien, von ihren Auswegen, Bewegungen und Lebensresten – so werde ich mich an meinen abermaligen Aufbruch erinnern. Aber war ich nicht noch nackt? Ich muss zwischendurch angehalten und mich angezogen haben, ich hätte nicht mit nacktem Arsch meine Stunden abgesessen, ich hätte zu sehr gefroren. Ich hätte auch nicht noch mehr Aufmerksamkeit erregen wollen, als Nacktfahrer, obwohl ich vielleicht schon das Maximum an möglicher Aufmerksamkeit erregt hatte im Theresienheim, und ich auch niemanden sah, dessen Aufmerksamkeit mir zur Verfügung gestanden hätte, um sie zu erregen. Dafür sind Sie ja da. Und »meine Schuld und mein Versagen«, das habe ich sehr locker dahingesagt. Eigentlich hoffte ich noch und glaubte sogar daran, dass Ulli nicht zulassen würde, dass man sich an ihr rächte. Außerdem, was hätte ich gekreuzigt für sie tun können? Ich warf mir wohl meine fehlende Wehrhaftigkeit vor. Aber gegen diese Bestie? Die senile christliche Bestie? Und hätte ich denn zulassen dürfen, dass der Filialleiter sich umsonst opfert? Aber hatte er das wirklich? Also umsonst? Zumal er sich sicherlich nicht für meine Großmutter geopfert hatte. Er kennt sie ja gar nicht. Das alles ist aus meiner jetzigen Sicht nichts anderes als unklar. Jedenfalls fühlte ein Teil von mir sich verpflichtet, für den Filialleiter den Filialleiter Darz aufzuspüren, obwohl ein anderer Teil, oder derselbe Teil zur gleichen Zeit, sich ärgerte, nicht auf eine Kopie des Praktikumsvertrags bestanden zu haben, sodass ich diesen beruflichen Schritt bei zukünftigen beruflichen Schritten, wenn es sie denn geben sollte, und ich war wohl noch nicht bereit, nicht mehr daran zu glauben, höchstwahrscheinlich nicht gewinnbringend würde anbringen können, was der ganzen Grundidee eines Praktikums zuwiderlief.

Den ersten Tag fuhr ich durch, ohne zu schlafen, hielt einmal zum Tanken und kaufte ein paar Kanister, sodass ich nicht ein zweites Mal zu tanken brauchte, an jenem Tag. Die Frau im Tankstellenshop hatte erst Angst vor mir und war dann ganz heiß darauf, sich mit mir zu unterhalten, als hätte sie schon länger keinen Menschen mehr gesehen und ich glaube, das sagte sie auch genauso, dass sie schon länger keinen Menschen mehr gesehen habe. Ich wollte ihre Faszination nutzen, um ein wenig unbezahlten Proviant mitzunehmen, aber da verstand sie dann keinen Spaß mehr. Will sagen, das Geld war alle. Erstaunlich genug, wie lange es gereicht hatte. Ein Tauschgeschäft lehnte sie ab. Der Tankstellenshop wirkte wie ein in der Nacht glühendes Aquarium und wir waren zwei mehr oder weniger grazile Fische, die versuchten, sich zu unterhalten. Dabei war es gar nicht sie, der das Geld entgangen wäre, hätte ich die Waren ohne Gegenleistung mitgenommen, weshalb sie den Spaß durchaus hätte verstehen können, bitte, in ihrer Lage, in meiner Lage, in der Gesamtlage, in meiner Lage innerhalb der Gesamtlage. Das war doch nicht so schwer zu verstehen! Ich erinnere mich auch, wie gut ich ihre Fassungslosigkeit wegsteckte, als sie realisierte, dass ich nicht vorhatte zu bezahlen. Sie war gerade dabei, mir zu erzählen, was in den Nächten in dieser Gegend passierte. Natürlich passierte rein gar nichts und es war alles in ihrem Kopf, hoffte ich. Und man wird nicht beinahe gekreuzigt, ohne in der Folge selbst über Gewalt als legitimes Mittel der Interessenvertretung nachzudenken, möchte ich behaupten, gerade im Hinblick auf die Aussicht auf hochkalorisches Zuckeressen. Ich konnte am Ende nicht schnell genug von dieser Frau weg und nicht einmal aus Scham.

Einige Fahrstunden oder -tage später schlief ich auf einem Rastplatz aus nacktem Asphalt, mit verwitterten Dixi-Klos, am wie mitternächtlichen Nachmittag, und erst nachts, als der Mond irgendwo im Verborgenen aufgegangen war, fuhr ich weiter.

In dieser Nacht wendete sich etwas von mir ab und ich weiß nicht, was es war. Nur das rote Blinken der in die Tiefe gestaffelten Windräderreihen verrieten die Leere hinter der Finsternis, an deren Weichen ich mich kaum noch erinnere. Wenn damals alles vorbei gewesen wäre, ich hätte mich nicht gewundert.

Einmal hielt ich auf dem Sicherheitsstreifen, um zu pinkeln, vor einem Kiefernwald, und die Kälte und der Regen durchdrangen meine einsame Haut. Eingebildete, verschwommene Lichter zwischen den Stämmen, graue Flächen, nackte, dünnästige Kronen, der Mond und der weinende Wind. Die Geliebte auf der anderen, ebenfalls dunklen Seite des Planeten. Und der Wunsch, einfach eine Tablette zu nehmen, die mir allen Schmerz aus den Poren presse. Und die Sehnsucht nach den im Wald lebenden Wesen, die dort schon so lange hausten, seit die Menschen versagt und sich zurückgezogen hatten, und die mich trotz meiner zugegebenermaßen offensichtlichen Menschlichkeit aufnahmen, pflegten, schützten und umsorgten und ihre scheinbare Unsterblichkeit mit mir teilten.

Es brauchte keinerlei genauere Vorstellung.

Der Gedanke an eine Kerzenflamme und das Verlorene. Das seltene Aufreißen der Stille durch das Heulen der LKWs, ein Heulen wie von von Albträumen heimgesuchten Wölfen, zum Beispiel Albträumen von einem Jäger, der ihr Rudel exekutiert, einen nach dem anderen mit dem Gewehr erlegt: Frauen und Kinder, Brüder und Schwestern, Großmütter und Großväter, Tanten und Onkel, Schwägerinnen und Schwager, Enkelinnen und Enkel, Neffen und Nichten, Cousins und Cousinen, Schwippschwägerinnen und Schwippschwager, Patentanten und Patenonkel, Freundinnen und Freunde, Nachbarinnen und Nachbarn, Politikerinnen und Politiker, Angestellte, Bekannte, Lehrpersonal, Reinigungskräfte, Führungskräfte und Babys. So klang das Heulen der LKWs und kein bisschen weniger herzzerreißend, in meinen Ohren, außer beim zweiten Hinhören oder zu anderen Zeitpunkten.

Das Ding war, dass die LKWs nicht zu sehen waren. Von den Fahrerinnen und Fahrern ganz zu schweigen. Es waren die Gespenster der LKWs. Und davon hatte vielleicht auch die Frau gesprochen. Es gab ja keine andere Autobahn, von der es hätte herübertönen können, meines Wissens nach.

Und als ich mich eines Nachts oder Nachmittags oder frühen Morgens zwischen Müll und anderen Dingen und Gegenständen und wahrscheinlich auch noch Objekten auf der Rückbank des Nissan Micra schlafen legen wollte und beinahe unbewusst in dem Haufen von Zeug herumwühlte, irgendetwas Zusammenhangloses fantasierend, was mir eine kurze Erleichterung, ein kurzes Aufatmen von der allgemeinen Anwesenheit verschaffen sollte, bekam ich ein mir unvertrautes Heft in die Hand. Nicht dass mir damals irgendein Heft vertraut gewesen wäre, bloß meine Zeugnisse und so weiter, aber die waren in einem Schnellhefter, oder sogar mehrere unvertraute Hefte, allesamt Schulhefte, wie sie früher in der Schule für Diktate, Hausarbeiten, Erörterungen und Gedichtinterpretationen verwendet worden waren, liniert, mit Hilfslinien, die in diesem Fall nicht viel halfen, und ich schlug eines davon an zufälliger Stelle auf und las, was eine echte Herausforderung war, da die Schrift, die mit einem Füllfederhalter fabriziert worden war, der eines feinmotorisch überforderten Viertklässlers entsprach, oder der eines feinmotorisch nicht untalentierten Viertklässlers unter dem Einfluss eines starken Halluzinogens, besonders da die Art der Unordentlichkeit überhaupt keine Kohärenz aufwies, was es wenigstens erlaubt hätte, sich an die Art der Zerdehnung, Kompression oder Verstümmelung bestimmter Buchstaben zu gewöhnen, und als ich nach langem konzentrierten Lesen die zufällige Seite des Hefts, das durch einen roten Plastikumschlag geschützt war, entziffert hatte, dämmerte es mir, wie es mir lange nicht gedämmert war, dass ich nämlich ein Manuskript des Filialleiters in Händen hielt, eines für die Nachwelt, das in Schweinsleder zu binden wäre und mich reich und den Filialleiter berühmt machen würde, post (vermutlich) mortem. Ich hatte die ganze Sache zwischendurch wieder völlig vergessen. Schlimme Ausrutscher und Verschmierungen der Tinte waren übrigens mit einem sogenannten Tintenkiller halbherzig korrigiert worden. Die Spuren des Gebrauchs erkannte ich noch gut aus meiner eigenen prähistorischen Schulzeit. Es war schwer zu begreifen, worum es in dem Text gehen sollte. Es war eine Art Jagdnovelle, nur ohne Neuigkeit, und ohne Jagd, denn eine der Figuren, die namenlos blieb, äußerte ihre Bedenken an dem Konzept der Jagd als solcher (verständlich), auch juristische Hürden führte sie ins Feld, und wurde von einer Reihe anderer, ebenfalls namenloser Figuren, die sich als energische Jagdbefürworter herausstellten, hart dafür angegangen. Der ganze Dialog war absolut spannungsfrei. Nur zwischendurch wurden pikante Details aus der

Vergangenheit der Figuren vom Erzähler preisgegeben oder zum Teil spöttische oder anzügliche Beschreibungen äußerer Merkmale geliefert, die die Autorität der Argumentationen untergruben, auf beiden Seiten. Auch die An- oder eher Abwesenheit von Tieren spielte eine Rolle. Und da es nie zur Jagd kam und nicht einmal die Intention zur Jagd aufrechterhalten werden konnte, so wie jede andere Intention auch, wurde die Figurengruppe allmählich immer weniger figürlich, und auch eine Gruppe war es nicht mehr, sondern eher ein Ding, es schien zuletzt um einen Gegenstand zu gehen, von dem ich keinerlei Vorstellung gewinnen konnte.

Ich ließ das Heft erschöpft in den Fußraum fallen. Da saß die Stille neben mir und sah mich an. Zusammengekrümmt auf einer vermüllten Rückbank liegend, frierend, blickte ich in das Licht, das seltene Licht, das gelblich und gläsern verrann auf dem frostüberzogenen Heidegras, auf der Heide, neben der mittlerweile autofreien Autobahn. Ein Hase hätte sehr gut in die Szenerie gepasst, unabhängig von der Jagdlektüre.

Selbstverständlich schlug ich ein anderes Mal ein anderes Schulheft an einer anderen Stelle auf und es war etwas ganz anderes als eine Anti-Jagdnovelle, es war ein Sturm der Begriffe oder ein Ringelpietz mit Anfassen der Begriffe, von denen einige lauteten: Feld, Straße, Wald, Nichts, Mnemosyne, Flehung (?), Aureole, Syntagma, Kohlenstoff, Röte, Psittakose (?), Gruben, Rausch, Rufe, Substanz, Zaun, Kinder, Kindheit, Mond, Umnachtung, Hunger, Dinge, Lob, Traum, Container, Autobahn, Æxego (!), Lamia (?), Sofa, Stasis, Verlöschen und Zeitfall. Ich las damals, ohne zu verstehen, ohne die Intention zu verstehen, oder die Halluzination, und trotzdem sind mir die Begriffe in Erinnerung geblieben, wenn es die richtigen sind, an die ich mich jetzt erinnere, und ohne sie jetzt besser verstehen zu können als damals. Und in welcher Kombination und welcher Reihenfolge sie vom Filialleiter verwendet worden waren, mithilfe welcher Prädikate, welcher Konjunktionen und welcher Interpunktion, wird nie wieder festzustellen sein, für mich, außer mein Gedächtnis würde mich massiv überraschen. Nein, diese Aufgabe muss jemand anderem zufallen.

Eines Nachts, einer anderen Nacht, es gab so viele, jagte ich wie mein eigenes Gespenst über die Autobahn, durch die große Glocke der Finsternis, mit dem hysterisch röhrenden Motor wie gewohnt in die Stille schneidend, als er sich plötzlich an seinem eigenen Geschrei verschluckte, anfing zu husten und zu stottern – das Ruckeln schlug mir durch die Wirbelsäule bis in den Kopf –, schließlich erstarb und auskeuchte, bis das Auto ausgerollt und stehen geblieben war, mitten auf der Autobahn.

Ich stieg aus. Das Schlagen der Tür war das letzte Geräusch, danach Stille. Es spukte wohl gerade woanders, hier war einfach nichts mehr. Es gab keine Bäume am Straßenrand, keinen Forst, keine verlassenen oder bewohnten Gebäude, keine bestellten oder unbestellten Felder, keine Wohnwagen, keine Rastplätze, Shops oder Tankstellen, sogar die Leitplanken setzten aus, es war nichts mehr da, um noch einen Ort darzustellen. Ich wagte nichts zu sagen. Warum und zu wem ich etwas hätte sagen sollen, wusste ich weder damals noch weiß ich es heute, immerhin hätte die Leere es erlaubt, die Diskretion fahren zu lassen und irgendeinen Urschrei zu produzieren, um sich selbst zu spüren, wenn das möglich ist, der aber nicht vorlag, scheint mir. Ich werde aber ausnahmsweise auch nicht von den Gestirnen sprechen. Ich werde nicht von Vögeln, Wolken und anderen Naturmöbeln sprechen. Das Zimmer der Natur war leer. Ich stand darin. Mein Gefährt war leer. Mein Begriffsapparat war leer, meine Identität war beinahe leer, meine spärliche Identität, meine Wünsche waren leer, aber letztere nur für einen kurzen Moment und nur zum Schein, die Wünsche sind immer da, unter einer Haut, einer inneren zweiten Haut, entzündet natürlich, wegen des Sehnens. Mein Mund war jedoch ziemlich leer und meine Fantasie war leer, aber auch sie nur scheinbar, denn in der Fantasie ist immer irgendetwas los, wegen der Wünsche wahrscheinlich. Was war noch leer? Die Worte, aber das ist ja sozusagen immer so. Hülsen, die es in Ewigkeit gegeneinander zu tauschen gilt. Natürlich muss sich irgendwann alles wieder befüllt haben, um weiteren Vorgängen zur Verfügung zu stehen und ihre Beschreibung anzuleiern. Und das wird es auch gleich. Aber die Gelegenheit des Aufatmens muss noch ungenutzt verstrichen gelassen werden. So, fertig. Mit der Geschichte verhält es sich nämlich nicht anders als mit dem Motor, man muss Verrottetes hineinschütten, damit sie weiter stinkt und schreit.

Ich befand mich also in einer Situation tiefer Benzin- und Geldlosigkeit. Das ist jetzt wieder meine damalige Lage. In dieser Nacht, die natürlich für viele Nächte steht, jede Nacht steht für viele Nächte, und umgekehrt. Manchmal begann ich sogar im Kopf mit der Gräfin zu sprechen, mit meiner Großmutter, mit Stella und mit Eva, sogar mit dem Filialleiter. Niemand war da, kaum war ich selbst für mich da, ich verwilderte in der Wildnislosigkeit des Pleitentums. Bat ich sie in Gedanken um Geld? Möglich. Mich entschuldigend, was einiges sagt, denn wo, wenn nicht im eigenen Kopf, muss man sich nicht entschuldigen? Überall wahrscheinlich, wenn man es so betrachtet. In jener Nacht nahm ich, in der Dunkelheit mitten auf der Autobahn stehend – das erschien mir wichtig, da die Autobahn theoretisch der Weg zurück zur Gräfin gewesen wäre – das homöopathische Mittel der Gräfin ein, das gegen Not, und ich schüttete es mir komplett rein, um mich zu einem Placeboeffekt zu bringen, durch ordentliche Überdosierung. Es war ein langes süßes Knirschen. Ich hatte unterschätzt, wie trocken so ein Wundermittel ist. Die Nacht war dann trotzdem noch voller Not, sogar mehr als sonst. Typische Erstverschlimmerung.

Und die Zeit, die damals eigentlich nicht auf meiner Seite zu sein schien und sich bis heute nicht auf sie geschlagen hat, änderte irgendwann ihre Meinung, ohne Grund, so ist es mit der Eigentlichkeit, sodass die Sonne aufging, ohne Grund, und sich mir zeigte, beziehungsweise es sich zeigte, was auch immer, dass ich nichts verpasst hatte, wirklich gar nichts. Überbleibsel menschlicher Tätigkeiten waren immerhin zu erkennen. Die Landschaft war mit Furchen und Linien in ein Wirrwarr unterschiedlich großer Flächen sortiert worden. Mich entzückte immerhin der hübsche holländische Himmel. Und in der Ferne gab es, entgegen meiner vorherigen Einschätzung ihrer Leere, ein bräunliches Dorf. Es war eine Landschaft, wie sie mir seit dem Beginn meiner Autobahnkarriere immer mehr zum Hals raushing. Denn gegen den Himmel hatte ich selten etwas, doch die

Landschaft wirkte, als hätte sie keinerlei Zukunftsperspektive. Dafür war es in ihr leichter, die Übersicht im Unbekannten zu behalten.

Ich packte meinen Rucksack mit, ich weiß nicht, irgendwas, unternahm einen halbherzigen Versuch, das Auto an den Straßenrand zu schieben, damit es nicht von einem LKW, falls es sie hier doch noch geben sollte, weggesäbelt würde, gab erleichtert auf, als es sich nicht rührte, und ging los, über den wunderbar gefrorenen Acker, selbst frierend, auf diese Ansammlung von Häusern zu, kalte Luft atmend.

Einige Eindrücke von der kurzen Wegstrecke zu Fuß. Ach was. Ich könnte jetzt wohl die Bäume entlang eines Grabens beschreiben, mit den Misteln darin, die wunderbar kahl und verästelt waren, wie man es vom klassischen Baum erwartet. Zudem war der Acker wie gesagt gefroren, was schon mal eine Verbesserung zu dem Schlammfeld vom Anfang darstellte, und trotzdem Schwierigkeiten beim Laufen bereitete, da der Acker in einer unmöglichen Pose gefroren war, schief, krumm und kratig, als hätte jemand kurz vor dem Frost alles wild umgerührt, ich meine umgepflügt. Es war ein beschwerliches Kraxeln, auf knarzender Erde, mit Wind in den Ohren, vor schwankendem Horizont auf die hinter Tränen verschwommenen Häuser zu. (Das mit den Tränen war wegen der Kälte.) Und die kahlen schwarzen Baumkronen vor dem Himmel waren wie Risse in einer Milchglasscheibe. Zwischendurch blieb ich stehen, um Ausschau zu halten, ob Rauch auf den Dächern blühte, und wäre auch nicht weitergegangen, hätte ich nicht sofort angefangen zu frieren. Und die Krähen und so weiter und die relative Stille und so weiter.

Es waren ganz normale Häuser. Nicht dass ich in meinem Leben besonders viele Häuser gesehen hätte, aber auch nicht besonders wenige, diese erschienen mir normal. Ich klingelte. Die Klingel funktionierte!

Eine Kernfamilie öffnete die Tür, ordentlich und gerade aufgestellt. Eine Frau, ein Mann, kompakt nebeneinander, und vor ihnen ein Kind, das sie vermutlich in gemeinsamer Anstrengung hervorgebracht hatten, mit je einer elterlichen Hand auf je einer Schulter. Ich wünschte allen einen wunderschönen guten Tag und auch mir wurde von den beiden Erwachsenen ein guter Tag gewünscht. Wenn auch kein wunderschöner guter. Das Kind sagte, der Mann stinke. Ich sagte daraufhin, dass das unhöflich sei, ich sei noch ein Junge und kein Mann. Das Kind sagte, der Junge stinke. Ich antwortete, es stinke selber und sei ein hässliches und dummes Scheißkind. Daraufhin fing es an zu weinen. Das verschaffte mir eine gewisse Befriedigung. Die Eltern waren darüber nicht glücklich. Ich fragte schließlich, ob ich wohl einmal mit ihrem Telefon würde telefonieren dürfen, bitte-danke. Sie ließen mich tatsächlich ins Haus. Das überraschte mich.

Der Mann bot mir Tee an, ja-bitte-Tee, sagte ich, ich neigte nämlich immer mehr zu Bindestrichen in meiner wörtlichen Rede, ich weiß nicht warum, und er bot mir daraufhin Hagebuttentee an, stellte mir sogar eine dampfende Tasse Hagebuttentee vor die Nase. Leider ist Hagebuttentee unerträglich für mich und daraufhin sagte ich ihm, dass Hagebuttentee für mich leider unerträglich sei. Er fing an, mir alternative Teesorten aufzuzählen, schätzungsweise fünfzig bis siebzig, die Frau lächelte währenddessen recht verbindlich. Ich ignorierte ihn und zeigte auf das schnurlose Telefon, das auf einer

Kommode stand und tatsächlich brachte die Frau es mir, ohne zu zögern. Diese Menschen.

Ich wählte die Nummer auf dem Zettel des Filialleiters, jener Zettel, auf dem die Nummer der Literaturagentin stehen sollte, denn wann, wenn nicht jetzt, war der richtige Zeitpunkt zur Geldbeschaffung, leerer konnte der Tank nicht mehr werden.

Am anderen Ende klingelte es. Die Kernfamilie schaute mich gespannt an. Nach längerem Warten meldete sich eine Männerstimme: Schnark? Ich gebe das Gespräch aus Spaß ausnahmsweise vollständig wieder.

ICH. Äh-ja, hallo?

SCHNARK. Wer ist denn da?

ICH. Kaspar.

SCHNARK. Was willst du?

ICH. Kennen Sie eine Morena Dolorosa Amphutilia Schnark?

SCHNARK. Das ist meine Frau.

ICH. Dürfte ich Ihre Frau einen Augenblick sprechen, bitte?

SCHNARK. Willst du mich verarschen?

ICH. Nein-nein.

SCHNARK. Wo bist du?

ICH. …

SCHNARK. Wo bist du?

ICH. Warum?

SCHNARK. Damit ich kommen und dir in den Arsch treten kann.

ICH. Warum?

SCHNARK. Damit du leidest.

ICH. Nicht doch.

SCHNARK. Unendlich leidest und verreckst.

ICH. Was habe ich Ihnen denn getan?

SCHNARK. Uns belästigt und den Namen meiner Frau in deinen dreckigen Mund genommen.

ICH. Warum sind Sie so aggressiv?

SCHNARK. Das ist mein Naturell, du hässliches Fotzengesicht.

ICH. Ach so.

SCHNARK. Noch was?

ICH. Kann ich bitte Ihre Frau sprechen, es ist wichtig.

SCHNARK. Du kannst dir gerne den Kopf in den eigenen Arsch stecken und Scheiße fressen.

ICH. Irgendwann wird es repetitiv, finden Sie nicht?

SCHNARK. Repetiti-fick-dich.

ICH. …

SCHNARK. Noch was?

ICH. Sehen Sie, ich möchte gerne den letzten Willen des Leiters einer Filiale meines Praktikumsbetriebs erfüllen und seine Gesammelten Werke herausgeben, mit dieser Aufgabe würde ich gerne Ihre Frau betrauen, wenn Sie gestatten.

SCHNARK. …

ICH. Hallo, sind Sie noch dran?

SCHNARK. Das tut mir jetzt *so leid.*

ICH. Ja. Schon okay.

SCHNARK. Bitte verzeihen Sie mir, Gott, das ist mir jetzt *so peinlich.*

ICH. Nichts passiert.

SCHNARK. Ich dachte, Sie wollten eine Affäre mit meiner Frau anfangen.

ICH. Ich bin fünfzehn.

SCHNARK. Mein Gott, noch ein Kind!

ICH. Wenn Sie so wollen.

SCHNARK. Es gibt noch Kinder!

ICH. Oh ja, mehrere.

SCHNARK. Armer Junge, geht es dir gut?

ICH. Danke, ich schlage mich so durch.

SCHNARK. Wie ist es da draußen?

ICH. Was meinen Sie?

SCHNARK. In der Welt.

ICH. Ich weiß nicht. War schon mal besser, würde ich sagen.

SCHNARK. Das glaube ich. Gibt es noch Sterne?

ICH. Ich habe letztens welche gesehen.

SCHNARK. Wie schön.

ICH. …

SCHNARK. …

ICH. Sie gehen nicht oft aus dem Haus?

SCHNARK. Oh nein, überhaupt nicht mehr, wir befinden uns in einem Bunker und die Tür lässt sich nicht öffnen.

ICH. Ist sie abgeschlossen?

SCHNARK. Eher verschüttet, denke ich.

ICH. Das heißt, Sie sind eingesperrt?

SCHNARK. So könnte man es sagen.

ICH. Das tut mir leid.

SCHNARK. Ach was, halb so wild.

ICH. Haben Sie Hilfe gerufen?

SCHNARK. Reichlich.

ICH. Aber niemand kommt.

SCHNARK. Natürlich nicht.

ICH. Warum natürlich?

SCHNARK. Weil es aussichtslos ist.

ICH. Ach so.

SCHNARK. …

ICH. …

SCHNARK. …

ICH. Und ist Ihre Frau zufällig gerade in der Nähe?

SCHNARK. Oh, natürlich, Entschuldigung …

ICH. … kein Problem …

SCHNARK. … Moreeenaaa!

FRAU SCHNARK *im Hintergrund.* Du brauchst nicht zu schreien, Klaus.

SCHNARK. Ich gebe sie dir.

ICH. Vielen Dank.

SCHNARK. Nichts zu danken. Es hat mich gefreut, mit dir zu sprechen.

ICH. Mich hat es auch gefreut, Herr Schnark, und vielen Dank noch mal.

SCHNARK. Aber gerne, gerne. Einem so höflichen jungen Mann bin ich gerne behilflich.

ICH. Es war mir ein Vergnügen.

SCHNARK. Das Vergnügen war ganz auf meiner Seite.

ICH. Sehr freundlich.

SCHNARK *enthusiastisch.* Ach, die Jugend! Wunderbar!

ICH. Danke, ich gebe mir Mühe.

SCHNARK. Und das mit großem Erfolg.

ICH. Sie schmeicheln mir.

SCHNARK *mit zunehmendem Schwung.* Aber ja, denn du musst ermutigt werden. Man darf nicht zu verzagt sein in deinem Alter!

ICH. Sie haben recht, das ist ein guter Ratschlag.

SCHNARK. Befolge ihn und die Welt wird dir gehören. Du kannst alles haben, was du dir wünschst.

ICH. …

SCHNARK. …

ICH. Ja. Also, danke noch mal.

SCHNARK *fast hysterisch.* Aber gerne, gerne, GERNE! ENJOOOYYY!

FRAU SCHNARK *im Hintergrund.* Beruhige dich, Klaus, du wolltest mir doch das Telefon geben.

SCHNARK *entzückt kreischend, sich entfernend.* ICH GEB DIR JETZT MORENA, ENJOOHOYYY!!!

FRAU SCHNARK *jetzt am Telefon, noch abgewandt.* Entspann dich, Klaus, ich bin gleich wieder bei dir. *Zu mir*: Morena Schnark?

ICH. Guten Tag Frau Schnark, danke, dass Sie sich kurz Zeit nehmen.

FRAU SCHNARK. Gern, worum geht's?

ICH. Ich möchte gerne den letzten Willen des Leiters einer Filiale meines Praktikumsbetriebes erfüllen.

FRAU SCHNARK. Ein Praktikum?

ICH. Genau.

FRAU SCHNARK. Der Leiter ist gestorben?

ICH. Vermutlich. Ja.

FRAU SCHNARK. Mein Beileid.

ICH. Danke.

FRAU SCHNARK. Und was ist das für ein Betrieb?

ICH. Die Firma heißt Æxego.

FRAU SCHNARK. Æxego?

ICH. Richtig.

FRAU SCHNARK. Nie gehört.

ICH. Nein?

FRAU SCHNARK. Tut mir leid.

ICH. Der Filialleiter, also mein Chef, hat mir nämlich Ihre Nummer gegeben.

FRAU SCHNARK. Wie gesagt, ich weiß davon nichts.

ICH. Klar, ich verstehe.

FRAU SCHNARK. Worin besteht denn das Praktikum?

ICH. Ich bin nicht sicher, ob ich das sagen darf.

FRAU SCHNARK. Ihr Praktikum ist geheim?

ICH. Ich glaube schon, ja.

FRAU SCHNARK. Also irgendwelche Informationen brauche ich schon, um Ihnen helfen zu können.

ICH. Ja, natürlich. Vielleicht könnte ich Ihnen einfach eine Passage vorlesen, um Ihnen einen Eindruck des Werks zu geben.

FRAU SCHNARK. Gerne.

Ich nehme eines der Hefte hervor, beginne an einer willkürlich ausgewählten Stelle zu lesen und höre genauso willkürlich an einer anderen Stelle damit auf.

FRAU SCHNARK. …

ICH. Und, was denken Sie?

FRAU SCHNARK. Das ist ja schrecklich.

ICH. Finden Sie?

FRAU SCHNARK. Sie nicht?

ICH. Doch, eigentlich schon.

Betretenes Schweigen.

ICH. Es gibt also keine Chance auf eine Herausgabe?

FRAU SCHNARK. Glauben Sie, es gibt noch irgendwelche Leserinnen?

ICH. Ich weiß nicht.

FRAU SCHNARK. Sie könnten das größte Meisterwerk herausgeben und es würde im Winde verwehen.

ICH. Ich verstehe.

FRAU SCHNARK. Die ganze literarische Infrastruktur ist zusammengebrochen.

ICH. Das hatte ich befürchtet.

FRAU SCHNARK. Die Verlage sind tot.

ICH. Ach so.

FRAU SCHNARK. Die Verleger sind tot.

ICH. Ah ja.

FRAU SCHNARK. Die Vertriebler haben umgeschult.

ICH. Wie ungünstig!

FRAU SCHNARK. Zudem sind unsere Umstände nicht die besten, wie Sie schon gehört haben.

ICH. Ihr Mann sprach davon, es tut mir sehr leid.

FRAU SCHNARK. So schlimm ist es nicht, ein paar Vorräte haben wir ja noch.

ICH. Kann ich Ihnen irgendwie helfen?

FRAU SCHNARK. Ich denke nicht, aber vielen Dank.

ICH. Sind Sie sicher?

FRAU SCHNARK. Danke, ja. Passen Sie lieber auf sich selbst auf.

ICH. …

FRAU SCHNARK. Jedenfalls kann ich meinen Beruf nicht mehr ausüben.

ICH. Natürlich nicht, wie sollten Sie auch.

FRAU SCHNARK. Trotzdem nett, dass Sie sich gemeldet haben.

ICH. Oh, ich danke Ihnen, dass Sie mir zugehört haben.

FRAU SCHNARK. Es tut gut, mal wieder in meiner professionellen Rolle wahrgenommen zu werden.

ICH. Das kann ich mir vorstellen. Und ich es weiß zu schätzen.

FRAU SCHNARK. In unserer Lage bleibt ja nicht mehr viel, außer Konserven zu essen und Sudoku-Rätsel zu lösen.

ICH. Sudoku-Rätsel?

FRAU SCHNARK. Ja, diese Rätsel, mit den Zahlen in den Feldern …?

ICH. Ich glaube, ich habe es schon mal gesehen.

FRAU SCHNARK. Das machen wir jetzt hauptsächlich.

ICH. Sie bleiben beschäftigt.

FRAU SCHNARK. Schon, aber auf die Dauer wird es eintönig.

ICH. Natürlich.

FRAU SCHNARK. Es fehlt an Abwechslung.

ICH. Ich kann es mir vorstellen.

FRAU SCHNARK. Und ohne die Hoffnung, jemals noch mal etwas anderes tun zu können, bekommt das Sudoku-Rätseln einen bitteren Beigeschmack.

ICH. Das ist nachvollziehbar.

FRAU SCHNARK. Die Zahlen bekommen so eine negative Ausstrahlung.

ICH. Irgendwann wird es zu viel.

FRAU SCHNARK. Manchmal kann ich Gitter und Zahlen nicht mehr sehen.

ICH. Wem ginge es nicht so?

FRAU SCHNARK. Und doch ist es besser als nichts tun.

ICH. Man muss sich eben arrangieren.

FRAU SCHNARK. Habe ich es richtig verstanden, dass Sie sich draußen in der Welt aufhalten?

ICH. Das ist korrekt, ja.

FRAU SCHNARK. Das muss sicher aufregend für Sie sein.

ICH. Nun, phasenweise, sicher, ja.

FRAU SCHNARK. Erleben Sie spannende Abenteuer?

ICH. Oh, ich weiß nicht, ich habe vor Kurzem meine Oma besucht.

FRAU SCHNARK. Wie schön! Und wie geht es Ihrer Oma?

ICH. Leider nicht so gut. Das Alter …

FRAU SCHNARK. … wem sagen Sie das, ich bin selbst nicht mehr die Jüngste.

ICH. Ach was.

FRAU SCHNARK. Doch, doch.

ICH. Ich wette, Sie haben sich gut gehalten.

FRAU SCHNARK. Jetzt schmeicheln Sie mir aber.

ICH. I wo.

FRAU SCHNARK. …

ICH. …

ICH. Sie haben eine schöne Stimme.

FRAU SCHNARK. Oh, wie nett von Ihnen!

ICH. Sie hat einen vollen und reinen Klang.

FRAU SCHNARK. Also … jetzt werde ich aber ein bisschen rot.

ICH. Mit einer geheimnisvollen dunklen Färbung.

FRAU SCHNARK. …

ICH. …

FRAU SCHNARK. Ihre Stimme ist auch sehr angenehm.

ICH. Oh, danke.

FRAU SCHNARK. Wie alt sind Sie?

ICH. Ich bin fünfzehn.

FRAU SCHNARK. Noch so jung? Dann sind Sie aber sehr frühreif.

ICH. Ich weiß nicht, finden Sie?

FRAU SCHNARK. Aber ja. Haben Sie schon Bartwuchs?

ICH. Kaum. Eigentlich nicht.

FRAU SCHNARK. Keine Sorge, das kommt noch.

ICH. Ok.

FRAU SCHNARK. Und der Eros, ist der schon erwacht?

ICH. Was meinen Sie?

FRAU SCHNARK. Ihre Libido?

ICH. Also, ich denke schon, ja.

FRAU SCHNARK. Sie wissen kaum wohin damit, nicht wahr?

ICH. Äh, ich weiß nicht.

FRAU SCHNARK. Sie brauchen nicht schüchtern zu sein. Sie haben sicher erotische Fantasien.

ICH. Hm, ja, das stimmt.

FRAU SCHNARK. Sehen Sie, das ist doch ganz natürlich.

ICH. Ok.

FRAU SCHNARK. Kein Grund, sich zu schämen.

ICH. Wenn Sie meinen.

FRAU SCHNARK. Die Sexualität ist ein natürlicher Teil des Lebens und kein Grund, sich schuldig zu fühlen.

ICH. Da haben Sie sicher recht.

FRAU SCHNARK. Und sind Sie sehr schmutzig?

ICH. Sie meinen die Fantasien?

FRAU SCHNARK. Sie haben doch sicher einen dreckigen Fetisch.

ICH. Fetisch? Also, ich weiß nicht …

FRAU SCHNARK. … und fassen Sie sich oft an?

ICH. …

FRAU SCHNARK. Mir können Sie es ruhig sagen, es ist ja nicht so, dass ich es groß weitererzählen könnte.

ICH. Manchmal.

FRAU SCHNARK. Und nehmen Sie dann Ihren harten Riegel in die Hand?

ICH. Riegel?

FRAU SCHNARK. Ihr Organ?

ICH. Mein Geschlechtsorgan?

FRAU SCHNARK. Genau das.

ICH. Na ja, anders ist es schwierig.

FRAU SCHNARK. Ich fasse mich auch manchmal an.

ICH. Ja?

FRAU SCHNARK. Ja, zum Beispiel jetzt gerade.

ICH. Genau jetzt?

FRAU SCHNARK *bestätigend.* Hmhm …

ICH. …

FRAU SCHNARK. Ich bin schon richtig feucht.

Im Hintergrund höre ich Herrn Schnark leise weinen.

ICH. …

FRAU SCHNARK. Bestimmt haben Sie auch schon ein steifes Rohr in der Hose.

ICH. …

Frau Schnark beginnt sehr melodisch zu stöhnen.

FRAU SCHNARK. Ich will, dass Sie es in die Hand nehmen.

Ich nehme mein steifes Rohr in die Hand. Herr Schnark heult auf.

ICH. Ich habe es in der Hand.

FRAU SCHNARK. Oh ja.

ICH. Oh ja.

FRAU SCHNARK. Oh *ja*.

ICH. *Oh* ja.

FRAU SCHNARK. Aaaahhhhh!

Frau Schnark erreicht den Höhepunkt.

ICH. Aaaahhhhh!

Ich erreiche den Höhepunkt.

FRAU SCHNARK. Oh ja-a.

ICH. O-ho ja.

FRAU SCHNARK. Oh –

ICH. – ja. Das war toll.

FRAU SCHNARK. Ja, das war sehr schön.

ICH. Kann ich Sie etwas fragen?

FRAU SCHNARK. Alles, schießen Sie los.

ICH. Ihr Mann kommt mit solchen Dingen zurecht?

FRAU SCHNARK. Sie meinen Klaus? *Vom Hörer weg gesprochen.* Klaus? … KLAUS??? *Ich höre den Hörer herunterfallen.*

ICH. Hallo?

Frau Schnark schreit im Hintergrund entsetzlich auf.

ICH. Was ist passiert??

FRAU SCHNARK *aus der Ferne.* Warum hast du das getan?

ICH. Frau Schnark, was ist denn nur geschehen?

FRAU SCHNARK *wieder am Telefon.* Mein Mann hat sich umgebracht.

ICH. Bitte was?

FRAU SCHNARK. Mit der Bastelschere …

ICH. Wie bitte?

FRAU SCHNARK. … für Kinder, klein, mit orangenem Griff und abgerundeter Spitze.

ICH. Aber wie geht das denn?

FRAU SCHNARK. Er hat sie sich durchs Auge gerammt.

ICH. Nicht doch.

FRAU SCHNARK. Von Eifersucht in den Tod getrieben.

ICH. Wie schrecklich.

FRAU SCHNARK. Ich kann diese Schuld nicht ertragen.

ICH. Aber das konnten Sie doch nicht kommen sehen.

FRAU SCHNARK. Ich werde ihm nachfolgen.

ICH. Frau Schnark, nein, ich flehe Sie an.

FRAU SCHNARK *schrecklich schreiend.* Aaaahhhhh!

ICH. Neeeeein!!!

Totenstille.

ICH. Hallo?

Noch tötere Stille.

ICH. Frau Schnark?

Na, das war doch unterhaltsam. Und jetzt erzähle ich noch, wie es eigentlich ablief:

Telefon: *Buuuh-Biiie-Biiiep*, kein Anschluss unter dieser Nummer, *Buuuh-Biiie-Biiiep,* kein Anschluss unter dieser Nummer …

So, hätten wir das auch geklärt. Da stand ich also, inmitten des Kernfamilienhauses, mit einer Nummer ohne Anschluss. Das ist natürlich peinlich, so einen Aufriss zu machen, um bei einer Frau mit vielen interessanten Namen anzurufen, um ein Gesamtwerk herauszugeben, nur um dann ohne Anschluss dazustehen und ohne Tee getrunken zu haben und von einer Kernfamilie, denn sie stand immer noch da und starrte mich an, angestarrt zu werden. Und was war das bitte für ein komisches Kind, es hatte überhaupt keine kindlichen Regungen, bis auf die Heulerei vielleicht, es war ein erwachsenes Kind, es war ein unerträgliches Geschöpf. Die Verabschiedung war sehr höflich, wobei, nein, einen Moment, ich war noch nicht fertig mit der Kernfamilie, denn wenn mir das *Ontische Fraktal* kein Geld gebracht hatte, musste es etwas anderes sein. Ich wuchtete deshalb meinen Rucksack auf ihren Esstisch und packte meine Mitbringsel aus, wobei es keine echten Mitbringsel waren, denn ich wollte sie ja verkaufen. Etwas anderes, etwa das Mitnehmen weiterer Mitbringsel, brauchte ich gar nicht zu versuchen, denn die sechs Augen dieser Kernfamilie, zwei pro Person, waren pausenlos auf mich gerichtet. Wo blieben eigentlich die Wimpernschläge? Gut, da waren sie, aber nur das Minimum, ein knappes Minimum. Es waren unglaubliche Hagebuttengesichter.

Und was war da auf dem Esstisch zu sehen?

Die Uhr des Flammenmannes, eine Leinentischdecke, Polsterschoner aus Damast, Goldringe, eine Perlenschatulle, ein rustikaler Bratenspieß aus Messing oder Kupfer, der eigentlich gar nichts wert war, eine Smaragdbrosche, mehrere Haarklammern (praktisch wertlos), zwei Bilderrahmen (dito), beige Stützstrümpfe und rosa

Schlüpfer (originalverpackt), fünf Damenuhren, ein Silberbecher, der sich als ein Zinnbecher herausstellte sowie ein Schuhanzieher aus Eisen, der sich als versilbert herausstellte (bei den Metallen bin ich verloren), ein Minnesänger aus Keramik und zwei bunte bronzene Frösche, seltsamerweise beim Oralverkehr. Ach ja, außerdem noch Stricknadeln, Medikamente, Mullbinden, Haftcreme und auch das eine oder andere Gebiss. Allerdings nur künstliche. Ich machte ihnen ein Kombiangebot: Sie bekommen alles und ich ihr Geld. Sie lehnten ab. Dies wird eine merkantile Szene. Ich änderte mein Kombiangebot ab: Sie bekommen alles und ich genug Geld für einhundert Tankfüllungen. Sie handelten mich schließlich auf eine Tankfüllung herunter, ich stimmte sofort zu. Sie stimmten zu und ich stimmte zu, so stimmten wir überein. Vielleicht zeigte sich auf ihren Gesichtern sogar eine Art Freude, sie hatten einen guten Deal gemacht. Ende der merkantilen Szene.

Mit dem jetzt leeren Rucksack kehrte ich über das Feld zum Auto zurück. Ich sah nach oben in den Himmel und dachte, dass bei meinen merkantilen Fähigkeiten noch Luft nach oben sei. Nein, ich dachte das gar nicht oder kaum, das denke ich jetzt, ich hatte gar nicht die Kapazitäten für solche Gedanken, schließlich musste ich weiter oder wollte ich weiter und meine Gedanken verwirrten sich immerzu im Gedanken an Darz, die seit Kurzem wieder öfter dabei waren, mich anzugehen. Das war wahrscheinlich sein Schutz. Jedenfalls hatte ich mich immerhin dafür entschieden, weiterzufahren. Und mein Nissan Micra stand auf der Autobahn, als hätte er auf mich gewartet. Jetzt musste ich nur noch auf die Kernfamilie warten, die für mich Benzin in Kanister abzapfen und mir bringen würde. Plötzlich hatten sie auch noch ein Auto. Das hätte ich erhandeln sollen, es sah nämlich schneller aus, was zugegebenermaßen nicht schwer war. Als mein Auto vollgetankt war, wollten sie – schnell-schnell – wieder weg. Ich fragte sie, ob sie vielleicht noch etwas zu essen für mich hätten, da ich wirklich großen Hunger hätte, aber da knallten schon die Autotüren zu und der Motor startete. Sie fuhren in Fahrtrichtung davon, würden über irgendeinen Weg zu ihrem Kernfamilienhaus zurückkehren und ich sollte sie nie wiedersehen.

Das Viech hat mir einen Brocken ins Zimmer gelegt. Was sage ich dazu? Erst ein neuer Bleistift und jetzt ein Steinbrocken. Der Farbe und Beschaffenheit nach zu urteilen, handelt es sich um einen Teil des Meteoriten. Das sage ich allerdings, ohne den Meteoriten selbst jemals gesehen zu haben. Der Brocken unterscheidet sich nur in Farbe und Struktur so sehr vom Boden und Geröll der Ebene, dass ich mir dieses dunkle und poröse Ding nicht anders erklären kann. Auch psychologisch ergibt es Sinn, das Viech ist manchmal wie ein Hündchen, das dem Herrchen das Stöckchen bringt. Zudem ist es wohl nötig, mich durch eine Gabe zu besänftigen, wenn man bedenkt, wie es mich vernachlässigt und vielleicht sogar bewusst gequält hat in letzter Zeit. Die Größe des Splitters entspricht ungefähr seiner eigenen. Keine Ahnung, wie es das geschafft hat, ich muss geschlafen haben, als es damit hereingerollt kam. Das Viech kann also ein Vielfaches seines eigenen Gewichts tragen und dabei so leise sein, dass mein ohnmächtiger Schlaf ungestört vorübergeht. Verdient es dafür Anerkennung? Sein

Architekt vielleicht, den ich mir aus irgendeinem Grund als Mumie vorstelle, aufgestellt in einem offenen Metallkasten, der an der Raufasertapetenwand seines Büros lehnt, in der milden Hoffnung auf Auferstehung und Fortführung beziehungsweise Vollendung seiner architektonischen beziehungsweise ingenieurischen Projekte. Ein ganz und gar Unvollendeter, ohne jegliches Pathos. Doch auch das Viech verdient dafür Anerkennung. Es tut gut, Anerkennung zu geben, es muss ja nicht immer nur ein Mensch sein, den man anerkennt, ein Fallender und / oder Schwindender. Oder ein schon Toter. Aber das ist ein anderes Thema. Das Viech, das lebende Viech. Hurra. Vielleicht ist ihm mein zweifelhafter Handel mit der Kernfamilie ans kalte Herz gegangen und es wollte mir ein weiteres Besitztum verschaffen, damit meine bürgerliche Seele in ihrer Korrumpierbarkeit jubele. Und das tut sie, sobald sich eine Gelegenheit bietet. Dabei habe ich doch versucht sie loszuwerden? Aber man wird sie nicht los, wenn es sie gibt, wie viel auch immer von ihrer Verkäuflichkeit geredet worden ist. Kalt natürlich nur von der Temperatur her, emotional muss es überkochen, seine Geduld mit mir ist unerschöpflich, demnach auch seine Liebe. Es ist vielleicht nicht die klassische Liebe, sie ist ohne Verhältnis. Die Quälereien hier und da bestätigen das übrigens nur. Glasklarer Schluss.

Jedenfalls bekommt das Viech also Anerkennung, wenn auch nur von mir. Der Brocken ist leicht keilförmig, porig und dunkel, dunkelgrau beinahe, fällt mir ein, grafitfarben. Gleich kommt das Viech mit einer Tanne herein und fängt an, Bleistifte herzustellen. Wie fröhlich das wäre! Die Sägespäne, die sich ringelnde Tannenrinde, und was immer mit dem Grafit passiert. Die Gerüche!

Ich könnte beim Lackieren helfen und die Burg hineinstempeln. Wir würden anfangen Weihnachtslieder zu singen. Und alle Kinder, die sich einen Bleistift gewünscht hätten, würden ihn bekommen, wenn sie brav gewesen wären, und wenn sie noch lebten. Ich würde anschließend an einer Grafitvergiftung sterben. Natürlich ist das Quatsch, welches Kind wünscht sich bitte Bleistifte? Aber zu einer anderen Frage, weiß das Viech, was es da tut? Denn woher soll es wissen, wo dieser Meteorit, vorausgesetzt, es handelt sich um einen Teil davon, herkommt und wo er überall schon gewesen ist, er könnte doch aus dem hinterletzten Drecksloch des Universums geflogen gekommen sein, aus dem allerletzten Allloch. Als ich vorhin nach dem Schließen wieder die Augen öffnete und diesen unförmigen Splitter im Schummerlicht sah, bekam ich einen Adrenalinstoß bei der Vorstellung, der Brocken habe Würmer, er sei von interplanetarem Ungeziefer verseucht, das mir im Schlaf in den Po kriechen und seine schwarzen Löcher in mich fressen würde. Ich glaube auch nicht, dass das Viech hineingucken kann in das Steingekröse. Oder, ein anderes Szenario: Es brennt im Innern des Brockens seit Milliarden von Jahren eine Flamme, eine chemisch extravagante, wahlweise auch im Vakuum brennende Flamme, die langsam die Luft durch die Steinporen einzieht, sodass ich im Schlaf ersticke. Oder, was eigentlich am wahrscheinlichsten ist, dieser Brocken ist einfach komplett verstrahlt und ich kotze in ein paar Stunden, Tagen oder Wochen mein Innerstes als glühendes Zellpüree aus.

Warum kann es mich nicht besser verstehen?

Das Viech kam hereingebraust und stellte sich neben den Brocken, als wollte es sagen, Wen hast du lieber?, oder, Schau, was ich dir gebracht habe!, oder, Ist das nicht ein toller Meteoritensplitter, du musst mich jetzt lieb haben! Es schaute mich voller Erwartung an, großäugig, und ich setzte mich auf und versuchte, mich so lebhaft wie möglich über den Splitter zu freuen, beeindruckt zu sein und das Viech zu loben, über den grünen Klee und darüber hinaus. Dann versuchte ich subtil die Gefahren anzusprechen, man wüsste ja nicht, wo der so herkomme, wo der überall schon unterwegs gewesen sei, was der vorher so gemacht habe und dass es sicher besser wäre, den Brocken wieder zum Rest des Meteoriten zu bringen, zu dem er gehört, jetzt, wo ich mich doch schon so toll habe darüber freuen können und so beeindruckt sei von ihm, dem Viech, und mich so geschmeichelt fühle und ich das Viech doch so lieb habe und dass es doch, nach dem Austausch unserer Liebesbekundungen, jetzt das Beste wäre, den Brocken wieder nach draußen zu schaffen in die Ebene, bitte?

Wir sahen uns lange an. Sehr lange. Wir versanken in des anderen Blick. Die Zeit war uns eine Fantasie. Und dann machte es plötzlich Anstalten rauszufahren! Aus Verzweiflung wuchtete ich mein Fliegengewicht aus dem Bett. Es war wieder dunkler geworden im Zimmer. Allerdings sind die Vorhänge auch wieder geschlossen. Wie erhofft, erregte ich mit meinem Aufstehen seine Aufmerksamkeit. Ich machte Gesten, expressive Gesten, wie ich hoffe, Transportgesten, Wegschaffgesten. Es sah mich an. Ich sah es an. Dann wollte es schon wieder rausfahren! Aus weiterer Verzweiflung überlegte ich kurz, meinen Kissenbezug vom Kissen zu ziehen und mit ihm als Handschutz den Splitter zu verrücken oder umzuschmeißen, damit es endlich begreife, aber ohne den Kissenbezug, den ich danach natürlich nicht mehr verwenden könnte, ohne mich vollends zu vergiften, wäre mein Kissen nur noch halb so gemütlich, und was habe ich denn noch, wenn nicht mein gemütliches Kissen, also stürzte ich mich aus Panik aufs Viech, packte seine Ärmchen, zerrte es zum Splitter und presste seine Händchen daran, damit es begreife, aber das Viech bekam selbst Panik und setzte seine Räder in Bewegung, fuhr unter seinem eigenen Leib weg, da ich ja die Arme festhielt, und weil ich es im nächsten Moment vor Schreck losließ, fiel es wie ein taumelnder Rollschuhfahrer auf den Rücken. Gleich rappelte es sich wieder auf und fuhr mit vollends panischer, sirrender Hochgeschwindigkeit aus dem Zimmer. Aber ich sah natürlich den Riss noch. Es hat sich einen Riss zugezogen. Es hat jetzt einen Riss im Rücken und ich bin schuld. Eine Katastrophe also. Mein teures Viech. Und was passiert jetzt? Fängt es an zu rosten, bekommt es einen Husten?

Ich liege wieder im Bett und meine Haut juckt.

Reue.

Ich habe nun mit etwas begonnen, was mir vor nicht allzu langer Zeit absolut abwegig, aberwitzig, wahnwitzig und aberwahnsinnig erschienen wäre. Und mir jetzt auch fast schon wieder genau so erscheint. Doch da ich noch nicht ganz aufgehört habe, scheine ich noch ein wenig überzeugt zu sein, von etwas. Oder es ist bloß eine Zerstreuung. Wie Frau und Herrn Schnarks Sudoku-Rätsel.

Und das geht so: Ich lege meinen Kopf in einer ganz bestimmten Position in eine ganz bestimmte bequeme Kuhle in meinem Kissen und ziehe den Vorhang ein kleines, ganz bestimmtes Stück zurück. Die Sternenkonstellation, die ich dann sehe, male ich ab. Ich ziehe Linien zwischen den Sternen und versuche so Sternenbilder auszumachen. Mein ursprünglicher, beinahe romantischer Gedanke dahinter war der, dass es mir doch etwas sagen müsste, wenn ich eines wiedererkennen sollte (was übrigens nicht geschehen ist). Warum sollte das alles also zu nichts führen? Erstes Problem: Wenn ich ein Sternenbild wiedererkenne und es stünde beispielsweise auf dem Kopf, hätte ich keine Ahnung, was mir das sagt. Dass sich mein Planet auf den Kopf gestellt hat? Wohl kaum. Aber hat es sich überhaupt auf den Kopf gestellt oder ist es einfach ein anderes? Ich weiß nicht mal, was es bedeutet, wenn es genauso wiederkehrt, wie ich es das erste Mal gesehen habe, denn, zweites Problem, ich weiß nicht, wie viel Zeit in der Zwischenzeit vergangen ist. Meine gesamte Zeit ist übrigens Zwischenzeit geworden, es ist ein gestaltloses Dauern. Ich könnte natürlich zugleich die Länge der Schatten abmalen und so Verbindungen schaffen zwischen Sternensituation und Schattensituation, aber was dann? Sternenbild xy tritt zusammen mit Schattenlänge yx auf. Toll. Natürlich könnte mir das Viech dabei weiterhelfen, aber es scheint nicht im Traum darauf zu kommen, und noch weniger, wenn ich es gerade beschädigt habe.

Und jetzt, um mich auf andere Gedanken zu bringen, eine wunderbare Geschichte. Es ist übrigens etwas Zeit vergangen seit der Katastrophe. Ich habe beschlossen, noch ein wenig zu erzählen, bevor das Viech mich verhungern lässt aus gekränktem Stolz oder weil es stirbt oder frühpensioniert wird oder ich verstrahlt oder vergiftet eingehe durch den Splitter, der zwischen meinen Gedanken glüht. Erzählen, um noch ein wenig weitergekommen zu sein, ein wenig näher, ein wenig tiefer gesunken Richtung Grund. Erstaunlich, dass ich eigentlich das Gleiche erwarte wie mit einem unbeschädigten Viech.

Es ging also weiter. Es ist natürlich nicht so, dass ich weit gekommen wäre. Allerdings fällt mir ein, dass ich einen Tankmenschen tatsächlich überreden konnte, mich umsonst tanken zu lassen, indem ich ihm eine Darzgeschichte auftischte, die ihn sichtlich beeindruckte. Wahrscheinlich sagte ich ihm einfach, dass man ihn holen kommen werde, wenn er mir nicht helfe. Oder zeigte ich ihm meinen Revolver? War ich schon so frei von Skrupeln? Nein, das passt nicht zu mir, frei von Skrupeln. Trotz der Kreuzsache. Eher glaube ich, ihm etwas vom Pferd erzählt zu haben, vom Pferd des Grauens, das heißt von Darz. Und dann floss das Benzin und ich verfeuerte es und ließ den Tankmenschen in seiner ausweglos gräulichen Existenz zurück als ein gefundenes Fressen für die Autobahngeister, in langen Schlangenlinien an weiteren, den x-ten Forsten, Feldern, Höfen, Lagerhallen, Industriebauten und verlassenen / unverlassenen Raststätten vorbei. Ich kam in eine Gegend, in der sich die Hochspannungsleitungen in die diesige Weite zogen und in eine andere, in der es die endlosen Felder aus Windrädern waren. Ach was. Es war natürlich die gleiche Gegend. Es war alles eine große, unbekannte, beinahe unbegrenzte Gegend. Ich kam in die Nacht, in einen aufglimmenden Tag und zurück in die Nacht.

Da geschah es mir, dass ich inmitten des allerverzweifeltsten Nichts einer Landschaft einen solchen Krampf in den Beinen und im Hintern bekam, dass ich nur noch geradeso bremsen, die Tür öffnen und mich aus dem Auto auf den Asphalt stürzen konnte, einen Asphalt übrigens, der sich anfühlte wie scharfkantiges, raues Eis. So ist das nämlich, man denkt, es ist das Nichts, und dann fährt einem der heilige Schmerz in die Pobacken. Und tatsächlich war der Boden bedeckt mit einer feinen Schicht Kristalle, wie ich, auf dem Bauch liegend, sehr gut erkennen konnte. Ich spürte, wie meine Wange taub wurde und festklebte. Ich wuchtete mich auf den Rücken und robbte rückwärts, bis ich mich an das Vorderrad lehnen konnte. In meinen Muskeln entlud sich immer noch ein ganzes Gewitter und ich stöhnte wie ein einsamer Elch. War das schon die wunderbare Geschichte? Einen Moment! Um mich war es leise. Der Raum, der sich in meiner ständigen Geschwindigkeit gestaucht hatte, öffnete jetzt sein kaltes, leeres Maul. Das Benzin war nicht mehr grandios und ich überlegte, ob ich von der Autobahn abfahren sollte, um einen Unterschlupf zu suchen, einen warmen Unterschlupf, und eine Pause einzulegen, um zu pausieren, und über Darz nachzudenken, aus Vernunftgründen. Denn ich hatte Angst, ihn nicht zu finden, ohne den Filialleiter, der jetzt nicht mehr hinter mir her sein würde. Und Angst, ihn zu finden. Und ich hatte Angst, ihn nicht zu erkennen! Und Angst, ihn zu erkennen. Ich hatte Angst, nicht zu wissen, was zu tun sei, und Angst, zu wissen, was zu tun sei. Ich hatte Angst, kein Praktikumszeugnis zu erhalten, und Angst, ein Praktikumszeugnis zu erhalten. Ich hatte Angst, dass das Praktikum nie endete, aber vor allem Angst, dass das

Praktikum endete. Wenn Sie es also noch nicht bemerkt haben, war ich hin- und hergerissen. Aber das beeindruckte mich nicht, oder kaum, in meinem Zustand, im Zusammenspiel mit dem Zustand der Welt, wie sie mir erschien und wie sie weiterhin darauf beharrte zu sein.

Als ich dann die nächste Ausfahrt nahm, schaffte ich es in kürzester Zeit, indem ich ein- bis zehnmal abbog, mich vollständig zu verirren, wild kurbelnd, versteht sich, in dieser Fahrzeugkreuzung aus Bananenkiste und Hochseetanker. Ich wusste sofort nichts mehr von meinem Weg. Das hatte ich noch vor Kurzem besser gekonnt. Oder es handelte sich um einen Schutzreflex, der mich allerdings vor nichts schützte.

Schließlich begegnete ich Dagmar. Eine furchtbare Geschichte, was ich auch gesagt haben mag. Aber ohne Dramatik. Eine neutrale Geschichte, das ist es, das Wort ist mir nicht gleich eingefallen. Ich hatte Licht gesehen und das Licht ging von Dagmar aus, also von ihrem Laden, und es war allen Ernstes ein Buchladen. Ein Buchladen! Er war jedoch abgeschlossen. Vielleicht waren die Öffnungszeiten vorbei. Die Öffnungszeiten! Ich klingelte. Dagmar öffnete. Ich war entschlossen, etwas von ihr zu bekommen, aber sie hätte es mir nur zu verweigern brauchen. Mir wäre keine Darzgeschichte eingefallen, in diesem Moment. Die Kälte biss mir ins Gesicht und meine Beine fühlten sich an wie Pudding. Es war dunkel geworden oder zuvor nicht hell gewesen. Dagmar sagte, Hallo, ich heiße Dagmar. Hallo-hallo-hallo, sagte ich. Später werde ich wieder normal reden. Hallo, sagte Dagmar noch einmal. Sie schien etwas von mir wissen zu wollen und ich stand bloß da. Es ging damals nicht anders. Die Wärme quoll in dicken Schwaden aus der geöffneten Tür. Dann sagte ich doch etwas: Ich bin Æxego-Praktikant auf geheimer Mission und mein Tank ist fast leer und ich habe kein Essen mehr, bitte, ich brauche Hilfe, bitte. Armer Junge, sagte Dagmar. Das war das Stichwort. Sie ließ mich rein. Drinnen wurde mir erst mal schwindelig. Der Raum schien ausschließlich aus Holz, Bast, Korb, Filz, Wachs, Ton, Samt, Strick, Wolle, Rattan, Papier, Sisal, Makramee, Lammfell und gelbem, butterweichem Licht zu bestehen. Es handelte sich also um einen Zustand der Gemütlichkeit, aber so hochdosiert, dass sich einem die Haut vom Körper pellen wollte. Überall standen Kerzen auf Deckchen neben Figürchen neben Schälchen auf Tischchen neben Sesselchen mit Fußhöckerchen. Und natürlich Bücher. Und an den Wänden Kunstdrucke und Kunstpostkarten und Kalender. Und »Traumfänger«. Weiter hinten erkannte ich einen kleinen gusseisernen Ofen. Die Sauerstoffsättigung muss minimal gewesen sein. Sie schob mich mit sanften Händen in meinem Rücken in einen Sessel, einen Samtsessel, in den ich einsank, und dann hob sie auch noch meine Beine auf den Fußhocker und zog mir meine Stiefel aus. Sie lächelte und sagte wieder, Armer Junge. In dem Moment hing mir das schon wieder zum Hals raus, so arm war ich nun auch wieder nicht. Sie bot mir Tee an. Tee schon wieder. Es musste an der Gegend liegen, dass alle ganz verrückt nach Tee waren und beim kleinsten Anlass sofort einen aufbrühen mussten. Keine Hagebutten!, rief ich, etwas zu laut, sodass die Frau, die sich Dagmar nannte, zusammenzuckte. Ich entschuldigte mich. Sie schlug mir daraufhin irgendeine abstruse Kräutermischung vor, von der sie steif und fest behauptete, keine einzige Hagebuttenblüte zu enthalten. Nach nur einem Augenblick kam sie mit einem Tonstövchen wieder, natürlich, mit einem Teelicht darin, stellte die Teekanne darauf, auf das Tischchen neben dem Sessel, in dem ich steckte, stellte einen Becher dazu, auf einen Filzuntersetzer, und goss mir dampfenden Kräutertee ein. Bei dem Gedanken bricht mir jetzt noch der Schweiß aus. Selbstverständlich gab es noch eine große Schüssel mit selbst gebackenen Haferkeksen dazu und ich würde mich nicht wundern, wenn ich bis zur Brust unter einer Decke aus Schafswolle begraben gelegen hätte. Ich spannte meinen ganzen Körper bis zum Zerreißen an, um den Drang in mir zu töten, alles von mir zu werfen und aus dem Laden zu stürmen. In dem Moment kam eine Katze um die Ecke. Auch das noch. Die Katze schaute mich an, wie mich nur Dagmars Katze jemals anschauen würde. Es war eine von der Sorte, die vor lauter Fell völlig formlos wirkt. Zu allem Überfluss schielte sie auch noch. Dagmar sagte, das sei Pipi. Pipi?, fragte ich. Ja, sagte Dagmar. Wie der Urin? Wenn man so will, sagte sie irritiert. Pipi sprang auf einen der Schemel oder eine Kiste und schielte vor sich hin. Sie musste furchtbar schwitzen, ließ sich aber nichts anmerken. Nach kurzem Schweigen, Dagmar saß mittlerweile im Sessel gegenüber, fing sie an, mir alle 7,8 Milliarden Sorten Kandiszucker zu erklären, die auf einem Silbertablett neben dem ganzen Teegedöns standen. Aus irgendeinem Grund fingen meine Augen furchtbar an zu tränen, obwohl ich nicht weinte. In der Hoffnung, das Ganze abzukürzen, schaufelte ich mir blind die Brocken in den Becher, von schneeweiß bis bernsteinbraun. Sie beglückwünschte mich jedoch nur ausführlich zu meiner Wahl. Wenn es wenigstens Wein gewesen wäre, aber der einzige Wein, der für Dagmar existierte, war natürlich Glühwein. Tränend und schwitzend versuchte ich Pipi im Auge zu behalten, weil ich Angst hatte, sie würde mir in den Schoß springen oder Schlimmeres, und gleichzeitig so charmant zu wirken, dass ich Dagmars Wohlgefallen erregte, ich meine, sie in der Meinung bestärkte, die sie sich von mir gebildet hatte. Ich wusste zwar nicht, welche das war, aber sie hatte sie immerhin dazu gebracht, mir zu helfen, wenn auch auf die dagmarsche Art und Weise.

Nach diesen dramatischen Ereignissen, das muss sie jetzt sein, die wunderbare Geschichte, was ich auch gesagt haben mag, kehrte wieder etwas Ruhe ein. Ich werde sie ein wenig beschreiben. Es war eine Ruhe, die mich kurzzeitig vergessen ließ, wo ich war. Das war schon viel wert. Umso mehr erschreckte ich mich dann, wenn es mir wieder einfiel. Aber davor war ich in einem Zustand der Vergessenheit, in dem ich seit meiner Flucht aus dem Altersheim nicht mehr gewesen war. Nein, ich wollte ja Dagmar beschreiben. Sie hatte ich mit »sie« gemeint. Sie war eine gut aussehende Frau von Mitte vierzig, immer vollständig eingecremt, als bereite sie sich auf die Einbalsamierung vor. Und tatsächlich wirkte der Balsam schon, denn sie sah gar nicht wie Mitte vierzig aus, ohne deswegen gleich älter oder jünger auszusehen, also weder noch, ich meine damit, dass sie alterslos aussah. Woher ich dann wusste, dass sie Mitte vierzig war? Sie sagte es mir wahrscheinlich. Glatte hellbraune Haare, glänzend, dünn und dicht, fielen um ihr ein wenig zu symmetrisches, ovales Gesicht. Eigentlich habe ich sie nicht mehr vor mir. Nur das Gefühl ihrer Anwesenheit erinnert noch an sie, ihre zurückhaltende Aufdringlichkeit, ihre schüchterne Penetranz, ihr Gemütlichkeitsfanatismus, der eigentlich nur die kuschelige Variante einer Weltverneinung war. Sie ist wie eine winzige Figur in meinem Innern eingeschlossen, wo sie noch immer so weitermacht wie damals. Sie roch immer ganz leicht nach Schweiß, Holz, Kerzenwachs und getrockneten Blumen. Und erstaunlicherweise auch nach der Farbe Weiß. Und obwohl es unmöglich ist, nach einer Farbe zu riechen, roch sie danach. Und nicht nur, dass eine Farbe an sich keinen Geruch haben kann, ist ausgerechnet Weiß nicht mal eine Farbe, sodass es doppelt unmöglich ist, danach zu riechen, falls das möglich ist. Und doch tat sie es. Aber noch erstaunlicher war, jedenfalls für mich, dass wir uns in einem Buchladen befanden. So weit wie ich der Autobahn gefolgt war und was ich an ihren Ufern gesehen und nicht gesehen hatte, hätte ich ein Nichts oder ein militärisches Sperrgebiet erwartet, aber keinen Buchladen. Es gab also Grund, stutzig zu werden. Allerdings stutzte ich nur im Geheimen, denn ich hing so lahmgelegt im Sessel, mit vielleicht geschmolzenen Gesichtszügen, dass sie mir unmöglich Skepsis oder Stutzigkeit hätte ansehen können, die ich mir beide noch sehr lange bewahre auf dem Weg in die Bewusstlosigkeit. Ich hoffte darauf, schniefend, tränend und schwitzend in den Sessel diffundierend, dass ich noch herausfinden würde, was es mit dieser hilfsbereiten Frau auf sich habe, die sich so gut abzuschließen verstand, und das ganz ohne Hilfe eines monströsen Systems, wie es das Theresienheim gewesen war. Wer kaufte ihre Bücher? Und wo kaufte sie mit all dem verdienten Geld all die Utensilien, unter denen sie sich begrub? Diese Fragen hallten in mir wider, aber dumpfer und dumpfer werdend, sich entfernend und wegtrudelnd, während ich nicht anders dahinschmolz als die zahllosen Kerzen. Halb träumend schien mir, dass die Luft irgendwann so mit Wachsdunst gesättigt wäre, dass es feine Wachstropfen regnen müsse, bis jede Fläche und unsere Haut mit einer dünnen Schicht bedeckt wären. Und dann wäre alles erstarrt, konserviert in einer Luft, die so warm und dick war wie ein frischer Quarkkuchen. Abdriftend vernahm ich noch die gleichmäßig modulierte Stimme Dagmars, die mir irgendwelche Fragen stellte, von denen ich in diesem Moment nichts verstand und von deren Antworten ich nichts wissen konnte oder wollte.

Als ich aufwachte, in einem weniger elenden Zustand als erwartet, lag ich in einem Bett, unter einer Decke, in einem Frotteeschlafanzug steckend, der mit primitiv gezeichneten Autos bedruckt war. Sollte das ein ironischer oder spitzer Kommentar zu meiner Fortbewegungsart sein? Ich befand mich in einem winzigen Hinterzimmer der Buchhandlung. Durch das kleine Fenster konnte ich sehen, dass es draußen, wie immer, schon wieder oder immer noch dunkel war. Vielleicht schneite es sogar. Hatte ich irgendwelche Fieberträume gehabt? Das fragte ich mich. Und wie hatte mein Schlaf die intimen Berührungen des Ausgezogen- und wieder Angezogenwerdens überstanden? So wie ich roch, oder nicht mehr roch, musste ich sogar gewaschen worden sein. Ich lag also da, ganz ähnlich, wie ich jetzt liege, nur gewaschen und in einem neuen Schlafanzug, in einem ungleich vorteilhafteren Licht, einer ungleich günstigeren, aussichtsreicheren Lage, mit einem robusten Rest von verzweifeltem, jugendlichem Schwung, aber auch mit einer Angst, einer ganz anderen Form der Angst, als ich sie jetzt habe, denn auf die Verschiedenartigkeit meiner Ängste habe ich mich in meinem kurzen Leben immer verlassen können, so monochrom sich meine Seele auch sonst gern gibt, die Angst ist der Ort ihrer Mannigfaltigkeit. Schön gesagt, ich gratuliere mir. Und selbstverständlich brannte in dem Zimmer eine Kerze, ohne zu flackern, und von jenseits der Tür hörte ich nichts. Ich machte mir einige Gedanken. Und wenn ich sage, machte, dann meine ich das auch so, denn diese Art Gedanken waren keine, die einfach so zu mir gekommen wären, ich musste mich schon um sie bemühen. Da war einmal die Frage des Weges, die sich mir nicht direkt stellte, aber ankündigte in der schmerzhaften Vorstellung, die Autobahn nicht mehr wiederzufinden. Ich würde Dagmar eine Wegbeschreibung entlocken, ich wusste nicht wie, durch Mitleid wahrscheinlich. Dann dachte ich an den Nachlass des Filialleiters, dessen Herausgabe ich erzwingen musste, um jeden Preis. Oder sagen wir, der Preis müsste mir schon ermöglichen, bis zu Darz vorzudringen oder wenigstens knapp an ihm vorbeizurasen, auf Nimmerwiedersehen. Auch das kann schließlich passieren, mit einem Bleifuß auf dem Gaspedal. Mein Erlebnis mit der Kernfamilie hatte mein Vertrauen in mein Verhandlungsgeschick natürlich erschüttert. Doch bei der Frage des Weges machte ich mir gleich noch einen anderen Gedanken. War Dagmar vielleicht ein weiblicher Drawer? War das Ganze ein vom Priester oder sogar von Darz aufgestellter Honigtopf, um mich endgültig aufzuhalten, jetzt, da der Filialleiter nicht mehr kommen würde, um mir herauszuhelfen? Honigtopf: ein Terminus technicus. Und wenn dem so war, was war aus meinem Auto geworden und hatte man sich in der Zwischenzeit daran vergangen? Das waren in meiner Lage genug Gedanken für eine Weile. Übrigens war ich schon so abgebrüht, dass ich noch während ich im Sessel in mein Delirium abgerutscht war, nach Kreuzsymbolen Ausschau gehalten hatte, denn die Begegnung mit einer weiteren christlichen Katholikin wollte ich unbedingt vermeiden. Es ist klar, dass alle christlichen Katholiken klandestin miteinander vernetzt sind, wahrscheinlich über den heiligen Geist. Ebenso klar war, dass wenn ich weiter investigieren wollte, ich das nicht in diesem Automobilschlafanzug würde tun können. Ich war schon vorher sicher keine beeindruckende Erscheinung gewesen, aber so würde ich mir nicht mal selbst geantwortet haben. Immerhin war saubere Kleidung eine schöne Abwechslung, Frottee hin oder her.

Als ich aus der Tür trat, ein wenig erstaunt darüber, dass sie nicht abgeschlossen war, kam ich in einen Raum, nicht viel anders als der, in den ich zuerst eingetreten war, der allerdings ein weiteres Bett enthielt, auf dem Pipi saß und mich mit einem Auge ansah, während das andere den Raum im Auge behielt. Ich hätte mich kaum gewundert, wenn sie sich als die Filialleiterin vorgestellt und angefangen hätte, eine selbstverfasste Ballade vorzutragen. Denn eigentlich glaubte ich zu diesem Zeitpunkt nicht an einen Buchladen, der sich weder als Æxegofiliale noch als Filiale der dreifaltigen Katholikensekte herausstellen würde, und suchte nach Hinweisen, die meinen Verdacht bestätigten, ohne einen Gehirnzustand zu besitzen, der Hinweise tatsächlich hätte herausfiltern können. Ich musste an Eva denken und fragte mich, ob ich besser dort geblieben wäre, wenn man mich gelassen hätte. Aber ich wusste auch, dass ich diesen alkoholfreien Vater mit dem Messer und Evas warme

Kirschkernhaftigkeit auf die Dauer oder schon nach kurzer Zeit nicht ertragen hätte. Außerdem hätte ich dann nie wieder meine Großmutter kennengelernt. Nein, so war es besser oder fast genauso gut.

Pipis Aura. Ja, auch Katzen haben leider eine Aura, zumindest diese hatte eine. Es war eine starke Aura der Missbilligung. Nicht so sehr der Kritik, die konstruktiv hätte sein können, sondern der generellen Missbilligung, ja der Ablehnung, und diese Haltung, die ich hinter ihrer Aura vermutete, beruhte auf Gegenseitigkeit. Husch-husch, sagte ich ihr ins haarige Gesicht. Und: Pipikatze. Sie verzog kein Schnurrhaar. In unserer Feindschaft waren wir uns also einig.

Kaspar!, tönte es da aus dem Nebenraum wie ein Glockenspiel. Hatte ich Dagmar meinen Namen verraten? Vielleicht. Ich trat ein. Der Raum war so, wie ich ihn vorgefunden hatte. Dagmar lag in einem riesigen Sessel und hatte offenbar gelesen. Was sie gelesen hatte, konnte ich nicht sehen. Sie fragte mich, ob ich gut geschlafen habe. Ich sagte ihr, ich hätte Hunger. Sie brachte mir Gebäck und informierte mich darüber, ohne dass ich es hätte wissen wollen, dass es Anis, Zimt, Safran, Kardamom, Ingwer, Kümmel, Salz, Mehl, Butter, Honig und Schmalz enthalte. Ich schlang das meiste davon ungekaut herunter. Sie schaute mich dabei mit glänzenden Augen an und auch ihr Gesicht glänzte wie ein kandierter Apfel. Ich werde nicht mehr vom Tee sprechen. Sie brachte mich schließlich dazu, mich auf ein Sofa zu setzen, denn es gab mannigfaltige Sitzmöbel in diesem Buchladen, platzierte sich neben mich, breitete ein gehäutetes Schaf über uns aus und fragte mich nach meinem Lebensweg, nach Vergangenheit und Gegenwart, nach Herkunft und

Zukunft. Ich erinnere mich, dass sie dieses seltsame Wort gebrauchte, Lebensweg. Dabei war ihr Oberkörper als Zeichen des lebhaften Interesses zu mir gewandt, die eingecremten Hände im Schoß gefaltet und ihr hellbraun-dunkelblondes Haar fiel seidig auf ihre Schultern. Man hätte meinen können, gleich komme ein Maler herein, um ihr Porträt zu nehmen. En détail erzählte ich ihr von meiner Reise und betonte meine generell prekäre schullose Schüler- und dann praktikumsleiterlose Praktikantensituation. Zu allem nickte sie so empathisch, als wollte sie gleich in mich hineinkriechen. Ich fragte sie, was sie darüber wisse. Sie sagte, sie habe noch nie davon gehört. Allmählich verlor ich die Geduld mit all den Menschen, die so taten, als hätten sie noch nie von Darz und noch nicht einmal von Æxego gehört. Die Behauptung, noch nie davon gehört zu haben, machte sie alle verdächtig, beinahe so verdächtig wie die Behauptung, genau darüber Bescheid zu wissen. Dann sagte ich, sie müsse die Manuskripte meines Filialleiters kaufen und herausgeben, bitte-danke. Was für Manuskripte?, fragte sie. Und ich gab ihr eine Kostprobe, denn ich hatte die Hefte in meinem Rucksack dabei, bereit, herausgeholt zu werden, um eine wirkungsvolle Präsentation der Filialleiterprosa hinzulegen. Es war vielleicht eine Passage aus den *Liedern, Sprüchen, Schwänken und Anekdoten aus der Zeit des Omnizids* oder aus dem *Ärmlichen Fragment zur ontischen Austerität*, in dem das Wort »wundverworren« vorkam, oder »gramerloschen«, oder beide. Ich entzifferte stockend eine halbe Seite und brach dann erschöpft ab. Dagmar schwieg und schien nicht in Schwingung geraten zu sein. War es so abwegig, dass eine Buchhändlerin Manuskripte kaufte? Von dieser Bedeutung?

Welche Bedeutung war das genau? Musste es eine geben, um einen mittellosen Praktikanten auf wichtiger Mission zu finanzieren? Sie konnte mir nicht erzählen, dass die Buchbranche nicht einträglich wäre. Und doch tat sie es. Es war auch nicht einfach, die Bedeutung meiner Aufgabe zu vermitteln. Ich konnte mich nur immer wieder darauf versteifen, dass das alles geheim sei. Dabei hatte ich ihr schon längst alles gesagt, was ich wusste, und es war nichts mehr übrig, um es geheimzuhalten. Der Filialleiter konnte mich schließlich nicht mehr schelten. Möge Gott die Finger von seiner Seele lassen. In diesem Moment sah sie mir tief in die Augen und ich hielt ihrem Blick stand. Dann fragte sie mich, warum ich der Kommissarin auf der Polizeistation nicht die Wahrheit gesagt hätte. Ich konnte sie wirklich kaum ertragen, ich weiß nicht, warum. Ich nuschelte irgendetwas und stopfte mir anschließend einen riesigen Keks in den Mund, den ich so lange kaute, bis er sich verflüssigt hatte. Dann schwiegen wir. Das Holz knackte im Ofen. Sie legte mir eine Hand auf den Unterarm. In dem Moment kam Pipi hereingeschlichen. Die Situation war schon wieder dabei, sich zu verdichten. Während Pipi und ich uns Blitze zwischen unseren Augen hin- und herschossen, beziehungsweise zwischen ihrem einen Auge und zwischen meinen beiden, begann Dagmar von dem Manuskript zu reden. Ich sagte ihr, Spinoza sei gegen dieses Werk ein schrecklicher Amateur. Sie sagte mir, es klinge in kurzen Momenten wie das Negativ eines pötologischen Textes. Ich fragte sie, was sie über Pöten wisse. Sie sagte mir, sie wisse nicht viel über Pöten und doch wusste sie mehr als ich und mehr, als der Filialleiter mir erzählt hatte. Sicherheitshalber fragte ich nicht nach, was sie damit meine, sie wollte es mir aber trotzdem erklären. Deshalb fragte ich sie, ob unser ganzer nervtötender Dialog darauf hinauslaufe, dass sie nicht nur nicht das Gesamtwerk kaufe und herausgebe, sondern nicht mal ein einziges Heft oder Gedicht. Sie bestätigte es mir. Wie kühn!, wollte ich sagen, aber der Schlafanzug verhinderte es aus irgendeinem Grund. Ich rechnete schon damit, dass sie mich jetzt hinauswerfen würde, da ihr bei finanziellen Diskussionen offenbar unbehaglich wurde, wahrscheinlich weil sie ihrem Gemütlichkeitsfundamentalismus zuwiderliefen, doch stattdessen fing sie an, mir von ihren verblichenen Lieben zu erzählen. Wer ist gestorben?, fragte ich. Es stellte sich heraus, dass sie vergangene Beziehungen meinte, die jeweiligen Partner aber noch lebten, zumindest einige, wahrscheinlich jedenfalls. Und ich dachte, diese ganze Episode laufe darauf hinaus, dass ich mir die Mittel besorge, um zu Darz zu gelangen, mein Praktikum abzuschließen und zugleich den letzten Willen meines Filialleiters zu erfüllen, aber Pustekuchen. Dagmar stand auf, manövrierte glänzend im tieforangenen Schein zwischen den Sesseln und Tischchen hindurch bis zur Bücherwand und zog ein riesiges Fotoalbum heraus, schwarz und massiv, mit dem sie sich, eng angeschmiegt, neben mir platzierte, es auf unseren Schößen ausbreitete und mir dann Foto für Foto explizierte. Dagmar hatte jede ihrer Beziehungen und anscheinend auch sonst alle Erfahrungen genau dokumentiert. Der schwere Band war in große Kapitel namens Jens, Reiner, Achim und Dirk aufgeteilt, voller Bilder unter Sonnenschirmen oder auf Sonnenterrassen oder vor Bauwerken, aber manchmal lag einer von ihnen auch im Bett, mit schelmischem Blick. Ich fühlte mich mit jeder Seite des Albums unwohler. Aber es ging nicht nur um ihre fröhlichen Sonnenurlaube, sondern mit der Zeit wurden die Bilder mir verdächtig vertraut, als rückten sie aus dem Privathistorischen ins Privatgegenwärtige, da sie den Zustand festhielten, in dem die von mir durchrasten Gegenden geglaubt hatten, sich mir offenbaren zu können. Dazwischen zeigte sie mir irgendwelche damit zusammenhängenden Grafiken und Tabellen, die lose zwischen den Seiten lagen und sah mich vielsagend an, ohne mir von dem Vielen etwas zu sagen, und ich murmelte nur ah ja, ach so, m-hm. Währenddessen positionierte sich Pipi auf einem riesigen Kissen genau in meinem Sichtfeld und so, dass ich sie kaum ignorieren konnte. Was sollen eigentlich ständig diese Katzen? Während mir Dagmar irgendeinen Tagesausflug durch eine verwüstete Landschaft mit einem Armin aufschlüsselte, warfen die Katze und ich uns wieder zornige Blicke zu und wie einen Juckreiz bekam ich den Drang, Pipi im Genick zu packen und ihr Köpfchen in ein mit Wasser gefülltes Waschbecken zu tauchen. Mit nassem Fell sähe sie aus wie eine Langhaarratte. Vielleicht spürte sie meinen Wunsch, denn sie begann ganz langsam ihre Lefzen, oder was immer eine Katze hat, hochzuziehen zu einem Grinsen, mit dem sie mir ihre winzigen Reißzähne zeigte, wahrscheinlich um über ihre Plüschigkeit hinwegzutäuschen. Die Luft zwischen uns wusste nicht, in welchem Aggregatzustand sie zu sein habe. In Gedanken nannte ich Pipi den Abschaum der Fauna und sie konterte trocken, indem sie mich verlorenes Menschenkind nannte. Gerade ging es wieder um irgendeinen Volker, als es eine Art Kurzschluss gab und ich flink wie ein Tapir auf die Katze zusprang, die, anstatt kreischend die Flucht zu ergreifen, wie ich es von diesem Flokati erwartet hätte, ihre virenbevölkerten Zähne in mein Armfleisch grub. Ich fiel und war verwundet. Zum Glück erkannte Dagmar gleich, wer hier das Opfer und wer der Täter war und kam mir, in den Kissen liegend, zu Hilfe, um meinen verwüsteten Arm zu untersuchen. Pipi hüpfte derweil mit blutiger Fratze durchs Zimmer und schielte wild in alle Richtungen wie ein unterbelichteter Dämon. Dagmar verarztete mich beinahe liebevoll, schien aber gar nicht schockiert, dass ihr Flohzirkus zu so einer Grausamkeit imstande war. Müsste man Pipi nicht einschläfern, zur letzten Ruhe betten? Ich wagte es leider nicht, den Vorschlag zu machen. Dagmar reinigte die Wunde und legte mir einen Verband an. Für alle Fälle und auch für diesen schien sie ideal ausgestattet. Sie gab mir auch ein neues Schlafanzugoberteil und entsorgte das alte. Sie sah mich an. Ich wünschte mir in diesem Moment nur, dass sie mich nicht so ansehen würde. Sie bot mir eine getrocknete Zwetschge aus einer Nussholzschale an. Nein!, rief ich. Sie schlug mir vor, mich zu adoptieren. Sie versuchte mich zu trösten! Ihre hellen, furchtbar symmetrischen Augen füllten sich mit Tränen. Ich beruhigte mich und dankte ihr recht herzlich, aber lehnte ab. Sie sah mich weiter an. Ihrer übergriffigen Fürsorglichkeit hatte ich immer weniger entgegenzusetzen. Ich wurde weich, im Griff ihrer Seele. Hatte ich mich nicht verständlich gemacht? Sie sagte mir, ich solle ihr folgen. Und ich folgte ihr natürlich, wie der letzte Trottel. Wir gingen nach hinten, an dem Zimmer vorbei, in dem ich geschlafen hatte, durch einen langen Flur. Ich erinnere mich an eine verwirrende Vielfalt an Trockenbuketts und Strohpuppen.

Ausgerechnet Trockenbuketts, ein einziges hätte mich zu anderen Zeiten sofort in die Flucht geschlagen. Schließlich kamen wir bei einer weiteren Tür an, die sie mich bat zu öffnen. Sie führte nach draußen. Es war eine seltsame Perspektive bis zum Horizont. Seltsam wegen der Weite. Sie war überraschend, das kann man so sagen, eine solche Weite hinter einem Buchladen. Der Himmel hatte einen purpurnen Schatten und darunter breitete sich endlos das flache Land aus, tiefbraun wie von fruchtbarer Erde, auf der aber nichts wuchs, und aufgewühlt, wie frisch gepflügt, und doch war es kein Feld, wie ich erst dachte und wie ich sie während meiner Fahrt schon bis zum Überdruss gesehen hatte, denn in den aufgeworfenen Erdhügeln und Gruben war etwas Helles zu sehen, das ich bald als Hände und Füße, Arme und Beine, Köpfe und Hälse erkannte, eilig und achtlos vergrabene Tote. Soweit mein Blick reichte. Ich musste geschlafen haben, während die anderen litten. Pipi glitt zwischen unseren Beinen durch, hüpfte leichtfüßig auf einen Hügel und begann auf ihrem Plüschschwanz herumzukauen. Dagmar schloss die Tür vor meinen Augen und führte mich an den Trockenbuketts vorbei zurück in die gute Stube. Dass sie gerade ihre Katze ausgesperrt hatte, schien sie nicht zu stören. Später stellte ich dann fest, dass in die Tür des Hinterausgangs eine Katzenklappe eingebaut war.

Sie gab zum Gezeigten keinerlei Kommentar ab. Vielmehr bestand sie darauf, wieder in eine strenge Gemütlichkeitshaltung zurückzukehren, wie sie es mir auf die allergemütlichste Weise vermittelte. Ich hatte schon, ich weiß nicht wodurch, die Gewohnheit angenommen, ihr zu gehorchen. Ich sagte ihr, aus einer aufsteigenden

Panik heraus, dass ich jetzt aufbrechen würde. Sie sagte mir wieder, dass ich mich von ihr doch jetzt bitte schön einmal adoptieren lassen solle. Ich sagte, ich dürfe nicht hierbleiben, ich müsse weiter vordringen und meinen Praktikumsauftrag erfüllen und sie solle sich bitte verpflichtet fühlen, mir zu helfen. Sie sagte, sie sei zu gar nichts verpflichtet. Sie hatte leider mitgedacht. Ich sagte ihr, ich sei wild entschlossen, Darz ausfindig zu machen. Daraufhin schlug sie mir als Alternative vor, ein Praktikum bei ihr zu machen, im Buchladen. Selbstverständlich ein absurder Vorschlag, da ich der Verwirklichung meines eigentlichen, das heißt meines Æxego-Praktikums, nicht nähergekommen war und ich unmöglich ein neues anfangen konnte, ohne das erste beendet zu haben. Das sagte ich ihr auch. Ich hoffe, diese Episode ist bald zu Ende. Dagmar solle jetzt sofort ein Gedicht kaufen, ein einziges, und ich las wahllos eines vor und behaupte, mich erinnern zu können, es sei folgendes gewesen:

Alles wendet sich von sich ab –
kehrend im Traumschutt
Um Schlimmstes zu verhüten
Es seien
abblätternde Formen, unbewohnt
Und letzter Lichtschacht mir
Wohnung – die Hände zu strecken
in den fallenden Staub

Es gehöre wahrscheinlich zum *Enervierenden Anti-Ontismus*, sagte ich ihr. Sie antwortete, sie wolle es kaufen. Das irritierte mich. Ich schaute es mir noch mal an. Nein, es war immer noch schlecht. Sie nannte mir eine Summe. Sie war verdächtig hoch. Sie war sogar so hoch, dass ich ihr dafür das Gesamtwerk überlassen hätte. Irgendwas schien mir zu entgehen und ich wusste nicht, was es war. Und das war eine Notwendigkeit, denn anders hätte es mir nicht entgehen können. Bevor ich also noch bemerken würde, auf welche Weise ich übers Ohr gehauen wurde, stimmte ich schnell zu. Es macht natürlich Angst, wenn alles plötzlich leicht wird.

Ich nahm meine Sachen und trat aus dem Buchladen. Die Kälte stach mir in die Lider und biss mir in die Nasenhöhlen. Das Auto war noch da. Ich drehte mich um, um zu sehen, ob mich irgendetwas mit Gewalt zurückhalten würde. Aber da war nur Dagmar, deren Gestalt, um die Schwaden dicker Ofenwärme in diesen gläsern wirkenden Winter aufstiegen, mir plötzlich ins Herz stach. Gläsern? Es wird vielleicht Tag gewesen sein. Sie stand im Türrahmen, in ihre kuschelige Wolle gewickelt. Das Haar im Luftzug umspielte leicht ihr plötzlich mädchenhaftes Gesicht, dessen Einsamkeitsmaske sich mir ins Gedächtnis gebrannt hat als Ausdruck für das, dem ich begegnet war und das ich nun hinter mir lassen sollte.

War das jetzt eine fröhliche Episode? Ich möchte es meinen. In diesem Punkt darf ich keine zu hohen Ansprüche stellen. Ich war kurz fort immerhin. Meine Strahlenkrankheit ist noch nicht ausgebrochen, die Bronchitis des Viechs auch nicht. Außer es hustet heimlich in seiner düsteren Angestelltenkammer, während ich mich hier mit meiner sogenannten Geschichte befasse, mit spitzem neuen Bleistift jede neue Abschattung notierend. Oder es kann lautlos husten, mit seiner Seele. Zwischendurch, während ich schrieb, spürte ich die Anwesenheit des Meteoritensplitters wie die eines Agenten, der mich schweigend verhört, ohne sein Gesicht zu zeigen, dessen Blick ich fühle, ohne seine Position zu erraten, der alle Zeit der Zeit zu haben scheint und auf dessen Fragen ich Antworten geben muss, ohne sie zu kennen. Die Wahrheit wäre demnach auch für mich eine Neuigkeit. Übrigens riecht der Meteorit gar nicht, warum riecht er nicht nach Weltall? Ich werde nicht die Nase hineinstecken. Sollte sich herausstellen, dass es sich am Ende doch nur um einen Stein handelt, der sich genauso als Teil eines interstellaren Meteoriten wie als Innendeko eignet, ich wäre enttäuscht. Allerdings werde ich nie sicher sein können, ob er nicht doch meine Gesundheit, oder sagen wir besser, meinen körperlichen Zustand ruiniert, wenn auch unmerklich, da über sehr lange Zeiträume, voller Langzeitfolgen, in langen Kausalketten, einander anstoßend und hervorbringend. Außerdem gibt er eine schreckliche Deko ab. Es ist ja nicht so, dass ich sonst das blühende Leben vor der Nase hätte.

Seltsam. Ich muss es schnell sagen, ich wollte einmal wieder nichts tun, einhalten, versuchen zu begreifen, in welcher unbegreiflichen Lage ich mich befinde, und zwar nichts tun in einer Ausdehnung, ich meine zeitlich gesehen, wie ich es schon lange nicht mehr getan habe, da ich anscheinend so vertieft war in meine schwankende Fahrt, wobei ich auch sonst nichts tue, ich meine vor allem nichts tue, zum größten Teil, den man, glaube ich, auch den Löwenanteil nennt, selbst in meinen Hochphasen, das sollten Sie wissen, wobei ich es selten lange genug am Stück aushalte, um den blassen Schatten einer

Gegenwart, meiner Gegenwart, in der Zeit zu erfassen, was mir deshalb immer seltener gelingt – vielmehr bekomme ich plötzlich einen Stich und finde mich in meinem Bett wieder, mit weißen Gliedern, wo ich mich schon vorher befunden zu haben geglaubt hatte und doch erst jetzt wieder anwesend bin, wie aus einem doppelten Dämmer erwacht, aus einem Albtraum, aus dem ich im Traum schon dachte, erwacht zu sein, und sofort überkommt mich das Gefühl, eingeschlossen zu sein in unsichtbare Materie und alles beschreiben zu müssen, aber nicht beschreiben zu können: Mein Zimmer und wie es mir in diesem Moment erscheint, verdunkelt und farblos und ohne Geräusch, außer meinem Atem, wie der eines Fremden, und das mühsame Kritzelgeräusch, mit dem ich mein Heft mit Grafit bedecke. Bin ich also gleich schon wieder fort? Warum muss ich mich hier befinden? Dieses Zimmer ist so hartnäckig hier. Oder da. Ich dagegen kaum. Und trotzdem keine Wahl haben. Das nenne ich einen ungünstigen Ausgangspunkt. Wie dankbar ich wäre, wenn das Viech jetzt mit seinem alten Waschlappen hereinkäme, um meine Blöße zu waschen. Wer weiß, was es jetzt erleiden muss, in seinem gebrochenen Panzer, wie es sich an sein Leben klammern muss. Oder ist es nur ein Schönheitsriss? Wie auch immer, es hat allen Grund, mir eine Waschung zu verweigern, da ich sie so oft abgelehnt habe.

Der Beschreibungswunsch bleibt trotzdem ein schwacher. Noch mal Glück gehabt. Es ist tödlich langweilig, sich auf Dinge zu konzentrieren, die man ununterbrochen vor sich hat. Was kein Grund ist, es nicht zu tun. Und er kann noch so schwach sein, wenn er stärker ist als alle anderen Wünsche, momentweise, stärker als der Wunsch nach Ruhe, der den Mammutanteil meines Wünschestroms ausmacht, dann ist er der größte, notgedrungen. Der Löwe und das Mammut, ich habe sie vor mir, sie müssen Freunde sein.

Und ich sehne mich nach den guten alten Zeiten, die natürlich noch gar nicht lange her sind, in denen das Viech und ich unser lustiges Puppentheater aufführten, mit seinen wilden Auf- und Abtritten, Essen, Trinken, Waschversuchen, und den kleinen, grotesken Dialogen, wenn man sie so nennen will, und ich will es, und Interaktionen, die das Band zwischen uns geknüpft haben. Seltsam, wie wenig lustig ich es damals fand. Und wie lustig in der Rückschau. Na ja.

Ich habe über das Wort Pöten nachgedacht. Ein seltsamer Klang, trotzdem taucht es immer wieder irgendwo auf. Ein deplatzierter Ort, wenn es sich darum handelt, aber nie ganz zu leugnen, für mich. Ohne dass ich ihn leugnen müsste, eher noch verleugnet er sich selbst, scheint mir. Das hat er mit den anderen Holzwegen gemein, aus denen sich meine Fahrt zusammensetzt. Das Wort Rohrkrepierer fällt mir ein: Wie war deine Reise? Sie war ein Rohrkrepierer. Ich weiß nicht, ob man es so gebraucht. Es enthält beinahe das Maximum an Rs. Und das hier ist dann das Holz, am Ende des Weges? Und wenn es hier etwas nicht gibt, dann ist es Holz! Falsch: meine beiden Bleistifte. Ein Irrtum, der durch meine beiden Bleistifte korrigiert werden kann, ist einer, den ich stehen lasse, anstatt ihn zu streichen.

Ich habe aber das Gefühl, dass ich aufpassen muss. Die Ereignisse haben alles ins Rollen und Rutschen gebracht, was vorher so ein toter Hang war, sie lassen mich um meine Fassung fürchten, wenn ich berechtigt bin, mir eine zuzuschreiben, und ich stelle fest, dass ich recht daran getan habe, sie zu verabscheuen. Wie sehr ich auf sie angewiesen bin, das ist die eigentliche Krise dieses – Lebens hätte ich beinahe geschrieben, dieses Zustandes, den ich hier führe. Oder dass sie nicht zu verhindern sind. Eines von beidem, oder beides. Der Meteorit kam vielleicht von einem bösen Stern. Das hätte ich gern. Aber es reicht eben, dass er von einem neutralen Stern gekommen ist, ja, es reicht sogar, dass er überhaupt gekommen ist, um uns zu belästigen. Um mich zu belästigen, das Viech hatte vielmehr seinen Spaß, wenn auch nur kurz. Die Schwelle zum Ereignis ist auch so herabgesetzt, also was als Ereignis gilt. Irgendwann wird sich alles nur noch in Permanenz ereignen, indem es nicht vergeht. Meine Träume. Wobei ich sie oft genug ziehen lasse. Nein, das Problem muss die Schwelle sein, etwas ins Rollen und Rutschen zu bringen, die so niedrig ist, das fragile Gleichgewicht meiner Situation und das nachfolgende Ungleichgewicht wären demnach mein Krisenherd. Und ich weiß nicht, was ich darauf kochen soll. Außer der Entschlossenheit, mich zu keiner Reaktion zu entschließen. Irgendwie durchzuhalten, durch was, natürlich, und so weiter. Es ist am Ende die Abgebrühtheit des Viechs, nach der ich mich sehne. Dabei ist es ein Roboter. Was soll auch mein Fleisch und Blut? Schlechte Frage. Aber wohin ich sie überall geschleppt habe.

Mir ist gerade eingefallen, weil ich glaubte, der Filialleiter habe sich oder etwas, irgendetwas verraten, leider ohne mir selbst klarzumachen, was ich damit meine, dass ich versucht haben könnte, oder versucht habe, mich nach Pöten durchzuschlagen, zum *Pötener Institut für Pötik, angewandte Pötologie und pötische Lebenskunst*, wenn so etwas existierte, und dass ich es verfehlte, zum Glück, vermute ich, aber nicht ohne es mich mit großer Verbissenheit teuer zu stehen kommen zu lassen, wie es meine damals oft angewandte Methode war, gemäß einer verborgenen und umso mächtigeren Logik, die mich durch Rückschläge voranzubringen versuchte. Sie hat vielleicht etwas mit dem Wort Karrierepfad zu tun. Dies ist eine Episode, die sich chronologisch nicht einfügen lässt, und zwar, weil es so ist. Vielen Dank.

Und sogar ohne irgendwohin zu führen, war der Weg dorthin meinem Zustand nicht zuträglich, im Gegenteil, da ich bald abgerissen war, ja, ich aß die Kartoffeln sozusagen roh aus dem Acker und entsprechend viel Erde, in der die Kartoffeln steckten. Oder waren es Möhren? Es gibt so viel Gemüse. Rohe Kartoffeln sind natürlich tödlich, bleiben wir deshalb bei den Radieschen, warum nicht, die ich knallhart aus dem Acker extrahierte. Und mein Minimum an Proteinen deckte ich während der Wanderung mit einer Krähe, der ich auf keine andere Weise das Leben nahm als mithilfe von Gartengeräten, die ich nacheinander nach ihr warf. Geräte wie Spaten, Harke, Eimer und eine Art Dreizack, ich weiß nicht, wozu der dienen sollte. Ein Besen wäre wohl zu weich gewesen. Dabei muss ich zugeben, dass die Krähe nicht mehr fliegen konnte. Und nicht mehr laufen. Ich hätte sie im Grunde also auch packen und erwürgen können, aber dafür war ich zu feinfühlig. Die Geräte entnahm ich illegalerweise einem Schuppen, aber nach Gebrauch, das heißt, nachdem die Krähe ihren letzten Atemzug geatmet hatte, was ganz schön lange dauerte, zugegeben, ein zähes Viech, eine zähe Krähe, meine ich, und das Zeitliche segnete, wie man sagt, stellte ich sie alle wieder zurück. Aber kann ich sicher sein, dass sie wirklich noch lebte, als ich sie erlegte? Gab sie noch einen Pieps von sich? Ich erinnere mich leider an gar keine Piepse, außer denjenigen, die von den Blaumeisen verlässlich geliefert wurden. Die Blaumeisen waren unermüdlich, das kann ich sagen. Eine Krähe piepst wahrscheinlich grundsätzlich nicht. An ein Krähen würde ich mich aber erinnern. Jedenfalls fällt mir jetzt auch wieder eine Begegnung ein, die mir während des Jagdprozesses unterkam. Am Rande des Feldes, auf dem die eingeschränkte Krähe ihr Leben aushauchte, traf ich auf eine ältere Frau, die irgendetwas sammelte, denn sie trug einen Korb. Gerne würde ich sie mit Faltenrock und Kopftuch und schlohweißen Haaren ausstatten und das tue ich auch, bis auf das Tuch, stattdessen trug sie eine große Kapuze, die zu einer praktischen Funktionsjacke gehörte, ein Markenprodukt von Northwolf, auf die ich sehr neidisch war, und bis auf den Faltenrock, denn sie trug eine Wanderhose. Wahrscheinlich waren ihre Haare auch noch gefärbt. Jedenfalls kam diese alte, funktionelle Dame auf mich zu und fragte, was ich da tue und ich sagte, wie sehe es denn aus, und sie sagte, wissen Sie, was sie sagte, sie sagte, dämlich. Ich sagte, das solle sie erst mal buchstabieren, aber sie buchstabierte es leider richtig, nämlich ohne h. Ich fragte sie dann, was sie da Schlaues sammle und sie sagte, Pilze, genug, um drei Ochsen zu vergiften. Sie fragte mich, wie ich in diese Gegend käme und was ich vorhabe und ich weihte sie in meine pötischen Pläne ein. Sie hatte von Pöten nie gehört. Das verstimmte mich, denn ich glaubte Pöten schon nahe zu sein, das Gespräch kam ins Stocken und ich fragte sie irgendwann beleidigt, warum sie die armen Ochsen vergiften wolle und sie sagte, das sei ein Scherz gewesen, sie esse die Pilze, sie seien ganz harmlos. Sie war zweifellos ein Scherzkeks, diese alte Dame. Dann fragte sie mich, was ich jetzt mit dieser halbzermatschten Krähe anfangen wolle. Ich sagte ihr, dass ich Hunger habe, wobei ich offen ließ, ob ich die Fähigkeiten zur Krähenzubereitung besaß oder nicht. Wahrscheinlich sah man es mir an. Und tatsächlich saß ich kurz darauf am Feuer dieser netten Frau, die unter einer Plane schlief, die sie zwischen zwei Bäumen aufgespannt hatte, in einem kleinen, modrigen Waldstück, das verloren zwischen den weiten Feldern lag. Und während ich keinen Finger mehr krümmte, verrichtete diese alte Frau souverän alle Handgriffe, die nötig waren, damit dieser Vogel nicht umsonst gestorben war, und briet die Krähe, ja, briet mir zärtlich meine Krähe. Das ist eine der Erinnerungen, an die ich gerne zurückdenke. Sie schmeckte, als hätte sie sich ihr Leben lang aus Aschenbechern ernährt, aber ein Hauch von Hühnchen war noch zu erahnen. Die Frau probierte nur eine Faser, verzog das Gesicht und kümmerte sich stattdessen um ihre Pilze, die im Vergleich köstlich waren. Während wir aßen, hatte ein feiner, eisiger Nieselregen eingesetzt, den wir aber aussaßen, denn unter der Plane wären wir zwar im Trockenen gewesen, aber zu weit weg vom Feuer. Nach dem Essen waren wir damit beschäftigt, Reisig ins Feuer zu schichten, wo es prasselnd, fauchend und funkenschlagend verbrannte, denn der Haufen, den die Frau gesammelt hatte, würde bald sowieso zu nass sein, sodass wir jetzt lieber noch einheizen wollten. Und das

Feuer war so heiß, dass unsere Vorderseiten trocken blieben, und zwischendurch wendeten wir ihm die Rücken zu, damit sie auch trocken würden, wir wendeten uns also selbst wie Hähnchen, während es Nacht wurde. Ich fragte sie schließlich, wohin sie unterwegs sei und sie erzählte mir, dass sie nirgendwohin unterwegs sei, sie schaffe die langen Wanderungen nicht mehr, nicht mehr wie früher, und diese Stelle habe sie sich nur ausgesucht, weil die Stellen in dieser flachen und einförmigen Landschaft eine so gut wie die andere seien, immerhin könne sie von diesem kleinen Walddreieck aus gut im Auge behalten, was sich ihr nähere und von ihr entferne, was aber fast nichts sei, außer mir, eine Ausnahme seit langer Zeit. Es war tatsächlich ein Dreieck, das Waldstück, die Leerstelle zwischen den drei angrenzenden brachen Äckern. Ihr Name war, ihr Name war Christina, warum nicht, es gab noch Christinen in der Welt, ich hätte meine Hand dafür in ebenjenes Feuer gelegt. Ein so üblicher Name, dass Üblichkeit nicht das richtige Wort ist. Ehemalige Sportlehrerin wahrscheinlich oder Generalbundesstaatsanwältin. Und sie tat mir leid, so sehr, dass ich überlegte, ihr etwas von dem Geld abzugeben, das mir Dagmar gegeben hatte, so ergriffen war ich plötzlich. Allerdings schien sie weit besser zurechtzukommen als ich. Sie fragte mich, ob ich mir nicht vorstellen könne, mein Praktikum abzubrechen. Entgegen meinem Vorhaben musste ich ihr von meinem Praktikum erzählt haben. Ich fragte zurück, ob sie von allen guten Geistern verlassen worden sei. Sie bejahte. Ich versuchte ihr zu erklären, was es bedeute, ein Praktikum bei Æxego zu ergattern und wie es um meine Berufschancen bestellt sei. Sie erzählte mir dann von ihrer Generalbundesstaatsanwaltschaft, was mich eher noch bestärkte als abschreckte, wie es von ihr vielleicht gedacht gewesen war. Ich wusste, dass sie alles relativieren wollte, aber da kam sie zu spät. Wir sprachen auch darüber, dass wir von den guten Geistern noch nie einen gesehen hatten. Außer als Kind, sagte sie. Die Krähen auf dem Feld stiegen auf, landeten, stiegen wieder auf, anscheinend ungerührt vom Verlust ihrer Kameradin. Ich sagte ihr, ich sei nicht umsonst aus dem Wald aufgebrochen. Dazu sagte sie nichts. Es entstand ein peinliches Schweigen, denn ich realisierte, was ich gesagt hatte, etwas, das ich sonst nur dem Filialleiter verraten hatte. Ich schloss die Augen und wartete darauf, dass das Gegenteil meiner Behauptung in meinem Geist wieder verblasste. Währenddessen hörte ich mit halbem Ohr ihren Erklärungen und Überlegungen zum alles andere als optimistisch stimmenden Zustand des Arbeitsmarktes und aller anderen Märkte sowie Systeme zu und mir schwante, dass sie wahrscheinlich die Realität meines Praktikums und alles anderen, was ich erzählt hatte, in Zweifel zog, und mich sanft von der Idee abzubringen versuchte, indem sie mir zum Schein in meine Prämissen folgte, ganz so, wie man einen Schizophrenen von seiner Paranoia wegzuführen versucht. Ich zeigte ihr zum Beweis die Manuskripte des Filialleiters und ärgerte mich sofort, denn beim Anblick der Schulhefte und dieser Schrift konnte sie sich nur bestätigt fühlen.

Zurück im Schummerland. Ich habe geschlafen. Ich notiere es nicht jedes Mal, wenn es passiert, wenn mir das Schlafen passiert, ich müsste es ständig wiederholen, aber diesmal notiere ich es. Es sind die Momente des Erwachens, die mir besonders ans Herz gehen oder in die

Seele oder auf den Geist, irgendwohin jedenfalls, an den Ort, an dem meine Angst in Frieden wohnt, vermute ich, und die mich dazu bringen, es zu notieren. Und mich doch zu wiederholen. Beinahe hätte ich von meinem Wunsch zu leben gesprochen. Das war knapp. Sie werden wohl weniger, meine Notizen, mit der Zeit, trotz der Wiederholungen. Vielleicht ist nichts so frisch und kräftig wie beim ersten Denken. Vor Kurzem war ich produktiver, meine ich. Damals verlief nichts langsamer, eher im Gegenteil? Nach dem Erwachen habe ich mich jedenfalls gefragt, wobei das ja gerade eben war, also ich frage mich jedenfalls, was mich zu so einem loyalen Knappen des Filialleiters machte, nachdem ich dem Priester, der Theresienmeute und einem ehemaligen Förster entkommen war, das Totenfeld gesehen, die Gräfin verlassen und was weiß ich noch alles getan hatte. Andererseits muss ich es nicht verstehen, um es zu glauben. Ich stelle mir die Frage auch nur, weil sie so naheliegt, griffbereit, aber in Wahrheit gibt es keine Dringlichkeit, sie mir zu stellen. Ich glaube, Darz musste mir nicht einmal etwas sagen oder mich in meine Vorstellungen verfolgen, die ich von jener Welt hatte, die sich vor mir auftat auf meiner Reise, und doch tat er es, wenn auch nicht häufig. Oder es reichte schon die stupide Überlegung, dass ich meine Schule, selbst wenn sie noch offen gewesen wäre, nicht wiedergefunden hätte, und dass Æxego, deren Praktikant ich war, mir überall unterkommen konnte, wenn sie auch ihre Spuren gewissenhaft tilgten, wie es sich für eine Organisation, die etwas im Schilde führt, gehört, selbst wenn sie vergessen hatten, was es war, wie ich vermutete. Alles war im Schilde verloren. Das Phänomen Darz jedenfalls, wenn ich es so nennen kann, war keines, das man mir durch eine Akte vermitteln konnte, eher noch war es die Unmöglichkeit der Vermittlung, die Leerstelle, die er bildete, und all die Orte, an denen er nicht war (ich übrigens auch nicht), die es mir unmöglich machten, mich meinem Praktikum und seinen verdeckten Imperativen zu entziehen. Hätte mir nur jemand anders von ihm erzählen müssen und ich hätte alles in den Wind geschlagen? Nein, solange ich die Suche aufrechterhalten konnte, würde ich nicht ganz verlorengehen, das war ein Zusammenhang, den sich mein Geist ohne meine Beteiligung als unumstößliche Wahrheit wiederholte und ich floh sozusagen folgsam irgendwo vorne weg, in meinem Gehäuse, gleichsam kurzsichtig, mit jedem Wind gehend, schwerhörig und stotternd, gezogen und gestoßen durch das Chaos der um mich aufsteigenden und versinkenden Erscheinungen, ich meine Attribute. Wenn ich ehrlich bin. Nicht dass ich mich mit meiner Ehrlichkeit überzeugen müsste. Sich dem Vakuum hingeben, in den Horizont stürzen, mehr brauchte es nicht, so einfach und entbehrungsreich. Auf einer Fläche ohne Grenze nicht stehen bleiben, ein Leichtes. Oder der Filialleiter besaß eine heimliche Macht über mich, die ihm wohl niemand zutrauen würde, und das über den Tod hinaus, wenn er tot war, wovon ich ausging, obwohl ich nicht sicher sein konnte. Vielleicht traute ich ihm zu, zu mir zu gelangen oder dass ich unvermeidlicherweise in die Masche eines Netzes geraten würde, das mit Æxego verbunden war oder aus Æxego bestand, aber mindestens von Æxego geknüpft und ausgeworfen worden war, womit ich wieder seine Aufmerksamkeit auf mich ziehen würde. Er gab einem seltsame Gründe für seltsame Annahmen, der Filialleiter, oder jedenfalls mir.

Und hier? Ohne dass etwas dämmern könnte, befinde ich mich in meiner Dämmerstimmung, beinahe wie gewohnt. Das Gefühl der Falschheit kann ich nicht ausrotten, das ist mein Fehler. Ich schmeichle mir wieder. Aber was in mir alles vorgegangen ist, seit ich den Wald verlassen habe. Na ja. Und ein notwendiges Verhängnis? Das will nicht gesagt sein. Aber: Wie jung ich einmal war. Wie jung ich wohl, wie gesagt, immer noch bin. Ich kann alles in allem nicht auf eine Verbesserung der Lage durchs Altern hoffen. Ich werde dadurch nicht besser denken, es mir erklären können. Außerdem, irgendwo deutete ich es an, ist eine Kategorie erst mal hin, scheint sie nicht so einfach zurückkehren zu wollen, um eine gute Miene aufzusetzen.

Unterdessen habe ich mein Gesicht ein wenig berührt. Man muss nehmen, was man hat. Ein großer, struppiger Bart wie aus Stahlwolle! Scherz. Nicht dass sie sich direkt wie Papier anfühlen würde, meine Gesichtshaut, aber ich hätte doch mehr Rosigkeit erwartet von meinem immerhin lebendigen Gesicht. Eine Mumie werden, noch atmend, mit grottigen Blutwerten. Und mein Speichel schmeckt irgendwie metallisch. Immerhin ist mein Bett mein altes Bett, so ist es, auch die Decke scheint gerade mehr aus Baumwolle als aus Eisenerz zu bestehen. Die Wolke des Meteoriten ist beinahe nur noch ein kleines Hütchen. Nicht mehr lange und ich habe meinen glatten, ordentlichen Horizont zurück. Und die Sterne haben heute Nacht die Ruhe weg. »Heute Nacht«, auch nicht schlecht. Erst dämmert es und dann ist es Nacht, und zwar gleichzeitig. Jedenfalls sind sie kein bisschen weniger zynisch als sonst. Wenn ich draußen stehe, erkenne ich die Tiefe, in die sie taumeln, wahrscheinlich frohlockend, doch hier von meinem Bett aus ist es das gute alte Himmelszelt, strahlend, dicht und ewig.

Kehren wir deshalb schnell zurück ins Puppenhaus. Ich wusste nicht, ob ich auf dem richtigen Weg war. Ich befand mich wieder auf einer Autobahn und solange mir keine zweite unterkam und ich keine Schilder oder Raststätten wiedererkannte, an denen ich bereits vorbeigefahren war, musste ich wohl auf der einen Autobahn, die es gab, das heißt auf der richtigen und in der einen richtigen Richtung unterwegs sein, die mich zum sagenumwobenen Darz bringen würde vielleicht. Ohne Erfolg versuchte ich mir eine einzige dieser Sagen zu erzählen. Das musste natürlich nichts heißen, wie so einiges. Immerhin hatte ich die Autobahn wiedergefunden, wenn auch nicht unbedingt wegen Dagmar. Wie auch immer. Mein ganzer Körper und meine ganze Kleidung rochen noch nach ihr und ihrer Buchhandlung, und die Wunde, die Pipi gerissen hatte, schmerzte auf eine Weise, als wäre sie selbst lebendig, als würde sie sich durch meinen Arm kauen, während ich versuchte, mich durch diesen Abgrund einer Landschaft zu steuern. Der Regen schlug kleine Löcher in den Schnee und ich bemerkte, dass im Eismatsch Fahrzeugspuren zu sehen waren: Ich war nicht der Einzige auf der Strecke. Obwohl ich so lange niemanden mehr gesehen hatte, konnte ich mich trotzdem nicht unbehelligt fühlen. Ich muss wohl nicht mehr erwähnen, dass es Nacht war und wenn auch nicht immer, so doch meistens. Irgendwann werde ich mir den Tag nicht mehr vorstellen können, meine Erinnerung an ihn verdunkelt sich wie von selbst. An Tankstellen herrschte nicht gerade ein Überangebot. Die toten Farben ihrer Lichter. Ich wusste, dass bald die Sorgen um das Benzin von Neuem beginnen würden. Trotzdem war ich froh zu fahren, von meiner inneren Ungewissheit weg auf eine äußere zu. Die Sterne lagen unter den Wolken begraben, die Erde unter der Stille, mein Nissan Micra fiepste, röchelte und wieherte darin und die Reifen schlingerten und tanzten im feuchtweichen Schnee, wenn ich ungeschickt lenkte. Es war natürlich bloß ein monotones Motorengeräusch, so tolle Geräusche machte er gar nicht. Auf den Scheiben um mich weinte es, meine Finger stachen vor Kälte, auf meinem Gesicht weinte es (sieh an) und meine Kopfhaut juckte, als wollte sie abgerissen werden. Durch die Wasserschlieren sah ich die schwarzen Bäume vorbeischwimmen, eine schwarze Hütte und irgendwo über mir musste der Mond sein Licht in die grauen Wolken gießen. Einmal versuchte ich noch das Radio anzustellen und es ertönte ein schreckliches Reißen, Kreischen und Knistern, als hätte ich die Gespenster erzürnt mit dem Versuch, sie zu belauschen.

Ich kenne das Phänomen des Sekundenschlafs nicht, aber irgendwann geriet ich momentweise wie aus meinem Körper hinaus und das schien mir bedenklich, da es plötzlich sozusagen keinen Grund mehr gab, keinen Unfall zu bauen. Ich kontemplierte also darüber, anzuhalten, um zu schlafen, aber das hätte eine Entschlusskraft gefordert, die ich meinem Zustand nicht abringen konnte. Einige Minuten oder Stunden später sah ich vor mir ein saphirblaues, kreisendes Licht, das mir für einen kurzen, jenseitigen Moment wie ein riesiges Wunder erschien, Ereignis einer anderen Dimension, bis mir einfiel, dass es ein Blaulicht war. Geräuschlos schwang es seine blaue Glut in die Nacht und beschien die Kiefernstämme, die zu beiden Seiten der Straße eng beieinanderstanden. Das Polizeiauto war ein klobiger, weiß-grüner Kasten, der quer zur Fahrbahn geparkt war. Trotzdem hätte ich problemlos vorbeifahren können, es gab sonst keine Barriere. Ich hielt an, wartete einen Moment und da sich nichts rührte, stieg ich langsam aus, trat an den Wagen heran und sah hinein wie ein Kind ins Aquarium, indem ich die Hände auf die Scheibe setzte, um die Augen abzuschirmen. Auf den zurückgestellten Vordersitzen schliefen zwei Polizisten. Ihre rhythmisch aufscheinenden, gelbschattigen Gesichter sahen wie Totenmasken aus. Ich überlegte. Ich sah die Chance auf einen Kanister Benzin in ihrem Kofferraum, vielleicht etwas zu essen im Handschuhfach oder in der Mittelkonsole, Geld in ihren Portemonnaies. Ich ging um den Wagen herum, der Kofferraum war abgeschlossen, ging zurück und stellte mich wieder vor das Fahrerfenster. Es hatte aufgehört zu regnen und war wunderbar still. Aus Unentschlossenheit klopfte ich. Der Polizist auf dem Fahrersitz erwachte, schaute mich erstaunt an und versetzte seinem Kollegen einen leichten Schlag in den Bauch. Jetzt sahen sie sich gegenseitig erstaunt an, erstaunt darüber, mich zu sehen oder darüber, geschlafen zu haben. Sie kletterten schwerfällig aus dem Wagen und blinzelten unsicher zu mir hoch. Die Überlegenheit des Weckenden gegenüber den Geweckten war zu spüren, aber auch jene Unterlegenheit der aufgekratzten Wachheit des Schlaflosen gegenüber dem knittrigen und verschwitzten Ausgeschlafensein einer seichten, gerade erwachten Seele. Ihr Gang war wackelig wie von Pinguinen, weil sie Angst hatten, im Schneematsch auszurutschen. Das Blaulicht stellten sie ab, weil es sie blendete. Wir standen uns also in ziemlicher Dunkelheit gegenüber. Erst nach einer Weile konnte ich ihre Gesichter wieder erkennen.

Dann in etwa folgender Dialog:

POLIZIST A. Guten Abend.

ICH. Wunderschönen guten Abend allerseits.

POLIZIST B. Wir sind von der Polizei.

ICH. Das dachte ich mir. Ich bin jedes Mal erstaunt, in dieser Gegend noch jemanden zu treffen.

A. Was für eine Gegend?

ICH. Ich weiß nicht.

B. Soso.

A. Wir suchen den Mörder von Pöten.

ICH. Was für einen Mörder?

B. Der den Mord begangen hat.

ICH. Ach so.

A. Haben Sie davon gehört?

ICH. Ich habe gar nichts gehört.

B. Und was machen Sie hier?

ICH. Ich mache ein Praktikum.

A. Praktikum bei wem?

ICH. Æxego.

B. Nie gehört.

ICH. Dachte ich mir.

A. Und worin besteht dieses Praktikum?

ICH. Geheim.

B. Wir sind von der Polizei, Sie müssen uns antworten.

ICH. Ich muss?

A. Ja.

ICH. Solange Sie mir keine richterliche Anordnung vorlegen, die meine Geheimhaltungspflicht aufhebt, muss ich gar nichts.

Die Worte »richterliche Anordnung« und »Geheimhaltungspflicht« beeindrucken nicht nur mich selbst, sondern auch die Polizisten.

A *überlegt, dann zu* B. Ruf den Richter an.

B. Es ist mitten in der Nacht.

A. Es geht um Mord, ruf den Richter an.

B. Wie du meinst. *B steigt in den Wagen.*

A. Jetzt sehen wir mal, wie geheim Ihr Praktikum wirklich ist.

Pause.

B *aussteigend.* Die Richterin sagt, da der Praktikumsauftrag wohl kaum im Ermorden von Pöten bestehe, sollten wir unsere Wichsgriffel von Firmengeheimnissen lassen.

A. Hat er wirklich »Wichsgriffel« gesagt?

B nickt.

A. Soso. Und so einer wird Richter.

B. Es ist eine Richterin.

A. Und so eine wird Richterin.

Schweigen.

A *schaut ungehalten auf seine Hände.* »Wichsgriffel« – ich glaub, es hackt. Und so etwas vor einem Verdächtigen.

Schweigen.

A. Und sie hat nicht geschlafen?

B. Doch.

A. Und war sie ungehalten?

B. Sehr.

A. Hast du ihr unsere Dienstnummern gesagt?

B. Wir haben keine Dienstnummern.

A. Ach ja.

Verlegenes Schweigen.

A. Aber sie weiß, wer wir sind?

B. Es lässt sich nicht verheimlichen.

A. Und hast du sie um Verzeihung gebeten?

B. Mehrmals.

A. Und sie hat dir nicht verziehen?

B *genervt.* Natürlich nicht!

Schweigen.

A *mit belegter Stimme.* Und ich gebe mir solche Mühe.

B. Aber das weiß sie doch!

A *schniefend.* Das weiß sie?

B. Ich weiß es.

B nimmt A in den Arm. Ich schaue währenddessen in den Wald, als gäbe es dort etwas Interessantes zu sehen.

A. Wir ermitteln schon so lange.

B. Und wir machen das gut, hörst du, wir machen das so gut!

A. Aber wir schnappen niemanden!

B. Irgendwann werden wir wieder irgendwen schnappen.

A. Den Mörder von Pöten?

B. Den Mörder von Pöten!

ICH. Ey, ich drück die Daumen!

Das war unklug von mir. Sie hatten vergessen, dass ich da bin. Jetzt sehen sie mich wütend an.

B. Wo kommen Sie her?

ICH. Von dahinten.

B. Und was ist da?

ICH. Nix.

B. Und warum waren Sie dann da?

ICH. Auf Durchreise.

B. Wohin?

ICH. Nach dahinten.

B. Ach ja?

ICH. Jaja.

B. Und was glauben Sie, was da ist?

Ich zucke mit den Schultern.

B. Nix!

ICH. Kenn ich.

Schweigen.

ICH. Warum kündigen Sie eigentlich nicht?

B. Kündigen!

ICH. Werden Sie denn noch bezahlt?

A. Bezahlt!

ICH. Warum arbeiten Sie dann noch?

B. Warum machen Sie ein Praktikum?

ICH. Das ist etwas anderes.

A. Ach ja?

B. Inwiefern?

A. Lassen Sie mich raten: »geheim«?

ICH. Streng geheim.

Schweigen. Fast unmerklicher Wind. Der wehmütige Ruf des Waldkäuzchens. A räuspert sich vorsichtig. Dann seufzt er tief und sieht uns an, um zu sehen, ob wir ihn ansehen, neugierig, warum er so tief seufzt.

A. Ich hatte einen seltsamen Traum.

B *sarkastisch.* Oh bitte, du musst ihn uns unbedingt erzählen!

A *entrückt.* Ich stand auf einer Wiese im hellsten Sonnenschein. *Ich versuche interessiert, aber nicht zu interessiert zu gucken.* Es lag ein unwirklicher Gesang in der Luft und Trompeten erklangen leise und von ferne. Mein Hund Streuner, ein wunderschöner Corgi-Dackel-Mischling, klug und loyal, war bei mir, dicht an meiner Seite, doch er rührte sich nicht, er war wie erstarrt. Da bemerkte ich, dass wir uns bewegten, wie auf einem Fließband vorangeschoben, und dass vor uns in der Wiese ein Loch war, ein riesiger, schwarzer Trichter, der in die dunkle Tiefe führte und ich wollte sagen, (*hier macht er seine Stimme ganz hoch:*) Streuner, komm, lass uns fort von hier!, aber ich konnte nichts sagen, und ich wollte Streuner packen und weglaufen, aber ich konnte mich nicht bewegen. Und ich erkannte, dass entlang der Innenflächen des Trichters schmale spiralförmige Terrassen verliefen, auf denen winzige, schwarze Häuser standen und aus den Fenstern dieser Häuser blickten fürchterliche gelbe Augen aus nachtfarbenen Gesichtern zu uns auf, und manche winkten und wir bewegten uns weiter auf den Rand des Abgrunds zu und würden bald hineinstürzen und der Gesang und die Trompeten wurden immer hymnischer und drohender und ich begann zu weinen, weil mir Streuner so leidtat und ich wusste, dass es meine Schuld war, dass wir in den Schlund hineinstürzen würden und dass die Trichterbewohner böse waren und er unendlich in die Tiefe führte und als der Rand schon ganz nah war, lag eine unerträgliche Klage in der Luft und die unendliche Klage klagte gen Himmel, zu den himmlischen Sphären und ihren Heerscharen ewig verborgener Engel, ewig im ewigen Morgenlicht wohnend. *Schweigen.*

B. Und dann?

A. Dann hat er uns geweckt.

B. Genau in dem Moment?

A. Genau in dem Moment.

B. Verdammt! *B schaut mich böse an.*

ICH. Verzeihung.

A *höhnisch.* »Verzeihung!«

ICH. Tut mir leid. Ich kann die Unterbrechung Ihres Traums nicht zurücknehmen. Aber es ist nicht gesagt, dass Sie ihn nicht weiterträumen werden. Auch bei Ihrem Mord kann ich Ihnen leider nicht weiterhelfen, aber, so hoffe ich, vielleicht anderweitig, beziehungsweise wir uns gegenseitig. Denn sehen Sie, in der allgemeinen Abgelegenheit der Dinge voneinander, in unserer gemeinsamen Gegenwart, ist es schwierig, voranzukommen, allein, das kennen Sie sicher. *Die Polizisten nicken zögerlich.* Deshalb würde ich Ihnen gerne das Angebot machen, diese wertvollen Manuskripte hier (*ich hole eines der Manuskripthefte aus meinem Rucksack*) für eine kleine Summe zu erwerben. Später werden sie ein Vermögen wert sein.

A. Ist es lustig?

ICH. Lustig? Ich weiß ja nicht, was Sie lustig finden.

B. Witze.

ICH. Sie finden Witze lustig?

A. Ja.

ICH. Sie werden sich totlachen.

B nimmt das Heft, löst seine Taschenlampe vom Gürtel, schlägt es auf und leuchtet hinein.

B. Das ist ja unlesbar.

ICH. Sie werden sich daran gewöhnen.

A. Zeig mal her. *A nimmt B das Heft ab, schaut hinein.*

A. Leuchte mal!

B leuchtet.

A liest ein Gedicht im Stil des Involutaristischen Inkommensurabilismus *vor.*

A. Das ist gar nicht lustig, das ist traurig.

ICH. Man nennt es schwarzen Humor.

A. Ich möchte keinen schwarzen Humor, ich möchte weißen Humor, strahlend weiß!

ICH. Der kostet mehr.

B. Das heißt?

ICH. Was haben Sie?

A. Aha!

B *zu* A. Er weiß nicht mal den Preis.

A. Er denkt ihn sich gerade aus.

ICH. Geben Sie mir einfach Ihren Reservebenzinkanister.

Schweigen.

ICH. Und etwas zu trinken und zu essen.

Schweigen.

ICH. Und ein bisschen Geld für später.

Schweigen.

ICH. Bitte.

A. Das hat ja ganz schön lange gedauert.

B. Erst ist er verdächtig und jetzt sollen wir ihm helfen.

ICH. Inwiefern bin ich verdächtig?

A *zu* B. Wir können ihm doch nicht nachweisen, dass er verdächtig ist.

B. Mir kommt er höchst verdächtig vor.

ICH. Aber sehen Sie nicht, ich bin doch ganz allein, Sie haben einander, ich habe nur mich. Einsam und unschuldig ist man immer verdächtig.

A. Er hat es mit Worten.

B. Ich finde, das macht ihn noch verdächtiger.

A. Er könnte uns auch leidtun.

B. Könnte.

A. Mir ist kalt.

B. Dir ist immer kalt.

Langes Schweigen. Zart setzt der Regen wieder ein.

A *wütend.* Aber was machen wir denn jetzt?

B. Immer stellst du Fragen, wenn dir kalt ist.

A. Was soll ich denn sonst machen?

B. Da. Schon wieder.

A. Können wir nicht *ein Mal* etwas Sinnvolles tun?

B. Hast du auch deine Vitamine genommen?

A. Noch nicht.

B. Du weißt doch, dass du immer regelmäßig deine Vitamine nehmen musst.

A. Ja.

B. Ja?

A *genervt*. Jaha!

Schweigen.

B. Gut. Der Richter will nicht, dass wir ermitteln, also ermitteln wir nicht. Wir machen, was der Richter sagt.

A. Die Richterin.

B. Die Richter*in*!

Schweigen.

ICH. Sie müssen mir doch helfen. *Schweigen*. Bitte.

So ging es noch eine Weile weiter und endete dann. Sie behielten das Heft, füllten die Hälfte ihres Reservekanisters in meinen Tank und gaben mir ein paar Schlucke aus ihrer alten Wasserflasche. Dann legten sie sich wieder schlafen. Sie machten das Blaulicht nicht wieder an und fuhren auch nicht an den Straßenrand. Sie rechneten wohl nicht mit weiterem Verkehr. Ich stieg ein, fuhr los und dachte nicht daran, anzuhalten, bevor ich mich nicht weit weg von ihnen fühlte.

Ich fuhr wie über einen in die Leere gespannten metallenen Bogen. Mir kam die Wendung »Sonntagsausflug in den Kältetod« in den Sinn, aber ich wollte nicht zynisch sein, ich wollte immer noch nicht zynisch sein. Bevor ich dazu gezwungen wurde, irgendwo in der Dunkelheit anzuhalten und vor dem Einschlafen meine Atemwolken zu betrachten, erschien ein buntes Glosen in der Ferne, das eine andere Nacht versprach. »Glosen« – wie um sich den Mundinnenraum zu massieren. Eine trüborangene Lichtsuppe unter den tiefen, grauschwarzen Wolken. Es war eine Raststätte, die wie ein riesiges verendendes Glühwürmchen neben der Autobahn lag. Ein paar Logos glommen an der Spitze von Stahlmasten und über den Dächern schwebten gleißende Lichterketten. Die letzte Raststätte schien so weit weg. Vielleicht war sie es auch. Die Infrastruktur hatte zuletzt aus wenigen Tankstellen mit vor Einsamkeit kranken Angestellten bestanden. Irgendwo im Rücken der Erzählung muss ein Loch von einigen Wochen klaffen. Ich habe auch keine Erinnerung an die Entfernungen, es ist nur ein Rauschen, ein Ziehen, ein Reißen, vorbei-vorbei.

Ich parkte in einer Lücke in einer langen Reihe von LKWs, die aussahen, als hätten sie Schimmel angesetzt. Sie standen da, verlassen unter dem weißen Licht hoher Strahler, die in langen Reihen den ganzen Parkplatz beleuchteten. Beim Aussteigen wurde mir schwindelig und ich musste mich für einen Moment zurück auf den Fahrersitz setzen, das linke Bein schon auf dem Asphalt. Durch die halb geöffnete Autotür strömte mir die kalte, feuchte Luft ins Gesicht. Ich hörte Fetzen von Geräuschen, Stimmen, Musik. Erlöschende Funken in der Stille.

Mein Zustand war nicht der beste. Ich fühlte mich wie ein ausgewrungener und zum Trocknen aufgehängter Lappen. Ich machte mir klar, dass ich Geld brauchen würde. Dass ich mir das klarmachen musste. Seit

Dagmar war es mir nicht allzu gut ergangen, nein, »nicht allzu gut«. Es war mehr Zeit vergangen, als man meinen könnte, getrunken von der gestaltlosen Nacht. Immer fahren, mit schmerzendem Arm, kaum Schlaf, kaum Wasser, meine schwächlichen, gelben Scheinwerfer, die einen Tunnel durch die Dunkelheit graben, ein Nichts, das daraus hervortritt. Ich erinnere mich, dass ich mir während einer Pinkelpause einen Flecken Schnee suchte, der besonders unberührt und rein aussah und dass ich ihn mir mit den Händen in den Mund schaufelte. Ich bereute es sofort. Der Schnee war nicht rein. Ich konnte nicht schmecken, was ihn verunreinigt hatte, aber er schmeckte nicht nach Mineralwasser, soviel kann ich verraten. Und die plötzliche Kälte ließ meine Zähne in ihren Zahnfleischtaschen aufheulen. Ich hatte mich in den Schnee gesetzt, über mir ein pissgelbes Gestirn, wahrscheinlich das einzige, das infrage kam. Beinahe hätte ich etwas gerufen, aber ich traute mich nicht.

Ich stieg auf die Rückbank und durchwühlte den Haufen auf der Suche nach Geld. Ich fand mein Stofftieräffchen, das ich mit der Kralle gegriffen hatte. Vor langer Zeit. Ich nahm es und rieb mir mit ihm lange übers Gesicht. Das erleichterte mich etwas. Dann versteckte ich es wieder in den Sachen und wühlte weiter. Ich bekam das Portemonnaie des Polizisten in die Hände, das mich aus der Tiefe seiner Hosentasche geradezu angefleht hatte, als ich hinter ihm stand, während er das Benzin in meinen Tank füllte.

Es war ein Foto von einem Hund darin. Das musste Streuner sein. Er war struppig, mit hell geschecktem Fell und Schlappohren und schaute nachdenklich, fast ungläubig an der Kamera vorbei. Sprachen seine Augen von den Nöten eines drohenden Jenseits? Es war nicht viel Geld im Portemonnaie. Ich würde es ausgeben und noch etwas von Dagmars Geld und am Ende vielleicht sogar etwas übrig haben.

Wie eine Motte flog ich über den Parkplatz auf die Gebäude zu. Ich wollte mich nicht wie eine Motte fühlen, aber das Gefühl ließ sich nicht leugnen. Allerdings ging ich ziemlich normal, denke ich. Beim Näherkommen fächerte sich die Gebäudestruktur vor mir auf, das Gelände war größer, als ich gedacht hatte. Neben den großen Bauten mit hohen Fenstern und asymmetrisch geschwungenen Dächern, auf denen die Logos leuchteten, gab es ein Labyrinth aus einstöckigen Häusern, grau verputzt, quadratisch oder länglich wie Bungalows. Darin irrte ich eine Weile herum auf der Suche nach den sanitären Anlagen. Ich begegnete einer Gruppe anscheinend Intoxikierter, Männern und Frauen, die durcheinanderredeten und verstummten, als ich vorbeiging. Ich beeilte mich, bevor sie auf Gedanken kommen konnten. Humpelte ich? Ich ging nur sehr steif, wegen meines steifen, dünnen Körpers. Danach redeten sie weiter. Ihre Gesichter waren wächserne Masken, die sie zum Reden aufsetzten, so waren diese Menschen nämlich. Zum Schlafen würden sie eine andere aufsetzen.

Ich fand schließlich ein Sanitärgebäude, dessen Eingang mich an eine Krypta erinnerte. Ich weiß zwar nicht, wie der Eingang einer Krypta aussieht, aber das Wort drängte sich mir auf. Hinter der Tür saß eine Frau auf einem Klappstuhl, die sich mit dem Kopf in die Ecke der gekachelten Wände gelehnt hatte. Sie sah mich an, als wollte sie in den Kacheln verschwinden. Ich fragte sie nach dem Preis für eine Dusche und sie antwortete mir mit geschlossenen Augen. Es war viel. Ich wollte unter dem Strahl stehen und trinken und zugleich duschen. Jetzt musste ich abwägen, ob es dann noch für Essen und ein Zimmer reichen würde. Ich dachte dabei laut, wobei ich lautes Denken bei anderen Menschen verabscheue. Ich hoffte nur, sie zu erweichen, aber sie erweichte nicht. Ihre Augen, die sie während meines Monologs öffnete, blickten in meine Augen, als sei aus ihrer Erschöpfung heraus alles unerreichbar geworden. Die Hände hielt sie im Schoß verschränkt.

Ich zahlte und ging in die Männerabteilung. In der Kabine war ein Spiegel. Ich zog mich aus und konnte mich sehen, von oben bis unten. Meine Haare waren natürlich noch länger geworden. Da ich keinen Kamm hatte, benutzte ich meine Hände, blieb aber immer wieder hängen. Ich versuchte, die verfilzten Haarbrocken auseinanderzuziehen. Dann fiel mir ein, dass ich Durst hatte. Ich drehte die Dusche auf. Das Wasser schmeckte nach Metall. Ich trank es trotzdem. Komischerweise roch es nach meinem Auto. Dann fiel mir ein, dass meine Haare den Geruch abgaben, während sie sich mit Wasser vollsogen. Ich hatte das Bedürfnis, mich unter den warmen Strahl auf den Boden zu legen und zu schlafen. Beim Aufwachen hätte ich am ganzen Körper Fußpilz gehabt.

Nach dem Duschen stand ich tropfend und mit Haaren, die wie Schlammbeutel an meiner Kopfhaut zogen, vor dem Spiegel, seltsam schockiert, und wartete darauf, trocken genug zum Anziehen zu werden. Irgendetwas an meinem Körper stimmte nicht, aber ich konnte nicht sagen, was es war. Es war nicht nur, dass ich dünner geworden war. Auch nicht, dass ich älter geworden war, wenn auch kaum. Vor meinen Augen erschien eine Szene, wie ich nachts im Auto am Straßenrand schlafe und ein toter Greis aus dem Wald tritt, nackt, mit wenigen langen Strähnen weißer Haare, leicht wie Spinnweben, die ihm auf die Schultern und ins Gesicht fallen, wie er die Autotür öffnet und mir wollüstig in den Körper kriecht, um darin weiterzuleben. So sah ich vielleicht aus. Danach die Vorstellung der OP, bei der ein hysterisch fröhlicher Chirurg versucht, die Leiche aus meinem Körper zu entfernen. Ich weiß noch, dass ich irgendwann mit einigen Selbstzweifeln zu masturbieren versuchte, aber die Frau vom Eingang rief, ich solle nicht masturbieren. Ich schaute mich nach einer Kamera um, konnte aber nichts finden. Vielleicht hatte es ihr ihr Instinkt verraten.

Schließlich saß ich in einer Art Kneipe. In meiner feuchten, alles andere als wohlriechenden Kleidung. Die Wände der Kneipe waren mit dunklem, auf alt gemachtem Holz vertäfelt. Die Wagenräder an den Wänden waren so groß, dass sie zu keinem Wagen gehören konnten. Bunt blinkende Spielautomaten steckten in ihren Wiederholungsschleifen und auf einem Bildschirm lief ein psychotischer Bildschirmschoner mit einem unendlichen, grauen Röhrensystem, dessen Röhren randomisiert wuchsen und wieder verschwanden. Mir wurde sofort schlecht davon und trotzdem fiel es mir schwer, nicht hinzusehen.

Ich saß mit der Wand im Rücken ganz hinten im Raum, sodass ich auf alles ein Auge haben konnte. Meine Haare tropften traurig auf das fast schwarze Holz. Die Tische waren leer, nur ein paar stark übergewichtige Gestalten hockten auf ihren Stühlen am Kneipentresen. Ich hatte den maximalen Abstand zwischen mich und sie gebracht. Auf den Tischen standen Salz- und

Pfefferstreuer, Servietten und das ganze Zeug und sogar Trockenbuketts, schon wieder, die ich nur zu gerne angezündet hätte. Wie der Raum langsam im Rauch verschwunden wäre. Ich war vollkommen erschöpft und zugleich auf die Folter gespannt, von ich weiß nicht was, ich war also in meinem üblichen Zustand, in einer Form meines üblichen Zustands, mit einem vor Müdigkeit wie aufgeklebten Gesicht.

Die Kellnerin oder Wirtin oder was immer sie darstellen wollte, trat hinter dem Tresen hervor, ging mit subtil angewidertem Blick einmal durch den Raum und stellte sich wortlos vor mir auf. Ich schaute durch meinen Haarvorhang zu ihr auf. Ich sagte etwas wie, Die Karte bitte, wenn Sie so freundlich wären. Meine ausgesuchte Höflichkeit. Sie deutete wortlos auf eine Tafel an der Wand. Ich bestellte irgendein Nudel-Fleisch-Gericht und Bier. Sie hatte seltsame rote Haare und tat mir leid. Meine Empathie war noch da! Ich widerte sie an und sie tat mir leid, so muss es gewesen sein. Meine Minderjährigkeit schien nicht von Interesse. Sie sagte, ich solle bezahlen. Ich fragte sie, ob ich etwa aussehe, als ob ich kein Geld habe. Sie bejahte es, ohne ihren Gesichtsausdruck zu verändern. Ich fragte sie, ob sie mich beleidigen wolle. Sie ging nicht darauf ein. Ich holte einen Schein aus dem Polizistenportemonnaie und sagte, dass es nicht so stimme, ich wolle mein volles Wechselgeld zurück, und zwar pronto. Die Kellnerin ging. Mit einem gewagten, beinahe eleganten Schwung beförderte ich die nassen Strähnen aus meinen Augen irgendwo auf meinen Kopf, wo sie eine Weile kleben bleiben würden. Erst jetzt bemerkte ich, dass an einem der Spielautomaten ein dünner Junge stand und wild darauf herumdrückte.

Er schien stumme Flüche auszustoßen, wahrscheinlich, weil er nicht gewann. Es war schmerzlich mit anzusehen. Deshalb betrachtete ich stattdessen die Gemälde an den Wänden. Schiffe im Sturm, Schiffe im Hafen. Eines zeigte einen Flötenspieler in einer verwunschenen hügeligen Landschaft. Vor ihm auf der Waldlichtung tanzten junge Bauernpaare zu seinem Flötenspiel. Es war kurz nach Sonnenuntergang und der Mond stand schon am Himmel. Über dem Flötisten saßen kleine, dunkelgraue Teufel in den Ästen eines Baumes, vielleicht einer Linde, sahen jedoch gar nicht böse aus, sondern wie rasend vor Verzückung, sodass ich mich fragte, auf welcher Seite der Flötenspieler eigentlich stand. Allerdings trug er einen feschen Hut.

Wie ordentlich ich das alles wegerzähle.

Als die Kellnerin sich mit dem Bier auf den Weg zu mir machte, drehten sich die Gestalten zu mir um. Oh Gott, dachte ich und sagte mir, ich sei Praktikant, ich dürfe es nicht vergessen. Die Kellnerin legte die Münzen einzeln und extra geräuschvoll vor mir ab und ich lächelte sie breit an und bedankte mich für jede einzelne. Allerdings übertreibe ich, ich bedankte mich gar nicht. Wer es sich einmal mit mir verscherzt hat, der sollte sich, ich weiß nicht was. Es kommt wohl darauf an.

Einer der Trinker stand auf und kam auf mich zu. Gleich will er mit mir anstoßen, dachte ich. Ich kann Menschen, die so etwas tun, nicht ausstehen. Erstaunlicherweise war es kein vom Alkohol abgewracktes Gesicht, wie ich erwartet hatte. Es war ein rundes, zufriedenes Gesicht, das Heimeligkeit ausstrahlte. Ich tat also gut daran, auf der Hut zu sein. Mit erhobenen Mundwinkeln setzte er sich mir gegenüber hin und hob sein

Glas. Ich tat ihm nicht den Gefallen, die Geste zu erwidern. Das schien seine Stimmung nicht zu trüben. Ich nahm einen Schluck von dem Bier. Es schmeckte leicht moorig mit einer brackigen Note. Er sagte nichts und ich würde auch nichts sagen. Seine großen, murmelig aus den Höhlen hervorstehenden Augen waren von langen, hellen Wimpern umkränzt. Er sah mich unverwandt an, ohne zu blinzeln. Ich musste an einen dicken Schmetterling denken, der hypnotisiert einen Blütenkelch hinabstarrt. Oder an einen manischen italienischen Barden. Womöglich aus der Lombardei. Ich hätte ihn gerne zum Gehen bewegt, bevor das Essen käme. Ich überlegte, ihm das Bier ins Gesicht zu schütten. Er fragte mich, was ich tue und wie ich hierhin gekommen sei. Ich antwortete und fragte zurück. Es stellte sich heraus, dass die Gestalten LKW-Fahrer waren. Er sagte »Fernfahrer«. Ich fragte nach ihren Lieferungen und witterte einen Hinweis, aber er sagte, nein, nein, es werde nicht mehr geliefert. Wir schwiegen eine Weile. Irgendwann sagte er, Utopia sei endlich erreicht. Als hole er gerade sein Ass aus dem Ärmel. Er schien ein starkes Zartgefühl zu haben, ohne jegliche Empathie. Ich hatte Angst, er würde meine Hand nehmen. Welche Vertraulichkeiten wollte er sich noch erlauben?

Die Kellnerin kam und stellte das Essen hin. Es war ein kompakter Haufen aus weichen Nudeln und zähem Fleisch. Ich stellte mir vor, wie die Kellnerin mit bösem Gesicht die Nudeln verkochte, obwohl sie sicherlich gar nicht dafür verantwortlich war. Natürlich wünschte der Fernfahrer mir guten Appetit, so ein Typ war er nämlich, und schaute begeistert auf den Essenshaufen. Ich schob es mir langsam rein und spuckte zwischendurch die angekauten Fleischbrocken aus. Der Junge am Automaten zuckte wild mit dem Kopf. Die anderen Gestalten hatten sich auf den Barhockern umgedreht und schauten uns zu. Auf die Entfernung konnten sie unmöglich hören, was wir sagten. Ich fragte ihn, was für ein Utopia, und er sagte, glaube ich, Utopia von Aller Gnaden. Na toll, dachte ich. Das Bier nahm allem ein wenig von seiner unklaren Bedeutung und ersetzte sie durch nichts. Das konnte mir nur recht sein. Wenn sie etwas im Schilde führten, sollten sie es nur versuchen, diesmal hatte ich meinen Revolver nämlich aus dem Handschuhfach genommen, er steckte in der Innentasche meines Mantels und sein Gewicht zog beruhigend an meiner Schulter. Und was ich sonst so mache, fragte er. Er wollte das Gespräch am Laufen halten. Ich sagte schließlich, ich sei Spinozist, ich hatte mich an die Antwort schon gewöhnt. Ob das heiße, dass ich mehrere Frauen haben dürfe, mehrere Frauen, fragte ich, ja, sagte er, ich überlegte, dann sagte ich, ich habe noch nie eine Frau »gehabt«. Der Fernfahrer warf seinen Kameraden einen amüsierten Blick zu. Für sie war ich wohl die Kuriosität des Abends.

Ich beeilte mich, mir alles einzuflößen und fragte ihn, wo ich hier schlafen könne. Der Mann rief nach Tom, bei dem es sich um den Jungen am Spielautomaten handelte. Tom kam zu uns, sichtlich ungehalten. Er bewegte sich, als wäre er gerade aus einem Stummfilm entkommen. Der Fernfahrer sagte Tom, er solle mich zu Heisert bringen. Ich war so müde, dass ich einverstanden war.

Was immer das sein sollte, Heisert, da würden wir jetzt hingehen. Wir verließen die Kneipe durch eine andere Tür als die, durch die ich eingetreten war. Ich würde also tiefer in den Bauch des Riesen oder Wals oder was immer dieser Raststätte glich, eindringen. Ich vertraute darauf, dass das Ziel mit Schlafen zusammenhing, für alle anderen Fälle, oder eher für besondere andere Fälle, war ich entschlossen, den Revolver zu ziehen. Jedenfalls glaubte ich das in diesem Moment.

Ich lief hinter dem Jungen namens Tom her, durch Gänge, Flure und über Plätze wie bei einem untergegangenen Einkaufszentrum, durch zerrissenes Licht, und in den Ecken und auf den Flächen sah ich verlorene Gestalten, die wirkten, als wollten sie ihre letzten Anstalten machen. Mit steifen Fingern tasteten sie sich an den Scheiben entlang oder lagen schlaflos oder vielleicht sogar leblos herum. In einem stillgelegten Fast-Food-Restaurant saßen eine Frau und ein Mann an einem runden Aluminium-Tisch, die Gesichter auf der Tischplatte. Davor standen zwei Kinder und schienen sich zu beraten. Ich hätte sie am liebsten dazu bringen wollen, sich wie Kinder zu benehmen. Tom wackelte vor mir her. Irgendwann erreichten wir einen großen, ziemlich leeren Raum, der mit blassblauem Teppichboden ausgelegt war. An den Wänden standen müde Topfpflanzen. Tom ging auf etwas zu, das wie eine Rezeption aussah. Über dem Tresen an der Wand stand in Pseudoschreibschrift »Schlafhaus und Tagungszentrum Heisert«. Ich räusperte mich und stellte mich neben Tom vor den Tresen. Dahinter saß eine Frau in grauer Businesskleidung, die in ihren Armen verborgen schlief. Schlafen schien hier schon mal eine beliebte Beschäftigung. Eine große digitale Uhr hing an der Wand über ihrem Kopf und darunter brummte ein Kühlschrank, der immer wieder hohe, gequälte Fiepser von sich gab. Er war mit

Magneten beheftet, auf denen fantastische Reiter zu sehen waren. Bei ihrem Anblick wagte ich nicht, sie zu wecken. Doch Tom, der, immer noch furchtbar nervös, mit seinen dünnen Armen zuckte und mich mit seinen riesigen Augen ansah, als erwarte er von mir irgendetwas Unglaubliches, hieb plötzlich in einer blitzschnellen Bewegung mit voller Kraft auf die Glocke. Es war die Bewegung eines geübten Flipperspielers. Die Frau fuhr auf wie von einem Stromschlag getroffen und sah mich mit zusammengekniffenen Augen an. Eine Weile sagte niemand etwas. Dann sah auch Tom mich erwartungsvoll an. Ich sagte daraufhin, ich sei unterwegs und wolle rasten, wegen meiner Müdigkeit. Die Frau sah Tom an, als müsse er für mich übersetzen, aber Tom sah nur zu mir hoch und wurde immer nervöser. Jeder sah ständig irgendwen an! Ich sagte, bitte, ich müsse schlafen und wolle jetzt gerne in ihrem Schlafhaus schlafen, soweit es sich dabei tatsächlich um einen Ort handle, an dem man unbehelligt-unschuldig seinen Schlaf schlafen könne und es sich nicht um etwas anderes Abseitiges, Verborgenes, Hintersinniges et cetera handle, mit diesen Dingen könnten sie mir bitte schön wegbleiben, vielen Dank. Ich wollte jemand Resolutes darstellen, der sich nicht hinters Licht führen ließe.

Die Frau nannte mir einen Preis, den ich versuchte herunterzuhandeln, denn ich unterschätzte sie, vielleicht weil sie gerade erst erwacht war. Sie blieb aber ganz unbeeindruckt. Ich bezahlte für eine Nacht und die Frau vergrub sich wieder in ihren Armen. Man schien hier nicht ganz unvorbereitet. Tom führte mich durch überbelichtete Gänge und eine stickige Luft, die mich kurz an die Schule erinnerte, nur dass hier alles mit Teppich statt mit PVC ausgelegt war. Ich dachte darüber nach, welche andere Institution hier vielleicht einmal untergebracht gewesen sein könnte. Wir gingen Treppen hinauf und Treppen hinunter, nur in welchem Verhältnis diese zueinander standen, also ob wir insgesamt an Höhe gewannen oder verloren, konnte ich nicht sagen. Im Unterschied zum Rest der Raststätte begegneten wir hier niemandem. Vielleicht weil das Schlafhaus nur zahlende Kunden aufnahm. Irgendwann, als wir gerade einen breiten Gang durchquerten, der ein wahres Meer aus Teppich und Topfpflanzen bildete, fiel mir eine geöffnete Flügeltür auf, hinter der eine Art Konferenzraum lag. Von den weißen Wänden und Tischen und dem hellgrauen Teppichboden hob sich eine scharf umrissene Gruppe aus Frauen und Männern in dunkler Businesskleidung ab, die verstreut und in vielfältigen Posen auf und unter den Möbeln lagen. Tom zuckte einmal heftig am ganzen Körper, als ich anhielt, um hineinzusehen. Er wollte weiter und zurück zu seinem Spielautomaten, nahm ich an. Eine der Gestalten, die ihren Kopf auf der zur Faust geschlossenen rechten Hand aufstützte, sagte mir, als ich zu ihr trat, dass sie gerade tagen würden. Ich fragte, in der Nacht? Sie sagte ja. Allerdings war diese Gestalt als einzige wach. Ich erinnere mich noch gut, wie ihre schwache, wie verrauchte Stimme von der Übersäuerung ihres Körpers durch Säfte berichtete. Ihr Mitteilungsbedürfnis schien sie dazu zu treiben. Was für Säfte?, fragte ich. Sie deutete auf die leeren Apfel- und Orangensaftflaschen. Dass sie in der Nacht tagten, irritierte mich weniger, als dass ich keine Tagesordnung finden konnte. Eine Tagung ohne Tagesordnung war nicht denkbar. Die Gestalt versuchte immer wieder mich anzusehen, aber ihr Blick und ihr Kopf wurden von irgendetwas nach unten gezogen. Warum Gestalt, hatte sie etwa kein Geschlecht? Es spielt keine Rolle. Tom stand jetzt ebenfalls im Tagungsraum, sichtlich unwohl, da jetzt vermehrt zuckend. Es war nicht der Weg, den er geplant hatte. An einer Wand entdeckte ich eine Karte und auf dem Weg dorthin stieß ich aus Versehen einer auf dem Boden liegenden Frau mit der Stiefelspitze in den Rücken. Die Dame stöhnte auf und Tom klatschte vergnügt in die Hände. Ich beugte mich zu ihr herunter und entschuldigte mich ausgiebig. Ein seltsamer Geruch ging von ihr aus. Dabei spürte ich, wie meine Bisswunde stärker zu brennen begann. Vielleicht weil mehr Blut in den Arm floss. Die Frau entgegnete auf meine Entschuldigung nichts, sondern kehrte eilig zurück in ihre wie auch immer geartete Ohnmacht.

Die Karte war interessant, wenn auch unverständlich. Sie war von einer Linie durchzogen, hinter der ich die Autobahn vermutete. Einige Ortschaften und Wälder waren zu erkennen, jedoch alles unbenannt. Darin war sie immerhin realistisch. Auch das Schlafhaus & Tagungszentrum Heisert konnte ich nicht entdecken. Ansonsten war sie mit immer wieder neu geschriebenen und durchgestrichenen Zahlen bedeckt, die Zonen bezeichnen konnten oder auch nicht. Auch die Zonengrenzen, wenn es sich darum handelte, waren mehrfach und anscheinend immer wieder neu gezogen worden. Ich fragte in den Raum hinein, ob die Tagung der werten Tagenden etwas mit dieser Karte zu tun habe. Zur Antwort murmelten bloß einige unverständlich in ihren Sakko- oder Blazerkragen. Mein langsames und ergebnisloses Vorgehen schien für Tom schwer erträglich, denn er verlor zusehends die Fassung und fing an, einen Mann, der mit dem Bauch auf dem Teppich lag, in die Seite zu treten, bis dieser zu weinen begann. Vielleicht wollte Tom mir auch nur helfen, hilfreichere Antworten zu bekommen. Währenddessen stand ich zugegebenermaßen geistesabwesend vor der Karte und betrachtete Tom, der vor irgendetwas Angst zu haben schien. Viele Betrachtungen in dieser Zeit, fast immer ergebnislos. Um ihn von seinem illegalen Gewaltausbruch abzubringen, der immerhin meinen Schlafplatz gefährden konnte, beauftragte ich ihn, die Tagungsgesellschaft nach Brieftaschen und Wertgegenständen abzusuchen. Allerdings hatten sie praktisch nichts bei sich, außer Stiften, auf die ich verzichtete, und einer Armbanduhr, die aber aus Plastik und deshalb wahrscheinlich wertlos war, und nicht verschreibungspflichtigen Medikamenten mit uninteressanten Wirkungen. Ich fasste auch in die eine oder andere klamme Sakkoinnentasche, aber es wurde schnell frustrierend. Nichts schien irgendwo hinführen zu wollen.

Tom brachte mich schließlich zu meinem Zimmer. Es war sehr hell, der Teppichboden mausgrau, vor den Fenstern hingen Plastiklamellen, in der Ecke stand ein Fernseher. Die Luft war mit Staub und dem Geruch chemischer Reinigungsmittel gesättigt. In dieser Phase schien ich mich wieder für Bilder zu interessieren, denn ich schaute mir die in meinem Zimmer an. Aber es waren bloß blaue und violette bis purpurne Wolken und Schemen mit wirren schwarzen Strichen und Linien, eine Abstraktion, die überhaupt nichts zu abstrahieren schien. Ich hielt das für eine Frechheit. Andererseits schien es mir auf schwer zu beschreibende

Weise adäquat. Ein klatschendes Geräusch erinnerte mich daran, dass Tom noch da war. Ich fragte ihn, ob er etwa unter Kinderarbeit leide. Seine Antwort bestand darin, mit erstaunlicher Kraft gegen die Raufasertapete zu schlagen. Zu sprechen war anscheinend keine Option. Ich glaubte zu verstehen und gab ihm eine Münze für seinen Automaten. Er ging wortlos, passend zu seinen Bewegungen.

Im Zimmer stehend verschluckte mich die Stille. Obwohl ich gedämpfte Geräusche hörte. Es muss eine andere Stille als die Stille selbst gewesen sein, eine der vielen anderen. In diesem Licht könnte man jemanden an der Aorta operieren, dachte ich. Ich setzte mich aufs Bett, das von einer sogenannten Tagesdecke bedeckt war. Die Erschöpfung saß mir so tief im Körper, ich glaubte sie nie wieder herauszubekommen. Ich zog den Mantel und das Hemd aus und betrachtete meinen Verband, unter dem die Pipiwunde schmerzte. Ich wünschte ihr alles Elend, also der Katze. Ich bereute, nicht länger bei Dagmar geblieben zu sein. Nein, ich bereute nie, irgendwo nicht geblieben zu sein, oder selten. Vielleicht ist deswegen alles so gekommen. Ich war nicht träge genug. Ach was.

Ich traute mich nicht, den Verband abzumachen, obwohl ich ein starkes Bedürfnis danach hatte. Nicht nur wegen des Wundschmerzes, auch wegen des Druckschmerzes und schließlich wegen des höllischen Juckens, das auch eine Art Schmerz ist. Ich hatte Angst, dass wenn ich den Verband erst mal abmachen würde, Keime und Staub in die Wunde kämen, obwohl das Katzengebiss wahrscheinlich schon ganze Bakterienstämme hinterlassen hatte, die auch Dagmars Desinfektion überstanden hatten, und dass sie bluten würde, ohne aufzuhören, vor allem aber, dass ich den Verband nicht mehr würde anlegen können und mit offener Wunde herumgehen müsste. Was war das denn für eine dramatische Wunde? So ein Katzengebiss ist ja furchtbar klein, aber das Böse, das Böse in Pipi mag groß gewesen sein, warum nicht. Man braucht Geschichten für seine Wunden, am besten für jede eine andere. Um nicht mehr an die Wunde zu denken, machte ich den Fernseher an. Ich hätte schlafen sollen, machte aber den Fernseher an. Da erkennt man die Diskrepanzen. Es gab mehrere Kanäle und ich sah sie mir hintereinander an. Sie übertrugen alle Schnee, ich meine Fernsehschnee, nur auf einem Kanal war er auf zwei sich ins Endlose erstreckende Flächen aufgeteilt, einen Horizont bildend, daran erinnere ich mich. Während alles krisselte, war der Horizont durch die Ferne ruhig, da er nur eine Linie ist.

Als ich kurz danach wieder erwachte, hatte ich das Gefühl, mir wäre im Schlaf der Kopf angeschmolzen. Hatte ich in diesem OP-Tisch-Licht geschlafen? Nein, das Licht war ausgeschaltet, ich lag im Dunkeln auf dem Bett. Demnach lief auch der Fernseher nicht. Ich hatte also alle Vorbereitungen für den Schlaf getroffen und war dann eingeschlafen, ohne mich nach dem Aufwachen daran erinnern zu können, was mindestens ungewöhnlich war. Oder es hatte jemand anders getan, der unbemerkt eingedrungen war. Durch einen dünnen Spalt unter der Tür gleißte das Flurlicht. Warum war ich denn erwacht, wenn ich so tief geschlafen hatte? Plötzlich zuckte etwas neben mir und ich schrie vor Schreck auf. Tom stand neben dem Bett und wollte, dass ich mit ihm komme. Ich verfluchte ihn lauthals. Dabei fuhr mir der Schmerz in meinen angebissenen Arm. Ich fühlte mich schwitzig.

Ständig frieren und dann schwitzen. Ich fragte ihn, warum er mich nicht schlafen lasse. Er besaß keine Antworten und bestand nur ungeduldig darauf, dass ich aufstehe und ihm folge. Wieder gingen wir durch irgendwelche Raufaser-und-Teppich-Tunnel. Ich folgte ihm einfach! Aber ich hatte auch Mitleid mit Tom, was von der Größe meines Herzens zeugt. Wenn ich so weit bin, dass Menschen mich rühren, rührt mich ihr Hinterkopf noch mehr. Während des Gehens saß ich wie ein Pilot im Cockpit meines eigenen Kopfes und flog hinter Tom durch die menschenleere Topfpflanzenwelt. Man nennt das Dissoziation, glaube ich, da hätte ich früher drauf kommen können. Wir landeten in einem Raum, der mal dem Tagungsraum geglichen haben muss und jetzt eine Bar darstellen sollte. Es war schummrig bis dunkel. Der Fernfahrer war wieder da. Jetzt glich er mehr einem Schmetterling, der sich schon fett getrunken hatte. Trotzdem fixierte er mich weiter mit seinen etwas zu großen Augen. Er schickte Tom weg, der wohl wieder spielen durfte, und deutete auf den Stuhl neben sich. Ich sollte mich wohl setzen. Mir fiel auf, dass auch seine Stimme etwas Klebriges besaß, zusätzlich zu seinem Blick. Am Ende des Raumes war eine kleine Bühne mit Hockern, auf denen Frauen saßen. Aus den Bemerkungen des Fernfahrers konnte ich schließen, dass sie dem sogenannten Horizontalgewerbe angehörten. Allerdings sahen sie aus wie Kampfroboter, wegen ihrer Kleidung. Hautenge Stücke wechselten sich mit voluminösen, schalenartig glänzenden Teilen ab. Ihre Mädchengesichter wirkten verloren auf den martialischen Körpern. Von irgendwoher dudelte eine langsame, fast ausdruckslose Musik. Sie schien wie Schaumstoff, dafür gemacht, den Hohlraum der Stille auszufüllen. Der Fernfahrer bedeutete mir mit exakt der gleichen Geste, ich solle mich setzen. Ich blieb zur Sicherheit noch eine Weile stehen. Mir fiel auf, dass an einem anderen Tisch dieselben Fernfahrer wie in der Kneipe saßen, interessiert zu mir gewandt. Sie hockten jetzt hier weiter. Meine Wunde pochte, ich hatte Angst vor einer Sepsis. Ich versuchte, mich als heimlich ermittelnder Praktikant neben den Fernfahrer zu setzen.

Eine von den Frauen, ganz in Schwarz gekleidet, stand auf eine weitere Geste des Fernfahrers hin auf und kam zu uns. Sie war groß. Ihre hellblonden Haare waren kinnlang und die vorderen Haarsträhnen fielen wie Sicheln um den kleinen kindlichen Kopf. Sie sagte, sie sei neunzehn, ohne dass jemand gefragt hätte. Vielleicht gehörte das mit zum Verkaufsgespräch. Ihr Name war … Inken, Inken Grabeißner. Sagte sie ihn einfach so? Ich fragte sie wohl danach. Schon der Name schien mir eine technische Bedrohung. Ihre Augen waren himmelblau. Der Fernfahrer fragte mich, ob sie mir zu alt sei. Bei seinem Blick erwartete ich jeden Moment, dass ihm ein Insektenrüssel wüchse, den er entrollen würde, um ihn Inken ins Ohr einzuführen. Mir fiel auf, dass Inken einen leichten Überbiss hatte, was mich aus irgendeinem Grund beruhigte. Ich sagte, ich hätte Angst vor einer Sepsis, ob eine der Frauen vielleicht Ärztin sei. Sie sagte, es tue ihr leid, aber keine ihrer Kolleginnen sei Ärztin. Und ich sagte, schon okay, als sei eine Sepsis etwas, bei dem es reichen würde, die Zähne zusammenzubeißen. Ich erinnere mich, dass sie meine Hand mit ihrer Hand bedeckte, die sich weich anfühlte.

Dann kam Inken mit mir. Ich wusste nicht, warum, ob sie freiwillig ging oder ob es einen unausgesprochenen

Zwang gab. Und wenn freiwillig, was sie sich davon erhoffte, außer Geld, das ich ihr nicht geben würde, vielleicht wollte sie auch bloß den Fernfahrern für eine Weile entgehen. Ich fragte sie, was Inken für einen Namen darstellen solle, aber sie verstand mich nicht. Mir fiel auf, daran erkennt man vielleicht meinen Zustand, dass ich Inken folgte statt umgekehrt, da ich mein Zimmer nicht wiedergefunden hätte und von Tom nichts mehr zu sehen war. Wir hätten uns nicht so schnell trennen sollen, Inken und ich, denke ich jetzt.

Das Zimmer war unverändert, nein, nicht ganz. Als wäre es mit einem identischen ausgetauscht worden. Ich setzte mich aufs Bett. Es war kein guter Moment. Die Deckenlampe war grell und schummrig. Inken fragte mich, wie ich es wolle, von vorne oder von hinten oder ob sie es mir in den Po geben solle. Was geben?, fragte ich, Sex, sagte sie. Sex geben?, fragte ich. Ja, sagte sie, in den Po, da sei sie gut drin. Nein danke, grad nicht, sagte ich, Warum denn nicht, fragte sie. Ich sei verletzt. Warum?, fragte sie. Wegen Pipi. Du willst mein Pipi? Nein, wegen der Katze, sagte ich, eine Katze habe mich gebissen. Sie stakste zum Fenster und schaute durch die Lamellen in den Scheinwerferwinter. Vielleicht hielt sie nach jemandem Ausschau, der es ihr leichter machen würde. Dann fragte sie mich, ob sie den Fernseher anmachen dürfe. Ich wunderte mich kurz, dass sie mir so viel Autorität zuschrieb. Sie drückte den Einschaltknopf des Fernsehers und setzte sich mit der Fernbedienung neben mich aufs Bett. Ich stöhnte, um meine Verwundung zu betonen. Sie schaltete sich durch eine Reihe von Kanälen mit chiffriertem Schnee bis sie beim Bild einer Sicherheitskamera landete, das den Barraum zeigte. Soweit ich sehen konnte, hatte sich nichts getan, die Frauen standen beieinander, bewegten sich oder redeten kaum und die sogenannten Fernfahrer schütteten sich ihre Getränke in ihre teigigen Körper. Aber Inken schaute genau und aufmerksam zu, als könnte jeden Moment etwas vor sich gehen, das sie nicht verpassen durfte.

Dann machte sie den Fernseher aus, sprang auf und schaute wieder durch die Jalousien auf den LKW-Friedhof. Dieses Zimmer deprimiere sie, sagte sie, sie wolle sich nicht weiter deprimieren lassen. Ich stöhnte lauter. Sie drehte sich zu mir um und sah mich scharf an. Warum ich stöhne. Ich wiederholte, dass ich verletzt sei. Als habe sie nur genug Anstöße gebraucht, um das Mitgefühl in sich zu finden, änderte sich ihr Ausdruck und ihre ganze Haltung, sie strich sich ihre steifen blonden Sicheln aus dem Gesicht und sah mich bestürzt an. Sie sagte, sie habe ein Mittel. Was für ein Mittel? Ein Schmerz- und Beruhigungsmittel. Sie holte es aus ihrer schwarzen Bauchtasche und legte es mir in die Hand. Es war eine Tablette, sie war schwarz und schillerte wie ein Mistkäfer. Das hätte mich skeptisch machen können. Ich fragte sie, ob es ein Geschenk sei. Sie sagte nein, sie brauche Geld. Für ihre erotische Dienstleistung. Welche Dienstleistung? Die von ihr erwartet werde. Ach ja, sagte ich. Sie hielt mich für schwer von Begriff, ich war es wohl auch, es war mein Zustand. Ich fragte, wie viel. Es war viel. Mehr als ich hatte. Ich sagte, das ginge nicht. Sie sagte, sie brauche es unbedingt. Ich schlug ihr vor, sie und die anderen Frauen sollten sich Messer besorgen, aus der Gaststätte vielleicht, und die Fernfahrer abstechen wie Schweine. Sie winkte ab und lachte. Sie hielt es für einen Witz. Ich lachte auch, obwohl es mir ernst war in dem Moment. Dann fing sie an zu weinen. Ich fühlte mich schlecht. Ich sagte, ich könne sie mit meinem Revolver in Schach halten und zog ihn zum Beweis aus der Tasche. Bitte nicht!, rief sie, und bedeckte ihr Gesicht mit den Händen. Ich steckte ihn sofort wieder weg und sagte, ich tue ihr doch nichts. Mir kamen selbst die Tränen, obwohl es gerade um sie ging. Ich sagte ihr, sie hätte nicht mitkommen sollen. Sie antwortete etwas Verletzendes, aber es verletzte mich nicht. Da saßen wir dann. Ich sagte ihr, sie sollten Tom nicht vergessen, als wäre mein toller Plan noch eine Option.

Ich gab ihr schließlich Geld, sie sagte, es sei zu wenig, ich sagte, es sei zu viel. So findet man zueinander! Dann schluckte ich die Tablette und bat sie, das Licht zu löschen. In der Dunkelheit wusste ich nicht mehr, wo sie war. Ich sank zurück aufs Bett, mit dem versehrten Arm neben mir, der sich anfühlte wie ein mit Schmerz gefüllter Ballon.

Ich bin müde und würde am liebsten zu einem anderen Abenteuer übergehen. Leider gibt es keine anderen, es gibt das eine, falls es das gibt, falls es eines gibt. Zeitweise bin ich so durch die Gegend geprescht in meiner Geschichte, da war ich nicht müde oder ich habe es bloß vergessen. Manchmal muss man etwas vergessen, um handlungsfähig zu bleiben, und manchmal muss ich mich daran erinnern, was alles passiert ist, um abzuschätzen, ob ich, nein, ich kann nichts abschätzen. Ich würde Ihnen ja gerne eine tolle Einschätzung liefern. Vielleicht würde es Ihnen etwas ersparen. Sie könnten sich einfach eine Meinung bilden, Ihre geliebte Meinung.

Aber wie lange ich durchgehalten habe, als würde es auf etwas hinauslaufen, vielleicht läuft es noch auf etwas hinaus, es ist zu befürchten, es ist zu hoffen, ich weiß nicht, eines von beiden. Woran erkenne ich, dass es der alte Ort ist? Die Stille hält mich dicht umschlossen. Die unechte Stille. Und draußen? Ich habe wieder meinen alten Horizont vor mir, so leer und verheißungslos wie vor dem Einschlag. Sollte ich den Krater noch einmal besuchen, eine kleine Besichtigungstour machen, mit dem Viech als Fremdenführer? Das Viech hat mir den Brocken wohl ins Zimmer gelegt, um mir das zu ersparen, oder aber um sich meine fortgesetzte Pflege zu ersparen. Irgendetwas wird es sich schon ersparen können, es ist immerhin das Viech. Meine Sehnsucht nach ihm ist fast unerträglich. Andererseits habe ich es mir vom Leib gehalten mit meinem Schreiben. Ich wünschte, es würde sich regenerieren und reparieren, es soll so werden, wie es war, nein, es soll weitergehen, nur nicht in die falsche Richtung. Das klingt fast so, als gäbe es hier eine andere. Noch schöner, es wäre noch schöner. Also aufhören für eine Weile, damit es kommt? Mich aus dem Bett stürzen, mit der Anmut eines neugeborenen Fohlens?

In meinem Halbschlaf, also fast die ganze Zeit, sehe ich das Viech oft wie von einer Aura umgeben. Es kommt hereingefahren zu mir und wird umstrahlt von einer Frische und einem Glühen wie das Leben selbst, und es versprüht einen Duft wie von wilden Wiesengräsern an einem Sommermittag, und auch ich fühle mich wie zu neuem Leben geboren und das Viech spinnt einen flauschigen Kokon um mich und in diesem Seidenkokon, der furchtbar warm ist, zieht es mich hinter sich her, aus der Station und über die Ebene, über die ich weich hinweggleite, gezogen von dem vor mir fahrenden Viech, in die Weite und Ferne immerfort, fliegt es mit mir zwischen den Sternen zu einer besseren Welt, in Überlichtgeschwindigkeit natürlich, mit einem besseren Bett, oder noch besser, einem besseren Leben, und zu anderen Gnaden, weiteren, immer weiter, ein Engel in metallenem Kleid, und ich bin tief geborgen und geschützt vor aller Verlassenheit und den bewegungslosen Räumen. Wir enden auf einem prächtigen Ball, das Viech trägt ein Rüschenkleid und ich einen Frack, das Licht der Lüster fällt wie Lava auf uns herab und unsere Lüste züngeln lodernd aus unseren bewegten Seelen.

Sollte ich noch den Fehler entdecken? Den einen kapital-fatalen Fehler? Das wäre zu schön, sich von der Reue verzehren zu lassen, es handelt sich selbstverständlich um eine Summe neutraler Handlungen, jawohl. Was ich nicht denken kann, ist es, was mir die Hoffnung nimmt.

Sollte ich irgendwann hier herauskommen, werde ich meine kommentierten Tagebücher herausgeben. Das war mal wieder ein Witz, manchmal gelingt mir noch einer. Wie skrupellos ich geworden bin, vom Herauskommen zu sprechen. Noch eher, das fühle ich, tut sich in mir der Innenausweg auf, der, den ich immer schon beschreiten wollte, soweit ich zurückdenken kann, das heißt nicht sehr weit. Es muss einen inneren Hinterausgang geben, da ich ja offenbar auch durch einen inneren Hintereingang, geistig oder nicht, hierhergekommen bin. Messerscharfe Schlussfolgerung. Dass es nur nicht das Sterben ist.

Und wenn ich erwachte, in meiner Geschichte, ich müsste mich ärgern, sie so erzählt zu haben, so akkurat, sie mir so akkurat eingebildet zu haben. Aber ist sie andererseits nicht so vage, dass ich immer noch in eine andere fliehen könnte, die sie zugleich ist, dank der Vagheit?

Es ist doch so, wie viel Zeug ich anhäufe, gelegentlich, wie viel erzähltes Zeug. Ich habe wahrscheinlich in meiner sonstigen Existenz kaum erzählen können oder erzählen wollen und so ist es liegen geblieben und hat sich vermehrt, heimlich kopulierend, mit den Formen, nehme ich an, falls es das ist, was für die Dinge nötig ist, nein, ich weiß, sie liegen nicht vorgestanzt im Himmel.

Hatten Inken und ich noch weitere Begegnungen? Ich hätte Lust, noch eine kleine Szene zu erinnern, in einer Abstellkammer, in der wir uns verbergen und uns irgendeinen Fluchtplan ausdenken, über die Heide in den Wald. Vor lauter Angst vor unserer eigenen Inkompetenz würden wir uns aneinanderpressen und uns unsere Hände auf die flachen, warmen Bäuche legen. Schöne Vorstellung. Wobei sie wahrscheinlich gar nicht inkompetent war. Bevor wir einschlafen, machen wir einander klar, wie es überall das Gleiche ist und jede Flucht zweck-, aber vielleicht nicht sinnlos. Ich würde von einer Blume träumen, warum nicht, einer bloßen Blume ohne weitere Bedeutung.

Die Mistkäfertablette bewirkte, dass sich mein Körper ganz weich anfühlte. Sie schmeckte scharf, bitter und modrig. Nach etwa einer halben Stunde schienen meine Innereien zu zerfließen und die Haut zu spannen, mein Körper wurde ein von der Epidermis eingenähter Fleischbrei. Der Wundschmerz ließ nach, doch ich fühlte mich nicht gerade beruhigt und schlief auch nicht ein. Ich hatte aber auch keine Angst oder nicht mehr als gewöhnlich. Ich fragte mich, ob Inken mich verlassen und ob sie dabei mein restliches Geld mitgenommen hatte, aber ich konnte nichts mehr unternehmen, um das herauszufinden. Dann schien mein Körper allmählich ganz zu verschwinden und auch das Zimmer, in dem ich lag, zerwuchs zu einem anderen Ort, öffnete sich zu einer schwarzen Weite, in der sich etwas Formloses näherte und entfernte, ohne dass mir klar war oder ich wissen wollte, wie sich etwas Formloses bewegen kann, und es zog vor mir vorbei wie auf einer planetaren Bahn, gleichmäßig wie auf einem Förderband, Gestaltloses, Unsichtbares, in entgegengesetzten Richtungen. Wenn das nicht klar ist.

Doch auch das verschwand und in der dann leeren Weite erschien allmählich eine Ebene, kaum weniger schwarz als das darüber, und darin etwas Helles, das sich nach einer Weile als ein weißer Berg herausstellte. Davor standen Gestalten in langen Mänteln in einem Kreis, vielleicht ein Dutzend, zu mir gewandt. Sie hatten buschiges, verfilztes, wild vom Kopf abstehendes Haar und manche trugen altmodische Hüte oder Kappen wie im Mittelalter. Es waren alles Männer, sie sahen aus wie ein Kostümverein auf der Flucht. Und hinter ihnen glomm geheimnisvoll dieser weiße symmetrische Berg, aus Marmor oder hellgrauem Granit. Mir fiel noch auf, dass die verlängerten Linien der Bergseiten die Tangenten des Kreises waren und dass wahrscheinlich noch ein Kreis von der Spitze des Berges tangential zum untersten Punkt des Gestaltenkreises hätte gezogen werden können. Ein geometrischer Kostümverein, soso. Eine Weile stand das Bild so vor mir. Manchmal blinzelte jemand. Aber auch dieser Anblick, vor dem ich, ganz Auge, körperlos hing, löste sich auf im Dunkel und zerfiel und stattdessen tauchte Darz auf. Nein, er tauchte gar nicht im Sichtbaren auf, er war zunächst ort- und körperlos, aber ich spürte seine Anwesenheit. Darz war mir wie gesagt kein ganz Unbekannter. Ich erkannte ihn wieder, ohne ihn sehen oder mich an irgendein Bild erinnern zu können. Ich erkannte wohl seine Existenz wieder, was immer das heißen mag. Mit ihm ging es mir, als würde mir permanent etwas schwanen, aber der Schwan käme nie, egal, an wie vielen Teichen, Flüssen und Seen ich stünde und wartete, Brotkrümel ins graue Wasser werfend. Ich wusste aber nicht, woher ich von seiner Existenz erfahren hatte, bevor der Filialleiter ihn mir gegenüber erwähnte. In dem Moment, ich meine, als er von ihm sprach, als der Filialleiter das Wort »Darz« sagte, fiel mir auch nichts dazu ein, ich war vielleicht zu sehr auf den Filialleiter selbst fokussiert und auf meine angebliche Karriere. Ich erinnerte mich also erst später daran, ihn schon vorher gekannt zu haben. Und so etwas nennt sich Gedächtnis. Aber das will nichts heißen. Vielleicht hatten wir ihn in der Schule behandelt, sozusagen als historische Figur der Gegenwart. Allerdings gab es solche Figuren in der Schule nicht, die der Gegenwart. Er muss also von irgendwo anders her gekommen sein, oder er hatte schon seinen vorgefertigten Platz, ich weiß nicht wo, in mir womöglich, wo er fertig und existenzbereit saß, in einer missverstandenen prästabilierten Harmonie, um sich verdächtig zu verhalten, sein Geheimnis zu erfinden und sich als Phantom vor Æxego zu verhüllen, ganz kernlose Hülse. Er schien nichts mehr mit der Person in den Akten zu tun zu haben, nur sein Interesse an Kindern war ihm erhalten geblieben. Wenn ich ihn also damals tatsächlich, denke ich jetzt, in mir vorfand, als jemanden, der in den Vorgängen meines jungen Geistes eine Rolle gespielt hatte? Ist es nicht denkbar, dass ich, in der Schule sitzend, in dem undurchdringlichen Dämmer, in meinem Boot über einen Ozean aus Zeit treibend, plötzlich auf ihn stieß, auf den, der in noch älteren Schichten meines Kinderherzens auf mich gewartet haben muss? Als Alb aus dem Urschlamm des Geistes? Ein Schacht scheint an den nächsten anzuschließen, enger und dunkler werdend. Ich müsste einen Psychoanalytiker anrufen können. Es will mir fast scheinen, dass mir so etwas passiert sein muss, wenn man bedenkt, welche wüsten Zeiträume ich dort (in der Schule) zerbrachte und wenn ich daran denke, wie schwach meine Kindheit sich in mir erhalten hat, schwächste Lichtspur auf empfindlichstem Film. Ah, die Superlative, letzte Tröstung.

Er hatte also vielleicht etwas mit den Albträumen zu tun, die ich als Kind hatte, in denen ich mich, in den luziden Momenten, denn manchmal war ich in meinen Albträumen luzide, verzweifelt aus dem Fenster stürzte, in der Hoffnung, daraus zu erwachen, und manchmal erwachte ich auch, aber manchmal stürzte ich auch nur in den nächsten Traum, in dem ich dann ganz sicher gefangen wurde, und noch öfter gehorchte mir mein Körper gar nicht erst und ich stand wie erstarrt, innerlich rasend, vor dem Traumfenster oder irgendwo in einem Gang, und meine Verfolger bekamen mich in die Fänge und stießen mir ihre Arme bis zum Ellbogen in die Brust und der Schmerz war einer, der den folgenden Tag über in mir nachbrannte. Darz war vielleicht Besitzer des Albs und der Alb gehorchte ihm. In dem Moment erschien es mir so. Aber komischerweise wusste ich damals, dass ich ihn nicht aus meinen Träumen, ich meine Nacht- und Schlafträumen, kannte. Jetzt ist natürlich alles anders. Er erschien mir als schattenrisshafte Gestalt, mit einem wie zu Glätte zerschmolzenen Gesicht. Hin- und hergehend in einer himmellosen Nacht, zwischen jungen, kahlen Bäumen, die sich vor Wasser und Schnee triefend nach ihm streckten. Vielleicht suchte er manchmal einen von Brennnesseln umwucherten Tümpel auf, um das entengrützige, kaulquappige Wasser zu schlürfen, zwischen den schwarzen Eisschollen. Und er bewegte sich sogar wie unter Wasser und saß viel in einem alten Campingklappstuhl, nicht selten mit übereinandergeschlagenen Beinen. Seine Wirtschaftsexpertise war verschwunden, doch er hatte noch immer seine Verbindung zum Gestaltlosen, das in langen Bahnen über ihm dahinzog. Insekten und Amphibien spürten eine besondere Zuneigung zu ihm und sangen sein Lied zu den Mikroben und Viren. Es war, als wären nur homöopathische Dosen Licht erlaubt, da, wo er ist, und seine Haltung verriet stets eine gewisse Gelassenheit. Kinderstimmen zog er wie an einer Schnur hinter sich her, seltsamerweise ohne die Kinder. Seine eigene erhob er nie. Aber es war auch nichts zu hören. Vielleicht irgendwo ein kaum wahrnehmbares Tropfen, und das leise Saugen kalten Schlamms unter dem abgestorbenen Farn. Die Dinge entfalteten sich um ihn in die Schwärze und eröffneten sich in ihrem schwächlichen Dasein, als bäten sie ihn, endlich vergehen zu dürfen. War es sein Charisma? Schien er nicht eher einen Schlund zu haben, wo andere eine Persönlichkeit oder einen Charakter besitzen?

Nichts davon ist jetzt klarer als es damals war. Hinter der Dunkelheit um ihn alles lebendig, in seiner verzweifeltsten Form. Und in dem Tümpel, in dem ich jetzt war, in einem ungefähren Körper untergetaucht, sah ich ihn gänzlich, aber nicht nur einmal, sondern wie von sich widerspiegelnden Spiegeln multipliziert zu einer Armee aus Doppelgängern. Er wandte noch den gesichtslosen Kopf, oder eher die Köpfe, wie zu mir, dann löste sich auch das auf und hinterließ nur noch ein leeres bräunliches Wasser, in dem ich, wieder körperlos, trieb, dann nichts mehr, dann transparente Flecken, länglich wie Bakterien unter einem Mikroskop, dann bildloser Schlaf, und schließlich erwachte ich wieder, in das alte Zimmer hinein, als ein Elend.

Das Ganze hatte Stunden gedauert, wenn nicht einen Tag. Ich stand auf, suchte ewig nach dem Lichtschalter, ging dann, geblendet, ins Bad, trank aus dem Wasserhahn das chlorige Wasser und suchte mein Portemonnaie, um mein Geld zu zählen. Sie hatte sich noch etwas mehr herausgenommen, mir aber das meiste gelassen. Das rührte mich. Ich ging zum Fenster und sah durch die Lamellen nach draußen. Es hatte wieder zu schneien begonnen. Ich fühlte mich nachhaltig psychedelisch und ich hasste dieses Gefühl. Aber noch nicht so sehr, wie es mir jetzt zum Hals raushängt.

Dann brach ich auf. Ich fand sofort den Ausgang. Ich traf auf Tom, der in die Hände klatschte. Ich verabschiedete mich von ihm und gab ihm noch etwas Geld, er würde es brauchen. Wie spendabel!

Der Schneefall war stärker geworden. Ich tankte den Nissan voll, mit steifen Fingern, fluchend, und fuhr los, ohne zu bezahlen. Ein stärkerer Zug ging mir durch den Kopf, die dicken Schneeflocken trudelten träge im Wind, ich konnte kaum sehen, und doch fuhr ich weiter. Unter dem Brummen und Heulen des Motors die zu Schreien verzerrten Stimmen, die alles erklären.

Ich halte ein, um mich etwas auszuruhen, dabei könnte das Gegenteil geschehen, das heißt eine weitere Entkräftung, als hätte ich irgendwo Leck geschlagen. Wäre das schlimm? Ich glaube ja. Ich müsste meiner eigentlichen Lage begegnen, wenn es diese denn ist und nicht eine andere, und gerade die Ahnung, dass die andere und die eigentliche unter der Hand vertauscht und wieder vertauscht werden, wie beim Hütchenspiel, macht alle Reflexionen so ermüdend.

Der Splitter ist nicht vertrauensvoller geworden, aber indem ich das schreibe, ist er es zugleich, da ich es schreibe. Sie verstehen. Sie verstehen, die Sie fern sind von hier und doch im gleichen Fall begriffen. Manchmal frage ich mich, woher all die Worte kommen. Aber alles wird einfach, wenn man nicht mehr die Wahl hat. Nur manchmal missfallen mir mein Klang und die verrauschten Klänge, die in den Sätzen keinen Platz finden. Die Wahl, ich habe nie gut wählen können, auch das dichte ich mir an.

Das Viech hat mich vielleicht verlassen. Ich muss es immer wieder wiederholen, es ist meine Vorbereitung auf den Katastrophenfall. Der Katastrophenfall innerhalb der stattfindenden Katastrophe. Es ist eine Katastrophe von vollkommener Stille, Bewegungslosigkeit und totem Licht. Erblickt von meinen treuen Augen. Ich habe vorhin ihre Rundungen unter meinen Lidern betastet, ihre schönen Rundungen, wie treuherzig sie mir aus dem Kopf auf das Aussichtslose blicken, immer bereit, scheint mir, für plötzliche Hoffnung, aufscheinend, für einen plötzlichen Mitmenschen, um ihn warm anzusehen, mit aller verfügbaren Wärme des Herzens. Es sind zwei tolle Murmeln, soviel steht fest. Soll ich sie mir also ausstechen? I wo. Natürlich rede ich drumherum. Das Viech kommt nicht. Dass ich vor Hunger noch nicht eingegangen bin! Gleich stürze ich mich auf den Boden hinab, allen Ernstes, auch wenn es vielleicht ein Fehler ist.

Halleluja, es hat mich nicht verlassen. Es ist im Nebenraum und, ich weiß nicht, stellt sich seinen inneren Dämonen, nehme ich an. Jedenfalls ging es zunächst nicht gut los, da ich mir beim Sturz aus dem Bett wehgetan hatte. Aber nach einer Stunde oder so war ich wieder auf den Beinen. Ein Teil von mir ist unverwüstlich, ein immer kleinerer. Ich machte das Beste daraus, aus dem Liegen, indem ich die Sicht vom Boden aus genoss. Das half mir, mal wieder so richtig zu staunen, ich weiß nicht genau worüber, aber das macht nichts. Von Zusammenhängen, die mich nicht unmittelbar betreffen, wende ich entschieden meine schönen Augen ab. Man sieht, ich habe an Freiheit gewonnen, das hätte ich mich früher nicht getraut, ich wollte Herr der Lage sein und wusste noch nicht, dass die Lage schon ihr eigener Herr ist. Ist das etwa Teil des Erwachsenwerdens? Ich hoffe nicht.

Ich entdeckte es im Nebenraum stehend in der Dunkelheit. Ich war nämlich irgendwann aufgestanden und hinübergegangen. Mir fiel auch sein Spalt schrecklich ins Auge. Ich sagte etwas wie, Hallo Viech, verzeih, Gnade, verlass mich nicht et cetera. Es wirkte ungerührt. Oh, verschließ mir nicht deine Seele!, rief ich. Ach was. Stattdessen sah ich mich um. Ich entdeckte etwas, das wie ein Schachspiel aussah. Nur dass es viel mehr Felder und Figuren besaß. War es nicht eher ein Kubus? Die

Figuren hatten auch nur noch eine entfernte Ähnlichkeit zu Turm, Läufer, Springer und so weiter. Ich entdeckte einige leicht unterschiedliche Könige, aber nur eine Dame, oder andersherum. Mindestens 50 Bauern, oder was ich dafür hielt, lagen auf dem Boden herum.

Ich komme nicht umhin, mir die Vorstellung, die mich zerreißt, einzugestehen: Dass es sich um ein Kommunikationssystem handelt, um mit jemandem zu kommunizieren, der nicht ich bin und das Viech dem Nicht-Ich Nachrichten sendet, und wenn es sich nur um Züge einer Partie Fernschach mit einem multidimensionalen Überviech handelt. Bin ich ihm nicht mehr kultiviert genug? Soll ich vielleicht eine Vernissage veranstalten?

Es fällt mir schwer, mich zurückzuhalten und nicht zu versuchen, es zu zerschlagen, ich meine das Spiel. Ich befürchte auch, dass es sich um ein unzerstörbares Material handelt. Jetzt weiß ich immerhin, gegen was ich antrete, oder ungefähr.

Doch lassen wir die anstößigen Geräte einen Augenblick beiseite und sprechen wir fürderhin ein wenig mehr von meinen unfassbaren Fahrten, wenn ich bitten darf. Ja, dieser Ohrensesselsound hat mir gefehlt. Wie wichtig war es, dass ich so hartnäckig vom Weg abkam, um den Auftrag zu erledigen, wie wichtig waren die Abwege, und was wäre passiert, wenn ich jedem, den ich traf, mit Gewalt alle Informationen zu Darz und den Machenschaften seiner Æxego-Filiale abgepresst und wie ein hoch koordinierter Berserker auf mein Ziel zugerast wäre? Ich hätte es natürlich verfehlt. Ich wäre irgendwo erfroren. Ich hatte auch so ständig Angst vor dem Erfrieren. So gesehen sind die Abwege aber Wege und keine Abwege und doch war ich auf Abwegen, da haben Sie Ihre Logik, bitte schön.

Ich fuhr Stunden durch zitternden und wirbelnden Schneefall, hinter dem die Landschaft zu einem Schemen verkam. Dann wurde er schwächer und setzte aus. Durch ein verschneites Schild fand ich einen kleinen Park- oder Rastplatz, unbefestigt, im Wald. Dort hielt ich an, stellte den Motor ab und schaute hinaus. Alles gnädig verborgen unter den weißen weichen Formen, vollkommene Stille. Beinahe wurde ich friedlich im Innern. Das wäre was gewesen. Ich trank etwas Chlorwasser aus der Flasche, die ich noch im Schlafhauszimmer befüllt hatte. Dann kletterte ich auf die Rückbank und kauerte mich so bequem es ging auf das herumfliegende Zeug. Kurz schloss ich die Augen, aber davon bekam ich Angst und öffnete sie schnell wieder. Da entdeckte ich rötliche Flecken draußen im Schnee. Ich starrte eine Weile darauf, bevor mir einfiel, dass es der Sonnenuntergang war, der durch die Bäume seine langen rötlichen Finger streckte. Ich hatte schon lange nichts mehr von der Sonne gesehen und verfolgte das Verblassen des letzten Widerscheins fast gespannt.

Als ich kurz danach erwachte, hörte ich, wie sich draußen etwas bewegte. Ich spürte seltsamerweise keine Angst. Und es war auch nur ein Reh, das neugierig ins Auto schielte, zwischen seinen langen Wimpern hindurch. Ich sammelte einige Krümel zusammen und reichte sie ihm durchs Fenster und ich habe nicht das Gefühl vergessen, wie es sie mit seinen muskulösen Lippen aus meinem Handteller fraß. Danach blieb es noch eine Weile stehen und der Atem dampfte heiß aus seinen Nüstern. Ich hatte das Bedürfnis, ein Interview mit ihm zu führen und es nach seinem Leben und seinen Ansichten zu fragen. Es schaute mich an und richtete seine großen Ohren aus. Dann ging es langsam wieder in den Schnee hinaus. Als es weg war, zog sich mir der Brustkorb zusammen und ich fing an zu heulen wie der berühmte Schlosshund und konnte lange Zeit nicht aufhören. Da haben Sie etwas, um sich berühren zu lassen. Ich krümmte mich auf der Rückbank zusammen und hörte nur dumpf mein eigenes Schluchzen in dieser Kammer, in der ich jeden Flecken und jede Linie kannte. Nach einer Weile schlief ich wieder ein, in der Hoffnung, beim Aufwachen woanders zu sein. Nur nicht so sehr woanders, wie ich es jetzt bin.

Nach dem Schlafen fuhr ich weiter, durch lichtlosere Gegenden. Ich sah kaum etwas außer verlassenen Häusern mit trauernden Dächern, riesige metallene Industrie- oder Lagerhallen wie vergessene Monumente unter dem Schnee. Der Mond blickte mich gewitzt aus seinem Lichthof an. Im Radio trat aus dem Rauschen noch einmal ein Lied, vielleicht das letzte, eine Orgel, wie von schwacher Hand gespielt, auf der Suche nach einer Melodie. Ich hatte Angst um meinen Arm. Ich sah Vögel, die sich durch den hohen Schnee kämpften. Ich fror. Ich, ich, ich.

Irgendwann kam ich in eine leicht hügelige Gegend, in die der Schnee noch nicht gekommen oder in der er schon wieder geschmolzen war. Ich hielt auf dem Sicherheitsstreifen, stieg aus und lauschte dem leisen Wind. Das tote schwarze Laub am Straßenrand war mit Raureif bedeckt. Ich blickte stumpf auf nichts Neues. Mein Atem stieg mir dick aus der Nase. Übrigens hatte ich nichts mehr zu essen und Hunger. Ich erinnerte mich, dass es in der Schule geheißen hatte, dass man zur Not Eicheln essen könne. Das fiel mir ein, als ich einen kleinen Eichenhain nahe der Straße betrachtete. Nein, so etwas hatte ich nicht in der Schule gelernt, irgendjemand musste es mir verraten haben. Oder es war eine Frucht meiner Lektüre. Ich fürchtete aber, dass die Eichhörnchen schon alles gegessen oder vergraben hatten. Ich ging also zu dem Hain und buddelte nach den Eicheln. Der Boden war hart und es tat weh. Die Hörnchen hatten aber keine übrig gelassen und alles, was ich fand, waren ein paar graurückige Asseln, die vom Licht aufgeschreckt herumwuselten. Sie mussten es sehr warm haben da drin. Was für Zustände. Mehrere Tage waren seit Heisert vergangen. Stumme, blinde und taube Tage. Ich glaube, dass ich auch in einige verlassene Häuser eingebrochen war, um sie nach Essbarem und Geld zu durchsuchen. Anscheinend nicht sehr erfolgreich. Von fremden Menschen verlassene Zimmer machten es mir unmöglich, zu denken. Von irgendwoher hatte ich auch Benzin aufgetrieben, oder ich war weniger gefahren, als ich gedacht hatte.

Ich grub eine Weile mit meinen nackten Händen in der kalten Erde, als ich aufsah und einige Meter vor mir eine Gruppe Menschen entdeckte. Ich hatte sie vorher nicht bemerkt, da sie sich nicht im Geringsten rührten und keinen Ton von sich gaben. Sie sahen aus, als ständen sie da schon länger in der Gegend herum, in ihren schmuddeligen Roben und Umhängen, wie die Orgelpfeifen, und das, obwohl sie gar nicht nach Größe geordnet waren. Einige kleinere saßen sogar im Huckepack auf den Rücken von größeren. Ihre Gesichter waren mit Schmutz überkrustet und ihre Bärte, wenn sie welche hatten, waren verfilzt und voller Staub und Erdkrümel. Soweit ich erkennen konnte, waren es alles Männer. Ich hob die erdige Hand zum Gruß. Sie reagierten nicht. Ich versuchte etwas zu sagen, aber es kam kein Ton heraus. Ich war außer Übung. Also räusperte ich mich. Lange. Sie beobachteten mich gebannt, während ich mich räusperte. Sie wirkten auf ihre schweigende Art sehr höflich und das Weiß ihrer Augen leuchtete im Zwielicht. Schließlich fragte ich sie mit angekratzter Stimme, was sie hier machten und sie sagten mir, sie seien Fanatiker, die kürzlich ihren Fanatismus verloren hätten. Kürzlich?, fragte ich. Sie nickten. Ich fragte sie, worin ihr Fanatismus denn bestanden habe. Sie wussten es nicht. Ich sah, wie ernüchtert bis verbittert sie darüber waren, sich nicht mehr an ihren Fanatismus erinnern zu können. Wahrscheinlich hatte es sie in eine Krise, womöglich eine Identitätskrise gestürzt. Dann entstand eine unangenehme Stille, wie ich sie offenbar regelmäßig zu erzeugen wusste und wie ich sie sicherlich auch heute noch zustande bringen würde, aber unangenehm war mir vielleicht vielmehr meine Frage, denn ich spürte, wie unangenehm es ihnen wiederum war, dass sie es nicht mehr wussten und dass ich sie darauf aufmerksam gemacht hatte, und wer seine Lächerlichkeit so schmutzigen Hauptes trug, musste mir sympathisch sein. Gut, aber es geht hier nicht um Sympathie. Wir unterhielten uns schließlich über dies und das und im Gespräch merkte ich, dass sie eigentlich gar keine Standpunkte mehr zu keinem Thema hatten und nur noch angenehm konversieren wollten, das heißt, sie wollten gemocht werden, sie waren sehr schüchtern. Ich merkte, dass sie sich in eine ausweglose Lage gebracht hatten. Wir hatten uns überhaupt nichts zu sagen, außer Dingen, die indirekt ausdrückten, dass sie gemocht werden wollten und ich gemocht werden wollte. Nicht mal über fehlendes Essen, was immerhin als Gemeinsamkeit hätte dienen können, konnten wir sprechen, ohne dass es sofort unangenehm wurde. Wir konversierten also gar nicht angenehm, aber wir versuchten es. Ich fragte schließlich nach ihren Namen. Sie hießen Top, Flop, Shop, Pop, Cop und Hop. Nein, ich weiß nicht, wie sie hießen, sie nannten mir nicht ihre Namen oder sie wussten sie nicht mehr, sie wussten nur, dass sie kürzlich noch fanatisch gewesen und es jetzt nicht mehr waren und das war anscheinend genug, um sie erstarren und ihre Gesichter schmutzig sein zu lassen. Sie sagten mir, dass sie glaubten, dass sie sich »Die Fanatiker vom Weißen Berg« genannt hätten und deuteten auf das, was sie für einen weißen Berg hielten. Muss ich dazu sagen, dass er alles andere als weiß war? Ich bin mir nicht mal sicher, ob er sich als Berg qualifizierte, doch sie hatten wohl nicht das Selbstbewusstsein, vom bräunlichen Hügel zu sprechen. Was ich unter dem Einfluss von Inkens Tablette erlebt hatte, bekam so natürlich ein anderes Gewicht und ich erkannte auch in ihren Gesichtern die Gestalten wieder, die ich gesehen hatte, jedenfalls ungefähr. War das ganze Schlafhaus also nur ein Trick gewesen, um mich hierhin zu bringen? Ich stelle jetzt diese Frage, um zu verdeutlichen, wie sich die Dinge mir damals präsentierten, nicht, um Ihre Antwort zu hören, die auf immer unhörbar bleiben wird. Ich fragte, ob der Berg heilig sei. Sie wandten den Kopf nach links und rechts und sahen sich gegenseitig erstaunt an. Sie wussten es nicht, aber die Idee schien ihnen zu gefallen. Dann erzählte ich ihnen von meinem Plan, die Eicheln zu essen, aber dazu fiel ihnen wiederum nichts ein. Schließlich gaben sie mir einen Pilz, der erbarmungswürdig schmeckte. Ich aß ihn zitternd. Sie mussten sich für Santa Theresa halten. Aber sie wirkten zum Glück nicht katholisch. Ich fragte trotzdem, ob sie katholisch seien. Sie wussten es nicht. Das reichte mir. Ich schlug ihnen vor, den Berg zu besteigen, vielleicht würden wir dann etwas über ihren ehemaligen Fanatismus erfahren oder über die Heiligkeit des Berges. Der Vorschlag gefiel ihnen ebenfalls und sie wurden etwas lebhafter. Trotzdem blieben sie noch wie angewurzelt stehen, alle mit demselben Blick. Würden sie meine eigenen Ermittlungen enttarnen? Ach was. Ich hatte Mühe, zu gestikulieren, und auch die Mimik fiel mir schwer. Ich fühlte mich fiebrig und betäubt. Aber es musste etwas geschehen, es musste weitergehen, da haben wir das Problem, doch immerhin hatte ich die getroffen, die ich unter dem Tabletteneinfluss gesehen hatte, das musste ja wohl zu etwas dienen, zu etwas führen, der Suche zu etwas dienen, meinem Praktikanten-Ich zu etwas dienen, es konnte nicht nicht zu etwas führen, weshalb ich voranging, den Hügel hinauf, trotz des Hungers, zwischen toten, reifversteiften Pflanzen, und die Fanatiker auf ihren »Weißen Berg« führte, mit vorletzter Kraft. Und sie folgten mir tatsächlich, wie ich sah, als ich mich umdrehte, so kompakt laufend wie sie gestanden hatten. Ihr unfanatischer Zusammenhalt rührte mich, beinahe wollte ich zu ihnen gehören.

Es ging langsam und schwerfällig, obwohl der Anstieg nicht steil war. Ich atmete schwer, schwankte in meinen Schritten und der Wundschmerz hämmerte mir durch den Arm. Es ging nicht bergauf mit der Pipiwunde. Der Abend floss schnell und schwer auf uns herab. Die Fanatiker blieben immer hinter mir, als müssten sie mich im Auge behalten. Sie rochen modrig, nach Blumenerde und altem Schweiß. Auch ich dürfte nicht nach Sanitärparadies geduftet haben.

Oben angekommen konnte man kaum von einer Aussicht sprechen. Es war natürlich kalt. Schlamm und erfrorene Gräser. Jahrhunderte schlechten Wetters hatten einige Gruben gegraben, ich legte mich in eine, sodass ich etwas vom Wind geschützt war und trotzdem noch über die Hügelkuppe in die tote Landschaft sehen konnte. Wie in einer Badewanne, nur eisig und voller Dreck und Insekten. In der Ferne zäher Dunst, einige braune Dächer und ein Windrad, das sich nie mehr drehen würde.

Die Fanatiker standen wieder herum und sahen mich an. Sie hatten ihre strenge Formation etwas aufgelockert. Manche ahmten mich nach und legten sich hin, aber so, als würden sie im Kaufhaus eine Matratze testen. Und man sah ihnen an, dass sie es nicht *meinten*, ich sagte ihnen, dass sie es *meinen* müssten, aber sie konnten nicht mehr *meinen*, sie wussten nicht wie. Ein paar sahen mich an und ich sah ihnen in die struppigen, krustigen Gesichter, die fast nichts mehr ausdrücken konnten. Die meisten blieben stehen und sahen sich um, vielleicht auf der Suche nach einer Erinnerung. Ich schwieg, und der stumme Wind fuhr uns in die Gesichter. Vom Hügel aus sahen wir hinab auf eine kleine Ansammlung hutzeliger Gartenlauben, die mit Kalk bedeckt waren. Ich konnte ihnen schließlich die Vermutung aus den Bärten ziehen, dass sie in diesen Lauben gelebt und fanatisiert hätten und ich fragte sie, warum sie nicht heruntergingen und nachschauten, was *los sei*, es war die einzige Zeit meiner Reise, in der ich *kursiv* sprach, aber sie rissen nur ihre Hände in die Höhe und – kreischten, aber stumm, wenn das nicht klar ist. Sie wollten nicht, weil sie Angst hatten, und da taten sie gut daran, finde ich.

Irgendwann fragten sie mich nach meinem Praktikum, was mich erstaunte, ich meinte nicht, ihnen davon erzählt zu haben, und ich antwortete ihnen widerwillig, wenn auch weniger widerwillig als anderen. Die Verlassenheit von sich selbst machte sie vertrauenswürdiger. Die Vorstellung einer beruflichen Ausbildung schien sie zu faszinieren. Ich sagte ihnen, sie hätten überhaupt keine Chance auf ein Praktikum. Sie sahen mich mit großen Augen an. Ich fragte sie schließlich, warum sie nicht einfach fanatische Spinozisten würden. Das interessierte sie auch, eigentlich alles, was ich sagte. Ich machte ihnen deshalb klar, dass Spinoza recht gehabt habe und dass es da auch nichts weiter zu diskutieren gebe. Und die Zeit war ja nichts, was in diesen Momenten einfach verging. Ich fragte sie nach Wasser und sie hatten sogar ein bisschen. Es musste aus irgendeinem Tümpel geschöpft sein, denn es schwamm Entengrütze und anderes Zeug darin herum. Jede Menge Kleinstlebewesen wahrscheinlich. Als die Sonne verschwand, hinterließ sie ein düsteres, aschenes Violett, das sich langsam ins Nachtschwarz entfärbte. Über uns allen Ernstes Sterne. Die schwachen Atemwolken der ehemaligen Fanatiker. Ich fragte mich, ob ihr Fanatismus für mich gedacht gewesen war, aufgrund einer unerkannten, verborgenen Weisung von ich weiß nicht wo und ich zu spät gekommen war, da er verloren gegangen war und niemanden mehr fanatisieren konnte. Aus dem Schlafhaus? Von Darz? Ich kam mir in meinen Anlagen unfanatisch vor, aber da irrte ich vielleicht, vielleicht brauchte es diese Anlage gar nicht, nur eine wundersame Gelegenheit. Gelegenheiten sind vielleicht das, was mir in meinem Leben gefehlt hat. Der Plural hat mir vielleicht gefehlt. Oder es waren die Gelegenheiten zu den falschen Dingen. Ist es menschlich, viele kleine (richtige) Gelegenheiten zu brauchen, weil ich die eine große, wie sie mein Leben war, so leicht ungenutzt vorüberziehen lassen habe? Aber es geht mir weder um Nutzen noch um den Menschen, damit das klar ist.

Irgendwann war es so dunkel, man sah das Licht in den eigenen Augen nicht mehr. Soso. Da war ich also. Die ehemaligen Fanatiker um mich atmeten diskret, als hätten sie Angst, sich an der Luft zu verschlucken. Ich sagte mir, dass das Frieren den guten Nebeneffekt habe, neben seinem schlechten Haupteffekt, dass es meine entzündete Wunde kühle, aber das war wahrscheinlich medizinisch nicht haltbar. Und wenn ich mich in dieser Geröllhalde aus Augenblicken kaum um Darz und die Frage, ob und wie ich ihn jemals finden würde, kümmerte, dann liegt es daran, dass ich mich nicht ständig darum kümmern konnte und dass es nicht die richtigen Augenblicke waren, sondern, wie so oft, die falschen, jedenfalls für mich, ja, falsche Zeitpunkte, die sich auf der Linie, auf einer der Linien, der, wie ich hörte, nichtlinearen Zeit aufreihten wie vergiftete Zuckerstückchen auf einer Gummischnur, Sie wissen schon, den bunten für Kinder, wenn das nicht klar ist, und die wüsten Summen, die sie bildeten, da es so viele waren, wirklich unaussprechliche Gebilde, jawohl, sie waren, was waren sie denn, ich weiß nicht, nicht zu verwechseln mit den Gelegenheiten, die eine ganz andere Nummer sind. Und genauso will ich sagen, bevor ich einen Fehler mache, noch einen, dass ich trotz allem auch über diese Nacht auf dem Weißen Berg hinauskam und dass ich mich nicht dem Erfrieren hingab, wie ich es hätte tun können, ohne drastische Konsequenzen zu fürchten, außer jenen im Jenseits, aber die habe ich nie gefürchtet, und doch tat ich es nicht, wie es die anderen wohl bisweilen taten. So wie einer der ehemaligen Fanatiker, der am nächsten Morgen tot war, der Kälte hingegeben, und zu dessen Begräbnis ich eine Passage aus der *Ethik* las, stockend, aber mit, wie ich hoffte, tröstender Stimme, aber sie tröstete vielleicht nicht. Das Weinen seiner Brüder wurde schon mal nicht leiser. Aber vielleicht hatte er sich gar nicht hingegeben, sondern bis zum Schluss gekämpft. Ohne jemanden wecken zu wollen. Ich fühlte mich natürlich schuldig. Wenn auch nicht so sehr, dass ich nicht darüber hinweggekommen wäre, es muss, denke ich jetzt, an meiner damaligen Verwilderung gelegen haben, die meine angeborene Sensibilität so weit überdeckte, dass ich hin und wieder geradezu kaltblütig agierte, obwohl ich in anderen Momenten wieder hypersensibel *re*agierte, sodass ich vielleicht eher von einer Umschichtung meiner Sensibilität sprechen sollte.

Schließlich verließ ich die ehemaligen Fanatiker, während sie noch ihren Kameraden vergruben, und stieg den Hügel hinunter. Ihnen in dem Moment ein Gedicht anzubieten, soweit wäre ich nicht gegangen. Ich hatte versucht, eine ihrer Wurzeln zu essen, aber es ging nicht. Ich warf sie deshalb weg, in hohem Bogen. Die schwache Morgensonne schwebte wie ein erblindetes Auge über dem Land. Und die Stille war geradezu lächerlich. Ich freute mich darauf, sie mit dem Lärm des Nissan Micra zu durchsägen.

Allerdings fand ich das Auto nicht mehr wieder. Äußerlich blieb ich ganz ruhig. Vielleicht summte ich sogar eine inexistente Melodie. In mir kam sofort die Frage auf, ob ich noch Praktikant sei, ohne das Auto, aber ich konnte sie schnell verscheuchen, indem ich mir sagte, dass ich erst aufhörte, Praktikant zu sein, wenn der Praktikumsvertrag aufgelöst würde, und da er nachweislich nie geschlossen worden war, jedenfalls offiziell, aus Geheimhaltungsgründen, würde das keine Kleinigkeit werden. Darauf folgte jedoch gleich die Frage, ob ich Aussicht hätte, zu Darz zu gelangen ohne das Auto, oder Aussicht, überhaupt irgendwohin zu gelangen ohne das Auto. Eine andere Frage, manchmal folgen sie in dieser Weise aufeinander, war, ob ich das Auto vielleicht sozusagen nur verlegt hatte, da ich mir schlecht gemerkt hatte, wo ich stehen geblieben war, und dabei glaubte ich sogar, die Stelle wiederzuerkennen, an der ich angehalten hatte. Deshalb hielt ich Diebstahl nicht für ausgeschlossen. Ja, es war schwierig, irgendetwas auszuschließen. An der Stelle, an der ich stand, war die Straße jedenfalls gut zu überblicken. Kein Auto weit und breit.

Anschließend verzweifelte ich über all die Dinge, die ich verloren glaubte. Erst da merkte ich, indem ich in meinen Rucksack schaute, wie gut ich gepackt hatte: Meinen Spinoza, aus dem ich ja vorgelesen hatte, die Zeugnisse, Darz' Akte, die meisten der Manuskripte des Filialleiters, den Revolver, sogar den Tannenzweig, wenn auch in erbärmlichem Zustand, alles war da. Sogar das Stofftieräffchen fand ich, und die Taschenlampe. Da freute ich mich. Ja, ich freute mich bloß. Unschuldig.

Ich erinnerte mich dann an die Zeit vor dem Auto, in der ich so gut zu Fuß gewesen war. Dann hörte ich gleich wieder auf, mich zu erinnern. Aber wie ich es damals sah, verpflichtete mich nichts, auf der Autobahn zu bleiben. Deshalb lief ich ins Land hinein.

Das Gebiet, in das ich kam, erschien mir wie ein ausgewrungener Lappen. In dieser Hinsicht nichts Neues. Ich fand einen Platz voller Müll und hoffte auf eine aus Versehen weggeschmissene volle Packung, deren Inhalt ich essen könnte. Ich fand einen zugefrorenen Tümpel und amüsierte mich eine Weile damit, mit einem großen Ast auf das Eis einzuhauen, aber es brach nicht und sogar der Ast blieb intakt, und es amüsierte mich auch bald nicht mehr. Krähen? Oh ja. Sie sind überall in dieser Geschichte. In den hohen, kahlen Kronen der Bäume, auf den schwarzen Ästen vor dem milchgrauen Himmel saßen sie und blickten stumm auf mich herab. Wie gerne hätte ich die alte Frau mit den beeindruckenden Outdoorfähigkeiten angerufen, um mir einen Ernährungstipp abzuholen. Sie würde mir beibringen, wie man aus Wildgras eine Marmelade kocht. Ich saß auf Baumstümpfen, in gut durchforsteten Wäldern, und manchmal ging mein Blick weit, wohl in die Weite, und in die Höhe, und ich fühlte mein Blut sehr sanft sich aus meinen Extremitäten zurückziehen. Weil es so verdammt kalt war. Einmal sah ich sogar einen Kauz! Aber ich hoffte vergeblich auf einen Busch mit Blaubeeren. Mein scharfer Atemnebel wuchs mir aus dem Mund und die Knie waren ein wunder Punkt. Gerne hätte ich Fahnen in der Ferne erblickt und ein kleines Flugzeug am Himmel gesehen, um ihm zu winken. Nichts davon. Nicht mal eine Rauchfahne.

Ich lief trotzdem ungefähr in die Richtung, in die die Autobahn führte, das heißt in etwa parallel zu ihr, denn in diese Richtung hatte mich der Filialleiter gewiesen, und doch hatte er nie gesagt, dass die Filiale von Darz an der Autobahn liege und ich hatte keinen Grund, es anzunehmen. Es war eine Suche im ganzen Geheimnis ihrer Unbestimmtheit. Und je ungreifbarer, schemenhafter sie wurde, besonders ihr Gegenstand, so wurde sie doch nicht weniger dringlich. Musste sie mir deshalb gefallen? Sie wurde auch nicht unbedingt dringlicher, oh nein, aber sie verlor sie eben auch nicht, ihre Dringlichkeit, was doch allein schon bemerkenswert ist, da alle Dinge mit der Zeit etwas verlieren, außer der Zeit selbstverständlich, die sich nicht selbst verlieren kann, und dem Raum und wahrscheinlich noch einem Haufen anderer Sachen, ein ganzer Ramschladen an idealen Gegenständen, raus damit. Manchmal lief ich und erwachte, ohne geschlafen zu haben und wusste nicht mehr, wie ich zu der Richtung gekommen war oder zu dem Pfad, wenn es ein Pfad war, dem ich folgte, irgendeinem Waldweg, von überfrorenen hellbraunen Pflanzenresten gesäumt. Ich hatte also Anrecht auf ein gewisses Mitleid, ohne dass ich im Geringsten darauf angewiesen gewesen wäre. Das wäre ja noch schöner. Fast noch schöner.

Einmal machte ich einen Umweg, um ein Dorf zu durchsuchen, das ich in der Ferne entdeckt hatte, halb im Nebel versteckt, mit einem darüber schwebenden Kirchturm. Es war menschenleer, bis auf ein altes Ehepaar, das aus dem Fenster ihres winzigen Waschbetonhäuschens hinauslugte, als es mich über die Straße laufen hörte. Etwas knirschte nämlich auf der Straße, Eissplitter vielleicht. Sie sagten mir, das Dorf sei seit Jahren verlassen. Es klang wie eine Drohung. Ich fragte sie nach Darz und nach Essen. Sie wussten nichts und hatten nichts. Sie würden mich nicht aus den Augen lassen, bis ich verschwunden wäre. Beschimpfte ich sie? Nein. Ich ging einfach weiter und glaubte sie hinter mir aufatmen zu hören. Natürlich hatten sie Essen, sie glaubten es nur selbst zu brauchen. Am Ende der Straße mit dem Häuschen gelangte ich auf den leeren Dorfplatz mit der Kirche in der Mitte. Hier hatte sich tatsächlich ein wenig Nebel gesammelt, oder er war nur besser sichtbar, aber nicht allzu dichter, nein. So ein Platz ohne Menschen macht einen seltsamen Eindruck, besonders auf ein angeschlagenes Gemüt. Vor der Kirche stand ein Reiterstandbild aus schwarzem Metall. Es interessierte mich nicht, wer da stehend ritt und ob er ein Schwert, ein Schild oder eine Fahne trug und in welche angebliche Ferne sein sturer Blick ging oder sein Finger zeigte. Es wäre ein Leichtes gewesen, daraufhin in die Kirche zu gehen, aber ich tat es nicht, denn ich wollte nicht schon wieder einen sogenannten Geistlichen treffen, der aus irgendeinem Hinterzimmer hervorspringen würde mit seiner Monstranz, um mich zu bekehren, zu befummeln oder mir etwas von den ewigen süßen Seelen vorzusäuseln, nein danke. Stattdessen sah ich bis zur Turmspitze und über das Kreuz hinaus in den Himmel, ohne mich dabei direkt zu erholen. Die Häuser am Platz sahen wohnlich aus und ich rüttelte an ein paar verschlossenen Türen, denn an geöffneten rüttelte ich nicht, die öffnete ich hemmungslos, aber es waren ohnehin alle zu, und auch rütteln tat ich mehr aus Vergnügen, denn es waren alte, historische Türen, die klangvoll rüttelten. Danach kehrte ich zu meinem ungefähren Weg zurück.

Und ich muss sagen, ich kam erstaunlich gut voran, warum erstaunlich, weil ich aus dem Training war, durch die ewige Fahrerei und weil ich Hunger hatte und Durst und müde war. Aber etwas zog mich wohl, ich wagte aber nicht, daran zu rühren, als ginge, ich hätte beinahe gesagt, ein Lied durch die erfrorenen Wälder. Schlief ich in den verlassenen Häusern? Ich nehme es an, wenn welche da waren. Sonst wäre ich nicht weit gekommen. Aber die Menschen hatten ihre Häuser abgeschlossen, bevor sie verschwunden waren, damit niemand anders sich nach ihrem Verschwinden darin ausruhe und die Inneneinrichtung genieße. So sind sie nämlich, und niemand denkt an einen Praktikanten, der sein Auto verloren hat. Irgendwann habe ich etwas von Einbruch gesagt, aber das glaube ich selbst nicht. Anscheinend schlief ich also nicht in ihnen.

Aber es gab eigentlich kaum Häuser und sogar Straßen waren selten, von allem anderen ganz zu schweigen. Ich ging zwischen den kohlenschwarzen Stämmen der Bäume entlang und blickte den wenigen Vögeln nach und fragte mich, wovon sie sich ernährten, waren noch Insekten im Boden?

Ich erinnere mich vor allem an Schneeflächen, irgendwann war der Schnee wieder da, und an meine brennenden Beine, die sich mühten, die mir noch halbwegs gehorchten. Drei Tage ernährte ich mich von einem eingeschweißten Marmorkuchen, sechs Jahre über dem Mindesthaltbarkeitsdatum, den ich irgendwo gefunden hatte, und die Sonne war von schwachem Bernsteinglanz, in ihren guten Momenten, und meist verborgen in den tiefen, zement- bis wollgrauen Wolkendecken, die über meinem Kopf niedersanken, lautlos seufzend, und die kärglichen Tage verkürzten. Und als es wieder zu schneien begann und der Schnee sich höher aufschichtete und der Wind mir die Wärme aus der Haut sog, hatte ich schon meine Abschiedsgedanken im Kopf, sie gingen mir leicht vom Herzen, die Gedanken, die ich unbedingt noch denken wollte, und die Erinnerungen, an die ich mich erinnern wollte, um zuletzt eine würdige Spur im Universum zu hinterlassen, ja, ich dachte an meine Gedanken als an eine Spur, daran können Sie meinen Zustand erkennen, denn auch sie mussten ja Teil von allem sein, und ich stellte mir vor, dass sie in der Zeit aufbewahrt würden, bis in alle Zeit. Deshalb war nichts wichtiger als diese letzten Gedanken. Aber erreichte ich die Tröstung, ich bezweifle es stark. Denn ich wusste gar nicht, was ich denken sollte, es war zu wichtig, und außerdem, denke ich jetzt, was aufbewahrt, aber unzugänglich ist, und eigentlich ist unzugänglich ein zu schwaches Wort dafür, ein stärkeres wäre wohl vergangen, also was aufbewahrt, aber vergangen ist, inwieweit ist es dann aufbewahrt, nicht wahr, und nicht viel eher vergangen im Sinne von vernichtet, und so schnell kann man sich seine letzte Tröstung verdenken. Jedenfalls fiel der Schnee schwer und senkrecht, nur um dann bald vom Wind umhergepeitscht zu werden und sich in den Falten meiner ungeeigneten Kleidung zu sammeln. Ich weiß noch, dass ich wie gegen die Kälte selbst anlief, oder eher in die Kältewand hinein, denn ich war zu diesem Zeitpunkt praktisch blind, mein Sichtfeld hörte vielleicht zwei Meter vor mir auf. Alles tat entweder weh oder war taub. Und es wäre das Ende gewesen, wenn ich nicht, und das ist jetzt natürlich unwahrscheinlich, aber was wollen Sie machen, etwas entdeckt hätte, vor mir, das ich erst für einen Stein hielt, da es dunkel aus der Weiße hervorstach, dann für ein Loch, und das sich dann, denn ich stürzte mich hinein, was konnte es noch schaden, als eine Höhle herausstellte, aber keine Steinhöhle, sondern eine Erdhöhle, wenn auch nicht sehr tief, also vielleicht eine Mischung aus Loch und Höhle, jedenfalls groß genug, um sich hineinzukauern und so vom Wind und vom Schnee geschützt zu sein. Es war natürlich völlig dunkel darin, deshalb kam mir meine Taschenlampe sehr zustatten. Allerdings nicht zu sehr, denn einige weißliche Insekten krabbelten herum, denen man ansah, dass sie blind und ohne Sonne in der modernden Erde ihren Lebenszyklus zubringen. Sie sahen also ungesund aus und waren doch wahrscheinlich kerngesund, denn sie ernährten sich von Natur aus von Dreck, der ihnen gut bekam und gut schmeckte, und Dreck gab es überall. Deshalb schaltete ich die Lampe lieber wieder aus, in der Hoffnung, vergessen zu können, dass sie mich mit ihren bakterienbedeckten Leibern bekrabbeln würden, während ich schlief. Einmal noch kroch ich an den Eingang und stopfte mir zwei Hand voll frisch gefallenen Schnee in den Mund. Meine Zähne jaulten. Dann hörte ich nur noch dem Wind zu, wie er an meiner Höhle saugte, schon war es meine Höhle, so schnell geht das nämlich, und sah das Schneelicht durch das kleine Loch des Eingangs langsam verschwinden, bis der Sturm nur noch Schall und Kälte war.

In dieser Nacht, denn welche bessere hätte es geben können, dachte ich von Neuem über Darz nach, etwas, wenn nicht ich selbst, zwang mich dazu. Ich muss auch geschlafen haben, aber es war eine lange Nacht und frierend schläft man nicht gleich ein oder wacht bald auf, um meine Wunde nicht zu vergessen, die Pipi gerissen hatte und die mir tiefer in den Arm wuchs. Und doch dachte ich bei all dem noch über Darz nach, ich gratuliere mir. Etwas in mir sagte mir, mit einer schrecklichen Aussprache, dass mir nicht mehr viel Raum zwischen Darz und mir bleibe, oder zwischen mir und meinem Verfehlen von Darz. Ich wusste nichts von seinem Antrieb oder irgendeiner Motivation oder worin das Problem für Æxego genau bestand, außer dass sie nach all ihren Forderungen nach eigenständigen und eigenverantwortlichen Mitarbeitern anscheinend einen bekommen hatten, der ihnen dann doch zu eigenständig und eigenverantwortlich war, oder warum Æxego oder zumindest der Filialleiter so heiß darauf waren, ihm einen ahnungslosen und schlecht informierten Praktikanten auf den Hals zu schicken. Sollte seine ganze Operation, worin auch immer sie bestand, wie ein Kartenhaus zusammenstürzen, indem man nur einen Inkompetenten hineinschickte? War meine fehlende Qualifikation meine Qualifikation? Sollte ich mich wie Sand in das Getriebe der Filiale stürzen? Aber wären sie in diesem Fall nicht das Risiko eingegangen, dass ich mich auf dem Weg dahin, bevor ich ankäme und meinen destruktiven Einfluss entfalten könnte, sozusagen aus Versehen qualifizierte? Vielleicht hielten sie mich auch für qualifikationsresistent. Was mich gekränkt hätte. Und doch, das seltsame Vertrauen in meine Loyalität und meine noch seltsamere tatsächliche Loyalität.

Natürlich dachte ich auch daran, dass Darz am Ende, in Gänze, nur ein Hirngespinst sein könnte, dem ich sinnlos nachjagte. Gut, das wäre gesagt. Ich hatte Angst, der Filialleiter habe nichts anderes gesagt als, »Du musst unbedingt zum Arzt«, weil ich ihm krank vorkam, und ich hätte daraus den Befehl, »Du musst unbedingt zu Darz« gemacht, was zugegebenermaßen eine eher saloppe Formulierung einer Mission ist, aber dem Filialleiter war sie allemal zuzutrauen. Darz wäre demnach das Gespinst, das mein Hirn sich selbst zusammengesponnen hatte, in seiner Enttäuschung über die Welt und meinen restlichen Körper. Wie wäre dann aber die Akte zu erklären gewesen? Aber auch sie war einem verdächtigen Wandel unterzogen. Andererseits spürte ich, dass mir nichts anderes übrigblieb, als den Gespinsten auf ihren Fäden zu folgen, um zu sehen, zu welchem Abgrund sie mich bringen würden, um sie aufzulösen, und mich auf einen anderen Weg zu machen, von dem ich nicht die geringste Vorstellung hatte. Nie bleibt jemandem etwas anderes übrig.

An das Praktikum selbst, sozusagen in seiner Essenz, rührte ich zu keinem Zeitpunkt, und wenn ich irgendwo Gegenteiliges geschrieben haben sollte, widerrufe ich es hiermit. Man kann nicht ein guter Praktikant sein und sich gleichzeitig seine Gedanken über das Für und Wider und irgendwelche Argumente machen. Da profitieren Sie mal wieder von meinen profunden Einsichten. Ansonsten gab es jedoch während meiner Reise so wenig, das mir meine restlichen Gedanken ausfüllte, außer meinen ständigen Betrachtungen des Himmels und seines zurückweichenden oder niederströmenden Lichts, seiner gleichgültigen Anmut, der Landschaften in ihrer Unmenschlichkeit ohne Menschen, des Gedenkens an die Zurückgelassenen und ihre hinfälligen Liebenswürdigkeiten, den gehörten Stimmen mit ihrem Nachhall des Vergessens, der Worte, die ich versucht hatte zu gebrauchen, um mich ein wenig weniger zu verirren in diesem unsäglichen Daseinswald, der mich permanent tiefer in seine, wie ich befürchtete, geheimnislose Tiefe lockte, meinen Betrachtungen der Straße und den wie leblosen Kiefernwäldern, über deren Wipfeln die Wolken dahinzogen wie trauernde Rinder, dass ich mich eigentlich unmöglich davon abhalten konnte, an das Praktikum zu rühren. Das widerspricht sich, aber das macht nichts. Ich blieb jedoch immer nur im Vorstadium eines Gedankens, das ist jetzt der Trick, des Rührens, und zog mich immer kurz davor zurück, kurz vor was, kurz vor einem Gedanken, der andere Gedanken mit sich gezogen hätte, wie ein Club Lebensmüder, das tun sie nämlich gerne, in, wie ich annehme, eine weitere Leere. Ja. Na ja. Sie löschen sich am Ende wohl auch gegenseitig aus, das ist sehr wichtig.

Irgendwann erwachte ich in völliger Schwärze von einem Geräusch, das nicht der Wind war, der sich schon fast gelegt hatte, und nicht die Insekten, die durch die Gegend krochen, es klang wie etwas Größeres, das sich in meiner Nähe bewegte. Ich griff nach meiner Taschenlampe und fand mit dem Lichtkegel einen Igel, der wie ein gestellter Verbrecher darin erstarrte. Ich atmete auf, ein Igel, harmlos, wenn auch nicht ungefährlich, denn ich durfte mich im Schlaf nicht aus Versehen auf ihn rollen. Er suchte auch bloß Schutz vor dem Schnee und wollte sich wahrscheinlich an weißem Insektenschleim und knusprigen Chitinpanzern satt essen. Eine Stachelkugel mit winzigem langschnäuzigem Gesicht und kleinen Füßchen. Ich hatte nichts gegen Igel und habe es noch immer nicht. Ich schaltete meine Taschenlampe wieder aus und vertraute darauf, dass er sich benehmen würde. Ich schloss die Augen und versuchte das Gefühl der Kälte und der Schmerzen und des Hungers und der Angst zu vertreiben und bildete mir dazu ein, in einer Luftblase unter der Erde zu sein, wie in einer Höhle, nur ohne Eingang, ganz eingeschlossen, und dass ich darin läge, in einem quellenlosen Licht, und Stimmen von unten aus der Erde zu mir drängen würden. Es waren schwache Klagen, vielleicht sogar Beschwerden, zugleich deutlich und unverständlich, wenn das nicht klar ist, ich meine, gut hörbar in ihrer Undeutlichkeit, in ihrer Gedämpftheit, durch die Erdschichten, durch die Gesteinsschichten, durch die Wasservorkommen, die Ölvorkommen und die Gasvorkommen, zu mir dringend, in ihrer unverstehbaren Klarheit. Und ich, würde ich nicht ersticken in meiner Erdblase, oder floss mir unmerklich Luft zu, durch unvorstellbar feine Kanäle, Luftkapillaren, die bis an die Erdoberfläche reichten? Und lag ich wie ein Fötus darin? Sicher, wenn Sie so wollen.

Irgendwann verstummten alle Gespenster bis auf das eine, das sich allmählich besser artikulieren konnte und das ich also verstand. Und was sagte es? Es sagte, ich solle mir eine Immobilie kaufen. Das Gespenst aus dem Erdkern machte sich dafür stark, dass ich in eine Immobilie investierte. Und es hatte da sogar schon mal eine Kleinigkeit vorbereitet. Dann folgte das Datenblatt der Immobilien, die das Gespenst in seinem Portfolio hatte und zu deren Ankauf es mir dringendst riet, wegen der Marktlage. Konterte ich etwa damit, dass es im Gegenzug in meine Originalmanuskripte investieren solle? Wer weiß. Nachdem es einige unglaubliche Angebote vorgelesen hatte, warf es sich wieder für strategische Kapitalanlagen im Immobilienbereich im Allgemeinen in den Ring. Es hörte gar nicht mehr auf. Es war so penetrant, dass ich irgendwann erwachte. Ich war wieder in der Höhle mit dem blassgrauen Eingang schräg über mir, mit entzündetem Arm, in schrecklichster Winternacht. Nach einem kurzen Moment der Erleichterung musste ich feststellen, dass der Immobilienmonolog anhielt. Ich schaltete die Taschenlampe ein und es wurde klar, dass es der Igel war, dem die Stimme gehörte. Der Igel war es, der zu mir von der Wertsteigerung seiner Townhouses sprach. Aus seinem winzigen Schnäuzchen drang eine Menschenstimme, in lockerem Verkaufston. Er verfehlte nicht seine Wirkung. Ich rief, dass ich nichts kaufen könne und nichts kaufen wolle und keinen Kredit zu keinen Konditionen bedienen könne. Anstatt ihm mit Gegenfragen zu kommen, was vielleicht klüger gewesen wäre. Sein Wortstrom setzte kurz aus, als wolle er mich ausreden lassen, dann machte er weiter wie vorher, ohne Unterlass. Mir kam der Gedanke, ihn zu erschlagen mit meiner Lampe und auszuweiden und das Fleisch zu essen, aber ich wusste eigentlich schon, dass ich es nicht konnte. So viele Objekte, so viele Informationen und Argumente. Und ich hatte gedacht, ich würde Schlaf bekommen, wenn schon nichts anderes. Irgendwann hielt ich es nicht mehr aus und kroch hinauf ins Licht. Es lag spärlich da wie sein eigener Schatten. Keine Tageszeit. Der Sturm war erstorben. Hinter mir drang die Stimme aus dem Loch und machte seinen letzten Versuch mit einem Mietobjekt. Und um mich schwieg mich alles an, als wollte es mich verstoßen. Ich suchte meinen Weg im frischen Schnee, zwischen dichten Nadelbäumen, deren sattes Grün mich in der Dunkelheit anleuchtete. Ich ging weiter, aß noch mehr Schnee und lauschte in die Stille: keine Stimme mehr, keine Immobilien. Ich wählte meinen Weg wie man eine Karte bei einem Kartentrick wählt. Wenn man den Trick schon kennt. Nein, wenn man den Trick nicht kennt, aber auch nicht an ihn glaubt. Man braucht nicht an ihn zu glauben, ich weiß, aber trotzdem. Trotzdem was? Ich weiß nicht.

Habe ich wieder meine Spur verloren? Die Wegpunkte werden spärlicher. Ich werde sie beizeiten wiederfinden. Was immer für Zeiten aufziehen mögen, in mir, hier drin, da draußen. Die Sterne scheinen mir fern wie nie, zahlreich wie nie, wie Sand im schwarzen Allgefäß. Das Zimmer ist nicht schöner geworden, nicht wohnlicher. Trotzdem bin ich in einer poetischen Stimmung, mal wieder. Manchmal komme ich mir wieder wie frisch erwacht vor. Wie viele Wochen sind seitdem vergangen, ohne Fragezeichen. Übrigens ist der Meteoritensplitter verschwunden. Wie Sie sehen ein zentrales Ereignis. Die Staubwolke ist verschwunden und der Splitter, sollte ich also nachsehen, ob der Krater noch da ist? Was würde ich sagen, wenn er es nicht mehr wäre? Aber was mir Angst macht, ist, dass mein Heft verschwinden könnte, während ich weg bin. Denn das Viech ist, glaube ich, eines, das lieber keine Geschichte will als die falsche. So ein Prinzipienviech ist es vielleicht. Ich würde es schütteln, bis es es wieder herausrückt. Aber es kommt gar nicht. Mal wieder, immer noch, ich weiß nicht, ich müsste nachsehen, ich habe keine Chronologie.

Ich frage mich deshalb, ich meine, angesichts dieser Versorgungslücke, ob ich noch mehr abgenommen habe. Es ist meine unfreiwillige Diät. Liege ich nicht etwas leichter in meinem Bett, schwebe fast unmerklich zwischen Matratze und Bettdecke? Das Zimmer hat unterdessen wie gesagt nicht gerade dazugewonnen. Keine Metamorphose der Innenarchitektur, es ist notiert. Und vielleicht ist das Licht, das fragliche, schwächer geworden, noch schwächer, irgendwann werde ich vielleicht nicht mehr schreiben können. Geht es gegen null, bis in alle Unendlichkeit, das würde so passen, zu diesem

Licht, eine zynische Tangente. Und meine Augen passen sich an, sodass ich zur Eule würde, den Kopf rotierend in der Dunkelheit?

Und ist das Viech, das es so eingerichtet haben muss, so desinteressiert an mir, weil ihm die Geschichte nicht mehr gefällt? Hält es sie für … geflunkert? Das Wort flunkern ist eines, das mich durch seine schiere Existenz zum Lachen bringt. Wenn auch zu einem stummen Lachen, ohne dabei eine Miene zu verziehen. Na ja. Es müsste mir doch nur sagen, was es hören will! Sollten wir nicht bei allem, was wir schon miteinander erlebt haben, fähig sein, uns einander unsere Herzen auszuschütten, auf diesen unfassbaren Boden? Und hat ihm die Geschichte früher gefallen, als es mich noch gemästet hat, mit Eiern und Säften, und will es mich jetzt bestrafen, um mich wieder zu meinem alten Stil zurückzuführen? Ich blättere aber nicht zurück. Diesmal nicht, ich spüre, es wäre eine Falle, es würde mich meines letzten – ich weiß nicht was, irgendetwas Letztem würde es mich berauben. Beinahe könnte man meinen, ich wäre vorangekommen. Außerdem habe ich nur einen einzigen Stil, jawohl, nämlich den nämlichen. Ich werde deshalb hierbleiben und bei den unmittelbaren Verirrungen, bei meinem weiteren Weg durch das Land, langsam und schleppend, und mich nicht irritieren lassen. Das Viech spielt sein Fernschach oder telegrafiert in die gefalteten und geschichteten Dimensionen und ich, ich bleibe bei meiner einfachen Beschreibung, bei meiner einfachen Erinnerung, wenn man es so nennen will, und ich will es. Wahrscheinlich geht es ihm zu langsam voran, gut, aber warum hilft es mir dann nicht? Es soll verdammt noch mal sein Sakko anziehen und mein serviler Assistent werden! Würde ich mir helfen lassen? Das sind so Dinge, die es über mich vielleicht besser weiß als ich selbst.

Und um noch weiter zu spekulieren, die Möglichkeit eines Dritten, von dem das Viech Anweisungen erhält, es ist eine alte Idee, und ich traue mich das erste Mal (soweit ich weiß), sie zu erwähnen, um sie zu verwerfen. Das ist das Geheimnis der Heroen, falls Sie das noch nicht verstanden haben. Eine traurige Forschungsgemeinschaft? Ein Konsortium? Von Æxego? Beinahe hätte ich ernsthaft darüber nachgedacht, aber der Moment, um zu erstrahlen, ist für die Reflexion gerade knapp verflossen, sehr schade.

Und eigentlich wollte ich es nicht mehr erwähnen, aber da es nun nicht anders zu gehen scheint, erwähne ich es jetzt (wieder): Die Beschädigung des Viechs, beim Vorfall, ich nenne es den Vorfall, hat sie damit zu tun, mit seinem Wegbleiben? Warum bringt es mir nicht das Lötzeug und ich löte es wieder zusammen, es wäre eine wunderbare Gelegenheit, unsere Liebe zu erneuern, einen frischen Start hinzulegen.

Sollte ich hinüberkriechen, aufstöhnen und das Viech anflehen, das Licht heller zu machen? Ich könnte ihm ja einfach unterstellen, die Kontrolle darüber zu besitzen, als wäre es das Selbstverständlichste überhaupt, als hätten wir schon x-mal darüber gesprochen. Ich würde über meine Geschichte sprechen und spannende Abenteuer in Aussicht stellen, die ich niemals erlebt habe und die ich demnach auch niemals beschreiben würde.

Und gerade zuckte das Bild in mir auf, wie ich einen Finger in den Spalt im Panzer des Viechs stecke und an einem Stromschlag sterbe. So überschaubar auch alles zu sein scheint, so kann ich es doch nie erschöpfend überschauen. Mein Begräbnis durch das Viech ist eine der Vorstellungen, die mir so teuer sind, dass ich sie nur zu ausgewählten Augenblicken zulasse. Ich stelle mir vor, wie das Viech, im tragischen Schimmer des Alls, meinen weiß umwickelten Leichnam auf seinen Ärmchen durch die Ebene fährt. Ich hoffe sehr, es hat irgendwo ein weißes Tuch, am besten aus Leinen. Am liebsten selbst gewebt, für mich. Mit einem eingestickten Liebesgruß. Zum Zeichen, dass es an mich denkt. Ich schaue schräg von oben auf das fahrende Viech hinab, wie ein entspanntes Gespenst. Die Leere drum herum und ein Roboter mit einem toten Menschen im Arm, erschütternd, Sie sollten erschüttert sein. Und weil es unmöglich ist, in diesem Steinland ein Grab auszuheben, sucht das Viech so lange Brocken zusammen, bis es mich unter einem Steinhaufen begraben kann. Weiteres erschütterndes Bild, wieder von oben gesehen: Der Roboter steht nach getaner Arbeit vor dem Steingrab des Menschen. Nach einer Weile der stillen Andacht fährt er wieder zurück zur Station, um seine Studien fortzuführen und sein multidimensionales Teleschach zu spielen. Und der Leichnam wird derweil von der kosmischen Strahlung über Jahrmillionen kompostiert und ins plärrende Vakuum überführt. Wie traurig.

Und jetzt erinnere ich mich, als wäre es vor langer Zeit gewesen. Ich ging mit langsamen Schritten durch einen Wald, einen alten Wald, und nicht durch irgendeinen Forst oder ein bloßes Waldstück, es war ein dichter Wald voll alter Dinge, knorriger Wurzelberge und grüner Nadelbäume, die schon zahllose Weihnachten hinter sich gebracht hatten, und der Schnee, er lag hoch und knirschte gedämpft, sich verdichtend unter meinen Stiefelschritten, und die Luft war sanft und klar und im Licht und im Schatten schimmerte der Schnee blauschattig und golden, und hie und da waren Spuren darin, von Vögeln, von Rehen und vom Fuchs. Allerdings lag der Schnee nie so hoch, dass es schwer gewesen wäre, darin voranzukommen, das kommt später, sondern es war exakt so viel, wie man für die Atmosphäre braucht und kein Zentimeter mehr. Stellen Sie sich bitte einfach einen Winterwald vor, das kann ja nicht so schwer sein! Und während ich durch diesen Wald lief, erinnerte ich mich an meinen ursprünglichen Wald, in dem ich noch leichten, sagen wir beinahe leichten Herzens gehaust hatte, und ich musste an die bulgarischen Arbeiter denken, was für Menschen, und an meine Französischlehrerin. Ich wusste, dass ich hatte aufbrechen müssen, und fragte mich, ob es stimmt, ob ich wirklich hatte aufbrechen müssen, so sah es aus mit meinem Wissen, aber die Richtung, wenn es stimmt, dass ich wirklich hatte aufbrechen müssen, nein, ich hätte auch in eine ganz andere Richtung aufbrechen können und vielleicht wäre ich dann in einem ganz anderen Wald gelandet oder ganz woanders, an einem anderen Ort, als ein anderer Praktikant, oder sogar ohne Praktikum und Berufsaussichten, schwer vorstellbar, ich weiß, aber möglich, und es hätte mir sicherlich zu schaffen gemacht, da ich auch nicht mehr zur Schule hätte gehen können oder wollen. Jedenfalls drang irgendwann, während ich einen zweifellos alten Waldpfad entlangstapfte, ein ferner Ton an mein Ohr. Wie aus einem Horn. Erst ließ er mich an eine Hundestaffel denken, die angejagt käme, um mich zu reißen. Dann an einen Pferdeschlitten, mit einer kurvigen Baronin darauf, eingewickelt in dicke Pelze, die mich mitnähme, um mich unter ihren Pelzen an ihren Körper zu drücken, um mich zu wärmen und zu herzen. Ich würde als eine Art Kuriosum auf ihrem Schloss leben und Wildschweinbraten und Klöße mit brauner Soße und Rotkohl essen und dazu einen schweren Rotwein trinken. Während des Essens würden wir dem Butler zu seinem hundertdritten Geburtstag gratulieren. Er würde ein feinsinniges Lächeln aufsetzen und eine würde-, würde-, würdevolle Verbeugung andeuten.

Ich blieb stehen, um zu lauschen. Jemand blies also in ein Horn. Es war ein Waldhorn. Ich kannte mich zwar nicht mit Hörnern aus, aber etwas sagte mir, dass es ein Waldhorn sein musste. Wahrscheinlich wegen des Ambientes. Es klang allerdings verzagt, wenig überzeugend, es musste sich um einen Amateur- oder Asthmatikerhornisten handeln. Ich folgte dem Ton, denn ein ungeübter Hornbläser flößte mir ein Vertrauen ein, wie es ein Profi nicht getan hätte, und er führte mich aus dem Wald hinaus, auf eine sumpfige Heide, halb überfroren, mit Inseln aus totem Gras. So schnell aus dem Wald hinausgelangt zu sein, war schon genug, um mich zu erstaunen. So ein dichter alter Winterwald, denkt man, zieht sich für Tage hin, aber nichts da. Mitten auf der Heide stand eine große Werbetafel mit einem zerfledderten, von der Sonne ausgeblichenen Plakat. Und darunter, an die Tafel gelehnt, hockte ein Wesen, etwa so groß wie ein Kind. Ich weiß nicht, in welchem Alter, einem typischen Kindesalter eben. Es hatte die kleinen Beine angezogen, trug einen dunkelgrünen Anglerhut, der viel zu groß war, ein paar schlammüberkrustete Lumpen um den schmalen

Körper und hielt vor sich das Waldhorn, fast so groß wie es selbst, in das es gehemmt, aber beharrlich hineinblies. Ich ging zu ihm hin und es schaute mich ängstlich unter seinem Hut hervor an. Ich sagte hallo und hob die Hand zum Gruß. Und auch die Gestalt hob die Hand zum Gruß und sagte hallo. Diese Stimme. Sie erinnerte mich an Kinder, die durch ihr Husten verraten, wie unglaublich gesund sie eigentlich sind. Ein wenig heiser und so, als wäre sein Sprechapparat eine winzige Ziehharmonika. Und an der Hand, die es hob, sah ich, dass seine Hände keine festgelegte Anzahl Finger zu haben schienen, sondern die Handflächen sich aufteilen und wieder verbinden konnten, nahtlos, je nachdem, etwa so, wie Menschen ihre Gesichtsausdrücke wechseln, sodass die Hand manchmal wie ein Fäustling ohne Daumen aussah und manchmal sieben schmale Finger besaß, und alles dazwischen. Sie erinnerte mich an die weichen Bewegungen einer Wasserpflanze in sanfter Strömung.

Ich fragte nach seinem Namen. Das Gesicht hellte sich auf. Beyond, sagte es stolz. Und machte dabei mit seiner seltsamen Hand eine langsame Wischbewegung, der es mit den Augen folgte, als würde es einen imaginären Regenbogen in die Luft zaubern. Beyond?, fragte ich. Ja, sagte es. Ich fragte, ob das nicht ein etwas pathetischer Name sei. Es verschränkte die Arme und schaute beleidigt hinauf in den Himmel, von dem sanft einzelne Schneeflocken herabtaumelten.

Wie Sie sich vielleicht gedacht haben, ich traue es Ihnen zu, ist das die Stelle, an der ich Beyond kennenlerne. Es stellte sich durch Nachfragen meinerseits bald heraus, dass Beyond genau genommen nicht von der Erde kam. Es wollte es herunterspielen, aber es ließ sich eben nicht leugnen, dass es, wenn man es wirklich genau nehmen wollte, und ich wüsste nicht, warum man es in dieser Sache nicht genau nehmen sollte, ein Alien war. Ein Alien mit erstaunlichen Deutschkenntnissen. Allerdings war es obdachlos und ziemlich heruntergekommen.

Und ich muss sagen, dass Beyond und ich uns auf Anhieb gut verstanden. Und da ich sagte, dass ich weitermüsste, stand es auf, lehnte das Waldhorn an die Werbetafel und ging mit mir. So gingen wir also zusammen.

Bald kamen wir auf eine unbefestigte Landstraße. An einer Stelle stand ein verlassenes Haus, aber ich hatte keine Kraft, zu versuchen hineinzukommen. Beyond blieb manchmal stehen, um sich etwas anzuschauen. Oft waren es Wolken oder etwas Zufälliges, das auf dem Boden lag, leere Packungen zum Beispiel. So war ich langsamer unterwegs, auch weil seine Schritte so viel kürzer waren als meine, aber das störte mich nicht, denn es gab mir einen Grund, selbst langsamer zu laufen.

Einmal setzten wir uns an den Rand eines zugefrorenen Wassergrabens. Ich hatte das Gefühl, anhalten zu müssen, und warum sollte ich nicht anhalten? Ich war so ziemlich unerreichbar. Und seitdem das Auto verschwunden war, fühlte ich mich immer schlechter. Trotz meines neuen Freundes. Denn es gab nur die Wahl zwischen Bewegung und Frieren und beides ist anstrengend, jeweils auf seine Art, besonders, wenn man nichts zu essen hat. Beyond ließ sich irgendwann über den Schnee hinunter auf das schwarze Eis unter uns gleiten, versuchte darauf zu laufen, geriet natürlich ins Rutschen und fing durch den Versuch, das Gleichgewicht zu halten, zufällig an zu tanzen wie Fred Astaire. Nein, es taumelte nur, stieß einen kurzen Schrei aus, griff nach den

Grasbüscheln unter dem Schnee an der kurzen Uferböschung und kletterte wieder zu mir herauf. Neben mir keuchte es eine Weile. Mit fast unhörbarem Ziehharmonikaklang. Ich sagte, rutschig, und es nickte. Möchte ich seine Haut beschreiben? Sie hatte etwas elefantöses, wenn auch viel zarter. Zahllose Falten, die aber in ihrer Gänze manchmal eine wunderschöne Glätte erzeugten.

Ich weiß nicht, wie lange wir unterwegs waren auf den Landstraßen oder ob wir die Autobahn sahen. Wir bewegten uns langsam voran, mit ständigen Pausen, und Beyond schien kein besonderes Ziel zu haben. Aber es schien auch nicht verzweifelt, das fiel mir auf. Und manchmal schien nichts mehr um uns zu sein. Und knapp über dem Horizont erschien einmal ein Riss in der Wolkendecke, aber es kam nie zu einem blauen Himmel. Ich scheiterte abends daran, ein Feuer zu machen. Dafür sahen wir einen Sonnenuntergang aus Feuergelb und Muschelrosa. Und wir froren. Wir lagen auf einem halb verrotteten Schutthaufen in einer Backsteinruine, ohne Dach, auch die meisten Wände waren eingestürzt, es blieben nur noch ein paar Ecken übrig. Ich sagte mir, sie seien unser Windschutz. Trotz der Kälte zog ich mich so weit aus, dass ich nach der Wunde sehen konnte. Es sah nicht gut aus. Als Beyond die Wunde sah, gab es einen hellen, heiseren Ton von sich. Eine Art empörten Aufschrei. Es fragte mich, was es mit meiner Wunde auf sich habe. Es war die erste Person, die mich nach meiner Wunde fragte, einfach so. Ich sagte, eine Katze namens Pipi habe sie gerissen. Beyond sah mich betroffen an. Aus einer der Taschen seiner Lumpenschichten holte es eine Handvoll braun-grüner, knotiger Glibberalgen heraus, die streng nach Meer und verrottetem Fisch rochen. Dann riss es ohne Vorwarnung den Schorf von der Wunde, was höllisch wehtat. Blut, Eiter und Wundwasser liefen mir den Arm hinab. Wir wischten es notdürftig weg. Dann legte Beyond die Algen auf und verknotete das Ganze mit einem Fetzen, den es sich von seinen Lumpen abriss. In dem Moment ging ich davon aus, an einer Blutvergiftung zu sterben, wieder mal. Ich strengte mich an, nicht zu weinen. Die restlichen Algen steckte es sich in den Mund und bot mir auch eine an. Ich versuchte es, aber der Würgereiz ließ sich nicht unterdrücken, trotz des bohrenden Hungers.

Wir schafften es in dieser Nacht, nicht zu erfrieren und gingen beim Einsetzen der Morgendämmerung weiter. Ich war auf schlechte Art träumerisch. Vielleicht war es die nahende Ohnmacht oder ein Delirium. Schnell hörte es aber auf, heller zu werden, und dabei war es noch gar nicht sehr hell geworden. Nur ein melancholisches Tintenblau kroch langsam unter dem Horizont hervor. Ging die Sonne auf? Wir sahen vielleicht einmal eine matte, weiße Flamme, aber alles schlief. Beim Gehen erzählte mir Beyond, dass es einige Zeit an der Nordsee in einem Heim für Kinder mit Behinderung verbracht hatte. Das sei eine schöne Zeit gewesen, in der es Deutsch gelernt und im Meer gebadet habe. Es habe sich gut mit den Flundern verstanden, die sehr in sich ruhten. Dann sei das Kinderheim geschlossen worden und auch die Kinder seien verschwunden. Seitdem wandere es umher. Ich erzählte ihm von meiner Zeit im Wald und meinen Praktikumserfahrungen, oder sagen wir einigen davon. Ich erzählte auch von Darz und dass ich ihn finden müsse. Und selbst wenn ich Beyond noch mehr von Darz hätte erzählen wollen und was ich über ihn wusste und welche Hinweise mir wertvoll erschienen, ich hätte es nicht gekonnt. Wie gerne hätte ich Beyonds Meinung gehört, zu allem, was ich wusste, aber ich wusste es nicht, in diesem Moment, ob es der Hunger war oder die Kälte oder die Wunde oder ob jede Erinnerung an die Angelegenheit Darz, wie ich mittlerweile vermutete, sich wie von selbst verdunkelte mit der Zeit, vielleicht, weil sie sich mir zu Beginn auch wie von selbst erhellt hatte, ich hätte es nicht sagen können, und es blieb nichts, als hin und wieder meine Hand freundlich auf Beyonds Hut zu legen, um es oder mich selbst zu trösten.

Ich habe eine Weile nicht geschrieben. Vielleicht einen Tag oder zwölf Stunden oder drei Tage. Ich habe mich und Beyond also ein bisschen verlassen, in unserer schweren Zeit, in der Schwebe. Beim schweren Gang durch das schwere Land. In der Ödnis. So war es eine Erholung, nicht zu schreiben. Ich musste nur den Bleistift in der Faust halten während des Nichtschreibens. Zur Beruhigung. Es ist aber nicht lange eine Erholung und auch beruhigt bin ich nicht, obwohl es für beides Bedarf gäbe, das kann ich wohl sagen, es gäbe so viel zu beruhigen und zu erholen. Aber dann fasst es mich wieder an, das Liegen in diesem Bett, in diesem stabil-instabilen Licht, das selbst manchmal bleistiftfarben scheint oder wahre Finsternisse annimmt, oder das irgendwelche Formen ausprägt in seinem Innern, wenn es das hat, ein Inneres, was ich bezweifle. Ich habe so lange nichts mehr dazu gesagt, um meinen sogenannten Gefühlshaushalt nicht oxidieren zu lassen, nein, das war nicht das Wort, das ich gesucht habe. Wie auch immer. Und jedes Wachen in diesen Raum hinein. Wenn es einfach eine Stahlkuppel wäre oder eine Silikonblase. Oder ein alter Lithiumtank.

Andererseits kann ich es kaum erwarten, wieder in die Winternächte zurückzukehren und sie mit Beyond zu durchfrieren.

Und ich habe so lange nicht geschrieben, dass das Viech wiederkam. Das war vielleicht mein gewiefter Plan. Jetzt folgt das eigentliche Ereignis, wenn man so will. Ich habe ein bisschen geweint. Ich fragte es, ob es mich nicht waschen wolle mit einem feuchten Waschlappen, warm und feucht, ich bäte darum. Aber es ist schwächer geworden. Ich sehe es ihm doch an. Das mühevollere Vorwärtsrollen, die verlangsamten Greifarmbewegungen, die trägeren Reaktionen. Ist es etwa nicht mehr fröhlich? Ich versuchte es mit Erinnerungen aufzumuntern, aber sie munterten nicht einmal mich auf. Man denkt, all die bewegten Zeiten, und dann bewegt sich nichts, wenn man an sie denkt. Beinahe hätte ich den Bleistift zerbrochen, um es zu schocken! Es wäre eine Schocktherapie gewesen. Es kam ans Bett gefahren und schaute mich einfach nur an. Da kullerten mir die Tränen nur so die Wangen herunter. Ich streckte meine Hand nach ihm aus und es berührte sie tatsächlich mit seiner kalten Roboterhand. Dann wurde ich verlegen und zog sie zurück. Da teilt man Unvorstellbares und wird immer noch verlegen. Ich konnte mir dann auch nicht verkneifen anzumerken, dass ich gerade verhungere, und zwar nicht nur in der Geschichte. Und das Viech verschwand und als ich irgendwann wieder erwachte, da ich offenbar eingeschlafen war, wahrscheinlich aus Trübsinn oder Unterzuckerung, kam es gerade hereingefahren mit einem Teller mit Rührei und einer Flasche mit einer trüben Flüssigkeit, ich weiß nicht, was das war. Vor Freude klatschte ich, glaube ich, in die Hände, wobei ich mich an das Getränk nicht erinnern kann, also habe ich vielleicht nur ganz schwach geklatscht. Da bekam es plötzlich etwas, also das Viech jetzt, das ich nur als Schwindelanfall bezeichnen kann, und der Teller und die Flasche fielen scheppernd vom Tablett! Das muss man sich mal vorstellen! So etwas war noch nie passiert. Es blieb kurz stehen, erstarrt oder bloß nachdenkend, und fuhr dann einfach wieder hinaus. Dann kam es zurück mit einem Kehrblech! Das Kehrblech hatte ich noch nie gesehen! Und kehrte das Ei auf. Was für eine Geschichte. Die Flasche war unversehrt, da sie aus Plastik war. Ich bekam sie in die Hand gedrückt, trank sie sofort aus und versuchte dabei Geräusche zu machen wie von tiefer Befriedigung. So etwas wie »Hm … ah!« und so weiter. Ich fühlte mich tatsächlich ein wenig besser. Aber ich mache mir Sorgen. Das unerträgliche Gefühl, wenn ich den Riss sehe, den es immer noch hat, von der ersten Katastrophe, wie ein Schandmal. Die Sorge des unmündigen Kindes um die Mutter, ist sie vertretbar, wo ich doch ein bloß verkindlichtes Nichtkind oder ein verkindlichtes Fast-nicht-mehr-Kind bin? Ich weiß, dass ich alles vertreten kann, gegenüber niemandem.

Jetzt habe ich es wieder länger nicht gesehen. Es soll sich bitte reparieren. Ich möchte, dass es frisch und repariert ist, wenn ich es wiedersehe. Natürlich ist es zynisch und selbstgerecht, das zu verlangen. Wenn man meinen Anteil an dem ganzen Elend bedenkt. Aber, um es aufzumuntern, werde ich weitermachen und mich unterhaltsameren Themen zuwenden, denn ich denke doch, dass es das ist, was das Viech sich wünscht, dass ich weitermache, damit es, ich weiß nicht, auch weitermachen kann, was immer es ist, das es macht, sodass wir beide weitermachen können mit dem, was die ganze Zeit an diesem Ort vor sich geht, an dem wir doch, ich werde es annehmen, irgendeinen Anteil haben müssen.

Wir verbrachten eine Nacht in einem Rasthäuschen für Spaziergänger, mitten in einem Wald, der schon lange keine Spaziergänger mehr gesehen hatte und dessen Bäume laut im eisigen Wind rauschten, sich wild hin und her werfend wie tobsüchtige Kinder. Was durchaus beunruhigend sein kann, besonders, wenn man nichts davon sieht und nicht weiß, was sie da über einem tun. Aber konnten sie rauschen, wenn sie keine Blätter hatten? Einige hatten permanent Nadeln und auch die können rauschen, meine ich. Stöhnt nicht außerdem das Holz auf, wenn es gebogen und gezwungen wird? Ich denke doch.

Das Häuschen war ein hölzernes Sechseck und bestand aus einer Plattform, an deren Rand eine hüfthohe Brüstung verlief, deren Innenseite wiederum durchgehend mit einer Sitzbank versehen war. Unter der Bank fanden wir eine übelriechende Decke, die ein Obdachloser hinterlassen haben musste und die uns nachts weniger frieren ließ. In der Mitte stand eine Art Mast, auf dem das gleichermaßen sechseckige Spitzdach ruhte. Beyond hielt das Rasthäuschen für eine architektonische Meisterleistung. Ich konnte nicht widersprechen. Und Beyond war eigentlich ganz friedlich, die halbe Nacht, in der lärmenden Finsternis. Aber wir schliefen nicht, denn über uns schrie die Kälte. Und plötzlich fing Beyond selbst zu schreien an, wie am sogenannten Spieß, eine Mischung aus altem Mann im Stimmbruch und gebärender Elchkuh. Ich musste lachen. Ich konnte mich nicht erinnern, jemals gelacht zu haben. Beyond verstummte. Es war beleidigt. Ich entschuldigte mich, aber je mehr ich versuchte, mich ernsthaft zu entschuldigen, desto mehr musste ich lachen. Es war eine Krise unserer Beziehung. Ich entschuldigte mich aber so ausdauernd und das Krachen über uns war irgendwann so humorlos, dass mir eine echte, unlustige Entschuldigung gelang und wir unsere Krise überwinden konnten. Gegen Morgen beruhigte sich der Wind und ich schlief ein und ich vermute, dass auch Beyond schlief.

Am nächsten Morgen gingen wir weiter. Alles um uns war jetzt schrecklich still, als wäre jedes Geräusch im Lärm der letzten Nacht verbrannt. Und hatten die Vögel etwa das Handtuch geworfen? Der Schnee war spurlos bis auf die Windfurchen. Es war das rhythmische Knarzen unserer Schneeschritte, der leiseren von Beyond und der lauteren von mir, die den ganzen Klang dieses Moments ausmachten.

Und hinter dem Wald lag nicht viel, eine weitere Landstraße führte quer durch die Leere. Wenige verlassene Häuser, die abgeschlossen waren. Man denkt, man entdeckt etwas und dann geht es mit dem Bekannten weiter. Einmal standen wir vor einem Fenster und die Möglichkeit, es einzuschmeißen, schwebte in der kalten Luft, aber die Müdigkeit blieb stärker und wir gingen kleinlaut weiter. Während wir über die Landstraßen liefen, fing Beyond irgendwann an zu singen: »Kleine Möwe, flieg nach Helgoland« und noch ein anderes Lied, das wir zusammen anstimmten, ich kann mich nicht erinnern, jemals vorher gesungen zu haben. »Arm zu sein bedarf es wenig und wer arm ist, ist kein König.« Aber der Hunger ließ uns wieder verstummen. Hungrig zu sein, bedarf es auch wenig, sogar nichts. Für den Durst konnten wir Schnee essen.

Irgendwann fanden wir eine Müllkippe, immerhin. Müll ist ein öffentliches Gut und steht der Allgemeinheit zur Verfügung. Ich weiß nicht, welchen Anspruch die Allgemeinheit darauf hat und ob wir zur Allgemeinheit zählten, aber ich betrachtete uns als berechtigt, die Müllkippe zu betreten und den Müll zu durchsuchen. Als Erdling musste ich hier etwas Verantwortung übernehmen.

Der Müllberg steht mir riesig und wunderbar vor Augen, als mit einer dünnen Schneeschicht bedeckt. Wir kletterten hinauf und stocherten mit Stöcken darin herum. Der Müll war relativ trocken, bis auf den Schnee, der aber bei ausreichender Kälte selbst in gewisser Weise trocken ist, außer, wenn er einem auf der Haut schmilzt, was den Müll jedoch nicht davon abhielt, grauenerregend zu stinken. Und was fanden wir? Nach einer Weile fanden wir Dinge, die nicht offensichtlich verschimmelt oder verrottet waren. Dank der Magie der Plastikverpackungen. Es handelte sich um eine Packung Zucker. Wir aßen also den Zucker und er machte uns eine Minute lang ganz nervös, dann waren wir wieder hungrig. Danach fanden wir Salz. Ich sagte, das sei super für unseren Mineralienhaushalt. Beyond verstand nicht. Das Salz war leider ungenießbar. Ich verlor bald die Kraft zu suchen. Gleich würden wir Pfeffer finden, dachte ich, und einen halben Gewürzschrank. Aber Beyond machte weiter. Alles war hell und farblos, denn ein riesiger Mond war über dem Müllberg aufgegangen. Daran konnte man sehen, dass wieder Nacht war. Ich blickte eine Weile auf die Schneelandschaft im Mondlicht und zählte auf eine erhebende Emotion, mich zu erheben, oder einen bedeutungsvollen Gedanken, und zwar umsonst. Dann drehte ich mich zu Beyond um, um zu sehen, womit es da herumknisterte. Es zerriss vorsichtig alte Plastikverpackungen. Als ich es fragte, was es da tue, stellte sich heraus, dass es die Blauer-Engel-Zeichen sammelte. Es hatte schon eine ganze Tüte voll, die es auf seinem Irrweg von der Nordsee angesammelt hatte. Es dachte, ein blauer Engel sei wertvoll und fand ihn außerdem schön. Ich sagte ihm, es ginge dabei um Recycling. Und Beyond sagte, Recycling sei doch etwas Gutes. Das stimme, sagte ich. Aber es sei leider nicht wertvoll. Beyond war enttäuscht. Es hatte eine große Sammlung blauer Engel und war ein wenig stolz darauf. Es wollte die Tüte schon wegschmeißen, aber ich wandte ein, dass es sie doch behalten könne, um sich selbst daran zu erfreuen. Das schien es zu trösten. Nach einer Weile fand Beyond noch eine Mundharmonika, in die es vorsichtig, fast zärtlich hineinblies, sowie einen großen Damenhut mit Plastikblumen und Plastikobst darauf. Es betrachtete ihn lange und wendete ihn vorsichtig in den morphenden Händen. Dann setzte es sich ihn begeistert auf und strahlte über sein ganzes seltsames Gesicht. Der Durchmesser von Krempe zu Krempe war kaum weniger als seine Körpergröße.

Wir suchten uns ein rostiges metallenes Gehäuse nahe der Müllkippe, in das wir uns kauern konnten, legten über uns die Decke, die wir aus dem Unterstand mitgenommen hatten, und betrachteten den Mond, der groß, knochenweiß und träge über den Himmel zog. Beyond sagte, sein Hut sei ganz besonders schön. Ich hatte keinen Grund zu widersprechen. Es blies vorsichtig in die

Mundharmonika und hielt bei jedem Ton gebannt ein, bevor es den nächsten ausprobierte. Die Mondenschatten um uns herum kreuzten sich wirr. Auch ich wollte etwas zur Stimmung beitragen und schlug Beyond vor, ihm etwas aus meinem Lieblingsbuch, der *Ethik*, vorzulesen. Es war ein friedlicher Moment. Ein quod erat demonstrandum nach dem anderen. Wir versuchten eine Weile, mit der Erkenntnis unserer Unfreiheit die Freiheit zu erlangen, aber die Mundharmonika war ein besserer Trost. Wir schauten noch nach meiner Wunde und tatsächlich sah sie besser aus als zuvor und ich umarmte Beyonds schmalen, zerbrechlichen Körper. Irgendwann schliefen wir ein, als Substanz in der Substanz oder als Attribut der Substanz, ich weiß nicht.

Und bald werde ich weiter vom Hunger sprechen. Es erwartet mich also Hunger auf beiden Seiten. Aber nichts verpflichtet mich dazu. Ich muss mich daran erinnern. Zum Hunger vielleicht, zum Hunger verpflichtet mich der Hunger, sieh an, aber davon zu sprechen: nichts. Natürlich weiß ich, dass es mir nichts nützt. Man muss immer schlauer tun, als man ist, bis man es ist, irgendwann, so ist es. Lauter Weisheiten, da haben Sie sie. Zwischendurch war der Sternenhimmel, um von weniger Angenehmem zu sprechen, ein großes Ölgemälde, jetzt ist er bloß ein Loch mit etwas Diamantenstaub auf seinem Grund. Ein Loch, gerissen in die Seele aller Wesen, jawohl. Aber wann war es ein Gemälde? Als ich schlief, eingelegt in die Leere wie eine Sardine in ihre Dose? Und ich bildete mir ein, vorhin, als ich nicht schrieb, dass mir das Viech nur eine Karte geben müsste, eine Karte des Planeten, auf der oben links der Name des Planeten stünde, in einem Kasten aus dickleibigen aufgemalten Rocaillen oder Kartuschen oder wie immer das heißt, und dann wäre ich, ich weiß nicht, mir würde alles leichter fallen, für eine Weile. Vielleicht habe ich es mir also gar nicht eingebildet. Denn ich könnte mit dem Finger auf die Karte zeigen und sagen: da. Wobei »da« den Ort bezeichnen würde, an dem ich mich laut der Karte befände. Ich wäre wie gehalten durch meinen eigenen riesigen Finger. Und ich könnte meine Umgebung bezeichnen, wenn die Karte sie nicht schon bezeichnete und wenn sie sie schon bezeichnete, würde ich sie noch genauer bezeichnen, wie ein Entdecker oder Landvermesser. Ich würde einen Hut aufsetzen und mit dem Viech als meinem Assistenten hinausgehen und Messungen durchführen. Voraussetzung ist, dass meine Position auf der Karte eingezeichnet wäre, aber wäre das Viech so grausam, mich, das heißt uns, nicht einzuzeichnen? Was wäre dann der Sinn der Karte? Und ich würde ihr sogar vertrauen! Wozu es dem Viech noch schwerer machen, nach seinem Unfall. Nichts wäre hier so unangebracht wie Zweifel. Ich würde die Karte in höheren Ehren halten als den Bleistift, nein, in fast so hohen. Aber die Karte und der Bleistift würden vielleicht Freunde werden, mit der Zeit, da sie beide aus dem Reich der Schreib- und Papierwaren stammen.

Zurzeit kann ich aber nur feststellen, dass das Viech nicht kommt, schon wieder nicht, ich mich weigere, wieder aufzustehen, und dass mir nichts bleibt, als durch das Fenster zu schauen, das mich grausam langweilt. Und das banale Sternenlicht wie angesteckt mit Vergänglichkeit, die es verstreuen will mit seinem scheinbar sanften Glitzern? Wahrscheinlich schadet es sogar meinen Genen. Vielleicht werde ich permanent geröntgt. Aber ich nehme an, die Station hat irgendeinen Strahlenschutz, sonst würde ich sicher schon Blut schwitzen. Nicht dass ich meine Gene noch brauchen würde, aber trotzdem, man will doch auf seine Gene achtgeben. Außerdem brauche ich sie natürlich, ohne Genologe zu sein, kann ich sagen, dass die Gene vonnöten sind, um meine Haare länger wachsen zu lassen zum Beispiel, meinen imaginären Rauschebart, und meine Nägel, und die Zellteilung in meinem Gehirn zu steuern, das wäre ganz besonders nötig, die Synapsendichte, und da darf sich das Gehirn nicht vertun, denn die falschen Zellen im Gehirn, nicht wahr, da kann es durchknallen und dunkel werden, in einem gewaltigen Schock, und die Gedanken und all die Erinnerungen gehen in Rauch auf, in Hirnrauch, und ich wäre auf schnellstem Wege zurückkompostiert zu Sternstaub, um auf den nächsten Urknall zu warten. Nein, keinen weiteren Urknall bitte. Beinahe würde ich sagen, das ontische Trommelfell schmerzt noch vom letzten, wenn es nicht Unsinn wäre. Aber wozu sind meine Zellen noch da? Es ist immer riskant, die Sinnfrage zu stellen. Was kann ich tun, außer weiter meinen Bilderzirkus zu illuminieren, die Puppen durch die Kissenhöhlen zu jagen und hin und wieder eine manierierte Erklärung zu meinen Manierismen abzugeben?

Jedenfalls hatte ich in der Zwischenzeit einen anderen Gedanken, denn manchmal passiert mir das, zwei hintereinander, ohne Übergang, der mich sehr erschreckte, und zwar zum Thema des Geräts. Was wäre, wenn es sich nur um mich drehen würde? Wenn das Viech nur weitere Versorgungsgüter orderte, vom interstellaren Lieferservice, besorgt um mein Wohlergehen? Ist dies mein Moment der Scham? Meinem Viech lauter Dinge unterstellt zu haben. Ich glaube aber, dass es vielmehr in eine Melancholie verfallen ist. So eine Atmosphäre ist nicht zu leugnen, ich fühle es in der toten Luft. Weil es mitgelesen hat? Ist es eine Geschichte der Melancholie? In gewisser Hinsicht wahrscheinlich, aber sagt das etwas, ich denke nicht, denn ist nicht jede Geschichte in gewisser Hinsicht eine Geschichte der Melancholie und sogar das Leben selbst? Ignorieren wir fortan diesen Gedanken. Die Geschichte des Lebens selbst gibt es aber immerhin nicht, es muss immer eine bestimmte melancholische sein. Soso. Nehmen wir also an, um mal wieder etwas anzunehmen, es ginge um mich, und die Eier sind bereits auf dem Weg durch die vierdimensionale Wüste der Raumzeit. Schockgefrorene Proteine, um meine seidenen Muskelfasern vor der Annihilation zu bewahren. Oder das Viech denkt an die Wichtigkeit einer abwechslungsreichen Ernährung und bestellt Möhren und bald werde ich kürbisfarben sein, wie manche Blüten es sind, in schönem Kontrast zum restlichen Mobiliar. Ich könnte dann besser sehen, was natürlich ein Hohn wäre, wenn man sich ansieht, was es zu sehen gibt. Die Eintrübung macht sie erträglicher, die Kraterschatten und ihre Lichtkanten. Ich nehme an, ich habe eine Eintrübung. Wenn man mir sagte, ich hätte einhundertprozentige Sicht, ich würde es nicht glauben. Wenn man mir sagte, ich hätte einhundertprozentig irgendetwas, ich würde es nicht glauben, außer diesen Bleistift, dieses Heft und meinen Praktikumsbericht. Sie habe ich ganz, nehme ich an. Auf den letzten Seiten des Heftes werde ich Bewerbungen schreiben. Wenn das kein Mörderwitz war. Ich mache lieber weiter mit der Winternacht.

Als ich erwachte, schlief Beyond noch. Am Himmel kündigte sich der Morgen mit einem schwachen grauen Schimmer an. Und all die Dunkelheit der Erde war voller Hunger. Und doch war die Luft gesättigt mit Fäulnis und den Gerüchen des verlassenen Landes. Das hätte ich damals nicht so sagen können, aber jetzt, was soll mich jetzt davon abhalten. Irgendwann weckte ich Beyond, nach einer unbestimmten Zeit, indem ich seinen Hut lüftete und leise seinen Namen sagte. Seine seltsamen Augen öffneten sich und sahen mich erstaunt an, im Schlaf war es wohl wieder allein gewesen. Dann gingen wir weiter. Wenn wir Müll sahen, betrachteten wir ihn genauer, aber meistens waren es nur Fetzen milchig gewordenen Plastiks. Ich sagte, der Hunger sei nicht mehr zu ertragen, aber Beyond verstand mich nicht und fragte, was das bedeuten solle, und in gewisser Weise hatte es recht damit, denn es war eine nichtssagende oder zumindest unwahre Aussage. Wir durchquerten ein Wäldchen, dem eine Art Rauch zwischen den Ästen hing und in dem die windstille Kälte uns schwer über die Glieder strich. Und die Zweige spreizten sich um uns wie grotesk erstarrte Hände. Kein einziger Vogel darin. Wir schwiegen beim Gehen und ich musste manchmal stehen bleiben, um auf Beyond zu warten.

Einmal entdeckten wir einen kleinen, aus Ästen und Laub gebauten Unterstand, unter dem ein zitterndes Kind hockte, schwarz vor Schmutz. Als wir uns näherten, stieß es einen Schrei aus und bedrohte uns mit seinem angespitzten Stock. Beyond wollte ihm helfen, doch wir hatten selbst nichts zu essen. Es versuchte etwas auf der Mundharmonika zu spielen, aber das Kind schrie schrecklich und hielt sich dabei die Ohren zu. Beyond bat um Verzeihung und wir gingen weiter. Für eine Weile schwiegen wir. Beyond wirkte aber so verstört, dass ich es zu beruhigen versuchte: Wir hätten es versucht, es habe es nur gut gemeint und so weiter. Es hörte sich das eine Weile an und protestierte dann mit einem empörten Ziehharmonikaschrei. Danach schwiegen wir wieder.

Es war schon beinahe hell, als wir wieder ins Offene oder beinahe Offene kamen. Manchmal schien es mir, das Land wolle sich dem grauen, flachen Himmel darin angleichen, gestaltlos zu werden und die Last der Dinge abzuwerfen. Und auch Beyond schlug vor, auf der Wolkendecke weiterzulaufen und das auf den Kopf gestellte Land von unten zu betrachten, sodass wir, bei idealer Übersicht, etwas zu essen und vielleicht sogar Darz finden würden. Ich sagte, das alles sei dann aber unerreichbar vom Himmel aus, denn die Erde sei von dort oben genauso weit entfernt wie der Himmel jetzt von uns. Nein, es sagte nichts davon und ich auch nicht, weder es noch ich. Wir bemühten uns aber an einigen Haustüren um eine Spende, mit der Überzeugungskraft einer Gesangseinlage, etwas, das so verzweifelt war, dass ich früher nicht darauf gekommen wäre. Ach was. Ich bin einfach nicht darauf gekommen, Punkt. Ja, es gab immer noch in Häusern wohnende Menschen, wenn auch wenige. Nichts verschwindet nämlich einfach so, zumindest nach meiner Erfahrung, oder nur langsam, indem es seine Reste verteilt, mit Ausnahme geistiger Dinge, wenn man sie Dinge nennen kann. So ist es, behalten Sie das in Ihrem dicken Kopf, es wird später noch wichtig, nehme ich an. Einige erschreckten sich allerdings beim Anblick Beyonds, beim Anblick seiner seltsamen Haut oder seiner Hände oder seines grotesken Damenhuts, wer weiß, auch der kann bedrohlich sein. Sobald die Tür sich nur einen Spalt öffnete, fingen wir schon mit »Kleine Möwe« an und meistens kamen wir auch nicht weiter als bis zu diesen beiden Wörtern, die wir innig intonierten und die die Herzen der Menschen erweichen sollten. Wir waren schon gut aufeinander eingestimmt. Das heißt, wir fingen gleichzeitig an zu singen. Und immerhin konnte ich Beyond davon abbringen, zur Begrüßung den Hut zu lüften, was es in einem Film gesehen hatte und mit Eleganz und Höflichkeit zu vollführen versuchte, wie es mir erzählte, um einen sogenannten vorteilhaften Eindruck zu hinterlassen. Es musste sehr alte Filme im Kinderheim gesehen haben. Ich hoffte, dass es nicht verstehen würde, warum es den Hut nicht lüften dürfe, aber mehr noch, dass ich hoffte, befürchtete ich, dass es verstand. Eine seltsame Art zu hoffen. Die Gesichter, die wir sahen, schienen ihren Trägerinnen und Trägern manchmal geradezu entglitten. Vielleicht hatten sie sich der Mimik schon lange nicht mehr anvertraut, oder sie hatten es einfach aufgegeben damit, was nur natürlich gewesen wäre, oder ihre Gesichter waren ausgewaschen worden von der Zeit, die bekanntlich kein Pardon kennt. Aber ich erinnere mich auch, dass von Häusern schon bald keine Rede mehr sein konnte und dass der Schnee wie eh und je aus den Wolken stürzte, um die Scham der Erde zu bedecken. Es war also kalt und wurde sogar noch kälter, und der Hunger grub sich in den Geist, um alle anderen Gedanken unmöglich zu machen, bis auf den Hungergedanken, bald war es der einzige, auf den ich noch kam. Er machte das Hirn zu einer gläsernen, kalten Gallerte. So trudelten wir dann weiter in einer ungefähren Richtung. Zwischen den schwarzen und braunen Baumgerippen und den täuschend heimeligen Nadelbäumen. Einmal sahen wir ein Wildschwein und Beyond nahm meine Hand. Es fühlte sich an, als hielte ich einen Wurf Mäusebabys in der Hand. Ich dachte daran, das Wildschwein zu erschießen, aber dann dachte ich an meine nicht vorhandenen Feuer- und Kochkünste und an die wenigen Patronen im Revolver und verwarf den Gedanken. Manchmal hörte ich etwas und wenn ich mich umdrehte, war es Beyond, das ganz leise zu sich sprach, oder nicht, und es war nur eine meiner eigenen Erinnerungen, ich weiß nicht an was.

Als wir neben einer riesigen Baugrube stehen blieben, die wie ein überdimensionaler Bombenkrater wirkte und auf dessen Boden irgendwelche Baustellenfahrzeuge standen, die unter dem Schnee wie eine Monsterfamilie im Winterschlaf aussahen, stellte ich fest, dass ich vor Hunger gleich umkippen würde und dass das Hungerproblem eigentlich keinen Aufschub mehr erlaubte. Aber auch das ist eine Aussage, die man sich getrost sparen kann, aber was kann man sich eigentlich nicht getrost sparen, in dieser Lage. Beyond ruderte wild mit den Armen. Es half nichts. Wir gingen weiter. Die Sonne im mausgrauen Gewölk war ein hämisches Stück Butter und endlos am Zergehen.

Da kam es gelegen, dass wir einen Mann trafen, entgegen der Unwahrscheinlichkeit, der sich vollkommen aufgeräumt gab. Das erregte selbstverständlich mein Misstrauen, so aufgeräumt konnte er gar nicht sein, nie im Leben, aber andererseits fehlten mir auch die Ressourcen, meine Skepsis weiterzuverfolgen, denn auch dafür braucht man Ressourcen, was weiß ich welcher Art. Kalorien womöglich. Er behauptete, uns Arbeit verschaffen zu können. Er kenne da jemanden. Immer kennt irgendwer irgendwen wie in einem Scheißfilm. Mir war die Geduld aus dem Gedärm gerutscht. Beyond machte ein Geräusch, das wie »Uhhh, uhhh« klang. Ich sagte ihm, es solle ruhig sein. Zu dem Mann sagte ich, Arbeit, Essen, los. Er gab uns jeweils einen Sesamriegel, ich hasse Sesam und aß ihn in Sekunden. Und ich hielt es für besonders zynisch, dass ich gezwungen sein würde, in Ausübung meines Praktikums einen Job anzunehmen, um die Hoffnung zu haben, es weiter und darüber hinaus erfolgreich ausüben zu können, sodass es mir späterhin wiederum zu einem Job verhelfen würde. Die Welt war natürlich aus den Fugen. Aber der Hunger ließ mich meinen Praktikumsvertrag, Darz und sogar den Filialleiter vergessen. Die zynische Meinung hatte ich also genau genommen erst später. Wir folgten diesem Mann, der namen- und gesichtslos bleiben und nur durch seine verdächtig gute Laune charakterisiert sein wird, stundenlang durch die Landschaft. Und stellten fest, dass wir auf einen kleinen Berg zusteuerten. Wäre nicht sonst alles so flach, er wäre kaum der Rede wert gewesen. Der Abend und die Nacht waren ein tiefes Kühlschrankdunkel, durch das wir liefen, und es gab für eine Weile nur noch die Schmerzen in meinen Füßen. Aber Beyond sagte etwas von Lichtern und da waren weiße Lichter vor dem Berg, da hatte es recht. Und je näher wir kamen, desto mehr Müll war unter dem Schnee zu spüren. Und hartgefrorene Fahrzeugspuren.

Es handelte sich um ein Bergwerk, das den Berg ausnahm. Ich nahm mir vor, den Mann ausfindig zu machen und zu bestrafen, sollte sich herausstellen, dass er uns auf irgendeine Weise übers Ohr gehauen hatte. Wie selbstbewusst. Er verschwand schneller, als er aufgetaucht war. Wir waren anscheinend nicht die Einzigen, die neu waren. Viele waren ähnlich schlecht zurecht wie wir, oder noch schlechter. Und in einer magnesiumweißen Lichtflut, die von aufgestellten Strahlern ausgeschüttet wurde und die der Schnee beißend hell reflektierte, stellten wir uns auf. Uns wurde etwas von einem Start-up erzählt. Ich hielt es für einen Witz. Die Chefbosse waren drei Geschwister, zwei Schwestern und ihr Bruder. Es gab mehr Arbeitswillige und Hungrige als Arbeit und Essen, deshalb veranstalteten die Geschwister ein Casting. Alle sollten irgendwas tun, um sich voneinander zu unterscheiden.

Während der Bruder das Geschehen filmte, leiteten die Schwestern die Castingvorführungen an und baten die Bewerber nacheinander nach vorne, um sie dort auszufragen und ihre Vorführung vorführen zu lassen. Die Pferdeschwänze der Schwestern schienen makellos, ohne ein einziges entflohenes Haar. In der Dunkelheit hinter dem großen Lichtkegel waren die Umrisse der bereits Angestellten wie eine stumme Drohung zu erkennen und dahinter der Berg, der ein Stück aus dem Himmel riss.

Die Bewerberinnen und Bewerber kamen nacheinander nach vorne. Die meisten Leute erzählten etwas über sich, das sie für ihre Geschichte hielten, und manche erzählten Witze, von denen einige gar nicht schlecht waren, ohne dass ich mich an einen einzigen erinnern könnte.

Die meisten waren schwach, mit Stimmen wie kalte Aschenbecher. Ein Mann mit einem Kopf wie ein behaarter Fußball erzählte mit erhobenem Zeigefinger drei Witze hintereinander, von der Art, Was ist ein Soundso in einem Soundso? Ein Dings, haha!, und wurde abgelehnt. Irgendwann mussten Beyond und ich nach vorne. Es war klar, dass wir singen würden.

Wir waren kurz davor, wie immer die »Kleine Möwe« anzustimmen, als wir uns spontan umentschieden und stattdessen unseren anderen Hit sangen: »Arm zu sein bedarf es wenig«. Das war thematisch passender. Beyond und ich standen nebeneinander wie zwei sehr unterschiedlich große Chorknaben, um noch einen größeren Unterschied zu bewirken, also zu den anderen, hielt ich noch den Stofftieraffen, der übrigens den Namen Finchen trug, in der Hand und tat so, als würde Finchen mitsingen. All das könnte man als Tiefpunkt bezeichnen, muss man aber nicht.

Das Ergebnis war, dass ich genommen wurde und Beyond abgelehnt. Ich sei dabei, aber die Kleine nicht, wegen Gründen. Das war ungefähr O-Ton. Das alles war inakzeptabel. Ich sagte, wenn Sie Beyond nicht nähmen, würde ich mich weigern. Das war ich ihm schuldig, schon allein wegen der Geschichte mit der Wunde. Sie zuckten mit den Schultern, dann waren die Nächsten dran.

Wir trieben uns die halbe bis ganze Nacht in dem Lager neben dem Bergwerk herum, um die Arbeiterschaft anzuschnorren. Es bestand aus weiß-schmutzigen Containern. Dazwischen erblasste Gestalten, voll mit Kohlenstaub oder Erde. Manchmal irgendwo ein Stöhnen, Würgen oder Husten. Heizlüfterluft quoll heraus, wenn jemand die Tür öffnete, um draußen zu rauchen und von seiner Alkoholflasche zu trinken. Sie hielten sich an das Rauchverbot im Inneren der Container! Die meisten beäugten uns misstrauisch und vertrieben uns aus ihrem

Sichtfeld. Der Mond erschien als schreckliches Lichtmal und die Kälte war übel, ich sprach mit taubem Gesicht. Irgendwann stahlen wir uns in einen der Container, dessen Tür nicht ganz geschlossen war. Nur in einer Ecke brannte ein trübes Lämpchen, es roch nach Staub, Schweiß, Schnaps und Dosenessen. Einige schnarchten. Was in der Anmoderation von einer der Schwestern als Betten beschrieben worden war, waren aufklappbare Pritschen mit Schlafsäcken darauf.

Wir hockten uns in eine Ecke, um uns aufzuwärmen. Irgendwann bemerkte ich, dass auf der Pritsche vor uns ein Mann saß und uns anschaute. Ich sagte Hallo. Der Mann sagte auch Hallo, wobei sich herausstellte, dass es eine Frau war. Eine Frau mit wuchtigen Schultern, kurzen Haaren und heller Stimme. Ich erzählte ihr, dass wir am Verhungern seien und im Bergwerk arbeiten wollten, aber gerade abgelehnt worden seien. Sie gab uns jeweils drei Butterkekse, die wir sofort aßen, das half etwas, und ein paar Schluck aus einer Plastikflasche mit lauwarmem, abgestandenem Sprudelwasser. Sie hieß Bettina. Wir bedankten uns bei Bettina und ich war erstaunt, wie nett sie zu uns war. Sie erzählte uns, dass sie vor Rückenschmerzen nicht schlafen könne. Sie habe schon alles versucht, Pilates, Yoga, Autosuggestion, Physiotherapie. Ich sagte, ich wünschte, ich hätte ein Schmerzmittel für sie. Sie bedankte sich. Nichts zu danken, sagte ich. Es klang unfreiwillig sarkastisch, obwohl ich genau das meinte: Da ich kein Mittel hatte, um es ihr zu geben, gab es nichts zu danken. Sie erzählte uns von ihren Neffen und Nichten. Wie aufgeweckt und zartfühlend sie seien und wie gut ihre Schwester sie erzogen habe. Das Wort zartfühlend berührte mich etwas peinlich, ich weiß nicht wieso. Sie würden sich in der Natur auskennen und wohldurchdachte politische Ansichten äußern. Beyond sagte, es kenne sich auch in der Natur aus. Ich erschreckte mich, denn ich hatte nicht damit gerechnet, dass Beyond reden würde. Es hatte bis dahin geschwiegen. Nach einer schrecklichen Pause sagte Bettina aber nur, die Natur sei die Schönheit selbst. Wir stimmten ihr gleich zu. Sie wurde mir immer sympathischer. Dann erzählte sie, wie sie für ihre Nichten und Neffen den Weihnachtsmann gespielt habe. Doch eine der Nichten habe eine Panikattacke bekommen. Irgendetwas an dem Weihnachtsmann habe ihr Angst gemacht oder an einem Trauma gerührt, womöglich durch einen Flashback. Das habe sie, Bettina, doch nicht wissen können, und Beyond und ich stimmten ihr entschlossen darin zu, dass sie das nicht habe wissen können, das habe sogar niemand wissen können, denn vielleicht habe die Nichte nie jemandem von ihrem Trauma erzählt. Das dachte ich übrigens wirklich, und Beyond auch. Jedenfalls fuhr Bettina fort, zu beschreiben, wie sie aus der Rolle des Weihnachtsmanns fiel, sodass sie auch die anderen Kinder – und nicht nur die Nichte, die noch immer unter ihrer schrecklichen Panikattacke litt und weder von der Mutter noch Bettinas Schwester noch ihrem Vater, Bettinas Schwager, beruhigt werden konnte – aus Versehen in eine Krise stürzte, unschuldige Kinder, die bis dahin überzeugt gewesen waren, den Weihnachtsmann vor sich zu haben, so gesehen hatte Bettina ihre Sache gar nicht schlecht gemacht, und die nun ihre Tante Bettina erkannten und sich mit einiger Berechtigung fragen mussten, was sonst noch Schein war in dieser Welt, in die sie doch erst vor ein paar Jahren, durch den Geburtskanal, hineingeboren worden waren, ahnungslos von ihrer Beschaffenheit, ihrer Tiefe und ihrer schwindelerregenden Vergänglichkeit. Die Kinder hätten diese Erfahrung wohl nicht in diese Worte zu kleiden vermocht, wie Bettina mit weicher Stimme feststellte, doch habe die Erfahrung, wie sie glaube, auf einer nicht-artikulierbaren Ebene eine vergleichbare Wirkung auf die jungen, wohlerzogenen Psychen der Kinder ausüben müssen. Dieser Weihnachtsabend habe die Familie nachhaltig zerrüttet. Vertrauen gewinnt man nicht so leicht zurück. Danach folgte ein tiefes Schweigen, in dem nur das Sirren der Heizlüfter und die Geräusche der Schlafenden zu hören waren.

Ich konnte in der Dunkelheit nicht sagen, ob Bettina stumm weinte oder nachdachte. Irgendwann fragte ich sie, ob sie zufällig den Bart ihres Weihnachtsmannkostüms noch besitze. Ja, flüsterte sie. So kam es, dass wir Beyond für einen weiteren Versuch im Bergwerkscasting verkleideten und sogar mit ihm übten, seine Stimme menschlicher klingen zu lassen. Außerdem studierten wir ein neues Lied ein, es war, glaube ich, »Der Mond ist aufgegangen«, das Bettina vorschlug. Wobei eigentlich nur ich mit Beyond übte, denn Bettina musste ja ins Bergwerk und abends kam sie erschöpft und einsilbig zurück. Nur wenn ihre Rückenschmerzen sie mal wieder wach hielten, wurde sie gesprächiger und teilte mit uns ihre cleveren Auflaufrezepte. Irgendwann hielt ich es aber nicht mehr aus, über Aufläufe zu reden, und bat sie, ihre cleveren Rezepte zurückzuhalten, bis wir wieder an Essen kämen.

Wir konnten sogar noch eine verspiegelte Sonnenbrille auftreiben, im Pilotenstil. Brille und Bart verbargen Beyonds Gesicht vollständig, denn es war für die

Requisiten eigentlich viel zu klein. Ich fand, es sähe aus wie ein kleinwüchsiger Rocker. Bettina sagte mit trauriger Stimme, man solle immer man selbst sein. Nein, sie bestärkte uns, sie wollte nicht, dass wir hungerten.

So bewarb sich Beyond als kleiner Mann mit riesigem weißen Bart und Sonnenbrille erneut. Es machte seine Sache nicht schlecht. Trotzdem wirkte es ungeheuer verdächtig. Aber es gab weniger Bewerber in dieser Nacht und so wurde es genommen. Beyond freute sich hemmungslos und stimmte ein ausgedachtes Lied auf seiner Mundharmonika an.

Ich konnte eine der Schwestern überzeugen, dass ich mich nun doch entschlossen habe, ohne meine Mitbewerberin (für die sie Beyond gehalten hatten und in dem Glauben ich sie auch lassen wollte) hier zu arbeiten. Zum Glück konnte sie sich vage an mich erinnern oder es war ihr egal, jedenfalls lächelte sie mich strahlend an und hieß mich willkommen und so weiter. So gingen Beyond und ich das erste Mal unter Tage.

Sagt man das in diesem Fall eigentlich, »unter Tage«? Ich weiß noch, dass ich mich nicht wenig freute, unter Tage zu gehen, sozusagen, um ihn von unten zu betrachten, den Tag, und in menschengemachter Nacht zu atmen. Ich war nicht scharf darauf, einen Berg über mir zu haben, aber einen Tag über mir zu haben, anstatt wie üblich durch ihn hindurchgezogen zu werden wie ein Stück Kotelett durch die Soße, musste mich begeistern.

Es war wie gesagt ein kleiner Berg, vielleicht sogar nur ein Hügel, der wie abgestellt in der Landschaft stand. Wir gingen also mit den anderen den Tunnel oder Schacht oder Stollen hinab in den Berg hinein, wobei ich mich fragte, wozu man einen Berg hat, wenn man dann auch noch hinab muss, aber wahrscheinlich war das wertvolle Zeug nicht nur unter dem Tag, sondern auch noch unter dem Berg, sozusagen an der Bergwurzel, oder sogar unter der Nacht, da sieht man, was für ein Bergmann ich war, und was für ein Berg das gewesen sein muss, und was für ein Bergwerk.

Man gab uns Helme. Und eine Art Zuckerbrot. Das aßen wir. Es war früh am Morgen, stockdunkel. Beyond trug Sonnenbrille, Bart, Helm und eine Jacke, die Bettina ihm besorgt hatte, ich weiß nicht von wo. Wegen seiner Größe schleifte die Jacke auf dem Boden wie ein zu langer Mantel. Ich glaube, sie war grün. Von seinem Gesicht war nichts mehr zu sehen. Es sah aus wie ein geschrumpfter blinder Weihnachtsmann, der schon lange auf der Straße lebt. Ich bemühte mich, Beyond als kleinwüchsig darzustellen, wenn jemand eine Bemerkung von wegen Kinderarbeit machte. Es durfte keinen Pieps dazu sagen.

Wir mussten am Eingang zum Stollen an einem Kontrolleur vorbei. Der fragte, was das sei und zeigte dabei auf Beyond und ich sagte, ein Mensch. Und er sagte, der Mensch dürfe nicht rein. Ich sagte, der Mensch sei aber angenommen, von den Chefbossen, und der Kontrolleur sagte, was auch immer.

Unter Tage gab es verschiedene Aufgaben und verschiedene Seitenstollen, die vom Hauptstollen abgingen. Es roch wie in einem Aschenbecher, nur war der Tabak nicht aus Tabak, sondern aus Metall. Dies verdeutlicht nichts, aber es gibt hier nichts zu verdeutlichen. Wir wurden irgendwo hingeschickt, von einem Vorarbeiter mit einem geschwollenen Hals.

Beyond war zu schwach, um zu klopfen. Ich eigentlich auch. Mit einem großen Hammer und manchmal mit einer Spitzhacke schlug ich auf das Gestein ein. Am Ende der Schicht war ein winziger Teil abgesprungen. Es war mir unbegreiflich, wie etwas so hart sein konnte. Beyond lief herum, sammelte die Splitter ein und sortierte sie nach einem mir unbekannten System. Wir hatten nur vage Anweisungen bekommen. Ich glaubte, dass wir Kohle förderten, aber Beyond meinte, es sei Eisenerz. Es spielte eigentlich keine Rolle, wir hätten auch Ostereier abbauen können.

Einer der Arbeiter hatte einen Grubenvogel dabei. Der machte aber nicht pieps. Es war nämlich ein Kakadu. Der Grubenkakadu machte ein Geräusch, als würde er verächtlich ausspucken. Vielleicht hatte er Tourette. Sein weißes Gefieder leuchtete verloren in der Finsternis. Er musste sich fragen, womit er das alles verdient habe. Sein Repertoire reichte von einem fragenden »Oi, oi, oi?« über das klassische »Fuck!« bis zu einem »Ka-Tsching!«, wie von einer zuschlagenden Kasse, wenn jemand hustete. Aber manchmal, gegen Ende der Schicht, fing er mit einem komischen Gejaule an, das ich irgendwann als *Dark Was the Night, Cold Was the Ground* von Blind Billie Johnson erkannte. Sehr integrer anglophoner Vogel. Das sagte ich auch zu Beyond.

Nach der Schicht verließen wir den Berg wie betäubte Schafe. Manchmal sprachen wir abends noch mit Bettina. Sie arbeitete in einem anderen Abschnitt. Sie musste klopfen, wie ich. Aber sie zerschlug viel mehr. Ich sagte, bei der Arbeit seien Rückenschmerzen kein Wunder. Sie sagte, das sei nicht konstruktiv. Da hatte sie recht. Sie erzählte uns einmal etwas von ihrem Ex-Mann, der eine Pfeife gewesen sei. Und beim Einschlafen stellte ich mir vor, wie Bettina auch ihm vorwarf, nicht konstruktiv zu sein und dass er bloß herumeiere, wie die kindische Pfeife, die er sei, und dann stellte ich mir vor, dass Bettina früher Holzfällerin gewesen war und ihren Ex-Mann mit einem Beil fällte, weil er sich nicht zusammenriss. Da hätte sich dann die Scheidung erübrigt.

Beyond und ich mussten uns eine Pritsche teilen. Beyond war nicht besonders warm, aber es nahm auch nicht viel Platz weg. Es schlief mit einem leisen Säuseln. Ich wollte es immer fragen, ob es träume und von was, aber am Morgen hatte ich nicht die Kraft dazu.

In den langen, kalten, muffigen Nächten unterlief es mir manchmal, mir Darz vorzustellen. Ja, meine Gedanken gingen zu ihm wie von selbst, wie sehr ich mich also verändert haben musste, hätte mich beunruhigen sollen. Doch alles, was ich sah, war ein Schemen, der Darz' Platz einnahm in mir und sich nicht kümmerte um die Nöte der Vorstellungskraft, der Zukunft und der begrenzten Möglichkeiten des Lebens. Ein Schemen also, immerhin keine Chimäre, wobei auch das vielleicht eine gute Beschreibung des Unbeschreiblichen hätte sein können. Umso motivierter war ich, ein guter Praktikant zu sein. Ging es nicht darum? War es nicht deshalb wichtig? So ist es mit der Motivation, glaube ich.

Zu essen gab es eigentlich nur besagtes Zuckerbrot. Nur einmal, erinnere ich mich, bekamen wir einen Kürbis. Aber niemand wusste, wie man ihn zubereitet und wir konnten nichts kochen. Machte niemand Feuer? Oh, es gab Feuer, durchaus, manchmal mehr, manchmal weniger rauchend und stinkend, aber darauf wurde nichts gekocht, ich weiß nicht warum, niemand wollte kochen, niemand konnte kochen, niemand hatte die Kraft zu kochen, es wurde wenig getan, es wurde bloß ausgehalten, das war es, was man tat. Deshalb blieb der Kürbis ein Dekokürbis. Das war traurig. Als Getränk gab es bloß geschmolzenen Schnee. Die Schwestern begrüßten uns jeden Morgen beim Hineingehen und beim Hinausgehen, für die Motivation, wie sie sagten. Auch sie waren auf dem Trip. Sie mussten reich sein. Sie trugen gerne Perlenschmuck und manchmal ging ihr Pferdeschwanz schräg vom Kopf ab. Das war sehr keck.

Nach der ersten Woche bezahlten sie uns sogar! Es gab also nicht nur Kost und Logis. Ich hatte nicht damit gerechnet. Ich weiß nicht mehr, wie viel. Wenig. Als wir sahen, dass die anderen mehr bekamen, brach Beyond in ein hysterisches Geschrei aus, womit es recht hatte. Da guckten die anderen Arbeiter. Es stellte sich heraus, dass man nach Ertrag bezahlt wurde. Das war schlecht. Wir hatten wenig Ertrag und wenig Hoffnung auf mehr. Aber auch viele andere bekamen wenig und sahen traurig und müde aus und waren ohne Hoffnung. Einige sagten das sogar verbatim. Und was kann man dazu sagen als Antwort? Es war dunkel, wenn wir unter Tage gingen, und dunkel, wenn wir auf Tage zurückkamen. Lasset die Hoffnung nicht fahren? Der Schnee fiel weiter durch die lichtlose Luft und der Winter knirschte mit den Zähnen.

Eines Nachts beschrieb mir Beyond begeistert eine Tätigkeit, die es bei einer Gruppe Arbeiter beobachtet hatte und sagte, es wolle auch mitmachen. Sie legten weiße kristalline Bröckchen auf einen Löffel und brachten sie mit einem Gasfeuerzeug, dessen Flamme unter den Löffel gehalten wurde, zum Schmelzen. Dann wurde die Flüssigkeit mit einem kleinen Wattebausch aufgesogen. In dieses wurde die Spritze gesteckt, aufgezogen und von da aus in den abgebundenen Arm gespritzt, wahlweise auch in den Hals, den Knöchel oder die Hand. Manche würden die Spritzen nicht einmal rausziehen, bevor sie einschliefen. Ich erklärte ihm, was es sei, warum es schlecht sei und dass es bloß nicht mitmachen solle. Beyond war schockiert und sagte nichts mehr dazu. Allerdings warnte ich es nicht explizit davor, den Abhängigen mit medizinischen Bedenken zu Leibe zu rücken, die wahrscheinlich schlecht ankommen würden.

Ein paar Tage später verwickelte Beyond einen der Junkies in eine Diskussion. Es versuchte ihn zu überzeugen, keine Drogen mehr zu nehmen. Dabei hatte es sich so ereifert, dass es vergaß, seine Stimme zu verstellen. Ich kam zu spät dazu. Ich versuchte Beyond als geisteskrank darzustellen. Aber die Arbeiter meinten, Beyond sei doch gar nicht geisteskrank, sondern ganz vernünftig. Einer von ihnen blickte mich an wie der Tod selbst, mit glanzlosen Augen und einem lippenlosen Lächeln. Sein Gesicht war eine Maske. Sie hatten sich anscheinend ein wenig amüsiert, so wie Menschen sich manchmal amüsieren, wenn es um sie geht. Und sie nannten Beyond Knirps! Ich hätte nichts dagegen gehabt, wenn sie einen Arbeitsunfall gehabt hätten. Aber das Bergwerk war wohl zu sicher. Wobei es eigentlich gar nicht sicher war. Es gehörte nur viel Glück dazu, beziehungsweise Unglück. Ich führte Beyond von der Szene weg und erinnerte es an seine Stimme. Zu diesem Zeitpunkt war auch nicht mehr damit zu rechnen, dass noch irgendjemand an den Bart glaubte. Die Frage war nur, was man glaubte, was damit verborgen werden sollte.

Die Nächte zogen eine Weile vor sich hin und mir hätte vielleicht auffallen können, dass Beyond schweigsamer geworden war. Ich wusste, dass es sich Dinge zu

Herzen nahm, aber ich hatte nicht die Kraft, aufmerksam hineinzublicken. Und natürlich fiel es mir auf, sonst könnte ich es jetzt nicht benennen.

Irgendwann, vielleicht eine Woche später, hielt Beyond eine Rede. Es stellte sich auf ein paar Kisten. Mit dem vom Schmutz grau-braunen Weihnachtsmannbart und der verkrusteten, am unteren Saum zerfetzten Jacke sah es aus wie ein verwahrloster Zwerg. Eine ganze Weile ging es um wirres Zeug. Jedenfalls klang es in dieser Form wirr. Wenn ich mich still mit ihm unterhalten hätte, hätte ich es sicher verstanden. Es sprach von den Bäumen und von den verschiedenen Arten von Bäumen, und von den Tieren und ihren verschiedenen Arten, und von den Himmelskörpern, von ihrer Zahl und ihren verschiedenen Arten, und von der Erde, von ihrer Größe und ihrer Winzigkeit, und vom Essen und der Arbeit und von den Menschen und der Art, wie er ständig auf sich selbst und seinesgleichen einwirke und verschiedene Dinge rede und herumlaufe und noch mehr rede. Und dann ging es, ohne Übergang, um seine Mundharmonika und um die verschiedenen Lieder, die es darauf spiele, und um seinen Damenhut, dem ich ihm zu tragen verboten hatte, und um das Obst, das darauf sei und schließlich um das Kinderheim an der Nordsee und um das Meer. Alles mit großer Verve vorgetragen.

Und dann ging es plötzlich, wieder ohne jede Überleitung, um eine Gewerkschaft. Es war mir ein Rätsel, wie es darauf gekommen war. Es sagte, dass es hiermit eine Gewerkschaft gründe und einen Streik plane und alle sollten sich ihm anschließen, auch die drei Geschwister. Das wäre ein seltsamer Streik geworden. Dann sprach es von der Liebe und wie viel es noch zu lernen habe. Die

Reaktionen waren durchmischt. Einige lachten, einige husteten, einige kauten still auf ihren Antworten herum. Ein paar klatschten. Am Schluss der Rede fing Beyond an, die »Kleine Möwe« zu singen. Aber niemand stimmte mit ein. Als es fertig war, war die Rede vorbei.

Wir gründeten dann die Gewerkschaft, mit ein paar anderen. Beyond war der Gewerkschaftsvorstand. Bettina war dabei und eine Freundin von ihr, Karin. Wir wurden alle sofort gefeuert. Eine der Schwestern gab uns die Kündigung schriftlich. Sie hatte unfassbare Fingernägel. Wie aus Quecksilber. Und ihre Augen schimmerten wie Perlmutt, passend zum Schmuck. Sie war furchtbar ungerührt in ihrer Freundlichkeit und wie gesegnet und unantastbar in ihrem Weltbild. Ich fühlte mich wie ein Baumsamen flatternd in der Luft.

Anstatt ihr meine Meinung ins Gesicht zu spucken, beschimpfte ich einige andere Arbeiter, die nicht mitmachten, als Streikbrecher. Sie warfen Schnee nach mir. Und verhöhnten meine Gestalt. Ich wusste nichts davon.

Wenn man nicht mehr arbeitet, kann man auch nicht streiken, es war nicht zu leugnen. Wir waren alle niedergeschmettert und hungrig.

Aber Beyond machte weiter, oder auf seine Art. Es hielt eine weitere Rede. Diesmal war sie ergreifend. Ich weinte und einige andere weinten auch. Die Hoffnung ist schrecklich. Sie lässt einen, wie soll ich sagen, hoffen. Um einen noch besser für die Verdammnis zu präparieren? Ach was.

Später verriet es mir, dass es sich fortgebildet hatte. Wer weiß, was es darunter verstand. Jedenfalls gründete es den sogenannten Depressiven Widerstand. Die Widerstandszelle, die zu depressiv ist, um Widerstand zu leisten. Bettina habe es darauf gebracht. Auch ihr schloss ich mich an, sie konnte unmöglich niedergeschlagen werden, dachte ich. In gewisser Weise stimmte das auch. Es war schwer zu sagen.

Jedenfalls passierte auch gar nichts weiter, wie es bei so einer Sache zu erwarten ist. Es kamen weiter neue Bewerberinnen und Bewerber, also zum Bergwerk, nicht zum Depressiven Widerstand, für den musste man sich nicht bewerben, und Beyond und ich gingen, ohne Widerstand zu leisten, durch das Lager und versuchten das Nötigste zusammenzuschnorren, um nicht einzugehen. Ich weiß nicht, warum ich nicht weitergegangen bin. Und Beyond mitgenommen habe. Eine Trägheit des Herzens? Das sagt nichts, stimmt dafür aber immer. Darz blieb das Magengeschwür meiner abgemagerten Seele, in all dieser Zeit. Wer weiß, wie lange das alles ging. Es folgte nicht gerade eine Zäsur auf die nächste. Ein Schlund aus Stunden mit von der Müdigkeit gedämpfter Angst.

In irgendeiner der hohlen Nächte begegneten wir einer Gruppe Arbeiterinnen und Arbeiter, die nicht nur nicht mitgestreikt hatten, sondern die auch unseren Widerstand ablehnten und unsere Schnorrerei, und die sich innigst nach einem Feind sehnten. Es folgt jetzt ein Konflikt. Ich weiß gar nicht, welche Überzeugungen sie in ihren Köpfen nährten. Der Depressive Widerstand hatte sich in einem verlassenen Container eingerichtet, der leider ein wenig vollgeschissen war. Es gab keinen anderen mehr. Aber es ist noch niemand erstunken. Wir dufteten also nicht nach einer Blumenwiese im Wonnemonat Mai. Einige aus der Gruppe machten sich über uns lustig. Wir stapften durch den Schneematsch. Ich sagte ihnen, dass bald ihre Schicht beginne und sie sollten ihre Kraft sparen. Das fanden sie wiederum nicht komisch. Ich wurde dann wieder defensiv, schließlich sollten wir depressiv sein. Aber wir waren es vielleicht gar nicht. Vielleicht hätte es uns gerettet, wirklich depressiv zu sein. Jedenfalls wurde die Gruppe bald dynamischer, wegen der Gruppendynamik, und sie hatten schon länger ein böses Auge auf Beyond geworfen, denn böse Augen brauchen Unterschiede für ihre Bosheit. Beyond sprach von seiner Depression, aber das zog nicht bei diesen Leuten. Sie waren selbst nicht das blühende Leben. Sie kamen uns gefährlich nahe und ich versuchte Beyond und auch Bettina, die ebenfalls dabei war, von der Gruppe abzuschirmen, aber sie folgten uns und blieben uns auf den Fersen. Sie führten ihre Schmähreden, sie wollten sich verausgaben. Irgendwann blieb Beyond stehen und wollte vielleicht wieder einen feurigen Monolog vom Stapel lassen, als einer der Männer, wahrscheinlich der Anführer der Gruppe, wegen seiner größeren Körpermasse, Beyond den Bart abriss, sodass das reißende Gummiband ihm wehtat. Jetzt wollten alle genau sehen, was der Bart versteckt hatte und verkündeten sogleich lauthals, dass dies kein Mensch sei, mit einer Lust, wie sie sie wohl lange nicht mehr verspürt hatten. Bettina blieb konsequent und blieb mehr oder weniger depressiv umwölkt stehen, weit weniger das Ziel der Häme, auch weil die Arbeiter sie wohl als harte Arbeiterin von früher kannten, oder eher, weil sie bloß Angst vor ihr hatten. Da hatten sie ihre Prinzipien.

Sie eskalierten dann weiter, indem sie anfingen, Beyond ins Gesicht zu fassen, um seine sich leicht bewegende Haut zu begreifen. Es geriet in Panik, riss sich los und lief weg, in den Schnee und in die Dunkelheit, währenddessen war ich in einem Handgemenge mit zwei sogenannten Spießgesellen, die ihrem Boss bei seiner Belästigung den Rücken freihielten. Jedenfalls rannte Beyond ein kleines Stück und die Gruppe lachte laut über seine Art zu rennen und holte es schnell ein, weil es viel langsamer war. Es wurden die Taschenlampen angeschaltet, weil wir die Beleuchtung des Lagers verließen.

Sie ließen irgendwann von mir ab, denn es wollten sich alle einmal richtig vergreifen an Beyond, aber bevor ich da war, um etwas zu tun, hatten die anderen Beyond schon die restlichen Kleider vom Leib gerissen und dem Boss fiel es ein, in seinem abgestumpften Hirn, dass es ein Monster sei, und er zog seinen Hammer aus dem Gürtel und schlug mit großer Geschicklichkeit und Härte zu. Die anderen johlten. Ich stürzte mich in die Meute und schrie wohl Zeter und Mordio oder was auch immer. Ich weiß es nicht mehr genau. Ich wurde aber zurückgestoßen, fiel hin und hörte, wie der Hammer dreimal auf Beyonds Kopf traf.

Zu dieser Zeit hatte ich meinen Rucksack immer bei mir, denn hätte ich ihn unbeaufsichtigt gelassen, wäre er geklaut worden. Ich stand auf und ging ein paar Schritte von der mörderischen Traube weg. Der Mörder hatte schon so viel Zeit mit seinem Hammer gehabt, mir war wohl klar, dass es zu spät war. Und die Spießgesellen waren weiter servil. Ich holte den Revolver aus dem Rucksack, was durch die steifen Finger nicht so einfach war, und schoss einem aus der Gruppe in den Rücken. Ich stand nur etwa zwei Meter entfernt, glaube ich, und es ging erstaunlich leicht. Das erregte Aufmerksamkeit und die anderen ließen von Beyond ab, sodass ich seinen kleinen, verdrehten Körper im Schnee und seinen gespaltenen Schädel sah. Der mit dem Loch im Rücken war nach vorn gefallen, lag halb auf ihm und rührte sich nicht. Der Rest der Gruppe hob sogar die Hände. Ich hatte unglaublich Angst, danebenzuschießen und überlegte, sie bloß zu vertreiben und auf weitere Gewalt zu verzichten. Andererseits war ich nah genug dran und der Revolver lag jetzt gut in meiner Hand. Ich schoss dann dem Boss, der seinen Hammer fallen gelassen hatte, in den Bauch. Und weil sie dumm waren, blieben die anderen noch einen Moment zu lange stehen. Vielleicht dachten sie, ich würde mich nur am Haupttäter rächen und sie verschonen. Als ich dann einer der Frauen ebenfalls in den Bauch schoss, rannte der Rest weg. Der Erste, auf den ich geschossen hatte, schien schon tot zu sein, ein glücklicher Schuss, die anderen beiden gaben noch Schmerzenslaute von sich, sie hatten Schmerzen, so gesehen auch das zwei glückliche Schüsse. Ich beugte mich über Beyond, zog es von den Verletzten weg, kniete mich in den Schnee und legte es in meinen Schoß. Es gab kein Lebenszeichen von sich.

Ich weinte, versuchte etwas zu ihm zu sagen und stellte fest, dass es nichts zu sagen gab. Deshalb weinte ich nur. Dann legte ich es in den Schnee, ging zu den beiden Angeschossenen, die sich in dem roten Matsch aus Blut und angeschmolzenem Schnee wälzten und ächzten und mich anwinselten, und schaltete die Taschenlampen aus, die noch herumlagen, denn ich hatte Angst, dass die anderen Arbeiter kämen. Aber es fiel schwer, zu denken. Ich wusste, dass ich fliehen musste, aber ich hatte auch Angst, dass man die beiden Verletzten noch retten würde. Also jede Menge Angst, das können Sie mir glauben. Ich nahm den Hammer, mit dem sie Beyond getötet hatten, aber ich brachte nicht genug Kraft auf. Ich wollte dem Boss den Schädel einschlagen, aber etwas bremste den Schlag und ich tat ihm bloß weh oder auch das nicht, denn die Schusswunde in seinem Bauch, aus der das Blut in gemächlichen Stößen floss, musste unverhältnismäßig stärker schmerzen. Ich warf den Hammer in die Dunkelheit. Der Boss gab schon kaum mehr Laute von sich. Die Frau bettelte mich noch an. Ich zog ihnen beiden schließlich hastig etwas aus und verband ihnen damit die Münder. Wahrscheinlich, damit niemand sie hören und finden würde. Ich zog die Knoten so fest ich konnte. Dann fesselte ich noch ihre Hände. Es war alles voller Blut. Ich sagte der Frau, während ich sie fesselte, dass sie jetzt verbluten werde und das habe sie jetzt davon. Dann war da plötzlich das Gefühl der Schuld, ohne Übergang von der Wut, und ich ließ beide liegen, weil ich den Anblick nicht ertrug. Ich nahm Beyond auf den Arm und floh. Was aus Bettina und Karin und den anderen wurde, weiß ich nicht. Ich ließ den Berg hinter mir, so schnell ich konnte. Aber obwohl Beyond klein war, war es zu schwer für mich. Ich war schwach. Ich muss schwach gewesen sein. Ich versuchte es mit meinen Händen zu begraben, aber der Boden unter dem Schnee war gefroren. Während ich darauf herumkratzte, tobte in mir nur eine Stimme, die nach Umkehrung schrie, nach Ungeschehenmachen, eine furchtbare Stimme. Und so irrational. Ich mauerte Beyond mit Schnee ein und sagte mir, dass der Schnee zu Eis werde und dass es ein Eisbegräbnis sei.

Zum Abschied spielte ich ein paar Töne auf der Mundharmonika. Aber auch das ertrug ich eigentlich nicht. Dann spannte sich die Winternacht vor mir auf.

Ich bitte mich selbst hiermit inständig um einen guten Gedanken, oder noch besser, um eine gute Erinnerung. Schnell weiter. Ein solcher Zustand, wie ich mich in einem zu befinden scheine, erlaubt kein Hadern, die Ebene starrt mich durchs Fenster in ihrem atmosphärenlosen Licht an. Ich weiß, dass ich sie anstarre, aber nur wenn ich sage, dass sie mich anstarrt, kann ich es ertragen. Ich werde dieses Thema jedoch nicht vertiefen.

Aber ich sollte mich nicht aufregen. Es braucht keine guten Gedanken, ich brauche keine guten Gedanken, sie müssen nicht einmal qualitativ hochwertig sein. Woher plötzlich der Anspruch, habe ich etwa vorher, in meiner bisherigen Karriere vor Ort, gute Gedanken gebraucht? Ich hätte es nicht so weit gebracht. So weit, hierzubleiben, hierzusein, ohne wegzukommen, ohne umzukommen. Man kann sich seine Siege nicht aussuchen. Natürlich ist einiges im Abnehmen begriffen oder es scheint zumindest so. Vielleicht ist es eine Täuschung, wie gewisse Melodien, die klingen, als würden sie immer tiefer oder höher werden, obwohl sie sich nur wiederholen. Alles nimmt ab und alles bleibt sich gleich. Es muss ein Spiel sein.

Ich wünschte außerdem, das Viech würde auch mit mir ein Spiel spielen. Ich wünschte, es würde eines für mich erfinden. Oder nur ein altes nehmen. Vorher müsste es mich füttern, sodass ich mitspielen kann. Ich will von seiner Hand gefüttert werden und dann spielen. Es würde mir mit einer Serviette den Mund abwischen und ein Spiel beginnen. Ich werde so oft das Wort Spiel benutzen, bis es mit mir spielt. Wir könnten ja einen Tanz einüben. Es würde mich mit seinen Roboterarmen führen und ich würde meine muffig-verschwitzten

Schlafanzughosenbeine auslüften. Es wären die Sirrgeräusche seiner Mechanik zu hören und mein improvisierter Takt. Was für ein Höhepunkt das wäre. Und das bloß leblose Zimmerlicht wäre plötzlich ein Abendlicht, ein ortloses Nacht- und Tanzlicht. Wie sehr ich vielleicht Dinge vergessen könnte oder wie mir Dinge einfallen könnten, Leichtherziges aus meiner Schulzeit vielleicht, das wäre erbaulich und damit gesund. Ein wenig Gesundheit würde mir guttun. Ich könnte herzige Anekdoten erzählen. Oder wie sehr ich es annehmen könnte, ich meine all das, nein, das geht nicht. Als ob ich mich nicht gut eingerichtet hätte? Aber ist man jemals gut eingerichtet? Wäre es möglich, es von jemandem zu behaupten? Vorsicht. War der Filialleiter gut eingerichtet? Oder die Kernfamilie? Wenn sie ehrlich zu sich waren? Wenn sie mit einem Schweißfilm auf der Stirn zu früh am Morgen erwachten und nicht mehr einschlafen konnten? Mit auf dem Bauch gefalteten Händen? In den Stunden, in denen unsere Herzen uns in die Dunkelheit vorausgehen? Na ja.

Ich habe eine vergebliche Pause gemacht. Warum vergeblich? Wie kann eine Pause vergeblich sein. Nun, indem man sich nicht erholt, sondern aus Versehen verausgabt. Aha. Das Problem ist vielleicht, dass ich nicht weiß, wovon ich pausieren soll. Vom Hiersein? Das tue ich ja, wenn ich schreibe, oder nicht? Ich weiß es nicht. Vom Schreiben? Geht es denn ohne hier zu sein? Bin ich nicht immer hier, wenn ich nicht schreibe, und auch wenn ich schreibe? Ich müsste mich also von beidem gleichzeitig erholen können, um mich zu erholen, da ist das Problem, und das gelingt mir nicht, nicht ohne das

Viech, das mich zum Tanz fordert oder ein anderes Spiel mit mir spielt.

Da war ich wieder. Ich möchte, dass es Sterne gab. In dieser Winternacht gab es Sterne und der Schnee war so weiß wie eh und je, es fällt ihm nicht schwer, außer man beschmutzt ihn. Ich spürte, dass ich nie aufgehört hatte, Praktikant zu sein. Das wäre ja noch schöner gewesen. Ich sagte mir, dass ich jetzt entweder erfrieren oder Darz finden würde. Daran sieht man, dass ich mein Selbstbewusstsein noch nicht ganz verloren hatte. Es wäre unprofessionell gewesen. So tiefgründige Tröstungen. Wie setzte ich einen Fuß vor den anderen unter der Totensonne Mond? Ein tolles Wort, Totensonne. Denn auch der Mond war da, nicht groß, aber weiß, eine beinahe weiße Winternacht, über einem scheinbar endlosen Schneefeld, über das ich stapfte und das sich vor mir ausbreitete, als wollte es mich bezirzen mit seiner Breite, Länge, Unberührtheit und Leere.

Da stand plötzlich ein Mann vor mir. Sogar ganz nah, aber er muckste sich nicht. Immer diese Erscheinungen! Ich hätte ihm am liebsten eine reingehauen. Seine Kleidung war ganz schwarz und wo sein Gesicht hätte sein sollen, war bloß ein Schatten. Er muss wohl eine Kapuze getragen haben, wie es sich für solche Leute gehört. Er stand da und natürlich war der Schnee um ihn unberührt weiß wie Waschpulver und spurenlos, als wäre er ein Baum. Ich fragte ihn, was er damit erreichen wolle, hier zu stehen, und was er sagen wolle und dass er es besser jetzt sage, sonst würde ich jetzt sofort weitergehen und nicht warten, bis er herausgerückt sei mit der Sprache. Er nuschelte etwas. Wie bitte?, fragte ich. Er nuschelte lauter. Er sagte etwas wie, Halte ein auf deinem Weg, junger Wanderer. Er hatte einen Sprachfehler oder trug eine zu große Zahnspange. Ich fragte ihn, warum ich einhalten solle, ich mache hier ein Praktikum. Halte ein und lausche den Worten der Weisheit, sagte er. Ja bitte, sagte ich. Wir schwiegen eine Weile. Ich war geduldig und tolerant! Er wisse ja jetzt auch nicht, was er sagen solle, sagte er, er friere sich hier den Arsch ab. Ich gab ihm zu verstehen, dass das nicht mein Problem sei und dass er mich hier von meiner Mission abhalte. Er quengelte etwas von wegen, ich würde die Stimmung kaputt machen, die er für seine Inspiration brauche. Ich wusste, dass er mir gestohlen bleiben konnte und sagte, er gebe als dunkle Eminenz ein schwaches Bild ab. Er fragte mich, ob ich irgendwo seinen mystischen Wanderstab gesehen habe. Mystisch oder mythisch?, fragte ich. Er wusste es nicht. Ich wollte ihn verunsichern, und das tat ich auch. Dann beschimpfte er mich, mit seinem Sprachfehler, aber ich ging weiter und verstand nichts mehr. Er würde jemand anderen zum Einhalten auffordern können, wenn hier jemals noch jemand lang käme. Meine Verfolger vielleicht, sie wären dumm genug, sich beeindrucken zu lassen von seinem Outfit. Ich hoffte, sie würden sich jedes seiner Weisheitswörter zu Herzen nehmen und darüber nachdenken.

Es war bloß ein Wimpernschlag und ich war wieder allein. Der Schnee schien mir die Beine aus den Hüften ziehen zu wollen. Es ist ein tückisches Element. Ich wollte mich in ihn hineinlegen, um zu schlafen, aber ich wollte nicht erfrieren. Auch der heranbrechende Tag, wenn er denn kommen sollte, würde mich nicht schützen. Die nachtschwarze Gestalt war weit weg, der Himmel schien die Erde an ihren Rändern zusammenzufalten. Vielleicht schaute ich auch einfach nur zu viel nach oben. Es gab wohl einige schwarze Asthände, mit den feinen weißen Linien des grazil geschichteten Schnees darauf, vom ein oder anderen Baum. Setzte der Mond seine typische Mondmimik auf? Es gab keinen Wind, ich würde mich an das Frieren erinnern. Natürlich habe ich trotzdem gefroren. Und keine Spuren und kaum zu sehende Dinge.

Ich muss sehr lange unterwegs gewesen sein, bevor wieder etwas geschah. Ich kam aber kaum voran oder es gelang mir zu wenig, zu erkennen, inwiefern ich vorankam. Ich brach bis zu den Knien in einen Tümpel ein. Warum war das Eis so dünn? Das Eis eines Tümpels wäre nicht dünn gewesen, sämtliche Tümpel waren bis zum Boden vereist, mit den kleinen, in den klaren Blöcken erstarrten Fischchen darin, die sich denken mussten, na toll. Es muss also ein Bach gewesen sein, denn bewegtes Wasser friert nicht so leicht. Messerscharfe Überlegungen. Mit einem trockenen Knacken sackte die Eisdecke unter mir weg und ich stand bis zur Hüfte im Wasser. Wobei das Wasser zu kalt war, um sich nass anzufühlen, es war mehr, als würde ich in die Kälte selbst einbrechen. Fluchend watete ich durch den Bach, die Eisdecke zertretend, denn sie trug mich nirgends.

Ich war zu dieser Zeit auf einem kleinen Pfad, das dachte ich zumindest. Auch wenn es nur ein Pfad war, der unter meinen Sohlen entstand. Der Bach hatte ihn unterbrochen und der Bach war jetzt hinter mir. Meine Stiefel und Socken, meine Hose und sogar der untere Teil meines Hemds waren vollgesogen. In nassen Schuhen kommt niemand weit, die Haut platzt auf. Ich hockte mich auf einen zugeschneiten Baumstumpf. Es war unmöglich, nicht im Schnee zu sitzen. War ich etwa schon wieder in einem Wald? Ein Wäldchen, warum nicht. Ich zog Schuhe und Socken aus. Sie stanken bestialisch. Oder nicht und die Kälte wirkte antibakteriell. Ich denke, dass meine Lippen zitterten, während ich versuchte, die Socken auszuwringen. Und meine Hände erst. Ich steckte die Socken in den Rucksack. Doch als ich die Schuhe wieder anzog, fiel mir ein, dass meine Zehen so eventuell erfrieren würden. Zudem war meine Hose nass und ich verlor die Körperwärme wie, ich weiß nicht, es war kalt. Ich stellte mir vor, Fieber zu bekommen und zu sterben. Allerdings hielt ich das für unwahrscheinlich, vielmehr würde ich direkt erfrieren, ohne Fieber. Ich zog die Socken wieder an. Aber es war schwierig, denn meine Füße waren taub. Ich weiß nicht, warum es das schwierig machte, wahrscheinlich waren meine Hände auch taub. Ich ging schließlich weiter und erwartete, in Ohnmacht zu fallen. All die Natur. Aber der Körper macht selten direkt, was man von ihm erwartet. In mir ein Tunnel aus Stille, den ich hinabgleiten musste, ohne einen Freund. Wo ich in der Vergangenheit überall hätte bleiben können, musste ich denken. Aber dann hätte ich weitergewollt, dumm genug. Ich dachte an die Decke, die ich im Container gelassen hatte. Sie hätte mir weitergeholfen. An die Toten dachte ich nicht. Es muss Tag geworden sein, irgendwann. Stellen wir uns eine trübe Suppe von Tag vor. Kaum die Kraft aus der Dämmerung zu wachsen. Man kennt das, man muss das kennen. Ich lief durch eine Gegend mit jungen Bäumen, nicht weniger kahl, aber jung, klein und dünnästig. Kein einziges verdammtes Eichhörnchen leistete mir Gesellschaft. Sie waren vielleicht wirklich verdammt und eingegangen unter den Flüchen von Mutter Natur, die ihre unschuldigsten Kinder mit dem größten Appetit verschlingt. Da haben Sie Ihre Worte der Weisheit. Wenn ich sie nicht gehört hätte in der monumentalen Stille, hätte ich meine eigenen Schritte nicht mehr bemerkt. Mein Gesicht war mir eingefroren.

Ich folgte dem Pfad eine für immer unbestimmte Zeit und er führte mich an einer Holzhütte vorbei. Mitten zwischen den Bäumen stand eine winzige, ältliche Holzhütte. Schon wieder ein Zufall, der mein Sterben verhinderte, aber ich interessiere mich nicht für Zufälle. Man wird ihnen nicht gerecht, wenn man sich für sie interessiert.

Die Hütte war abgeschlossen. Es war aber nicht schwer, die Tür aufzubrechen. Zwei Metallbügel, einer an der Tür und einer am Türrahmen, zusammengehalten von einem kleinen Bügelschloss. Das Türrahmenholz war so morsch, der Bügel brach heraus. Ich musste nur stark genug treten. Das Bügelschloss hatte gehalten, war aber sinnlos.

Von innen wirkte die Hütte noch kleiner. Sie war vollgestellt mit Möbeln und Zeug. Es gab eine kleine Kommode, einen Schrank, ein Sofa, das gräulich aussah, und einen schwarzen eisernen Holzofen. Immerhin gab es Feuerholz, Zeitungen und ein Feuerzeug. Es dauerte trotzdem lang, bis es brannte. Ich verbrannte mir zudem meinen Daumen, ich meine beide Daumen, indem ich das Feuerzeug schlecht bediente. Schnell war die Hütte voller Rauch. Es gab einen Hebel, den ich betätigen musste, dann zog der Rauch ab. Man hätte ja ein Schild anbringen können. Mir wurde ganz komisch vom Rauch, noch komischer, und ich kauerte mich auf das Sofa. Es war, als würde ich auf einem toten Hund liegen. Ein beißender Kötergestank strömte aus den Polstern und sie waren voller Haare. Würde der Rauch desinfizierend wirken? Ich stellte meine Schuhe vor den Ofen, hing meine Hose darüber, und meine Unterhose. Halten wir uns nicht mit Beschreibungen auf. Der Ofen wärmte. Es gab sogar eine Wolldecke auf dem Sofa, nicht weniger hündisch. Meine Lunge klang bald wie ein Blasebalg, wegen meiner Allergie. Aber ich fror nicht mehr.

Ich stopfte Zeitungspapier in meine Schuhe, damit es die Feuchtigkeit aufsauge.

Ich schlief und heizte den Ofen, immer abwechselnd. Zwischendurch ging ich mit nacktem Arsch raus, um Schnee zu essen. Die kahlen Bäumchen um mich schienen mich anzusehen. Zum Glück gab es sogar ein paar Konserven in der Hütte. Genau genommen zwei. Eine Dose Thunfisch und eine Dose Mais. Wenn das keinen tollen Thunfischsalat ergibt. Ohne Dressing.

Mir fiel es nicht ein, lang zu bleiben. Und doch blieb ich lang. Einige Tage vielleicht. Mir fiel es eben schwer, zu gehen. Die Atemprobleme waren nicht das Schlimmste, auch nicht der Hunger. Die Schuhe wurden einfach nicht trocken. Und im Schlaf hoben gestaltlose Träume an, schmerzhaft und voller Angst. Ich dachte an Beyond und dass ich es nicht gefragt hatte, von wo es hergekommen war und wovon es nachts geträumt hatte. Und was es auf seiner Reise alles erlebt hatte und was es sich erhoffte. Ich bat es um Verzeihung in Gedanken.

In der Kommode fand ich ein mir unverständliches Brettspiel. Ich betrachtete das Spielfeld. Dann zerriss ich die Pappe und steckte sie in den Ofen. Ich war wie gesagt nackt, denn in der Hütte war es furchtbar heiß, da ich immer weiter heizte. Das Feuerholz ging entsprechend zur Neige. Zählte es schon als Saunieren? Einmal schob ich ein paar Mal meine Vorhaut vor und zurück. Aber der Hunger ist der Feind des Eros, das können Sie mir glauben.

Außerdem fand ich Fotos in der Kommode. Einige zeigten eine grüne Landschaft, vielleicht im Sommer. Ich begann zu lachen, musste aber gleich wieder aufhören, wegen des Asthmas. Andere Fotos zeigten verschiedene Personen. Nach den Gesten der Zuneigung und ihrer physischen Ähnlichkeit zu urteilen, schien es sich um eine Familie zu handeln. Auf einem Foto war sogar die Hütte! Sie musste ihnen gehören. Es waren fünf Personen, wenn ich mich nicht verzählte, alle blond. Oder ein paar blond und ein paar braun. Oder alle braun. Was spielt es für eine Rolle, sie waren bei den verschiedensten Familiendingen zu sehen, ich meine -tätigkeiten. Auf einer Wanderung, beim Essen, in einem Auto, Kinder an ihrem Schreibtisch, über ein Heft gebeugt, bei verschiedenen Spielen, vor dem Fernseher, beim Klavierspielen, schlafend. Im Urlaub auf einer Burgmauer, vor dem Meer, beim Fahrradfahren, an einem Aussichtspunkt. Ich legte die Fotos weg, legte mich hin und stand lange nicht mehr auf.

Als ich aufwachte, war die Hütte kalt. Der Rauchgeruch hatte sich fast verzogen, der Hundegeruch war dafür umso stärker. Meine Augen waren kleine geschwollene Eier, entzündet und tränend. Ich atmete vorsichtig und hörte es rasseln. Ich erinnere mich, wie meine Hände auf meinem Gesicht lagen. Der Vater hatte fast immer hinter der Kamera gestanden. Ich konnte ihn nicht sehen. Und das Tränensekret lief an den Fingern entlang. Ich fühlte mich schon fast völlig hohl.

Es ist klar, dass an dieser letzten Episode etwas nicht stimmt. Sie klingt komisch. Ich werde mich aber nicht damit aufhalten. Sie wird für immer komisch klingen. Ich werde mich darin irgendwie zusammengerissen haben, oder nicht, wie ich es immer getan habe, fast immer, um gut zu sein oder vor mir selbst so zu wirken oder eher, um weiterzumachen, um weitermachen zu können, mit dem, was ich machte, was ich dachte, machen zu müssen. Und gut habe ich daran getan, so ist es. Bleiben Sie mir vom Leib mit Ihren eigenen Überlegungen.

Natürlich habe ich immer noch Stimmungsschwankungen, aber sind sie nicht weniger geworden? Ich frage mich auch, ob es mich beunruhigen sollte, wenn es denn der Fall wäre, dass meine Stimmungen schwächer schwanken, ist es nicht ein Zeichen von Betäubung, weniger zu fühlen? Ich habe mich zurecht nie für robust gehalten, sollte ich es etwa jetzt noch werden? Aber hören wir auf, uns mit meinen Befürchtungen aufzuhalten und sprechen wir stattdessen von meinen Ängsten. Vielleicht gefällt dem Viech nicht, was ich geschrieben habe. Im Moment scheint mir das sogar wahrscheinlich. Ist es beleidigt, weil ich immer noch nicht mein Praktikum absolviert habe? Vielleicht fiebert es dem Abschluss die ganze Zeit entgegen. Aber der Fall Darz ist auf keinen Fall ein einfacher Fall. Was es bitte mitbedenken sollte. Nicht umsonst hat der Filialleiter mich damit beauftragt. Ich hoffe, es rechnet mir auch die Arbeitsbedingungen an. Oder es empört sich über Beyonds Schicksal, wie es nur menschlich ist, wie es nur vernünftig ist.

Und das Licht, es ist noch immer quellenlos. Als wäre ich in einer fluoreszierenden Qualle gefangen, die leider unsterblich ist. Ich spreche mal wieder vom Licht, ich werde nie genug davon gesprochen haben, weil ich die Vorhänge zugezogen habe. Da erkennt man besser, wie schwer sie zu erkennen sind, die inneren Verhältnisse. Und die Lage! Man denkt: Ein Horizont, wie erfrischend!, und stattdessen wird die Seele von seinem Schnitt an ihrem Grund aufgestört, im Schlaf, und wenn ich vor mich hindämmere, wie ich es zu tun gezwungen werde, beginnt sie mit ihren zuckenden Ausschlägen, wie eine Moräne, die durch das höhlenlose Meer irrt. Es ist nämlich die Zeit und ihre Breite, die es mir nicht anders möglich zu machen scheint. Sie sollten mal in meiner Lage sein. Wenn Sie sich versetzen könnten in mich, nicht wahr, wenn Sie nur sagen könnten, Ja, das ist es, das muss das Leben sein. Wenn Sie so etwas empfinden könnten. Sie wünschen es sich, heimlich, und ich Ihnen erst, aber warum sollten Sie, ich an Ihrer Stelle, ach lassen wir das.

Es herrscht also wieder das farblose, schummrige Licht, beinahe wie zu Beginn, aber mit wie viel weniger Formen oder Gestalten, die sich bilden oder verwandeln. Nicht dass ich vorher so scharf darauf gewesen wäre, aber sie haben mir immerhin die Zwischenzeiten verleidet. Viel eher, könnte man sagen, ein unentfliehbarer Innenraum. Nicht dass die Ebene mir nicht offenstünde, auch wenn offen ein zu starkes Wort ist, oder ein zu schwaches.

Besser, ich wende meine Aufmerksamkeit jetzt etwas anderem zu. Ich möchte mich noch einmal anstrengen, um dem Viech zu zeigen, dass ich nicht gleichgültig bleibe. Noch einmal? Ich weiß, dass ich nicht mehr so leidenschaftlich bin wie damals, aber ist nicht dafür auch das Vertrauen gewachsen? Es wird mich nicht viel länger hungern lassen, ich bin zuversichtlich. Wenn man sich die eleganten Probleme nicht mehr leisten kann, halleluja. Oder wenn es mir bloß eine Kerze brächte. Ich würde mich von oben bis unten abrubbeln und abbrausen lassen, mit eiskaltem Wasser, jede schmutzige Spalte würde sauber geschrubbt. Aus Dankbarkeit. Ich hoffe, die Hygiene gehört immer noch zu seinen Bedürfnissen. Immerhin bereitet es mein Essen zu. Allerdings habe ich kaum Falten, meine Haut ähnelt eher straff aufgezogenem milchig-weißem Leder. Und dann würden wir beim Licht der Kerze beisammen sein. In unserer jeweiligen vornehmen Blässe, häutig und metallisch, und das Organische und Synthetische werfen sich schüchterne Blicke zu. Eine vornehme Spannung läge in der Luft. Es würde mir ein kleines Geständnis ablegen, mithilfe unseres Hilfsalphabets, das bis jetzt noch nicht zur Anwendung kommen konnte, und ich würde ihm verzeihen und wir würden uns einen Moment zu lang in den Armen liegen. Es würde mir ankündigen, dass es nur noch Weißbrot mit Zucker zu essen gäbe, und da ich in Nullkommanichts diabetisch würde, käme es immer wieder hereingesurrt, mit einer kleinen Spritze zur rechten Zeit. Wie gemütlich das wäre. Und wenn ich nicht schlafen könnte, würde es mir Schlaftabletten bringen. All die Medikamente, vielleicht hat es sie selbst hergestellt? In seinem kleinen Privatlabor. Da geht eine Dosis natürlich mal daneben und ich würde einen Schock erleiden. Vielleicht habe ich weniger Angst vor Schmerzen als früher, oder die echte Angst kommt erst dann, wenn der Schmerz schon begonnen hat. Habe ich etwa keine Schmerzen gerade? So weit würde ich nicht gehen. Aber was schmerzt denn bitte, nun, immer mal wieder alles, je nach aktuellem Stand des beschleunigten Verfalls, wie es das Herumliegen nun mal ist. Flucht in der Zeit, bei ewiger Rast? Nicht doch. Ich muss nicht übertreiben. Im Bett halte ich mich jedoch gerne für tapfer. Wenn es jetzt neben mir auftauchte, vielleicht würde ich mich hinausrollen, über die Bettkante, und mich auf es stürzen, mit meinem Fliegenkörper. Es kann sich nicht entziehen, wenn ich auf ihm liege. Zwar bin ich leicht, aber auch das Viech ist ein Federgewicht und in unserem Kampf der Liebe ist der Sieger mehr als ungewiss.

Es ist Zeit vergangen. Sie wird zum Glück nicht wiederkehren. Ein halber oder drei Tage. Eine Zeit, wie ich sie seit dem Beginn meiner Geschichte nicht erlebt habe. In der meisten davon wusste ich nicht, was zu tun sei. Meine Sicht ist auch schlechter geworden, zur echten Unzeit, ich konnte also nicht mehr genau erkennen, was es ist, selbst bei geöffneten Vorhängen. Jetzt sehe ich wieder klar.

Ich habe es ins Laken gewickelt. Dass es so schmutzig ist, dafür schäme ich mich. Aber es gibt kein anderes, ich habe kein anderes. Langsam. Ich habe geschlafen und geträumt, ich bekäme Besuch. Das ist natürlich absurd. Es klingelt an der Tür und ein Besucher steht da, der behauptet, von der anderen Seite zu kommen, der aktuell dunklen, und jetzt bei mir einzuziehen. Und er hat mich nicht mal gefragt, er stellte es einfach fest. Wie unhöflich! Natürlich bin ich es selbst, nur in abstoßend, noch abstoßender, und ich schließe mir entschlossen die Tür vor der Nase, aber der Doppelgänger ist schon drin und macht eine spitze Bemerkung über meine Unfähigkeit. Etwas, das ich in meinen schlimmsten Stunden gesagt haben könnte. Wir beleidigen uns und ich versuche ihn anzugreifen, aber es endet alles in einem Desaster, das heißt, ich stehe bald selbst vor der Tür, im Anzug, den er mir irgendwie angezogen hat, mit kaum Sauerstoff darin, und ich weiß, dass ich gleich ersticke.

Wie ruhig ich das erzähle. Es ist meine letzte Contenance. Das Viech stand vor dem Bett, als ich aus dem Traum erwachte. Noch nie habe ich mich so über das Viech gefreut. Ich glaube, mir entfuhr ein gedämpfter Freudenschrei. Warum gedämpft? Kein Grund, so ist es eben. Es zuckte nicht mit der Wimper. Es hat keine Wimpern, aber ich weiß, was ich meine. Ich unterhielt mich eine Weile mit ihm über unsere gemeinsame Geschichte, unsere geteilten Erinnerungen, unsere gegenwärtige Beziehung und unsere mögliche Zukunft. Ich sparte nicht mit Lob, anerkennenden und sogar liebevollen Worten. Es rührte sich nicht. Ich sagte ihm, ich wolle eine Brause. Keine Reaktion. Ich fasste es an. Das Metall war kalt. Das Metall ist natürlich immer kalt. Aber es würde irgendwann etwas tun, das wusste ich. Aber es tat nichts. Ich dachte, es wäre erstarrt, vielleicht in einer Schockstarre. Irgendein Schock in seinem Innern, der Erkenntnis vielleicht, oder ein Trauma. Ich hielt es für möglich, dass ich mir schlafend einen Affront geleistet hatte. Ich entschuldigte mich. Ich bot an, mit ihm einen Ausflug zu machen, um den Meteoritenkrater zu besuchen, oder ein anderes Gesteinsphänomen. Ich sagte sogar, wir wären vielleicht zu viel zu Hause und sollten mehr unter die Leute kommen. Es kam nicht aus seiner Reserve.

Nach einer quälend langen Zeit, in der ich die unglaublichsten Monologe hielt, voller Blumen und langen Wörtern, bemerkte ich, wenn ich das Viech an der

»Schulter« fasste, dass ich es auf seinen Rollen hin- und herschieben konnte. Wie einen Rollkoffer. Du bist kein Rollkoffer, Viech, du bist kein Rollkoffer, sagte ich immer wieder und schob es im Zimmer herum. Ich glaubte daran, die Bewegung löse irgendwann einen Alarm aus oder wecke irgendeinen Sensor und es fahre gleich seine Klatsche aus, um mich zu klatschen und zu bestrafen. Es würde mich ins Bett stecken, die Decke festtackern, mir einen Schlauch in den Magen legen und sich endlich seiner wirklichen Selbstverwirklichung widmen. Es wäre ein Befreiungsschlag seiner Persönlichkeit. Ich würde in meinen Exkrementen liegen und ihm zujubeln. Gut, ich bin nicht sicher, ob ich daran glaubte, es war vielleicht nur die Panik. Es war wie im Nebel im Kreis zu laufen, in einem Augennebel, im eigenen Zimmer. Wenn ich es meines nennen darf. Jetzt ist das Licht so ekelhaft wie immer.

Wenn ich mich nicht täusche, und ich hoffe sehr mich zu täuschen, versuchte ich dem Viech sogar einen Namen zu geben, oder einen anderen Namen, denn auch Viech ist ein Name. Ich nannte es Lulu. Und Schubert. Und Entlein. Ich entschuldigte mich jedes Mal und nannte es wieder Viech. Ein guter Name muss kleben bleiben. Ich nannte es das goldene Viech, damit es nicht denke, ich wolle es herabsetzen. Es sei ein Autonomieviech, sagte ich, mein Schicksalsviech. Wie sehr sich mein Zustand doch gebessert hat seitdem, es ist offensichtlich, trotz meiner katastrophalen Lage. Ich glaube, dass dieses Trauerspiel nur durch meine Erschöpfung zu Ende ging. Wie im echten Leben also. Im Nebenraum habe ich etwas zu trinken gefunden, das mich weniger entkräftet sein ließ. Dabei musste ich feststellen, dass das

Viech unordentlich ist, denn sobald ich ein Fach öffnete, war es unordentlich darin. Wenn man hereinkommt, sieht alles astrein aus. Außen hui, innen pfui. Es war deshalb nur eine Flasche, die ich fand, zufällig zwischen anderem Kram, den ich nicht verstehe, die anderen Flaschen müssen woanders sein. Ich hatte mir immer vorgestellt, es herrsche peinliche Ordnung in seinem Haushalt, grundlos.

Nachdem ich getrunken hatte, hievte ich das ungerührte Viech aufs Bett. Allerdings ist es gar nicht schwer, deshalb gab es nichts zu hieven. Egal. Ich hob schwer an der Bedeutung. Da lag das Viech dann, im Schmuddelbettzeug, und ich stand davor. Eine Rolle drehte sich noch leicht. Die fasste mir ans Herz. Aber sprechen wir bitte nicht mehr von meinem Herzen. Ich versuchte in den Spalt zu blicken, konnte aber nichts erkennen. Ich schaute trotzdem weg, durchs Fenster, denn so stand ich vor dem Bett, dass ich auch durchs Fenster sehen konnte. Die Ebene und die sternerne Himmelsglocke wirkten erschüttert in ihrer Unerschütterlichkeit. Es muss meinen Augen entflossen sein. Leblose Strukturen sind leicht zu verwandeln, bloß ein Augenblick.

Warum soll ich den Rest beschreiben? Richtig, weil es sonst nichts gibt.

Die weitere Zeit ist nicht bemessen, wie üblich, wie die vorige. Vielleicht war es ein Tag. Ich kam in eine Art Raserei, die in der Überzeugung bestand, ich müsse das Viech reparieren. Ich verstieg mich sogar zu der Annahme, das sei mein eigentlicher Daseinsgrund. Dass das Viech nicht etwa eine Funktion meines Daseins sei, sondern ich eine Funktion seines Daseins. Jedenfalls war ich davon überzeugt, dass ich nicht aufgeben dürfe und alles versuchen müsse. Ich brauchte dann wiederum eine Weile, um wieder »Hand« an das Viech zu legen. Ein Ausdruck, bei dem es mich schüttelt. Ich wendete es vorsichtig hin und her. Ich hoffte, einen Öffnungsknopf oder Ähnliches zu finden und im Inneren eine Sicherung, die herausgesprungen war und die ich nur wieder reinmachen müsste und das Viech wäre wie neu. Natürlich weiser, reifer und mit tragischer Patina auf der Seele, nach seiner Rückkehr von den technischen Toten. Solches Zeug habe ich anscheinend gedacht. So respektvoll es ging, fummelte ich also am Viech herum. Hin und wieder entschuldigte ich mich. Denn vielleicht war es ja wach und bekam alles mit und ich war dabei, es zu traumatisieren, noch mehr zu traumatisieren. Irgendwann fand ich einen winzigen Haken, der in einer Metallschlaufe steckte. Wie bei einer Schatulle. Oder einem Schatzkästlein. Es war, glaube ich, am oberen Rücken. Ich zog den Haken heraus und die Hülle fiel ab. Es war eine kleine Äffin. Eine Schimpansin, glaube ich. Mit verkümmertem Fell. Halb nackt. Ich löste alle Technik vom Körper und versuchte den Puls zu finden. Die Äffin war tot. Also habe ich sie ins Bettzeug gewickelt, mir den Anzug angezogen und bin mit dem kleinen Bündel im Arm hinaus in die Ebene. Ich wollte zum Krater, um die Äffin im Krater zu begraben. Aber ich hatte Angst, nicht hinzufinden, und besonders nicht zurück. Wie gefasst ich vielleicht war, aber ich weiß nichts mehr davon. All die Zeit, das Viech und ich. Ich wollte ihr einen Krater suchen, der schön wäre, aber sie schienen mir alle gleich. Welchen hätte die Äffin schön gefunden. Ich hatte keine Blumen. Ich wollte sie nicht einfach verscharren, aber ich konnte sie nicht in der Station verwesen lassen. Ich legte sie also in einen kleinen Krater und suchte eine ganze Weile Steine zusammen, um ihr daraus ein Steingrab zu bauen. Ich würde mir schmeicheln, wenn ich behauptete, es wäre mir gelungen. Es gab nicht genug Steine, da, wo ich war. Und ich wollte nicht länger draußen sein. Ich fragte mich nämlich schon, während ich alle Pietät zusammennahm, ob ich überhaupt reinkäme, ohne das Viech, das mir geöffnet hätte. Irgendwann stand ich da und musste wohl so tun, als sähe mich jemand. Vor dem Krater, mit dem kleinen Bündel darin, halb unter Steinen und etwas Staub begraben. Und der dichte Sternenhimmel wie erstarrter Regen. Kein Geräusch außer meinem Atem. Ich versuchte dem Viech noch irgendetwas zu sagen. Aber ich konnte mich nicht konzentrieren. Draußen ist es so schwer, sich zu konzentrieren. Ich hatte Angst, nach oben abgetrieben zu werden, hinausgetrieben, als wäre es ein Meer.

Aber ich kam hinein, offensichtlich, es scheint einen Bewegungssensor zu geben. Wie furchtlos ich hinausgegangen war. Und jetzt bin ich allein. Stellt sich die Frage, wer sich in der schlimmeren Verbannung befunden hat? Wer hat das Viech in diesen Anzug gesteckt? Oder dressiert, wenn es dressiert werden musste, vielleicht hat es sich selbst dressiert, aus Mitleid mit einem Mitwesen. Und jetzt kann ich das Viech nicht mehr beeindrucken. Und mich nicht mehr entschuldigen. Zwar habe ich mich schon einmal beim Viech entschuldigt, aber nicht genug, nicht genug. Und mich nicht mehr bedanken. Nur, indem ich weiterschreibe? Ach was. Wahrscheinlich hat es ihm nie etwas bedeutet.

Ich brach von der Hütte auf, als die Schuhe trocken waren. Oder ich brach auf, als ich dachte, das Asthma würde mich jeden Moment umbringen. Auch das ein guter Grund. Ich war nicht bereit zu sterben, bin es noch nie gewesen, noch weniger so kurz vor dem Ziel, da ich mein Ziel nahe wähnte, ohne Grund, ich hätte mich geweigert, wenn man mich gefragt hätte, und ich war ebenfalls nicht bereit, mich meinem Ziel nicht nahe zu wähnen, ich wusste zu wähnen, scheint mir. Vielleicht hätte ich bereit sein sollen, vielleicht ergibt sich daraus ein Vorteil, aber es war mir nicht möglich, nein.

Oder beides. Ich meine die Schuhe und das Asthma zusammen. Plus dem Hunger. Viele gute Anlässe, um aufzubrechen, schlucken Sie sie, solange sie noch warm sind. Und auch Darz hatte ich nicht vergessen. Ganz im Gegenteil, ich sprach von meinem nahe gewähnten Ziel. Halt, mein Ziel war meine Karriere, glaube ich, mein sogenannter Berufsweg, es ist natürlich nicht dasselbe. Wie auch immer, die Ziele erschienen mir, sehr verschiedene, die verschmolzen und verschwanden wie blasse Sonnen am Himmel, kurioserweise mehrere. Sie müssen also untergegangen sein, bis auf die eine, die auch irgendwann unterging, nicht ohne ihr Nachbild in meinem Geist zu hinterlassen. Doch wie ein Kopfschmerz zog mir nur Darz vom Nacken in den Hinterkopf und sogar manchmal über die Seiten bis in die Stirn, so konnte ich ihn unterscheiden, vom Rest des Gestaltlosen. Seine penetrante Präsenz, mein Praktikum, ich hatte mich an irgendeinem Punkt mit Notwendigkeit, mit einer vielleicht geheimnisvollen, auf diesem Fluss eingeschifft, dem strömenden, zitternden, vibrierenden Horizont zu, flackernd in der Zeit, jeder Windung, jeder Biegung folgend, soweit es nötig war und ich es ertragen konnte, und ich konnte es ertragen, jawohl, wie Sie sehen, wenn Sie hinsehen. Ich dachte nicht an Applaus, ohne eitel klingen zu wollen. Die Ufer sagten mir noch immer, Auf! Los! Es geht weiter! Die Reise ist noch nicht zu Ende! Und mein geschundener Körper, denn das war er, keine falsche Tapferkeit bitte, hallte wider von den animalischen Schreien meiner Physis, im stillen Geiste. Oder so ähnlich. Und doch gehorchte er mir. Schreien und gehorchen. Schließlich ging es um meine Zukunft, um was hätte es auch sonst gehen sollen. Es konnte schwerlich um etwas anderes gehen. Es ging mir miserabel, das kann man sagen. Ich wusste nicht, ob es tagte oder Nacht wurde, oder ob es weder das eine noch das andere war. Ich folgte dem Pfad, durch den ich die Hütte gefunden hatte, und er führte aus dem jungen Wäldchen hinaus, nicht ohne mich zu erschöpfen, und auf ein offenes Feld, denn diese Version der Landschaft häufte sich zu dieser Zeit. Sie kam mir immer öfter unter die Füße. Es ist wenig ermutigend. Das Gefühl des Vorankommens fehlt, wenn zu den Seiten nichts ist. Weder Bäume noch Häuser konnten sich abwechseln und an den Seiten vorbeiziehen, wenn auch langsam, da es sie nicht gab, oder ich sie nicht sah. Besonders durch den Schnee wirkten die Flächen, als hätte sie jemand weiß gelassen, weil er nicht gewusst hat, was er damit anfangen soll.

Aber, immerhin, tauchte irgendwann ein Zaun aus schwarzem Gusseisen vor mir auf. Unter dem fetten Schnee sah das so richtig romantisch aus. Und erst schien er da bloß verlassen zu stehen, der alte, schnörkelige Zaun, aber als ich durch das Tor und weiter durch den Schnee ging, bemerkte ich, dass ich auf einem

Totenacker war. Grabsteine und Kreuze sind in dieser Hinsicht ein todsicherer Hinweis. Es war vielleicht nur ein Friedhof, aber die Leere drumherum, und die Weite, denn er streckte sich weit, schien ihn mir zu einem Totenacker zu machen. Und die Vorstellung des Totenackers war eine, die mir Trost zusprach, und wenn keinen Trost, so doch Genugtuung, und wenn keine Genugtuung, so doch ein Schulterzucken, und wenn kein Schulterzucken, so doch eine Verzweiflung, und wenn keine Verzweiflung, aber lassen wir das. Ich mochte die Vorstellung, und mehr kann man nicht verlangen, dass Gott alle unterpflüge, um den Boden gut zu düngen und die nächste Riege aus der feuchten fruchtbaren Totenerde sprießen zu lassen, Saison für Saison, und immer so weiter, und dass Gott bloß ein Bauer sei, der die schwindenden und fallenden Menschen mit Freude züchtet, um sie auf dem Wochenmarkt zu verkaufen, und wahrscheinlich auch noch Subventionen bekommt. Aber Gott ist eine Ente, und damals ganz besonders, in der Lage, in der ich war und in der die Lage war, auch sie muss in einer Lage gewesen sein.

Und der Mond, um ein allervorletztes Mal von ihm zu sprechen, tatsächlich war sogar der Mond am Himmel gleichgültiger und weißer denn je, ich hatte es ihm nicht zugetraut, mit einem Lichthof wie ein Rüschenkragen. Er hatte ein richtiges Kortisongesicht, denn die Erdanziehung musste eine Entzündung in seinem Körper verursacht haben, so erklärte ich es mir. Ein frappanter Mond, sagte ich mir, und das Wort frappant verschaffte mir eine ganz kurze Erleichterung. Und die Kreuze und Grabsteine standen krumm und schief, wie es sich gehört. Immerhin gab es keinen Wind, alles war still und ruhig und bitterkalt. Und während ich zwischen den verschneiten Zeichen herumging, musste ich einen Moment an meine Großmutter denken. Das tat weh. Ich wusste nicht, ob ich alles und auch mein Bestes gegeben hatte. Ich musste mich fragen, ob schon damals alles so viel nichts und mein Bestes schon damals so wenig gut gewesen, denn dass es jetzt weniger und kontinuierlich weniger geworden war, beziehungsweise schlechter und kontinuierlich schlechter wurde, dessen war ich beinahe sicher. Mein Bestes bestand zu dieser Zeit darin zu gehen. Es war mehr, als meinem Gefühl entsprach! Vielleicht sogar mehr als meinen Möglichkeiten? Nein, ich kann nichts Übermenschliches getan haben. Und auch an Beyond musste ich denken. Aber der Schmerz war zu frisch und scharf, er ließ sich also nicht zulassen und fand nicht statt. Auch gut. Die Gräber hatten tolle Einsichten parat: »Was ihr seid, sind wir gewesen / Was wir sind, werdet ihr sein«, auf dem Stein eines toten Spielverderber-Ehepaars. Das Gegenteil wäre überraschender gewesen. Und da spricht man immer von der Heiligkeit des Todes.

Aber ich unterstelle mir so viele Gefühle, hatte ich nicht nur noch eine ganz kleine Auswahl parat? Aber niemand weiß, ob man wirklich die Empfindsamkeit einbüßen muss, wenn man am Ende ist. Ich auch nicht, wobei man sich manchmal auf Dinge berufen muss, von denen man keine Ahnung hat, das macht den Abgrund aus. Es spielt natürlich keine Rolle.

Ich legte mich auf eine große Grabplatte, die von oben bis unten vollgeschrieben war, aber ich wischte den Schnee nicht genug weg, um es lesen zu können. Wenn sie eine weitere unschätzbare Einsicht jahrelang für mich bereitgehalten hatte, habe ich ohne sie auskommen müssen. Als ich so dalag, begann die Kälte mir die Sinne zu verdunkeln, und ich dachte noch, ich würde warten, dass es tage, aber das war natürlich naiv. Es tagte nicht. Ich konnte also auch nicht darauf warten. Oder bloß vergeblich, und das konnte mir gestohlen bleiben. Das muss meine Überlegung gewesen sein. Außerdem stellte sich die Grabplatte als kälter heraus als der Schnee selbst. Ich legte mich also in den Schnee, neben die Grabplatte. Sofort bekam ich Angst, einzuschlafen und im Schlaf zu erfrieren, denn vergleichsweise lag ich jetzt sehr bequem, wirklich sehr bequem. Und ich merkte erst da, wie müde ich war. Das sagt man so, aber es stimmt nicht. Ich war immer müde und merkte es immer, genauso mit dem Hunger. Man merkt beinahe immer alles und es ist beinahe immer schlecht. Nur eben monoton. Also ging ich weiter, das muss ich mir lassen, durch meine Schmerzenswolke.

Und der Totenacker war bald hinter mir und vor mir lag wieder ganz viel gar nichts. Flog mir der Wind ins Gesicht? Nein, kein Wind. Der Himmel, wenn man so will, ein nächtlicher Tuschkasten mit seinen nächtlichsten Farben, wild vor sich hin tuschend. Und ich dachte Dinge wie: Gleich frieren mir die Lider zu, jawohl, dann ist Ruhe im Karton.

Irgendwann entdeckte ich Spuren im Schnee. Ich blieb stehen und betrachtete sie. Spuren, ich hatte nicht damit gerechnet, so viel spurenlosen Schnee ich gesehen hatte, für so lange Zeit. Es waren kleine Spuren. Ich folgte ihnen und merkte, ebenfalls irgendwann, dass unter mir eine Straße verlief. Unter dem Schnee war Asphalt. Ich folgte also der Straße und dachte, ohne jedes Selbstmitleid, dass es die Straße sei, auf der ich sterben würde. Es war eine Überzeugung, die sich mir klar eröffnete. Ich stellte mir mich selbst als Schneeleiche vor. Ein kleines erfrorenes Bündel, der vergessene Praktikant. Und sollte es wieder einen Frühling geben, würde ich das Essen der Frühlingstiere sein. Und es ärgerte mich, dass niemand da war, um um mich zu trauern, und auch niemand, um meinen Körper nach Hause zu bringen. Wobei ich mit zu Hause wahrscheinlich den Wald meinte. Anders kann ich es mir auch nicht erklären. Es würde mich auch nicht wundern, wenn ich einige Meter auf allen vieren zurücklegte, was so lange angenehmer war, bis jedes Gefühl aus meinen handschuhlosen Händen gewichen war. Dann musste ich wieder auf die Beine. Meine Hände scheinen mir wichtiger gewesen zu sein als meine Füße, und wenn man meine jetzige Situation bedenkt, tat ich gut daran, ihnen den Vorzug zu geben. Ich habe schöne Hände, glaube ich, oder hatte sie mal, bei vielen Körperteilen habe ich meine Zweifel, aber meine Hände sind schön, so ist es.

Und ohne wissen zu können oder wissen zu wollen, wie weit ich kam, auf dieser Straße, wie weit sie sich hinzog und wie schwach oder wie reichlich die Dunkelheit eigentlich war, die alles durchsickerte, begann ich tief in der Ferne schwache Lichter wahrzunehmen, und zwar dort, wo die sogenannten Gestirne nichts zu suchen haben. Es hätte mich aufgemuntert und an jene Anfänge zurückgebracht, als ich wegen ein bisschen Regen unter einem Baum kampierte, ganz vornehm, und erst bei Einbruch der Nacht das aufgeweichte Feld durchwatete, wenn ich dessen fähig gewesen wäre, ich meine, aufgemuntert und zurückgebracht zu werden. Die goldenen Zeiten. Was für Unschuld. Und ich kann nicht sagen, dass die Lichter bald größer wurden. Aber sie wurden größer, mit der Zeit, auch wenn sie schwach waren, schwach und von warmer Farbe, besonders im Vergleich zum kreidebleichen und aufgeschwemmten Mond, von dem jetzt wirklich das allerallervorletzte Mal die Rede gewesen sein wird.

Und etwas großes Dunkles lag über den Lichtern und ich weiß noch, dass ich mir Sorgen machte, im Kreis gelaufen und wieder beim Berg angekommen zu sein. Doch die Farbe der Lichter war eine ganz andere. Das Große war bald als Bauwerk zu erkennen, als Ruine, die sich als Ruine einer gotischen Kathedrale herausstellte. Zu ihr führte also die Straße. Eine verfallene Kathedrale, in einer endlosen Winternacht, mitten im Nichts, was sagt man dazu. Ich sagte gar nichts dazu, keinen Pieps. Das Wichtige war das Licht und die Möglichkeit von Wärme und Essen. Natürlich stellte sich die Frage, wer da hauste, aber nicht damals, als sie relevant gewesen wäre, sondern nur jetzt, da ich mir ganz andere Fragen stellen sollte, die sich mir wiederum, wenn ich Glück habe, zu einem späteren Zeitpunkt stellen werden, wenn sie wiederum nicht mehr relevant sind, oder gar nicht mehr, wenn ich noch mehr Glück habe.

Ich kam beim Hauptportal an, denn dahin führte die Straße. Beziehungsweise bei der Ruine des Hauptportals. Sie können von jetzt an immer »die Ruine des« oder »die Ruine der« vor alles setzen, wenn sie wollen. Das trifft auch auf mich zu und noch mehr auf alles Abstrakte. Nur vergessen Sie dann nicht, die Sache in den Genitiv zu setzen, sonst klingt es falsch.

Um das Tor herum waren Figuren zwischen den Säulen und Ringen angeordnet, steinerne natürlich, teils verstümmelt und teils in ihrem ursprünglichen Schrecken. Als ich eintrat, zog sich das lange Hauptschiff vor mir in die Dunkelheit, darin brannten vielleicht sechs schwache Feuer. Um jedes kauerten Gestalten, ihre Schatten bevölkerten die Wände. Die hohen Fenster waren hohl bis auf ein paar bunte Scherben an den Rändern. Und das Dach war zur Hälfte eingestürzt. Der Boden war mit Schutt, Putz und Müll bedeckt. Unter meinen Stiefeln knirschte es, während ich mich langsam durch den Mittelgang schleppte. In den Ecken lagen Haufen schmutzigen Schnees. Nur um die Feuer waren schneefreie Ringe.

Alle hatten sich zu mir umgedreht. Es waren alles Kinder. Ich war auf einem Kindergeburtstag gelandet. Oder in einem Kindergarten, dem Kathedralenkindergarten, wenn auch einem improvisierten. Sie waren zwischen vier und dreizehn Jahre alt, schätzte ich später. Auf einem Stein, etwas abseits von den anderen, saß ein vielleicht zehnjähriges Mädchen. Es trug eine schwarze Plastikschürze und sein Gesicht war grau vor Schmutz, nur um die Augen leuchteten helle Hautringe. Es kratzte konzentriert mit einem Nagel auf einem lackierten Metallstück herum. Zwischendurch sah es mich böse an. Ich wollte ihm trotzdem den Kopf streicheln. Es hätte mich ruhig beißen können. Um mich an seiner Unschuld aufzuladen? Nein, aber etwas stimmte nicht. Ich meine, zusätzlich zu allem anderen, das nicht stimmte, was immerhin viel war. Es hätte mich sozusagen schon überrascht, wenn etwas gestimmt hätte. Die Kinder waren alle still. Ich vermute, dass ich dann vor einem der Feuer zusammenbrach. Übrigens stank es mit beißender Intensität nach fauligem Müll und Exkrementen. Das nahm ich noch wahr.

Ich erwachte, als mir gegen das Bein getreten wurde. Es tat aber kaum weh. Um mich hatte sich eine Traube Kinder versammelt, Jungen und Mädchen, die mich anschauten. Sie waren alle dünn und dreckig. Ein anderes Mädchen, vielleicht zwölf Jahre alt, fragte mich, wer ich sei. Ich nannte ihnen meinen Namen, einfach so. Ich fragte sie zurück, aber sie wussten ihre Namen nicht. Ich sagte, dass sie doch Namen haben müssten. Sie schwiegen. Ich sagte, ich habe Hunger. Sie gaben mir eine Plastikschale mit lauwarmer Dosensuppe darin, ich glaube Huhn. Es war vor allem Brühe. Die kleinen Scheißer hatten alles Feste herausgegessen. Als die Schale leer war, schaute ich die Kinder wieder an. Diese großen, leeren Augen. Ich nahm das Mädchen an der Hand und zog es zu mir heran. Es roch schlimm. Ich fragte es, was zum Teufel hier los sei. Statt zu antworten, fragte es mich, ob es meine Jacke haben könne. Ich sagte nein. Es sagte, sie würden bald wegfliegen. Ich fragte die anderen Kinder drumherum, ob sie auch der Meinung seien, dass sie bald wegfliegen würden. Sie nickten. Soso, sagte ich. Mehr fiel mir auch nicht ein. Eine Pause entstand. Ihr lieben Kinder!, sagte ich dann. Sie waren nicht überzeugt. Noch etwas Suppe!, sagte ich. Aber die Traube zerstreute sich langsam und es gab anscheinend Interessanteres zu tun. Ich blieb also liegen. Jemand, der Hilfe braucht, ist vielleicht immer ein Langweiler. Der Gestank war zwar grauenvoll und wurde nicht einmal vom Rauch der Feuer überdeckt, aber nicht so sehr wie die Vorstellung, mich zu bewegen. So bestimmt zu sein, tat mir gut. Ich lag halb gekrümmt auf der Seite, dem Feuer zugewandt, das bald nur noch ein Gluthaufen war. Mein Rücken blieb kalt. Und doch bekam ich keinen

Hexenschuss, jedenfalls nicht den klassischen. In der Ruine liefen die Kinder hin und her, Dinge tragend. Am Ende des Hauptschiffs, dort, wo es auf das Querschiff traf, siehe mein architektonisches Wissen, unterhalb der Kuppel oder des Hauptturms, wie ich annahm, stand ein improvisiertes Gerüst, auf dem ebenfalls Kinder standen oder herumliefen. Es war zylinderförmig, mit einem enormen Durchmesser. Ich sagte, möglichst laut, dass ich dehydriert sei, aber es hörte mich niemand, oder es interessierte niemanden. Manchmal wurde geklopft. Und manchmal weinte ein Kind. Es herrschte ein monotoner Arbeitslärm, oder nicht monoton, denn er wurde unterbrochen von ganz unkindischer Stille.

Ich blieb noch lange liegen, vielleicht weil ich nicht anders konnte oder um auf die Dauer Mitleid zu erregen oder um mich auszuruhen. All das wäre äußerst legitim gewesen, ja, ich war sehr legitim. Durch scharfe Beobachtung fand ich heraus, dass die Kinder eine bestimmte Ecke für die Notdurft verwendeten, eine dieser durch Gitter abgetrennten Separees, wie Kathedralen sie oft besitzen, in der man zu einem der leidenden Angestellten beten konnte, wenn man genug vom leidenden Chef hatte. Dort entleerten sie sich, unter heiligen Blicken, bevor sie wieder an die Arbeit gingen.

Auf dem Gerüst, das ich ebenfalls eine Weile beobachtete, richteten die Kinder zeitweise eine Transportschlange ein, und einige der Älteren schienen damit beschäftigt, die herbeigeschafften Teile zu verarbeiten. Sie hämmerten und sägten, und besonders das Geräusch einer Metallsäge tat mir in den Zähnen weh. Ich nahm mir vor, herauszufinden, woran sie bauten, sobald ich in der Lage dazu sein würde. Da war sie wieder, die Lage.

Ich rollte mich versuchsweise auf den Rücken, aber da wurde mir noch kälter. Einmal kam das Mädchen, das mich angesprochen hatte, und schaute nach mir. Jedenfalls hoffte ich das. Ich versuchte es liebevoll anzulächeln, aber es erschreckte sich anscheinend und verschwand. Ich kroch noch näher an die Glut heran. Ich hätte nichts dagegen gehabt, in Flammen aufzugehen, mir wäre warm geworden. Der Blick hinauf in das Gewölbe mit seinen Lücken offenen Himmels gab mir nichts preis. Der Himmel war wie ausgeräuchert. Er konnte mir gestohlen bleiben. Der Hohlraum in meinem Bauch wuchs und ich dämmerte noch einmal weg, obwohl ich fror, und eine Reihe von Szenen spielten sich auf der Traumbühne ab, mit Auftritten meiner Großmutter, stumm in ihrem Bett, mit ihren Augen einer zweiten Kindheit, dem redenden Filialleiter, mit seinem wehleidig-beleidigten Tonfall, mit Drawer, der mir zu naherückt, und mit Stella, die unter der Plane in ihrer Kuhle liegt und von ihrer Zukunft spricht und von den LKW-Fahrern und was sie als Nächstes vorhabe. Ich sah auch Evas Vater, der traurig in seiner Küche sitzt, und meine ehemalige Französischlehrerin, die in ihrem ewigen Herbst durch das bunte Laub schleicht, zukunftslos und voller Angst. Ich hörte den Igel flüstern und sah einen Moment lang Inken über die Bühne in der Raststätte staksen und auch Dagmar war mir kurz präsent, aber sie verschwand gleich wieder, in ihrem Laden und ihrem Zeug, allein mit Pipi, die gefüttert werden will. Und so viele tauchten gar nicht auf, auf der inneren Bühne, weder die bulgarischen Arbeiterinnen und Arbeiter noch die Kernfamilie, noch die Totengräber, noch der Priester. Aber sie waren da, ich bin sicher, dass auch sie da waren, auf ihrem kleinen geheimen Platz hinter der Bühne, von dem aus sie heimlich die Atemluft verbrauchten.

Während ich meine Kraft sammelte, oder aber sie vielmehr aus mir herausfließen ließ, das weiß ich nicht mehr genau, spielte sich eine Szene vor meinen Augen ab, die ich kurz wiedergeben werde, denn ich habe Lust dazu. Lust ist vielleicht zu viel gesagt, aber ich muss zu viel sagen, damit etwas übrig bleibt, anders geht es nicht. Mittlerweile war der erwähnte Gluthaufen vor mir dabei, zu erkalten, und ich dachte darüber nach, meine Hände und vielleicht mein Gesicht hineinzustecken, die der Wärme bedurften, sowie auch meine Füße natürlich, aber ich wäre nicht darauf gekommen, meine Stiefel auszuziehen. Und über der nun lichtlosen Glut sah ich einen kleinen Jungen, vielleicht fünf Jahre alt, den Mittelgang entlang an mir vorbeigehen. Er trug etwas Kleines in seiner Hand, etwas, das, wie ich mir vorstellte, eine winzige Maus sein konnte, die herzzerreißend zitterte und nach ihrer Mama verlangte, oder eine kleine Spielzeugfigur, oder etwas ganz anderes. Und während er ging, betrachtete er das Ding in seiner Hand und achtete nicht auf seine Umgebung oder auf seinen Weg, und plötzlich trat ihm eine Gruppe anderer Kinder in den Weg, in alle Wege, da sie ihn umzingelten. Und da sagt man, Kinder seien chaotisch. Ich weiß dagegen aus Erfahrung, wie effektiv und diszipliniert sie sein können. Sie begannen, mit den Fingern auf das Gesicht des Jungen zu zeigen und dazu animalische Geräusche von sich zu geben, wie Kinder es vielleicht von Geburt an sehr gut können. Und bald darauf, denn Kinder sind auch ungeduldig, falls Sie das noch nicht wussten, schlugen sie den Jungen und traten ihn sogar und rissen an den Haaren seinen Kopf hin und her. Wollten sie ihm wegnehmen, was er in den Händen hielt? Der Junge blieb erstaunlicherweise stumm. Ich hörte ihn erst leise schluchzen, als ich nähergetreten war und das Schlägergrüppchen gesprengt hatte. Ob mithilfe meiner Autorität oder meines höheren Alters, weiß ich nicht. Die Kinder wussten natürlich nicht, was sie von mir zu erwarten hatten, und damit hatten sie recht. Ich wusste es auch nicht. Am blutigen Mund, der blutigen Nase, den Augen, der Stirn, dem Kinn, den Ohren, dem Hals und sogar den Armen, jeweils alle blutig, konnte ich erkennen, dass ich deutlich zu lang gebraucht hatte, um einzugreifen. Hatte ich ihm nur noch das nackte Leben gerettet? Es würde mich wundern, wenn ich es noch mal erfahren sollte. Vielleicht waren sie auch einfach schon fertig, als ich ankam, und ihr Verschwinden hatte nichts mit meinem Auftauchen zu tun. Jedenfalls schien er mir in einem Zustand zu sein, in dem er nicht sobald die Freude des Lebens zurückerlangen würde, falls sie ihm schon einmal verliehen worden war. Sein pfeifender, zischender, gurgelnder Atem, vielleicht vom Blut in seiner Lunge, klingt mir noch immer in den Ohren. Und in einer gedankenlosen Geste fasste ich ihn an, um ihm meine Präsenz anzuzeigen, die Hilfe bedeuten sollte, und ihm entfuhr nur ein erstickter, blubbernder Schrei, denn ich hatte sein Leiden mit meiner Berührung wohl nur vermehrt.

Doch schnell stand ich wieder allein da. Denn Kinder sind schnell und schnell wie ein Spuk war alles verzogen, sogar der verletzte, wenn nicht schwer verletzte Junge, von seinen Schächern vielleicht zu einer günstigeren Stelle gebracht, um die Tat zu vollenden. Dafür trat ein Mann vor mich, diesmal ein ausgewachsener, der eine

Brille mit runden Gläsern trug und so eine blöde Mütze, die Arbeiterschaft simuliert, obwohl seine feingliedrigen Hände und seine unkörperlichen Bewegungen das Gegenteil verrieten. Das bemerkte ich natürlich erst später. Mit deutlicher Antipathie in der Stimme fragte er mich, wer ich sei, was ich hier mache und weshalb ich mich hier in die Sozialdynamik des Teams einmische. Des Teams?, fragte ich. Ja, des Teams, sagte er und zog die Nase hoch. Ich fragte ihn, ob er etwa Gewalt befürworte, obwohl ich ihn das wahrscheinlich erst später fragte. Bei dem Mann handelte es sich um Claudius Möhring, Systemadministrator, ein Titel, den er sich wahrscheinlich selbst verliehen hatte. Sein Gesicht schien ein wenig entstellt. Vielleicht war er auch einfach nur besonders hässlich. Er gab mir zu verstehen, dass ich mich hier auf dem Gelände einer Æxego-Filiale befände. Aha!, rief ich, das rief ich wirklich, das weiß ich noch. Ich weiß aber nicht mehr, welche Gefühle mich damals durchliefen, ich konnte höchstens das Nötigste fühlen. Aber ich muss auch sagen, dass ich den Systemadministrator, der er zu sein behauptete, noch lange nicht genug beschrieben habe. Er hatte eine äußerst feuchte, das heißt schleimige und speichelige Erkältung, die sich in regelmäßigem, sprühregenartigem Niesen Luft verschaffte. Meist nieste er in die hohle Hand und wischte sie danach an seiner Kleidung ab, manchmal benetzte er durch sein explosives Niesen auch seine Umgebung mit einem gleichmäßigen Tröpfchenfilm. Über das System redete er erstaunlicherweise nicht gern, dabei hätte es ihm doch eine Herzensangelegenheit sein müssen. Stattdessen drängte er darauf, zu erfahren, wer ich sei. Und ich sagte kaltblütig, dass ich Schüler sei, ehemaliger Schüler, auf der Suche nach einem Praktikumsplatz. Diese Antwort gab ich übrigens rein instinktiv, ich meine intuitiv, wenn ich mich so weit loben darf. Der Administrator zuckte nicht mit der Wimper, oder nur aus anderen Gründen.

Diese Person führte mich jedenfalls aus der Ruine heraus und ich folgte ihm auch noch. Mir schien es in jenem Moment, ohne geistig nahe irgendeiner Höhe zu sein, das Spiel richtig mitzuspielen, welches das auch immer sein mochte. Es war ein seltsames Gefühl, zurück in die Winternacht zu treten, die anscheinend, ich möchte sagen offiziell, nicht mehr aufzuhören schien. Der Weg führte uns vorbei an einer Müllhalde, auf der zahlreiche Kinder arbeiteten. Anscheinend durchsuchten sie den Müll nach wertvollen Dingen und das heißt nach jenen, die sie in dem wirren Schrottzylinder verbauten, der im Hauptschiff vom Gerüst umstellt war, oder nach jenen, die sie für ihren täglichen Bedarf brauchten, so erklärte ich es mir. Manche buddelten und hackten auch nach Müll in kleinen Gruben und der süße, Übelkeit verursachende Geruch von brennendem Plastik, gemischt mit Fäulnis und Fäkalien, schnitt mir in die Lunge, in den Kopf und in den Mund. Geruch ist ein mächtiges Medium. Jawohl.

Der Systemadministrator führte mich zu einer kleinen, windschiefen, chaotisch zusammengebastelten Wellblechhütte, aus der Rauch aufstieg. Sie lag etwas abseits von der Kathedrale und der Müllhalde, mit guter Sicht auf die Leere. Man betrat sie durch einen schweren, muffenden Vorhang, vielleicht aus Samt oder Filz oder einem anderen unhygienischen Stoff. Im Inneren stank es überraschenderweise etwas weniger, was vielleicht nur an den vielen Kerzen lag.

Er lag auf einem Lager aus alten übereinandergeschichteten Matratzen, mit nacktem weißen Schmerbauch, ich erkannte ihn gleich, ich hielt ihn nicht für einen Obdachlosen. Erkannte er mich auch? Nein, warum sollte er. Sein Gesicht war wächsern, mit hellen kleinen Augen und seidigen, abstehenden Igelhaaren. Er erschien mir wie eine Kreuzung aus Made und Buddha. Dementsprechend lächelte er. Ich sollte mich auf einen Plastikstuhl setzen. Möhring stand irgendwo in meinem Rücken in der Dunkelheit und kämpfte gegen seine Erkältung. Scheinbar aus dem Nichts tauchte ein Kind auf und reichte mir einen Metallbecher mit einer süßlichen, leicht vergoren schmeckenden Flüssigkeit darin. Das Kind schaute mir nicht in die Augen und verschwand gleich wieder.

Er sprach zunächst nicht und ich konnte ihn eine Weile beobachten. In seinen Bewegungen hatte er etwas Gemütliches. Jeden Moment hätte er aus einem Likörglas trinken und ein Plätzchen essen können. Er fragte mich als Erstes, ob ich der und der sei. Seine Stimme war erstaunlich hoch. Ich sagte nein. Ob ich das und das getan habe. Ich sagte nein. Schließlich wollte er wissen, wer ich denn dann sei, was ich denn bislang getan und was ich zu tun vorhabe. Das alles klingt methodisch, aber das war es, glaube ich, nicht. Trotzdem hatte ich den Eindruck, getestet zu werden, was ein Eindruck ist, den man leicht gewinnt, wenn man auf der Hut ist.

Ich versuchte natürlich auf Zeichen zu achten, dass er informiert war und über mich Bescheid wusste. Deshalb streute ich auch bewusst falsche Einzelheiten über mich und meinen Weg in den Bericht ein, den er mich abzugeben aufforderte. Das fiel mir nicht schwer. Natürlich verschleierte ich auch meine Mission. Er behielt, egal, was ich ihm auftischte, sein freundliches Pokerface. Und leider war es ein Leichtes, gerissener zu sein als ich, das musste ich in diesem Moment bedauern.

Und als mein Blick meinen eigenen traf, mithilfe eines Spiegels, der in einer Ecke stand, wusste ich, dass Holland in Not war. Warum war Holland in Not? Ich sah nach Tod aus, um es klipp und klar zu sagen. Nach meinem eigenen wohlgemerkt. Nach seinem eigenen Tod auszusehen, ist eine Erfahrung, wie man sie keinem Lebenden wünschen kann. Einem Toten eine Erfahrung zu wünschen, würde auch wenig Sinn ergeben. Er hatte ihn wohl extra dort aufstellen lassen, dachte ich, vom Systemadministrator vermutlich. Zwischendurch herrschte langes Schweigen. Und die Zeit dehnte sich und verfloss mit dem, was ich ihm zu erzählen hatte und mit dem, was ich ihm nicht zu erzählen hatte und was ich versuchte, nicht zu erzählen, und mit dem, was er mich fragte. Was gab ihm eigentlich die Autorität? Hatte ich noch etwas Gerissenheit übrig? Was hielt den Raum warm? Es gab einen aus Metallschrott zusammengebauten Ofen, der aber mehr oder weniger offen war. Trotzdem zog der Rauch ab, außer wenn der Wind ihn in die Hütte presste. Und er musste ununterbrochen befeuert werden, und selbst dann war nur die Hälfte der Hütte warm. Das hat man davon, wenn man ein Gebäude schlecht isoliert.

So war ich also gerade dabei, Darz höchstpersönlich zu treffen. Er behauptete jedenfalls, es zu sein. Er hätte vielleicht gut daran getan, zu lügen.

In dieser Nacht stellte ich mir vor, mit dem Filialleiter zu sprechen, sogar mit Evas Vater, und ihnen zu präsentieren, wie ich Darz aufgespürt und meine Aufgabe erfüllt hatte, mindestens zum Teil. Ich hatte das deutliche Gefühl, ein Lob verdient zu haben und stellte mir vor, es zu bekommen. Es dürstete mich sogar danach. Und zugleich musste ich mir sagen, dass es keinen Sinn mehr hatte, von der Nacht zu sprechen, da ihr Gegenteil irgendwo unterwegs abhandengekommen war. Ich versuchte auch zu begreifen, wie mein Praktikum und damit meine Berufsaussichten sich nun verändert hatten, jetzt, da ich hier war. Damit griff ich natürlich hemmungslos vor. Auf das Ende dessen, wovon ich gerade den Anfang miterlebte.

Während ich so dasaß und mit möglichst nüchternem Blick festzustellen versuchte, dass ich mich laufend unwohler fühlte, begann Darz, Episoden aus seinem Leben zu erzählen. Ich notierte innerlich, dass er sich anscheinend bemüßigt fühlte, sich vor mir zu rechtfertigen, was mir nur recht sein konnte. Zunächst erzählte er, wie er als Kind unter dem Boden eines Lasters, in einer Art Zwischendecke, gelegen habe, der Kälte und den Schlägen der Straße ausgesetzt, und wie die Kakerlaken, die dort hausten, ihm über die Haut gekrabbelt seien und wie er es geschafft habe, sie trotz seines Ekels und seiner Angst irgendwann als Verbündete zu begreifen und deshalb auch zu essen, weil sie sich ihm, so sagte er, anboten, um von ihm gegessen zu werden, und er beschrieb das irre Zappeln, das er in seinem Kindermund spürte, wenn er sich die Kakerlaken in den Mund steckte, und das Knacken, wenn er ihren Panzer zerbiss und die modrige Rotze (seine Worte), die daraufhin aus ihren dicken Körpern hervorquoll. Die Proteine hätten ihn genährt und ihm das Leben gerettet. Und er nahm eine Schale in die Hand, die unter ihm vor den Matratzen stand und kippte sich irgendetwas in den Mund, an dem er dann herumlutschte und -kaute, es aus dem Mund nahm, um es zu betrachten, und dann weiter darauf herumzukauen und zu -lutschen. Und ohne weitere Erklärung ging er über zu seinen Erlebnissen auf der Kirmes, wenn er abends, nachdem alle Fahrgestelle, Achterbahnen und Buden geschlossen waren, dazwischen herumging, »im Halblicht«, und Kinder »fand«, die ihre Eltern verloren hatten und derer er sich »annahm«. Schließlich beschrieb er eine Sitzung des Æxego-Vorstands, bei der er angeblich aus irgendeinem Grund dabei gewesen war, im obersten Stockwerk des Hauptturms der Firma, das ein einziger riesiger Saal gewesen sei, rundum verglast, mit einer hohen gläsernen Decke. Und er erzählte mir, wie die Vorstände nacheinander alle in einen tiefen Schlaf gefallen seien. So tief, dass sie sich auf ihren rollenden Sesseln, in denen sie saßen, problemlos herumschieben ließen, ohne dass sie aufgewacht wären. Und er stellte sie alle zusammen auf, eng beieinander, zu einem großen Dreieck. Und den Vorstandsvorsitzenden ließ er außen vor und stieß ihn mithilfe eines Besens in das Dreieck hinein, sodass alle Vorstände durch eine Kettenreaktion wild im Saal auseinanderstoben. Und dann habe er eine große Glasplatte aus der Verglasung ausgehängt, sodass eine Lücke entstanden sei, und er habe mit dem Vorstandsvorsitzenden, den er mit dem Besen voranstieß, die anderen Vorstände nach und nach so angestoßen, dass sie durch die Lücke in der Verglasung nach draußen in den Abgrund gefallen seien. Ich fragte ihn, ob nicht wenigstens einer von ihnen hätte aufwachen müssen von den Erschütterungen. Nein, sagte er, der Schlaf war zu tief. Ob er damit sagen wolle, der Æxego-Vorstand existiere nicht mehr. Er schaute mich perplex an und nickte, als könne er nicht glauben, wie schwer von Kapee ich sei. Ich fragte mich, was das mit den Kneipenspielen bei ihm auf sich habe, sagte aber nichts. Überhaupt ließ ich alle Fragen in mir verstummen, vielleicht aus Schläue.

Darz lag mit seiner weißen, gespannten Haut mitten im Wärmeschein des Kamins. Würde er irgendwann aufplatzen wie ein Würstchen? Über sein Alter hatte ich keinerlei Anhaltspunkte. Wenn ich das Wort Praktikum aussprach, reagierte er nicht und nahm es auch nicht in den Mund. Ich war beinahe zu erschöpft, um paranoid zu sein.

Irgendwann kam das Gespräch auf meine Kleidung, was schon eine spezielle Konnotation bekommt durch einen, der halb nackt ist und von einer Horde müllsammelnder Kinder versorgt wird. Sie sei in keinem guten Zustand. Ach wirklich? Und mein Atem klang wohl auch nicht gut. Meinetwegen. Ob er mal in die Kathedrale hineingeschnuppert habe. Nein, das sagte ich nicht. Wenn man so viel über eine Person nachdenkt, und dabei hatte ich gar nicht so viel über Darz nachgedacht, jedenfalls nicht so viel, wie ich es sicher hätte tun sollen, wenn es nach dem Willen des Filialleiters gegangen wäre, ist man, trotz allem, wie betäubt, wenn man sie trifft, und bekommt kaum vernünftige Sätze heraus. Dafür redete ich noch ziemlich viel. Ich kann mich nur nicht mehr genau erinnern. Ich wiederholte meine Frage nach einem Praktikumsplatz. Ich muss mich an dieser Stelle noch einmal selbst komplimentieren, da ich frühere Gelegenheiten dazu verpasst habe, aber am Ziel des einen Praktikums als Tarnung nach einem weiteren Praktikum zu fragen: Da muss ich sagen, chapeau, wie der Franzose sagt. Und Sie sollten es auch sagen, und zwar laut: chapeau.

Er sagte mir, ich könne mich mit um die Betreuung der Kinder kümmern. Wer sich noch um sie kümmere, fragte ich. Es stellte sich heraus, dass die Kinder sich bislang um ihre eigene Betreuung gekümmert hatten, was auch meiner Wahrnehmung entsprach. Ich bedankte mich, ohne dankbar zu sein.

Möhring nieste einmal schleimig in die Dunkelheit und Darz sagte, das sei ja ekelhaft. Da musste ich lachen und das kam nicht gut an. Pikiertes Schweigen. Dann begann Darz ohne Vorwarnung und ohne, dass ich gefragt hätte, davon zu sprechen, wie er Æxegos letzte Hoffnung sei, was ja so sein mochte, aber war es diese Hoffnung, die Æxego haben wollte oder wollte es da schon lieber, sozusagen in diesem Zweifelsfall, ohne Hoffnung bleiben, statt der, die Darz ihnen zu sein behauptete. Mit großen Ohren lauschte ich und wartete auf irgendeine Eröffnung, vielleicht eines Geheimnisses, oder sogar auf eine kleine Stolperfalle, die er mir stellen und die ich geschickt überspringen könnte, aber alles, was ich hörte, war die Klage eines Beleidigten. Ich fragte ihn schließlich nach der Sache mit dem Wegfliegen und versuchte dabei, möglichst naiv zu klingen. Er beschrieb sie mir. Die Beschreibung überzeugte mich nicht.

Und da ich nicht pointiert darauf antwortete, oder eher überhaupt nicht antwortete, wurde ich bald wieder hinausgeführt vom Systemadministrator, von dem ich mich fernzuhalten suchte, obwohl ich meine Ansprüche in Sachen Hygiene eigentlich schon lange über Bord geworfen hatte. Aber es gab Grenzen. Ich sagte, Danke, ich komme zurecht, bitte nicht näher kommen und so weiter. Allen Ernstes behauptete er, nicht ansteckend zu sein, ignorierte meine Bitten und rückte mir auf die

Pelle, während wir den Weg zurück zur Kathedrale nahmen. Dabei traf mein Blick auf den eines Kindes, ich weiß nicht, ob Junge oder Mädchen, das erhöht auf dem Müllberg stand und seine Augen waren groß und rund, die Wangen eingefallen, es erinnerte mich an einen Uhu. Es schien erstaunt, mich zu sehen, aber eigentlich wusste ich nichts von dem, was in den Kindern vorging, woher sie kamen und warum sie taten, was sie taten. Wenn sie fähig waren, den Jungen halb totzuschlagen, hätten sie es doch auch mit Darz tun können.

Vielleicht durch das Getränk, das mich möglicherweise ein wenig vergiftete, vielleicht auch durch ein seelisches Ungleichgewicht, spürte ich bald nach Betreten der Kathedrale einen Durchfall sich zusammenbrauen. Ich beeilte mich, zur Latrinensektion zu kommen. Es gelang mir, nicht in Ohnmacht zu fallen. Ich lehnte mich mit dem Rücken an eines der am wenigsten beschissenen und bepissten Teile der Mauer und die Qual begann. Ein echtes Martyrium. Denn Durchfall kann schmerzhaft sein, aber die eigentliche Entleerung ist immerhin beschleunigt. Doch in einer überraschenden Wendung des Blattes entpuppte sich der Durchfall als Verstopfung und da hockte ich nun, blickte auf die Heiligenskulptur, vielleicht einen halben Meter groß, die auf einer kleinen Kiste stand, die wiederum auf einem Altar stand, und versuchte herauszufinden, um welchen Heiligen es sich handelte und was ihn heilig machte. Hinter und neben der Skulptur standen noch Bildchen, Wachsruinen und darüber noch ein weiteres Mal der Herrgott, in seiner Lieblingsstellung. Also presste ich und stöhnte. Meine Oberschenkel begannen schnell zu brennen und sogar zu zittern. Was ich da unfreiwillig tat, machen andere schließlich als Fitnessübung, wenn ich richtig informiert bin. Oh, die Arschmuskeln werden wunderbar trainiert. Hin und wieder kam ein Kind durch den Zaun, um sich zu entleeren, doch wenn es mich sah oder ächzen hörte, verzog es sich schnell und beschmutzte andere Teile des heiligen Hauses. Und mir entwichen bloße Grabesdämpfe. Es war eine lange und entkräftende Prozedur. Entkräftend für einen Körper, der wenig Kraft übrig hatte. Und die trotz allem irgendwie ihr Ende nahm, vielleicht nur halb erledigt. Von jeglichen Abwischproblematiken wollen wir diskret schweigen.

Ich weiß noch, wie ich danach einem schlafenden Kind ein wenig Essen wegnahm, da ich vor Hunger kaum denken konnte, aber ich nahm wirklich nur ganz wenig, hoffe ich. Es war irgendetwas lange Haltbares, das Zucker enthielt. In der Kathedrale war es ruhig geworden, die meisten Kinder schienen zu schlafen, ich hörte es in den Ecken atmen und hie und da tuscheln. Ich ging hinaus in die Kälte und bestieg den Müllberg. Erstaunlich, dass ich den Antrieb dazu hatte, aber es gab immerhin genug, das mich antreiben konnte, vermute ich. Der Gestank war schon nicht mehr so schlimm wie zu Anfang. Es war die Gewöhnung. Ich hatte also die gute Idee, einen erhöhten Punkt zu nutzen, um vielleicht herauszufinden, an welchem Punkt ich mich selbst befand. Denn ich konnte mich zwar rühmen, Darz gefunden zu haben, aber nicht, auch zu wissen, wo ich selbst und damit auch, wo er war. Ich hielt mich dabei rein gar nicht mit der Frage auf, wem ich diese Information, sollte ich sie gewinnen, mitteilen könnte. Bei der Gelegenheit schien es mir klug, auch nach dem Müll zu sehen, also herauszufinden, aus was der Müll bestand und was aus ihm zu gewinnen war. Allerdings gab ich das bald auf, denn es war eigentlich unmöglich zu erkennen, zumal in der Dunkelheit. Und es war auch bloß ein typischer Müll, würde ich sagen, darin typisch, dass das Weggeworfene wild durcheinanderlag, also Mülltrennung sieht jedenfalls anders aus. Doch ein wenig Aussicht gewann ich immerhin, als ich oben auf dem Müllberg stand. Es war flaches Land unter mir, in alle Richtungen, noch mehr davon, und trotz der Dunkelheit erkannte ich eine erstaunliche Weite, ein Effekt des Schnees, nehme ich an, der etwas sichtbar machte, wer weiß mit welchem Licht. Und als ich mich zur Kathedrale wandte, sah ich zum ersten Mal in Gänze den Kirchturm. Die Spitze war abgebrochen, heraus ragte die Schnauze der Rakete. Und darüber spannte sich der Himmel in seiner üblichen Form und zeigte sogar ein paar Sterne.

Irgendwann muss ich dann wieder hinuntergestiegen und hineingegangen sein und geschlafen haben und irgendwann habe ich Gespräche mit den Kindern geführt, soweit ich sie darin verwickeln konnte, denn sie waren nie erpicht darauf, wirklich nicht, und diese Gespräche werde ich mir wohl kaum ausgedacht haben, ich als wenig berühmter Konversationalist, und zum Beispiel ging es wieder um das Fliegen, ein Gespräch, das ich vielleicht mit demselben kleinen Mädchen führte, das mir zuvor davon erzählt hatte, oder mit einem anderen, denn auseinanderhalten konnte ich sie nicht gut, nahe der Baustelle fand es statt, an der die Kinder herumwerkelten, und indem sie mir wieder beteuerte, sehr bald mit allen anderen wegzufliegen. Und wohin sie damit fliegen wollte, fragte ich sie, vielleicht zum Mond? Denn mir fiel ein, dass sie sich vielleicht die klassische Rakete zum Mond einbildeten. Einige lachten auf unschöne Weise. Damit sind die Umstehenden gemeint. Sie sagten, wie dumm ich denn sei, der Mond habe doch gar keine Atmosphäre, da könne man doch gar nicht atmen. Und das Magnetfeld, sagte ein Junge, der sich für schlau hielt, das Magnetfeld des Mondes schirmt einen nicht von der Strahlung ab. Aha, sagte ich, und gönnte ihnen den kleinen Triumph. Und das Mädchen sagte, dass, wenn Darz es erlaube, ich vielleicht mitkommen dürfe. Oh, wirklich?, sagte ich, möglichst sarkastisch. Daraufhin fing ich an zu weinen. Denn je länger diese Geschichte läuft, desto weinerlicher werde ich. Es muss vor Rührung gewesen sein, ein Gefühl, an das ich mich nun beim besten Willen nicht erinnern kann. Aber man stelle sich das wirre Gewächs aus Schatten vor, das die Lagerfeuer auf der schuppigen Schrotthaut der Rakete wachsen ließen, und wie kleine Kinder auf den Gerüsten herumklettern, und wie ich da stehe, wie ein unqualifizierter Kindergärtner, und etwas von Strahlung erzählt bekomme. Als ich mir die Tränen weggewischt hatte, sah ich, dass das Mädchen, und ich möchte, dass es jenes von meinem ersten Zusammenbruch war, mich schockiert und zugleich empört ansah, als sei mein Weinen etwas Unanständiges oder die Übertretung irgendeiner Linie. Dazu stemmte es die Hände in die Hüften wie eine Comicfigur. Ich sagte ihnen schließlich, dass sie erst einmal Namen bräuchten, bevor hier irgendjemand irgendwohin flöge. Und der Systemadministrator sagte mir daraufhin, denn er hörte natürlich zu, ich solle aufhören, von Namen zu sprechen. Das trübe ihren reinen Sinn. Ob er das ernst meine, fragte ich. Er nieste mich an. Und es dauerte nicht lange, bis die Kinder mir verrieten, natürlich erst, als er nicht mehr dabei war und nicht schaute, dass sie sich schon Namen gegeben hatten. Fantasienamen aus Fantasiewörtern. Doch sie vertrauten mir nicht genug, um sie mir zu verraten. Trotzdem beruhigte es mich. Und wenn ich dann beruhigt war, konnte ich mich von den Kindern einen Moment abwenden, denn das musste ich, um mich ihnen zu einem geeigneteren Zeitpunkt wieder zuwenden zu können. Dabei ging es überhaupt nicht darum zu tun, was Darz mir aufgetragen hatte, schließlich war er das Objekt meines Auftrags, da konnte ich mich von ihm unmöglich zu einem Objekt seines Auftrags machen lassen, vielmehr führte ein innerer Drang dazu, dass ich den Kindern hin und wieder zur Seite stehen wollte, wenn auch kaum in praktischer Hinsicht und kaum in wirkungsvoller Art und Weise. Was auch eine Rolle gespielt haben mag, und sehr viele verschiedene Dinge mögen eine Rolle gespielt haben, war, dass ich die Tarnung aufrechterhalten musste, die Tarnung eines einfachen Praktikums, obwohl es ein doppeltes war, beziehungsweise ein echtes und ein falsches. Denn so wie andere, und das machte ich mir damals vielleicht nicht genügend klar, Doppelagenten waren, war ich Doppelpraktikant geworden.

Der Systemadministrator tauchte in regelmäßigen Abständen in der Kathedrale auf und machte eines der armen Kinder zur Schnecke. Er schien derjenige zu sein, der am meisten hinterher war, dass hier irgendetwas passierte. Darz war tagelang nicht zu sehen und verließ, soweit ich das sagen konnte, die Hütte nicht. Sogar die Kinder, die ja ein Interesse daran hatten, die Rakete fertigzustellen, bauten selten mit echtem Eifer daran, sondern immer nur soweit sie mussten. Mehr schien es mir, dass es ihnen reichte, die Aussicht und deutliche Vorstellung des Wegfliegens zu haben, um ihre eigentlich unerträgliche Lage ertragen zu können, und vielleicht ahnten sie sogar, dass ihnen die Fertigstellung der Rakete gefährlich werden könnte, wenn sich so herausstellen würde, dass sie nicht fliegt. Das konnte ich gut nachvollziehen. Welche Vorstellungen sie von ihrem Ziel hatten, konnte ich dagegen nicht herausfinden, aber mir scheint jetzt, dass sie gar nicht in der Lage waren, sich etwas auszumalen, zumal etwas Fernes, nicht wie normale Kinder, denn das war ihnen nicht vergönnt, in dieser Art des Lebens. Und ich? Ich tat weniger, als man meinen möchte, wenn man es kaltblütig betrachtet. Beinahe verstieg ich mich zu dem Wunsch, wenn ich in langen Stunden irgendwo in der Fötusstellung vor einem Feuer lag, Darz noch nicht gefunden zu haben und weiter suchen zu können, denn der Fund musste mich niederschmettern, da er das Finden, ich meine Suchen unbestreitbar, und ich möchte sagen unvermeidlich beendete, wobei ich auch zu der scharfen Überlegung gelangte, dass mich jeder Fund niedergeschmettert hätte, sogar unabhängig vom Gefundenen, das Finden an sich schmetterte mich also ordentlich nieder, und ich suchte in mir vergeblich nach etwas, an dem ich mich hätte aufrichten können. Aber das waren bloße Ausfälle, etwas, das kommt und geht. Nicht wichtig, was ich jetzt dazu denke, ganz und gar nicht wichtig. Genau weiß ich dagegen noch, dass ich mich darauf konzentrieren musste, den Kindern nicht zu verraten, was Sache war. Im Hinblick auf sie selbst, aber besonders im Hinblick auf mich. Denn das Zutrauen, das vielleicht wie von selbst wächst, wenn man beieinander ist, schien es mir aus der Nase ziehen zu wollen. Die Gefühle wuchsen also außergewöhnlich schnell, so sah es aus mit meinem zerfetzten Nervenkostüm. Und damit hätte ich mich verraten und das, was ich tat, wenn ich eine richtige Vorstellung davon hatte, in Gefahr gebracht.

Einmal träumte ich von Beyond, wie es mit seinem Hut im Schnee vor mir lief und mir etwas vom Pferd erzählte. Also tatsächlich von einem Pferd, ich weiß nicht mehr genau, was geschah, jedenfalls fand Beyond es sehr spannend. Es war eine Pferdegeschichte, die es entzückte.

Ein anderes Mal, und das war kein Traum, meine ich, erwachte ich und wusste erst nicht, weshalb ich erwacht war. Denn es war still in der Kathedrale, die Feuer röchelten vor sich hin und die Kinder arbeiteten nicht. Man könnte sagen, dass es Nacht war, wenn es nicht durchgängig Nacht gewesen wäre. Jedenfalls schafften die Kinder es, trotz ununterbrochener Dunkelheit ungefähr nach einem Rhythmus zu leben, der an Tages- und Nachtzeiten erinnerte, auch wenn manche Kinder immer das Gegenteil von dem taten, was die Mehrheit machte. Ich lag da und horchte, um herauszufinden, was mich geweckt hatte, denn ich war müde und konnte spüren, dass ich mich in einem tiefen Schlaf befunden hatte und wollte ungestört dahin zurückkehren. Dann hörte ich ein Husten. Sogar mit leichtem Halleffekt, der mir zuvor nicht aufgefallen war. Dann ein Geräusch, wie jemand nach Luft rang, und die Stimmen von ein paar Kindern, die etwas flüsterten. Ich stand auf und mir war sofort kalt. Ich stakste los, über schlafende oder heimlich im Kauern spielende Kinder und fand bald ein Mädchen, das umringt war von drei anderen Kindern, die seinen Kopf und seine Hände hielten, und dessen Brustkorb sich krampfhaft zuckend auf und ab bewegte, mit pfeifendem Atem und panisch aufgerissenen Augen. Es war offensichtlich dabei, zu ersticken. Der Systemadministrator näherte sich, sich die Nase reibend. Er sagte, das Mädchen leide unter Asthma, als sei damit alles geklärt. Ich sagte ihm, er solle verdammt noch mal etwas tun. Wie ich mit ihm rede, fragte er mich. Ich hockte mich vor das Mädchen und sagte ihm, es solle versuchen, ruhig zu bleiben und langsam und gleichmäßig auszuatmen und den anderen, es müsse den Kutschersitz einnehmen, der bei Asthmaanfällen helfen soll. Ich versuchte es ihnen zu erklären. Und die Kinder sahen bloß den Systemadministrator an. Während ich versuchte, das Mädchen in eine aufrechte Position zu bringen, wurde es bewusstlos, kurz darauf setzte der Atem aus. Die Kinder weinten. Eines schrie wie am Spieß. Jetzt sah ich den Systemadministrator an. Und er entgegnete meinen Blick beinahe mit dem gleichen Ekel, wie er ihn bei mir auslöste, aber nur beinahe, und dann sagte er mir, ich solle mich etwas zurückhalten, ich sei hier nur zu Gast. Ich fragte ihn, ob das gerade eben auch Teil der sozialen Dynamik gewesen sei, aber er wandte sich nur wortlos ab.

Ich half den drei Kindern, die vielleicht die Freundinnen des Mädchens gewesen waren, es zu begraben und einen Grabstein zu beschreiben. Der Boden war auch hier zu hart, um ein Loch zu schaufeln, deshalb konnten wir nur einen Grabhügel aufschichten. Danach ging ich zu Darz, vom Systemadministrator geführt.

Er lag nackt unter einer dünnen Decke auf den Matratzen. Kaum anders als beim ersten Mal. Ein älterer Junge beheizte den Ofen und der Raum war dieses Mal tatsächlich warm. Darz hielt die Augen geschlossen und fuhr sich mit der Hand durch sein seidiges, abstehendes Haar. Seltsamerweise war das Licht des Feuers so hell, dass der Rest der Hütte in Dunkelheit versank, anstatt erleuchtet zu werden, wie man es erwarten würde, ich weiß nicht, um welchen optischen Effekt es sich handelte. Der Systemadministrator setzte eine Atemschutzmaske auf, bevor er sich zu Darz beugte, um ihm etwas ins Ohr zu flüstern. Dann zog er sich in die Dunkelheit zurück. Auch der Junge verschwand. Da saß ich wieder vor ihm und Darz schlug die Augen auf. Ich versuchte mich zu erinnern, was ich alles über ihn gelesen und gehört hatte, und versuchte es mit dieser Gestalt zusammenzubringen, aber es ging nicht. Darz fragte mich, was die Kinder machten. An Asthma sterben, sagte ich. Er antwortete, er meine die lebenden. Er sah ins Feuer und wirkte zufrieden, auch ohne Antwort. Dann sagte er mir, ich solle mich gut um sie kümmern. Oh ja, sagte ich, sehr gut. Das Schniefen in der Dunkelheit verriet, dass der Systemadministrator nicht weggegangen war. Ich musste mich mit meinem Sarkasmus also zurückhalten.

Darz war natürlich so ein Typ, dem sein Monolog aus dem Blick ins Feuer aufstieg. Er musste es in einem Film gesehen haben. Seine Stimme wurde plötzlich höher und sie war schon vorher kein Bariton gewesen. Sie wollen natürlich nicht, dass ich tue, was ich tue, sagte er, sie denken, sie wüssten, was das Richtige sei, sie glauben, den Überblick zu haben und die Lage zu kennen, aber sie irren sich, und zwar gewaltig. Wer sie?, fragte ich. Was?, fragte er, erstaunt, dass ich etwas sagte. Wer sie?, fragte ich. Æxego!, rief er, wer denn sonst? Jetzt hast du mich rausgebracht. Ich entschuldigte mich. Er schaute wieder in den Ofen. Das alles ist ein totes Gewächs, sagte er. Dagegen ließ sich schwer etwas einwenden. Aber ich habe gesehen, worum es geht, fuhr er fort, ich habe die Welt angesehen und ihr Verhängnis erkannt. Danach zu handeln, dafür mögen sie mich verurteilen in ihrer Angst, aber bald werden sie kommen und mich fragen, wie es gehe, was ich tue, und wie auch sie es tun können, lehre uns, auch wir wollen es so, da sie erkannt haben, dass bereits alles verloren ist und Darz ihre einzige Hoffnung. Sie sollen froh sein, dass sie mich haben und ich aus dem Schatten des Unternehmens ein neues erschaffe. Danach schwieg er. Das war natürlich ein ziemlich schwacher Monolog. Und ich hatte sonst etwas erwartet, eine Aufdeckung wahrscheinlich. Als die Stille schon so richtig unangenehm geworden war, holte er aus einer alten blechernen Keksdose ein seltsames Gerät hervor. Es war ein Eisenstab, der mittig von einer runden Metallplatte unterbrochen wurde. Auf dieser waren, im rechten Winkel, zwei Kordeln mit Eisendraht angebracht, deren Fäden zu einem hölzernen Kubus am Ende des Stabs führten, dem zwei gegenüberliegende Seitenflächen fehlten, sodass man hindurchsehen konnte. In dem Kasten war eine gespenstisch glühende, unstet plappernde Leuchte, die einen Schatten warf auf ein in dem Kasten gespanntes weißes Tuch. Der Schatten war beweglich und schwer auszumachen, er schien wie von selbst an den Rand des Blickfelds zu wandern, auch wenn man ihn direkt ansah, und vor allem hätte er gar nicht da sein sollen, wegen des Lichts. Was immer das sein sollte, es machte einen schwer lebendigen Eindruck und verbreitete ein Gefühl, das ich nicht beschreiben, auf gar keinen Fall beschreiben werde. Wir schauten dem Ganzen eine Weile wie einem Kasperletheater zu, allerdings stumm, und er bot mir schließlich an, auch einmal zu halten, aber ich lehnte entschieden ab, sodass er das Gerät kommentarlos zurück in die Keksdose legte.

Nach einer weiteren längeren Pause, in der ich versuchte, unauffällig näher an den Ofen zu rücken, um richtig aufgeheizt zu sein, bevor ich zurück in die Kälte musste, kündigte er mir an, dass seine Kinder eine kleine Tanzvorführung vorbereitet hätten, dem neuen Æxego-Praktikanten zu Ehren. Dann lächelte er mich strahlend an, mit seinen belegten Zähnen. Ich versuchte es abzubiegen, nicht nötig, ich sei nur ein ganz unwichtiger Praktikant, weil ich nicht wollte, dass die Kinder noch mehr tun mussten als ohnehin schon. Ich hatte ihnen schon eingeimpft, dass sie Kalorien sparen sollten und sich im Schnee öfter die Hände waschen. Aber er ließ nicht mit sich reden.

Also saßen Darz und ich in kleinen Sesseln in der Kirchenruine und die Kinder stellten sich für die Vorführung auf. Der Tanz wirkte wie ein kollektiver Anfall. Die kleinen Körper bogen und wanden sich, gingen in Reihen, schienen einander zu verformen und zu zwingen, stürzten, bäumten sich auf und stürzten wieder. Die Grundschulversion eines Höllengemäldes. Am Schluss lagen sie alle auf dem Boden und stellten sich tot. Wir klatschten.

Danach zog sich Darz zurück. Ich konnte ihm vorher noch etwas Essen abluchsen, von dem ich sogar ein wenig an die Kinder verteilte. Es wurden, glaube ich, weniger, oder sie liefen bloß weg. Ich lief sogar einige Mal um die Kathedrale und die Müllberge herum, um etwas mehr zu verstehen, was das alles war, was es gewesen war und was es jetzt darstellen sollte. Und ich glaube, ich suchte eine ganze Weile nach Arten und Weisen, wie das, was ich sah, etwas anderes sein konnte als das, was es schien. Denn das wäre zu erwarten gewesen, das hatte ich gelernt zu erwarten, in Bezug auf das Ziel meines Praktikums, das hatte der Filialleiter immer angedeutet, vermutete ich. Aber die Suche führte nirgendwohin. Ich sagte vielleicht immerzu, Und weiter?, zu mir selbst, also im Stillen, nicht laut ausgesprochen, und die Antwort auf diese Frage, wenn es auch eine verstümmelte Frage war, ließ auf sich warten. Gerade die Kinder. Aber der Systemadministrator riss mich aus meinen Überlegungen. Er traf mich einmal irgendwo draußen, wir standen einander im Schnee gegenüber. Und während er wegging, flüsterte er, Du wurdest doch geschickt, du kleine Laus! Ich blieb eine Weile stehen und sah hinauf in die Wolken, oder wo ich die Wolken vermutete. Mich kam ein seltsames Gefühl an, eines, das schmerzt und zugleich süß ist, nach süßem Ende schmeckt, oder süßem Anfang, etwas, das ich schon lange nicht mehr gefühlt hatte, da die Reise wenig Gelegenheiten geboten hatte, sich der Muße hinzugeben.

Ich muss da jetzt weg.

Als ich von meinem Lager aus möglichst wärmendem Müll aufstand, stank es in der ganzen Kathedrale lungenverätzend nach Plastik. Die Kinder hatten angefangen, Plastik zu verbrennen. Mein Hunger fraß mich auf. Ich ging hinaus, ich fühlte mich leicht wie eine Motte. Ein paar Sterne hingen herum, herabstarrend. Übrigens standen einige Kinder, die noch lebten, gar nicht mehr auf, das fiel mir plötzlich ein, als ich draußen stand. Oft sieht man die Dinge klarer, wenn man sich die Beine vertritt. Der Müllberg wirkte wie aus Eis. Es war vielleicht noch kälter geworden, seit ich angekommen war.

Ich suchte mir entlang der Außenmauer der Kathedralenruine eine Ecke, die einigermaßen geschützt war. Dort zog ich den Revolver hervor. Ich trug ihn seit einiger Zeit am Körper, sodass das Metall warm blieb und Hahn und Trommel nicht festfroren. Ich testete den Abzug an einer leeren Kammer. Er funktionierte gut. Dann kippte ich die Trommel heraus und drehte eine geladene Kammer in den Lauf. Ich wog ihn in der Hand. Dann steckte ich ihn weg und blieb eine Weile in der Ecke stehen.

Ich dachte an den Filialleiter und versuchte mich zu erinnern, was er zu mir gesagt hatte zum Thema des Abschlusses meines Praktikums und zu Ziel, Zweck, Folge, Richtung, Sinn und Lohn des Ganzen und wahrscheinlich auch noch zu einem Haufen ähnlicher Dinge, denn da gibt es ganze Rattenschwänze, die ineinander verworren sind. Aber etwas hinderte mich daran. Ich meine, etwas hinderte mich daran, meinen Blick dem zuzuwenden, und ohne damals im Geringsten zu wissen, was es war, glaube ich jetzt an die Möglichkeit, dass es die Hemmung war, meinen Weg so zu betrachten, ich meine von seinen Anfängen bis zu seiner Gegenwart, und ihn mit den anderen, annähernd zahllosen Wegen zu vergleichen, die vorher, und sogar währenddessen, in meinem Inneren bestanden hatten, und die zeitweise, wenn ich in Form war, nicht weniger wirklich wirkten als mir später die Erinnerung an den sogenannten wirklichen erschien. Und nicht weniger stark äußerte sich der Drang, sich an weitere Angaben des Filialleiters zu erinnern, insbesondere bezüglich meiner Mission und Darz und der Bedeutung, die sie hatten und die so meine Taten haben mussten, und meine Untaten, notgedrungen, und vielleicht sogar die Intentionen meiner Taten, und Untaten, nehme ich an, und der, ich spreche noch vom Drang, von einer Gegenkraft daran gehindert wurde, sich zu entfalten, die vielleicht, denke ich jetzt, darauf erpicht war, den anderen Gedanken, Meinungen und Überzeugungen, die von den Angaben und Zielsetzungen des Filialleiters abwichen, ebenso viel Gültigkeit einzuräumen, um mein Innerstes, wenn ich es hochtrabend so nennen darf, nicht leichtfertig in einem Moment äußerster Verlorenheit wegzuwerfen und zu verraten, denn ich wusste, dass mir nichts anderes mehr blieb und dass ich es brauchen würde, wenn ich weitermachen wollte. Und dies waren vorerst genug Schachtelsätze, beschloss ich, denn mir war ruck-zuck kalt geworden.

Ich ging zu Darz. Auf dem Weg durch die Müllhalde hielt ich die Augen auf nach dem Systemadministrator, damit er mich nicht kreischend aus irgendeiner dunklen Ecke heraus anspringen konnte wie ein wild gewordener Schoßhund, der sein Herrchen verteidigen will. Und an der Hütte angekommen, legte ich das Ohr an die Tür, um nach einem Schniefen zu horchen. Alles war still. Irgendwo hinter den Müllhügeln hörte ich einige Kinder arbeiten. Ich trat ein. Im Ofen war nur noch rote Glut. Darz lag auf der Seite, das schlafende Gesicht mir zugewandt, unter mehreren Decken. Ich blieb einige Augenblicke stehen und vergewisserte mich, dass sonst niemand in der Hütte war. Dann ging ich, so leise ich konnte, zum Ofen, hockte mich hin und hielt einige Minuten die Hände hinein, sodass sie nicht nur warm wurden und dadurch biegsamer und geschickter, sondern auch sehr hübsch rot angeleuchtet. Nachdem ich eine Weile ganz stillgehalten hatte, konnte ich sogar

Darz' Atem hören. Dann erhob ich mich langsam und vorsichtig, machte den Schritt zur Matratze, kniete mich hin, zog den Revolver hervor und hielt ihn, fest mit beiden Händen umklammert, Darz vor das Gesicht, das mir schlafend besonders ekelhaft erschien. Ich stand wieder auf, da ich kniend zu langsam sein würde, und trat einen Schritt zurück, denn ich konnte die Nähe nicht ertragen. Und seine langen, hellen Wimpern zu sehen. Dann sagte ich seinen Namen, wobei ich aus Versehen flüsterte. Ich wiederholte ihn viele Male und bemühte mich, lauter zu werden. Schließlich wachte er auf. Ohne sich zu erschrecken. Ich sagte ihm, er solle die Decken zurückschlagen. Mehr, weiter. Schließlich lag er ohne Decken da, nur mit einem Höschen bekleidet. Er sah mich an und hielt meinem Blick stand. Ich sagte ihm, dass ich bereits Praktikant sei. Er war nicht erstaunt, nickte sogar. Ich erzählte vom Filialleiter. Da lachte er. Und da mir einfiel, dass, wenn ich weiterquatschte, irgendetwas passieren würde, das mich aufhielte, richtete ich den Lauf auf seinen Bauch, ich weiß nicht warum, und drückte ab. Und ich traf nicht schlecht, nahe des Bauchnabels. Komischerweise hielt er sich nicht die Wunde. Das Blut floss gleichmäßig heraus. Er stöhnte. Dann begann er zu schreien, mit weit aufgerissenem Mund. Es war nur noch ein Schuss im Revolver. Ich durchwühlte die Hütte, so kaltblütig war ich in dem Moment, und fand ein kleines Kännchen mit Öl. Ich weiß nicht, was für Öl, Maschinenöl vielleicht. Damit begoss ich ihn, der immer noch schrie und mich sogar anflehte, ihn zu verschonen, wofür es doch eigentlich schon zu spät war, und rieb ihn ein wie ein Hühnchen. Er zog es insgesamt vor zu schreien, statt sich zu wehren. Vielleicht hoffte er, die Kinder kämen ihm zu Hilfe. Und mit einem Papierfetzen, den ich an der noch heißen Glut im Ofen entzündete, setzte ich ihn in Flammen. Das Öl war wirklich gut brennbar. Erst schrie er natürlich lauter, denn der Schmerz musste unverhältnismäßig größer geworden sein, gab kurz danach jedoch nur noch wenig Geräusche von sich, ein leises Gurgeln vielleicht. Schnell brannten auch die Matratzen, da auch auf sie viel Öl gelaufen war und Matratzen wahrscheinlich ohnehin nicht schlecht brennen. Ich wartete, bis er wirklich ganz tot war, wobei ich wahrscheinlich nur so lange warten konnte, bis ich selbst nicht mehr atmen konnte in der Hütte, und das heißt, ohne mich tatsächlich vergewissern zu können, dass er tot war. Aber ich hielt es für wahrscheinlich. Vielleicht litt er auch noch einige Tage und erlag dann seinen Verletzungen. Die ohne Zweifel gravierend waren. Wobei ich ihn wirklich so gut verkohlt habe. Er brannte am ganzen Körper, ich schwöre es. Müsste er nicht auch noch erstickt sein? Eine Rauchvergiftung erlitten haben? Irgendetwas muss ihn erledigt haben, so zäh kann er nicht gewesen sein. Allein der Bauchschuss. Vielleicht hätte ich ihm noch den Schädel einschlagen sollen. Wie auch immer. Ich ging hinaus. In der Hütte war genug Brennbares, um eine Weile vor sich hinzubrennen. Ich ging zurück durch die Müllberge. Auf einem von ihnen standen ein paar Kinder und betrachteten das Feuer. Ich winkte ihnen zu, aber sie winkten nicht zurück. Und als ich am Kathedralenturm hochsah, entdeckte ich sogar ein Kind, das ganz oben an der Kapsel stand, ohne Sicherung, und hinabblickte auf das Feuer. In der Ruine redete mich keines der Kinder an. Viele lagen bloß da und ich wusste nicht, in welchem Zustand sie waren. Ich setzte meinen Rucksack auf und sah mich um, ob ich etwas vergessen hatte. Aber zwischen all dem Müll und Dreck und in der immerwährenden Dunkelheit war es aussichtslos, irgendetwas wiederfinden zu wollen, das nicht ausreichend groß war oder leuchtete.

Dann verließ ich die Filiale. Beim Weggehen sah ich irgendwo schlecht versteckt den Systemadministrator stehen, der mich beäugte und der wohl Angst hatte, dass ich ihn auch erledigen würde. Aber entweder dachte ich, er sei es nicht wert, was stimmt, oder er habe es nicht verdient, was nicht stimmt, oder aber ich dachte, die Kinder würden ihn gegebenenfalls erledigen, was stimmen mag, wobei ich nie genau wissen werde, um welchen Fall es sich handelt. Ich könnte darüber nachdenken, sehe aber keinen Grund dazu. Jedenfalls ging ich nicht zurück oder in einer anderen Richtung weiter, sondern ging in jener weiter, die mich zu Darz gebracht hatte und folgte ihr nun über Darz hinaus. Das mag erst mal seltsam erscheinen, da ich sozusagen über das Ziel hinausschoss, aber es erschien mir damals nicht seltsam. Und je weiter ich mich von der Filiale entfernte, desto sauberer wurde der Schnee und desto weniger war ein Weg zu erkennen. Er verlor sich einfach. Und bald war da nur noch der Schnee, durch den ich stapfte und der auch aus dem Himmel auf mich herabfiel, da es von mir unbemerkt wolkig geworden war und begonnen hatte, zu schneien.

Ist mir jemand gefolgt? Eines der Kinder? Das kleine Mädchen? Mein Schatten. Der muss mir gefolgt sein, der würde mir nicht untreu werden. Denn warum in diesem Moment, wenn nicht schon vorher? Auch wenn ich ihn nicht sehen konnte. Aber warum sah ich ihn nicht? Ich achtete nicht darauf, zumindest am Anfang, das muss reichen, später sah ich ihn dann, hingeschlagen neben mir, flach wie eh und je, geworfen, wie sein Träger, ich meine Werfer. Nein, keines der Kinder folgte mir und sie taten gut daran. Sie mussten die Nase voll davon haben, irgendjemandem zu folgen. So wird man, glaube ich, erwachsen. Vielleicht wussten sie etwas anzufangen. Wenn sie gekommen wären, hätte ich ihnen gesagt: Kehrt um, verlauft euch nicht, fangt etwas an. Nicht wichtig, ob sie auf mich gehört hätten. Ich hätte mein Bestes getan. Und man wird mir sagen können, wenn man will, ich hätte sie sich selbst überlassen. Das stimmt natürlich.

Irgendwann drehte ich mich um und es war nichts mehr zu sehen. Kein Feuer mehr, kein Müll, keine Kathedrale. Nicht einmal Rauch. Und es hatte aufgehört zu schneien. Die Luft war leer, lichtarm. Da war nur noch das flache Land im tiefen Schnee, der fertig gefallen war, darin ich, darüber der Himmel, scheinbar ohne Wetter. Und wie schwer war es, weiterzugehen? Natürlich schwer. Der Schnee ging mir nicht gerade bis zum Knie, machte aber auch nicht bei den Knöcheln halt. Mir muss sogar ein wenig in den Stiefelschaft gerutscht sein. Die Feuchtigkeit ist der größte Feind des Wanderers. Ja, und der Wind heulte mir die Ohren voll. Außer wenn Windstille herrschte, was auch nicht unmöglich ist.

Natürlich habe ich mich nach meinem Nissan Micra gesehnt. Ja, ich sehe mich schwerfällig stapfen, die Atemwolken wie verwehende weiße Tücher vor dem Mund, unter den durch die Wolken durchbrechenden Sternen, und mich nach meinem Auto sehnen. In diesem Schnee wäre es zwar nicht weit gekommen, aber ich hätte mich hineinlegen und schlafen können. Vielleicht hätte sogar die Heizung funktioniert, wenn auch nicht für lange. Die Batterie wäre gestorben. Und bald darauf wäre ich ihr gefolgt. Damit hätte sich alles geklärt, nein, es hätte sich gar nichts geklärt, es hätte nur geendet, das ist nicht das Gleiche, und es wäre gar nicht erst so weit gekommen, ich wäre gar nicht erst so weit gekommen, nicht so weit abgekommen, es wäre eben nicht genug Zeit gewesen, um sich zu verlaufen, noch weiter, um sich zu verunklaren, um zu vertröpfeln, in dem allen hier, vielleicht kommt daher die perverse Vorliebe für frühe Tode, die manche Menschen mit naiver Inbrunst hegen, dabei vergessen sie natürlich den Wirrwarr, in dem man sich in jeder Zeit befindet, unabhängig von Ort und Zeit und Strecke, sie verwechseln die Vergangenheit mit einer verflossenen Gegenwart, ein Fehler, der sich allerdings schwer vermeiden lässt, wenn man mich fragt.

Jedenfalls ging ich weiter, da es weiterging, so weit ab wie ich jetzt bin, darauf kann ich schließen. Aber was gab es da – jetzt, wo es wieder interessant werden sollte, weiß ich nicht mehr, was es gab. Ganz leer scheint mir unwahrscheinlich, wir befinden uns schließlich auf der Erde. Sie ist ja wohl bis oben hin vollgestopft mit Dingen! Traf ich einen einzelnen Baum? Treffen wäre zu viel gesagt. Aber ich muss zu viel sagen. Da war er also. Immerhin. Ein einzelner pathetischer Baum. Wie kahl er gewesen sein muss. Sehr kahl, ratzeschwarz. Der Schnee auf ihm mit schweren Linien. Drumherum alles leer, dunkelweiß, menschenlos, tierlos und so weiter. Toll. Keine Eichhörnchen? Nein. Wenn es sie dort jemals gegeben hatte, würden sie an diesem Punkt schon lange Reißaus genommen haben, mit wehenden Fahnen, sobald sie verstanden hätten, dass es dort nichts zu essen gibt. Und das versteht sich schnell von selbst. Ja, das ist das Problem, wenn alles so leer ist, es versteht sich von selbst, es braucht einen nicht, und trotzdem geht es weiter, dank der Zeit, auf mich zu, dank mir. Wo immer das sein mag.

Ich hätte auf der Autobahn bleiben oder zu ihr zurückkehren sollen, das muss ich damals gedacht haben, da kommt immer etwas auf einen zu, man nähert sich an und etwas passiert, ein Mensch zum Beispiel, Hallo-Hallo, wie geht es Ihnen, ein kleines Drama, ein Flirt, ein Mordversuch, aus Eifersucht, aus Überdruss, aus Versehen, das hält lebendig. Ja, nur die Straße war eben nicht mehr da. Und ich musste mir selbst den Weg weisen, in dieser Dunkelheit.

Gut, aber mein Kopf. Ein neuer Versuch. Auf ihn konnte ich mich immer verlassen, wenn es sich darum handelte, mir Probleme zu bereiten. Das ist es, sprich weiter, ich bin ganz Ohr. Ich nahm ihn zwischen die Hände, soso, eine natürliche Geste, ich sehe mich ihn in die Hände nehmen, ganz allein, inmitten der Winternacht, in der ich stand oder sagen wir stehe – dass ringsum Leere ist und ich meinen Kopf in die Hände nehme, über einer kleinen Verzweiflung brütend, das ist doch wohl bitte-danke selbstverständlich in dieser Lage, oder nicht?, denn was ist darin, in diesem Kopf, diese Frage stellt sich, da ich nur noch darauf habe zählen können, auf die Fragen, das wusste ich, trotz des Hungers, immerhin war mein Praktikum beendet, wenn auch inoffiziell, ja, ich hätte mir alles offizieller gewünscht, das hätte mir geholfen, ein wenig Pomp und Gloria, ein gutes Wort, »Pomp«, es schwimmt oben wie ein Korken, aber gut, all das geht verloren, es gleitet einem durch die Finger, in einen riesigen Abfluss, ein Loch im Himmel, die Bedeutungen oder die Fragen danach, passend zu den Antworten, die einem zuletzt noch eingefallen sein mögen, wie darauf, was darin war, denn ich hatte noch Antworten, obwohl, ich hatte keine Antworten mehr, gerade eben hatte ich damals noch welche, so schnell geht es, ich hielt meinen Kopf in den Händen und lief dabei, gleichzeitig, ohne Weg, und andererseits war es anstrengend so zu laufen, man will die Hände frei haben, um sie frei mitschwingen lassen zu können, man will nicht die Arme angespannt halten, nicht den Kopf gesenkt halten, man will lockerlassen, alles locker auskugeln lassen. Und doch ist das keine Haltung, wenn man ausrufen will, Ich komme, feste Vollzeitstelle! Na ja. Natürlich träumte ich auch etwas, dagegen kommen Sie nicht an, den Wunsch zu träumen, wenn um einen nichts ist, wenn es nichts zu sehen und nichts abzusehen gibt, wenn man ein Loch stopfen muss, ein Landschaftsloch, ein Wegloch, ein Zeitloch, milde Träume, andere Menschen, das geht nicht zu weit, eine gewisse Wärme, das kann man sich denken, das ist möglich, von der Sonne wahrscheinlich, etwas, in dem man baden kann, ein Sonnenbad, ein Heilbad. Vielleicht stellte ich mir das Mädchen vor, das mir folgen würde, ich würde sie ausschimpfen, dass sie sich so in Gefahr bringe, in dieser Kälte, aber sie würde mir bloß antworten, mit vollendeter Treuherzigkeit, schöne Stelle, dass sie sich so um mich gesorgt habe, und ihr sei gar nicht kalt, wobei sie zittern würde wie Espenlaub, oh ja, und ich würde sie in die Arme schließen und meine letzten Krümel an sie verfüttern, und wir würden ein Lied singen und uns schließlich in den Schnee legen, umschlungen. Es wäre dann an allem anderen außer uns, uns zu retten, bitte schön, oder auch nicht, da habt ihr es. Das ist schon eine Empfindung wert.

Aber ich liege neben niemandem. Meine Haut berührt nichts, was gerade am Leben wäre. Und dabei ist es gar nicht so kalt wie gedacht, es ist aushaltbar, der Schnee ist aushaltbar. Und ich streiche ihn über mir glatt, seine weiche, kristallene Haut, und ich würde mein Kissen aufschütteln, wenn ich die Hoffnung hätte, ich könnte es mir noch bequemer machen, als ich es jetzt habe, wenn mein Körper, besonders in der Mitte und an den Enden, nicht so entschlossen schmerzen würde. Ich würde durch den Raum fliegen. Und in solchen Augenblicken, wie gerade eben einer vergangen ist, bin ich froh, dass ich keine Sternentapete an meiner Decke habe und keine Deckenluke, denn wenn ich auf dem Rücken liege, kann ich hinauf auf eine harte Fläche blicken, die zwar noch immer strukturlos ist, an der mein Blick sich aber dennoch stoßen kann. Das ist schon viel. Aber plötzlich ist es schon das Zimmer und ich habe mich im Schnee zurückgelassen, mit dem Kopf in der Hand wie ein rohes Ei, einem kurzen Traum nachweinend. Ja, alles war weiß, so weit meine zwei Augen reichten. Wie konnte die Welt so trübe werden? Sieh an, eine Frage, ich stellte sie mir damals. Und dann hieß es, verbatim, ich meine in Gedanken: Habe ich nicht alles getan? Ich habe doch alles getan, was ich konnte! Gut, gute Frage, guter Ausruf, und nun ein paar Schritte gehen, denn so schnell gab ich nicht auf, daran hätte ich früher denken müssen, als es noch angebracht gewesen war, ich meine, als es noch einen Unterschied gemacht hätte, eins-zwei-drei, Pause, sieh an, es hat wieder angefangen zu schneien, schon wieder, und sonst verändert sich nichts?, es scheint so, es kann nicht anders als so scheinen, ich habe Darz vielleicht vorschnell erledigt, so wie es jetzt weitergeht oder nicht weitergeht, es hätte sich aus ihm noch etwas anderes ergeben müssen als das hier, ein Mensch kann nur so und so lange durch den Schnee wandern, auf der Suche nach nichts mehr, wobei, eigentlich suchte ich nach etwas, nur eben nach irgendetwas, das ist es, da sehen Sie es, irgendetwas anderem, das ist zwar allgemein, aber nicht abwegig, bloß nach etwas anderem als nach dem Aktuellen, das nenne ich seine Ansprüche herunterschrauben, sie auf einen reinen Unterschied reduzieren, so weit war es nämlich schon mit mir und dem Rest gekommen, ein leichtes Tauwetter hätte mich überzeugt, wenn die Nässe mich auch schnell erledigt hätte. Aber so sehr ich es mir vorstelle, es brach kein Tauwetter an. Ruhig. Geh weiter, es kommt, wenn du es nicht erzwingst. Meine Schritte, noch gleichmäßig, wenn auch langsam, und von oben der Schnee, und wie – oh, auch sehr langsam, sehr gleichmäßig, die weichen Flocken dickbäuchig und träge hinabsegelnd wie erfrorene Hummeln, wohl dank der Kälte, die mir vielleicht die Extremitäten zu versehren begann. Ich sank auf die Knie und alle Welten, da es plötzlich mehrere gab, schienen einen Moment lang auf mich hinabstürzen zu wollen. Das wäre was gewesen! Dann war es wieder nur der wenig jahreszeitliche Winter. Ich nahm meinen Rucksack ab, das ist nämlich etwas Neues, in gewisser, selbstgenügsamer Weise, und als ich hineinsah, fiel mir auf, dass ich alle Unterlagen in der Kathedrale gelassen hatte, was vernünftig war, ich brauchte sie ja nicht mehr, nicht aber den Revolver, der, wenn ich richtig gezählt hatte, noch einen Schuss enthielt. Ich warf ihn weg. Dann fand ich noch mein Stofftieräffchen, das, wie ich erwähnte, den Namen Finchen trug. Und aus irgendeinem Grund sagte ich mir, Finchen sei Krupp, was ich auch nicht erklären kann, aber auch nicht muss. Weiteres fand ich nicht. Den Rest musste ich verloren haben. Ich ließ den Rucksack trotzdem nicht stehen. Ich konnte mir einbilden, dass er mir noch ein wenig den Rücken wärme, wenn ich ihn trug. Und wenn ich etwas finden sollte, und sei es noch so klein und unscheinbar, oder sei es größer, etwa in Form eines Hauses, aus dem ich hätte Proviant mitnehmen können, dann würde mir der Rucksack gute Dienste geleistet haben.

Obwohl ich nicht möchte, mache ich nun eine Pause. Es ist eine Zwangspause. Etwas zwingt mich dazu. Die Vernunft vielleicht oder eher die Intelligenz, aber das ist unwahrscheinlich. Ich konnte den Schnee nicht mehr sehen. Hier ist er nicht. Nichts davon. Und alles wie immer? Krudes Licht, grauer Äther und draußen nackter Stein, darauf das Universum? Check. Ja, ich habe mich getraut den Kopf zu wenden. Die Ebene ist auch nicht mehr das, was sie mal war. Wie gerne ich das sagen würde. Natürlich ist sie absolut exakt dasselbe! Es könnte einen wahnsinnig machen, wenn es einen nicht schon wahnsinnig gemacht hätte. Aber die leichte Trübe? Das Glas beschlägt vielleicht. Oder es ist der Schleier auf meinen Augen, ich werde zur Schleiereule, und das in meinem Alter.

Zwischendrin unterlief es mir, nach dem Viech zu rufen. Wie das verhallt ist. Ich sollte Blumen kaufen wie ein Witwer. Margeriten? Was immer der Blumenhändler mir anbietet, oder die Blumenhändlerin. Ich verlasse mich auf Ihren Geschmack, vielen Dank. Zum Grab gehen, ein wenig weinen, nein, nicht schon wieder weinen. Herzlos würde ich dastehen, laut fluchend, nein, still für mich, innerlich fluchend, das ist vornehmer. Am Grab des Viechs muss es vornehm zugehen, pietätvoll, salbungsvoll, anstandsvoll, übervoll, voll mit allem, was reingeht. Das Panorama würde daran mitwirken, das Ambiente, es ist minimalistisch zu nennen, Stein, Steinstaub und Sterne, die Strahlung nicht zu vergessen, auch sie ist da und durchfährt mir während der Andacht die Hirnrinde, die Blutgefäße und die ganze Soße der Dunkelheit.

»Den Schnee nicht mehr sehen können«, das ist ja noch schöner, als wenn es um solche Befindlichkeiten ginge. Ich werde es prompt streichen, wenn ich nicht keine Lust dazu hätte. Vielmehr sollte ich mich fragen, ob ich zu leichtsinnig gewesen bin, einfach so wegzugehen, warum nicht warten, bis das Feuer ausgebrannt ist, dann nachschauen, gut herumwühlen, den verkohlten Darzrest ausfindig machen und zur Sicherheit vergraben. Falls er noch unterscheidbar gewesen wäre von den anderen Resten. Vorher vielleicht ein wenig darin herumstochern, sehen, ob etwas noch Widerstand leistet. Das Fleisch wird verbrannt sein. Nicht? Dann hau es klein! Die Knochen? Sie bleiben übrig, sie sind nicht geschmolzen, werden wir nicht größenwahnsinnig, ein so starkes Feuer hast du nicht produziert, doch mit genug Schwung lassen sie sich zerschlagen. Ich hätte bloß ein gutes Eisenrohr gebraucht. Würden mir die Kinder von den Müllbergen aus zujubeln, während die Knochensplitter nur so fliegen? Als ihrem Befreier? Als ihrem Erlöser? Vielleicht hätte ich eine Kommune gründen sollen. Ich wünschte, ich wäre dazu fähig gewesen.

Nein, ich war nicht leichtsinnig, ich bin noch nie leichtsinnig gewesen, was ich auch getan habe, war ich angefüllt mit Skrupeln, sie sind meine Krankheit, eine meiner Krankheiten, selbst wenn ich übertreibe, wie jetzt. Es war also nicht leichtsinnig. Das heißt, ich muss gute Gründe gehabt haben, wegzugehen, ohne nachzuschauen. Ohne mich zu vergewissern. An die Möglichkeit, dass er überlebt haben könnte, werde ich, im selben Moment meines Scheiterns daran, nicht zu denken versuchen. Oh, sehr gute Gründe, wenn Sie wüssten, was für gute Gründe ich hatte, vorzügliche Gründe, für sämtliche Entscheidungen, Ihnen würden die Ohren schlackern. Sie würden mir einfallen, wenn ich darüber nachdächte, aber, siehe da, ich fühle mich nicht mehr verpflichtet. Das nenne ich, seine Pflicht getan haben, sich nicht mehr verpflichtet fühlen. Das ist eine kluge Beobachtung, so habe ich es noch nicht gesehen. Was für eine Freiheit. Da hätten wir es also, Pflicht, Freiheit, Gründe, man könnte beinahe glauben, sie bauten aufeinander auf. Überlegen wir mal. Ich weiß, dass ich bald das Bett verlassen muss. Das wäre vernünftig. Um mir Flüssigkeit und auch irgendwas Festes einzuverleiben, um nicht einzugehen. Um zu bestehen, wer weiß vor welcher Freiheit. Um dies, um das, so geht das nämlich. Was werde ich zu sehen und zu hören kriegen, wenn ich erst in der Vertikalen bin? Mein Körper meldet sich allerdings nur durch einen gleichmäßig brennenden Schmerz, ganzkörperlich. Wobei ich meinen Kopf und meinen Rücken darin vielleicht besonders hervorheben sollte. Meinen Darm nicht zu vergessen. All diese Zeichen sind jedoch unspezifisch. Denken wir nicht an das Verscheiden. Teils mag es sich um Hunger und Durst handeln, aber so deutlich ist es nicht. Wenn man nicht so genau hinfühlt, ist aller Schmerz gleich. Das muss man erst mal können. Es muss dies das stilvolle Leiden sein. Wenn ich bedenke, dass ich früher sogar im Bett gespielt habe! Lange her, rosige Zeiten. Moment, hatte ich nicht eine Taschenlampe? Die habe ich ewig nicht mehr gesehen. Wenn es noch da wäre, würde ich das Viech jetzt danach fragen. Wir hätten eine kleine Diskussion darum, ich würde eine Anekdote erzählen. Am Ende kommen nämlich immer die Anekdoten, das ist leider das Endstadium. Reden Sie mal mit den Todkranken, ich habe noch nie mit einem Todkranken gesprochen und ich bin auch nicht scharf darauf, obwohl viele von ihnen sicher sympathisch sind, aber jemand, der so viel erträgt, kann einem Angst machen. Schon wieder Angst, bald werde ich mich noch für ängstlich halten, spät genug.

Gut, fertig geplappert. Wenn auch nicht erholt, habe ich mich doch kurz zerstreut. Und jetzt werde ich mich noch ein wenig weiter gegangen sein lassen. Es muss sein, da ich mir sage, dass es sein muss. Nicht bis ans Ende, das es nicht gab, aber weit genug, um verlorenzugehen. Ich weiß nicht wem, mir selbst vielleicht, schlimm genug, wobei schlimm vielleicht nicht das richtige Wort ist. Gut genug? Auch nicht. Ich muss herumgegangen sein und nach einem Weg gesucht haben. Das ist immerhin wahrscheinlich. Ach was, wenn man sich nichts anderes mehr vorstellen kann, dann war es nicht wahrscheinlich, es war so, bitte schön. Ich ging also herum und suchte einen Weg, das heißt, ich suchte Spuren, denn alle Wege waren unter dem Schnee und nur die Spuren konnten die Wege verraten. Unnötig zu erwähnen, dass es keine Spuren gab, trotzdem erwähne ich es, denn nichts hindert mich daran. Und danach, denn eins folgte aufs andere, hörte ich auf danach zu suchen, da mir schien, dass ein Weg nicht unbedingt schneller zu etwas führte, genauso gut konnte etwas unbewegt in der Landschaft stehen, querfeldein, querfeldaus, mir fällt schon noch was ein. Also habe ich nicht mehr gesucht, aber ohne anzuhalten. Und doch scheint mir, waren meine Augen noch offen, das ist ein menschliches Bedürfnis, zu sehen, ob die Welt einen noch birgt und wohin man darin geht, und ob es etwas gibt, etwas zu sehen gibt, denn danach schaut man, ob man will oder nicht, und man gibt nicht gleich auf, wenn der Blick ins Nichts geht, wenn der Blick hineinfällt, darin herumwühlt, herumspukt, Haken schlägt wie ein Kaninchen, Halt sucht, keinen Halt findend, Halt findend, Halt verlierend, weitersuchend, das klingt anstrengend. So ist es, wenn es immer weniger gibt. Ja, mit der Müdigkeit musste ich rechnen, und das tat ich, ich wusste, schon wieder eine Veränderung, du wirst müde, die Beine werden schwer, ach was, sie brennen, du gehst durch Feuer, nur ein Iglu kann dich noch vor dem Erfrieren retten, viel Glück, wenn du nur ein Iglu bauen könntest, du hättest aufpassen sollen, als man das Wort gebrauchte, du hättest vielleicht erraten können, wie es geht. Allerdings hätte ich sicher Eis dazu gebraucht, jetzt weiß ich doch etwas, das es auch nicht gab, ich hätte einen Teich finden müssen, in meinem Iglu liegend hätten mich die eingefrorenen Fische angeblickt, sich plötzlich als Teil einer Wand wiederfindend, ich hätte ihnen gut zugeredet, haltet durch, ihr kleinen Spätze, aber einen Teich gab es nicht, ich wüsste ja wohl, wenn ich einen Teich gefunden hätte, eine solche Abwechslung, ein kleines Teichchen unterm Schnee, von allen anderen Gewässern ganz zu schweigen, keine Hoffnung auf das Meer, erfroren oder nicht, bloß nicht.

Und wenn ich doch einfach zurückginge? Gar nicht den Weg selbst, einfach nur zurück, zu einem Moment, einem willkürlichen Moment, es gab einen ganzen Haufen seit ich mich im Wald wiederfand, sie könnten wiederverwertbar sein, es sind vielleicht keine Einmalmomente. Ich könnte mich darin zurechtfinden. Ich könnte vielleicht sogar ein weiteres Zelt aufschlagen, das wäre mir lieb, ich könnte woanders weitermachen, ich könnte woanders ankommen. Einen Moment bitte, ich muss darüber nachdenken. Ich kann da nicht so einfach hineinstolpern, wie ich es sonst immer tue, irgendetwas scheint mir hier gefährlich, das wäre ein Unterschied, aber ich weiß nicht was, etwas sagt mir, dass ich aufpassen muss, und das ist selten, dass mir etwas etwas sagt, zumal es eine feuchte Aussprache hat.

Ich werde den Stift kurz weglegen und darüber nachdenken.

Fertig. Ich bin zu der Erkenntnis gelangt, dass ich nicht möchte. Ich könnte zurückgehen, aber ich möchte nicht. Es wäre nicht richtig. So und so ist es gelebt, siehe oben, ich werde nicht anfangen, darin herumzupfuschen, nur um mir dann hintenraus, wo ich jetzt bin, sagen zu müssen, dass ich ohne Hosen dastehe. Ich muss meine Erzählhosen anbehalten. Wenn ich genau wüsste, was das bedeutet. Nein, ich werde dabei bleiben, ich weiß nicht weiter. Das wäre geschafft, erfolgreich verworfen. Es war ein echter Schreckmoment, das Weglegen war ein Schreckmoment. Du musst es aber wagen, du musst dich umsehen, du musst darüber nachdenken, was Gegenwart und Aufenthaltsort, gegen die kommt man nicht an, dir auftragen, etwas wird dir einfallen, ich werde später zu mir zurückkehren, ich lasse mich im Schnee nicht im Stich, keine Angst, ich werde neue Kraft aus meinem Zimmer und dem anderen Kram ziehen, die um mich herumgeistern, es ist nicht viel, aber es wird mir reichen, ich bin genügsam, mal sehen.

Aber was habe ich früher in alldem gesehen. Ich weiß es nicht mehr. Meine anfängliche Verzweiflung hat es mir eingegeben, sie hat mich angeregt und voranbewegt, und all die fantastischen Einfälle, die in reinster Notwendigkeit von oben herab, sagen wir, durch einen dunklen Trichter in mich einfielen, jetzt muss es die spätere oder endliche Verzweiflung sein, die ihre umso schwächeren Eingaben macht, je mehr meine Toleranz gegenüber ihrem Stachel wächst. Ach was, Toleranz. Mein lauwarmer Milzbrand, um mal wieder von meinen Eingeweiden zu sprechen, genug, um ein Pferd vor Schmerz umzubringen. Oder es war bloße Leidenschaft, die Leidenschaft der Verwirrung, so wie man durch eine Stadt stürzt, in der man sich verlaufen hat, obwohl man bloß seine Mutter besuchen wollte, aber plötzlich erkennt man nichts wieder und kommt nirgendwohin, nur von einer Straße in die nächste, die auch noch leer sind zu allem Übel, menschenleer, ohne Köter oder Katzen, und man läuft, man hat nicht alle beisammen, mit wehenden Gliedern und stockendem Kinderatem, ein vergeistigtes Knochenbündel, da erlahmt man irgendwann und fragt sich, ob man sich in der Stadt geirrt hat oder im Land, in sich selbst, ob man sich in der Mutter geirrt hat oder in der Adresse, man kann niemanden danach fragen.

Aber jetzt erinnere ich mich, dass ich hier noch mein Kinderzimmer sah, als ich schon unterwegs war, auf der

Autobahn der Verdammnis, wir wollen nicht übertreiben, es war eine gute Autobahn, es war abschnittsweise eine recht angenehme Autobahn, die ich da befuhr, aus Mangel an Alternativen und vielleicht auch an Einfällen, ich hätte vielleicht einen Flugschein machen oder aber den Zug nehmen sollen, das wäre mir gut bekommen, denn im Zug kann man Bekanntschaften schließen, man verbringt Zeit zusammen, kommt ins Gespräch, das wäre sehr beschaulich geworden, vielleicht ein kleines Kompliment zwischendurch, oh, vielen Dank, und für das verlegene Schweigen gibt es die Zeitung, man spricht über die Neuigkeiten, man tauscht sich aus, wie tröstlich das ist, man teilt seinen Proviant, die Gemüsesticks, die Kekse, besten Dank, nichts zu danken, das alles ist vernünftig, im Zug sitzt die Vernunft, sie fährt auf dem Horizont wie auf einer Klinge, der Rauch fliegt paradox nach vorn, der Himmel läuft grün an, trostlose Ruinen auf leeren Flächen rauschen vorbei, man wundert sich über nichts. Ich sah bereits das Kinderzimmer, das ich vermisse, Schemen, eine Art Gespenster, dann wieder bloß das Zimmer, dann das abnehmende Licht, das noch immer abnimmt, ich erwähnte eine Tangente, bald wird es erloschen sein, unter meiner Wahrnehmungsschwelle wird es für mich erloschen sein, obwohl es niemals erloschen sein wird, nachdem ich erloschen bin, wird es weiter erlöschen, und nichts wird es aufhalten können, so ist dieses Licht, es stirbt und stirbt und wird doch nie gestorben sein. Und die Dinge, die darin sind? Nun, sie brauchen mich wohl, dass ich sie gebrauche, für meine Blicke und Gesten, so sind sie, ich weiß nicht, was sie sonst sein sollen. Meine Decke etwa. Sie ist noch nicht zerfallen. Natürlich muss der Bezug ein wenig zerschlissener sein, ganz wie der Sternenteppich und mein Hirnlappen, ganz wie die poröse Ebene und meine zwei Linsen, die sich an den Schatten erschöpfen. Und da es sie noch gibt, kann ich sie streicheln. Ich spreche von der Decke. Nicht ohne Emotion. Beinahe streichle ich mich selbst, denn immerhin liege ich darunter.

Aber stehen wir endlich auf, das war doch die Idee, es gab die Idee, aufstehen zu müssen, von wegen essen und trinken, wir müssen aufstehen, Sie und ich, Sie müssen mit mir kommen, auf meinem Weg, auf jetzt, und da ich stehe, da wir gemeinsam stehen und nicht umfallen, können wir einen Schritt tun, Gratulation, auf diesem Boden, der sich nichts anmerken lässt, der unsere Fußsohlen, ohne sie zu liebkosen, nicht versengt, und der, ohne uns sicher zu tragen, nicht verschlingt. Davon ermutigt, schließen wir einen zweiten an. Ein wenig fröstelt uns. Der Kreislauf ist in Aufruhr, das Herz hustet in der Brust. Der Kopf schwankt leicht auf dem Körper von seinem schlecht austarierten Gewicht. Ist eine Diele zu spüren, wird eine Wand grün? Sehen wir eine alte Tür? Nein, so geht das nicht, Sie sehen, was Sie wollen, ich sehe nichts. Ich gehe weiter, verzagend, wie durch einen Sarkophag aus Metall, er ist ein wenig zu groß geraten, oder ich bin bloß geschrumpft, ich habe mich klein erzählt, und nun gehe ich darin herum, denn mein Tod, von Amateuren wie Ihnen, wurde voreilig und irrtümlich festgestellt, sodass ich mich hier in einer falschen Ruhe befinde und dagegen angehen muss. Lebendig begraben, halleluja. Nur so komme ich voran, Vorwürfe hier- und dorthin, Beschuldigungen, gegen die Toten vornehmlich, und ihre widerlichen Sprösslinge, dies ist der Widerstand, den es braucht, statt sich in ein Vakuum ohne Gravitation zu verspritzen, jawohl. Ich werde jede Menge Zeug bejahen, ducken Sie sich schon mal weg.

Jetzt muss ich aber weitermachen. Oder ich habe weitergemacht, oder beides zugleich, ja, man denke sich die Zeiten zugleich, alle zusammen. Ich schlage deshalb meine Decke zurück, Moment, gerade eben stand ich schon, das macht aber nichts, das Aufstehen geht zweimal, da es so heldenhaft ist, ich schlage also diese historische Kindheitsdecke zurück und wundere mich, dass es mir trotz meines Schmerzes gelingt, ich schreie wohl auf, warum auch nicht, es ist das Naheliegende bei Schmerzen, so ein Schrei erfrischt, allerdings schreie ich nicht, das ist nicht meine Art, das Melodrama liegt mir nicht, trotz aller scheinbaren Gegenbeweise, vielmehr stöhne oder seufze ich, unterdrückt, obwohl es so wehtut, ja, die Schmerzen waren schon früher da, aber dass sie so umfassend und unnachgiebig sind, ist neu, ich schaue zur Decke hinauf und im Zimmer herum, deutliche Eintrübung, weiterer Verlust von Leuchtstärke, Ebene wie eh und je, nur das Fenster trüber, auf dem Boden die Spuren meiner Vergangenheit in diesem Zimmer, kurzer Schluckreflex, dann schlüpfe ich in meinen Schatten und stehe auf den Beinen, einige Schritte tappend voran, es geht noch, ich falle nicht, ich falle noch nicht, ich erfriere noch nicht.

So ist es viel erfrischender. Ich gehe in das zweite Zimmer. Hier drin stinkt es nach Viech, und zwar bis zur Decke. Mir würden die Tränen kommen. Ja, ich würde gerne noch ein paar Tränen zu vergießen haben angesichts des ganzen unverständlichen Zeugs, das mich hier umgibt und das für das Viech eine besondere Bedeutung gehabt haben muss, da es sein Leben war, sein Leben und seine Arbeit, und wie einsam es sich zeitweise hier gefühlt haben muss, mit mir, der jammernden Fleischpuppe im Nebenzimmer, dem eitlen, müffelnden Baby. Ich wünschte, wir könnten von vorne anfangen, das Viech und ich, ich würde ihm verständlich machen, dass es mich als seinen Assistenten und Untergebenen betrachten soll, ich würde Hilfsarbeiten leisten, ich würde schuften und nur zum Schlafen ins Bett gehen, nein, ich würde ihm das Bett überlassen und selbst auf dem Boden schlafen, wir würden Ausflüge in die Ebene machen, Forschungsreisen, und langsam unsere Innenräume renovieren und verschönern, mit cleveren Deko-Ideen, und schließlich das Schiff suchen, mit dem wir hier gelandet sein müssen, um es startklar zu machen und in die Weiten aufzubrechen und in ein schwarzes Loch zu stürzen, bei dem Versuch, es zu untersuchen. Es wäre so schön geworden, da wir uns im Sturz in den Armen gelegen hätten, um so in der Zeit einzufrieren, in einem so stark gekrümmten Raum, dass er uns in Licht zerbricht, Lichtgestalten in der Umarmung, ein Viech und sein Assistent.

Das ist eine schöne Fantasie. Ich hätte mehr schöne Fantasien in meinem Leben haben müssen. Aber anstatt mich weiter mit den ach so schmerzhaften Erinnerungen und Sehnsüchten, die in diesem Zimmer lauern, aufzuhalten, ziehe ich mir den Anzug an, den grauen, der von anderen Erschütterungen zeugt und mich an Gänge erinnert, in denen ich wie betäubt war vor Furcht, und die mich jetzt immer noch mit Furcht betäuben mögen, in denen ich in die Leere ging, in die Ebene ohne Sprache, und in die ich jetzt wieder trete, mit ungewohnter und halb eingebildeter Entschlossenheit. Die Schleuse seufzt und nimmt mich auf, als hätte sie damit gerechnet, als hätte sie nicht mehr damit gerechnet, mich zu sehen, sie seufzt entnervt und saugt, saugt das Vakuum ein, mich ihm auszusetzen, und dann öffnet sich die Tür und ich trete hinaus in diesen Staub, von der Farbe dreckiger Kreide.

Ich blicke in den Ort, an dem ich bin und die scharf von der Schwärze gezogene Horizontlinie verheißt mir nichts. Ich gehe ein paar Schritte. Und wenn ich dieses Licht nun betrachte, denn es bleibt mir nichts anderes, finden Sie sich damit ab, muss ich mich fragen, ob es entgegen aller Wahrscheinlichkeit vom Saturn stammt, ich also vielleicht sogar auf einem Saturnmond bin, obwohl ich das bezweifle, wegen der Ringe, als ob sie gegen einen Mond sprächen, ich weiß nicht, sie tun es vielleicht, aber müsste ich dann nicht die Ringe sehen, sie wenigstens irgendwann mal gesehen haben, während ich mir mit dem Blick in die sternenverstellte Leere die Augen aussah? Ich sah aber nichts dergleichen, mir wären ja wohl Ringe aufgefallen. Vergessen wir die alten Planeten, die nicht hier sind, sie sind nicht hilfreich, sie sind der Überrest eines Unbekannten wie alles andere auch und mögen dahin zurückkehren, wo sie hergekommen sind, irgendwo aus meinem Kopf.

Ich gehe also einige Schritte, soweit ich noch fähig dazu bin, sprechen wir nicht von meinen Schmerzen, sie werden schweigen, ich gehe einige Schritte und suche die Spuren, die ich oder das Viech hinterlassen haben müssen und die noch hier sein müssen, da hier kein Wind existiert und deshalb nichts verwehen kann, und die ich trotzdem nicht sehe, schade, vielleicht bin ich in eine falsche Richtung gelaufen, vielleicht sind meine

Augen nicht mehr gut genug, sie sind mir vielleicht ausgelaufen, auf einem anderen Weg, ich gehe weiter und denke, und das denke ich jetzt wirklich, dass ich einen Monolithen finden sollte, schwarz auf weißem Stein, fünf Meter hoch, fünf Komma Pi, und von einer unbestreitbar bedeutungsvollen Form und endlos und unentschlüsselbar bedeutsam, platzend vor Bedeutung, für mein Hiersein und mein Wohersein, und für alle toten und halb toten Fragen, die ich mir in meinem Leben gestellt habe. Also bloß weg, da nichts dergleichen hier ist und nichts kommen wird, und stattdessen zum Grab, ich bin ein Witwer, den es zum Grab zieht, zum Grab seiner jüngsten Liebe, es ist nicht seine einzige, aber seine letzte, er sammelt Lieben und überlebt sie alle, er ist Serienwitwer, doch immer der letzten Toten treu, und ich stehe am Grab und schaue mir selbst von oben zu. Grund genug, jetzt zu singen. Singen wir ein Lied, aber stumm für uns, innerlich, das Möwenlied, möge sie fliegen, so ist es, und wohin soll sie fliegen?, nicht ganz klar, zu einer Insel, flieg zu einer Insel, kleine Möwe, flieg nach Haus, und jetzt los, aber jeder für sich. Irgendeine Melodie, nicht so wichtig, welche genau, eine schöne, und weiter, es muss weitergehen, der Staub vom Stiefelschritt aufgeworfen, schimmernd in seiner Levitation, er braucht Wochen um sich zu legen, und ich gehe und stapfe und sinke ins Weiche ein, in die Kälte, die Heizung im Anzug ist vielleicht kaputt, ich scheine zu frieren unter einem gewichtlosen All, und unbemerkt müssen Wolken aufgezogen sein, unsichtbare Wolken, aus denen sichtbarer Schnee fällt, schon wieder, wann hört das endlich auf, dicht genug, die Reste zu verschlucken, meine kärglichen Reste, und bin ich erst begraben, bleibt das Licht aus, so erkläre ich mir die Dunkelheit, und wo es schon wieder dunkel ist, warum nicht, mach ich noch im Dunkeln die Augen zu, um ein wenig bei mir zu sein und mich zu drücken, um mich mir zur Brust zu nehmen und zu sagen, dass ich gut daran getan habe, was immer es sei, es sei gut, weine nicht und gib Ruh', und da ich es schon sage, muss ich mir Mühe geben, mich nicht zur Ruh' dazuzulegen, selbst ohne ihr Rufen, ihr Wispern, mich wispert nichts mehr an, kein Wispern und Flüstern geht in mich ein, ich gehe bloß weiter hinaus durch den alten Schnee, den immer neuen uralten Schnee, der alles verhüllt und sich mir verdeckt, gnädig oder nicht, und durch den mir nichts mehr folgt, kein Kind und kein Mond, nur mein Mondenschatten ist noch da, der mich aber auch verlassen hat, um seiner eigenen Wege zu gehen, man sagte mir wohl, er kehre dahin zurück, wo er hergekommen sei, nach oben, was weiß ich, was er da ohne mich will, ich wünsche viel Spaß, für Sie dort droben, die Sie weitergehen, Ihrer alten Wege, machen Sie es gut, Sie wissen wohl wohin, es ist beneidenswert, Ihr Wissen ist beneidenswert, ich beneide Sie jedoch nicht. Es wird auch Ihr letzter Weg dieser Art gewesen sein, doch ich könnte mich täuschen, ja wie ich mich täuschen könnte, wie Sie sich täuschen könnten, wir sollten es noch ein wenig zusammen tun, so gut haben wir uns bislang geirrt, immer voran, doch können Sie mir leider gestohlen bleiben, pardon, Sie steigen mir nämlich nicht noch in mein Schweigen nach, Sie können sich bitte in Ihrem eigenen gefangen fühlen, wie es sich gehört, aber ich habe Sie nie gehört, ich höre keinen Wind und keinen Atem, gerade hörte ich ihn noch, vielleicht nur im Innenohr, er hallte wider von der toten Hülle, von meiner voreiligen

Totenhülle, die sich schließt, ganz flach und stimmlos, da ich meine Stimme nicht höre, ich weiß nicht, wann ich meine Stimme zuletzt gehört habe, es war vielleicht immer eine andere, es war die Geschichtenstimme, und sie sprach gar nicht zu mir, ich hätte gerne zu mir gesprochen und mir gut zugeredet, da ja niemand mit mir spricht, hätte ich es selbst tun wollen, auch ohne Atem, wenn möglich.

Und doch gehe ich noch weiter in der Ebene, aus Schnee oder Staub, aus Schneestaub, da ich weitergehen muss, ich sage mir, weitergehen zu müssen, da ich weitermachen muss, es ist das Einzige, das ich gelernt habe seit je, Grund genug, um es zu tun, die Schule schloss und ich brachte es mir bei, angesichts der Aussichtslosigkeit, wenn man so will, und es hat mich, doch, sag es, es hat mich weitergebracht, nur nirgendwohin, ich gehe weiter und schließe mich ein, ich schließe mich in meine Arme und rede mir zu, ich rede mir meine Geschichte zu, sie spricht von mir, sie spricht mir von mir, da ich gewesen bin, in zartem Alter, da ich dort war und irgendwo sogar noch immer bin, nur leider bald ohne Ort, das macht nichts, die Zeit bleibt übrig, sie kann vergehen, wie sie will, ich bleibe in ihr, ich brauche sie gar nicht zu begreifen, ich sage das Wort und schon schwirrt sie davon, ein alter schwarzer Vogel, den man mögen muss, man muss ihn nicht sehen, seinen Flug nicht kennen, nur das Lied, das einen aufhebt, nach dem Sturz.

Und doch stehe ich jetzt da, als hätte ich angehalten, in einer dieser Welten, unter einem Baum, einer Kiefer oder einem Walnussbaum wahrscheinlich, der Himmel ist blau und voll Vergangenem, ich stehe vor einem Grab, meinem eigenen wahrscheinlich, ganz allein, und glaube kaum, was denn, davor fliehen zu können, ich muss doch aber fliehen können, es muss noch einen Ausweg geben, einen letzten, einen allerletzten, ich muss noch sagen, es gebe einen Ausweg, einen Geisterweg, wie früher, wann immer das war, das ist er vielleicht schon, ja, reden wir davon, dass er es sei, als ob er es sei, sehen Sie bitte nach und sagen Sie es mir, sagen Sie, Ja, es gibt ihn, und dann zeigen Sie ihn mir bitte, sagen Sie mir bitte, dass Sie ihn mir zeigen, da es gut für mich wäre, ihn zu sehen, gut zu wissen, dass es ihn gibt, ich müsste ihn gar nicht nehmen, nicht einmal, nehmen Sie ihn doch, er ist vielleicht für Sie gedacht, ich will nur wissen, dass er da sei, um weitermachen zu können, ein wenig, um glauben zu können weitermachen zu können, beinahe wie bisher, um noch ein wenig woanders zu sein als in diesem Zimmer, da ich ja, trotz allem, noch jung bin.

Ich danke Natalia Sinelnikova, Martina, Bernd und Philip Gallandi für all die Wärme und Unterstützung, im Großen und Kleinen, für Ermutigung und genaues Lesen.

Mein Dank geht auch an Elisabeth Botros und Dana Buchzik für ihren klugen Rat, ihr Mitfiebern und ihren Einsatz.

VIKTOR GALLANDI, geboren 1989 in Berlin, studierte Literarisches Schreiben und Philosophie in Hildesheim und Kathmandu. Er hat Kurzgeschichten in Zeitschriften und Anthologien veröffentlicht und erhielt den FM4-wortlaut-Literaturpreis des ORF. Mit Natalia Sinelnikova schrieb er das Drehbuch zu dem vielfach ausgezeichneten Kinospielfilm *Wir könnten genauso gut tot sein*, der die Sektion Perspektive Deutsches Kino auf der Berlinale 2022 eröffnete und seine internationale Premiere beim Tribeca Festival in New York feierte.

Bibliografische Information der Deutschen Nationalbibliothek
Die Deutsche Nationalbibliothek verzeichnet diese Publikation in der Deutschen Nationalbibliografie; detaillierte bibliografische Daten sind im Internet über http://dnb.d-nb.de abrufbar.

Dieses Werk wurde vermittelt
durch die Literarische Agentur Michael Gaeb.

Cover-Illustration: Eric Tiedt
Lektorat: Alexander Löwen
Satz: Sebastian Maiwind
Gedruckt auf chlor und säurefreiem Papier und gebunden
bei Jelgavas Tipogrāfija, Jelgava in Lettland.
 Printed in Latvia.
ISBN: 978-3-7920-0281-0

www.karl-rauch-verlag.de